SILENTIUM

SILENTIUM

André G. Micaleff

Roman

Éditions Cestius

ISBN : 978-2-9567118-0-3

En mémoire d'Irma,
En mémoire de ses questions,
Aux réponses étonnantes.

Remerciements

Pour les fonds de carte : OSM © OpenStreetMap contributors

Omnibus viis Romam pervenitur.

Per fer scintilam qui caelum accendis et omnes.
(Apporte l'étincelle qui allume le ciel et l'univers.)

Frère Francesco Colonna – Le songe de Poliphile

Prologue

Héliopolis – Égypte – An 12 avant J.-C.

La clameur s'enfla, stagnant un moment sur la multitude innombrable des corps transpirant, puis sembla glisser, comme munie d'une vie propre, passant maintenant au-dessus de la foule massée là, infiniment plus nombreuse. De la populace aux nobles, ils étaient venus ici par quelque contamination informationnelle se propageant de bouche-à-oreille, bravant les ordres de l'empereur étranger, pourtant martelés au lever et au coucher du soleil, par les *praecones*[1] en toge. Ceux-ci avaient hâtivement, dédaigneusement, scandé leurs décrets en latin, repris phrase à phrase par les traducteurs indigènes, payés deux deniers à l'effigie du nouveau maître.

---

[1]   Hérauts

Comme l'immense monolithe s'abaissait, peu à peu, s'approchant du sol aveuglant de soleil, la rumeur enfla encore, semblant provenir de plus de poitrines qu'il n'y avait d'humains dans la plaine recuite par le souffle du dieu, dont les temples et monuments s'étendaient dans toutes les directions.

Un vent léger se leva alors. Pas vraiment agréable, il semblait souffler encore plus de chaleur, comme au sortir d'un four. Puis, forcissant, il commença à soulever de la poussière, augmentant encore la température déjà accablante, semblant maintenant amplifier la rumeur, jusqu'à en devenir un grondement. Celui-ci paraissant se structurer en une litanie répétée par des milliers de bouches, saturant l'air d'une électricité quasi palpable dans la chaleur insupportable.

Comme la pierre gigantesque touchait presque son support, la tension monta encore d'un cran, rendant les légionnaires nerveux. Massés aux côtés des tribunes d'honneur, ils tournaient sans arrêt la tête, fixant leurs centurions, où même plus loin, vers la bute d'où le Préfet Augustal d'Égypte observait la manœuvre avec sa cour, constituée dès les premiers jours de l'empire, vingt ans auparavant. Quelques centuries avaient même, sans ordre, relevé le bouclier, les hommes se serrant instinctivement les uns contre les autres comme avant une bataille.

La foule maintenant scandait distinctement trois mots, toujours les mêmes, et Publius Rubrius Barbarus, qui n'avait pas appris l'égyptien, se tourna vers l'assistant de son idiologue[2], Apallânis, dont les ancêtres étaient déjà fonctionnaires, depuis plusieurs générations de pharaons. Parlant trop posément, il lui dit :

— Cette populace rend ma vingt-deuxième légion nerveuse. Que répètent-ils donc ainsi ?

L'Égyptien, d'origine grecque comme toute l'élite depuis trois cents ans, s'obligea à laisser passer quelques secondes avant de répondre. Le Préfet était manifestement en colère, traitant la foule de populace, alors que deux heures auparavant il lui avait désigné les

---

[2] Fonctionnaire, second du Préfet.

groupes de nobles qui s'étaient déplacés, recensant les personnalités les plus en vue, énumérant leurs titres de noblesse ou fonction. Apallânis savait d'expérience qu'il valait beaucoup mieux, dans ces moments de tension, passer pour un incapable que de répondre trop vite et se mettre à dos quelqu'un détenant tant de puissance.

Enfant il avait vu, malgré son père qui l'entraînait pour les mettre à l'abri, lui et sa mère. Il avait vu ces légionnaires traîner comme une charogne le corps de leur reine Cléopâtre, la dernière descendante des pharaons. Il avait vu les ruisseaux de sang lors des soubresauts de l'ancien régime, entendu la nuit les cris des femmes, et des jeunes filles, dont certaines étaient des camarades de jeux, livrées en pâture à ces mêmes légionnaires, en manière d'affirmation inconditionnelle de la puissance des nouveaux maîtres.

C'est donc avec circonspection qu'il traduisit, adoucissant d'instinct ce qui pouvait l'être, essayant de ne pas braquer plus ce représentant bien réel du mythique César Auguste :

— Depuis que le vent s'est levé, Chevalier Préfet, la foule répète toujours : « Le souffle de Rê ».

— Le dieu soleil ? demanda Publius un peu radouci par le ton déférent de son fonctionnaire au titre imprononçable.

— Oui Seigneur, tous ces temples, autour de nous, lui sont dédiés.

— Que veulent-ils ?

Comme tous les fonctionnaires risquant leur tête, Apallânis regardait le préfet, sans qu'aucun son ne sorte de sa bouche. Là-bas la tension était à son comble comme le monolithe touchait presque le berceau fabriqué pour lui, et la foule était animée d'un léger mouvement, d'avant en arrière, semblant vouloir passer les barrières virtuelles délimitant ce chantier étonnant. Publius, comprenant que sans diplomatie il ne tirerait plus rien de son fonctionnaire indigène, lui demanda, baissant la voix comme pour un aparté :

— Mon ami, cela reste entre nous bien sûr.

Sachant d'expérience qu'il ne pouvait pas se soustraire plus longtemps, l'Égyptien lui souffla, presque à regret :

— Ils n'ont rien prévu, pas que je sache en tout cas. Mais, Seigneur, c'est leur dieu qu'ils voient partir pour un pays lointain et ils réagissent peut-être comme des enfants, mais avec des croyances d'adultes. Je n'en sais pas plus que toi, citoyen romain.

Publius Rubrius Barbarus, quatrième Préfet Augustal d'Égypte, jaugea un bon moment le fonctionnaire, vrillant son regard dans celui de son administrateur local. Puis, n'y voyant rien d'autre qu'une apparente sincérité noyée sous la peur, il sourit avec une lassitude nouvelle, comprenant qu'il ne résoudrait pas cette affaire de la manière habituelle. Il dit :

— D'accord Égyptien, je vais essayer de leur faire comprendre que nous n'en voulons pas à leur dieu, mais que Auguste César veut voir ces monuments orner Rome, comme un gage de l'amitié entre nos deux peuples.

Ne sachant s'il devait répondre, ou si le Romain attendait quelque chose de lui maintenant, il baissa la tête comme la tradition immémoriale le lui avait appris. Publius se tourna vers son général et ordonna brièvement :

— Marcus Lentulus, fais avancer tes légionnaires entre le peuple et le chantier. Donnez vos ordres aux centurions d'éviter l'affrontement, mais, si la foule devient manifestement hostile, qu'ils répliquent avec fermeté à l'ordre que je vous transmettrai.

Le commandant de la XXIIème légion donna ses instructions à ses aides de camp qui les transmirent immédiatement aux centurions et peu après les colonnes de légionnaires commencèrent à s'ébranler. Avançant de leur pas lourd, les files d'hommes en armes, rassurés par l'action et le bruit de leurs chausses soulevant la poussière jaune du sol, se disposèrent, sans hâte, entre la foule et le fourmillement des hommes de peine entourant le mégalithe ainsi que l'immense treuil hérissé de cordes tendues.

Après quelques minutes, le dispositif était bouclé, deux lignes successives de soldats prêts à combattre, semblant faire rempart aux vagues sonores qui avaient cessé d'enfler à l'arrivée des soldats, mais restaient néanmoins à un niveau préoccupant.

La foule invoquait toujours le souffle de son ancien dieu comme l'immense pierre taillée se déposa avec la délicatesse que le permet-

4

taient ses deux cent trente tonnes sur le berceau construit spéciale-ment pour le charger à bord du navire gigantesque qui l'attendait à quai, sur la rive du Nil, de l'autre côté de la ville.

Alors, comme les cris des ouvriers s'estompaient les uns après les autres, que les grincements des cordages s'étaient éteints aussi en même temps qu'ils se détendaient, les cris de la foule cessèrent aussi d'un coup, ne laissant maintenant qu'un silence de mort à peine souli-gné par le sifflement du vent brûlant caressant la multitude des temples et monuments de la ville sainte.

Soudain, du milieu de la foule, une voix forte au visage invisible s'éleva scandant plusieurs fois un seul mot, repris de plusieurs en-droits successivement dans un premier temps par des locuteurs tou-jours perdus dans la foule. Ce mot de deux lettres, que même Publius pouvait comprendre, comme le comprenaient aussi les légionnaires originaires pourtant pour la plupart du Latium, ce mot fut repris alors par la foule dans son ensemble et en synchronie, de plus en plus puis-samment jusqu'à devenir assourdissant. Et de la vallée entière monta cet écho qui atteignit même les contreforts des pyramides à quatre lieues de là. La plaine entière, à ce moment-là, résonnait inlassable-ment du nom de leur dieu.

— Rê, Rê, Rê, Rê…

Cela dura dix bonnes minutes sans que personne n'intervienne. Les légionnaires avaient tous relevé leurs boucliers et serraient leurs armes nerveusement, même s'ils gardaient le regard droit devant eux, selon les instructions qu'ils avaient reçues en se mettant en place. Pu-blius Rubrius Barbarus, issu bien sûr de la noblesse romaine, se faisait un point d'honneur à ne pas bouger d'un cil, l'honneur de Rome en dépendait : surtout ne jamais se laisser impressionner par les peuples vaincus. Et par ailleurs, sa charge voulait que cette opération se dé-roule sans accros, en évitant si possible un soulèvement des indigènes qui vaudrait à Rome une nouvelle guerre longue et coûteuse, pas vrai-ment en accord avec l'image de puissance pacificatrice qu'elle voulait promouvoir depuis quelques années.

Et puis ils commencèrent à arriver, tous ceux qui n'étaient pas venus, se sentant moyennement concernés par cette nouvelle lubie de Rome de prélever deux de leurs plus beaux monuments, ceux-là même qui faisaient, et ils ne s'en apercevaient pas toujours au quotidien, la fierté des gens d'ici, en voyant la puissance qu'avait eu la civilisation de leurs ancêtres.

Ils venaient par groupes ou seuls, appelés par le nom du dieu de leurs ancêtres toujours scandés par la foule où maintenant l'on commençait à sentir la colère. Colère contre ce pillage qui ne disait pas son nom, colère contre ces occupants au double langage, qui parlaient de paix toute la journée et qui saignait à blanc le pays, embarquant chaque année le blé par tonnes à un prix dérisoire, les transformant en esclaves de fait de la cité lointaine toute puissante, colère enfin pour ce sacrilège. La profanation de ces monuments érigés ici depuis des siècles à la gloire de Rê, leur dieu principal, et qui allaient être embarqués pour servir d'ornement à Rome l'arrogante.

Des centaines de personnes arrivaient maintenant, et, même si elles étaient sans armes, la position de certains groupes laissait à craindre qu'ils puissent prendre des centuries à revers. Et la foule continuait sa litanie, maintenant reprise par les nouveaux arrivants.

Le Préfet Augustal fit signe à son général qui vint à ses côtés aussi rapidement que la dignité de sa fonction le permettait. Publius prit un ton léger, celui des soirées et des festivités, plus pour se rassurer, et rassurer les citoyens romains, selon Marcus Lentulus, que par véritable inconscience ou bravade. Tout en souriant pour que la foule puisse le voir, il demanda à son général :

— Tu peux faire évacuer la place par ta légion, jusqu'au Nil ?

— Ordonne Préfet, et j'exécute, pour Rome.

— Alors vas-y ! On évite le bain de sang seulement si c'est possible. Et si tout se passe bien, pas un mot par écrit de cette journée, même dans les lettres qu'envoient tes légionnaires à leur famille.

— D'accord Chevalier Publius Rubrius Barbarus, je fais selon tes ordres.

Cinq minutes plus tard, un nouveau bruit, de plus en plus puissant lui aussi, vint empiéter sur la litanie des Égyptiens. Un double bruit en fait, se mêlant intimement, fait par les armes dont les légionnaires heurtaient leur bouclier d'une part, et de l'autre, par leurs pieds dont, à la même cadence, ils heurtaient le sol, faisant trembler celui-ci dans la plaine ardente et soulevant des nuages de poussière jaune au soleil que le vent évacuait au fur et à mesure.

Puis, quand le bruit fut assez fort — assez pour que la foule commençât à hésiter —, les soldats commencèrent à bouger, doucement mais sûrement, levant les genoux bien haut pour heurter encore plus fort le sol, faisant trembler l'air au-devant d'eux. Ils s'avancèrent, mus comme au ralenti, vers la foule stupéfaite. De partout, là où il y avait des civils, les légionnaires commencèrent à marcher vers eux en martelant le bouclier de leur arme et le sol de leurs pieds, ce vrombissement gagna peu à peu sur le mugissement revendicateur de la foule dont les cris maintenant étaient mélangés d'accents de peur.

De partout les voix des Égyptiens se hélaient, appelant qui un ami, qui un parent dont il ne voulait pas être séparé, chacun commençant à craindre la violence qui planait sur l'esplanade et dont les soldats en armes pouvaient déclencher la tempête à tout moment. Alors, oubliant individuellement l'affront à leurs dieux et leurs glorieux ancêtres, les civils commencèrent à refluer devant ces étrangers dont ils savaient que les légions dominaient la plupart du monde connu, et que les représailles que ceux-ci réservaient aux peuples soulevés étaient déjà légendaires de cruauté aux vertus d'exemple.

Les centuries, voyant qu'ils arriveraient à leur fin sans vraiment de résistance accentuèrent la pression aux endroits stratégiques, se rejoignant entre elles en plusieurs points et établissant plusieurs vastes fronts qui maintenant repoussaient les civils en dehors des esplanades religieuses de cette antique cité du dieu Rê. Là-bas, devant les alignements impeccables de boucliers apparemment impénétrables, les civils s'enfuyaient de plus en plus vite, certains tentant de conserver la dignité de leur rang séculaire, d'autres courant franchement, traînant ou non par la main une fiancée ou un enfant. Le nom de leur dieu

7

s'éteignant alors, passant de leur gorge à l'oubli. Vaincu lui aussi par ces soldats du bout du monde, dont le martèlement des armes écrivait leur histoire.

Quand le soleil commença à allonger les ombres, aux limites des cadrans solaires, la place était devenue déserte, seulement troublée par les coups de marteaux des ouvriers fixant le mégalithe à son support roulant qui l'amènerait le lendemain jusqu'au navire qui l'attendait, mollement bercé par les flots du Nil.

Quelques manipules au pas devenu nonchalant, de temps à autre, parcouraient les lieux, passant de la chaleur harassante à l'ombre de centaines de temples et monuments s'élevant depuis des milliers d'années, les soldats regardant alors d'un air blasé ces merveilles de sculptures réalisées pour la plupart alors que leurs ancêtres étaient encore un peuple de bergers dans le Latium. Puis, malgré quelques ombres aux pas furtifs, le soir tomba dans le calme des vaincus.

Là-haut, dans le palais du gouverneur réquisitionné pour les besoins de la cour, la réception battait son plein aux lueurs des lampes à huile caressant les coupes d'or emplies de mets auxquels la plupart du temps ses concitoyens ne pouvaient rêver, mais Apallânis n'avait pas le cœur ce soir, de se mélanger aux Romains triomphants. Pressant le pas dans les ruelles sombres, il devait contourner la colline du Palais pour regagner la petite maison réservée pour lui et sa famille pendant la semaine où la cour s'était établie ici, dans la vieille citée, abandonnant Alexandrie pour cette villégiature que les Romains devaient trouver dépaysante.

Ravalant le mépris qu'il masquait à longueur de journée pour ces étrangers aux mœurs barbares, jusqu'à en avoir la nausée, il pressa encore le pas pour rejoindre sa femme, lui ayant semblé entendre un frôlement dans l'ombre d'un temple dédié à Isis, sa déesse de prédilection. Le frôlement se fit plus proche, derrière lui maintenant, et il se demandait s'il ne devait pas se mettre à courir quand une forme encapuchonnée apparut devant lui, rendant vain maintenant tout désir de fuite.

Quelqu'un arrivait derrière lui, et il savait aussi qu'une autre ombre allait surgir des recoins du temple, à sa droite, là où il avait entendu les frôlements. Comme il savait qu'il ne lui servait à rien de fuir, sachant maintenant, à moitié rassuré, qu'il ne s'agissait pas de vulgaires rôdeurs, la forme qui s'était matérialisé devant lui, ôta son capuchon, bien qu'Apallânis l'ait déjà reconnu, à sa démarche, ses vêtements, et l'odeur d'huiles parfumées dans laquelle l'autre évoluait toute la journée. Celui-ci lui parlait, doucement, trop presque, l'obligeant à avancer d'un pas pour pouvoir entendre ce que le prêtre marmonnait presque entre ses dents, comme une incantation :

— … t'avons vu aujourd'hui, avec les profanateurs. Tu parlais au Préfet.

— Il voulait savoir ce que les fidèles disaient, sur la place.

— Et ?

— Je lui ai dit la vérité, qu'ils saluaient le souffle de Rê, notre dieu.

— C'est tout ?

— Oui, c'est tout, bien sûr, maître.

Il se rendait compte, comme il terminait de parler, qu'il venait de finir sa phrase d'un « maître », comme à la phrase d'avant il avait cru bon d'enrichir son discours d'un « notre dieu », qu'évidement il n'aurait pas l'inconscience de prononcer devant le Préfet romain. Alors qu'il n'avait pas vu son interlocuteur depuis deux bonnes années, et que, de toute manière, cela faisait bien longtemps qu'il ne l'avait appelé ainsi, l'occupation romaine ayant distendu à l'extrême les anciennes pratiques.

Il s'aperçut aussi, avant que l'autre ne réponde, que s'il l'avait fait, c'était que quelque chose dans le silence du prêtre l'avait inquiété, sans qu'il ne s'en rende compte sur le moment, comme l'inquiétait aussi le silence des deux autres que pourtant il connaissait depuis leur enfance commune, à Alexandrie. Mais le grand prêtre lui parlait déjà, demandant avec une voix encore plus inquiétante :

— Tu lui as dit.

— Quoi ?

— Tu lui as dit, pour le tekhen, la pierre levée…

— Non !

L'importance du sacrilège dont le prêtre l'accusait lui faisait dresser ses cheveux sur la tête, et il venait de crier sa réponse, les yeux exorbités de terreur.

— Alors, pourquoi ils savent ?

— Ils ne savent pas, ils ne m'en ont rien dit et je n'ai rien entendu là-dessus, même quand ils parlaient entre-eux en romain, depuis des jours. Il y a seulement un des envoyés de Rome, pour accompagner la pierre, qui m'a demandé si je savais pourquoi l'ancien préteur s'était autant intéressé aux pyramides et à nos croyances.

— Tu mens…

— Non ! cria-t-il encore,

Il s'apprêtait à protester encore quand il sentit une main le saisir à l'épaule par-derrière, le maintenant fermement tandis que quelque chose de froid le traversait de part en part. Il baissa les yeux et vit bizarrement une pointe de métal sortir de sa poitrine tandis qu'un éclair de douleur explosait en lui, montant jusqu'à la gorge en un hurlement bientôt bâillonné par son propre sang.

Il sembla à Publius avoir entendu un cri horrible, là-bas du côté des ruelles sombres. Il tendit l'oreille, mais, n'entendant rien d'autre, il en déduisit quelque crime crapuleux, comme il s'en produisait toujours dans ces pays de sauvages. Puis, apercevant Lentulus, il marcha vers son général avec le sourire des bons jours :

— Mon ami Marcus, ta légion a fait du bon travail cet après-midi.

— Oui, Chevalier, j'ai la chance d'être bien entouré, par des officiers et des soldats de valeur, comme seul Rome sait en produire.

— C'est vrai, général » le Préfet baissa la voix avec un faux air de conspirateur et ajouta « Il faut dire que ces Égyptiens ne font pas le poids. Dire qu'ils ont été une grande nation, j'ai personnellement du mal à y croire, même en voyant toutes ces constructions pour leurs dieux.

Il partit d'un grand rire accompagné poliment par le chef de sa vingt-deuxième légion.

— Mais appelle-moi Publius, continuait-il. Nous sommes entre Romains ce soir non ? Tu connais le commandant Lelius ?

Il l'entraîna vers la baie d'où l'on apercevait les temples maintenant éclairés par la pleine lune qui venait de se lever. Un homme d'une quarantaine d'année était là, sirotant du vin dans une coupe en vermeil, flirtant discrètement, discutant poésie en latin avec une splendide jeune femme, les cheveux relevés à la dernière mode de Rome, inconnue de Publius. Celui-ci toussota pour attirer l'attention de l'homme en toge impeccable qui, se tournant et reconnaissant le Préfet, lui présenta la Romaine :

— Dona Flavia Caelia Decia, la femme de votre Juridicus[3] vient voir son mari quelques jours pour affaires, elle est venue sur mon navire, et repartira avec aussi, les affaires la retenant d'habitude à Rome.

Publius regarda la jeune femme avec étonnement, le visage de son assistant, le Juridicus, passa brièvement dans sa mémoire, sans que pourtant il ne réussisse à associer cet homme approchant la cinquantaine, rubicond et bedonnant, à la Venus qu'il avait en face de lui. L'homme en toge continuait :

— Flavia, je te présente Publius Rubrius Barbarus, Prèfet Augustal d'Égypte.

Les yeux de la femme s'agrandirent un bref instant, à l'énoncé du titre ronflant, sous-entendant un pouvoir notable. Puis, après un moment de flottement pendant lequel les trois hommes semblèrent sous le charme de Flavia, comme une Circée ressuscitée, Publius pensa enfin à faire les présentations de son général :

— Marcus, je ne te présente donc plus Flavia Caelia, mais voici par contre le fameux commandant Octavus Lelius, responsable du bateau qui emmènera la pierre après-demain, si tout va bien. Octavus, notre brillant général, le Tribunus laticlavius Marcus Lentulus qui nous a évité bien des soucis aujourd'hui.

— J'en ai entendu parler, même sur mon navire que je ne pouvais pas quitter, malheureusement. Je te félicite général. À la grandeur de Rome !

---

[3] Premier assistant du Préfet, nommé directement par Auguste.

Il venait de lever son verre, obligeant les autres à en faire autant, répétant en écho : « À Rome ! », la jeune femme en profitant pour s'esquiver. Le commandant parlait avec l'affectation des Romains pur jus, élevés aux invectives du forum. Pour détendre l'atmosphère que le marin avait rendu un peu trop solennelle, le Préfet, véritable petit roi d'Égypte, prit ce dernier par le bras, lui demandant :

— Alors, quels sont les derniers potins à Rome ?

— Comme d'habitude, les prix augmentent et les femmes nous rendent fous, répondit le marin en riant, se détendant enfin. Les projets de constructions poussent comme les blés, et Rome est en éternels travaux.

— Ça ne changera jamais, pontifia Publius avec un sourire mondain.

— Oui, avec des idées toujours plus bizarres. À propos, la pierre, ils veulent en faire un horologium géant.

— Pardon ?

La répartie du Préfet n'était pas feinte, ne comprenant par de quoi Lelius parlait.

— La pierre que je dois ramener, reprit le commandant, Auguste veut un cadran solaire géant, pour que les citoyens puissent marcher sur l'ombre leur donnant l'heure, et elle servira d'aiguille, de gnomon.

Marcus n'en revenait pas, il avait failli y avoir un bain de sang cet après-midi pour que les Romains puissent s'amuser à lire l'heure sous leurs sandales. Avant qu'il n'en ait conscience, une phrase franchit la dérisoire barrière de ses lèvres.

— *Vulnerant omnes, ultima necat*[4].

Publius vint à la rescousse de son général à la diplomatie défaillante. Levant son verre il scanda :

— À l'horologium !

— *Ultima necat* ? Mais vous êtes tous bien cérémonieux ce soir ! Il n'est pas encore temps de mourir… quand notre commandant doit encore introduire son espar de pierre dans la cale…

---

[4] Toutes blessantes, la dernière tue. Cette devise, parlant des heures, était inscrite sur certains cadrans solaires de la Rome antique.

C'était Flavia qui était revenue. En voyant le visage du commandant virer au pourpre, elle sût que sa répartie avait fait mouche et partit d'un grand rire posant sans plus de façon sa main sur la poitrine du commandant, le Préfet et le général échangèrent un bref regard de compréhension, ne pouvant s'empêcher d'envier le commandant et ses longues traversées. Puis, la bonne humeur de la jeune femme devint communicative et tous trinquèrent de bon cœur, dans la gaieté, bien loin de Rome et de sa politique.

Au bout d'un moment, quand ils furent bien obligés de redevenir sérieux, Flavia, que la chose préoccupait depuis l'après-midi demanda quand même au Préfet :

— Mais, Chevalier, comment ça s'appelle ?

— Quoi ?

— Cette pierre, là, qu'Octavus doit ramener à Rome pour Auguste, comment ça s'appelle ?

Publius sourit, enfin content de pouvoir briller devant cette femme d'un savoir inutile le reste du temps. Il commença :

— Les Grecs qui étaient là juste avant nous...

Il ménageait une pause, comme pour souligner que c'était à eux maintenant, tout ça. Et à lui surtout qui en était le quasi-roi. Déjà il reprenait. « Quand ils ont vu ça, ils ont dû y voir une ressemblance avec les brochettes avec lesquels ils rôtissaient leurs chèvres. » Il fit une nouvelle pause, laissant transparaître un fin sourire entendu, puis finit :

— Alors ils l'ont appelé de ce nom-là : "brochette à rôtir". En grec cela se dit : "obeliskos", c'est pour ça que, maintenant, on l'appelle : "obélisque".

13

SILENTIUM

01

Rome – De nos jours.

La gosse détala, sortant de la rame un peu trop tard pour pouvoir le distancer, et Jérôme s'élança à sa suite, bousculant quelques touristes abrutis de chaleur en marmonnant des *scusi*, il réussit à sortir aussi, juste avant que la porte ne se referme en heurtant rageusement son talon. L'odeur sur ce quai était la même qu'ailleurs, un mélange de crasse décennale et de produits aseptisant industriels. Il regarda machinalement le nom de la station : Barberini, et s'élança derrière l'enfant qui déjà disparaissait, là-bas, à l'angle du couloir souterrain.

Se forçant à respirer en rythme, comme à son footing hebdomadaire, il ne tarda à gagner du terrain sur la petite voleuse, heureusement ralentie par sa mallette bien trop lourde pour elle. Il commençait à reprendre espoir. Toutes ses recherches personnelles étaient dans cet attaché-case, représentant des années de travail, dont une partie devait servir à présenter son mémoire pour le professorat. Bien sûr, il y avait les sauvegardes… mais enfin c'était un tel bazar, les supports avaient changé depuis quatre ans, et il n'était pas certain de tout retrouver…

Là ! Elle était passé par-là pourtant ! Il sortit de sa digression, toujours habitué qu'il était de se retrouver dans la lune, même aux moments les plus cruciaux. Il y avait un embranchement, et il ne savait quel chemin elle avait pris.

— *Di là !*

Un Romain, habitué de ces courses poursuites et compatissant, lui indiquait le couloir de gauche, en tendant le bras. Jérôme fonça en criant un « *Grazie mille !* » et en levant le bras. Des escaliers menaient à la surface et la voleuse, qui ne devait pas avoir plus de douze ans, traînait la mallette de Jérôme marche après marche. Il la vit se retourner, en haut de la volée, ouvrant de grands yeux en le reconnaissant, pensant l'avoir semé. Elle lui cria rageusement quelque chose dans une langue inconnue et s'élança sur le trottoir alors que lui escaladait les marches deux à deux.

Il déboucha à l'air libre et la chape de plomb de la chaleur estivale lui tomba dessus. La gosse filait au loin rasant les touristes attablés. Il savait où il était, étant venu dîner trois jours auparavant. La petite fille, crasseuse et habillée façon romano, venait d'emprunter la Via Veneto avec seulement quarante mètres d'avance. Elle tourna la tête, se déconcentrant une seconde de trop dans sa course en le voyant déboucher sur le trottoir, bousculant une chaise à la terrasse d'un restaurant, elle la renversa contre des Américains déjeunant, déclenchant une série d'exclamations.

Voyant la scène, un serveur du restaurant suivant hurla au visage de la fillette :

— *Ancora una Zigana a rubare ! E non si vergogna !*

Il avait le visage rouge, probablement plus que lassé de voir la même scène, jour après jour. Puis, quand il vit Jérôme passer devant lui, il sembla s'éveiller, les poursuivants si proches étant sûrement assez rares. Alors, plus amène, comme on encourage un champion, il lui désigna un point plus loin, à la courbure de la rue qui montait à cet endroit, lui criant :

— *Piu svelte signor ! Ché anno la machina laggiù ! Il camioncino bian-cho…*[5]

Jérôme venait de comprendre, ils avaient leur base, une camionnette blanche, il la voyait plus loin, et si elle la rejoignait avant qu'il ne la rattrape, lui perdrait définitivement ses recherches. Stimulé par cette idée qui venait de se matérialiser avec densité dans son esprit, visualisant les années de travaux envolés, hypothéquant sa carrière dans son déroulement normal, il sentit un deuxième souffle, tandis qu'une force nouvelle investissait son corps. Ne sentant plus les effets de la chaleur, ni de la fatigue, ses jambes se mirent à accélérer, comme mues d'une vie autonome, alors qu'il voyait tout cela comme au ralenti, spectateur de sa propre action.

Il gagnait du terrain, très nettement, d'autant plus que l'enfant semblait être à bout de force, n'ayant pas ménagé ses efforts, ses jambes semblaient la trahir. Jérôme commençait même à distinguer deux formes derrière le pare-brise crasseux. Des hommes sans doute, entre vingt et trente ans. L'un d'eux, à l'approche de sa petite complice quitta son siège, passant derrière, et un instant après la porte latérale s'ouvrit. Il restait une dizaine de mètres à Jérôme pour rattraper sa voleuse.

Celle-ci semblait courir sur un tapis roulant allant en sens inverse, vivant probablement un moment pénible, comme dans un rêve où l'on ne peut plus avancer pour échapper à un danger. Puis, enfin elle arriva, sautant dans l'ouverture, mais avec Jérôme sur les talons.

La porte coulissante commença à se refermer, poussée par l'homme à l'intérieur, et Jérôme entendait le moteur tourner. Son esprit chercha une solution en un dixième de seconde et, d'instinct, il leva la jambe droite, celle qui avait l'élan dans sa course. La jambe gauche lui servant de pivot, du plat de son pied droit il repoussa la porte, effectuant un *Mae Geri* parfait, un qui lui aurait valu les félicita-

---

[5]   Plus vite monsieur. Ils ont un véhicule là-bas ! La camionnette blanche…

tions de Cyril, son prof de karaté, à l'époque où il fréquentait les dojos.

Jérôme voyait encore la scène au ralenti, vivant une distorsion bizarre du temps, comme il en arrive dans les moments décisifs. La porte, sembla hésiter un dixième de seconde, comme partagée par un choix entre deux forces. D'un côté la nouvelle donne, le coup de pied puissant, exécuté parfaitement par un homme dans la force de l'âge se servant de la force pivotante, doublée par celle de son plein élan d'une course rapide, le tout canalisé par une technique éprouvée, remise d'instinct à jour par une ancienne ceinture noire de karaté. De l'autre côté, un homme jeune, arc-bouté sur la poignée, et qui avait l'avantage de l'antériorité de l'action, donc de l'énergie cinétique du mobile qu'était la porte en tôle.

Puis, très vite, persuadée, la portière repartit en arrière, accélérée par la puissance du coup de pied elle projeta dans la foulée l'homme au bras tendu vers l'arrière du camion, celui-ci heurtant les portières arrière avant de s'étaler dans un fatras hétéroclite de sacs, de vêtements, smartphones et autres appareils électroniques. Pour retrouver l'équilibre, Jérôme sauta dans la camionnette alors que celle-ci déboîtait. Le chauffeur n'évaluant pas encore la situation, Jérôme savait qu'il n'avait pas beaucoup de temps devant lui.

La fillette s'était blottie derrière le siège conducteur et le regardait avec des yeux vraiment effrayés, personne apparemment n'ayant eu, de sa jeune expérience, l'audace qu'il avait. Il jeta un coup d'œil à l'arrière et vit l'homme tenter de se relever, se massant l'épaule droite qui avait heurté le haillon arrière. Enfin il parcourut des yeux le sol métallique parsemé d'objets. Il repéra tout de suite sa mallette et se baissa pour la saisir avant même d'avoir retrouvé le parfait équilibre. Le véhicule s'engageait sur la chaussée alors que, alerté par quelque chose dans le regard de la fillette, il regarda encore au sol et vit une deuxième mallette, exactement identique à la sienne, d'une marque au quasi-monopole international.

Il hésita une fraction de seconde, mais l'homme du fond s'avançait déjà. Heureusement, le chauffeur, une fois sur la route, venait de regarder dans son rétroviseur, évaluant la situation d'un seul coup d'œil, il écrasa la pédale de frein, déséquilibrant tous les occupants. Jérôme s'appuya au siège passager mais l'homme du fond, s'accrochant à une saillie de l'une des parois pivota et heurta le côté du véhicule.

Jérôme profita de ce répit et, sans trop y réfléchir, s'empara de la deuxième mallette avec la main gauche, celle qui tenait encore la première. De la main droite, il se propulsa en arrière et atterrit sur la chaussée en exécutant un quart de tour vers la droite, commençant à courir du même mouvement, sa main gauche empoignant toujours fermement les deux attachés case. Il parcourut comme en volant les quelques mètres le séparant de l'entrée du métro, applaudi cette fois par les serveurs des mêmes terrasses qu'il avait longées à l'aller et qui avaient compris la situation, saluant la performance, applaudissements aussitôt relayés aussi par les clients attablés.

Quelques *bravo* fusaient même comme il descendait les marches deux par deux. Ne perdant pas de temps à contrôler derrière lui, il fonça jusqu'aux rames, présentant son passe journée à la volée dans la pointeuse, arrivant sur le quai alors qu'une rame était déjà là. Il s'y engouffra, commençant seulement à respirer lorsque les portes se refermèrent. Puis, alors que la rame démarrait, il les vit débouler, l'homme d'une trentaine d'années et l'enfant d'une douzaine à peine. Trop tard.

L'homme le repéra et lui montra son poing pendant que la fillette l'invectivait dans sa langue. Alors seulement, regardant sa main gauche tenant deux attachés-cases par les poignées, il réalisa qu'il venait d'établir un véritable exploit en dérobant quelque chose à ceux-là, lui qui de sa vie n'avait jamais rien volé. Rien de rien.

Il changea à Termini, vérifiant encore s'il n'était pas suivi, ou que les groupes de dépouilleurs professionnels continuent à l'ignorer, ne sachant rien de leur mode d'organisation, s'ils étaient liés ou indépendants les uns des autres. La ligne B, quand on se dirigeait vers le nord et à quinze heures en plein été, était déjà beaucoup plus calme. Jérôme s'assit sur l'une des places assises libres à profusion à cette heure-ci, puis, regardant son couple de mallettes identiques, prit le temps de réfléchir, plus posément.

Déjà, le principal était qu'il avait sauvé ses recherches, dans l'une des deux mallettes posées à ses pieds. Il les regarda un peu plus attentivement, essayant en vain de repérer la sienne à une rayure qu'il était persuadé avoir faite à Roissy, la semaine passée, en venant à Rome. Bon, une des deux n'était pas à lui, c'était indéniable. Qu'en faire maintenant ?

Un moment, il avait caressé l'idée de continuer sa journée comme prévu, dans une sorte de déni de la réalité, et de remettre le problème au lendemain. Mais il devait se rendre à l'évidence, cette mésaventure l'avait un peu touché. La rame s'arrêtait à Castro Pretorio, la station où il aurait dû descendre normalement, pour continuer sa journée d'études. Ses recherches... tout ce qu'il y avait dans cette mallette, et qui avait bien failli s'envoler aujourd'hui...

Il laissa les portes automatiques se refermer, enterrant l'après-midi à la Bibliothèque nationale généreusement climatisée. On était mardi, un instant il pensa qu'il lui restait à peine plus d'une semaine de vacances pour terminer son programme, mais il avait déjà décidé de profiter de cette fin de journée, tout à la joie de n'avoir pas perdu la totalité de son travail. Déjà la rame roulait dans la relative fraîcheur du tunnel et Jérôme pensait avec délectation à la sieste romaine qu'il ne s'était jamais permise.

À la station Policlinico, il avait décidé aussi qu'il n'irait pas reporter l'autre mallette tout de suite à la police, s'accordant l'après-midi et même la soirée. Sans oser se l'avouer, il cherchait avant tout à se convaincre lui-même d'être du bon côté, celui de la victime, avant de se présenter aux *carabinieri* pour rapporter un attaché-case dérobé à une bande de romanichels. Assuré sur la marche à suivre, il était prêt quand la rame s'arrêta à la station Bologna.

Il descendit du métro et monta lentement les volées de marches saturées de musique insipide, dont le volume était à la limite du supportable. L'air était toujours aussi désagréable, un mélange de poussière aseptisée et d'odeurs contenues, baigné dans cette fraîcheur de cave qui faisait espérer la fournaise de la surface. Il remonta donc d'un pas un peu plus léger à la surface, accueillant avec gratitude l'irradiation quasi-létale du soleil de milieu d'après-midi. Il devait faire trente-six degrés à l'ombre, sans doute était-ce pour ça qu'il marchait en plein soleil, le temps d'arriver à la supérette au pied de l'hôtel pour y faire une provision de liquide réfrigéré.

L'hôtel où il était descendu, au charme désuet et à la climatisation épique, représentait néanmoins pour lui un havre de paix dans cette Rome trépidante, même en pleine saison touristique. Assez près pour lui éviter la location d'un véhicule, il était assez éloigné pour goûter au charme tranquille de ce quartier populaire. Jérôme entra en soufflant inconsciemment, comme on le fait après avoir échappé à quelque chose. Il accompagna d'un geste de la main son déjà coutumier *buongiorno* au planton d'après-midi et grimpa la volée de marche qui devait l'amener à l'ascenseur, démarrant bizarrement à partir du premier étage, vestige folklorique d'une conception déjà archéologique du palace romain.

La porte de l'ascenseur daigna enfin s'ouvrir, plus lui semblait-il pour éjecter les passagers descendant que pour lui permettre de monter. Elle était là, devant lui, l'empêchant un peu de rentrer dans la cabine, avec son sourire en coin et son air taquin, comme tous les jours au petit déjeuner — Jérôme évitant, sans se l'avouer, de changer l'heure à laquelle il descendait à la *colazione*, se trouvant ainsi toujours en même temps qu'elle devant le buffet matinal. Il ne lui avait pas encore adressé la parole autrement qu'avec les *buongiono* polis qu'il ne distribuait néanmoins pas à tout le monde, et encore moins, donc, proposé de prendre le petit déjeuner à la même table, remettant stupidement chaque jour au lendemain.

— Vous en avez deux aujourd'hui ?

Elle avait lancé ça dans un français maternel — alors que jusqu'ici il la prenait pour une Italienne cent pourcents mozzarella —, et avec cet air espiègle qui la faisait ressembler à une adolescente, le regardant effrontément vers le bas du corps. Avant qu'il ne réalise qu'elle prenait prétexte des mallettes pour briser la glace de cette façon ambiguë, il prenait déjà un phare et virait au rouge pivoine.

21

— Non, c'est-à-dire que, la deuxième n'est pas à moi, alors… je dois l'apporter aux *carabinieri* demain, bégaya-t-il lamentablement.

— Quoi, vous l'avez volée ?

Elle avait dit ça en exagérant un peu le dernier mot, comme si elle parlait à un enfant. Il reprit :

— Non ! Enfin oui… je l'ai reprise aux voleurs quoi…

Le sourire espiègle réapparut comme l'ascenseur repartait sans lui.

— Ça a l'air compliqué, mais enfin, vous avez le temps de commencer, votre ascenseur est parti. Vous avez volé des voleurs, alors ?

— C'est vrai, admit-il. Et je dois rapporter une des deux mallettes aux carabiniers, demain.

— Mais pourquoi ? Et laquelle des deux, elles sont pareilles non ?

— C'est pour ça !

Jérôme commençait à désespérer d'arriver au bout de ses explications, devant ce déluge de questions ne lui laissant pas le temps de finir une réponse, comme il commençait à douter du bien fondé de répéter cette scène devant des policiers étrangers, et suspicieux de profession. Il essaya de finir, avant qu'elle ne recommence :

— Sur le moment, je ne savais pas laquelle des deux était la mienne, alors je les ai reprises toutes les deux…

Jérôme vit très bien le moment où elle comprit, ses yeux s'agrandissant un peu. Elle porta une main à sa bouche et partit d'un grand rire, réussissant à placer entre deux quintes :

— Vous l'avez vraiment fait ? Vous les avez prises ? Mais, comment ça s'est passé, racontez-moi. Vous avez bien cinq minutes non ?

Ce-disant, elle le prit par le coude et l'amena jusqu'à une petite terrasse attenante à la salle du buffet, entourée d'immeubles assez éloignés pour éviter la sensation d'étouffement, mais relativement fraîche car ne voyant sans doute jamais le soleil. Elle attendit qu'il s'assît sur une des chaises en plastique blanc, et fit de même, rapprochant sa chaise comme le feraient deux complices cherchant la discrétion.

Il profita de la proximité pour la détailler mieux qu'il n'avait eu l'occasion de le faire jusqu'alors. Elle ne devait pas mesurer plus d'un mètre soixante, mais semblait posséder une énergie inépuisable qui faisait pétiller ses yeux verts, sous une cascade de cheveux blond bouclés qui entourait un visage de madone au bronzage parfaitement maîtrisé, soulignant ses paroles de mains papillonnantes. Peut-être était-ce pour ça qu'il l'avait si rapidement cataloguée Italienne ?

Elle marchait d'habitude d'un pas rapide mais ondoyant, comme en représentation perpétuelle de mode. À ce moment-là, il fut pris de doute, comparant ce volcan survitaminé à sa nonchalance d'intellectuel rangé. Avec ses quelques kilos de trop, même s'il n'était pas vraiment moche, il se surprenait souvent à se trouver quelconque avec son mètre soixante-quinze et sa tête de méditerranéen à l'œil noir et la tignasse aile de corbeau.

— Alors !

Il revint à Rome et sur la terrasse de l'hôtel, comme elle le secouait un peu, la main sur son biceps, réclamant, exigeant déjà son histoire. Il sourit un instant, secoué de plusieurs manières, puis lui expliqua sa mésaventure du matin, commençant par la petite tzigane lui subtilisant son attaché-case entre ses jambes dans le métro, la course poursuite dans les couloirs de métro, la camionnette et la fuite, jusqu'à son arrivée ici. Machinalement, il ouvrit deux cocas frais qu'il avait achetés à la supérette et lui en tendit un dont elle vida la moitié d'un trait, lui rappelant que, même si à l'endroit où ils étaient, il faisait moins chaud qu'en plein soleil — celui qui rendait si lumineux l'ocre des façades environnantes —, la température devait quand même avoisiner les trente-deux degrés, et il allait lui proposer un repli stratégique vers une climatisation, quand elle le devança :

— On pourrait aller dans un endroit plus frais, non ? Vous avez prévu quelque chose cet après-midi ?

Elle ne lui laissa pas vraiment le temps de répondre, continuant de l'entraîner dans une avalanche verbale dont il n'avait pas vraiment envie de sortir. De toute manière, elle répondait déjà à sa place :

— Bon, je vous laisse le temps de prendre votre douche et tout. Il y a un café au coin de la place, ça a l'air légèrement branché, mais c'est sympa. Vous me raconterez ce qu'il y a de si important dans cette mallette pour vous faire prendre le risque d'affronter seul cette bande.

Lui laissant à peine le temps de bredouiller un « D'accord… », elle s'était levée, l'entraînant dans son sillage parfumé jusqu'à l'ascenseur qui maintenant l'attendait. Comme il y entrait, elle le retint un moment et lui demanda, contrefaisant et exagérant un peu une interrogation :

— Au fait, vous avez un prénom ?

— Jérôme », répondit-il, un tout petit peu trop rapidement, le sourire taquin réapparaissant à la commissure des lèvres de la jeune femme. « Jérôme Sohler, précisa-t-il encore alors qu'elle lui lâchait le bras.

La porte se refermait et Jérôme ouvrait la bouche pour demander, mais le sourire ravageur de la jeune femme soulignait déjà ce qu'elle disait :

— Aurore Lapeyre.

Seul dans la cabine, Jérôme s'adossa à la paroi latérale, alors qu'un sourire commençait à éclairer le visage que lui renvoyait le miroir fixé à la paroi du fond. Le genre de sourire qui n'apparaissait plus que rarement depuis son divorce, deux ans auparavant.

Il expédia la douche et se changea en vitesse. Les deux mallettes étaient là, sur son lit tiré au cordeau. Délicatement, il s'assit sur le bord du lit et tira la plus proche à lui. Machinalement, il composa le code, toujours le même, n'ayant jamais pris le temps de lire le mode d'emploi, il avait laissé celui d'origine, soit une suite de trois zéros.

L'attaché-case, vendu probablement à des millions d'exemplaires, s'ouvrit avec le bruit étouffé et rassurant de fiabilité qui avait fait la réputation de cette marque. Poussant un soupir de soulagement, Jérôme souleva le couvercle et resta interdit.

L'assortiment qu'il avait devant lui ne lui appartenait pas. Il réfléchit un court instant et comprit que le possesseur de celle-ci avait fait exactement comme lui. Trop occupé, ou l'esprit trop pris, il avait zappé l'étape mode d'emploi et laissé la combinaison standard. Poussé par une curiosité irraisonnée il se saisit des documents et regarda un moment. Il y avait là de vieux écrits, en latin. Des parchemins fixés entre de fines plaques de verres pour pouvoir être lu sans se détériorer. Il en prit un au hasard, et reconnut la facture d'un original du Haut empire. D'instinct, il le data du premier siècle, et il y en avait d'autres comme ça, la plupart écrits, et d'autres avec des dessins, des croquis lui semblait-il. Un autre lui sembla encore plus ancien, un papyrus égyptien apparemment.

Stupéfait, il referma le couvercle et brouilla la combinaison. Il s'y connaissait assez pour savoir qu'il y en avait pour une fortune dans cette mallette toute bête, la même que la sienne qu'il s'astreignit à ouvrir, juste pour vérifier. Tout y était cette fois, le monde recommençait à tourner.

Puis, quand même un peu dérouté par sa trouvaille, il referma sa mallette, ouvrit l'armoire et cacha dérisoirement les deux attachés-cases sous les couvertures soigneusement pliées pour l'été. Ensuite, un peu pensif, il ferma la porte et débuula les marches depuis le cinquième étage, préférant l'escalier cette fois : Il avait un rencard.

Piazza della Minerva – Rome.

Le regard vide caressant la sculpture de Bernini, Silvio se revoyait, insouciant, du temps où il s'appelait juste Silvio, Silvio Rufrano pour l'état civil, à cette époque, à la place du front dégarni surmontant le visage rubicond qu'il affichait maintenant, il arborait une longue chevelure d'un brun chatoyant qui accompagnait un corps svelte, pourvu d'un esprit agile mais sans plus de préoccupation que les touristes déambulant, là, deux étages plus bas, se photographiant devant l'éléphant ou l'entrée de la Basilique.

— Il va vous recevoir…

L'homme avait lâché ça du bout des lèvres, comme s'il soufflait sur une patate trop chaude, ou plus sûrement comme s'il désapprouvait la présence de Silvio, ici, soupçonnée de dégrader le lieu de sa trop modeste présence. Pour le moment, ce dernier avait d'autres problèmes qui rendaient celui-ci puéril.

Machinalement, il s'était levé, se propulsant pour suivre l'huissier imbu sans que celui-ci ne le lui ait pourtant explicitement précisé, enchaînant une série de couloirs à la longueur insoupçonnable depuis l'extérieur du vénérable bâtiment. L'homme avait les talons qui claquaient et, malheureusement pour Silvio, lui aussi. Après deux minutes de ce concours de claquettes sur le marbre séculaire, l'huissier, ayant probablement subi un entraînement spécial à l'identification des portes, s'arrêta devant l'une d'elles que rien ne distinguait des autres. Il l'ouvrit sans y entrer, gardant la poignée en main, se penchant jusqu'à ce que Silvio y pénètre, après un regard appuyé et une économie de mots.

Silvio entra, passant pour cela tout juste entre le montant de la porte et l'huissier penché tenant toujours la poignée en main, le fixant sans aménité, le visage à quelques centimètres du sien comme il pénétrait dans la pièce. Enfin, tremblant, la porte se refermant dans son dos, il s'avança de quelques pas, s'arrêtant devant un bureau en marqueterie qui devait avoir plus de trois cents ans et coûter à lui seul plusieurs mois de salaire d'un ouvrier.

Un homme y était assis et, s'il semblait petit, le visage aussi tanné que celui d'une momie, il dégageait pourtant l'assurance que confère le pouvoir absolu, irradiant cette énergie qui ne se percevait que par l'éclat de ses yeux noirs, enfoncés dans leurs orbites comme deux braises dans un lit de cendres blanches. Pour le moment, il le fixait, son regard transperçant Silvio comme deux rayons X, dévoilant les parties les plus cachées de celui-ci.

Ils restèrent quelques secondes comme ça, Silvio toujours debout, commençant à transpirer et supportant stoïquement son surpoids alors que l'autre l'observait encore, s'abstenant ostensiblement de lui proposer de s'asseoir. Enfin il parla, sa voix résonnant étonnamment pour un corps si frêle, comme si elle appartenait à un autre, ou qu'elle émanait d'un haut-parleur caché :

— Vous l'avez perdue…

La voix résonna un peu dans la pièce boisée, à la manière d'un écho de tremblement de terre. Et la tonalité de cette voix, aussi basse qu'elle semblait vibrer en lui, terrifia Silvio d'une peur ancestrale. Sans trop savoir pourquoi, une image vint à son esprit, celle du père Bruno, jugé en face, de l'autre côté de la place, et brûlé à deux cents mètres de là, sur le Campo di Fiori. Les paroles fusèrent d'elles-mêmes, un peu trop fort :

— On me l'a volée, dans le métro ! Des tziganes…

Devant le regard noir que l'autre lui adressait, les mots s'éteignirent doucement, comme un flot qui se tarit. L'homme laissa passer quelques secondes, puis souffla, tout doucement cette fois-ci :

— Dans le métro… Vous avez pris le métro avec… Mais, vous avez pensé aux conséquences ? Si cela tombe en de mauvaises mains…

Silvio baissa la tête, comme quelqu'un attendant une condamnation. Évidemment qu'il y avait pensé depuis que la gosse s'était échappée avec son attaché-case, et, tournant le problème dans tous les sens, il ne voyait toujours pas de solution à la plus grosse gaffe du siècle commençant. Oui, il avait pris le métro avec ça, juste deux stations… pour aller plus vite. Le cerveau ressassant une nouvelle fois tout ça, il n'entendit pas tout de suite l'autre qui s'était remis à parler, s'adressant à lui d'une voix aussi froide qu'un scalpel :

— … alors écoutez bien, car plus jamais vous ne reviendrez ici. Voilà ce que l'on va faire. Ce que vous allez faire plutôt, le reste ne vous regardant plus…

Piazza Bologna – Rome.

Elle s'était changée, ayant optée pour une robe légère blanche, façon dentelles laissant deviner par transparence une poitrine qu'il n'osait regarder et caressant ses jambes, en soulignant par contraste le bronzage parfait. Elle s'était installée dehors, délaissant finalement la climatisation pour le va-et-vient des Romains, aussi put-elle l'observer à souhait quand il arriva, son regard le rendant gauche, butant du pied sur le bord du trottoir et manquant de renverser le plateau plein de li-

27

quides frais et colorés arboré par la serveuse, déclenchant du même coup le si redouté rire de la jeune Française.

Ils parlaient maintenant depuis une heure, se racontant leurs passions.

— Et c'est quoi alors tes recherches ?

Aurore était tout de suite passée au tutoiement, rendant le reste plus facile. Jérôme répondit.

— Ça va t'ennuyer, c'est des trucs d'archéologue, plein de poussière vieille de deux mille ans, les progrès techniques de la Rome antique.

Son rire cristallin résonna encore, faisant tourner la tête aux Italiens.

— Non je veux tout savoir, et après je présenterai les travaux sous mon nom.

— Bon d'accord…

Il réfléchit un moment, la regarda, sourit, puis lui expliqua son doctorat passé et maintenant le professorat convoité, ses fouilles, traquant le moindre empierrement prouvant que les moulins à eau et d'autres progrès existaient déjà pendant l'Empire romain. Puis, quand il vit qu'elle décrochait un peu — il en était à ses recherches historiques, comme le matin même, dans les bibliothèques et collections privées —, il lui demanda :

— Et toi ? Je ne sais toujours rien, qu'est-ce que tu fais à Rome par exemple ?

Elle haussa les épaules et, laconique, expliqua :

— Ho ! Moi… je suis architecte… mais pas une grande, je travaille pour une grosse boîte et je suis là pour un congrès sur les évolutions techniques, la nouvelle façon de faire du béton et tout ça…

— Pourquoi, il y a une nouvelle façon ?

Il eut probablement l'air trop surpris, avec des yeux ronds d'enfant à qui l'on dirait que l'école n'est plus obligatoire, car elle repartit de son rire habituel, penchant légèrement sa tête en arrière, probablement pour que cela sorte mieux, et, trouvant moins d'obstacle, il fusait vers le ciel, retombant sur lui qui ne pouvait s'empêcher de devenir penaud. Ce qui empirait les choses, car le voyant ainsi elle repartait de plus belle, le trouvant puérilement craquant. Enfin elle répondit :

— Oui, maintenant on pourra éviter les ferraillages dans les murs, juste des aiguilles en inox, on pourra faire des voiles plus fins quoi.

Il la regardait bizarrement, comme si elle se fichait de lui — l'habitude étant déjà prise. Puis, presque convaincu, il demanda quand même :

— C'est vrai ?

— Juré, fit-elle en levant sa main droite avec le pouce et l'auriculaire repliés, à la mode scoute. Et peut-être même, reprit-elle, que dans deux mille ans le Jérôme de l'époque fouillera le béton pour trouver des aiguilles à la place de barres de fers... On mange où ce soir ?

— Via Veneto ? proposa-t-il sans y penser, le seul endroit qui lui était venu à l'esprit étant celui de ses exploits du matin, et qui était aussi le seul où il s'était octroyé une vraie soirée de détente quelques jours auparavant.

Grande banlieue de Rome.

Le soleil, sans être encore vraiment couché, n'était déjà plus aussi agressif et des dizaines d'enfants couraient en criant entre les caravanes et les voitures rutilantes ou désossées. Certains se jetaient des mottes de terre sèche qui explosaient en arrivant sur leurs camarades, les adultes vaquant à leur inoccupation habituelle ou, plus rarement, les autres, les adultes *gadjés*[6] comme les trois qui parcouraient l'allée centrale à pied, depuis qu'ils étaient entrés, quelques minutes auparavant, par le portail principal.

Silvio reçu la motte dure comme une pierre à l'arrière du crâne, y vrillant une douleur dont son mode de vie l'avait épargné depuis plus de trente ans. Il se retourna à temps pour voir une bande de dix garnements s'échapper en riant entre deux énormes camping-cars aussi neufs que chez un concessionnaire. Il porta la main à ses cheveux

---

[6]   Sédentaires ; ne faisant pas partie des gens du voyage, en gitan.

blancs et clairsemés, craignant d'y trouver du sang, mais ne rencontrant que quelques grains de terre poussiéreuse sur la peau flétrie de son crâne. L'un des deux autres s'était arrêté pour l'attendre, le plus corpulent, celui dont une bosse déformait, au niveau de l'aisselle, la coupe de son costume par ailleurs impeccable. Trop semblait-il à Silvio, compte-tenu de l'endroit. Lui, depuis le début de sa mission, un mois auparavant, avait quitté ses vêtements habituels pour endosser ceux-ci, plus consensuels, qu'il mettait lorsqu'il voyageait ou qu'il ne voulait pas se faire remarquer.

— Tout va bien ?

C'était Giani, le costaud, qui l'avait interpellé ainsi, mais avec une intonation ne souffrant pas de réponse négative. Pressant le pas de ses maigres jambes, il rattrapa les autres comme ils arrivaient devant une tente de réception ouverte et spacieuse, d'un blanc immaculé, où une trentaine de personnes étaient attablées sur une très longue table composée de tréteaux sur lesquels avait été disposée une planche en contreplaqué relativement neuve, d'un seul tenant, d'environ six mètres de long sur deux de large. Elle était orientée de manière à ce que l'une des largeurs, dégagée, se présente vers l'allée. En arrivant, on voyait ainsi tous les convives de profil et, à l'autre extrémité, en face des visiteurs, un homme d'une cinquantaine d'années au visage buriné par le soleil, assis sur un fauteuil en cuir incongru, même sous cette tente quatre étoiles, qui semblait jouir d'un prestige manifeste sur cette assemblée étonnante, car tous le traitaient avec égard.

Les trois hommes s'étaient arrêtés devant le bord de la table où des verres plus ou moins remplis étaient posés à même la planche et dont certains s'étaient renversés, maculant d'humidité le bois brut, les convives les laissant là, sans plus de cérémonie alors que les discussions allaient bon train. Apparemment, pensa Silvio, l'apéritif commençait avant dix-huit heures ici. Sur la table, d'un coup d'œil, il avait déjà remarqué une bouteille de Ricard, du pastis français, déjà vide, ainsi que deux de Martini, donnant une explication crédible au rouge des joues et du niveau sonore ambiant.

Peu à peu, pourtant, au fur et à mesure que chacun constatait le présence des nouveaux venus, le silence se fit et les regards, interrogatifs pour la plupart, allaient de celui qui manifestement était leur chef aux arrivants en costume encore plus incongrus ici que leur assemblée ne l'était pour le reste du monde.

Enfin, l'homme assis au bout de la table parla :

— Vous êtes les envoyés du signor Battisti ?

— Oui monsieur Zanu, je suis Marcello Bucceri.

C'était la première fois que Silvio entendait la voix de l'homme qui venait de s'exprimer. Celui à qui on lui avait expressément stipulé d'obéir avec la plus grande diligence et dont Giani, le barbouze bizarrement armé, devait assurer la protection. Il avait la quarantaine sportive et Silvio n'arrivait à le classer dans aucune des cases dont il avait l'habitude. En fait, même s'il en avait entendu parler en trente ans de carrière, il n'avait jamais vraiment réalisé que des hommes comme ses deux compagnons du moment puissent faire partie de la même organisation que la sienne. Vraiment pas.

Le chef du plus grand camp tzigane de Rome reprenait la parole :

— Il n'a pas voulu me donner de détail au téléphone, à cause des Américains qui espionnent sans doute.

— Probablement, répondit sobrement le dénommé Bucceri, toujours aussi loquace.

— Tenez ! Asseyez-vous et buvez quelque chose, pendant que vous m'expliquerez ce qu'on peut faire pour vous. On va vous faire la place…

En parlant, il s'était tourné vers les plus jeunes de l'assemblée, des trentenaires aux longs cheveux noirs bouclés. Ceux-ci déjà se levaient, mais l'homme en costume, d'autorité, levant un peu le bras droit, les arrêta :

— Non non, ne bougez pas. Nous n'avons pas le temps. C'est une affaire très urgente… et « délicate », vous comprenez…

Le chef regarda l'homme dubitativement une ou deux secondes, alors que ses jeunes lieutenants étaient mi-debout mi-assis, entre deux instructions contradictoires, et ils attendaient de lui une décision rapide.

— Ça a l'air important alors. J'ai assuré le signor Battisti que nous vous donnerons toute l'aide possible, avec aussi toute la discrétion dont nous sommes capables.

Ayant dit cela, un fin sourire plissa la commissure de ses lèvres, et il se tourna vers les convives, son regard les balayant tous. Un éclat de rire parcouru la tablée et, sans qu'il n'ajoute rien, tous les hommes et les femmes assis là se levèrent sans hâte et disparurent chacun dans une direction différente, déjà occupés à l'on ne sait quoi.

— Asseyez-vous, je vous prie reprit le gitan, en désignant les chaises les plus proches de lui.

Marcello Bucceri s'était assis à la droite du chef, démontrant par là qu'il connaissait une partie des traditions ayant cours ici. Puis, d'une main, il désigna l'autre chaise, celle à la gauche du gitan, à Silvio. Celui-ci, presque sur la pointe des pieds, y prit place, essayant même d'éviter à la chaise en fer de grincer sur le sol en béton brut, tandis que Giani restait debout à l'extrémité de la table, lui tournant même le dos pour observer les allées.

— Monsieur Zanu, tout d'abord, nous n'avons pas l'intention d'intervenir dans vos affaires, et c'est un grand service que nous vous demandons ici.

Le chef hocha silencieusement la tête, laissant continuer l'envoyé du tout puissant Battisti.

— Voilà, en peu de mots, notre collaborateur, M. Rufrano ici présent, n'a pas surveillé comme il l'aurait dû son attaché-case qui contient des documents inestimables pour nous, et au plus haut niveau.

Il fit une légère pause, scrutant le visage de l'autre. Il y vit passer le léger agrandissement des yeux, signe qu'il avait compris, et reprit :

— Ces pièces, entre de mauvaises mains … » Là encore, par son silence il suscita sans les citer des images dans l'esprit du gitan, avant de reprendre. « … pourraient nous valoir un préjudice d'une importance inimaginable.

S'arrêtant, il laissa le chef poser la question lui indiquant qu'il avait compris toutes les faces du problème.

— Ce sont des gens à moi qui ont pris cette mallette ?

Bucceri hocha lentement la tête sans quitter le gitan des yeux.

— Comment ils étaient ?

Bucceri fit un signe de la main à Silvio qui parla, avec force détails pendant cinq minutes, expliquant le lieu, l'heure, la couleur de la jupe de l'enfant, et même le numéro de la voiture et de la rame du métro. Puis, prostré, il se tut regardant droit devant lui alors que la transpiration dégoulinait dans son cou, mouillant son col empesé.

Le chef sortit, d'une large poche de son pantalon style militaire, le dernier smartphone Samsung de presque vingt centimètres de long et passa trois coups de fils, parlant rapidement et avec plus d'autorité qu'ils ne s'y étaient attendu dans cet environnement étonnant, au milieu de plusieurs hectares de camping-cars, de tentes et d'amas divers d'objets ou de ferraille.

Quand il eut fini, il dit simplement :

— Ils arrivent d'ici dix minutes. Elle ne pouvait pas savoir, c'est une enfant.

Bucceri leva la main en signe d'apaisement. L'autre ajouta :

— Mais il y a une complication.

SILENTIUM

02

Via Veneto – Rome.

Enfin, comme tout Rome, ils accueillaient avec délice la fraîcheur du soir. Quelques bougies vacillaient çà et là sur les tables des restaurants, soufflées par l'air doux. De petits palmiers étaient plantés aux pieds de platanes imposants entre lesquels, de loin en loin, des parterres de fleurs ou de gazons avaient été disposés, donnant à ce coin de ville un air de province.

De là où ils se trouvaient, avec Aurore, Jérôme voyait une soixantaine de mètres plus loin l'entrée de la station de métro où il s'était engouffré à peine quelques heures plus tôt. Comme si une de ces deux parties de la journée était un rêve, et il ne savait pas vraiment laquelle, tant les instants qu'il vivait maintenant étaient emprunts d'une douceur irréelle.

La jeune femme le regardait en souriant. Devinant ses pensées, elle demanda :

— Alors c'est là que ça c'est passé ?

— Oui, je me suis sauvé par-là.

D'un geste vague de la main, il désignait la volée de marches un peu masquée par des plantes exotiques et une terrasse de restaurant.

Elle attendit un moment, entrecoupé par l'arrivée du serveur leur apportant deux assiettes énormes d'*antipasti*, puis lui posa franchement la question :

— Tu ne crois pas qu'ils reviendront ?

— Je n'y ai pas pensé, avoua-t-il, mais si tu veux, on peut aller ailleurs.

— Et laisser ce plat aux Italiens ? Tu ne me connais pas encore.

Avec appétit, elle planta sa fourchette dans un morceau d'encornet frit et le porta à sa bouche vermeille sans autre forme de procès. Il l'imita et tenta de la rassurer encore :

— Pas sûr qu'ils me reconnaissent, et puis peut-être qu'ils sont quelque part, en train de se partager le butin de la journée.

L'image la fit rire, s'imaginant la troupe de pirates modernes au coin d'un feu, s'attribuant sacs Vuitton et Iphones.

— Tu as encore beaucoup à faire, dans tes recherches ?

Il haussa les épaules, plus certain depuis quelques heures de ses priorités. Lui remplissant le verre de Lacryma Christi 2008, il lui dit :

— Normalement, oui. Mais j'ai plutôt envie de profiter un peu, après tout ça... Et toi, ton congrès ?

— Plus trop important maintenant, j'ai fini la partie pour laquelle je suis venue. J'avais prévu de visiter Rome ces trois prochains jours, avec deux collègues.

Une ombre légère passa dans le regard de Jérôme, réveillant le sourire taquin. Elle reprit :

— Mais enfin, elles peuvent aussi se débrouiller sans moi, si un vrai archéologue diplômé est prêt à me faire visiter la ville par exemple...

Le visage de Jérôme s'éclaira d'un sourire et, finissant ses *antipasti* avec un regain d'appétit, il lança :

— Ça marche pour la visite, mais il faut se lever de bonne heure pour le grand tour.

— Sept heures tapantes au petit déjeuner.

— Ça, je l'ai bien cherché ! conclu Jérôme, déclenchant, un peu à dessein, la fraîcheur du rire de la jeune femme.

Évitant d'alimenter la légende des Français aux petits pourboires, il régla au serveur qui devint encore plus démonstratif, multipliant les *grazie*. Aurore était partie aux toilettes, lui, distraitement observait le cadre de la scène du matin quand son regard s'arrêta, fixant, à la courbure de la rue, sur l'emplacement de stationnement réservé aux handicapés, une camionnette blanche qui venait de se garer.

Le sang sembla se glacer dans ses veines, et, même s'il savait la chose possible, revoir une camionnette comme celle des tziganes, au même emplacement, remua trop de choses en lui pour qu'il puisse contrôler ses émotions.

— Allez mon guide ! On y va ?

Un bras se posa sur son épaule, et Jérôme leva un visage défait vers Aurore qui s'en aperçut immédiatement.

— Qu'est-ce qu'il y a ?

Il indiqua du menton la direction de la camionnette. La jeune femme, comprenant immédiatement, demanda :

— C'est eux ?

Il haussa les épaules, lui faisant comprendre qu'il n'en savait rien, et commença à se lever quand les occupants, un peu cachés par le véhicule, émergèrent par la porte latérale. Les deux Français attendirent un instant qu'ils passent à la lumière d'un réverbère, et Jérôme les reconnut. C'était ceux du matin même, les deux gitans d'une trentaine d'années, accompagnés de la fillette.

Il s'était figé sur place et, comme dans un rêve, Aurore l'entraîna vers la station de métro, lui regardant dans la direction des tziganes, si bien que ceux-ci finirent par le remarquer aussi. Ce fut la petite voleuse du matin qui le reconnut en premier, le montrant franchement du doigt aux deux autres.

Les deux Français avaient alors accéléré le pas, se précipitant vers l'entrée de la station Barberini. Mais, avant de plonger dans les souterrains, Jérôme s'arrêta et observa un instant : Quelque chose clochait. Les gitans, au lieu de les suivre, comme ils l'avaient craint tout d'abord, s'étaient arrêtés et l'un d'eux, qui avait sorti un téléphone portable de sa poche, était en communication, se contentant d'observer les Français de loin.

Jérôme retint Aurore et il lui glissa quelques mots tout en l'entraînant avec lui. Ils revinrent d'abord sur le trottoir, au milieu de touristes, puis tournèrent rapidement sur leur droite au coin de la rue. Longeant la place Barberini, ils accélérèrent le pas jusqu'au moment où, tournant encore à droite, ils se mêlèrent à la foule déambulant *via Sistina*, Aurore se retournant fréquemment tandis que Jérôme, connaissant un peu la ville, les guidaient.

— Ils sont derrière nous !

La jeune femme, par ce cri, venait de constater ce qu'ils craignaient, après avoir contrôlé leurs arrières une énième fois. Elle serra la main de Jérôme qui se hâta un peu plus, bousculant même un Américain distrait. Ils tournèrent à gauche dans la première rue qu'il trouva et, arrivés à la suivante, ils s'arrêtèrent. Puis, réfugiés derrière l'angle d'un bâtiment, ils scrutèrent au loin la *via Sistina*.

Jérôme le premier les vit passer, leurs regards fouillant la foule et explorant la *via Crispi* qui les séparait. Tirant Aurore, ils revinrent à l'abri du regard des trois gitans puis repartirent, prenant une rue au hasard.

Le Français leva les yeux, via dei *Due Macelli*. Il n'était jamais venu là. Le trottoir était très étroit et ils avaient du mal à progresser entre la foule et les voitures stationnées. À un moment, un petit opéra ouvrit ses portes, se délestant de ses spectateurs qui grossirent encore la foule. Ils bousculèrent un couple de Français, des cinquantenaires qui pourtant leur ressemblaient étrangement. Les quatre expatriés se regardèrent un moment, comme s'ils se voyaient à travers un miroir de temps, puis Jérôme reprit sa course avec la jeune femme, fonçant dans la première ruelle qu'ils trouvèrent à gauche, se frayant un passage entre les terrasses des restaurants qui à cet endroit monopolisaient la chaussée déjà minuscule. Quelques minutes plus tard, ils débouchèrent enfin sur une avenue plus grande et Jérôme, descendant sur la chaussée, arrêta un taxi vide errant là.

Après avoir donné l'adresse de leur hôtel, ils roulèrent silencieusement pendant quelques minutes, repassant d'abord par la place Barberini, où ils s'enfoncèrent dans leur siège, gagnés par une peur irraisonnée. Puis le véhicule fila plein ouest, s'engageant dans la proche banlieue. Jérôme, plongé dans ses pensées, avait l'air morose tandis qu'Aurore, le nez sur la vitre, regardait filer les trottoirs de ces quartiers déserts à cette heure-ci. À un moment l'archéologue en vacances sembla s'éveiller, reconnaissant la Bibliothèque nationale devant laquelle ils passaient. Il se tourna vers la jeune femme :

— Demain, à la première heure, j'apporte cette mallette à la police, qu'on en finisse. J'aurais dû le faire cet après-midi.

— Tu ne pouvais pas savoir.

— Oui, et en plus, dans tout Rome, je t'emmène là. Je suis vraiment le roi, moi. Je m'en veux, je t'ai fait prendre des risques, et inutiles en plus.

Elle haussa les épaules :

— Tu me l'avais dit non ? Je suis aussi responsable que toi. Mais ce n'est rien, on a quand même passé une bonne soirée non ?

Il se tourna vers elle, esquissant un sourire triste :

— C'est vrai ?

— Ben oui.

Elle s'avança vers lui et lui déposa un baiser sonore sur la joue, faisant rire le conducteur dont les yeux rieurs faisaient des incursions avec la complicité du rétroviseur.

— *L'amore che bella cosa,* philosopha-t-il.

— *Ma non,* commença Jérôme, déclenchant le rire d'Aurore en plus de celui du chauffeur qui lança :

— *Si, si, solo amici...*[7]

---

[7] Oui, oui juste amis

Il l'accompagna d'un regard appuyé qui contredisait sa phrase comme il arrêtait son véhicule devant l'hôtel. Aurore descendit pendant qu'il réglait, se sentant obliger de laisser un bon pourboire. Alors qu'il sortait, le conducteur, à mi-voix, lui dit :

— *La vita e corta signore, bisogna amare.*[8]

Jérôme sortait sans même répondre, quand il vit les yeux du chauffeur où ne transparaissait qu'une sincérité désintéressée. Un « *Grazie* » sortit de lui-même et il referma la portière.

Ils saluèrent à peine le réceptionniste et montèrent en silence jusqu'à l'ascenseur qui les attendait là. Quand les portes se furent refermées, Jérôme avoua :

— Tout à l'heure, elle s'est ouverte.

— De quoi tu parles ?

— La mallette, elle s'est ouverte.

— Toute seule ? demanda Aurore avec un brin de soupçon dans la voix.

— Non, pas toute seule, j'ai composé mon code et elle s'est ouverte.

Elle resta silencieuse un moment et demanda :

— Elle a bien une combinaison de chaque côté non ?

— Oui.

— Alors tu me racontes des cracks là. Il y trois chiffres, soit une chance sur mille en gros, multiplié par les mille possibilités du deuxième verrou, ça nous donne une chance sur un million. Tu n'as pas pu l'ouvrir pas hasard. Alors c'est que tu l'as forcée, ou que tu sais les ouvrir.

Elle le regardait sans bouger, alors que l'ascenseur s'était arrêté à son étage. Les portes se refermèrent et l'ascenseur repartit. Jérôme ouvrit la bouche pour parler, se justifier encore, quand une bouffée de colère venue il ne savait d'où le submergea. Sans doute tous les évènements subis depuis le matin en étaient-ils le ferment, mais le détonateur, dans l'ascenseur avec lui, venait d'appuyer sur quelque bouton secret. Il explosa :

---

[8]   La vie est courte, monsieur, il faut aimer.

— Si je te dis qu'elle s'est ouverte, c'est qu'elle s'est ouverte ! Fiche-moi la paix avec tes maths à la gomme ! Tu me crois ou tu ne me crois pas, c'est kif-kif.

Il était devenu écarlate et regardait le haut de la porte de l'ascenseur, décidé à attendre que celui-ci s'arrête pour pouvoir s'échapper.

— Ça ne tient pas debout, insista-t-elle. Dis-moi que tu l'as ouverte et c'est bon, mais ne me prends pas pour une imbécile quand même.

— Mon code c'est zéro ; zéro ; zéro, celui d'usine, cria-t-il presque alors que la porte s'ouvrait au cinquième étage, sa voix résonnant dans les couloirs endormis à bientôt minuit.

Aurore porta son index en travers de ses lèvres, mimant par signe le « chut » international, en même temps elle secouait sa main gauche en ouvrant de grands yeux rieurs. L'ensemble désarçonna Jérôme qui se calma instantanément, demandant alors, en chuchotant maintenant :

— Tu veux voir ? C'est incroyable.

Elle hocha la tête affirmativement et sortit de l'ascenseur avec un sourire amusé.

Fermant les doubles rideaux, et chuchotant comme des comploteurs, il avait posé la mallette sur son lit, sur lequel ils s'étaient tous deux assis. Lui montrant bien qu'il composait des séries de zéro sur les deux verrous, il ouvrit l'attaché-case alors que la jeune femme se forçait à garder son sérieux.

Les mêmes documents apparurent et ils restèrent un moment silencieux, un peu interdits par leur sans-gêne. Puis, s'enhardissant, ils prirent chacun un document, délicatement, et le posèrent devant eux pour l'examiner. Ils avaient choisi ceux qui se trouvaient au-dessus des autres, dans des sous-verres et protégés par de petites feuilles de mousse synthétique les entourant.

— C'est quoi ? demanda Aurore.

— Du latin…

— Ça je le sais, commença-t-elle.

Elle le regardait, prête encore à le mettre en boîte, mais s'aperçut que c'était lui qui la taquinait. Elle lui donna un petit coup de poing sur l'épaule.

— Tu ne sais pas, quoi. Avoue.

— Bof, c'est confus. Il y a beaucoup de faux amis en latin, une fois j'ai l'impression que ç'est un document religieux, après il y a des termes techniques, des mesures en unités romaines.

— Tu pourrais le traduire ?

— Avec du temps, beaucoup de temps, mais j'ai des collègues qui me donnent un coup de main des fois, quand c'est trop compliqué. Et toi, c'est quoi ?

Elle lui présenta ce qu'elle regardait depuis un moment, une espèce de papier craquelé couvert de hiéroglyphes qui représentaient des oiseaux, des spirales ou encore des flèches.

— Ça, je n'y comprends rien, avoua-t-il. Pas mon domaine, égyptien bien sûr. C'est du papyrus et c'est vieux, plus de deux mille ans en tout cas.

Ils les remballèrent avec leur protection et, se prenant au jeu, sortirent d'autres pièces, les examinant tour à tour. Au bout d'un moment, Jérôme lança.

— C'est bizarre quand même. Ça a l'air d'un bazar, mais il semble y avoir un lien dans tout ça. Et puis on dirait qu'il manque des pièces. Tu vois ces inscriptions alphanumériques, là, en bas à droite des sous-verre et des chemises.

— Oui, bien sûr, ce sont des côtes.

— C'est ça, comme dans une bibliothèque. On dirait que la personne qui transportait ça n'avait pas envie de prendre d'autres pièces existantes, soit parce qu'elle les connaissait déjà, soit parce que c'était inutile. Tiens, regarde, c'est son carnet de notes.

Elle prit l'agenda Quo Vadis en cuir et l'ouvrit, le feuilletant doucement, comme cherchant quelque chose entre les pages. Au bout d'un moment, elle leva la tête, les yeux étonnés et constata. :

— Tout est écrit en latin.

— Incroyable non ?

— Mais, pourquoi on écrirait en latin au vingt-et-unième siècle ?

Jérôme haussa les épaules.

— Franchement, je ne sais pas, dit-il. Pour éviter de se faire comprendre par des personnes étrangères, ou évoluant à proximité du rédacteur, peut-être ? Mais ça n'explique pas tout. Dans ses notes, par contre, notre inconnu parle toujours d'études faites sur place dans ce qu'il appelle la *Bibliotheca magna*, le contraignant toujours à faire des aller-retours sur le terrain. Sauf dans les dernières notes, où il semblerait qu'il ait pris ces pièces deux ou trois jours pour gagner du temps, mais en citant quand même d'autres éléments, nécessaires, qu'il doit à chaque fois retourner comparer à la *Bibliotheca magna*.

— Il ne pouvait pas tout prendre alors ?

— Ou ne voulait pas, pour des raisons qui nous échappent, peut-être étaient-elles trop précieuses. Mais il n'y a qu'une partie triée ici. Et de plus, nulle part il n'y a d'indication de qui il est, ni d'ailleurs pour qui ou quoi il travaille…

Ils se regardèrent un moment en silence, puis, toujours silencieux, entreprirent de sortir tous les documents de l'attaché-case, les disposant en ordre sur le grand lit, pour pouvoir les réinstaller dans la mallette plus tard.

Il était plus d'une heure du matin quand Aurore, ouvrant une chemise, poussa un petit cri. Jérôme tourna la tête, lui demandant :

— Tu as quelque chose ?

Elle présenta un dessin au trait, un original. À côté d'un texte en italien farci de latin, un éléphant était présenté sur un socle, portant sur le dos quelque chose que l'on ne voyait pas sur le dessin.

— Je sais ce que c'est, affirma-t-elle.

Il haussa les épaules et répondit :

— Oui, moi aussi, c'est l'*Elefantino*.

— Ah, tu le connais ?

— Bien sûr, comme tous les Romains et des millions de touristes, il est *Piazza della Minerva*, à côté du Panthéon.

Elle semblait un peu déçue, alors il lui demanda :

— Tu ne l'a jamais vu ?

Elle secoua la tête et lui expliqua.

— C'était dans mon programme de visite.

— On ira demain, promit-il.

Il regarda sa montre et précisa.

— Enfin tout à l'heure… Mais, et toi, tu le connais comment alors ?

— C'était dans le programme de l'école d'architecture. C'est Bernini qui l'a réalisé, le même qui a réalisé les colonnes de la place Saint-Pierre. Et il l'a fait sous les directives d'un pape, je ne sais plus trop lequel, qui l'avait vu lui-même dans un livre de la Renaissance. C'était…

Elle cherchait dans sa mémoire tandis que Jérôme se taisait, de peur de voir s'évanouir la seule piste de leur devinette nocturne, comprendre à quoi servait tout ce bazar que l'archéologue devrait rapporter à la police dans quelques heures. Elle leva l'index de la main gauche avec un sourire et dit :

— Le Songe de Poliphile !

Jérôme chercha un moment dans sa mémoire, mais il n'avait jamais entendu ce titre, et donc n'avait sûrement pas lu cet ouvrage. Il demanda :

— Et il parle de quoi ce livre ?

— Je ne sais pas trop, avoua-t-elle. C'est tellement vieux. C'était un genre de roman, mais je crois me rappeler que c'était important en architecture, un genre d'éveil artistique et technique, à la Renaissance.

— Ah oui ? En architecture ?

— Oui, il y avait des descriptions, et toute l'Europe y a puisé, jusqu'aux jardiniers de Versailles même. Mais…

Elle s'était arrêtée, comme hésitante.

— Quoi ? lui demanda-t-il.

— Je ne sais pas trop, mais je crois me souvenir que ce n'était pas tout. Ce livre avait quelque chose de plus d'après certains, un peu ésotérique ou ce genre-là.

Il la regarda un moment, habitué qu'elle le mette en boîte, mais ils étaient trop fatigués pour ça à cette heure avancée de la nuit, et leurs yeux malmenés réclamaient leur part de sommeil.

— C'est la première piste, avoua-t-il avec un sourire.

— Ouais !

Aurore avait levé les deux bras, formant le V de la victoire en criant silencieusement.

— Mais c'est peut-être la dernière aussi, enchaîna-t-il.

— Pourquoi ? demanda-t-elle, tout en ouvrant une autre chemise enfermant d'autres dessins.

— Parce qu'il va bien falloir que je rapporte la valise aux policiers tout à l'heure. Au moins pour que les gitans nous fichent la paix le temps de visiter Rome…

Elle leva la tête, composant son plus beau sourire.

— D'accord, consentit-elle en étouffant un bâillement. Mais…

Elle contemplait les papiers épars sur le lit de Jérôme qu'il fallait bien libérer. Ne se résolvant pourtant pas à faire mine de les ranger.

Soudain elle leva la tête.

— On a une solution !

Il la regarda, intrigué, et demanda :

— Laquelle ?

Sans répondre, elle lui exhiba son smartphone, l'agitant de gauche à droite en souriant jusqu'à ce qu'il comprenne. Il se retourna et fouilla dans l'armoire sortant son attaché-case.

— J'ai mieux !

Il ouvrait les verrous, comme elle le chambrait :

— Même mallette, même combinaison, ça va pour cette fois…

Il rit de bon cœur et en sortit un Nikon dernier cri.

— Il me sert pour les fouilles. Je peux jouer sur les contrastes, les reflets et tout ça.

— Oui, c'est un appareil photo quoi, le railla-t-elle, sans pitié.

— Un bon, confirma-t-il, choisissant d'ignorer la pointe.

Cinq minutes plus tard, ayant allumé toutes les lampes de la chambre, ils commençaient à photographier les pièces une par une. Elle les lui présentait posées sur le dos de la mallette, elle-même installée sur le lit, les inclinant pour faire disparaître les reflets ou les ombres, calant avec un coussin pour qu'il prenne les clichés. Puis, alors qu'il faisait ses prises de vues, elle rangeait soigneusement les pièces déjà photographiées dans l'attaché-case de l'inconnu.

Ils finirent en à peine une demi-heure, puis Jérôme alluma sa tablette, inséra la carte SD de l'appareil photo et copia les clichés qu'il fit défiler l'un après l'autre pour en vérifier la qualité. Enfin, satisfait, il leva le pouce gauche vers Aurore, qui ne put le voir. Il s'aperçut alors que la jeune femme s'était endormie alors qu'il était occupé au transfert. Elle s'était affaissée d'un coup, en équerre, les pieds à plat au sol et la tête sur l'oreiller.

Délicatement, Jérôme rassembla les jambes de la jeune femme et les déposa sur le lit. Puis il lui enleva ses ballerines, déposa une couverture sur ses jambes malgré la tiédeur de la nuit. Ensuite seulement, il se glissa sous le drap tout habillé, après avoir éteint toutes les lumières et réglé la climatisation sur un petit vingt.

La lumière entrait à flot, bien qu'il ne fût que sept heures du matin. Dans un demi-sommeil Jérôme songea qu'il avait oublié de fermer les stores roulant, actionnés par un système de courroie étonnant. Il se tourna vers la partie sombre, au bord du lit du fait de la distance qu'il voulait mettre entre lui et Aurore, bien décidé à finir sa trop courte nuit quand un cri lui transperça les oreilles. Il sursauta, voulut se retourner en même temps… et tomba par terre.

Là-bas, de l'autre côté du lit, Aurore émergeait, constatant qu'elle était toujours vêtue, elle demanda, la voix pâteuse :

— Mais… il ne s'est rien passé ?

— Si, je suis tombé du lit, ronchonna l'archéologue.

— Ça t'apprendra d'avoir essayé, enchaîna-t-elle naturellement, avec une parfaite mauvaise foi.

— Ne rêve pas trop. Tu ne risques rien avec ton super caractère…

— J'ai même pas mes affaires de toilettes ici, râla-t-elle encore.

Elle se leva, entra dans la salle de bains pour en ressortir deux minutes plus tard, en coup de vent, fila vers la porte la tête basse en lançant :

— Je monte dans ma chambre, on se retrouve dans une demi-heure au p'tit-déj.

Il avait ouvert la bouche, mais elle s'était déjà ruée dehors, tirant la porte derrière elle.

— Bonjour, laissa-t-il quand même tomber dans la chambre désertée.

Via Antonio Galliono – Rome.

Ils attendaient depuis un bon quart d'heure quand le planton les fit entrer dans la pièce. Un peu surpris, ils marquèrent un temps d'arrêt. Ils s'attendaient à un bureau vieillot, aux meubles fatigués, au lieu de quoi on venait de les introduire dans une pièce spacieuse et lumineuse. Le commandant en personne les accueillit, les invitant à s'asseoir dans un français parfait.

— Excusez mon service pour cette attente, dit-il en s'asseyant dans un fauteuil en cuir plus haut que lui, mais je voulais avoir le plaisir de vous voir en personne. Il y a peu d'occasion de parler français vous savez, dans un commissariat de banlieue.

Jérôme le remercia, ajoutant :

— Nous ne voulions pas vous faire perdre votre temps, qui doit être précieux. Juste rapporter cette mallette.

— Comment ça, perdre mon temps ? Mais, vous en prenez bien sur vos vacances pour nous apporter une mallette trouvée. Et puis, peut-être que vous auriez fait de même à Paris, non ? Ah ! Paris…

Il resta à rêver un instant, puis reprit, en montrant l'attaché-case :

— C'est ça ?

— Oui, confirma Jérôme en la lui tendant.

Comme le commandant la prenait, Jérôme précisa :

— Mais, je ne l'ai pas vraiment trouvée.

— Comment ça, demanda le carabinier en fronçant légèrement les sourcils.

Jérôme s'arrêta de parler. S'exprimant en français, les mots étaient sortis tout seuls, et sa narration, qu'il avait involontairement répétée la veille avec Aurore, avait été claire et fluide, éloignant du même coup le spectre des soupçons policiers.

Le commandant se rapprocha d'eux en s'appuyant des coudes sur son bureau en verre immaculé. Il dit à Jérôme :

— Vous ne manquez pas de courage, *Signore*. Mais évitez la via Veneto et la place Barberini, pendant votre séjour, ces gens peuvent-être dangereux.

Il sembla réfléchir un instant et ajouta :

— C'est étonnant quand même, qu'ils vous aient pris en chasse la deuxième fois. Ce n'est même pas logique. Pas assez rentable pour eux. Vous dites qu'ils téléphonaient à quelqu'un, quand ils croyaient que vous preniez le métro ?

— Oui, et ils nous ont suivis, lorsque nous sommes partis à pied.

— Cela veut dire qu'ils ont activé leur réseau, pour ça.

Il regarda la mallette et demanda :

— Vous savez ce qu'il y a dedans ?

— Non, mentit Jérôme, évitant de regarder Aurore.

— Eux apparemment en avaient une idée.

Il se leva, imité, par les deux français, et les raccompagna à la porte, leur demandant avant de l'ouvrir :

— Si elle a de la valeur, le propriétaire voudra sûrement la récupérer et l'on nous contactera très vite. Peut-être même y aura-t-il une récompense. Laissez vos coordonnées au plancton, on vous l'enverra le cas échéant.

Jérôme jeta un coup d'œil à Aurore et vit dans ses yeux le reflet de ses pensées. Il serra la main que le commandant lui tendait et lui dit :

— On ne veut pas de récompense, juste finir nos vacances et oublier cette histoire.

— Comme vous voulez, répliqua le policier en prenant la main d'Aurore. Si vous changez d'avis, ou si vous les rencontrez et qu'ils vous posent problème, n'hésitez pas.

Il ouvrit la porte et les libéra enfin. Les deux Français le remercièrent encore en s'éloignant et celui-ci, fermant sa porte, leur lança encore :

— *Arrivederci à loro, è buongiorno à Parigi*[9].

En silence, ils firent les cent mètres les séparant de l'hôtel. Puis, au vu de la *piazza Bologna* et de la vie qui animait Rome à onze heures du matin, ils commencèrent à s'éveiller, se chamaillant. En riant, ils entrèrent lançant un joyeux *ciao* au réceptionniste. Mais celui-ci, étonnamment, leur répondit distraitement, évitant leur regard.

Sans s'en émouvoir, ils montèrent dans leurs chambres respectives, n'y restant que le temps de prendre leurs affaires pour la journée, et se retrouvèrent dans le hall, sous la surveillance du planton taciturne. En sortant, Aurore fit remarquer à Jérôme :

— Il n'est pas causant aujourd'hui.

L'archéologue haussa les épaules, et la prenant par la main sans même y penser, l'entraîna vers la station Bologna qui s'ouvrait à trente mètres. Ils commençaient à descendre les marches, quand un homme les accosta les accompagnant dans l'escalier. Ils eurent un moment de recul, revivant les évènements de la veille, mais ils reconnurent le chauffeur de taxi de la veille. Celui-ci, plus gêné qu'eux semblait-il, essayait maladroitement de leur expliquer quelque chose, mais ne voulait pas descendre ni remonter les marches, voulant absolument leur parler là, malgré la musique assourdissante polluant toujours ces couloirs.

Finalement, Jérôme, le faisant parler doucement commença à comprendre. Il lui fit répéter encore deux ou trois phrases, lui demandant s'il était bien sûr, puis le laissa repartir en le remerciant plusieurs fois.

Ils avaient descendu les marches, Aurore le pressant et lui taciturne. Finalement, parvenus sur le quai, alors qu'un souffle d'air annonçait l'arrivée prochaine de la rame, Jérôme lui dit :

---

[9]   Au revoir à vous, et bonjour à Paris.

— Ils sont venus chez lui ce matin, de bonne heure, pour lui demander où il nous avait conduits.

— Mais qui ça ? Les gitans ?

— Non, non. En fait, il n'a pas voulu me le dire, si ce n'est que ce sont des gens très très puissants.

— Mais qui alors ?

Jérôme écarta le bras en signe d'ignorance, précisant :

— Il m'a fait comprendre qu'il avait été obligé de leur dire, pour sa famille… Seulement, il est quand même venu nous avertir, parce qu'on avait des têtes d'amoureux sympathiques, selon lui. Il m'a aussi demandé, supplié même, que l'on ne répète pas tout ça…

— Mais, à qui ?

— À personne. *Nessuno.*

Aurore ouvrit de grands yeux alors que la rame ouvrait ses portes avec le chuintement habituel.

Via Antonio Galliono – Rome.

Le commandant passait la porte lorsque le ronronnement du téléphone de bureau se fit entendre. Il hésita une petite seconde, puis sortit franchement. Il était midi passé, et si c'était vraiment important, il avait son portable après tout. Ses adjoints pouvaient bien lui transférer un appel. Et puis il déjeunait avec Valentina, et, même si chacun était marié, et que cela en resterait probablement au stade platonique, il ne pouvait pas faire attendre une femme de cet acabit. L'intermède avec ce drôle de couple français l'avait mis en condition. Il enleva une poussière imaginaire sur son uniforme impeccable et referma la porte derrière lui.

De toutes les manières, pensa-t-il, il sera toujours temps après-midi.

Piazza del Colosseo – Rome.

La chaleur était infernale, irradiant chaque parcelle de peau non protégée. L'épisode du chauffeur de taxi avait été momentanément relégué aux oubliettes et les deux Français, bien décidés à profiter de leur journée de tourisme, s'étaient tout d'abord rués sur l'inévitable Colisée. Mais, mal préparés, ils s'étaient tous deux retrouvés dans une file d'attente interminable s'étendant au pied du monument, sans protection, là où les rayons du soleil semblaient concentrés par leur réverbération sur les murs deux fois millénaires, dépensant en un quart d'heure toute leur capacité de résistance à l'astre du jour.

Ils s'étaient alors repliés en catastrophe, presque en débâcle, abandonnant leur place dans la file qui de toute façon n'avançait pas. Puis ils avaient rejoint la maigre ombre d'un arbre côtoyant un kiosque à journaux. Plus loin une fontaine était elle-même prise d'assaut par d'autres naufragés solaires. Heureusement pour eux, l'accès à l'eau fraîche était plus facile qu'aux monuments, et ils s'amusèrent un moment à faire jaillir l'eau vive par un trou situé sur le dessus du coude métallique de la fontaine, en obturant du pouce l'orifice inférieur, comme l'avaient fait leurs prédécesseurs, et le firent après eux deux japonaises échappées d'un manga.

Puis ils étaient repartis. Courageux et déterminés cette fois-ci, ils avaient abandonné le Colisée, achetés deux chapeaux à cinq euros, et pris leur place pour la visite du Forum, plus accessible malgré l'inflation de touristes circulant de tous côtés, s'interpellant à tout moment, achetant tout et n'importe quoi, de l'eau glacée à l'origine douteuse, à la glace fondant sous l'irradiation d'un soleil féroce et maculant les tee-shirts de groseille chimique.

Enfin ils arrivèrent à la billetterie, nichée délicieusement à l'ombre d'un porche voûté, encastré dans une muraille. Passé ce sésame, ils purent se reposer un moment, sur une pelouse ombragée de pins parasols, goûtant soudain un moment de calme antique après une bonne heure d'un néo-enfer dantesque. Tendant une barre céréale à Jérôme, Aurore lui demanda en mâchonnant la sienne :

— Alors, qu'est-ce que tu en penses de cette histoire ?

Ils avaient évité le sujet, depuis la station Bologna. Mais il revenait naturellement, profitant de ce moment de calme. Assis tous deux sur un banc de pierre, ils pouvaient enfin penser.

Jérôme regarda un peu au loin, la masse du Colisée s'élevait dans l'air brûlant. Il laissa tomber :

— Franchement, je n'y comprends toujours rien.

— Une hypothèse docteur ?

Il sourit à l'énoncé ironique de son titre et répondit :

— Avant l'hypothèse, on peut déjà éliminer des options.

— Ah oui ?

— Oui, bien sûr. Les gitans d'abord. Apparemment, ça n'est pas eux qui ont interrogé le chauffeur. Il était catégorique, c'était des gens haut placés.

— Oui, mais il n'y avait que les gitans pour savoir que l'on avait pris un taxi.

— C'est vrai, et cela voudrait dire qu'il y une transmission d'information entre ces deux mondes.

L'implacabilité de la déduction les laissa songeurs un moment, un peu sonnés d'étonnement, puis Aurore reprit :

— D'accord, ils se connaissent et d'après toi, on peut éliminer qui encore ?

— La police. Si elle avait été à notre recherche, le commandant en aurait su quelque chose, il me semble.

— Et si ce n'était pas le même service ?

— C'est vrai, c'est une hypothèse. Mais, dans ce cas, ils devraient nous laisser tranquilles, pour autant que ce soit cette fichue mallette qui les intéresse autant.

— Oui, si les carabiniers font leur boulot.

L'énormité de cette supposition choqua Jérôme qui se tourna vers la jeune femme en ouvrant de grands yeux ronds. La jeune femme, qui avait seulement songé à haute voix, voyant la tête de son compagnon partit d'un fou rire qui ne tarda pas à contaminer l'archéologue. Celui-ci, un peu vexé, plaida :

— On aurait cru que tu étais sérieuse.

— Non, je ne crois pas, quand même…

— Bon, en conclusion alors ?

— Tu l'as dit, non ? Qui qu'ils soient, la police va transmettre ses infos, et les propriétaires de cette chose rentreront en possession de leur bien et nous ficheront la paix.

— D'accord, j'y crois moi aussi.

Ils laissèrent passer encore quelques minutes, puis comme en réaction à un signal entendu d'eux seuls, ils se levèrent, prenant le chemin du Palatin. Aurore prit la main de Jérôme, comme par habitude, et lui dit tout bas :

— J'ai l'intention d'appeler mon boulot, pour prolonger mes vacances. Alors, si tu es d'accord, on a une semaine entière devant nous. Ils ne vont pas nous les gâcher non ?

Jérôme n'ayant rien à ajouter, l'entraîna voir la maison de Romulus.

SILENTIUM

03

Boulevard Malesherbes – Paris.

Debout devant la fenêtre, il regardait nonchalamment l'artère qua-si-déserte du début d'après-midi. Paris au mois d'août ne laissait pas de l'étonner. Le portable — dédié à cet usage — encore en main, il soupesait les chances qu'avait l'affaire que l'on venait de lui trans-mettre de lui gâcher sa demi-semaine de vacances.

Un couple marchait, profitant de l'ombre des platanes. Un instant Amaury s'imagina à la place de l'homme, humant le parfum de sa compagne que portait le doux air d'été. Puis il revint à la réalité. Il fouilla dans le répertoire préinstallé et y trouva le nom. Un numéro qu'il n'avait jamais composé. D'un effleurement presque efféminé de son index, il appuya sur le contact. Presque immédiatement il eut quelqu'un en ligne.

— Oui.

— Amaury Calvini.

— Je sais.

— Bien sûr… une commande, pour Rome.

— Quel niveau ?

Amaury ne se rappelait plus. Soudain, il se souvint des demi-mots de son prédécesseur qui, lorsqu'il lui en avait parlé, était resté évasif, lui disant qu'il ne les avait contactés qu'une seule fois, du temps des Brigades Rouges dont un membre dissident avait eu pour projet d'assassiner leur patron, disait-on.

À l'autre bout, le dénommé Salvatore réitérait sa question :

— Alors, à quel niveau l'intervention ?

Amaury essayait de réfléchir vite maintenant, parce que là, tout de suite, il venait de se rappeler ces dossiers qu'il avait archivés une fois. Dans une pochette en plastique, un tout petit article du journal Libération, signalant qu'un membre des Brigades Rouges avait trouvé la mort, percuté en pleine nuit par un chauffard jamais identifié.

Soudain les codes lui revinrent en mémoire. Plutôt, il eut en mémoire l'image de la feuille qu'il avait eue brièvement sous les yeux, trois ans auparavant, et rangée probablement quelque part dans un coffre. Littéralement, il la lut de mémoire.

— Zéro, répondit-il dans un souffle. Le reste par mail.

L'autre raccrocha après un laconique « D'accord. », et Amaury souffla. Il venait de se rappeler que le niveau cinq avait été appliqué à Giovanni Fortini, le militant des Brigades Rouges, par son prédécesseur. Le niveau Zéro correspondait, lui, à une simple collecte de renseignements. Il alluma son ordinateur portable, ouvrit sa boîte aux lettres électronique et récupéra deux messages dont il transféra les pièces jointes à un logiciel de cryptage. Le premier lui donna une adresse gmail, celle qu'ouvrirait Salvatore dans un instant, le deuxième contenait un nom, un numéro de téléphone portable et une adresse transmises par un hôtel de Rome. Il copia le tout et envoya le message. Ensuite, méthodiquement, il effaça tout, rangea son ordinateur, par sécurité il rangea la puce du téléphone dédié dans son portefeuille, puis sortit enfin profiter de la douceur du Paris d'été. Mais, au moment de fermer la porte, il se demanda pendant un instant pour quelle raison le *Servizio* s'intéressait à ce Jérôme Sohler, puis il n'y pensa plus. Il était déjà à Prague.

Piazza Bologna – Rome.

Le téléphone vibra discrètement dans sa poche. Angelo le porta à son oreille, distinguant nettement la voix épaisse de son collègue, Giani.

— Tu y es ?
— Oui, murmura sobrement Angelo.
— Tu avais commencé ?
— Presque fini.
— Merde, lâcha l'autre. Il faut rentrer, c'est annulé, ordre du *signore* Bucceri.
— Mais… commença Angelo.
— Pas grave, coupa Giani. Laisse tout comme ça.

Comme à regret, Angelo ressortit l'ordinateur de son sac à dos, le déposa délicatement sur le minuscule bureau et sortit de la pièce aussi discrètement qu'il y était entré, cinq minutes plus tôt.

Colline du Capitole – Rome.

La soirée arrivait déjà, et ils avaient encore tant à voir. Ils étaient restés quatre longues heures dans l'enclos de la Rome antique, arpentant le Palatin, le Forum, la Voie Sacrée et ses environs. Jérôme, dans son élément, avait tellement abreuvé Aurore de détails qu'elle en avait la tête qui tournait, mélangeant tout maintenant.

Enfin ils étaient sortis et avaient grimpé sur le Capitole dans l'espoir dérisoire d'y trouver un café. Alors, ils s'étaient photographiés devant les statues, descendant maintenant les marches monumentales vers la piazza Venezia, dont ils voyaient d'ici les constructions légèrement troublées par les ondes de chaleur dansant dans l'air torride.

Un petit glacier était niché derrière un square et une fontaine en marbre, ils purent s'y désaltérer, s'asseyant à l'ombre avec leurs boissons, sur des plots de granit entourant la fontaine.

— C'est bon pour moi, informa Aurore.

Jérôme la regarda, légèrement intrigué. Elle précisa :

— J'arrête, je suis crevée, lavée, lessivée, abrutie de chaleur, je ne peux plus rien visiter, sauf une bonne douche... et peut-être un plat de pâtes, plus tard.

Elle le regardait, avec son sourire qui là était emprunt de lassitude. Il remarqua alors le visage de la jeune femme rougi par une journée de soleil — pensant vaguement qu'il devait présenter le même —, constata les traits tirés et aussi tous ces petits détails qui s'étaient cumulés au fur et à mesure de l'avancement de la journée, par touches successives, révélant maintenant son état de fatigue, comme un sfumato vivant.

— On rentre, décida-t-il.

Elle le regarda, sans doute étonnée de cette décision si vite emportée, puis, souriant comme le matin, lui dit :

— Tu n'attendais que ça, avoue. Tu étais crevé toi aussi, mais tu ne voulais pas le dire, pour faire le *cacou*[10].

— Non, non, j'étais pris dans les visites, c'est tout, se défendit-il mollement.

— Allez ! Ne te paye pas ma tête, insista la jeune femme.

Trop fatigué, lui aussi, Jérôme abandonna la partie, d'un haussement d'épaule.

— Alors, en y va ? reprit-il.

Aurore hésita un instant, partagée entre l'affront de cette capitulation trop rapide et l'appât d'un repos à portée de main, puis elle se leva, décidant d'ignorer cette victoire par abandon.

— On rentre à l'hôtel, alors ?

— À moins que tu ne veuilles rester ici...

— Salaud !

---

[10]   Dur, caïd : En niçois

Ils avaient attendu un bus direct vingt bonnes minutes, puis Jérôme, de guerre lasse, décida de rentrer par le métro. Ils quittèrent donc l'arrêt juste avant que le bus ne passe, sans eux, mettant la jeune femme dans une humeur massacrante qui dura jusqu'à l'hôtel, alimentée par la fatigue. Ronchons, ils se séparèrent dans le hall, lui montant en ascenseur, elle continuant tout droit, sans un mot, par l'escalier.

Le moral un peu en berne, il ouvrit la porte de sa chambre pour y constater un désordre indescriptible. Ses affaires avaient été jetées sur le lit, toutes froissées. Par terre, cachée dans un premier temps par la porte d'entrée qu'il avait refermée machinalement, il découvrit avec horreur sa mallette forcée et toutes ses recherches, carnets de notes et cahiers noircis au long des mois, qui reposaient en un tas informe.

La fatigue de la journée aidant, il eut la nausée et s'avança vers la salle de bain en enjambant ses papiers, mais cela reflua aussi vite qu'arrivé, lui évitant le désagrément supplémentaire de devoir vomir dans l'exiguïté des toilettes minuscules.

Abattu, il s'assit au bout du lit. Devant lui, sur le bureau en faux bois, était posé son ordinateur, intact. Tout cela n'avait pas de sens. Comme un automate, il se saisit de son appareil photo et mitrailla la pièce sous plusieurs angles. Après quoi, machinalement, il commença à classer ses papiers, les inventoriant en même temps.

Sa léthargie prit fin une bonne heure plus tard. Quelqu'un tambourinait sur la porte depuis près d'une minute avant qu'il n'émerge de sa torpeur ordonnatrice. Méfiant, il se leva, empoignant par le goulot une bouteille d'eau minérale de luxe en verre. La serrant derrière son dos, il déverrouilla et entrouvrit la porte, regardant prudemment par l'interstice.

Dans le couloir se tenait Aurore, douchée, changée, fraîche comme une rose et pétillante comme du champagne, prête pour une sortie, elle dardait sur lui des yeux qui étincelaient. Il comprit que c'était de colère quand elle commença à lui parler :

— Et alors, tu fais la gueule ou quoi ? Pourquoi ? Parce que je t'ai dit tes vérités pour le bus ? On aurait dû l'attendre, et j'avais raison, mais c'est du passé…

Il l'avait oublié ! Enfin, se justifia-t-il en lui-même, comme ils étaient en froid, avec tout ça, il n'avait même pas cherché à la mettre au courant. Il ouvrit la porte en grand et elle entra en coup de vent. Regardant sa main droite, elle demanda :

— Mais... qu'est-ce que tu fais avec cette bouteille ?

Puis elle s'avisa du désordre dans la chambre qu'il n'avait pas encore mise en ordre, finissant de classer ses recherches.

— C'est quoi ça ?

Elle balayait la chambre de sa main droite en le regardant d'un air un peu effaré.

— J'ai été cambriolé.

— Et tu ne m'as rien dit ?

Il haussa les épaules, comme un enfant pris en faute. Elle s'approcha et, sans autre forme de procès, le serra dans ses bras, comme on console un proche. Sa tête se releva un peu, plus pour l'observer qu'autre chose, et leur haleine se confondirent. Puis, très vite, sans qu'ils ne s'en rendent vraiment compte, leurs visages se rapprochèrent et leurs lèvres se trouvèrent, se soudant comme par une espèce d'osmose inattendue.

Il s'était passé à peine une minute, mais il leur semblait que cela avait duré des heures. Peut-être une longue attente inavouée entrait-elle dans cette comptabilité subjective ? Mais maintenant ils avaient l'impression de se connaître bien plus, depuis l'enfance leur semblaient-ils. Un peu étourdis, ils s'assirent sur le bord du lit, froissant un peu plus les chemises de Jérôme. Puis, au bout d'un temps immesurable, elle lui demanda :

— Ils ont dit quoi à l'accueil ?

Jérôme se gratta un peu le dessus de crâne et avoua :

— C'est que, je ne les ai pas encore appelés...

Elle le regarda bizarrement, puis, venant d'un endroit inexploré, son rire revint, emplissant la pièce de vie.

Le réceptionniste avait le regard encore plus fuyant qu'au matin. Il se confondit en excuses, manquant de conviction, proposa d'aller constater sur place, pour finalement accepter avec gratitude de visualiser les dommages sur l'écran de l'appareil photo de Jérôme.

— Vous voulez faire une déclaration de vol ? énonça laborieusement l'employé en français.

— Il ne me manque rien.

— Rien ? insista le réceptionniste, presque suspicieux, comme s'il avait été dérobé un bien trop suspect pour être déclarable.

— Mais, comment ont-ils pu rentrer ? demanda Aurore pour la deuxième fois. La porte n'est pas fracturée.

L'employé haussa les épaules.

— Les voleurs sont malins de nos jours, surtout à Rome.

Les deux Français se regardèrent, un peu interloqués. Ils avaient cru décelé une pointe de fierté dans la répartie du réceptionniste.

— Je vais le signaler à la police, quand même, ajouta Jérôme.

— Ce n'est pas la peine ! lança le réceptionniste, semblant soudain sortir de son apathie.

Un peu plus doucement, il ajouta :

— Nous pouvons faire toutes les formalités, comme ça vous pourrez profiter de vos vacances, *signore*.

Agacé par le changement d'attitude de l'employé, l'archéologue se buta, entraînant Aurore par la main il se dirigea vers la sortie.

— Merci bien, mais on préfère y aller nous-même. On est habitué comme ça en France, mentit-il avec un naturel qui l'étonna.

Arrivés sur le trottoir ensoleillé, Aurore regarda un instant en arrière, par curiosité, pour observer encore l'attitude de ce réceptionniste énigmatique. Ce dernier, les accompagnant des yeux, était déjà au téléphone, composant un numéro.

Ils refirent une nouvelle fois le trajet jusqu'au poste, arrivant un peu avant la fermeture devant le planton ennuyé, pensant déjà à sa soirée au bord de mer.

— Le *signore* commandant Delmonti est là ? s'enquit Aurore, devançant Jérôme en mauvais italien.

— *Della parte ?*

— Nous sommes venus ce matin, les deux Français dites-lui.

Le planton décrocha son téléphone — unique objet posé sur son bureau à cette heure-ci —, et conversa un moment. Au fur et à mesure de la conversation, son regard devenait un peu plus distant, pour finalement raccrocher et demander :

— Le commandant est très occupé, il ne pourra pas vous recevoir.

— On voudrait porter plainte, insista Aurore.

— Je peux l'enregistrer ici, commença le policier, mais si c'est long il faudra revenir demain.

Les deux Français se regardèrent un moment, et Jérôme intervint dans un italien un peu meilleur :

— Quelqu'un s'est introduit dans notre chambre et nous aurions voulu le signaler.

Le carabinier le regardait, comme s'il l'encourageait à finir. Puis, semblant déplorer une histoire incomplète, lui suggéra :

— Et on vous a volé…

— Non, rien. Il ne me manque rien, précisa Jérôme, suscitant un sourire radieux sur le visage du policier.

Ce dernier, pas étonné du tout, reprit :

— Donc, vous voulez signaler un cambriolage sans vol ?

— C'est ça », convint Jérôme à contrecœur, prenant conscience, là, de la contradiction apparente de sa démarche. Il reprit. « C'est le commandant Delmonti qui nous avait proposé de venir, s'il arrivait quelque chose.

— *Si, si*, je comprends, admit le planton, mais il est occupé, et vous comprenez que je ne peux pas le déranger pour un cambriolage "sans vol".

Il avait légèrement insisté à la fin de la phrase, leur faisant comprendre que, maintenant, leur affaire ne pourrait plus être prise au sérieux. Aurore insista :

— Mais, c'est peut-être lié à notre affaire de ce matin.

— Comment voulez-vous que ce le soit ? répondit le policier, trop vite, avec trop de véhémence même, s'en rendant compte en même temps que les Français.

Plus conciliant, il en révéla un peu plus :

— Oui, les propriétaires de la mallette que vous avez ramenée, ont été prévenus, et qui pourrait s'introduire dans votre chambre à cause d'un objet que vous n'avez plus ? Non, c'est une coïncidence, les voleurs auront été dérangés, voilà tout. Je vais le noter sur le *giornale* quand même ce soir, pour information. Vous pouvez déposer une plainte, si vous voulez, mais cela vous obligera à revenir demain, et...

Il ne termina, pas sa phrase, haussant les épaules, leur faisant comprendre que ce serait du temps perdu pour tout le monde.

— D'accord pour le *giornale*, trancha Jérôme, pressé maintenant d'en finir.

Le policier, certainement rassuré d'un si prompt dénouement lui permettant de partir à l'heure, nota avec célérité l'incident sur son registre officiel, faisant même relire sa prose à Jérôme qui y trouva, surpris, le nom de l'hôtel et le numéro de sa chambre, qu'ils n'avaient pas donné.

Déjà convaincu, ces derniers détails le confortèrent. Il n'avait maintenant qu'une hâte, sortir au plus vite avec Aurore. Il signa le registre et prenait congé du policier comme la porte du bureau du commandant s'ouvrit, là-bas dans le couloir que l'on voyait en enfilade. Deux hommes en sortirent, assez mal assortis, remarquèrent-ils, accompagnés du commandant.

L'un avait la quarantaine athlétique, le teint halé par le soleil, et l'autre, un cinquantenaire dégarni et bedonnant, semblait aussi gris qu'un vieux parchemin et pourtant rubicond comme un amateur de bonne chère. Jérôme reconnu immédiatement en lui un intellectuel, plutôt rat de bibliothèque, mais aussi bon vivant. Le commandant, tournant machinalement la tête vers l'accueil, sembla surpris d'y trouver encore les Français, leur adressant un froid salut, en complète opposition avec l'accueil chaleureux du matin. Il raccompagna les deux hommes vers le fond du couloir, d'où une porte donnait directement sur le parking, s'aperçurent les jeunes gens quand le commandant l'ouvrit pour laisser passer ses hôtes.

Le plus jeune de ceux-ci, avant de sortir jeta un regard dans leur direction, son regard se vrillant dans celui de Jérôme qui instinctivement recula un peu, comme au contact d'un métal froid. Le plus âgé des deux, apercevant sans doute aussi le regard de son compagnon, tourna un instant la tête vers les Français, ne posant sur eux qu'un regard las, vaguement curieux et dépourvu d'hostilité. Puis l'instant passa, les trois hommes, déjà, étaient sortis par-derrière, montant probablement dans leur véhicule tandis que Jérôme et Aurore se pressaient par la porte principale qu'un employé ferma derrière eux.

— Pourquoi il t'a regardé comme ça celui-là ?

Aurore explosait, relâchant une colère qu'elle avait accumulée depuis leur entrée dans le commissariat, s'apercevait Jérôme.

— Je ne sais pas, répondit-il, mais c'était bizarre, comme…

— Si ses yeux étaient des scalpels… Tu as réagi, j'ai bien vu…

— C'est vrai, convint Jérôme, mais c'est fini. Viens ! On s'en va.

— Oui, on se tire d'ici, reprit-elle en écho.

Ils prirent un bus les conduisant directement à Termini, empruntant les artères à une vitesse de compétition. Ils descendirent au milieu de la foule des touristes, un peu déboussolés, n'ayant pas réussi encore à faire le point. Traversant d'abord la piazza dei Cinquecento, puis descendant le long de la via Cavour, ils commencèrent à souffler.

— Tu l'as remarquée ? demanda Aurore.

Un peu largué, Jérôme commença à regarder autour de lui alors qu'un tramway d'avant-guerre descendait la rue en ferraillant.

— Mais non ! s'énerva Aurore. Au commissariat, tu l'as remarquée ?

— Remarquer quoi ? Il y a beaucoup à en dire, en commençant par leur attitude…

— La mallette, celle que tenait le vieux…

— Ah ? Non !

Surpris, Jérôme s'était un tourné vers Aurore, s'arrêtant sur le trottoir surpeuplé et déclenchant une réaction en chaîne des touristes se bousculant pour les éviter. La jeune femme, qui avait retrouvé son sourire coquin, lui révéla :

— C'était la tienne ! Enfin, celle que tu as ramenée.

Il la regarda, attendant qu'elle se moque de lui, lui faisant accroire encore, mais elle se contentait de l'observer aussi. Elle lui dit :

— Tu n'avais même pas remarqué qu'il avait une mallette !

Il écarta les bras en signe d'impuissance, convenant tacitement qu'elle avait raison, alors qu'ils recommençaient à marcher, s'engageant dans les petites rues pleines de restaurants. Il regarda un peu les établissements, s'intéressant aux cartes, essayant vainement de détourner l'humeur moqueuse ressuscitée de la jeune femme, et dont il avait déjà du mal à se passer comprenait-il au même moment.

Elle se contenta de lui prendre la main, lui disant :

— Tu crois que c'était qui, ces gens-là ?

Il haussa les épaules.

— Franchement, il me semble que tout ça n'a aucun sens. Le vieux, comme tu dis, je le vois bien avec la mallette et ce qu'il y a dedans. Mais l'autre…

— Oui, convint-elle laconiquement.

Entre-temps, main dans la main, ils avaient déambulé et Jérôme s'était arrêté devant un hôtel dont il regardait la façade très fin dix-neuvième.

— Tu veux m'amener à l'hôtel ? le taquina-t-elle.

— Non, je… bredouilla-t-il

— Non ? le coupa-t-elle, ses grands yeux rieurs tournés vers lui, surmontant un sourire éclatant.

— Pas comme ça…, tenta-t-il inutilement de se justifier encore. C'était pour partir de l'autre, demain, je ne voudrais pas qu'"ils" reviennent quoi…

— D'accord, on n'a qu'à rentrer demander, approuva-t-elle immédiatement, à la stupéfaction de Jérôme.

Comme ils passaient la porte, elle reprenait :

— On demande une seule chambre ?

SILENTIUM

Rue des Petites Écuries – Paris.

Il préférait travailler la nuit, par goût. C'était probablement ce goût du caché, du secret, qui l'avait amené à faire ce métier. Enfin, ce métier... cette occupation, se répétait-il toujours, ne se résolvant pas, par un étrange sursaut d'intégrité sémantique, à considérer sa manière de gagner sa vie comme un métier à part entière, bien qu'il en vécût très convenablement.

Refermant silencieusement la porte mince, à l'habillage faux-bois de quelques petits dixièmes de millimètres et pas convaincant du tout, il se coiffa d'une lampe à led frontale et commença son inspection en songeant à son père. Lui avait un vrai métier, ressassa-t-il encore, une énième fois, comme pratiquement à chaque fois qu'il remplissait une mission. Celle-ci était facile, convint-il, pas de quoi exacerber le souvenir de son père décédé alors que lui-même n'avait que quinze ans.

Pourtant ce souvenir revint hanter Salvatore Ercoli, le regard glacé de son père pesant sur sa nuque comme celui d'un juge incorruptible, à chaque objet qu'il touchait, chaque porte qu'il déverrouillait, lui ouvrant un peu plus celles de cet enfer promis depuis sa plus tendre enfance par ce père plus intraitable que le plus dur acier.

Il était charpentier, ce père parti mais encore trop présent, comme l'avait été son père avant lui, dans ce coin du Piémont d'où ils étaient originaires, y voyant là une prédisposition biblique, ne jurant que par le Nouveau Testament dont il pouvait citer les épîtres par cœur. Ne lisant que des revues religieuses, s'abreuvant et abreuvant ses proches à les gaver de sermons fameux compilés dans des livres de messes usés par ses fréquentes consultations. Jouissant plus particulièrement des passages relatifs à l'enfer et aux tourments des damnés y rôtissant dans d'éternelles souffrances. Se délectant de ce langage fleuri qu'il trouvait truculent.

Une légère transpiration coulait sur le front de Salvatore. Il posa les notes de travail qu'il était en train de photographier et s'essuya avec un mouchoir en papier qu'il enfourna dans la poche de son treillis noir. Ne pas laisser de trace, même pas une goutte de transpiration. Son père l'invectivait encore, lui martelant qu'il finirait voleur ou assassin. Il avait raison. Comme il avait eu raison pour sa sœur, celle qui s'était suicidée, n'ayant pas réussi à oublier les enseignements du père, même en plongeant à corps perdu dans une vie dissolue, multipliant les amants, donnant encore raison à ce père omniprésent en finissant putain. En fait, elle était enseignante, mais son père l'aurait traité de pute s'il avait vécu jusque-là. C'est pourquoi lui, Salvatore, l'avait fait, à chaque fois qu'ils s'étaient parlés.

Il était dans le petit deux pièces depuis deux heures déjà, mais il avait tout le temps, le propriétaire était encore à Rome ce soir d'après le *Servizio*. Il finirait bien par trouver quelque chose. Si l'organisation lui demandait ça, c'est qu'elle devait avoir ses raisons. Elle avait toujours raison de toute façon. Il y avait un ordinateur de bureau. Il sortit de son sac à dos un utilitaire, le brancha, et lança la copie du disque dur alors qu'il entreprenait les placards à vêtements.

La voix de son père résonnait dans sa tête plus fort que jamais. Il s'arrêta et regarda autour de lui, ne discernant rien que la pénombre de l'appartement dans la moiteur de la nuit d'été parisienne. Il se demanda un moment pourquoi, puis il comprit. Cela faisait vingt-cinq ans aujourd'hui que son psychopathe de père était mort, par une belle journée d'été pendant laquelle ils avaient aidé aux moissons, dans ce village près de Cuneo où il était né. Son père, plus rigoureux encore que d'habitude, avait tenu à faire mieux que les autres. Finissant de faucher à la faux un champ en pente, inaccessible aux machines, comme au bon vieux temps. Ils avaient terminé à la lumière de la lune, alors que tous ceux du village étaient déjà sur la place, à déguster ensemble de la *farinata*, buvant de la vinette de l'an passé, ce vin doux de première pression.

Non, ces amusements n'étaient pas pour eux, le seigneur n'aimait pas les fainéants. Il avait tenu, avant de redescendre au village, à charger la carriole en bois traînée par un vieux canasson. Et il était mort comme ça, en pleine nuit, la fourche à la main, chargeant le foin comme au Moyen Âge.

Ça n'allait pas vraiment. Salvatore transpirait de plus en plus, manquant d'air comme il l'avait fait cette nuit-là, la poussière du foin l'empêchant de respirer. Il s'assit sur le bord du lit, y resta un moment, puis alla ouvrir la fenêtre, restant un moment à respirer l'air doux de Paris en été. Sa tête tournait un peu, il rassembla rapidement ses affaires, débrancha son appareil sans éteindre l'ordinateur, ferma la fenêtre, remettant tout en place dans un « à peu près » qui ne lui ressemblait pas. Puis, fuyant plus que partant, il quitta l'appartement en tirant la porte derrière lui, chancelant. Il enfourna la lampe frontale dans sa poche alors qu'il était déjà sur le trottoir.

Son père riait, lui répétant encore : « Tu seras toujours un bon à rien. »

Anenské námesti – Prague.

Marjorie était allongée à côté de lui, somnolant dans la certitude que lui donnait la beauté arrogante de ses vingt ans. Lui venait de passer les trente-six, mais il compensait avec sa carte de crédit bien alimentée. La bouteille de champagne, terminée, avait le cul tourné en l'air, de manière plus obscène que la nudité à la peau de satin de Marjorie, songeat-il fugitivement. Une étincelle de lumière accrocha son regard, c'était la led de son smartphone — laissé sur silencieux depuis l'aéroport — qui clignotait.

Amaury attrapa l'appareil et tapota sur l'écran, faisant apparaître un mail. Il contrôla l'heure, constatant avec surprise que celui-ci était parti en début d'après-midi. Mais, pensa-t-il, avec l'avion, les transports — tous les transports, rectifia-t-il en regarda les fesses blanches et fermes de la jeune femme endormie à ses côtés —, l'arrivée ici… Enfin, il l'avait raté.

Il lut le mail et frissonna un peu. Il contrôla l'heure machinalement, sachant pertinemment qu'il était trop tard pour arrêter le mal nommé Salvatore.

Piazza Bologna – Rome.

Jérôme n'osait pas bouger. Il avait une forte envie d'uriner, mais se contentait de regarder le plafond dans la chambre silencieuse. Celle-ci n'avait pas été revisitée, mais sa décision était prise, le lendemain il changerait d'hôtel. Enfin, ils changeraient d'hôtel.

Il se tourna un peu et regarda le profil serein de la jeune femme endormie. D'habitude, il se levait une ou plusieurs fois en pleine nuit, mais là il n'arrivait pas à se décider. S'il se levait, elle risquait de se réveiller. Si elle se réveillait, elle risquait de lui en vouloir. Mais, d'un autre côté, s'il n'arrivait plus à se retenir, elle risquait aussi de lui en vouloir, avec à la clef une litanie de sarcasmes qui pourraient bien être récurrents, pendant très longtemps, voire des années, songea-t-il avec un mélange d'espoir et de crainte.

Finalement, il s'endormit, apprenant par la force des choses une forme inédite d'abstinence.

Anenské námesti – Prague.

Le nouveau jour se levait sur la Vistule, de laquelle s'échappaient des lambeaux d'ouate blanche, s'accrochant aux piles du pont Charles Bridge, tentant en vain d'investir les avenues à partir des quais. Marjorie dormait encore, songea amèrement Amaury en essayant de réfréner une tension matinale. Il se demanda un instant si elle faisait semblant, attendant qu'il se calme avant d'émerger pour le petit déjeuner.

Un rayon de soleil accrochait le clocher qui avait une drôle de forme avec quatre autres petits clochetons sur ses quatre arêtes. Debout devant la fenêtre, il lut le mail succinct de Salvatore. La mission s'était déroulée sans problème et il recevrait un compte rendu crypté, une synthèse probable des pièces que l'autre avait trouvées dans l'appartement de ce Jérôme quelque-chose.

Il réfléchit un moment, estimant qu'il pouvait finalement s'en tirer à bon compte, l'appartement était censé être visité discrètement, pourvu que l'autre ne continue pas sa collecte de renseignements, avec des moyens qu'il n'osait imaginer...

Marjorie bougea un peu, se tournant vers la porte et confirmant ses soupçons de simulation de sommeil. Il haussa les épaules, sachant qu'il n'était pas observé, puis envoya une réponse succincte, demandant à Salvatore d'arrêter l'opération en l'état, jusqu'à ce qu'il lui fasse parvenir d'autres instructions. Cela lui laisserait le temps de rentrer, et il téléphonerait lundi sur une ligne sécurisée.

Il regarda le mail s'échapper sur le réseau, à moitié satisfait constatant que sa tension avait disparu, conséquence de ses occupations apparemment trop sérieuses. Là-bas, Marjorie s'était encore tournée sans bruit, les yeux bien trop plissés. Puis, comme une fleur matinale, elle émergea. Surjouant le réveil, elle fila en un temps record vers la salle de bain en lançant :

— Je suis affamée, on va prendre le petit déjeuner ?

Station Termini – Rome.

Il pensait avoir pris trop de bagages pour venir à Rome. La série d'escaliers à la Mœbius de la station de métro lui prouvèrent que cela pouvait être bien pire, alors qu'il portait les siens plus une partie équivalente, représentant à peine la moitié de celles d'Aurore. Il avait du mal à marcher, descendant, remontant, tournant à gauche puis encore à gauche avant de remonter un peu pour redescendre un palier en bas duquel l'ascenseur était bien sûr en panne, et remonter encore...

Cela faisait maintenant cinq bonnes minutes qu'ils étaient descendus du métro, avec une distance d'à peine deux cents mètres à parcourir sur le plan. Il regrettait de ne pas avoir pris un taxi... il le regrettait d'autant plus que... Aurore reprenait :

— Ça ira vite ! Tu verras ! On y sera le temps que le taxi n'arrive ici ! Tu t'es planté Jérôme ! Jérôme ? Jerry la gaffe, oui...

— Non, mais, tu as vu ces couloirs ? Et comment j'aurais pu deviner qu'on allait entrer dans la quatrième dimension ?

— Mais oui ! Bien sûr…

— Je crois que c'est bon là.

Le haut de l'énième volée de marches qu'ils montaient — ils en avaient perdu le compte — était éclairé par la lumière du jour. Ils émergèrent en plein soleil de midi, du côté des quais, avec encore l'avenue à traverser pour accéder aux rues descendant vers les hôtels. Heureusement, la circulation était réduite à l'heure du repas, mais ils durent néanmoins courir avec leur chargement entre deux flux de véhicules vrombissant.

Enfin ils arrivèrent *via Principe Amedeo*, déboulant transpirants dans le hall de l'hôtel à la climatisation poussée à fond. Ils déposèrent leurs bagages, Jérôme commençant à éternuer à répétition, sous les regards des employés, légèrement désapprobateurs et celui d'Aurore, franchement moqueur.

— Le choc thermique, expliqua Jérôme en s'approchant du comptoir, attendant le rire qui cette fois ne vint pas.

L'employé leur tendit leurs clés, n'ébauchant pas un geste pour leurs bagages, économisant aussi sans doute les forces du reste du personnel. Mais, en contrepartie, ils profitèrent de l'évolution technologique majeure que constituait un ascenseur démarrant du rez-de-chaussée, les amenant — miracle à l'Italienne — directement à leur étage, où ils purent s'enfermer dans leur chambre moins d'une minute plus tard.

— On nous fichera la paix ici.

Jérôme tentait l'optimisme.

— Ouais…

— On l'a prise à ton nom, ils ne le connaissent pas. Et on n'a pas pris de taxi cette fois…

— Ça je m'en suis aperçue ! Franchement, tu ne devrais pas t'en vanter…

Commençant à en prendre l'habitude, Jérôme sourit légèrement, déclenchant une volée de petits coups de poing sur son épaule gauche. Ils étaient assis sur le bord du lit, leurs sacs et valises à leurs pieds, là où leurs mains les avaient déposées.

— On va prendre une douche ?

C'était Aurore qui venait de faire la proposition. Se tournant, Jérôme vit la même lueur dans son regard que la veille au soir.

Il ne put empêcher un grand sourire d'envahir son visage.

Piazza della Minerva – Rome.

Silvio Rufrano était dans le même bureau que l'avant-veille, mais cette fois-ci le *signore* Ettore Battisti était dans de meilleures dispositions, confirmant à Silvio qu'il n'était plus *persona non grata*. Un sourire improbable éclaira même fugitivement le visage de Battisti quand il l'invita à s'asseoir. Il enchaîna :

— Alors Silvio, oublions ce malheureux incident. Au fait, vous n'avez rien trouvé de bizarre, ou de... dérangé dans la mallette ?

Silvio, sachant qu'il n'était pas expert en la matière, se força néanmoins, composant un visage neutre à la lecture des yeux acérés de son supérieur. En fait, il avait bien décelé ce qui lui semblait des anomalies dans son rangement. Oh ! Légères, à peine remarquables. Mais, dans un premier temps — dans le bureau du commandant Delmonti —, il avait d'abord mis ça sous le compte du stress, ou de la fatigue. Puis, sa situation s'améliorant, en même temps que son sort dans leur organisation, il avait jugé préférable de passer sous silence ce qu'il s'était alors efforcé de considérer comme un manque de rigueur bénin.

Maintenant, sa position rétablie, il n'avait plus aucune envie de la remettre en question pour de trop vagues soupçons. Il répondit avec une voix assurée :

— Non, tout va bien *signore*, comme je l'avais laissée. Les étrangers ne l'auront pas ouverte.

Les yeux du vieil homme semblèrent le transpercer un quart de seconde, puis, ne discernant rien de suspect, Battisti reprit :

— Et vos recherches alors, elles avancent ? Vous savez que nous comptons sur vous pour ce projet d'importance. Vous avez besoin de quelque chose ? Vous nous aviez demandé un assistant, non ?

Silvio ne put s'empêcher de sourire. Ils avaient décidé ça alors, lui mettre un chaperon dans les pattes. Il se rattrapa juste avant que l'autre ne prenne mal son sourire :

— Je vous remercie bien, excellence, un aide serait bienvenu. Un ingénieur, ou un architecte.

— Et pourquoi donc ? demanda Battisti, sincèrement intéressé, lui semblait-il.

— Eh bien… commença Silvio, réfléchissant maintenant en diplomate, si des modifications… juste de petits réajustements, j'entends, deviennent envisageables, il faut évaluer les résistances des matériaux, les coûts, la faisabilité.

— Vous m'intéressez là, *doctor*. Cela pourrait être nécessaire ? Après tous ces siècles ?

Silvio soufflait intérieurement, l'autre lui avait donné son titre, pour la première fois, lui confirmant qu'il était bien revenu. Avec bonne humeur, et circonspection quand même, il expliqua.

— Trop tôt pour l'affirmer, mais… comment dire ? Les chamboulements de l'urbanisation, surtout ces cent dernières années, ont pu induire des changements, c'est très possible. En fait, il faudrait déplacer un monument en fait, d'une trentaine de mètres.

— Ah oui ? Mais où ?

— À Celimontana, signore.

Battisti regarda l'autre, le jaugeant pendant quelques minutes, évaluant le sérieux de la proposition en même temps que son coût. Puis, d'un signe de la main, il lui fit signe de continuer. Silvio hésita un moment avant de reprendre.

— Et aussi, puisque vous m'en parlez, je dois utiliser quelques instruments un peu coûteux, qui nécessitent deux opérateurs, pour les utiliser efficacement. Il nous faudra aussi un véhicule, pour la discrétion et des autorisations de la municipalité, pour opérer dans les lieux touristiques.

— C'est vraiment utile ?

— Indispensable, en fait.

— Eh bien vous aurez tout ça, je fais une note. Allez, j'ai du travail maintenant, bonne journée, *doctor*, vous connaissez le chemin maintenant.

— *Si, si, signore,* souffla Silvio, lévitant presque jusqu'à la lourde porte.

04

Piazza della Republica – Rome.

La fraîcheur des arcades en demi-cercle enserrant la place contrastait avec la chaleur qui envahissait les places se succédant depuis Termini. D'ici, à trois marches au-dessus du trottoir, même si la circulation était intense, ils étaient assez en retrait et assez surélevés pour ne pas en être dérangés. Le soleil semblait saturer les pavés gris de la place, les rendant presque lumineux, accrochant, même à l'ombre, des reflets vert émeraude qu'il n'avait jamais remarqués dans les yeux d'Aurore. Il ne put s'empêcher d'établir une nouvelle fois la comparaison entre elle et lui, à son grand désavantage.

Elle incarnait la vie avec son énergie inépuisable, tandis que lui, sans être inexistant non plus, se voyait un peu plus terne, sans pour autant se sentir vraiment complexé.

— Allez ! Fais voir ta tablette !

Et puis, songea-t-il en sortant l'objet, depuis qu'ils étaient plus proches, le vocabulaire de la jeune femme s'était enrichi d'un autre mode, l'impératif, dont elle déclinait ou inventait différentes nuances en prosodie, enrichissant probablement la langue française de nouvelles conjugaisons.

Ses doigts se mirent à glisser nerveusement sur le rectangle de plastique, essayant de rester sérieuse sous le regard trop scrutateur à son goût de Jérôme. Au bout d'un moment, sans lever les yeux, elle lui demanda :

— Quoi ?

— Rien, répondit-il.

— Mais quoi ? rit-elle enfin, en levant la tête.

— Tu as l'air vraiment sérieux là.

Elle haussa les épaules et demanda :

— Ça rime à quoi, tu crois, tout son truc là ? Et puis, c'est vraiment lié avec le chauffeur de taxi et ta chambre mise à sac ? Sans compter le regard de l'autre, là, au commissariat...

Elle semblait réfléchir à haute voix. Elle lui passa la tablette et il y jeta un coup d'œil. C'était la copie d'une feuille volante, manuscrite, de la main du propriétaire certainement car l'écriture était la même que sur le carnet de notes. Sur plusieurs lignes, des séries de nombres s'étalaient, groupés selon le même schéma : deux, deux puis trois chiffres, les premières séries de chaque ligne étant écrites en plus grands caractères, comme si celles-ci étaient plus importantes. Quelquefois les séries semblaient incomplètes, plus courtes, ou encore le rédacteur avait laissé des blancs, biffant la ligne d'un trait discret avant et après la virgule. Il fronça un peu les sourcils, puis sourit.

— Quoi ? lui demanda-t-elle encore avec une économie certaine de vocabulaire.

— Ce sont des coordonnées GPS.

Elle reprit l'appareil d'autorité, lui subtilisant des mains avec une rapidité époustouflante.

— Tu es plus douée que la Romanichelle, se plaignit-il, feignant de s'intéresser à la circulation.

Elle se concentrait sur la tablette, avec cependant un petit sourire trahissant qu'elle avait entendu Jérôme.

— Pas sûr, réfuta-t-elle au bout d'un moment avec cet air frondeur qu'elle prenait parfois.

— Donne-moi la première série, dit-il en sortant son smartphone. Son regard remonta en peu, puis, comme à contrecœur, elle énonça, comme à un enfant.

— Quarante et un, cinquante-quatre, cent trente-quatre, et après, douze, vingt-sept, quatre cent trente-six.

Jérôme tapota sur l'écran en plastique, rentrant apparemment les chiffres, puis, regardant Aurore avec une lueur de défi, annonça :

— Place Saint-Pierre.

— Tu plaisantes !

— Non, non, insista-t-il. C'est la place Saint-Pierre. Tiens ! Regarde !

Il lui tendit son téléphone. Une vue aérienne de Rome était centrée sur la célèbre place, au centre de laquelle était matérialisée une bulle orange, résultat de la recherche. Sur une ligne de texte, en haut de l'écran, elle pouvait apercevoir les nombres qu'elle venait d'énoncer, séparé cette fois par des signes de degrés et des points. Elle releva la tête, regardant Jérôme avec intérêt. Lui rendant son smartphone, elle reprit la tablette, énonçant une nouvelle série de chiffres, prise sur l'avant-dernière ligne cette fois-ci.

Souriant un peu, Jérôme tapota les nouvelles coordonnées, énonçant en même temps qu'il saisissait : « N 41°54.129' ; E 12°29.847' ». Il fronça les sourcils, apparemment lui-même surpris, puis brièvement tourna la tête vers l'extrémité de la place, comme s'il cherchait à y discerner quelque chose.

— Quoi ? demanda une nouvelle fois Aurore, laissant encore à entendre que son langage tendait à s'appauvrir, tirant un sourire à Jérôme, qu'il ne parvint pas à masquer.

— Je le savais, tu te payes ma tête.

— Non, se défendit-il, c'est vrai.

— Et alors, qu'est-ce qu'il y a ? Et pourquoi tu ris, d'abord ?

— C'est ici, répondit-il en tendant le bras vers le sud de la *piazza della Republica*, tentant d'ignorer la seconde question.

En vain. Elle lui lança un regard noir, reprenant.

— C'est moi qui te fait rire, alors ?

Jérôme ne comprenait toujours pas comment il arrivait à se laisser coincer comme ça. Sans autre alternative, il répondit.

— C'est toi. Tu dis toujours : Quoi ? Alors ça me fait rire, c'est tout.

Elle haussa les épaules, mi-vexée, mi-vexante, elle demanda :

— Et c'est tout ?

Puis, sans lui laisser le temps de répondre, comme si la discussion n'avait pas eu lieu, elle enchaîna.

— Et alors, c'est où ?

— Juste là-derrière.

Il montrait la rue qu'ils avaient empruntée plus tôt, pour venir prendre leur petit déjeuner.

— Mais, il n'y a rien là, fit-elle remarquer.

Il héla la serveuse et dit :

— On n'a qu'à aller voir...

Via Aurelia – Rome.

La camionnette, neuve à sortir de l'usine, négocia la bretelle comme sur un simulateur et s'engagea résolument sur l'A90 plein Nord. Silvio, feignant de s'intéresser au paysage sur la droite, observa encore son chauffeur à la dérobée. Pour le moment, celui-ci contrôlait l'appareil posé sur le tableau de bord qui de temps en temps lui donnait des instructions de conduite avec une voix de femme aussi suave que désincarnée.

Le jeune homme, qui avait certainement moins de vingt-cinq ans, savait se servir de tous ces attirails technologiques à la perfection, sans même jeter un coup d'œil sur les modes d'emploi. Il devait bien faire son mètre quatre-vingt-cinq estima Silvio, avec un corps athlétique et un visage d'ange qui faisait se retourner les femmes. Silvio rit intérieurement. Pour ce à quoi cela allait lui servir…

Un quart d'heure plus tard, ils empruntaient l'A1 en direction de Milan. Silvio, que le paysage ennuyait maintenant, demanda au tout jeune homme :

— Vous savez vous servir d'un magnétomètre, d'un gaussmètre ou d'un Tos-mètre ?

— Je connais le principe, répondit prudemment le conducteur.

— Mais vous les avez utilisés ?

— À vrai dire, on les a manipulés à la fac, mais je n'en ai jamais eu l'occasion. On ne m'avait pas dit que cela serait indispensable.

Silvio ne répondit pas tout de suite, cherchant un moyen de transformer l'aveu de faiblesse de son chaperon en avantage. L'autre, se méprenant sur son silence, tourna un peu la tête pour le regarder et lui dit :

— Si vous voulez, on peut demander mon remplacement, monsieur. D'ici notre retour de Milan, ils auront bien trouvé quelqu'un.

Le plus vieux regarda son benjamin et, souriant, le rassura :

— Non, non, ça ira très bien comme ça. On apprendra ensemble, finit-il en riant.

Le jeune homme, un peu désarçonné, regarda encore son aîné, mais n'y voyant que de la bonhomie, se prit à sourire aussi. Silvio lui demanda encore :

— Et c'est comment déjà votre prénom ?

— Enzo, répondit Enzo Santini.

— Va pour Enzo, convint Silvio. Et puis appelez-moi Silvio, on doit rester quelque temps ensemble. Vous vous y connaissez en Histoire ?

Via delle Terme de Diocleziano – Rome.

Ils longèrent en sens inverse cette rue qui n'offrait pas grand intérêt et par laquelle ils étaient arrivés plus tôt. Elle était bordée, sur leur droite et depuis la *piazza della Republica*, par un grand immeuble et, sur leur gauche, un haut mur laissant deviner qu'il entourait un jardin, et sur lequel était adossées des baraques de libraires ou de souvenirs, continuait lui aussi jusqu'à l'intersection suivante. Jérôme, regardant les feuillages émergeant au-dessus du mur répéta deux ou trois fois : « C'est là-derrière. », jusqu'à ce qu'Aurore lui fasse remarquer, la voix doucereuse :

— Tu l'as déjà dit, Jérôme. On va faire le tour maintenant...

Ignorant la remarque, l'archéologue jetait des coups d'œil sur l'écran de son téléphone. Tournant un angle, ils arrivèrent ainsi aux abords de la *piazza dei Cinquecento*, trouvant là une allée ouverte sur un jardin en forme de triangle, véritable havre de paix après l'enfer de la circulation. Ils marchèrent doucement entre les massifs de pelouse de ce petit jardin à la française, déambulant au milieu des passants en quête de trêve. Le nez toujours collé sur son téléphone, Jérôme s'arrêta, déclarant sobrement :

— Voilà, c'est là.

— Ça ?

Levant la tête, Aurore contemplait le petit monument d'un air dubitatif. La base, un carré de maçonnerie en ciment comportait une inscription en lettres de bronze sur l'une des faces : AGLI EROI DI DOGALI[11]. Sur cette construction, une pierre carrée déclamait, gravée en relief, l'inévitable devise de Rome : S.P.Q.R.[12], sur ses quatre faces. Puis cette pierre était elle-même surmontée d'un obélisque d'environ six mètres de haut, taillé dans un bloc de granit rose d'un seul tenant sur laquelle étaient gravés des hiéroglyphes égyptiens en cartouche de haut en bas. Et enfin, surmontant la pointe, une étoile en bronze verdi semblait oubliée là, sur cet assemblage disparate.

Jérôme, détournant ses yeux du monument, regarda Aurore, apparemment aussi surpris qu'elle. Il contrôla encore son téléphone, puis sortit la tablette de la besace qu'il traînait partout avec lui. Entraî-

---

[11] Aux héros de Dogali.
[12] Senatus PopulusQue Romanus : Le Sénat Et le Peuple Romain.

nant Aurore à l'ombre, il vérifia les coordonnées puis, rangeant la tablette, dit à la jeune femme :

— C'est bien là, au mètre près.

Ensemble ils se retournèrent, vérifiant si quelque chose ne leur avait pas échappé, puis, s'asseyant sur un banc à l'ombre, se regardèrent avec des yeux tellement surpris qu'ils ne purent s'empêcher d'éclater de rire.

Jérôme faisait défiler les documents sur la tablette qu'il avait posée sur son genou gauche et le droit d'Aurore, dont la jambe était collée à la sienne. Ils regardaient chaque pièce, les commentant au fur et à mesure avec ce qui leur passait par la tête. Un parchemin, ou papyrus songeait Jérôme, venait d'apparaître. Aurore ironisa :

— Je ne suis pas certaine qu'ils se comprenaient entre-eux à cette époque. C'est pas vraiment une écriture ça... regarde-moi ça : des oiseaux, des bateaux, des humains... Mon Dieu ! Tu sais ce que ça veut dire toi ?

— Pas vraiment, convint-il.

— Je ne t'aurais pas cru de toute manière, si tu avais dit oui.

— Peut-être qu'il avait la traduction, avança-t-il.

— Pourquoi, ça se traduit ça ?

Il la regarda de côté. Elle avait son air mutin, ce qui voulait dire, traduit-il, que ça commençait à l'énerver un peu, alors elle cherchait à le mettre en boîte.

— On laisse tomber ça ? proposa-t-il. On n'a qu'à aller voir la place Saint-Pierre.

Elle le regarda, puis pinça un peu les lèvres, vexée lui sembla-t-il.

— Fais encore défiler, éluda-t-elle. On trouvera bien quelque chose.

— On l'a déjà.

— Comment ça ?

— Regarde, dit-il. Des oiseaux, des bateaux, des humains...

— Oui ? Et alors ?

Sans répondre, du menton, il désigna l'obélisque devant eux. Elle ouvrit des yeux ronds, porta une main à sa bouche, puis regarda encore la photo du document et dit :

— Mais tu as raison !

Il sembla réfléchir et sortit son smartphone.

— Attends, il faut que je vérifie.

Il bidouilla un peu puis, le visage éclairé, lui montra l'écran. Elle reconnut la vue satellite de la place Saint-Pierre d'un peu plus tôt. Alors, avec son doigt, il lui fit remarquer une ombre allongée sur le sol. Celle du monument dont ils voyaient le sommet. Il changea alors d'application, montrant une vue de la même place, mais prise à hauteur d'homme cette fois. Les yeux de la jeune femme s'agrandirent un peu, alors qu'un sourire éclairait son visage. Modulant sa voix, elle lui dit :

— Bravo Jérôme ! On regarde les autres ?

Sur l'écran s'élevait un autre obélisque, celui qui trônait devant le Vatican.

Rue de Picardie – Villeparisis – Région parisienne.

Le silence, déjà si fragile, commença à se morceler irrémédiablement, s'évanouissant au profit d'un Airbus A380, immédiatement remplacé par un antique Boeing 747, puis un A320, un 767, un A350 etc., saccadant encore une journée de ces rugissements insupportables au commun des mortels. Salvatore ne les entendait plus de toute façon, un peu par habitude d'abord, se réfugiant là entre chaque mission. Il ne les entendait plus, aussi, à proprement parler, ronflant à l'ombre du jardin clos, la seule photo de famille qu'il possédait encore, tombée par terre, à côté d'une bouteille de whisky vide.

Pourtant, jusqu'à la veille, il n'avait jamais bu. Et depuis, il ne s'était que partiellement rattrapé. Manquant de pratique, il avait été incapable d'aller se réapprovisionner, et s'était endormi là, en rêvant d'une famille idéale dans un monde qui se délitait dans sa tête.

Piazza del Popolo – Rome.

Ils s'étaient installés à l'ombre des bâtiments entourant la porte nord de la piazza del Popolo. Devant eux, les pavés semblaient rayonner de chaleur. Jérôme avait sorti sa tablette et coché la cinquième ligne sur la liste des coordonnées. Ils venaient de faire le tour du monument trônant au milieu de la place, un obélisque beaucoup plus imposant que celui qu'ils avaient vu à Termini. Ensuite ils l'avaient photographié, à défaut de mieux, et s'étaient photographié, Aurore grimpant sur les lions de pierre postés aux quatre angles pour prendre la pause, comme le faisaient les adolescentes.

Puis, en mal d'eau, ils venaient de se réfugier là pour échapper au soleil implacable. Aurore demanda :

— On va à Saint-Pierre maintenant ?

— Oui, c'est le plus logique.

Ils avaient commencé par celui-là quand, entrant quelques coordonnées, ils s'étaient aperçus qu'ils n'avaient qu'à descendre du métro pour le visiter, et poursuivre leur tournée au Vatican, deux stations plus loin.

— Ce sont tous des obélisques, alors ? demanda Aurore.

— J'en ai déjà vérifié cinq sur la liste, tous des obélisques. Pour les autres on verra tout à l'heure, quand on s'arrêtera au frais.

— D'accord, approuva-t-elle, la moindre tentative de cogitation se transformant en épreuve avec cette chaleur infernale.

— On y va ?

— Saint-Pierre, nous voilà rit la jeune femme en l'entraînant vers les quais souterrains.

À première vue, la foule ne semblait pas tenir compte de la chaleur. Mais, en y regardant de plus près, les grappes de touristes s'amalgamaient sur les trottoirs à l'ombre, s'agglutinant parfois devant des glaciers ou de minuscules échoppes de vendeurs de sodas, comme le feraient des agrégats de feuilles mortes à la surface d'un ruisseau, résistant un peu au courant puis repartant, emportés par le flux.

Ils résistèrent un moment aux sirènes des vendeurs de fraîcheur, essayant de parvenir au Vatican le plus rapidement possible, mais, arrivés à la *piazza del Risorgimento*, leur détermination s'émoussa avec la vision du flot ininterrompu des visiteurs partant vers les Musées du Vatican, dont l'entrée se situait apparemment quelque part sur leur droite, dans le mur d'enceinte de la citée des Papes qu'ils voyaient zigzaguer à angle droit plus loin.

Ils s'arrêtèrent un peu sur cette place au calme délimité, entouré par la trépidation urbaine : circulation des trams, automobiles, camions et même piétons. Le muret qui en faisait le tour se métamorphosait çà et là en bancs taillés dans le marbre, pris d'assaut là aussi par les hordes de touristes en quête de repos malgré le soleil incontournable. Résignés donc à rester debout, ils se réfugièrent à l'ombre d'un pin parasol. Jérôme constata :

— Il est presque midi, on devrait faire une pause.

— D'accord, approuva-t-elle, mais sors-nous de là…

Ils prirent vers l'ouest, laissant le mur du Vatican derrière eux, puis obliquèrent à droite, dans des rues sans circulation où ils purent marcher tranquillement à l'ombre, s'arrêtant même à des fontaines à l'eau étonnement fraîche. Très vite ils arrivèrent à un petit café, faisant l'angle à proximité d'une muraille antique, ajourée d'arches, qui semblait traverser la ville, où ils purent s'asseoir à l'ombre. Jérôme sortit sa tablette, prenant le serveur de vitesse.

— On ne sait toujours pas à quoi sert tout ça, dit-il en faisant défiler les documents.

— On connaît au moins un point commun.

— Tu crois que ça explique quelque chose ?

Elle haussa les épaules comme le serveur arrivait pour vanter la carte. Se concertant d'un coup d'œil, ils lui commandèrent sur-le-champ deux pizzas, reprenant leur discussion.

— Ce qui est bizarre, reprit-elle, c'est que d'un côté, à part les coordonnées, il n'y a rien pour le moment qui parle de ces monuments dans les notes. Et, d'autre part, on a déjà vu qu'il manque des pièces.

Il réfléchit un moment, tout en faisant défiler les photos l'une après l'autre, comme si cela suffisait à sa concentration. Puis il parla doucement, semblant penser à haute voix :

— On pourrait émettre une hypothèse déjà, même si elle semble aberrante à ce stade. Une des déductions possible serait que ce qui manque, peut-être ce qui est caché même, pour une raison ou pour une autre, concerne les obélisques…

Il s'était arrêté de parler, arrivé, presque par hasard, à une première conclusion, tandis qu'Aurore, de son côté, attendait encore celle-ci. Puis, comprenant qu'il avait fini, elle lui demanda.

— Les obélisques… il les aurait… cachés ?

— Un peu tiré par les cheveux non ? répondit-il, sans lever la tête, absorbé par quelque chose sur son écran.

Bien évidemment, s'il avait été un peu moins concentré, il aurait décelé la nuance dans la voix, ou, s'il avait levé la tête, il l'aurait vu dans les yeux d'Aurore. Au bout de quelques secondes, intrigué sans doute par le silence de la jeune femme, il leva les yeux, pour la voir cramoisie à force de se retenir silencieusement de pouffer, les épaules tressautant.

Se voyant démasquée, elle put enfin se laisser aller, réussissant à articuler, les larmes aux yeux.

— Mon Dieu, Jérôme… ils ont caché les obélisques…

Puis, comme un barrage trop longtemps contenu, elle partit d'un grand rire, celui qu'il avait appris à redouter, alors que le serveur apportait deux bières. Celui-ci regarda Jérôme, mi-ironique, mi-compatissant, déposant les verres avec un luxe de précautions, prenant dix fois plus temps qu'il ne lui en fallait normalement, puis finit par repartir vers ses occupations comme Aurore se calmait.

Jérôme avait rangé sa tablette et regardait la circulation. Visiblement vexé, il sirotait sa bière en évitant de regarder en face de lui.

— Quoi ? lui dit-elle.

Il ne la regardait toujours pas, mais avait du mal à réfréner un sourire. Elle, sentant la faille, insistait.

— Jérôme…

Finalement, il demanda :

— Pourquoi, tu as mieux toi, comme piste ?

— C'était pour rire.

— Ah oui ? Et pourquoi je n'ai pas ri alors, moi ?

— Bon, tu veux faire la gueule…

— Oui, et puis j'arrête.

— Tu arrêtes quoi ?

— Ça, le jeu de piste. Ça ne m'amuse plus.

— Comme tu veux, laissa-t-elle tomber, l'air pincé maintenant, alors que deux pizzas fumantes arrivaient sur leur table.

Navigli – Milan.

Silvio lui demanda de se garer le long du cours d'eau, où il pouvait plus aisément caser leur camionnette en épi.

— Mais… commença Enzo.

Silvio sourit. Il le savait, on n'était pas précisément dans la zone industrielle, puisque c'était lui qui avait guidé le jeune homme jusqu'ici. Mais apparemment ce jeune homme avait toute une éducation à faire. Aujourd'hui, ils s'occuperaient de la gastronomie.

Place Saint-Pierre – Rome.

L'après-midi touchait à sa fin, et ils étaient fourbus. La visite des musées du Vatican avait été interminable, dans un enchaînement de couloirs et de salles, un foisonnement de merveilles qui bientôt fatiguait même le plus fervent admirateur d'art.

Ils étaient passé dans les salles des vieilles pierres où Jérôme avait trouvé en Aurore une auditrice modèle, n'essayant pas une fois de le mettre en boîte, ensuite ils avaient traversé les couloirs des cartes où la jeune femme et lui avaient rivalisé de connaissances, lui en fouilleur professionnel, elle en bâtisseuse tatillonne, expliquant l'évolution des

cités et des bâtiments qu'ils voyaient sur les dessins, gravures, peintures ou même tentures, dans une succession interminable.

Et puis ils s'étaient assis là où ils le pouvaient, dans les cours intérieures ou sur les bancs des salles de la Renaissance, se moquant gentiment de tel touriste extravaguant ou tel agglomérat de beaufs, rigo-
lant doucement dans la tourmente que représentaient ces milliers de
personnes arpentant en courant les plus belles merveilles d'Occident,
finissant par changer d'endroit, le plus souvent déambulant en se tenant par la main.

Plus tôt, les pizzas semblaient avoir dissipé le froid qui s'était auparavant installé entre eux, mais Jérôme n'avait pourtant plus reparlé
de leur quête avortée, et Aurore n'avait pas non plus cherché à relan-
cer le sujet, ni même à l'évoquer, ayant tous deux trouvé un compromis dans ce silence circonscrit. Et, à la fin du repas, comme Aurore
semblait attendre, incertaine, Jérôme lui avait demandé si elle avait déjà visité les musées du Vatican et l'avait amené là, après une heure
d'attente en plein soleil.

Mais, vers la fin de la visite, un peu avant la chapelle Sixtine, ils
étaient tombés sur une gravure de la Renaissance qui montrait le déplacement de l'obélisque du Vatican en 1586, ordonné par le pape de
l'époque, Sixte Quint. Le tableau, qui ressemblait plus à un dessin
technique qu'à une œuvre d'art, montrait les dizaines d'ouvriers, aidés
de chevaux, tirant sur les câbles d'immenses palans qui devaient amener le monument sur ce qui deviendrait plus tard la place Saint-Pierre.

Sans dire un mot, ils se prirent par la main et Jérôme lut à haute
voix la légende indiquant que lors de l'érection à l'actuel emplacement, un silence complet avait été exigé, sous peine de mort. Les
deux Français s'étaient regardé, un peu étonné, puis, après avoir photographié le panneau, avaient continué leur visite, passant toujours le
sujet sous silence, comme contaminés par les consignes de l'époque.

Une fraîcheur relative tempérait les allées, sous les colonnes dessi-
nées par Bernini. Ils s'assirent sur les marches en pierre, comme le
faisaient des dizaines d'autres couples, regardant la place en ellipse au

milieu de laquelle le mégalithe semblait les narguer. Ils finirent la bouteille d'eau qui était devenu tiède et Jérôme, après avoir semblé hésiter, regardant au milieu de la place, souffla, chuchotant presque :

— Ils y allaient fort, quand même. La peine de mort, pour ça...

— Peut-être que c'était important pour eux ?

— Oui, peut-être... certainement même. Tu crois que ça l'est toujours ?

— Moi oui. », souffla la jeune femme, masquant mal son soulagement. Elle enchaîna aussitôt : « Excuse-moi pour tout à l'heure. C'était juste pour plaisanter. J'ai été maladroite, je m'en veux. Mais si tu veux, on ne s'occupe plus de ces trucs. »

Elle avait désigné l'obélisque du menton, presque avec dédain. Jérôme sourit malgré lui, puis, sans répondre vraiment, tout en désignant le monolithe de la même manière qu'Aurore, proposa.

— Alors ? On va le voir ce truc-là, oui ou non ?

— Tiens regarde !

Elle montrait un disque de bronze encastré dans le sol.

— Là encore, répondit-il en désignant un autre disque, un peu plus éloigné du centre de la place.

Il se baissa un peu, mettant un genou à terre comme sur un chantier de fouille, et déchiffra.

— Vingt-et-un mars à midi. C'est l'équinoxe de printemps ! Je suis sûr que le plus loin est là-bas, dit-il en pointant son bras dans la direction des colonnes en arc de cercle, c'est le solstice d'hiver, le vingt-et-un décembre.

Sous le soleil encore mordant de la fin d'après-midi, ils allèrent vérifier, trouvant le disque de bronze à l'endroit attendu. Puis ils revinrent, suivant la ligne d'ombre présumée, projetée par l'obélisque tous les mois à midi, ils s'arrêtèrent devant la fontaine circulaire, cherchant ils ne savaient trop quoi, essayant de décoder les figures gravées dans la maçonnerie. Au bout d'un moment, Jérôme avoua :

— J'étais certain que l'ombre passerait par le centre à midi. En fait, elle passe exactement à la tangente. Tu crois que cela à un sens ?

— Une représentation cosmogonique ? Le cercle a souvent sym-
bolisé l'univers en architecture, tandis que les colonnes, par exemple,
représentent le spirituel. Peut-être que la tangente représente la révolution des corps célestes ?

— Tu crois ? L'Église ? Alors qu'ils voulaient brûler Galilée ?

Elle haussa les épaules, remarquant.

— La mode a duré longtemps en architecture, de représenter ou
de styliser les astres et les planètes dans les bâtiments importants. Et
puis cela se faisait dans l'antiquité, bien avant l'Église.

— Oui, mais ici, c'est quand même le cœur de l'Église Catholique.
Ce serait un peu tiré par les cheveux.

— Ils n'en seraient pas à une contradiction près. Ils ont souvent
fait ça non ? Faites ce que je vous dis, mais ne faites pas ce que je fais.

— Peut-être, admit Jérôme, mais là, devant tout le monde, ils auraient été gonflés. Et les colonnes, elles auraient un sens ?

Aurore haussa les épaules, signifiant qu'elle n'en savait rien, puis
elle leva le doigt en l'air, comme une enfant à l'école. Elle dit :

— Mais c'est Bernini qui a fait ça.

Elle désignait les rangés de colonnes célèbres dans le monde entier. Puis, comme sollicitée par un souvenir, elle le prit par la main
cherchant quelque chose au sol en regardant les colonnes.

— Ah ! Voilà ! dit-elle en riant comme une enfant.

Elle le fit se positionner sur un disque encastré dans le sol, un peu
excentré par rapport à ceux de la ligne d'ombre de l'obélisque, et lui
dit de regarder les colonnes.

— On est au centre ? demanda-t-il.

— Oui, confirma-t-elle, au centre de l'ellipse du côté nord. Et
d'ici c'est l'endroit d'où les quatre rangés de colonnes n'en paraissent
plus qu'une, celles de derrières sont cachées par la première. Bernini a
joué avec la perspective.

Il vérifia avec un sourire amusé, puis laissa sa place, la photographiant encore une fois.

Ils revinrent à l'ombre des colonnes, regardant la place encore en-
combrée de monde. Jérôme constata.

— Tu crois que tout cela a un rapport avec notre mystérieux chercheur ?

Du bras, il désignait l'ombre de l'obélisque qui s'allongeait sur leur droite au milieu de la place, dans l'indifférence générale.

— Peut-être, répondit-elle, et peut-être qu'on n'a pas encore assez d'éléments.

— On va encore regarder les photos, sur la tablette.

— D'accord, mais demain, décida-t-elle.

Camponago – Grande banlieue Nord-Est de Milan.

L'ingénieur finissait un briefing allégé, pendant que les magasiniers chargeaient les instruments dans la camionnette, en installant certains à même la carrosserie, selon les instructions de Silvio. Ceux-ci avaient été transmis la veille pas internet avec le modèle du véhicule, et les employés qui les avaient préparés avaient attendu leur arrivée plus-tôt dans l'après-midi, les obligeant maintenant à empiéter sur leur soirée. Aussi l'ambiance était-elle assez fébrile dans ces locaux pour qu'Enzo jette des regards coupables et accusateurs à son aîné, responsable selon lui de la virée au restaurant, pourtant si peu désagréable.

On lui avait bien donné une mission occulte de surveillance de son compagnon de route, mais c'était plus, d'après ce qu'on lui avait expliqué, pour que ce dernier, distrait, ne fasse pas de bourde qu'une réelle suspicion à l'égard de ce bonhomme jovial bardé de bien plus de diplômes que lui. Alors les relations qui s'instauraient ressemblaient plus — bien qu'Enzo s'en défende — à une équipée entre un fils matheux et un père prodigue qu'à une association de travail accessoirement délatrice. Et, pour l'heure, Silvio, en pleine digestion, se contentait de répondre aux coups d'œil explicites d'Enzo par des sourires entendus.

Enfin, à vingt heures passées, le véhicule et son chargement sortaient de l'entrepôt, salués par les deux seuls employés vraiment né-

SILENTIUM

cessaires, ceux qui venaient de finir d'installer les gros instruments maintenant fixés à l'arrière du véhicule. Enzo demanda :

— Vous désirez conduire un peu… monsieur Rufrano.

— Silvio, pas de monsieur entre nous, Enzo. Et puis non, je ne désire pas conduire… En fait, je n'ai jamais passé le permis de conduire. On devrait peut-être s'arrêter dans un hôtel pour la nuit ?

— Je préférerais rentrer, répondit sobrement Enzo, évitant de préciser qu'il tenait à un minimum d'intimité pour faire son rapport à leurs supérieurs.

— D'accord, je sais ce que c'est, apprécier un chez soi.

— Non, enfin, pas seulement, tenta timidement Enzo, mais…

— Vous avez des obligations…, finit Silvio en souriant pour lui-même, heureux d'avoir mis le jeune homme mal à l'aise. On s'arrêtera à Florence, il ne sera pas trop tard pour un verre de ce délicieux vin qui se boit la nuit en Toscane…

Puis il posa la tête contre la vitre, s'endormant presque immédiatement.

Via del Principe Amedeo – Rome.

Aurore s'était endormie subitement, arrêtant de lui parler en plein milieu d'une phrase et s'assoupissant la seconde d'après. Au moins, pensa-t-il, il n'avait pas eu besoin de la mettre au lit cette fois-ci. Il regarda un peu le visage dont une paupière clignotait légèrement, chatouillée par une boucle blonde qu'il déplaça délicatement.

Son attention revint sur la tablette qu'il calait sur ses cuisses, éclairé seulement par la lueur fantomatique de l'écran. Profitant du wifi de l'hôtel, il venait de télécharger toute une série de documents dont il avait remis la consultation à plus tard. Pour l'heure, il surfait un peu, creusant le sujet qui les avait occupés tout en luttant pour garder ouvertes ses paupières qui semblaient peser très lourd maintenant.

Il s'endormit ainsi, sur les ruines de Thèbes, parcourant dans son rêve des cités pleines de dieux aux noms bizarres, alors que la tablette glissait à ses côtés.

Via della Scrofa – Rome.

Silvio s'était extrait laborieusement, descendant de la camionnette comme l'escaladeur d'un piton rocheux. Machinalement, il regarda l'heure sur son antique montre française, offerte dans sa jeunesse, au nom minimaliste de Lip. Il était trois heures du matin et, bien qu'il ait dormi tout au long de la route — excepté l'incursion dans Florence —, il se sentait fourbu de fatigue. Il salua son jeune compagnon, marmonnant la nécessité de ne pas le réveiller trop tôt, puis rentra dormir.

Enzo le regardait partir en ronchonnant qu'il n'avait plus l'âge pour ça, etc. Décidément, pensa le jeune homme, il était trop tard pour faire un rapport ce soir. Il démarra la camionnette, réfléchissant déjà comment édulcorer son récit officiel, ne pouvant se résoudre à écorcher l'homme dont il voyait la silhouette disparaître plus loin.

05

Via del Principe Amedeo – Rome.

Un animal géant, mi-homme mi-oiseau, lui secouait l'épaule, avec horreur Jérôme voyait se rapprocher son bec déjà rougi du sang d'innocents. L'oiseau lui parlait, avec une voix féminine sortant bizarrement de ce bec énorme :

— Jérôme ! Réveille-toi ! Allez !

Il sursauta et s'éveilla en criant, s'asseyant d'un coup en levant ses bras en protection. Aurore lui faisait les yeux ronds en pouffant :

— Eh bien ! Quand tu fais un cauchemar...

Un peu hébété, il regarda la sécurité de la chambre alentour éclairée chichement par des rayons de lumière filtrant à travers les persiennes fermées. Il ronchonna :

— C'est à cause de tous ces trucs égyptiens que j'ai lus hier soir...

Il chercha sa tablette à tâtons, mais abandonna en la voyant sur les genoux d'Aurore. Un peu tournée de côté, elle lui demanda :

— Et tu as trouvé quelque chose ?

— Des trucs, dit-il en se laissant retomber à plat dos.

— Tu savais qu'il y a quatorze obélisques à Rome ?

— Combien ? demanda Jérôme un peu étonné.

— Quatorze, mais tu dors encore ou quoi ?

— Je ne sais pas, le cauchemar continue peut-être…

— Salaud !

Elle ponctua son exclamation de petits coups de poing dans l'épaule de Jérôme, donnés d'une main, l'autre tenant la tablette. Elle reprit :

— En fait, il devrait y en avoir quinze.

— Alors, c'est quatorze ou quinze ?

On le sentait entre veille et sommeil, profitant un peu de cet état pour charrier la jeune femme. Elle, probablement plus rompue à cet exercice, continuait avec superbe.

— Quinze, rit-elle, il en reste un enterré. Ils l'ont vu avec un radar.

— Où ça ?

— Devant l'église Saint-Louis des Français.

— C'est pour ça qu'ils l'ont laissé enterré.

Elle pouffa, puis lui montra le document avec les coordonnées :

— Ils correspondent tous avec les coordonnées Wikipédia.

Il tourna la tête, ouvrant franchement les yeux, puis se redressa en prenant la tablette que lui tendait Aurore. Il fit une ou deux vérifications puis lui dit :

— C'est vrai, c'est du bon boulot.

— En fait, officiellement, sur Wikipédia et ailleurs, ils n'en recensent que treize debout à Rome. Bizarrement, il y en a un qu'ils ne comptent pas.

— Et tu sais lequel ?

— Oui, un qui se trouve à la villa Médicis, il semble que ce soit une copie à l'identique. L'original est ailleurs maintenant… à Florence je crois. Mais, concernant les coordonnées, ceux de la mallette, ce n'est pas tout.

— Ah non ?

— Non, regarde les deuxièmes ou troisièmes lignes. Celles écrites en plus petit.

— Oui, j'ai déjà vérifié, elles ne correspondent à rien. Enfin, pas à des obélisques.

— Faux, répondit Aurore dont les yeux brillaient, même dans la pénombre. Ce sont les coordonnées des mêmes monuments, mais dans l'Antiquité. Enfin je n'ai eu le temps de vérifier que pour deux, mais ça colle.

Il la regarda comme s'il la voyait pour la première fois, tout à fait éveillé cette fois-ci, et pianota un moment sur le clavier. Cinq minutes après, il lui demanda.

— Tu as vérifié lesquels ?

— Celui que l'on a vu en deuxième, *piazza del Popolo*, et l'autre qui se trouve à Saint-Jean-de-Latran et qui est le plus grand jamais construit dans l'Antiquité. Ils étaient ensemble sur le *Circus Maximus*, près du Palatin, alors comme le lieu existe toujours, les coordonnées ont été faciles à vérifier.

Il la regarda, regarda sa tablette, puis se pencha pour l'embrasser, ce qui les fit descendre trop tard pour le petit déjeuner.

Via di Sant'Ignazio – Rome.

Les boiseries, patinées par plusieurs siècles, semblaient imposer le silence et, même si la bibliothèque Casanatense était quasi-déserte en plein été, ils osaient à peine chuchoter entre-eux. Prenant un des trois ouvrages que Jérôme avait demandés, elle le retourna avec précaution et dit :

— Mais c'est vieux !

— Comme ça, répondit Jérôme en désignant la salle alentour.

Elle tourna la tête, admirant encore les panneaux de bois brillant légèrement sous la lumière caressante qui semblait s'écouler des plafonds en ogive.

— Mais, comment tu connais ça ?

Il haussa les épaules :

— Je suis venu faire des recherches ici. Ils ont les archives de l'urbanisme de Rome, avant 1860, je crois.

— Pourquoi ?

— La ville, et même la région appartenait à l'Église avant le *Risorgimento*.

— L'unification ?

— C'est ça, à la fin du dix-neuvième siècle.

— Et tu crois qu'on va trouver quelque chose ?

— On va bien voir. Tu peux travailler sur la tablette en attendant, on a du wifi ici. Peut-être même qu'on en trouvera plus sur le net.

Ils s'interrompirent un instant en entendant des pas arrivant derrière eux. Un prêtre en robe passa, comme soufflé du passé, sans leur faire grâce d'un regard, puis disparut entre les rayonnages. Aurore demanda :

— C'est toujours l'Église qui possède ça ?

— Je ne crois pas, mais enfin... il écarta les mains, essayant d'imiter le pape dans ses apparitions, pour lui faire comprendre qu'à Rome tout est possible.

Elle réprima un rire puis lui donna une bourrade sur l'épaule pendant que lui, l'air sérieux, ouvrait un des ouvrages de la bibliothèque.

Via della Scrofa – Rome.

Il finit par ouvrir les yeux avec exaspération, ne pouvant plus faire semblant d'ignorer le tambourinement sur la porte de sa chambre. Il avait pourtant signalé au planton, qu'il avait réveillé à trois heures du matin, que, compte tenu de l'heure, ils ne devraient pas le réveiller aujourd'hui. Soupçonnant le planton d'avoir fini son service sans avoir passé les consignes, il vérifia l'heure sur sa montre kitch : Onze heures moins le quart. Il avait quand même dormi sept heures.

Se lever devenait de plus en plus fastidieux, songea-t-il en rabattant son drap. Les coups sur la porte continuaient de plus belle, résonnant dans sa tête maintenant. Pour les faire cesser, il avertit :

— Ça va ! Ça va ! J'arrive !

Laborieusement, il mit les deux pieds au sol, constatant, avec gratitude, que les coups sur la porte avaient cessé. Décidément, se lamenta-t-il en lui-même, à l'approche des soixante ans, la vie commençait à devenir plus compliquée. Les yeux fermés, ses pieds trouvèrent ses babouches, et il parcourut d'un pas traînant les quelques mètres le séparant de la porte. Il l'ouvrit, clignant des paupières dans la lumière solaire inondant le couloir.

Devant lui, même à contre-jour, il ne put que reconnaître la silhouette élancée, couronnée des cheveux blonds coupés en brosse de son nouveau collègue.

— Bonjour monsieur Rufrano, souffla le jeune homme, visiblement soulagé.

— Silvio, corrigea-t-il. Tu ne dors jamais Enzo ?

Il venait de tutoyer le jeune homme, s'en apercevant après coup. Il haussa intérieurement les épaules : C'était fait, maintenant il n'y avait plus qu'à continuer. L'autre s'excusait :

— Je n'avais pas l'intention de vous réveiller, mais c'était par rapport à votre planning, on devait aller repérer où faire les tests aujourd'hui.

— Oui, je sais, je sais. Mais quand j'ai écrit ça, je ne me rappelais plus que Milan était si loin, et si pleine de tentations…

Il laissa sa phrase en suspens, heureux de la rougeur envahissant les joues presque enfantines de son collègue. À Milan, Silvio n'avait pas manqué les regards qu'Enzo lançait à la dérobée à la serveuse du restaurant, qui de son côté venait de leur côté plus que cela n'était nécessaire, passant toujours à proximité d'Enzo, le frôlant quelquefois et colorant ses joues de la manière qui amusait Silvio aujourd'hui.

— Vous voulez que l'on remette à plus tard monsieur ?

— Silvio, insista Silvio. Et non, on va y aller, mais je n'ai même pas déjeuné.

— C'est trop tard pour le faire ici, constata Enzo avec pragmatisme, mais j'ai remarqué une *focacceria* en venant, on pourrait faire un petit déjeuner repas…

Silvio regarda le jeune homme, un peu trop coincé encore, mais qui commençait à devenir plus sympathique.

— D'accord pour la *focacceria*, mais je ne supporte plus les aubergines, râla-t-il pour la forme. Les appareils, tu sauras t'en servir ?

— J'ai regardé ce matin, je crois que ça ne posera pas de problèmes. Et l'ingénieur de chez Mancana m'a donné son numéro personnel, au cas où…

— Même le magnétomètre couplé ?

— Je pense que ça ira, assura le jeune homme, le regardant avec ses grands yeux candides.

Silvio, devenu plus sérieux, le regarda un instant, cherchant un indice que l'autre bluffait, puis, apparemment satisfait, conclut.

— Il faut que je fasse un brin de toilette. Tu sais lire le latin ?

— Oui, un peu, répondit simplement Enzo.

— Alors regarde sur le chevet, mon carnet de note, tu verras sur quoi on travaille.

Il était déjà sous la douche, mais demanda quand même en criant :

— Et, tu crois qu'elle est bien cette *focacceria* ?

Via di Sant'Ignazio – Rome.

Jérôme avait noirci deux feuilles de son bloc note et Aurore étouffait un bâillement quand leurs regards se croisèrent. Il lui demanda :

— Tu as quelque chose ?

— Un peu, répondit-elle en faisant défiler les documents téléchargés sur la tablette. Et toi ?

— Bof, des dates, des faits, mais pas le début d'une explication.

— Pareil, sauf…

Elle hésitait, comme si ce qu'elle avait à dire était hors de propos.

— Quoi ? demanda Jérôme, lui empruntant son vocabulaire.

— Oh, non, c'est rien, pas vraiment utile. Mais par contre, j'ai faim maintenant.

— Prête à affronter la chaleur ?

— Fastoche, crâna-t-elle en regrettant déjà la climatisation outrancière du lieu.

Piazza della Rotonda – Rome.

C'était un piège à touristes, mais la solution la plus facile. Ils avaient pris la première rue en sortant de la bibliothèque et étaient tombés sur le Panthéon, avec son obélisque semblant les inviter, et surtout les restaurants qui bordaient la placette. Ils s'étaient arrêtés là, naturellement. Devant eux, sur la place chauffée à blanc, des centaines de touristes déambulaient au ralenti, en se photographiant pour les plus courageux. Les autres regardaient autour d'eux, vérifiant pour certains qu'ils étaient bien là, comme sur le dépliant qu'ils consultaient à longueur de journée. De l'autre côté de la place, le Panthéon se dressait indifférent, peu concerné par les milliers de fidèles priant dans ses murs tant de dieux différents depuis deux mille ans.

L'ombre épaisse, arrachée au soleil à force de parasols se chevauchant, arrivait tout juste à rendre l'air supportable, malgré les brumisateurs humidifiant tout d'une nuée vaguement fraîche.

— L'avantage, remarqua Jérôme, c'est que l'on peut consulter les écrans facilement.

Il avait encore sorti la tablette, comme un tic naissant, et faisait défiler des pages, complètement coupé de son environnement. Ils attendaient leur plat de pâtes, ou tout au moins une bouteille d'eau pour se désaltérer, depuis un bon quart d'heure maintenant. Après avoir grignoté trois gressins, Aurore finit par lui demander :

— Mais qu'est-ce que tu fais encore ? Arrête un peu avec ton truc là !

— Attends ! J'ai fini. Tiens, regarde !

Il lui présenta l'écran, sur lequel on pouvait voir la gravure d'un éléphant portant un obélisque sur le dos.

— Tu l'as trouvé ! s'exclama la jeune femme, renonçant à faire la tête.

— Oui, le Songe de Poliphile. J'ai chargé plusieurs versions sur le net hier soir. Il y la version originale, mais elle est en vieux toscan et on n'y comprend pas grand-chose. Celle-là, c'est une version de 1546 en vieux français, et en plus ils traduisent un peu les passages en latin. Avec un autre, plus récent et en français moderne, d'un certain Claudius Popelin, c'est ce que j'ai pu trouver de mieux pour nous.

La jeune femme écoutait Jérôme distraitement, captée à son tour par l'ouvrage de la Renaissance. Tout en faisant défiler les textes et gravures, elle parlait doucement comme pour elle-même :

— C'est formidable. Tu les as trouvés sur le net, alors ?

— Oui, répondit-il l'air crâne.

Son regard n'arrivait pas à se détacher du visage de la jeune femme qui semblait l'ignorer. Pourtant, au bout d'un moment elle lui dit :

— Arrête !

— Quoi ?

— Arrête de me regarder comme ça.

Jérôme haussa imperceptiblement les épaules et détourna son regard sur la place et le ballet des centaines de personnes tournoyant là.

— Et ne regarde pas les autres femmes, non plus.

— Mais… commença l'archéologue, puis il s'arrêta, discernant un fantôme de sourire malicieux aux commissures des lèvres d'Aurore.

Le garçon, enfin, amenait une bouteille d'eau, vite suivi par un deuxième leur servant leurs plats. Aurore, rangeant l'appareil dans le sac de Jérôme, lui demanda :

— On ira voir le vrai ?

— Juste après le dessert, promit-il. Il est juste là. On pourrait presque l'apercevoir.

Il désignait un angle de la place, là où une petite rue semblait s'échapper à gauche du Panthéon. Elle regarda dans la direction qu'il lui indiquait, puis, alors que son regard balayait le reste de la place pour revenir sur ses pâtes, elle s'arrêta soudain, ses yeux s'agrandissant légèrement, incitant Jérôme à se retourner pour regarder ce qui avait déclenché cette réaction.

Piazza della Torretta – Rome.

Au deuxième verre de limoncello, les joues du jeune homme étaient d'un rouge éclatant, comme le rire de Silvio. Celui-ci n'en revenait toujours pas que son jeune compagnon ait pu repérer cet endroit. La chance du débutant, certainement, songeait-il en regardant Enzo tenter désespérément de contrôler la situation. L'équipée de la veille avait distrait le chercheur et maintenant, prenant l'éducation gastronomique du jeune homme comme piètre prétexte, il avait vraiment du mal à revenir à son projet après l'épisode du vol de sa mallette. Il s'était bien vite empressé de ramener celle-ci et son contenu à la *Bibliotheca magna*, dès qu'il l'avait récupérée. Depuis, il était plus serein, profitant de toutes ces petites choses, tous ces bons moments dont il avait craint qu'ils ne finissent.

En face de lui, le jeune homme était passé au rubicond et en était à son troisième verre d'eau, pour tenter vainement de diluer l'alcool. Le limoncello avait, malheureusement pour lui et pour le plus grand contentement de son aîné, été précédé par une bouteille de Costa d'Amalfi dont les treize degrés annoncés étaient probablement largement sous-évalués. Et puis le patron était des Pouilles, comme Silvio, ils avaient alors évoqué les souvenirs des rivages écrasés de soleil et (Dieu lui pardonnait) de ces femmes dont ils étaient d'accord, avec la plus parfaite mauvaise foi, qu'elles étaient les plus belles d'Italie.
Alors, ce qui devait être un petit déjeuner enrichi s'était transformé en repas dominical, comme Silvio était en train de transformer, depuis la veille, leur mission en équipée. Arrivés au café, le patron, aussi déchaîné que Silvio était gros mangeur, avait offert sa spécialité : des minis babas trempant — nageant — dans du rhum pur. Ce qui

avait, par voie de conséquence, incité Silvio à se lâcher sur le limoncello, et qui avait fait décrocher son jeune compagnon.

Ce que Silvio venait de comprendre, dans ces vapeurs d'alcool,
c'était qu'inconsciemment il essayait d'oublier le monde qui s'était
entre-ouvert trois jours auparavant et qu'il ne pouvait plus ignorer.
Toutes ces choses dont sa vie l'avait préservé et qui maintenant, il le
sentait bien, pouvaient ressortir à tout moment, comme une boîte de
Pandore à jamais ouverte, depuis les menaces suggérées du hiératique
Battisti, jusqu'à ce Marcello Buccieri au regard de glace et son assistant armé. Il avait eu peur, oui, même très peur, et il temporisait, prenant cette mission beaucoup plus au sérieux que ne pouvait l'imaginer
son jeune collègue, vacillant sur ces jambes, là, devant lui.
Bien sûr, il avait décidé de ne plus sortir de pièce de la *Biblioteca*,
aussi se contentait-il désormais de travailler avec son agenda et les
quelques notes qu'il fourrait dans ses larges poches. En résumé, songeait-il plusieurs fois par jour, il avançait sur des oeufs, avec les yeux
bandés. Il regarda Enzo, se voyant trente-cinq ans plus tôt, et eut un
élan de sympathie pour le jeune homme qui, sans doute, ne savait pas
où il mettait les pieds. Il lui demanda :
— Tu te sens d'y aller ?

Piazza della Rotonda – Rome.

Depuis la *focacceria* et les deux cents mètres qu'ils avaient parcou-
rus, Silvio observait du coin de l'œil son jeune compagnon qui semblait avoir repris de l'assurance. Mais, par expérience, Silvio redoutait
de sortir des ruelles ombragées. Aussi, arrivés sur la place irradiée,
sans échappatoire, redoubla-t-il d'attention, se tournant franchement
vers Enzo, le faisant parler de tout et de rien, des touristes aux restaurants dont il lui expliquait les spécialités.
Soudain, pourtant bien emporté par son propre flot de paroles, il
s'arrêta net. Son bras balayant la terrasse devant laquelle ils passaient
resta un moment suspendu en l'air, puis redescendit lentement le long

du corps, comme un levier freiné par un vérin hydraulique. Enzo avait fait encore trois pas sur sa lancée, puis s'était arrêté lui aussi, se retournant vers son compagnon plus âgé. Déjà brumeux, luttant contre le soleil semblant multiplier son alcoolémie, son esprit parvint tout de même à saisir un petit quelque chose.

Là-bas, attablé au milieu de dizaines d'autres touristes, un couple regardait en direction de Silvio, qui lui-même les dévisageait bizarrement, comme s'il les connaissait et redoutait leur présence. L'homme assis semblait avoir été mis en alerte l'instant d'avant par le regard stupéfait de la femme que l'inconscient d'Enzo avait enregistré, et il s'était complètement retourné sur sa chaise, rendant illusoire toute possibilité d'ignorer l'événement.

L'instant, comme le vol fugace d'un papillon silencieux, passa, et Silvio, après un quart de tour somnambulique, reprit sa marche à travers la place ensoleillée, taciturne et les yeux maintenant fixés au sol. Enzo le regarda partir, solitaire, puis accéléra le pas pour le rattraper et, calant son pas sur celui de l'homme paraissant soudain plus vieux, resta en arrière, ne pouvant s'empêcher de se retourner une fois encore, pour retrouver le regard du couple, toujours fixé sur eux.

— C'est juste une coïncidence, répéta pour la troisième fois Jérôme, autant pour Aurore que pour lui.

— Mais, le regard… insistait la jeune femme. On dirait qu'il…

Elle cherchait le mot le plus juste quand Jérôme coupa :

— …qu'il avait peur.

— Oui ! C'est ça. On dirait qu'il avait peur de nous… ou de quelque chose…

Elle essayait encore de formaliser une impression. Cette fois, l'archéologue la laissa finir :

— Il pensait ne pas nous revoir… comme si on le gênait…

— Ou que l'on représente un danger ? proposa Jérôme.

— C'est ça ! approuva-t-elle. Ce n'est pas nous qui lui faisons peur, c'est quelque chose que l'on représente… notre présence quoi.

Jérôme tourna intérieurement le concept dans tous les sens, puis acheva.

— Ça commence à devenir franchement bizarre là.

Aurore haussa ses épaules halées, puis conclut :

— Ça leur passera.

Piazza della Minerva – Rome.

— Ici, cela ne posera pas de problème, je crois.

— En venant de bonne heure, ça devrait aller, confirma Enzo. Il n'y aura personne. Pas de véhicule pour troubler les mesures, et on a une marge suffisante pour nos instruments, on devra dérouler quatre câbles, pour commencer d'abord autour de…

Il montrait le petit monument qui se détachait sur la courbure de l'arrière du Panthéon, comme s'il ignorait qu'il pouvait l'appeler par son nom. Silvio rit :

— L'*Elefantino*.

— Oui, approuva Enzo en rougissant curieusement.

Il sortit un instrument du petit sac à dos qu'il transportait avec lui et se promena autour de la sculpture de Bernini, scrutant les chiffres qui s'affichaient sur un écran à cristaux liquides. Silvio le regardait faire avec bonhomie, comme une mère le ferait des premiers pas de son enfant. Après un moment, le jeune homme revint vers lui et déclara :

— Je n'ai rien de significatif avec ça.

— Je sais, confirma Silvio, c'est pour ça qu'on a besoin des instruments dans la camionnette. Et encore, les variations seront tellement infimes qu'il faudra enregistrer énormément de données, les croiser par informatique avec des indices référentiels qu'il nous faudra étalonner par nous-même.

— Mais, elles existent déjà les valeurs référentielles !

— Elles ne sont pas assez précises, expliqua Silvio, de deux graduations au moins.

— Mais, c'est une échelle…

— …logarithmique, finit Silvio. Cent fois pas assez précise. C'est pour ça qu'ils ont cassé leur tirelire pour nos instruments.

Il venait de faire un geste du bras, balayant le bâtiment qui bordait la place à l'ouest. Enzo regarda la construction sans comprendre, déjà sous le choc de l'ampleur du travail qu'ils avaient à réaliser. Il s'approcha un peu et regarda le nom sur la plaque, puis se retourna vers son collègue plus âgé et lui demanda :

— C'est ici que se prennent ces décisions ?

Sans répondre immédiatement, Silvio hocha la tête.

— Je croyais que c'était... commença Enzo, avant d'être coupé par l'autre :

— Celles-ci ont toujours été prises là. Enfin, avant c'était ici.

Il s'était tourné vers le côté Nord de la place, le plus proche du Panthéon, et montrait la façade percée de fenêtres, construite plus de cinq cents ans auparavant. Enzo regardait la façade sans trop comprendre, cherchant dans sa mémoire que l'alcool libérait doucement. Puis, de quelque part enterrée dans ses souvenirs d'ancien étudiant, l'information lui revint, et il porta sa main devant la bouche, ouvrant de grands yeux.

— Viens !

Enzo suivit son compagnon, le regardant avec un œil neuf. Jusqu'à maintenant, il avait vu en lui un homme débonnaire mais vieillissant, et la mission qu'on lui avait confiée ressemblait plus à un rapport délateur, au profit d'un quelconque Directeur des Ressources Humaines. Maintenant, il commençait à appréhender l'envergure scientifique de son compagnon ainsi que l'ampleur de la tâche qu'il avait entreprise. En fait, celui qu'il ne prenait que pour un trop bon vivant, du point de vue de leur hiérarchie, était un véritable savant.

Pour l'heure, Silvio avait extrait un badge d'un portefeuille replet et l'avait montré à un planton qui s'ennuyait ferme à l'entrée. Ici, la climatisation atteignait la perfection, leur permettant de grimper sans transpirer trois étages relativement élevés par des escaliers monumentaux. Ils arrivèrent à un palier qui distribuait des couloirs. Silvio les entraîna dans celui qui s'ouvrait devant eux, bordé de hautes fenêtres, puis s'arrêta devant l'une d'elles.

D'ici, ils voyaient la petite place à leurs pieds et contemplaient même le petit obélisque de haut, celui-ci arrivant à la hauteur de l'étage inférieur. Ils avaient aussi devant eux une vue dégagée sur les toits de ce quartier de Rome, par-dessus celui de la Basilique de *Santa-Maria-Sopra-Minerva*. La vue était surprenante et Enzo regarda le savant avec gratitude, avant d'apercevoir le couple en bas, tournant autour de l'*Elefantino* comme eux l'avaient fait un moment plus tôt.

Ils s'étaient arrêtés à distance, quand ils avaient vu les deux hommes évoluer autour de la sculpture surmontée d'un obélisque. Alors, ils étaient restés en retrait, s'asseyant à l'ombre, sur un muret bas bordant l'angle sud-est du Panthéon, feignant de se reposer. Ils les avaient observés — Aurore les étudiant avec le zoom de l'appareil photo —, beaucoup par curiosité, un peu en attendant qu'ils libèrent le lieu qu'ils avaient décidé eux aussi d'explorer, essayant de comprendre de loin ce qu'ils faisaient là. Puis ils s'étaient regardés, perplexes, lorsqu'ils avaient vu le plus jeune sortir un genre de détecteur et arpenter l'endroit, comme cherchant une fuite de gaz ou de radioactivité.

Ensuite, les deux hommes avaient disparu derrière l'angle du bâtiment qui s'élevait sur leur droite, et ils avaient supposé qu'ils avaient quitté la place par le sud en longeant le côté ombragé de la *via della Minerva*. Et, bien que logiquement ils auraient dû les voir s'éloigner, ils ne s'en étaient pas vraiment inquiétés. Alors, attendant, leur laissant une confortable avance, ils étaient arrivés sur la placette, la parcourant à leur tour et la mitraillant avec leur appareil photo.

Saoulés de soleil, malgré les chapeaux en fausse paille qui les faisaient ressembler à deux campagnards égarés là, ils se réfugièrent enfin un moment à l'ombre, près de l'étal d'un marchant ambulant à la fin de la *via di Santa Caterina da Siena*. Aurore demanda :

— C'est la mode des pin's ici ?

Quelques pin's, dont beaucoup à connotation religieuse, se mélangeaient, sur une draperie sale posée à même le sol, à des lunettes de contre-façon côtoyant des sacs du même fabriquant. Jérôme releva la tête de l'écran de son appareil photo :

— Pardon ?

— Les pin's, c'est la mode à Rome ?

Il haussa les épaules, revenant à son écran :

— Un peu, il me semble.

— Il te semble ?

— Je ne suis pas la mode d'ici, figure-toi. Pourquoi, tu en veux un ?

— Moi ? Non ! Quelle horreur !

Jérôme s'arracha de nouveau de son écran, la regardant en fronçant les sourcils. Enfin elle expliqua :

— Ils en avaient.

— Quoi ?

— Mais tu deviens sourd. Je dis qu'ils portaient des pin's, tous les deux le même.

— Ha oui ? demanda-t-il avec un début d'intérêt. Il y a le modèle là ?

Elle fit un pas, s'avançant avec un sourire énigmatique, puis, sans se baisser, avec l'orteil de son pied droit joliment chaussé de sandales à talons, en désigna un. Sans bouger, Jérôme poussa le zoom à son maximum, visant l'objet désigné par Aurore. Il voulait le photographier directement, mais la surprise secoua sa main au moment du déclenchement, brouillant le cliché. Il fit une nouvelle prise de vue, cette fois réussie, et lui montra l'écran. Elle confirma d'un hochement de tête.

Le pin's, tout simple, qu'elle venait de désigner, était un petit crucifix doré.

— Ça ne veut rien dire, essayait de se convaincre Jérôme.

— Rien du tout, confirmait la jeune femme.

Leur regard parcourut la placette, puis, remontant machinalement le petit obélisque, vint se poser en même temps sur le crucifix en bronze qui le surmontait. Ensuite, machinalement, ils regardèrent la basilique sur leur droite. Jérôme s'avança au pied de l'obélisque et scruta les plaques gravées en latin. Aurore le rejoignit et demanda :

— Ça dit quoi ?

— Je n'ai pas encore tout traduit, répondit-il, mais ça, là !

Il montrait une partie du texte qui proclamait :
SAPIENTIS AEGYPTI
— Ça signifie en gros : De la sagesse de l'Égypte. Et ça !
Au bas du marbre, il désignait les deux dernières lignes :
ROBUSTAE MENTIS ESSE
SOLIDAM SAPIENTAM SUSTINERE
— C'est à peu près : Seul un esprit fort peut supporter de solides connaissances.

Ils se regardèrent longuement, malgré le soleil brûlant, et Aurore traduit ce qu'ils pensaient tous deux.

— C'est étonnant quand même, c'est un pape qui a fait construire ça.

— Oui, enchaîna Jérôme, Alexandre VII. Fait par Bernini comme tu m'as dit.

— C'était l'époque de l'Inquisition non ?

Un sourire se dessina sur les lèvres de l'archéologue, et il montra le mur ensoleillé, sur le côté nord de la placette. Aurore fronça les sourcils en guise d'interrogation muette et Jérôme précisa :

— Là, c'était le siège de l'Inquisition, jusqu'à la fin du XIXème siècle.

Aurore, le regarda avec deux yeux ronds et il se mit à rire. Elle haussa les épaules :

— Tu me fais marcher.

— Non, non je t'assure. C'est ici, derrière ces murs, qu'ont été jugés Galilée, et Bruno avant lui. Ils l'ont brûlé un peu plus bas, sur le Campo di Fiori, il y a sa statue. Viens ! On y va, on a fini ici.

Déjà il partait, marchant vers le sud, en suivant le côté ombragé de la rue. Elle lui prit la main, l'empêchant d'aller trop vite, et lui demanda :

— Et qu'est-ce qu'il avait fait, ton Bruno.

— Il avait dit que la Terre tournait autour du soleil, quarante ans avant Galilée.

— Charmant comme histoire…

Ils les virent s'en aller, main dans la main. À leur tour ils avaient attendu que le couple disparaisse, Silvio temporisant incompréhensiblement aux yeux du jeune homme. Celui-ci commença par croire que le scientifique, un rien loufoque et asocial, ne voulait pas rééditer la situation de la *piazza della Rotonda*. Tandis que Silvio, quant à lui, commençait à être inquiet. Oh ! Ce n'était pas les touristes qui manquaient. Mais ceux-ci étaient différents. Il lui semblait, avec, il en convenait, un peu de paranoïa, qu'ils « cherchaient ».

Enfin, les Français étant partis, soudain taciturne, Silvio s'ébroua, commençant à descendre lourdement les marches de marbre, entraînant à sa suite le jeune Enzo qui maintenant commençait à broyer du noir, lui aussi, mais pour d'autres raisons. Il venait de comprendre, après cet épisode, que les faits n'étaient plus assez anodins pour qu'il se permette de les passer sous silence, malgré la sympathie que lui inspirait son compagnon original.

La mort dans l'âme, il réalisa que ce soir il devrait envoyer un rapport par mail à l'adresse qu'on lui avait donnée à cet effet, le jour où on l'avait convoqué pour cette mission. Ce qu'il se rappelait surtout, de cette journée, c'était cet homme, celui qui l'avait interrogé succinctement sur ses diplômes et ses motivations, avant de lui dire que normalement, ils ne devraient plus se revoir, s'il suivait à la lettre les instructions, celui qui avait un regard si froid, le *signore* Bucceri.

Staromestské námesti – Prague.

La calèche, tirée par deux chevaux, passait à côté de la foule, les frôlant parfois, à la grande joie de Marjorie. Amaury, lui, tripotait encore son smartphone branché en continu sur internet. Un moment il pensa à la note astronomique de téléphone, mais il commençait vraiment à être inquiet. Salvatore ne répondait à rien : ni aux mails, ni aux sms qu'Amaury avait envoyés de son portable personnel, en dépit de toutes les règles de sécurité. Il avait même essayé de l'appeler directement, à partir d'un café, tombant directement sur sa boîte vocale.

Il songeait déjà à abréger son séjour, reculant à chaque heure le moment de l'annoncer à Marjorie. On était déjà vendredi soir et son retour à Paris ne changerait pas grand-chose, décida-t-il. De toutes les manières, il était déjà trop tard pour prendre l'avion ce soir. Comme Marjorie sautait au bas du véhicule, courant déjà vers une terrasse pour engloutir la troisième glace de l'après-midi, pour la première fois de sa vie, il inaugura la procrastination.

06

Staromestské námesti – Prague.

Il secoua l'épaule de la jeune femme pour la troisième fois, déclenchant encore une avalanche d'interjections, frisant encore plus l'insulte que la fois d'avant. Elle râlait, bien sûr, et il songea fugitivement qu'il en aurait fait de même à sa place.

Lui aussi avait du mal, à pas tout à fait sept heures du matin. Et pourquoi avait-il vérifié ses mails une heure plus tôt, dans son demi-sommeil ? Pour la dixième fois, depuis une heure, il se posait la question. Et, même s'il s'en voulait, s'insultant copieusement, il ne pouvait plus rien y faire. Tout simplement, depuis la veille, il avait trouvé anormal le silence radio de Salvatore, consultant frénétiquement ses boîtes électroniques à tout moment.

Pour compliquer le tout, le mail de Rome lui demandant de se ternir prêt était signalé *"Gravis Maximus"*, c'était le premier du genre depuis qu'il était en poste, et il avait envoyé l'accusé de réception, par réflexe. Aussi, ne pouvait-il même plus invoquer légitimement l'ignorance.

Évidemment, convenait-il intérieurement, le SIV le rétribuait assez grassement tout au long de l'année pour que, la seule fois où il semblait y avoir une affaire de quelque importance, il y mette un peu du sien. Sa vie, le reste du temps, était relativement confortable, comparée à celles de ses copains de facs ramant dans le privé. Bien sûr, ils n'avaient pas sa lignée, se justifia-t-il, peaufinant une fois de plus, pour lui-même, l'argument de la légitimité.

En fait, convint-il, il ne faisait pratiquement rien la plupart du temps, estimant cela normal, l'expliquant une fois encore par son ascendance. Fort de cette certitude, il marcha vers le corps encore endormi et le découvrit avec arrogance, enlevant le drap d'un coup sec. La jeune femme se recroquevilla et explosa, avec un tremblement de rage retenue dans la voix :

— Mais tu es malade ? Qu'est-ce qu'il te prend ?

— On s'en va, répéta-t-il encore, sûr d'être entendu cette fois.

— Mais on a encore deux jours. Et, il n'est même pas huit heures, estima-t-elle à la lumière éclairant la chambre.

— Il est sept heures une pour être précis, et je dois rentrer à Paris pour une urgence professionnelle.

— Je reste, moi, ronchonna-t-elle en finissant par s'asseoir sur le bord du lit, la tête penchée en avant, semblant contempler les motifs abscons de la moquette synthétique, avec ses longs cheveux noirs qui encadraient son visage.

— On ne peut pas, mentit-il. Les billets étaient liés, et j'ai réussi de justesse à avancer le départ. L'avion décolle dans deux heures.

En fait, il aurait pu lui en parler, la chambre étant déjà payée, mais il n'y avait pas pensé, tout simplement. Peut-être même qu'un peu de rancœur n'y était pas étrangère, répugnant à faire profiter la jeune femme d'un séjour dont il se sentait lésé. Aussi avait-il tout de suite modifié les billets de retour, pour un supplément dérisoire. Un instant Amaury songea que la compagnie aérienne avait probablement même fait une affaire, avec ses billets de fin de week-end. Il haussa les épaules et annonça à la jeune femme :

— J'ai commandé le petit déjeuner pour maintenant, comme ça on ne perdra pas de temps.

À peine avait-il fini de parler, que le service d'étage toquait à la porte, comme synchronisé. Marjorie se leva d'un bond, dans l'arrogance de son corps superbe, lui jeta un regard noir et fila dans la salle de bain alors qu'il laissait entrer la caMériste.

Via della Scrofa – Rome.

Cette fois, il était déjà habillé et attendait son jeune collègue quand on cogna à la porte. Devançant la question du jeune homme, il abrégea :

— Oui, j'ai déjà pris le petit déjeuner, et toi ?

Enzo, surpris, hocha la tête alors que son aîné sortait, empochant en marchant le carnet de notes qu'il consultait en l'attendant, le fourrant dans sa poche avec deux feuilles manuscrites à l'écriture serrée, pleines de chiffres et de références techniques qu'il avait juste eu le temps d'apercevoir.

Silvio dévalait déjà l'escalier de la pension en sifflotant, lui laissant fermer la porte de sa chambre. Le nouvel entrain de son mentor stupéfiait Enzo. Une ombre passa un instant sur son visage, qu'il se força d'effacer en suivant le quinquagénaire. L'homme qu'il voyait descendre un étage plus bas lui faisait confiance, et il l'avait trahi hier soir, en envoyant son rapport.

Enzo s'arrêta et ferma les yeux pour effacer une image qu'il ne connaissait que trop bien, depuis son enfance. L'image honnie par tous ses camarades de classe et lui-même, il n'y avait pas si longtemps. Il se força à ouvrir les yeux et reprit lui aussi la descente, évitant son reflet dans les miroirs décoratifs ponctuant la rampe d'escalier, secouant la tête pour effacer le visage de Judas.

Basilica San Giovanni di Latrano – Rome.

Ils levaient la tête, clignant un peu des yeux sous la luminosité agressive. Là-haut une mouette trônait sur la croix de bronze surmontant le pyramidion, tout en haut du gigantesque obélisque, insensible semblait-il aux vagues de chaleur s'élevant de la place minérale. Ils restèrent quelques secondes ainsi, accablés de chaleur comme les jours précédents dès qu'ils abandonnaient l'ombre, puis, après avoir photographié l'obélisque un peu sous tous les angles, allèrent trouver refuge dans la cathédrale.

Jérôme s'engagea sur les bancs d'une alcôve désertée, entraînant Aurore derrière lui. Ils se posèrent quelques minutes, le temps d'évacuer le trop plein de chaleur et que les autres visiteurs ne prêtent plus attention à eux, puis, comme mus par le même ressort, ils sortirent la tablette pour y intégrer les nouvelles images. Avec une expérience déjà consommée, Aurore tenait l'appareil sur ses genoux tandis que Jérôme transférait les clichés avec la carte SD.

L'opération, plusieurs fois répétée depuis le matin, ne prit que trois minutes. Après quoi, ils firent défiler les clichés, toujours à la recherche d'un élément, commun ou différent entre les monuments, les éclairant un peu plus. Du regard, Jérôme interrogea la jeune femme, celle-ci haussant encore une fois les épaules en signe d'ignorance. Puis ils revinrent sur les documents de la mallette, ressentant cette espèce de frustration qui nous envahit, comme un malaise diffus, lorsque l'on sent quelque chose d'évident nous échapper. Enfin, devant un long texte en latin, Jérôme abandonna, expliquant :

— Il faudrait qu'on traduise réellement ces trucs maintenant, peut-être que cela nous aiderait un peu.

— On pourrait en envoyer un ou deux à tes connaissances ?

Jérôme resta un moment silencieux, au point qu'Aurore doutait d'avoir été entendue, puis il lui demanda :

— Par internet ?

La simplicité de la question désarçonna un instant Aurore, puis les implications lui sautèrent quasiment au visage. Machinalement elle tourna la tête, comme pour vérifier qu'ils n'étaient pas écoutés, puis demanda à son tour :

— Tu crois que… cela pourrait être lu ?

Jérôme haussa les épaules :

— En tout cas, si ça l'est, ils pourraient se réveiller.

Aurore tourna la tête pour le regarder, et se souvint du regard de l'homme, la veille, sur la place du Panthéon. Elle approuva :

— Possible, oui. En tout cas, il avait bien peur de quelque chose.

Elle n'avait pas besoin de lui expliquer de qui il s'agissait. Et puis, songea-t-elle encore, il y avait aussi et surtout cet autre regard, celui de l'autre homme, dans le commissariat. Elle demanda :

— Tu ne veux pas qu'on l'envoie ?

— C'est que je ne suis pas sûr de ce que les traducteurs vont en faire. Je ne peux pas décemment leur demander la confidentialité pour ce genre de service, et je ne sais pas vraiment la manière dont ils travaillent.

— Comment ça ?

— Des fois, en archéologie, il nous arrive de poser des questions spécifiques sur des forums spécialisés, mais ces forums ne sont pas confidentiels…

Elle réfléchit un moment, puis laissa tomber :

— Je comprends, si ces types lancent des requêtes informatiques sur ce sujet, ils risquent de tomber dessus.

— Oui, répondit Jérôme. Et, tant qu'on est ici… Tu te rappelles le chauffeur de taxi ?

En effet, elle revoyait tout à fait la légère marque de la peur sur le visage de l'homme qui s'était déplacé, malgré tout, pour les avertir. Tant qu'ils seraient à Rome, ces gens — qui qu'ils soient — pouvaient leur poser des problèmes qu'ils n'avaient pas vraiment envie d'assumer.

Et puis soudain, elle réalisa que bientôt, en effet, ils ne seraient plus ici. Qu'ils devraient rentrer en France, lui à Paris, et elle près de Nice où elle était détachée par son cabinet. Instinctivement, elle avança la main et saisit celle de Jérôme, la serrant à la limite du supportable. Celui-ci, un peu étonné, conserva cette main. Se méprenant sur le sens de ce geste, il dit :

— Si on continue comme ça, on ne risque rien tu sais. Ils se fichent pas mal de nous en ce moment, je crois.

Il attendit un moment, puis, voyant qu'elle ne répondait pas, voulut la rassurer un peu plus :

— Et puis on part dans trois jours…

Cette fois-ci elle lui serra immédiatement la main, encore à la limite du supportable, et il comprit, une boule se formant dans sa gorge. Il laissa passer deux minutes, puis demanda :

— Qu'est-ce qu'on va faire ?

Elle tourna la tête vers lui, avec son sourire lumineux mais emprunt là d'un peu de tristesse. Il lui semblait que les yeux de la jeune femme étaient un peu plus brillants, mais avec la pénombre il ne pouvait pas en jurer. Il la regarda aussi, puis se pencha pour l'embrasser quand une voix résonna un peu fort, tout près d'eux :

— *Prego, siamo nel una chiasa[13] !*

Jérôme arrêta son geste à quelques centimètres du visage de la jeune femme. Ils se regardèrent ainsi une ou deux secondes, puis tous deux furent secoués par les rires qu'ils tentaient d'étouffer, se levant précipitamment pour regagner le grand soleil.

La camionnette longea l'immense place, passa devant le monument, puis s'engagea sur la place déserte de véhicules, évitant facilement les quelques téméraires s'aventurant au soleil brûlant de cette fin d'après-midi. Elle se gara à une trentaine de mètres au sud-ouest du monument et Enzo en sortit, ses cheveux emprisonnés dans une casquette de base-ball, suivi de Silvio, qui s'extirpa plus laborieusement du véhicule. Lui avait adopté un chapeau rigide à larges bords, protégeant toute sa tête d'une auréole d'ombre.

Le jeune homme déroula les câbles avec une célérité stupéfiante, s'améliorant à chaque fois, remarqua Silvio, malgré le soleil cuisant chaque parcelle de peau nue et inondant de transpiration chaque partie vêtue au moindre mouvement. Ils en étaient au troisième monu-

---

[13]   S'il vous plaît, nous sommes dans une église !

116

ment de la journée, et son jeune collègue mettait maintenant deux fois moins de temps à tout installer. Le savant regardait avec une légère admiration son jeune assistant entourer l'obélisque de quatre plots de plastiques reliés aux câbles qu'il branchait l'un après l'autre, avec une régularité de métronome imperturbable.

Bien sûr, pensa Silvio, que le jeune homme devait transpirer, mais il se rappelait aussi qu'à l'âge d'Enzo il pouvait marcher des heures à pied le long des routes ensoleillées, tout en arrivant tout à fait présentable. Maintenant… le simple fait de sortir une antenne relais inondait sa chemise…

— Ça y est monsieur Silvio, on peut commencer si vous voulez ! lança Enzo.

Sortant de sa torpeur méditative, Silvio s'assit sur le marche-pied de la porte latérale du fourgon, à l'abri de la maigre ombre portée, puis installa son ordinateur sur les genoux en disant :

— On se règle sur la séquence des feux.

De la main gauche, même s'il était certain que l'autre avait déjà compris, il désignait les feux tricolores canalisant les voitures, quarante mètres plus loin, juste après l'obélisque.

— Environ quarante-cinq secondes de feu rouge pour les voitures puis une minute vingt de circulation, répondit Enzo en consultant son calepin où il avait déjà consigné l'information.

La précision fit sourire le plus âgé, puis, il sembla se souvenir de quelque chose. Sans se lever, il attrapa une plaque carrée d'une soixantaine de centimètre, épaisse de trois, stockée debout, avec d'autres matériels longs et plats, dans un aménagement disposé derrière le siège passager. Il la tendit à Enzo qui s'était approché pour les mesures.

— Tiens ! J'avais oublié ce matin.

Enzo attrapa l'objet composé d'une face en métal munie de patins de caoutchouc et une autre en plastique, comme un pèse-personne sans cadran. Devant l'air dubitatif du jeune homme, Silvio demanda :

— Tu sais ce que c'est ?

— Pas vraiment, avoua Enzo.

— Spectrographe numérique. C'est un capteur photonique extrêmement sensible. Tu l'allumes sur le côté, le bouton rouge, tu le poses au sol et tu montes dessus, pieds nus.

Enzo le regarda, cherchant à déceler si l'autre le charriait, mais son aîné n'avait pas l'air plus dissipé que d'habitude. Il haussa les épaules en souriant, prêt à être mis en boîte, puis alluma l'instrument supposé et le posa au sol, enleva ses mocassins sans même se baisser et monta sur le plateau, regardant interrogativement Silvio.

— Il faut rester une minute, lui dit celui-ci tout en préparant sa série de mesures à venir.

Enzo, perché pieds nus sur son plateau, vit arriver comme au ralenti le couple de Français se tenant par la main. Bizarrement, avant des les reconnaître, à contre-jour, il identifia leur nationalité à cause de la discussion qu'ils tenaient en plein soleil, se lâchant la main l'un ou l'autre pour ponctuer leurs propos. Ils montraient tantôt l'obélisque, tantôt la basilique, l'homme s'arrêtant même pour se tourner vers le sud, levant les bras au-dessus de sa tête, déclenchant les rires de la femme qui lui reprenait alors la main pour l'entraîner vers le monument.

Alors qu'ils arrivaient à proximité immédiate d'Enzo, celui-ci commençait à capter quelques-uns des mots qu'ils distribuaient à profusion, en reconnaissant certains par la proximité linguistique entre les deux langues, distrayant son attention à tel point que cela finit par éveiller l'intérêt de son aîné.

Le savant tourna alors la tête dans la direction des étrangers quand ceux-ci venaient de remarquer leur camionnette, les instruments déployés ainsi que le jeune homme pieds nus sur une espèce de pèse-personne, et commençaient doucement à obliquer leur trajectoire, sans doute par curiosité. Silvio les reconnut immédiatement, mais ne sembla pas, comme la veille, être affecté par leur présence. Celle-ci semblait même aujourd'hui tellement naturelle au savant, que cela faisait douter Enzo de son analyse passée et de la pertinence de son rapport délateur.

— ... tour de l'obélisque, lui disait Silvio.

Perdu dans ses pensées, c'était lui qui maintenant était perturbé. À tel point qu'il n'avait pas entendu le savant, obligeant celui-ci à répéter sa phrase :

— Avant de commencer les séries, il faudrait reprendre une mesure sur ce spectrographe. Il faudrait que tu ailles faire le tour de l'obélisque, et que tu remontes dessus une minute.

Enzo ne se le fit pas répéter cette fois, et, malgré l'incongruité de la demande devant un public indésirable, il se chaussa rapidement et parcourut la trentaine de mètres qui le séparait du monument, en faisant consciencieusement le tour, puis revint vers son collègue sous le regard médusé des deux Français, devenus silencieux, figés à une dizaine de mètres de la camionnette, attirant par leur présence d'autres badauds flairant là une distraction gratuite.

Paradoxalement, les circonstances ne semblaient plus toucher Silvio dont la bonne humeur de l'avant-veille était revenue, semblait-il à Enzo. Tandis que celui-ci remontait sur le socle de plastique, Silvio tapotait nonchalamment sur son clavier, observant les Français à la dérobée, de manière à ce que son collègue ne remarque rien.

Justement il avait fini et il se préparait à ranger le spectrographe quand Silvio l'arrêta :

— Non, pose-le juste là, à l'ombre, on reprendra une mesure avant de partir.

Silvio parlait plus fort que d'habitude, remarqua Enzo avec un soupçon d'inquiétude. Bien sûr, les véhicules circulant un peu plus loin rendaient la communication difficile, mais depuis son détachement auprès du savant, il avait toujours été question de « confidentialité ». Le mot, même si c'était celui qu'avaient toujours employé les personnes qui l'avaient briefé, et largement repris depuis par Silvio, était bien trop faible pour lui, malgré la clause éponyme qu'il avait dû signer au bas d'un document parfaitement juridique. Une étonnante litote s'était étonné Enzo au tout début, qui l'avait bien vite remplacé intérieurement par « secret ».

Le jeune homme, comme il avait pris l'habitude de le faire depuis le matin, vint s'asseoir auprès de son collègue qui lança immédiatement une série de mesures automatiques à l'aide de son ordinateur. Puis, ensemble, ils allèrent déplacer d'une dizaine de mètres les plots installés plus tôt, recommençant alors une série de mesures avant de déplacer une nouvelle fois les instruments et ainsi de suite.

Après la quatrième série, Silvio, en nage, soufflant à l'ombre, laissa cette corvée à Enzo. Tout en s'activant au soleil, le jeune homme remarquait que des badauds continuaient à arriver tandis que d'autres, lassés, partaient se réfugier en quelque oasis de fraîcheur. Finalement, le nombre de leur public s'était stabilisé à une trentaine de personnes, parmi lesquels se trouvait toujours le couple de Français, observant et photographiant chacune de leurs manipulations avec l'acuité de touristes japonais dans une zone industrielle.

À un moment donné, alors qu'Enzo déplaçait encore les instruments reliés à des câbles, un badaud, Italien, s'approcha plus près, apostrophant Silvio :

— *Scusi signore, cosa fanno loro*[14] ?

Le savant ne répondit pas tout de suite, se contentant de retourner au curieux un sourire démenti par un regard glacé étonnant même Enzo qui observait la scène de loin et ne connaissait pas cette facette de la personnalité de Silvio. Puis ce dernier s'adressa à l'homme :

— *Calcoliamo le vibrazione, alora per favore non approssimare*[15] !

Il avait parlé d'une voix sèche, faisant reculer l'importun sous le choc de ses mots. Le touriste regagna les rangs alors qu'Enzo, revenant auprès de lui, le trouva un peu énervé. Silvio envoya la série de mesures, jurant entre ses dents :

— Ils ne peuvent rester à leur place ceux-là ?

Il sembla s'apercevoir de la présence d'Enzo, et lui dit :

— Il nous reste près d'une heure de travail.

— Au moins, oui.

— Il faut que je téléphone, mais il vaut mieux attendre…

Il montra les plots et Enzo comprit que les ondes du téléphone portable risquaient de troubler les mesures, s'apercevant en même

---

[14] Pardon monsieur, que faites-vous ?
[15] Nous calculons les vibrations, alors s'il vous plaît, n'approchez pas !

SILENTIUM

temps que deux de leurs spectateurs téléphonaient avec leur cellulaire, risquant, eux, de troubler leurs résultats.

— C'est fait, informa Silvio en parlant des mesures.

Il posa la main sur le bras d'Enzo comme celui-ci allait se lever, le retenant assis. Puis, d'une de ses poches fourre-tout, il sortit un téléphone portable qu'Enzo n'avait jamais vu, en étant arrivé à penser que Silvio n'en possédait pas. Il fouilla un peu dans son répertoire, puis un sourire revint sur son visage alors qu'il pressait un bouton. Un instant après, il avait quelqu'un en ligne, expliquant succinctement :

— Nous sommes à Latran... Oui... Il y a un groupe de touristes... C'est-à-dire que cela risque de brouiller nos mesures... D'accord, merci...

Il se retourna vers Enzo l'air satisfait, et lui dit :

— Attends un moment.

Ils étaient là depuis presque une heure maintenant et avaient oublié la morsure du soleil, toujours silencieux et quasi hypnotisés par le manège des deux hommes autour de l'obélisque.

— Mais qu'est-ce qu'ils font ? Tu crois qu'ils attendent quelque chose ? demanda Aurore.

Jérôme haussa les épaules :

— Il a passé un coup de fil, et depuis plus rien. Normalement, ils auraient déjà dû déplacer les plots là, et là.

Il avait désigné deux lignes imaginaires sur le sol, plus loin devant eux.

— Pour faire le tour, observa Aurore après un moment.

— Oui, on dirait. Ils font une sorte de rectangle, parce qu'ils n'ont pas la place avec la chaussée, je crois. Sinon, il serait plus logique de faire un carré.

Elle tourna la tête, le regardant de la manière qu'il connaissait déjà trop bien, prête à le mettre en boîte.

— Pourquoi ? Tu es un spécialiste peut-être, monsieur je-sais-tout ?

121

— On prend des mesures de cette façon, en archéologie. Mais enfin, les instruments ont l'air différents, précisa-t-il.

— Comme quoi ?

— D'abord ce truc, là. » Il désignait le spectrographe. « On dirait qu'il se pesait tout à l'heure.

Elle pouffa :

— Avec ce que l'on mange, c'est moi qui vais en avoir besoin.

Il ignora diplomatiquement la dernière répartie et continua :

— Franchement, je ne sais pas ce qu'ils font. Les plots dont ils se servent, par exemple, ne sont pas des radars, et s'ils mesuraient la résistivité électrique, il faudrait qu'ils plantent quelque chose dans le sol...

Il s'était arrêté, pensif.

— Et ? demanda Aurore.

Jérôme la regarda, l'air étonné.

— Alors, dit la suite, continua-t-elle.

Il sourit, vaincu, et termina :

— Ce pourrait être magnétique ou quelque chose dans ce genre.

— Rien à voir avec les vibrations, comme il l'a répondu au blaireau tout à l'heure ?

— Ce serait étonnant, pour tout dire.

— Et pourquoi ?

— Trop de parasite, la circulation. Ils auraient dû travailler la nuit. Et puis de toute façon, ils n'en génèrent même pas.

— Tu veux dire qu'ils devraient faire des chocs pour mesurer les ondes ?

— C'est ça oui, pour étalonner.

Ils se regardèrent un moment. Aurore allait parler quand on leur cria dans les oreilles :

— *Non potete stare qui ! E une zona di lavore ! Andate ! Andate ! Tuti ! Si anche loro*[16] !

Un peu hébétés, les deux Français, comme le reste du groupe de spectateurs, s'étaient retournés pour voir un groupe de six prêtres en

---

[16] Vous ne pouvez pas rester ici ! C'est une zone de travail ! Partez ! Partez !
Tous ! Oui, vous aussi !

soutanes, qui étaient arrivés derrière-eux et poussaient les touristes en direction de la chaussée au niveau du passage piéton. Instinctivement, Jérôme regarda d'où ils semblaient provenir. Il repéra l'endroit immédiatement : une haute porte ouverte dans le bâtiment bordant la façade est de la place. Devant la porte, il y avait encore six prêtres observant la scène de loin. Prêts, estima Jérôme, à intervenir si leurs collègues rencontraient des problèmes.

Aurore lui prit la main comme ils étaient refoulés sur le passage piéton. Jérôme se retourna encore, vers la camionnette cette fois, et vit les deux hommes reprendre leur travail. Il se laissa entraîner par la jeune femme, fondus au milieu du groupe, alors que celui-ci traversait la *via dell'Amba Aradam*. Tous se retrouvèrent comme naufragés sur un îlot de béton au milieu du trafic, puis le groupe se disloqua, comme pressé d'oublier l'aventure.

Ils s'étaient réfugiés dans un salon de thé climatisé, en face de la place, estimant sans doute que le flot de la circulation de la fin de journée érigeait un rempart suffisant.

— Ils rangent tout, remarqua Aurore qui de sa chaise pouvait observer la place.

— Et les gros bras ?

Jérôme parlait des prêtres videurs. Ils les avaient baptisés ainsi quand ils s'étaient installés, une demi-heure auparavant.

— On dirait qu'ils se préparent à partir aussi.

— On y a va ?

— Tu veux dire qu'on y retourne ?

— Oui, ça y est, les prêtres s'en vont là, on va passer à côté de la camionnette. Avec un peu de chance on verra le matériel.

— Tu crois que c'est…

— Sérieux ? finit Jérôme.

Elle le regarda dans les yeux un instant, puis se levant, trancha :

— Alors, qu'est-ce que tu fais ? Tu n'es pas encore prêt ?

Il ramassa ses affaires en riant, fonçant vers la porte pour sortir avant elle.

Il ne restait plus rien. Enfin presque. Ils avaient traversé la chaussée à six voies et s'étaient retrouvés seuls, presque face à face avec les deux Italiens. Le plus jeune était monté une nouvelle fois pieds nus sur le même support, dernier instrument dehors.

Se tenant par la main, le couple avança résolument, selon le plan simpliste qu'ils venaient de mettre au point. Ils allèrent d'abord vers l'obélisque, puis se dirigèrent en direction des galeries habillant les bâtiments ecclésiastiques, au sud de la place, la trajectoire les faisant passer juste à côté de la camionnette.

Ils venaient de ranger le spectrographe, et le plus âgé des deux montrait l'écran de son ordinateur comme les Français passaient près d'eux. L'Italien leur jeta un regard brillant, avec un demi-sourire. Il présentait l'écran à son collègue, mais de telle façon qu'ils pouvaient le voir aussi, comme s'il le faisait exprès, se racontèrent-ils plus tard. Il expliquait au jeune :

— *Guardi. Questi due foto sono quelli prese all'inizio. E quella, l'hai fatto addeso*[17].

Le jeune regardait, un peu médusé, les trois clichés numériques. On voyait des formes blanchâtres sur un fond bleuté. Indistinctes sur les deux premiers clichés, ces formes dessinaient très nettement des contours de mains et de pieds sur le troisième. Enzo, dont Silvio décelait le cheminement de compréhension à ses attitudes, avait l'air d'un enfant au matin de Noël. Il ouvrait la bouche quand Silvio, portant son index devant ses lèvres souffla distinctement :

— *Silentium*…

Son regard passa derrière son collègue et croisa successivement celui des deux Français qui avançaient si lentement qu'on pouvait les croire arrêtés. Tout en les regardant, il leva son index, comme s'il désignait le ciel, puis son sourire s'élargit une dernière fois juste avant qu'Enzo ne tourne la tête en direction du couple et découvre tardivement ces spectateurs. Le jeune homme se raidit d'abord un peu, puis calquant son attitude sur celle plus débonnaire de son collègue, il finit de fixer le matériel dans le véhicule. Silvio referma doucement l'ordi-

---

[17]   Regarde. Ces deux photos sont celles prises au début. Et celle-là, tu l'as faite maintenant.

nateur alors que le couple s'éloignait déjà et se mit même à fredonner, assez fort pour qu'ils l'entendent. Puis il ferma la portière coulissante latérale et grimpa sur son siège alors qu'Enzo s'installait au volant par l'intérieur.

— Tu as vu ? demanda Jérôme.

Ils s'étaient installés, à moitié assis sur les moulures de pierres des piliers, sous les galeries de l'ancienne cité des papes.

— C'était quoi, d'après toi ?

— Sur une des… » Il cherchait ses mots, puis continuait. « … photos, celle de droite, on distinguait nettement le dessin de pieds et de mains.

— Ceux du jeune ?

— Oui, je crois que ça ressemblait un peu à une photo Kirlian.

Elle réfléchit un instant puis demanda :

— Ce sont des photos qui montraient le fluide des êtres et des choses même, non ?

— C'est ça, mais je n'en sais pas beaucoup plus. Il faudra que l'on creuse le sujet. Et toi, tu as une idée.

Elle haussa les épaules :

— Je n'ai pas encore vraiment développé.

— Dis toujours, insista-t-il.

— Tu vas te moquer, prédit-elle.

— Tu le ferais toi ?

— Oui, avoua-t-elle, je ne te raterais pas…

— Je ne dirai rien, promit-il.

Elle le regarda, puis lui dit :

— J'ai l'impression que ces clichés prouvaient quelque chose.

— Quoi, par exemple ?

Elle haussa les épaules puis émit :

— Que quelque chose d'autre fonctionnait…

SILENTIUM

Via della Meloria – Rome.

Incrédule, il croqua une seconde fois dans le morceau de pizza et
ferma les yeux pour fixer cet instant de félicité, dans la douceur de la
soirée d'été. C'était tout simplement au-delà des mots. Il se tourna
vers Enzo, lui demandant franchement :

— Mais, comment as-tu connu cet endroit ?

Un radieux sourire illumina le visage de son collègue.

— Ce sont des Français qui m'ont donné l'adresse, aux Journées
Mondiales de la Jeunesse, à Lyon.

Sous l'effet de la surprise, le larynx de Silvio se contracta légèrement, mais suffisamment pour bloquer un morceau de pâte dans sa
gorge et déclencher une quinte de toux. Plié en deux, il alla s'asseoir
sur un banc de bois un peu plus loin, le temps de reprendre son
souffle et que le cramoisi de son visage pâlisse un peu.

— Tu te moques de moi, reprit-il comme il reprenait sa place devant Enzo.

Le même sourire réapparut, dépourvu de malice à tel point que
Silvio sut que c'était vrai. C'était même si étonnant, que cela ne pouvait être que vrai, songea-t-il. On ne pouvait pas inventer une histoire
comme ça, en tout cas pas ce garçon, sourit-il en lui-même.

— Et quand ils t'ont attribué l'entrepôt pour la camionnette, tu
savais que c'était à côté ?

— Oui, j'étais déjà venu, avoua-t-il en rougissant un peu.

Silvio se demanda un instant pourquoi son collègue avait rougi,
puis il crut comprendre que cela avait à voir avec son sens religieux.
Pour vérifier il demanda :

— C'est vraiment très bon ce qu'ils font ici. C'est même
presque… divin…

— Il ne faut pas dire ça, le coupa précipitamment Enzo.

Trop précipitamment. Silvio sourit encore intérieurement et se décida à charrier un peu son collègue :

— Pourquoi ?

— Eh bien parce que… vous savez… c'est…

— Péché ? termina Silvio.

Enzo rougit encore, baissant un peu la tête sur son assortiment de pizzas. Son aîné reprit, d'une voix plus douce :

— Je n'ai jamais cru que cela soit un péché de bien manger, ou d'accepter les menus plaisirs qui nous sont donné par…

Il n'avait pas terminé sa phrase, attendant la réaction d'Enzo. Ce dernier releva un peu la tête et proposa, à mi-voix :

— Lui ?

Silvio hocha la tête silencieusement. Un moment plus tard, il voyait avec plaisir Enzo mordre dans l'une de ses portions, puisant lui-même sans retenue dans le stock qu'ils s'étaient constitués, étalé devant eux sur cette table où l'on mangeait debout. La nuit précédente, il avait décidé d'oublier tout ça. Toutes ces choses et ces gens qui l'avaient terrifié depuis une semaine. Aussi, au petit matin, même s'il n'avait beaucoup dormi, il se sentait mieux qu'il ne l'avait été depuis bien longtemps. Il était redevenu lui-même, en quelque sorte, celui qui avait les mêmes espoirs et joies simples que le jeune homme qui dévorait devant lui, tout en pensant au peu qu'il pouvait faire pour le reste du monde.

Il avait bien senti qu'Enzo ne comprenait plus son attitude, à l'opposé de celle de la veille, quand il avait vu les deux amoureux à Saint-Jean-de-Latran, mais il s'était dit que le jeune homme s'y ferait. En fait, il se sentait un peu responsable de lui maintenant, alors, comme un père qui veut laisser une bonne impression sur son fils, un modèle auquel se raccrocher quand dans sa vie cela ira moins bien, il était revenu à ce qu'il avait toujours voulu être.

Il voulait redevenir bon.

Silvio se dirigeait à pied vers la station Cipro quand le jeune homme le rattrapa en courant.

— Je peux vous accompagner un peu, demanda-t-il ?

— Bien sûr, mais tu ne veux pas plutôt sortir avec des gens de ton âge ?

Enzo haussa les épaules :

— Je ne connais pas grand monde encore ici…

Tête baissée, il semblait captivé par le ciment du trottoir. Il donna un coup de pied dans un petit caillou alors qu'ils arrivaient devant les portes vitrées de la station. Silvio l'aida un peu :

— Tu voulais me demander quelque chose, peut-être ?

Les grands yeux bleus le regardèrent avec un éclair de gratitude. Enzo hocha la tête en guise de réponse.

— Alors, dis-moi.

— C'est pour le travail que l'on fait.

— Oui ?

Enzo ne savait apparemment pas par quel bout commencer et Silvio ne voulait pas l'influencer à ce stade. C'était au jeune homme de choisir sa voie, et même la manière de la parcourir. Ce dernier se décida enfin, comme si une barrière intérieure avait cédé.

— On m'a demandé…

— De me surveiller…

— Vous le savez ?

Silvio rit franchement devant la candeur du jeune homme, alors qu'ils arrivaient sur le quai.

— Évidement. Je le savais même avant que tu n'arrives. En fait, j'avais besoin de quelqu'un et j'en avais fait la demande depuis quelque temps. Mais j'ai fait une bêtise, et ils ont fait d'une pierre deux coups.

— Une bêtise ? demanda Enzo, comme un enfant qui a besoin d'être rassuré.

— J'ai perdu des documents, rit Silvio, mais ils ont été retrouvés.

Enzo eut l'air tellement soulagé qu'il sembla se dégonfler imperceptiblement, rajoutant encore à la gaieté de Silvio qui précisa.

— En fait, la bêtise n'était pas tant de les avoir perdus que de les avoir sortis.

Enzo garda le silence un moment, Silvio se doutait pourquoi. Il attendit quelques secondes et cela vint quand ils furent montés dans le métro.

— J'ai fait un rapport l'autre soir, pour le couple de Français que l'on a revu aujourd'hui.

Touché par la confiance du jeune homme, Silvio ne put empêcher une larme de couler sur sa joue et Enzo se méprit :

— Je m'excuse, je vous ai trahi.

Silvio lui prit le coude et expliqua :

— Non, tu as fait ton devoir, oublie ça. Mais tu dois me promettre une chose maintenant.

— Oui ?

Un soupçon d'espoir perçait dans la voix du jeune homme.

— Tu ne dois jamais, au grand jamais, avouer cette discussion. Personne ne doit savoir que tu m'as mis au courant. Personne. C'est pour ta sécurité. Ces gens-là, si je peux me permettre, ne sont pas tout à fait des enfants de cœur.

— D'accord, acquiesça Enzo. Je ne le dirai pas.

La rame arrivait déjà à la station Spagna. Ils descendirent et cheminèrent un moment silencieusement dans le dédale de couloirs et d'escaliers dessinés probablement pour cacher le Minotaure et débouchèrent dans une petite impasse à cent mètres de la Fontaine Barcaccia. Ils s'engagèrent au milieu des touristes, leur conversation couverte par le brouhaha ambiant.

— Tu as encore quelque chose à me demander, dit Silvio.

C'était plus une constatation qu'une affirmation.

— Les Français, tout à l'heure…

— Oui ?

— Vous ne craignez pas… enfin, ils voyaient où on était, ils regardaient ce que l'on faisait…

Silvio eut l'air soulagé que l'autre lui pose la question, comme s'il l'attendait, ou souhaitait pouvoir y répondre. Il s'arrêta devant l'escalier menant à la Sainte Trinité-des-Monts qu'ils apercevaient flanquée de son obélisque, tout en haut des marches noires de monde en ce début de soirée. Il désigna le monument puis, écartant les bras au milieu des promeneurs qui devaient faire un crochet pour ne pas le bousculer, les obligeant à faire un détour, il clama à l'adresse d'Enzo éberlué :

— Ce que l'on expose ne semble jamais caché.

129

SILENTIUM

07

Rue de Picardie – Villeparisis.

Un moment, il crut que la maison avait été cambriolée, ou visitée, et la peur l'assaillit, lui faisant regretter de n'être pas armé. Tout était dans un tel état de capharnaüm, les fenêtres fermées empêchant la lumière du matin d'entrer et les odeurs de trois jours de sortir, qu'il mit longtemps avant de comprendre que Salvatore avait probablement fait ça tout seul. En fait, il ne le comprit vraiment que lorsqu'il retrouva l'homme de main ronflant dans le canapé du salon, son haleine saturant l'air de vapeur d'alcool pur.

Dans la pénombre du petit matin et son costume de lin crème, Amaury se tordit le pied sur le cadavre d'une bouteille de forme carré qui le déséquilibra, lui faisant parcourir trois pas en courant pour ne pas tomber dans les détritus jonchant le sol. Il renversa une table surchargée de verres et bouteilles vides qui se fracassèrent au sol dans un vacarme effroyable, surpassant celui du trafic aérien dominical qui s'établissait à l'extérieur.

L'homme se redressa d'un coup, s'éjectant du canapé à une vitesse inconcevable pour Amaury, et avant que celui-ci n'ait pu réagir, l'autre lui fourrait le canon d'un automatique sur la carotide. Il vacilla un court instant puis lança :

— Tu es qui toi ? Et qu'est-ce que tu fous chez moi ?

Paralysé par la peur qui venait de le submerger, les mots ne parvenaient pas à franchir les lèvres d'Amaury qui pourtant distinguait dans la pénombre les yeux fous de Salvatore, alors qu'un remugle innommable lui arrivait au visage, un concentré d'aération de collecteur d'égout. Salvatore continuait :

— Alors tu causes ou j'te bute ? Putain, t'es envoyé par qui ?

Avec le pouce, il arma le chien de son arme. Amaury cria enfin :

— Ne tirez pas Salvatore ! Je suis Amaury Calvini !

Les yeux de l'homme de main s'agrandirent un instant. Puis il recula d'un pas et baissa son arme à moitié. Il demanda :

— Quel niveau, la dernière opération ?

— Zéro, répondit Amaury immédiatement.

Salvatore baissa complètement son automatique. Il lança :

— Mais pourquoi vous êtes venu ici, bon Dieu ?

— Ne jurez pas ! » intima Amaury. Puis il sembla se rappeler sa position et se radoucit. « Vous n'avez pas répondu à mes demandes, alors je m'inquiétais.

L'autre le regardait sans vraiment comprendre, Amaury précisa.

— L'opération en cours n'était pas officiellement finie puisque vous n'avez pas répondu à mes messages.

— Ben si c'était fini. Vos messages ?

Il réfléchit un instant, puis la compréhension sembla se faire dans son cerveau embrumé. Il recula jusqu'au canapé où il s'assit, lâchant son arme et se prenant la tête dans les mains.

— Bon Dieu, j'ai eu un passage à vide je crois.

Amaury évita de le reprendre sur son langage cette fois. Il tira une chaise à lui et s'assit sur le rebord, de peur qu'elle ne graisse son pantalon.

— Rome m'avait envoyé de nouvelles instructions, celles d'arrêter toute collecte d'informations pour ne pas éveiller la curiosité du sujet.

Amaury vit fugacement une ombre passer sur le visage de Salvatore, l'attribuant bien vite à une juste culpabilité comme l'autre bredouillait :

— Mais, je n'ai rien eu, et j'ai fait le boulot.

— Je le sais, il était trop tard pour vous contacter, et vous m'avez signalé la visite dans l'appartement. Tout était correct jusque-là. » Il fit une pause, plus pour trouver le moyen de retourner la situation complètement à son avantage que pour chercher ses mots, puis reprit : « Mais en retour je vous ai demandé de ne pas pousser plus loin, et j'attendais une confirmation… comme le rapport définitif d'ailleurs, qui indiquait que l'opération était bien finie…

Il laissa sa phrase en suspens alors que l'autre baissait la tête, puis en profita pour porter son estocade.

— Il faut que l'on travaille en confiance, Salvatore. N'est-ce pas ?

— Oui, monsieur Calvini.

— Bon, je prendrais ça sur moi, si Rome demande des explications.

— Merci monsieur, souffla Salvatore, visiblement soulagé.

— Bon, rappelez-vous pour qui vous travaillez, et reprenez-vous ! Rome nous demande de nous tenir prêt, alors envoyez-moi ce rapport avant midi. Et puis, nettoyez-moi tout ça, bon sang !

Il tourna les talons, tout à son rôle et, n'écoutant plus l'autre qui bredouillait encore, sortit au grand soleil. Il leva la tête instinctivement, en entendant le rugissement d'un avion en phase d'atterrissage, essaya un moment de distinguer le logo de la compagnie aérienne, puis haussa les épaules sur son week-end enterré, et même sur Marjorie qui ne répondait plus.

« Après tout, pensa-t-il, c'est peut-être mieux ainsi. » Il mit le contact et accéléra pour quitter au plus vite cette banlieue qui le déprimait.

Piazza della Minerva – Rome.

Les échos des cloches de Saint-Pierre, même atténués par les doubles vitrages, faisaient vibrer doucement l'air climatisé de la pièce. Battisti laissa sa pensée dériver un moment : « C'est la messe en latin à la Sainte Trinité des Pèlerins à cette heure-ci. », pensa-t-il machinalement en consultant sa Festina. « *Dominus tecum.* » Il attrapa le téléphone en bakélite des années cinquante trônant sur son bureau. Sans avoir besoin de composer le numéro sur le clavier tournant, il décrocha et aboya :

— Marcello Buccieri.

Après une minute, un opérateur anonyme bascula la communication et une cacophonie extravagante sortit de l'écouteur. Puis, à la périphérie de cette débauche acoustique, comme en filigrane, Battisti, commença à percevoir la voix rugueuse de Buccieri.

— *Monsignore* Battisti ?

Le responsable du SIV donnait rarement les titres de ses interlocuteurs, évitant sans doute de faciliter la tâche à ses adversaires, c'est-à-dire le reste du monde. Battisti soupesa un instant cette donnée, ne sachant trop comment la prendre, une marque de respect ou un relâchement professionnel, alors qu'il commençait à identifier les bruits qui couvraient la voix de Buccieri. Celui-ci se trouvait apparemment dans une gigantesque salle de machines et Battisti essaya d'imaginer de quel lieu l'autre lui répondait, comprenant maintenant le temps qu'il avait fallu pour le contacter. Il répondit :

— Oui, *signore* Buccieri.

Il venait d'insister légèrement sur le *signore*, persuadé que l'autre comprendrait l'allusion. Au milieu du grondement de moteurs probablement gigantesques, il sembla à Battisti entendre un cri humain. Il demanda :

— Vous êtes loin de Rome ?

— Je peux y être assez rapidement, éluda Bucceri.

— Pour déjeuner ?

— Que dites-vous de quatorze heures à Termini ?

Un fin sourire se dessina sur les lèvres de Battisti qui comprit que l'autre devrait certainement prendre l'avion puis l'express depuis Fumiccino pour arriver à temps.

— Parfait, conclut-il, il y aura moins de touristes. Je vous laisse le choix du restaurant.

Bucceri serait ainsi tenu de régler l'addition, rit-il silencieusement en raccrochant.

Basilica San Paolo Fuori le Mura – Rome.

La chaleur était infernale, et il n'était encore que onze heures de matin. Sans plus se lâcher la main, ils sortirent de la fraîcheur bienveillante de la basilique, supposément construite à l'endroit où avait été enterré l'apôtre Paul. Réprimant mal un sourire, Aurore attaqua :

— Intéressante comme basilique…

De la manière dont elle avait laissé la phrase en suspens, Jérôme comprit qu'il y avait obligatoirement une suite, même s'il devait la découvrir lui-même. Il se tourna à demi pour observer la jeune femme, mais celle-ci baissait la tête, et le chapeau de paille lui masquait le visage. Tout en marchant, il continua à l'observer jusqu'à ce qu'elle risque un regard de reconnaissance, tombant sur celui de Jérôme. Se sachant démasquée, elle éclata d'un rire cristallin résonnant sur l'esplanade minérale.

— Mon Dieu, Jérôme… Et l'obélisque, il est caché où ?

Lui lâchant la main, elle tourna lentement sur elle-même malgré les quarante-cinq degrés plombant le dallage de pierre jaunâtre, sous le regard amusé de Jérôme. Elle s'arrêta enfin, regardant dans la direction du bâtiment derrière lui, et l'apostropha.

— Ça y est ! Regarde ! Je l'ai trouvé !

Lui attrapant le bras, elle le fit pivoter lui désignant l'imposant clocher construit au dix-neuvième siècle.

— Il est là ! Ils l'ont caché là, en construisant le clocher autour, c'est tout…

Jérôme rit de bon cœur et remarqua.

— D'accord... mais tu veux vraiment rester là, à cramer au soleil, avec ta peau qui va flétrir comme celle d'une petite vieille ?

— Salaud !

Elle lui décocha un coup de poing sur l'épaule, avant de lui prendre la main pour l'attirer vers l'ombre portée d'un bosquet de pin surplombant une pelouse râpée.

— Et alors ? demanda-t-elle.

Il désigna l'ensemble imposant de bâtiments religieux de l'autre côté de l'esplanade abrutie de soleil.

— C'est la seule Basilique Majeure qui n'ait pas d'obélisque, expliqua-t-il.

— Mais c'était sur notre liste, si tu m'avais demandé, je te l'aurais dit, sans avoir besoin de venir jusqu'ici avec ce soleil. Regarde ! On est cuit comme deux œufs sur le plat.

— Je le savais avant de venir qu'il n'y en avait pas.

— Tu parles, tu t'es planté oui.

— Non, il fallait comprendre pourquoi il n'y en a pas ici. Et puis de toutes les façons, tu ne vas pas dans le bon sens, c'est de là-bas qu'on est arrivé par le métro.

Il se tourna dans le sens inverse pour désigner la *via Ostiense* qu'ils devaient parcourir. Le soleil brûlait les longues façades qu'ils allaient devoir longer, sans l'espoir d'une flaque d'ombre. Le regard de la jeune femme se perdit un instant le long des bâtiments contre lesquelles dansaient des vagues de chaleur, puis elle fixa son attention sur un groupe de trois personnes, sur le trottoir d'en face, massés au pied d'un arrêt de bus. Elle demanda :

— Et le bus, tu crois qu'il irait dans la bonne direction ?

Il regarda le sens de la circulation au stationnement des véhicules et conclut :

— Probablement, et je crois qu'il arrive d'ailleurs.

Il désigna au loin un bus urbain venant dans leur direction à une allure faisant douter des limitations de vitesse dans cette partie de la ville. Sans concertation, ils se prirent par la main et traversèrent la rue en courant presque, pour arriver à l'arrêt en même temps que le bus dans lequel ils s'engouffrèrent juste avant qu'il ne redémarre, toutes fenêtres ouvertes, gagnant rapidement une vitesse permettant une circulation d'air indispensable à la survie des passagers.

Debout devant une des ouvertures en plein vent, Jérôme regardait distraitement voleter les cheveux d'Aurore, absorbée dans la lecture consciencieuse des arrêts de la ligne vingt-trois.

— On dirait qu'il y a une pyramide, observa-t-elle doucement, comme pour elle-même.

— Pardon ?

— Là. » Sur plan schématique de la ligne, au niveau de la porte San Paolo, elle désignait une pyramide stylisée assortie de la mention *"Piramide"*. Elle le regarda et, avant qu'il n'ait le temps de répondre, le moqua :

— Tu ne le savais pas…

Il haussa les épaules.

— Je l'avais oublié, confessa-t-il.

Aurore sembla soupeser cette information un instant, puis elle abandonna les sarcasmes pour constater :

— C'est dans deux arrêts.

— On y va ?

— On a bien été à Saint-Paul-Hors-les-Murs, conclut-elle en haussant les épaules.

Via del Principe Amedeo – Rome.

L'antique tramway ferraillait un peu plus loin, rendant nerveux ses gardes du corps réfugiés à l'ombre, de l'autre côté de la rue. Bucceri était déjà installé à son arrivée, constata-t-il avec une pointe d'agacement, ayant espéré tirer un avantage — bien superflu pourtant — du retard de l'autre. Le responsable du SIV était même frais comme un gardon, remarqua Battisti, malgré la température d'enfer régnant sur la Ville Sainte, sirotant un chianti glacé en l'attendant, ce qui pourtant ne l'empêcha pas de se lever pour l'accueillir avec une déférence sobre dont on aurait pu penser que son rang et ses fonctions pouvaient le dispenser, touchant Battisti malgré lui et sa longue expérience. Sa bonne humeur éveillée, il s'exclama.

— Marcello ! Je peux vous appeler Marcello ?

— Bien sûr, *Signore*. C'est même un honneur, répondit Bucceri.

Battisti nota avec lucidité et satisfaction que l'autre ne lui donnait pas son titre en public, respectant ainsi un obscur règlement propre sans doute à sa profession, confidentialisant de fait une simple rencontre dans un lieu public comme celui-ci, parcouru quotidiennement par des centaines de personnes.

— Vous avez une idée ? demanda Battisti, une fois installé.

— Une proposition ? » répondit l'autre en lui tendant le menu, un fin sourire dessiné sur ses traits si durs et fins que Battisti ne pouvait s'empêcher de le comparer à une sculpture en marbre animée. Une sorte de résurrection lapidaire d'un guerrier de la Rome Antique. « Leur carpaccio de poulpe est absolument divin, continuait Bucceri.

— Je m'en remets à vous pour ça, rit Battisti. Alors, vous savez pourquoi nous sommes là ?

Bucceri écarta les mains en signe d'ignorance.

— Vous vous rappelez l'incident Rufrano ? chuchota presque Battisti

Bucceri acquiesça d'un hochement de tête comme le serveur arrivait.

— Deux carpaccios de poulpe pour commencer et une autre, commanda-t-il saisissant la bouteille de chianti pour la montrer au garçon.

Regardant, l'homme s'éloigner, et vérifiant du même regard que personne n'était à portée de souffle, il servit à Battisti du chianti de la bouteille qu'il avait encore en main et lui demanda, murmurant presque.

— Votre savant distrait ? L'affaire était close, non ?

Au moment où il lui disait ça, il comprit que l'autre n'avait certainement pas fait ce trajet, avec une température avoisinant les trente-neuf degrés à l'ombre, le faisant revenir en urgence d'Europe Centrale, pour lui évoquer des souvenirs de travail. Son regard s'acéra un peu, attendant la suite.

— J'aurais préféré, souffla Battisti, renonçant provisoirement aux fioritures pour adopter l'approche directe et économe de Bucceri.

— Je suis à votre service, murmura Bucceri. Et vous n'ignorez pas que l'on me donne une grande latitude quant aux moyens à employer, à ma discrétion.

Battisti approuva, en clignant simplement des yeux, encourageant l'autre à terminer.

— La particularité de cette affaire est qu'elle semble bénigne…

Il laissa un blanc de quelques secondes, remplissant de chianti les verres qui se troublèrent immédiatement de gouttes de buée, jusqu'à ce que Battisti cligne les paupières de manière appuyée, en signe économe d'assentiment. Bucceri reprenait :

— Mais vous n'ignorez pas non plus qu'elle recèle, par sa nature même, des risques non négligeables de nous occasionner un préjudice considérable.

Sans laisser au silence le temps de s'installer, Battisti hocha légèrement la tête cette fois-ci, tenant son verre si près de ses lèvres qu'il en sentait la fraîcheur. Il savait où l'autre voulait en venir et, n'y voyant aucune menace pour sa position, avait décidé de lui faciliter la tâche. Avec un léger sourire de gratitude, Bucceri terminait.

— C'est sans aucun doute la raison pour laquelle la classification prioritaire dont est assortie l'ensemble de la mission du père Ruffrano — même si je n'ai pas accès aux détails de son travail — me donne une liberté de manœuvre qui nous permet d'intervenir très vite, sans avoir à en référer à qui vous savez, ni suivre la procédure diplomatique habituelle, qui elle est de votre ressort.

Battisti offrit un sourire à son interlocuteur pour la diplomatie qu'il déployait. Puis son expérience des arcanes du pouvoir lui souffla la possibilité que Bucceri, avec un instinct propre au monde dans lequel il évoluait, pensait que cette affaire pouvait dégénérer d'une manière telle qu'il aurait besoin d'appui, le cas échéant, pour sauver sa tête. Au figuré, se rassura Battisti, songeant néanmoins fugacement que les « clients » de son interlocuteur ne bénéficiaient pourtant peut-être pas toujours d'une métaphore. De toute façon, se dit-il, il avait besoin de Bucceri, alors que ce dernier concluait.

139

— Cela nous a permis d'intervenir avec la célérité nécessaire l'autre jour, et nous permettra de le faire encore si nécessaire *signore*. Que puis-je pour vous aujourd'hui ? En dehors de ça bien sûr...

D'un geste presque théâtral de la main, il désignait les plats que le serveur déposait déjà, laissant supposer que la direction avait légèrement anticipé le choix de Bucceri qui semblait avoir des habitudes ici. Battisti picora deux rondelles de poulpe qu'il porta à sa bouche d'abord avec circonspection, ses yeux s'agrandissant légèrement sous l'effet d'une agréable surprise, renouvelant deux fois l'opération avant de répondre.

— Comme nous vous l'avions fait savoir, nous avons pourvu le père Ruffrano d'un adjoint.

Bucceri releva la tête, cherchant dans sa mémoire, puis formula :

— Enzo quelque chose, oui, je m'en rappelle. Il avait l'air fiable, bien que très jeune.

— Il l'est, je pense, et c'est pour ça que je vous ai appelé. Il a envoyé un rapport avant-hier, apparemment Ruffrano avait été troublé à la vue de deux touristes, un homme et une femme, qui l'auraient ensuite suivi, *piazza della Minerva,* en ayant l'air intéressé par son travail. Ça n'avait pas l'air important alors on me l'a juste transmis par mail, pour information, et je ne suis passé à mon bureau que ce matin. Mais il y avait aussi un autre rapport, de mes services cette fois.

— Vous avez vos dimanches occupés, *signore.*

— Et les vôtres le sont aussi, Marcello. Ce matin...

— Oui ? suggéra Bucceri avec un sourire énigmatique naissant.

— Ce bruit, sans indiscrétion bien sûr, ça avait l'air d'un très grand... moteur...

Le sourire de Bucceri s'élargit et il consentit quelques bribes à la curiosité de l'autre.

— Très très grand en effet, comme un immeuble en fait, il sert à propulser un des plus grands porte-container de la planète.

Les yeux pétillants devant la curiosité non totalement assouvie de son interlocuteur, Bucceri vida son verre de rosé et demanda.

— Et, c'était important ?

— Cela pourrait, avoua Battisti à la curiosité légèrement dépitée, c'est pour ça que j'ai besoin de votre expérience…

Le carpaccio de poulpe n'était plus qu'un heureux souvenir, en passe d'être détrôné par le tiramisu. Battisti posa sa cuillère un instant et sortit une photo de sa poche, tirée sur une imprimante laser couleur, remarqua Bucceri distraitement. Elle représentait une camionnette avec deux personnes à proximité qu'il parvint à reconnaître comme il identifiait l'endroit, grâce au monument visible en arrière plan.

— Elle a été prise hier, expliqua Battisti, vous reconnaissez le père Ruffrano et son assistant.

— Bien sûr, elle a été prise devant Saint Jean de Latran, non ? proposa Bucceri dans l'expectative, tout en examinant le cliché avec un peu plus d'attention. Battisti continuait.

— Le père Ruffrano a appelé pour demander de faire évacuer les lieux, et les gens de Latran ont fait ce cliché avant d'intervenir. Ils l'ont expédié par mail avec leur rapport et quelqu'un de chez nous a fait le rapprochement.

Quelque chose commençait à agacer Bucceri. D'abord, c'était le boulot de son service de collecter les informations et de faire les rapprochements. Pourtant la démarche de Battisti était à ce niveau empreinte de sincérité, puisqu'il partageait ses renseignements spontanément.

Non, ce qui le chagrinait c'était que tous les éléments disparates que l'autre lui apportait aujourd'hui, depuis le rapport du jeune Enzo sur les Français rôdant étonnamment sur les lieux d'intervention de Ruffrano, jusqu'à cette photo prise un autre jour et provenant d'autres sources, commençaient à former un puzzle. Et lui ne l'avait pas pressenti, commençant à douter de son instinct.

En fait, cela le mettait en colère, d'abord contre lui-même n'ayant jamais fait ce genre d'erreur d'appréciation de toute sa carrière, et ensuite contre cette affaire, encore incohérente pour lui, et pourtant suffisamment préoccupante pour qu'il se sente personnellement concerné, comme un affront qui aurait été fait à son intelligence et demanderait d'en faire expier les coupables.

Au moment précis où l'index de Battisti s'avançait sur le cliché pour lui montrer quelque chose, il les reconnut, les deux Français aperçus dans le commissariat où ils avaient récupéré les documents de Ruffrano. Il releva la tête vers Battisti et celui-ci lut dans son regard que le responsable du SIV, comme lui, trouvait la situation préoccupante.

— Vous me faites parvenir tout ça, je réactive le dossier, conclut brièvement Bucceri.

— Vous me confortez dans mon intuition, *signore*, merci pour ça, et d'avoir si généreusement pris sur votre temps dominical.

Le fin sourire énigmatique apparut sur les lèvres de Bucceri. Il s'avança un peu, comme s'il craignait d'être entendu, et confia.

— Je vais m'y mettre dès aujourd'hui, le temps est encore de notre côté, mais il faudra bien penser que nous devrons en avertir…

— …le Siège, conclut Battisti, je vous laisse seul juge du moment opportun.

Bucceri respira intérieurement, l'autre était assez rompu à ces exercices pour avoir eu la délicatesse de ne pas le court-circuiter, lui laissant présenter les éléments à son avantage, et se ménageant un allié du même coup. Il cherchait les mots pour remercier diplomatiquement Battisti quand sa vision périphérique remarqua quelque chose, alertant sa conscience. D'instinct, il fixa un point à l'angle de la rue une dizaine de mètres plus loin. Là-bas, tranquillement, le couple de Français venait de tourner, s'éloignant par la *via del Principe Amedeo*.

Il les regarda un moment s'éloigner, attirant l'attention de Battisti qui, se retournant, ne put remarquer ce qui intriguait l'autre.

— Un problème, *signore* ?

— Non, rien d'important…, répondit Bucceri, un signe peut-être.

Battisti attendit un moment, entamant une conversation sur le flot de touristes transitant là pour essayer d'en savoir plus, en vain. Enfin, voyant qu'il ne tirerait rien de plus de son interlocuteur qui maintenant ne semblait plus pouvoir tenir en place, Battisti prit congé

Bien évidement, les deux amoureux avaient disparu depuis longtemps. Il appela le garçon et régla en laissant deux billets sur la table, puis parcouru rageusement la rue jusqu'à la *via del Viminale*, sans voir autre chose que des restaurants pleins de touristes et des entrées d'hôtels. Il pénétra dans deux ou trois d'entre eux, sans résultat, y découvrant à chaque fois la même ambiance climatisée d'employés affairés côtoyant des touristes abrutis de chaleur. D'instinct, il avait caché sa découverte à Battisti, comme si trouver une cible par hasard pouvait entacher ses capacités d'une tare quelconque. Il parcourut la rue en sens inverse, son téléphone cellulaire à l'oreille, donnant des instructions à ses hommes, avant finalement de remonter vers Termini et de s'engouffrer dans une bouche de métro.

Sous le regard préoccupé d'Aurore, Jérôme referma silencieusement la fenêtre qu'il avait ouverte dès leur entrée, pour évacuer l'odeur du désinfectant généreusement utilisé. D'un coup, ils n'avaient plus envie de faire la sieste, ni d'ailleurs de faire le point après la visite inopinée de la pyramide de la porte *San-Paolo*. Attablé avec un convive, c'était bien l'homme au regard noir aperçu au commissariat, et, même à cette distance, ils l'avaient immédiatement reconnu. Celui-ci scrutait la rue de son regard perçant, les obligeant à se baisser en catastrophe quand il avait levé la tête, tremblants ils ne savaient trop pourquoi.

Puis, assez rapidement, les deux hommes s'étaient levés, partant chacun de son côté, alors que Jérôme prenait discrètement des clichés au téléobjectif. L'homme au regard perçant s'était alors mis à arpenter la rue dans les deux sens en téléphonant sur son portable, scrutant les visages, entrant dans les halls des hôtels et en ressortant presque immédiatement, comme un chasseur sur une piste avaient-ils évoqué plus tard. Et puis enfin, l'autre avait disparu à un angle de rue, le téléphone toujours collé à l'oreille. Aurore n'y tint pas.

— C'est nous qu'il cherchait !

Jérôme garda le silence un moment, ne voulant pas alimenter une paranoïa qui le gagnait aussi. Aurore lui secoua l'épaule.

— Alors, qu'est-ce que tu en dis ?

Finalement, s'asseyant sur le bord du lit, il parla à voix basse, comme s'il se parlait à lui-même.

— Ils nous ont vus hier, à Latran.

— Il nous cherchait ?

— Pas au début, non, il mangeait avec l'autre, là.

— Mais quand il nous a vus, il nous a suivis.

Jérôme haussa les épaules.

— C'est peut-être autre chose.

Aurore s'assit à côté de lui et le regarda, ses grands yeux en amandes bien ouverts, sans rien dire. Au bout d'un moment il céda.

— On dirait que cela recommence… ça ne leur a pas plu hier.

— Mais c'est bizarre, dit-elle.

— Comment ça ?

— Le plus âgé, hier, n'avait pas l'air aussi mécontent de nous voir que l'autre jour, au Panthéon.

— C'est vrai, concéda-t-il, mais enfin ils ont fait venir les curés videurs quand même.

— Oui, pour tout le monde, mais après on aurait dit qu'il voulait que l'on comprenne des choses. Il n'avait pas l'air ennuyé ou en colère, quand il ne restait plus que nous.

Jérôme la regarda sans rien dire, son cerveau repassant la scène de la veille.

— Il chantait, se rappela-t-il.

Aurore attendit un moment qu'il finisse, mais, voyant qu'il réfléchissait, son sourire taquin réapparut, signe annonciateur vraisemblable d'une mise en boîte déjà programmée. Sur la défensive, il expliqua.

— C'est toi qui disais qu'il voulait nous faire passer quelque chose.

Le sourire s'infléchit un peu, suffisamment pour que Jérôme continue à réfléchir à haute voix. Il commença à fredonner le refrain entendu devant Saint-Jean-de-Latran.

— Non, le coupa Aurore au bout de trois mesures, ça faisait plutôt ça : La, la, la, laa, la, la, laaa la laaa…

Le sourire moqueur changea de camp, apparaissant maintenant sur le visage de Jérôme alors qu'il se saisissait de son smartphone. Aurore s'arrêta de fredonner, lui envoyant un petit coup poing sur l'épaule.

— C'était ça qu'il chantait, insista-t-elle.

— D'accord, et c'était quoi, ça ?

Il triturait toujours son smartphone. Elle haussa les épaules, avouant.

— Je sais que je connais, mais ça ne revient pas.

— Allez ! Continue ! intima-t-il avec un sourire mystérieux, tout en approchant son smartphone des lèvres de la jeune femme.

Elle le regarda de manière bizarre, avec l'air outré de quelqu'un habitué à mettre les autres en boîte et se faisant piéger à son tour. Malgré tout, elle recommença à fredonner jusqu'à ce que Jérôme l'arrête, levant le bras, avec un sourire d'enfant.

— C'était bien ça, tu avais raison, laissa-t-il tomber.

Un moment, il crut qu'Aurore allait contester son verdict, mais cette fois-ci la jeune femme accepta cette victoire facile, croisant les bras avec un grand sourire.

— Tu vois, je te l'avais dit.

Avisant le smartphone qui apparemment avait fait la différence, elle le désigna du menton, comme à contrecœur de concéder un tel pouvoir décisionnaire à une machine, elle demanda.

— C'est quoi ça ?

— Une application, pour reconnaître les morceaux de musique…

Avec les gestes d'un prestidigitateur amenant son effet, Jérôme tapota l'écran et une musique à l'acoustique approximative inonda la chambre, alors qu'un sourire illuminait le visage d'Aurore.

— C'est ça, je sais ce que c'est. C'est les Beatles.

— Tout à fait, c'est une chanson des années soixante, confirma Jérôme alors que le smartphone crachait.

— Bang ! Bang ! Maxwell…

— Et tu crois que ça veut dire quoi ? demanda Aurore.

Elle s'était à moitié allongée sur le lit, s'adossant contre la tête de lit après avoir expédié ses ballerines à deux angles opposés de la pièce.

— Il y a bien quelque chose qui me vient à l'esprit, mais il n'y a peut-être aucun rapport. Peut-être que ça ne veut tout simplement rien dire.

— Allez, dis ! Et puis, elle signifie quoi cette chanson d'abord ?

— Bof, un peu nébuleux à vrai dire, c'est l'histoire d'un tueur en série avec un marteau d'argent... D'ailleurs le morceau s'appelle *Maxwell's Silver Hammer*[18]...

— Ha oui ? dit-elle, en le regardant d'un drôle d'air. Et toi, qu'est-ce que tu crois ?

— C'est en rapport avec ce qu'ils faisaient, tout ce matériel électronique...

Il s'arrêtait comme redoutant d'en trop dire, elle l'encouragea.

— Oui ? Allez !

— Ben, si vraiment c'est un message qu'il faisait passer, je crois que cela a un rapport avec les équations de Maxwell.

Un silence s'éternisa quelques secondes, puis Aurore demanda.

— Tu crois qu'ils font des mesures électromagnétiques près des obélisques ?

— Je crois oui.

— Mais... pourquoi faire ? Et pourquoi ce secret ? explosa-t-elle, élevant la voix. Et pourquoi tout ça aussi, avec les moines videurs hier ? Et quel rapport avec l'autre qui nous recherche maintenant ?

— Je n'en sais rien, avoua Jérôme. Mais ça n'a pas l'air d'être pour rire, tu sais.

Il se saisit de son appareil photo et transféra en silence les clichés sur son ordinateur, réfléchissant en même temps, alors qu'Aurore semblait se reposer dans un demi-sommeil. Au bout d'un moment, alors que Jérôme faisait défiler les photos à l'écran, elle exprima ce qu'ils n'avaient pas osé jusqu'alors.

— Tu crois qu'on risque quelque chose ?

Il ne répondit pas tout de suite, semblant être absorbé par quelque chose à l'écran. Puis, il releva la tête doucement, la regardant

---

[18] Le marteau d'argent de Maxwell.

dans les yeux avec gravité. Il approuva en hochant la tête en silence, puis tourna l'écran vers elle. Il avait agrandi un des clichés qu'il avait pris par la fenêtre. On y voyait le visage du deuxième homme. Celui-ci, très âgé, portait un costume d'été, apparemment très bien coupé. Peut-être même du sur-mesure, pensa fugitivement Aurore, alors que le doigt de Jérôme soulignait un détail, une petite croix en or épinglée sur son revers. Puis, Jérôme changea d'image, faisant apparaître une page internet, on y reconnaissait le même homme. Il expliqua :

— Son visage me disait quelque chose. Un article que j'avais vu passer quand je me renseignais pour les formalités et les autorisations nécessaires à mes recherches.

Jérôme fit défiler la page et Aurore put lire :

« Sa Seigneurie Monseigneur Ettore Battisti dans son bureau de la piazza della Minerva.

Le Cardinal Battisti, Président de l'Académie Pontificale Ecclésiastique, est-il un acteur de premier plan dans la diplomatie Vaticane ? L'enquête du Washington Post semble démontrer le rôle particulier que jouerait cet homme méconnu, dont la tâche officielle est de former et de diriger les diplomates du Vatican. Cette enquête révèle aussi, semblerait-il et à la différence de ses prédécesseurs, le droit de regard privilégié de ce prélat sur les autres Académies Pontificales : Académie des Sciences, Académie des Sciences Sociales, Académie des Beaux-Arts, etc. »

SILENTIUM

08

Via del Principe Amedeo – Rome.

Ils se regardaient, cherchant à comprendre, dans le silence pesant qui s'était installé dans la pénombre de la chambre aux volets tirés.

— C'était là depuis le début, exprima finalement Jérôme.

— Comment ça ?

— Tout. Leurs croix. Les curés à Latran. Tiens regarde !

Il lui montra une vue panoramique de la *piazza della Minerva,* commençant par l'*Elefantino*, il fit tourner l'image numérique jusqu'à qu'elle montre le côté opposé de la place, puis il fit un gros plan sur l'entrée du bâtiment. Elle reconnut le lieu où ils étaient allés, juste après la place du Panthéon.

— Oui, je reconnais l'endroit. Pourquoi ?

— C'est là qu'il a son bureau, celui qu'ils appellent Battisti. Et, comme par hasard, c'est à cet endroit qu'on a mystérieusement perdu de vue l'homme à la mallette et son collaborateur, l'autre jour, comme s'ils s'étaient volatilisés.

— Mais, ce Battisti, il ne faisait que manger avec l'autre.

— Et alors ? Ils sont en rapport déjà, non ? C'est leur milieu apparemment.

Aurore laissa s'installer un silence recueilli, n'ayant pas vraiment le cœur à polémiquer et recensant en esprit, comme le faisait Jérôme, toutes les implications de leurs dernières découvertes. Après quelques minutes dans ce silence à couper au couteau, émaillé seulement d'éclats de voix provenant de la fournaise extérieure, leurs regards se croisèrent et chacun put lire dans celui de l'autre un reflet de ses propres réflexions.

Sans qu'elle en ait vraiment conscience, les mots sortirent de la bouche d'Aurore.

— On devait partir après-demain de toute façon.

Et, à peine avait-elle prononcé cette phrase qu'Aurore prit conscience des autres implications de ce qui apparaissait déjà, à tous les deux et sans concertation, comme la conséquence logique de leurs déductions. Jérôme, machinalement, répéta tout haut ce qu'il ressassait depuis un moment.

— Cette affaire va trop loin. Franchement, je n'ai pas envie de te mettre en danger pour ça. Ça n'en vaut certainement pas la peine.

Machinalement, Aurore regardait autour d'elle, cette chambre où ils avaient déjà vécu d'insouciance heureuse. Puis son regard s'arrêta un peu sur la tablette de Jérôme posée sur le rebord du minuscule bureau. Elle aussi réfléchit à haute voix.

— Il y avait encore tellement à voir, à comprendre… à faire, termina-t-elle en regardant Jérôme, une petite larme non contrôlée perlant au coin de son œil droit.

Il s'approcha et, avec un mouchoir en papier, épongea la goutte d'eau salée. Puis, il haussa les épaules, et, semblant finir d'écouter une voix intérieure, décréta.

— On peut finir à Paris, on a assez d'éléments maintenant. Ils nous ficheront la paix là-bas non ?

Aurore leva la tête, un nouveau sourire illuminant maintenant son visage soulignant ses yeux encore embués. Puis, finalement, elle posa la question qu'ils attendaient tous deux sans oser la formuler :

— On part quand ?

Jérôme prenait des notes, le téléphone portable à l'oreille, pianotant en même temps sur la tablette. Finalement, il abandonna ses appareils et son regard se posa sur Aurore qui pliait une partie de leurs affaires et commençait à les faire rentrer dans les sacs et valises. Celle-ci, se sentant observée, reposa ce qu'elle avait en main et s'assit sur le bord du lit.

— Demain, le premier avion part à sept heures…

Il attendit une réponse, mais Aurore se contentait de le regarder en souriant, sachant qu'il n'en avait pas fini. Comme à regret, il délivra l'information dont il avait voulu faire la surprise :

— Et il y en a aussi un qui part ce soir à dix-neuf heures cinquante-cinq. Il reste même des places.

— On prend celui-là, trancha la jeune femme, et ce soir je dors dans tes draps.

— Qui te dit que je mets des draps ? la taquina-t-il.

— Parce que tu es incapable de t'en passer, répliqua-t-elle en riant.

Via della Scrofa – Rome.

Il parcourut en maugréant les deux mètres séparant son lit de la porte de sa chambre. Il savait déjà qui était derrière le battant, à la manière dont celui-ci martelait le panneau de bois bon marché. Par contre, ce qu'il ne savait pas, c'était ce que pouvait bien lui vouloir Enzo, et surtout pourquoi il venait d'interrompre sa sieste dominicale. Il ouvrit le battant à la volée, prêt à engueuler son jeune adjoint dont le poing fermé resta suspendu en l'air, à l'endroit où se trouvait le panneau de bois une seconde auparavant. Puis, le regard de Silvio détailla l'autre en une fraction de seconde suffisante à retenir les qualificatifs qu'il avait déjà au bord des lèvres.

Le visage du jeune homme, déjà pâle d'habitude par manque chronique de soleil, était livide, avec des yeux grands ouverts où Silvio, par expérience, lisait une peur presque panique. Il prit le jeune homme par l'avant-bras, l'entraînant dans sa chambre, et le fit asseoir sur le bord de son lit en en poussant la porte pour la refermer.

— Eh bien mon garçon, qu'est-ce qu'il t'arrive ? Tu en fais une tête… commença-t-il, aussitôt coupé par le jeune homme.

— Monsieur Silvio, on n'a pas beaucoup de temps. Ils vont venir.

— Ils vont venir ? Mais, qui ça ?

Au moment où il avait prononcé ces mots, Silvio venait de comprendre de qui il s'agissait. Un frisson parcourait déjà sa colonne vertébrale, recensant intérieurement les fautes commises qu'il pouvait confesser et les autres, celles dont il espérait qu'elles resteraient ignorées. Le jeune homme reprenait déjà.

— Les hommes de Bucceri.

— Tu connais Bucceri ?

— Oui, c'est celui qui…

Enzo baissa les yeux avec la candeur d'un enfant, réussissant à tirer un sourire de Silvio qui le rassura.

— Ce n'est rien, je sais qui c'est, moi aussi.

Enzo leva les yeux, comprenant que Silvio aussi avait eu affaire à l'homme aux yeux de glace.

— Alors, reprit Silvio, qu'est-ce qu'ils veulent ses hommes ?

— Ils m'ont téléphoné sur mon portable, pour savoir où j'étais.

— Et tu étais où ? voulut savoir Silvio.

— À la pension, vous savez, derrière le Vatican…

— Oui oui, confirma Silvio qui se rappelait l'épisode de la petite pizzeria. Enzo continuait.

— Comme ils étaient à côté… » Enzo leva vers lui ses yeux bleus, ne pouvant empêcher ceux-ci de se dilater légèrement comme ils le font sous l'effet d'une grande surprise, lui faisant passer ainsi que les autres devaient venir aussi du quartier où il résidait. « …ils sont arrivés en deux minutes, et ils m'ont posé des questions… »

Il s'était arrêté de parler, comme hésitant maintenant malgré l'urgence qu'il avait lui-même annoncée. Silvio l'encouragea.

— Sur moi ?

— Oui, avoua Enzo en posant sur son aîné son regard clair, et sur les Français, vous savez, ceux d'hier.

— Tu leur as dit la vérité ?

— Pas toute.

Enzo baissait la tête, comme en proie à un conflit interne. Silvio demanda :

— Tu ne leur as pas dit pour notre discussion d'hier soir, c'est ça ?

Enzo releva la tête et hocha celle-ci plusieurs fois, en signe d'assentiment.

— Tu as eu raison, surtout ne leur dit jamais. C'est tout ?

Enzo lui signifia que non en secouant la tête et reprit.

— Je leur ai dit que les Français étaient à Latran hier, mais que je n'avais pas eu le temps de faire mon rapport.

— Alors ?

— Ils le savaient déjà.

— Déjà ? reprit Silvio avec un amusement dans la voix qui dérida un moment le jeune homme.

— Oui, je ne sais pas comment, mais ils savaient. Ils m'ont demandé pourquoi on avait fait évacuer la place, et je leur ai dit que c'était pour les mesures.

— Ils t'ont cru ?

— Ben oui, sur ça en tout cas. Sinon on dirait qu'ils ne me font pas vraiment confiance.

— Tu t'améliores, lança Silvio en riant franchement cette fois, imité timidement par le jeune homme. Et qu'est-ce qui te chagrine alors ?

— Je voulais vous voir avant eux, pour être sûr que l'on dise la même chose. Ils étaient très énervés, j'ai cru qu'ils allaient me frapper, confia-t-il.

— Ils en sont capables Enzo, dis-toi le bien, et même pire, insista Silvio redevenu sérieux.

153

Les couleurs qui étaient remontées aux joues d'Enzo commencèrent à refluer et Silvio lui posa la main sur l'avant-bras en signe d'apaisement, restant ainsi tous deux en silence. Quelque chose semblait tracasser Silvio, et il finit par demander :

— Ils voulaient me voir, tu as dit ?

Enzo secoua la tête et lui dit :

— C'est le *signore* Bucceri qui voulait vous voir, ils avaient l'ordre de vous ramener à lui.

— Mais, s'ils semblaient si pressés, comment se fait-il qu'ils ne soient pas déjà là ? Tu es bien venu toi.

— Ils n'arrivaient pas à vous avoir, votre portable est éteint, et dans votre pension il n'y a personne à l'accueil le dimanche à l'heure de la messe.

— Ils auraient dû arriver quand même, insista Silvio.

— Je leur ai dit que vous aviez prévu d'aller vous promener dans les Jardins de la Villa Borghese, pour faire en même temps un repérage à l'obélisque du Pincio.

Silvio resta un moment sans voix, regardant son collègue se métamorphosant en un véritable ami, puis un grand rire commença à secouer le savant. Il prit le jeune homme par l'épaule et l'amena à la porte.

— Allez ! File ! Passe par la cour intérieure, elle donne sur la rue adjacente par l'immeuble d'en face. Moi, il faut encore que je m'habille, si j'en ai le temps.

Piazza dei Cinquecento – Rome.

Ils avaient mieux organisé leurs bagages cette fois-ci, empilant les sacs sur les valises qui avaient des roulettes, et ils n'empruntaient que les passages où ils pouvaient rouler, longeant les quais où les bus fumaient tranquillement de leurs soupapes diesels sous le soleil de plomb, rendant encore plus infernale la température. Enfin ils arrivèrent sur l'esplanade de la gare, mais Aurore semblait préoccupée, remarqua Jérôme, cherchant des motifs puérils — affiches de concerts ou publicités d'automobiles — pour se retourner, son regard semblant alors se perdre sur le chemin déjà parcouru.

— Qu'est-ce qu'il y a ? lui demanda-t-il alors qu'ils passaient les portes vitrées.

— Rien, éluda Aurore.

— Ça m'étonnerait, trancha Jérôme. Je commence un peu à te connaître.

Un sourire voilé éclaira brièvement le visage d'Aurore.

— Ne te retourne pas.

La tête de Jérôme commença à partir sur sa gauche, puis il se força à la ramener droit devant lui, demandant.

— Pourquoi, il y a quelque chose derrière. Un voyou ?

— Non, ce n'est pas ça... Ne te moque pas, mais je crois que nous sommes suivis, dit-elle alors qu'ils pénétraient dans le hall climatisé.

Tout en continuant à avancer, Jérôme tourna la tête doucement vers elle, avec tellement de gravité dans le regard qu'elle sut qu'il la prenait au sérieux.

— Il ou elle ressemble à quoi ? demanda-t-il en souriant, avec la gestuelle de quelqu'un qui parle d'un concert ou de la circulation.

Avec un sourire de gratitude, Aurore expliqua.

— Je crois qu'ils sont deux, faciles à repérer, ils portent des costumes sombres, dans les bleus très foncés, et des lunettes de soleil qui masquent leur regard. Normalement, il y en a un à notre droite. Tu vois l'immeuble avec les arcades ?

— Oui.

— Il était sous les arcades, à l'ombre, quand nous sommes entrés dans le hall. Maintenant, je ne sais plus.

— Et l'autre ?

— C'est celui qui était le plus près. Il passait de quai en quai, en faisant semblant de s'intéresser aux horaires des lignes.

— De toutes les lignes ?

— Bizarre hein ?

— Assez oui, et maintenant ?

— J'ai aperçu son reflet dans la porte coulissante en verre de la gare, à dix mètres derrière nous.

— Mais… c'était il y a moins d'une minute ?

— Oui, c'est pour ça que je t'ai dit de ne pas te retourner. Il doit être juste derrière nous.

Jérôme balaya le hall du regard, devant eux, et marchant un petit peu plus vite, il lui dit :

— Suis-moi.

Il l'entraîna sur la droite, dans un kiosque vendant des souvenirs et des magazines où il s'arrêta pour regarder immédiatement les présentoirs de cartes postales alors qu'Aurore arrivait à peine, traînant sa part de valises. D'abord distrait par la démarche ondoyante d'Aurore, il ne remarqua rien, puis, à la limite de son champ de vision, il aperçut une silhouette en costume sombre disparaître derrière un pilier au marbre gris à une vingtaine de mètres. Aurore s'arrêta devant lui et il lui présenta une carte postale tirée au hasard, représentant la Fontaine de Trévi. Elle la prit entre le pouce et l'index, semblant réellement en soupeser la pertinence avec le plus grand sérieux.

— Tu as fait le Cours Florent ? la railla-t-il.

Elle haussa les épaules en répliquant :

— Tu peux parler toi, il y a deux minutes, on aurait cru que tu tournais pour un James Bond.

Ils se regardèrent et pouffèrent, comme pour relâcher la pression. Jérôme l'informa :

— Je crois que j'ai vu celui qui nous suivait, mais pour l'autre…

— Il a dû comprendre qu'on allait dans la gare parce qu'il marchait vite. Il est peut-être même déjà devant nous, en étant passé par l'autre entrée, plus loin.

— Attends, lui dit-il en avançant vers un présentoir à journaux installé derrière eux.

Il choisit un exemplaire de « *La Stampa* » le dépliant négligemment tout en jetant un œil dans la direction des quais. Aurore vint à ses côtés, posant la main droite sur l'épaule gauche de l'archéologue, elle se pencha sur un article relatant les frasques de Silvio Berlusconi, tout en guettant le hall, elle aussi, jusqu'à ce que le vendeur les apostrophe :

— *Signore, le giornali sono da comprare qui.*

— *Si, si, scusi*[19], *répondit Jérôme* en laissant deux euros sur le comptoir.

Quand il revint vers Aurore, celle-ci avait déjà rassemblé son échafaudage de valises et l'attendait, l'air impatient. Il lui lança un regard interrogateur auquel elle répondit en faisant signe des yeux, vers les quais, sans bouger la tête. Essayant de prendre l'air le plus naturel possible, il partit d'un bon pas en guidant son propre empilement de bagages, qui pourtant s'effondra trois mètres plus loin.

Il avait beau l'attendre, le rire de sa compagne ne l'en exaspéra pas moins, surtout quand celle-ci s'arrêta élégamment à ses côtés pour l'aider. Enfin ils repartirent, un peu plus lentement. Quelques mètres plus loin, Aurore lui fit les gros yeux et il tourna un peu la tête vers les panneaux d'annonce de Trenitalia, apercevant, à côté d'un escalator menant aux lignes de métro, un autre homme en costume sombre qui regardait dans leur direction, un cellulaire collé à l'oreille.

Ils étaient entrés à la toute dernière seconde dans l'express Termini-Fiumicino, alors que les portes se refermaient, espérant ainsi couper court à la filature, et ils s'étaient assis là où ils étaient montés, préférant les strapontins près des portes, aux sièges inaccessibles, une main sur leur tas de bagages. Après quelques minutes de silence, digérant intérieurement les derniers évènements, Jérôme conclut :

— Il était temps que l'on parte.

Aurore qui regardait défiler les banlieues moroses de Rome écrasées de soleil et de poussière, répondit sans tourner la tête :

— C'est vrai. Tu sais pourquoi ils font ça ?

Jérôme haussa les épaules, absorbé lui aussi par un plan qui aurait pu servir au tournage de la Dolce Vita.

---

[19]Monsieur, il faut acheter les journaux, ici.

Oui, oui, excusez-moi.

— Ça leur tient à cœur apparemment, remarqua-t-il. Ce qui est certain, maintenant, c'est qu'ils nous ont repérés. Ils savent que l'on sait quelque chose, et cela à l'air de leur suffire.

Elle le regarda gravement, une ombre passant dans son regard.

— C'est déjà trop tu veux dire ? demanda-t-elle.

Il hocha la tête pour répondre, précisant.

— À les voir faire... c'est un peu comme si on avait dérobé des secrets d'État...

Elle lui posa la main sur l'avant-bras, implorant presque.

— Ne dis pas ça...

Il se tourna, un sourire crâne aux lèvres s'éteignant bien vite devant le regard brillant et voilé d'Aurore.

— Qu'est-ce qu'il y a ? C'est fini là, on rentre.

Elle secoua la tête.

— Non, si c'est si important que ça, avec ceux-là... » Elle avait levé la main vers le centre de Rome qui s'éloignait « ...ça ne peut pas être fini. Ce serait trop facile. » Elle serra ses mains l'une contre l'autre et les cala entre ses genoux, se réfugiant dans un silence prostré que Jérôme partageait, n'ayant plus le cœur à parler non plus.

Il continuait à la fixer en silence, quelques minutes plus tard, quand l'express entra dans le tunnel de Fiumicino. Ils passèrent des quais à l'intérieur de l'aéroport sans même s'en apercevoir, concentrés à tirer leurs paquetages tout en observant les milliers de silhouettes croisées, jusqu'à la nausée. Ils parcoururent ainsi les deux kilomètres de couloirs, escalators et centres commerciaux surdimensionnés les séparant de leur file d'enregistrement de bagages, faisant les cent pas devant les guichets avec encore une bonne demi-heure d'avance, jusqu'à l'apparition de leur vol sur les écrans disséminés partout, presque jusque dans les toilettes.

L'instant de soulagement passé, une fois leurs valises abandonnées aux guichets comme d'autres le font de leur chien avant les vacances, ils constatèrent avec stupeur qu'il leur restait près de deux heures à tuer avant le décollage.

Vatican – Rome.

Les lieux avaient été conçus pour la fraîcheur, bien avant que l'idée même de la climatisation n'ait germé dans un cerveau d'inventeur. Pourtant celle-ci était poussée au maximum et Silvio commençait à avoir froid sous les voûtes aux arcs brisés en pierre de taille. Cela faisait plus d'une heure qu'il était là, sur ce banc de granit à la fraîcheur bienvenue lorsqu'il s'y était installé — enfin, là où on l'avait laissé plutôt —, à entendre les bribes de voix s'échapper par l'interstice à peine visible sous la porte.

Plus tôt dans la journée, il était parvenu sans problème jusqu'à la *piazza Navona*, envahie bien sûr de touristes, s'était installé à une terrasse ombragée, puis avait allumé son téléphone portable, appelant Enzo pour un prétexte quelconque, craignant un moment — à tort avait-il heureusement constaté — que l'autre ne trahisse leur entrevue par étourderie. Cela avait donné au jeune homme l'occasion de délivrer son message officiel, tout en se mettant hors de cause. Même si Silvio ne savait toujours pas ce qu'Enzo avait à redouter. Après, comme prévu, il avait composé le numéro que Bucceri lui avait donné, quelques jours auparavant, tombant sur un assistant qui, après lui avoir demandé où il se trouvait — pour la forme était persuadé Silvio — lui avait expliqué que « quelqu'un » allait venir le chercher dans « un moment ».

En fait, ils étaient deux, et étaient arrivés presque immédiatement, confirmant à Silvio, s'il en était besoin, que les « autres » l'avaient repéré dès qu'il avait allumé son cellulaire et s'étaient mis en route à ce moment-là, mettant à profit le temps de sa conversation avec Enzo pour le rejoindre.

Dès qu'ils l'avaient aperçu dans la foule — le reconnaissant apparemment, remarqua Silvio —, ils s'étaient dirigés vers lui. Il leur fit un petit signe de la main, dans une dérisoire tentative d'amadouer les deux hommes qui l'avaient entraîné immédiatement, avec politesse et fermeté, laissant sur la table un billet de cinq euros pour la consommation qu'il n'avait pas touchée.

Ils l'avaient conduit chez lui, tout d'abord. Enfin dans la modeste chambre que le Saint-Siège lui fournissait dans la résidence de la *via della Scrofa*, pendant qu'il était à Rome. Là, devant la pauvreté de leur récolte, il avait dû leur expliquer, à plusieurs reprises et de différentes manières, que sa demeure principale était normalement le Monastère *San Lazzaro degli Armeni*, situé sur une île minuscule du lagon de Venise, à cent mètres de celle du Lido. Monastère qui était dédié uniquement à la science, et aussi à Dieu bien sûr.

Après quelques coups de téléphone, et quand ils furent certains qu'il n'était pas vraiment possible d'accéder à ses effets personnels, dépendant de la congrégation de *San Lazzaro*, ils insistèrent pour visiter le dépôt où était stationnée la camionnette, faisant revenir Enzo qui en gardait les clefs. Comme chez Silvio, et plus tard dans la modeste chambre qu'Enzo occupait derrière le Vatican, ils emmenèrent tout ce qui ressemblait à un document, faisant main basse même sur le livret d'entretien du Fiat Scudo et tout ce qui possédait un disque dur ou même une puce.

Enfin, se débarrassant d'Enzo en cours de route, ils avaient demandé à Silvio de poser les doigts des deux mains sur une tablette numérique relevant les empreintes, puis l'avaient déposé là, devant cette porte en bois ouvragée aux motifs carrés en relief derrière laquelle ils avaient disparu, ressortant un moment après, délestés de leur étonnant butin, le laissant à l'orée de cette pièce énigmatique.

Une raie de lumière dense, presque agressive, dérangea la fraîche quiétude estivale des vieilles pierres. Tournant légèrement la tête, Silvio constata que la porte venait de s'ouvrir, juste avant d'apercevoir, nettement découpée sur un fond de luminosité presque orange, la silhouette athlétique de Marcello Bucceri. Ce dernier l'observait, debout sur le seuil, avec quelque chose d'incongrûment félin dans l'attitude qui glaçait les sangs.

L'homme lui fit un léger un signe de la tête, presque indécelable mais d'un impératif pourtant exclusif. Avec une sensation de froid au milieu de la colonne vertébrale et traînant des pieds, Silvio fut englouti par la lumière qui semblait s'échapper de la porte des enfers. La pièce dans laquelle il arriva était éclairée comme peut l'être un haut fourneau, avec une violence inconditionnelle, ne laissant la place à aucune ombre. Retournant cette vision comme une métaphore, Silvio observa succinctement autour de lui.

Là, sur des dessertes en bois historique valant probablement chacune une fortune, s'étalaient tous ses cahiers de notes, ordinateurs et accessoires aux fonctions incompréhensibles aux hommes de main de Bucceri. Silvio remarqua quelques papillons autocollants, déposés à la va-vite sur certains objets, lui indiquant ce qu'avait fait Bucceri l'heure passée, qui avait sans doute demandé conseil au téléphone sur l'utilisation de tel instrument ou la destination de tel autre document. Sur deux autres dessertes, de l'autre côté de l'immense pièce au plafond découpé d'ogives romanes aux arêtes doublées de tenseurs cylindriques en pierre de taille, se trouvaient les documents qu'il reconnut immédiatement, ceux qui se trouvaient dans sa mallette, le jour où on la lui avait dérobée.

Le reste de la pièce se composait d'un bureau en bois, uniquement occupé par un terminal informatique et un téléphone filaire, genre standard d'une petite entreprise. Silvio s'avança devant ce qu'il avait catalogué comme le bureau de Bucceri, sur un signe de la main de celui-ci qui passa derrière le meuble et s'assit dans un fauteuil de cuir présidentiel devant peser dans les deux cents kilos. Deux chaises visiteurs étaient disposées là, vestiges d'une époque post féodale. Silvio pensa un moment qu'elles ne servaient qu'au décorum, ou plus certainement pour impressionner d'éventuels antiquaires égarés ici, jusqu'à ce que l'autre lui fasse signe de s'asseoir, toujours aussi économe de ses mots, il lui demanda :

— Vous savez pourquoi vous êtes là ?

Silvio, même si la peur lui tordait le ventre, avait pourtant prévu ce moment depuis l'apparition d'Enzo chez lui, et ce genre de question aussi, sensée le dérouter en l'entraînant dans une spirale de mensonges ou de demi-vérités. Presque immédiatement, il répondit, comme s'il avait attendu le moyen qu'on lui offrait de prouver sa loyauté, il exprima succinctement :

— Les Français.

L'autre releva la tête avec un petit trop de célérité, prouvant à Silvio qu'il avait réussi à le surprendre. Il jaugea un instant le quinquagénaire presque insignifiant assis du bout des fesses devant son bureau, hésitant apparemment sur deux conduites à tenir, peut-être diamétralement opposées supputa Silvio. Puis, une flamme sembla pâlir dans le regard de Bucceri qui, s'adossant sur le cuir de son fauteuil, demanda encore.

— Pourquoi ne nous avez-vous pas prévenus ?

Silvio haussa les épaules.

— Pour moi la probabilité de coïncidence était encore supérieure à toute autre hypothèse. Peut-être ai-je eu tort ? Mais je ne voulais surtout pas contribuer à éveiller des soupçons inutilement. Je les ai catalogués comme deux touristes amoureux qui visitent les mêmes monuments que des centaines d'autres.

— Toujours ? questionna encore Bucceri.

Silvio réfléchit un instant. Sachant qu'Enzo avait fait son rapport sur la rencontre du Panthéon, il ne pouvait pas laisser à penser qu'il en avait eu connaissance, mais il devait aussi justifier sa réaction de l'autre jour, sans en avoir l'air bien entendu. Les arcanes de ces subtilités qu'il maîtrisait mal lui donnaient un début de mal de tête, pourtant il se força à terminer ce qu'il avait mis au point.

— Si j'ai été surpris, j'espère qu'ils ne s'en sont pas aperçus.

Bucceri s'attendait à beaucoup de choses, ayant passé des dizaines d'individus à la question, mais la concision des réponses du père Rufrano lui faisait douter d'un quelconque dessein de ce dernier, les coupables étalant au contraire un luxe de détail et d'explication pour justifier ce qui n'est pratiquement jamais justifiable, pensa-t-il avec une pointe de cynisme. Laissant provisoirement de côté ses doutes, il reprit :

— Vous savez qui je suis ?

— Le patron du SIV[20].

---

[20] SIV : Servizio Informazioni Vaticano – Service de renseignement du Vatican.

— Mon père, vous me faites gagner un temps précieux. J'ai eu le secrétaire d'État en ligne tout à l'heure, le Saint-Siège semble tenir à vos travaux, même si je ne comprends toujours pas à quoi cela peut servir. Par contre, il semble que l'on partage cela avec notre hiérarchie commune. » Il fit une pause pour que Silvio sache de qui il parlait. « En clair, le secrétaire d'État n'a pas voulu me renseigner sur vos activités, mais il tient aussi à ce que personne d'autre que vous et votre assistant n'en soit éclairé. Quel qu'en soit le prix ont-ils insisté…

Il désignait le téléphone professionnel trônant sur son bureau. Silvio eu un soupir silencieux de soulagement, puis, l'espace d'une seconde, pensa fugitivement aux Français alors que l'autre, montrant ses documents de travail reprenait.

— Vous ne m'en voudrez pas de mon intrusion dans vos effets, mais c'est justement ce pour quoi le Saint-Siège m'emploie. Et je me devais bien de vérifier dans nos rangs avant d'initier une « recherche » à l'extérieur.

Silvio avait levé les deux mains, paumes vers le haut, comme faisaient les curés de campagne pour signifier qu'il fallait bien se plier à la volonté du Tout Puissant, pendant que l'autre avait appuyé sur le mot recherche en regardant une fraction de seconde Silvio d'une drôle de manière, un peu par en dessous, tête penchée vers l'avant. Puis un sourire apparut sur les lèvres Bucceri que le scientifique ne put s'empêcher de qualifier de carnassier, révélant des canines étonnement pointues, un peu comme se les font tailler les boxeurs ou les danseuses en Malaisie. La pensée de Silvio revint sur les deux amoureux, une vague de compassion le submergeant un instant, juste avant de se reprendre.

Bucceri se leva, son drôle de sourire toujours aux lèvres, imité par Silvio qui se forçait à ne pas se relever trop vite, comme dans les histoires qui se racontaient autrefois, quand il était séminariste, sur les « invités » de la Loubianka et les techniques que ceux-ci devaient employer s'ils voulaient avoir une chance de se promener encore le long de la rivière Moskva en été.

Comme Bucceri le raccompagnait à la porte, passant devant les affaires du père Rufrano, il lui dit :

— Je vous fais ramener tout ça dans un moment.

Puis, tout en ouvrant la porte, Bucceri désigna les dessertes contenant les documents qui s'étaient trouvés dans la mallette du père Rufrano, quelques jours auparavant. Il laissa tomber :

— On a trouvé deux jeux d'empreintes récentes, en plus des vôtres et de celle du bibliothécaire.

Silvio sentit son sang se retirer de ses veines, luttant pour que sa voix ne tremble pas, sur le pas de la porte, il eut la force de demander :

— Vous pensez que ce sont celles des Français, *signore* ?

Tout en refermant la porte presque au nez de Silvio, comme si un murmure soufflait à travers son sourire de prédateur, Bucceri chuchota laconiquement.

— On va le savoir bientôt…

09

Aéroport de Fiumicino – Rome.

La *foccaceria* — intégrée dans une aile si isolée qu'ils se demandaient s'ils étaient toujours dans l'aéroport —, était tout à fait moyenne, convinrent-ils ensemble malgré la faim qui adoucissait encore leur jugement à ce moment-là, au milieu d'un repas qu'ils prolongèrent à outrance, composé de foccacias trop moles et de parts de pizzas encore froides à cœur. « Moyenne, pour ne pas dire franchement dégueulasse », avait même rectifié Aurore en se levant enfin pour se diriger gentiment vers les portes d'embarquement, après avoir réussi à épuiser plus d'une heure sur le temps les séparant du décollage.

Ils musardèrent encore devant les boutiques hors de prix, vendant les mêmes articles qu'à Londres ou New-York, et probablement nettoyées au même désinfectant imprégnant les vêtements des voyageurs de la même odeur d'aéroport. Puis, malgré tout, leurs pas les ramenèrent vers le Terminal 2.

— Dans un peu plus de deux heures, on atterrit à Orly.

Aurore sursauta à la voix de Jérôme. La voyant soucieuse, il avait voulu la rassurer. Sans succès, constatait-il. Elle le regarda avec un pâle sourire, puis fixa à nouveau un point situé plus loin, à l'entrée de la porte qu'ils devaient emprunter et qui était matérialisée par une petite forêt de panneaux électroniques aux numéros défilant sur fond bleuté. Il lui avait déjà vu ce regard, s'aperçut-il soudain, c'était plus tôt dans la journée, à la gare de Termini.

Les gestes lui revinrent, comme s'il y avait été entraîné, et il commença à balayer du regard l'espace devant eux, plusieurs fois. D'abord, il ne vit rien d'anormal, que la foule convenue de voyageurs et d'employés. Puis il les vit, stationnés entre eux et les dispositifs de sécurité marquant l'accès à leur zone d'embarquement, au moment même où la main d'Aurore lui saisit le coude, le serrant à lui faire mal. Ils étaient deux, encore, toujours avec le même genre de costumes achetés probablement par lots à une usine de confection semi-clandestine de Naples. Sans se concerter, ils ralentirent, puis s'arrêtèrent devant une boutique d'une marque italienne connue pour ses pulls, aussi déserte qu'un sex-shop à Salt Lake City.

Aurore s'était tourné vers Jérôme, probablement pour lui expliquer la situation, mais il la devança. L'enlaçant comme s'il voulait l'embrasser, il rapprocha ses lèvres de celle de la jeune femme. Celle-ci eut tout d'abord un mouvement de recul, l'esprit dans d'autres dispositions, puis, voyant le regard grave de Jérôme, elle le laissa faire.

Les lèvres proches à se toucher, il chuchota :

— Ils sont deux. Tu veux qu'on essaye de passer quand même ? De l'autre côté de la porte, ils ne pourront plus rien faire.

Elle le regarda avec un mélange d'espoir et de peur agrandissant un peu ses yeux. Il eut un moment envie de la serrer là, de faire un rempart de son corps et d'oublier tout le reste, mais déjà elle répondait.

— D'accord, mais si on court la sécurité va intervenir aussi, et on ne sait pas à qui faire confiance ici. Tu te rappelles le chauffeur de taxi ?

Il baissa simplement les yeux en signe d'assentiment, puis, énigmatiquement, lui dit :

— J'ai une idée, on ne va pas aller directement vers l'embarquement.

— Mais, comment tu veux faire ?

Il haussa les épaules.

— Ils ont pris l'habitude de nous voir fuir.

— Et alors ? demanda-t-elle.

— On va aller directement sur celui qui est le plus près de l'entrée et on va lui demander ce qu'il nous veut. Le temps qu'il réagisse, on passera le contrôle.

Elle se recula un peu, le regarda longuement pour s'assurer qu'il parlait sérieusement. Puis, quand elle comprit qu'il croyait à ce qu'il disait, son inquiétude disparut progressivement, remplacée par un sourire qui, s'agrandissant, se transforma bientôt en rire. Elle lui demanda :

— C'est ça ton plan ? Rentrer dans le tas ?

— Pourquoi, tu as mieux ? répliqua-t-il, un peu vexé.

Elle le regarda en silence une bonne minute, puis, se décidant d'un coup, elle lança un « D'accord ! », avec une voix sourde, et partit à grandes enjambées nerveuses vers la porte d'embarquement. Comme il restait sur place, elle se tourna tout en marchant et lui dit :

— Alors ! Tu viens ?

Boulevard Malesherbes – Paris.

Amaury raccrocha le combiné avec une délicatesse exagérée. Il n'en revenait toujours pas, d'une part d'avoir eu la prescience heureuse d'écourter le week-end, d'autre part d'avoir été contacté par Marcello Bucceri en personne. Ce dernier l'avait d'abord appelé sur son téléphone portable et lui avait demandé de venir ici, à son bureau, pour le rappeler à partir du téléphone filaire, après avoir mis en route cet appareil à crypter qui n'avait jamais servi, d'habitude rangé dans une boîte au fond d'un tiroir, enroulé dans sa notice absconse qu'il avait mis une bonne demi-heure à décoder.

Il se leva et, comme chaque fois qu'un évènement imprévu dérangeait son petit monde, s'absorba un moment à la contemplation du boulevard, trois étages plus bas. On était le soir, techniquement, mais la luminosité des deux heures de décalage avec le soleil démentait à chaque seconde cette information, pensait Amaury avec ce léger malaise dû à l'horaire d'été qui le surprenait quelquefois. Une femme se hâtait de rentrer chez elle, probablement pour échanger sa panoplie Kookai, légèrement transpirée, contre une Prada à la fraîcheur olfactivement estampillée. Plus loin, un policier municipal contrôlait ce désert délictuel en étouffant un bâillement.

Enfin, après quelques minutes de cette méditation urbaine, Amaury sélectionna un numéro dans le répertoire de son portable professionnel, attendant la sonnerie alors que son regard musardait à l'angle de l'avenue Velázquez, un peu plus loin. Démentant ses craintes, le correspondant décrocha à la deuxième sonnerie.

— Oui ?

La voix de Salvatore Ercoli était nette et coupante, comme il lui connaissait avant l'épisode de la matinée.

— Je dois vous voir.

— Quand ?

— Tout de suite.

— Dans une demi-heure, à la messe.

Amaury comprit presque instantanément, constatant avec plaisir que Salvatore était de nouveau pleinement opérationnel, lui évitant une requête de remplacement en pleine crise. Car cela en était une, il en était persuadé maintenant.

— D'accord, convint-il sobrement en coupant la communication.

Il rangea l'appareil à crypter dans sa boîte, bien enroulé dans sa notice, puis éteignit tout, avant de fermer le bureau. La messe en latin était probablement finie à cette heure-ci au Centre Saint-Paul, mais l'endroit était idéal reconnut intérieurement Amaury, et surtout cela se trouvait dans le deuxième arrondissement, lui permettant de s'y rendre à pied, ajouta-t-il avec un sourire.

Aéroport de Fiumicino – Rome.

L'homme, sous le coup de la surprise, commença à reculer. Une partie de Jérôme, un peu éberluée aussi, regardait la scène presque comme un spectateur, admirant et redoutant à la fois ce bout de femme capable de se transformer ainsi en furie d'une seconde à l'autre. N'arrivant pas à revenir à sa hauteur sans courir — ce qui était exclu bien sûr dans un aéroport —, il se trouvait juste derrière Aurore quand elle vint au contact de leur suiveur, la voix enflant progressivement jusqu'à crier elle l'apostrophait :

— Qu'est-ce que vous voulez à nous suivre comme ça ?!!! *Cosa vuoi tu* ?!!!

Le temps sembla ralentir un peu dans cette partie de l'aérogare, presque s'arrêter dans le silence qui tomba comme une chape alors que les regards se portaient vers Aurore et l'homme au costume transpiré sous les aisselles. Jérôme voyait la scène dans son ensemble, repérant un garde de sécurité plus loin qui déjà se dirigeait vers eux, les employés se resserrant d'instinct devant le portail de sécurité, comme pour défendre l'accès à l'embarquement. Profitant de cet intermède qu'il avait espéré, il saisit le coude d'Aurore — invectivant toujours l'homme qui s'était arrêté de reculer et regardait quelque part derrière les Français — et la fit pivoter pour l'entraîner vers le portillon de sécurité.

Elle commença par le regarder avec un regard courroucé, toute à la colère qu'elle venait de libérer, puis un souvenir sembla se frayer un chemin dans l'esprit de la jeune femme, adoucissant son regard. Il n'y avait que quatre pas à faire pour gagner la sécurité de la porte d'embarquement, mais, à leur grande surprise, le deuxième homme venait de se matérialiser entre eux et leur but, accompagné d'un troisième qu'ils n'avaient repéré, vêtu d'un jean, d'une chemise d'été et d'une veste en lin.

Jérôme entraînant toujours Aurore, tenta le tout pour le tout, essayant de contourner de force l'homme en jean. Celui-ci — étonnamment costaud vu de si près — le bloqua en envoyant son bras gauche à la verticale, comme dans un match de football américain. Aurore, dans son élan, rebondit sur le dos de Jérôme arrêté, le souffle coupé sous la violence du choc. L'homme au jean s'exprima dans un français à l'accent italien prononcé.

— Souivez-nous et tout se passera bien, n'est-ce pas ?

Jérôme voyait l'accès de l'embarquement si proche, avec les employés au regard bizarrement fuyant, refusant de croire qu'ils pouvaient être enlevés ici, dans un aéroport international, la main d'Aurore venait d'attraper son coude et le serrait désespérément. Révolté, il cria :

— Sécurité ! *Sicurezza ! Non possiamo passare[21]* !

La quasi-totalité des clients regardait dans leur direction maintenant, avec la conscience du troupeau qu'il se passait quelque chose pour l'un d'entre eux, mais avec le courage du troupeau aussi, chacun soulagé de n'être pas concerné cette fois-ci. Les employés de l'aéroport s'étaient encore resserrés, en groupe compact, comme pour verrouiller l'accès et empêcher de passer ce couple qui probablement n'était pas entravé sans raison, déjà suspect par la différence. Jérôme tourna la tête une fraction de seconde en direction de l'agent de sécurité qui s'était mis en marche un peu plus tôt, mais celui-ci s'était arrêté à une dizaine de mètres, étonnamment immobile avec la main sur son arme de service.

Aurore le pressa un plus fort et il s'aperçut que maintenant les trois hommes étaient en arc de cercle devant eux, dans l'indifférence générale stuporeuse. Celui qui avait déjà parlé plongea la main sous sa veste en lin et l'en ressortit, tenant un automatique noir mat qu'il garda plaqué devant sa poitrine, devant les yeux horrifiés des deux Français qui, sous cet angle, étaient les seuls à apercevoir l'arme. Déterminé, l'homme s'avança vers eux, faisant reculer Aurore. Jérôme, lui, était dans un état second. Contre toute attente, et obéissant plus à une

---

[21]   Sécurité ! Nous ne pouvons pas passer !

sorte d'instinct qu'à une pensée raisonnée, il s'avança rapidement vers l'homme et lui saisit le poignet armé avec une rapidité dont il ne se savait pas capable.

Les témoignages divergèrent sur ce qui se passa ensuite, mais les carabiniers réussirent néanmoins à reconstituer la scène. Les deux hommes luttèrent un cours instant, jusqu'à ce qu'un coup de feu retentisse, apparemment tiré par l'arme que tenait l'homme en jean. La panique gagna alors la foule des passagers, alimentée par les cris et les appels des gens séparés dans la confusion, courant en tout sens, à la recherche d'un abri ou d'une sortie. Des groupes entiers de touristes s'étaient jetés sur le sol de marbre, se protégeant dérisoirement derrière leurs valises à roulettes dans le chaos généralisé. Les trois hommes qui s'étaient interposés, un peu bousculés par les passagers courant en tout sens, avaient relâché un instant leur attention, Jérôme avait repoussé l'homme armé dans la foule et les deux Français en avaient alors profité pour se présenter devant la porte d'embarquement mais avaient été refoulé par le personnel appliquant à leur manière les consignes de sécurité, ayant jugés dangereux la totalité des belligérants.

La suite était plus floue, mais avait été, elle-aussi, reconstituée grâce aux enregistrements de sécurité. Les deux Français s'étaient dirigés vers l'agent de sécurité de l'aéroport et lui avait demandé de les aider, montrant les trois hommes qui arrivaient. Celui-ci avait secoué négativement la tête et alors, à la stupeur des enquêteurs, l'archéologue français lui avait décoché un coup de poing — entre le crochet et l'uppercut selon les avis — d'une telle force que l'agent avait été sonné, tombant à genoux, et avait été délesté de son arme par le Français qui l'avait immédiatement braqué sur les trois poursuivants. Ceux-ci avaient alors levé les bras en reculant alors que le couple s'enfuyait en courant, bousculant les autres usagers terrifiés dans l'escalator.

Le commandant Di Marzio était ennuyé. Cette affaire ne tenait pas debout. Bien sûr il avait vu, comme tout le monde, son lot de

films d'espionnage, et même entendu les histoires des anciens douaniers qu'il côtoyait, celles du temps du mur de Berlin. Mais là, rien ne
tenait debout. Apparemment ces deux-là voulaient prendre leur
avion, et en avaient été empêchés dans l'indifférence générale. Il se repassa la bande pour vérifier quelque chose et se corrigea. Dans l'indifférence et la complicité, parce que le gardien était complice, il en
était sûr et allait demander à ce qu'il soit interrogé en conséquence.

Un de ses hommes vint lui dire qu'ils avaient retrouvé l'arme du
gardien dans la corbeille où le Français l'avait jeté — heureusement
filmé par une caméra de sécurité, pensa Di Marzio, lui évitant d'employer les qualificatifs de « armés et dangereux » dans l'avis de recherche qu'il allait être obligé de publier. Et l'informa aussi qu'ils
avaient retrouvé la trace — malheureusement tronquée — du couple.
Incroyablement, ils étaient sortis en courant de l'aérogare au moment
où un bus urbain partait. Ils avaient sauté dedans et y étaient restés
jusqu'au terminus de la ligne.

— Et c'est où ? demanda-t-il à l'agent de police.

— La station de métro EUR Magliana.

— Et ils ont pris le métro ?

— Oui, selon les témoins. On vérifie sur les enregistrements en ce
moment.

— Alors ils sont à Rome ?

L'agent hocha sobrement la tête, comme s'il avait une part de responsabilité.

Colosseo — Rome.

Le bleu délavé du ciel se fonçait, prenant de la densité à chaque
minute alors que l'air étouffant fraîchissait légèrement, comme une
fenêtre qui aurait été ouverte dans un appartement surchauffé. Ils
étaient sur la terrasse surplombant la *via dei Fori Imperiali*, assis sur les
marches qui descendaient à la station Colosseo, se regardant en silence, un peu masqués à la vue des autres piétons — touristes déjà de

sortie nocturne et employés rentrant tardivement chez eux — par le parapet en pierre.

Sur leur gauche, le Colisée se découpait, presque sinistre, dans le ciel mauve du couchant. Jérôme posa à côté de lui, à même la marche, ses maigres effets rescapés de leur fuite : Téléphone et ordinateur portable avec leurs chargeurs, appareil photo à la batterie pleine, carnet de notes et petit porte-documents auquel il joignit porte-feuilles et porte-monnaie, pièces d'identités et quatre cent vingt euros d'argent liquide, plus quelques babioles. Aurore surprit le regard de Jérôme où passait un mélange d'incompréhension et de tristesse, elle s'approcha en faisant glisser ses fesses sur la pierre de la marche et, par-dessus son étalage, étendit le bras pour lui saisir la main. Ce dernier la serra instinctivement, comme si celle-ci faisait partie de ses derniers biens. Il lui dit :

— Tu devrais faire la même chose.

Elle pencha un peu la tête, comme un très jeune enfant cherchant à comprendre, puis désigna l'éventaire de sa moue interrogative, sans parler. Jérôme hocha simplement la tête, extirpant enfin une parole à Aurore :

— Pourquoi ?

Il haussa les épaules.

— Savoir ce que l'on a.

— Mais… pourquoi ? insista-t-elle.

Il haussa encore les épaules, regardant ses maigres possessions.

— Pour pouvoir faire quelque chose, expliqua-t-il enfin.

— Et qu'est-ce que tu veux faire ?! explosa Aurore en s'en prenant à lui, faisant tourner les têtes des passants les regardant un peu bizarrement, comme on regarde une querelle de SDF, pensa distraitement Jérôme.

— Pourquoi ? Tu ne veux rien faire toi ? Rester comme ça et attendre qu'ils nous retrouvent avec leurs armes ? Ils ont tiré souviens-toi…

Elle inclina la tête, retournant dans son mutisme. Au bout d'un long moment, il se baissa un peu, constatant alors qu'Aurore, par son silence, avait la pudeur de ses larmes. Contournant son bazar étalé, il vint s'asseoir de l'autre côté de la jeune femme, bloquant totalement l'accès de l'escalier. Doucement, il passa un bras sur les épaules d'Aurore qui fit mine de s'éloigner puis se laissa aller, enfouissant son visage humide dans le coup de Jérôme.

— Qu'est-ce qu'on va faire ? demanda-t-elle. J'ai peur maintenant.

— Moi aussi, voulut la rassurer maladroitement Jérôme.

Aurore renifla un peu plus fort pendant quelques minutes comme Jérôme se mordait les lèvres, se maudissant intérieurement. Finalement, elle leva la tête et regarda l'archéologue, un sourire illuminant ses yeux brouillés.

— Tu dis ça pour moi.

Il sourit en haussant les épaules avec un mutisme diplomatique.

— En tout cas, tu n'as pas eu peur pour aller te battre dans l'aéroport, reprit-elle en s'essuyant les joues avec la paume de sa main.

— C'est toi qui a commencé en fonçant sur le barbouze, à sa place j'aurais eu peur aussi.

Au milieu des larmes, elle rit franchement :

— C'était ton plan figure-toi.

— Oui, mais tu l'as interprété à ta façon.

— Salaud ! explosa-t-elle en souriant et en lui faisant pleuvoir une avalanche de petits coups de poings sur l'épaule.

Il se massa l'épaule, se plaignant.

— Ça fait mal !

— Je n'y crois pas ! Je t'ai vu ! Un vrai voyou. Je suis sûre que ça t'a plu, que tu ne demandais qu'à te battre.

Elle tournait la tête vers lui, un petit sourire ironique aux lèvres. Puis, sans crier gare, elle se tourna et vida son sac à même le sol, le regard plus grave — se dévoilant plus à cet instant que si elle était toute nue, supposa Jérôme. S'étalait là, devant lui, un petit assortiment de cosmétiques, brosse à cheveux et miroir, accompagnant le même fatras qu'il avait lui-même déjà exposé : Téléphone portable, tablette numérique (celle de Jérôme), chargeur, papiers, etc. Puis, comme elle le regardait d'un air de défi, un éclair passa dans le regard de Jérôme. Il regarda alternativement sa montre et Aurore, l'air interrogatif.

— Quoi ? demanda-t-elle.

— Il n'est pas encore vingt-heures.

— Et alors ? demanda-t-elle ?

— Il doit y avoir des loueurs de voitures ouverts non ?

— Un dimanche ? demanda-t-elle, la voix légèrement altérée par une vague d'espoir.

— Je vérifie, dit-il en se saisissant de son smartphone.

Comme il commençait à pianoter, Aurore le tira par la manche de son polo.

— Viens ! On n'a pas le temps.

En un instant elle avait rangé ses affaires, puis s'attaqua à la musette de Jérôme qu'elle remplit en quatre secondes. Jérôme sembla émerger, demandant.

— Mais, où veux-tu aller ? On ne sait pas où ils sont.

— Moi je sais ! lança-t-elle en l'entraînant dans l'escalier, après lui avoir fourré sa musette dans les bras.

Il rangea son smartphone en dévalant les marches, prenant de la vitesse pour la rattraper, elle courant presque, sautant les marches deux par deux. Ils s'engouffrèrent dans les portillons du métro, Aurore ayant extirpé leurs passes comme par enchantement. Entendant une rame arriver, ils se mirent à courir au mépris des conventions pour arriver à temps et sauter dans la rame avant qu'elle ne redémarre. Quatre minutes après, ils descendaient à la station Piramide et elle l'entraîna dehors, courant le long de la *via Ostienze* qu'ils avaient parcouru en bus le matin même — une éternité —, s'aperçut Jérôme, toujours suivant la jeune femme survoltée.

Cent cinquante mètres plus loin, ils s'arrêtaient enfin, haletants, devant un magasin violemment éclairé par des spots dirigés sur un grand panneau sérigraphié masquant la totalité de la vitrine. On pouvait y lire :

NOLEGGIO AUTO – NUOVO
APPERTO TUTTI I GIORNI FINO ALLE 20:00
RENT A CAR – NEW
OPEN UNTIL EVERY DAY TO 8:00 PM

Ils s'avancèrent jusqu'à la porte, à travers laquelle ils aperçurent l'employé rangeant sommairement le comptoir. Aurore entra, tout en prenant l'air le plus calme qu'elle pouvait se composer. L'homme, qui devait avoir une soixantaine d'année, avait une longue chevelure d'un blanc d'argent coiffée avec goût qui lui donnait un air légèrement patricien, un peu décalé dans cette agence à la fermeture tardive. Il était en train de batailler pour fermer une armoire métallique quand la jeune femme poussa la porte. Il sursauta, se raidit imperceptiblement en regardant vers l'entrée, puis se détendit en voyant Aurore affichant son plus beau sourire.

Jérôme, qui d'instinct était resté dehors, voyait la scène à travers la vitre, se reculant un peu pour laisser les coudées franches à la jeune femme, allant se poster une trentaine de mètres plus loin, à un arrêt de bus. Il la vit ressortir dix bonnes minutes plus tard, balançant nonchalamment ses hanches et un trousseau de clés, en grande discussion avec l'employé vieillissant. Tout en parlant avec volubilité, ce dernier lui désigna une Fiat trois portes — du modèle agréé par les magazines féminins — stationnée juste devant le magasin à côté de grands conteneurs de tris sélectifs, faisant le tour du véhicule et cochant des cases sur un formulaire fixé à une planchette.

Enfin, alors que Jérôme essayait de lutter contre une vague de jalousie qui commençait à le submerger, Aurore signa le formulaire dont l'homme lui remit un exemplaire, puis, le plus naturellement elle salua l'homme, prit place dans la voiture et entreprit de se maquiller jusqu'à ce que, un peu désemparé, l'autre finisse par rentrer pour fermer son bureau. Alors, avec une expérience manifestement consommée, elle s'engagea dans la circulation en deux coups de volant pour s'arrêter devant Jérôme qui s'engouffra par la portière.

Deux minutes après, ils traversaient le Tibre par le pont de l'Industrie. Jérôme, qui avait gardé le silence jusque-là lui demanda :
— Tu avais vu ça ce matin ?
Elle haussa les épaules :

— Comme ça, quand le bus s'était arrêté là. Sur le moment, quand j'avais vu le panneau, je m'étais dit : « Mais qui est-ce qui peut louer une voiture ici à vingt heures ? »

— Et lui, qu'est-ce qu'il te racontait ?

Il n'avait pas pu maîtriser son intonation à la dernière seconde, et la voix sortit un peu trop rude à son goût. Il s'appliqua à s'intéresser à la chaussée devant eux, jusqu'à ce que, prenant conscience du silence, il jette un oeil sur le siège conducteur. Aurore, entre deux coups d'œil à la recherche des prochains panneaux indiquant l'autoroute A90, le regardait, avec un sourire qu'il ne connaissait que trop.

— Tu es jaloux ! finit-elle par lui dire en riant.

— Pas du tout, mentit-il maladroitement.

— Si, si, Jérôme jaloux ! On nous tire dessus, et toi tu es jaloux.

— Justement, on nous tire dessus, et toi tu te lances dans une grande conversation avec un inconnu.

— Mais, ce n'est pas un inconnu. Il s'appelle Donato Matteï, et il est très intéressant, le taquina-t-elle.

— Ben pourquoi tu n'es pas restée avec lui ? S'il est si « intéressant ».

Il se renfrogna, croisa les bras et, se tournant ostensiblement, fit mine de s'intéresser au paysage semi-urbain environnant la bretelle de l'autoroute qu'ils empruntaient. Puis, au bout de quelques minutes d'un silence devenu insupportable, il risqua un œil dans la direction de la jeune femme. Celle-ci, les lèvres pincées, semblait totalement absorbée par la circulation pourtant fluide.

— Je ne le pensais pas, confessa-t-il enfin, presque penaud.

Elle quitta la route des yeux un bref instant, tournant la tête une petite seconde pour le regarder. Puis, reprenant l'observation du bitume surchauffé par la journée, avec un sourire à peine dessiné, elle demanda :

— C'est vrai ?

— Vrai de vrai, confirma-t-il.

— On parlait des obélisques avec le monsieur, lui dit-elle avec un soulagement perceptible dans la voix, comme on pose un sac trop longtemps porté.

— Des obélisques ? Avec lui ?

— Incroyable hein ? Et attends, je ne t'ai pas encore raconté la suite. Alors, quand je suis entrée, je lui ai dit que j'étais architecte, en vacances à Rome, et que j'en profitais pour faire une étude sur les obélisques, alors il fallait que je loue un véhicule parce qu'à pied…

Centre Saint-Paul – Paris.

Salvatore pleurait en silence. L'autre là, le fils à papa, était parti depuis une bonne heure, mais lui était resté, prétextant de se retrouver seul avec Lui pour… En fait, il n'en avait pas la moindre idée, si ce n'était qu'il lui semblait impératif de se retrouver seul là, sur ce banc de bois patiné, alors que le bedeau mouchait les dernières bougies dans l'église Saint-Paul Saint-Louis déserte, en le regardant d'un air insistant.

Au début, il était resté assis, simplement, à récapituler les consignes d'Amaury, en regardant l'immense croix qui le dominait comme un reproche muet, sentant quelque chose à la lisière de sa conscience qui le mettait mal à l'aise, comme on sent venir une envie de vomir. Et puis cela était venu, doucement d'abord, comme les premières fissures d'un barrage défaillant — retenant trop d'eau depuis trop longtemps —, suintant dans les interstices entre ses paupières et les yeux, mouillant son visage puis le col de la chemise qu'il avait repassé approximativement un peu plus tôt. Par pudeur, ou par un reste de fierté, il avait baissé la tête bien qu'il fut seul dans l'immense salle. Puis, sans doute par assimilation aux icônes que son père lui assénait à longueur de temps, il avait pris son visage dans ses mains, ne sachant pas que ce simple geste déclencherait un raz de marée incontrôlable, l'empêchant maintenant de se lever, attendant avec l'humilité du néophyte que cette crise improbable reflue.

Son arme le gênait un peu, comme si elle lui brûlait le flanc, sous l'aisselle, et il sentait confusément que c'était lié, que tout ce qui lui arrivait formait un tout, de la cuite aux sanglots, du travail bâclé jusqu'à son automatique maintenant qu'il ne supportait plus. Tout à l'heure, n'ayant personne à qui en parler, et sentant venir la crise, il avait failli demander conseil à Amaury, pour savoir. Savoir ce qui lui arrivait, si c'était normal, courant. Une maladie ? Est-ce que cela portait un nom, y avait-il des spécialistes, et comment ils s'appelaient ? Devait-il voir un docteur ou un prêtre ? Et puis à ce moment-là, dans un éclair de lucidité, alors que l'autre lui donnait ses consignes, il avait eu la vision de la fatuité de cet Amaury Calvini, comme il avait pressenti — avec le peu d'instinct de survie qui lui restait —, qu'il ne valait mieux pas que la hiérarchie soit au courant de ses problèmes, que dans son milieu — comme partout d'ailleurs —, dévoiler une faiblesse, quelle qu'elle soit, c'était se condamner à plus ou moins long terme, hypothéquer son avenir incertain pour un présent déjà pourri.

Le bedeau maintenant remuait les chaises, bruyamment, l'écho des grincements de bois sur le sol de pierre renvoyé par les parois se chevauchant, comme un mauvais réglage de sono, et Salvatore avait du mal à se concentrer, sans le silence qui lui permettait son introspection. Il se leva tout d'un coup et sortit rapidement dans la soirée d'été, le flot de larmes tari par l'action. Derrière lui, le bedonnant bedeau venait de fermer la porte avec une célérité dont Salvatore ne l'aurait pas cru capable. Pour faire ça, réfléchit-il un moment, le ventripotent avait dû le suivre dans l'allée alors qu'il se dirigeait vers la porte, mais il ne s'était aperçu de rien, lui, le professionnel. La tête lui tournait un peu et il s'assit à une terrasse, au milieu de jeunes gens riant en ingurgitant des liquides colorés qu'il n'avait jamais vraiment remarqués.

« Mais qu'est-ce qu'il m'arrive ? » s'interrogea-t-il. Puis, remarquant quelques regards de consommateurs alentours, il comprit qu'il venait de parler seul, à voix haute, ajoutant, songea-t-il distrait, un début de sénilité à l'incapacité d'exécuter la mission que venait de lui confier l'émissaire du SIV. Il attrapa par le coude le garçon qui passait en tentant de l'ignorer et lui commanda une bière en serrant ce coude plus que de raison, lui octroyant néanmoins le privilège d'un service rapide.

Autoroute A90 – Rome.

— Un Matteï ?

— Oui, un Matteï.

— Mais, qu'est-ce que ça veut dire exactement ? insista Jérôme.

Avec le sourire d'un prestidigitateur ayant ménagé son effet, et tout en négociant la bretelle d'accès à l'E35, Aurore répondit :

— C'est une des plus anciennes familles de la Rome moderne. Une des plus puissantes à la Renaissance.

— Et il travaille comme agent de comptoir dans une succursale de location de voitures ?

— Il m'a dit qu'il était de la branche fauchée, rit Aurore.

— Et tout ça en italien ?

Elle tourna un instant la tête, juste pour confirmer qu'il avait repris son air soupçonneux, le même qu'il devait avoir adolescent, imagina-t-elle. Elle reprit.

— Il parle un Français parfait. Il m'a dit qu'il connaît bien Paris, enfin celui des années soixante-dix, quand il y faisait ses études.

— Pas si fauché que ça, ton soupirant...

— Pas à cette époque si j'ai bien compris, enfin il ne s'est pas étalé sur le sujet. Il m'a dit qu'il a étudié les Arts, et qu'il a dû rentrer précipitamment. La boîte de son père avait coulé, alors finies les études. Il m'a plutôt parlé des obélisques, mais à la Renaissance...

Elle s'était arrêtée de parler, le regardant du coin de l'œil, sachant d'expérience qu'elle l'avait ferré, comme un gros poisson. Déjà il lui demandait :

— Quand ils les ont redressés ?

— Oui, c'était le pape Sixte Quint qui a commencé. D'ailleurs Donato m'a dit un truc bizarre à propos de lui. C'était comme une citation, en latin.

— Tiens, tu l'appelles Donato alors ?

Elle haussa les épaules avec un sourire espiègle avant de répondre :

— Oui, et je vais peut-être revenir à Rome, pour le voir… » Elle laissa passer quelques secondes puis demanda : « Ça y est ? C'est fini la crise de jalousie ? »

Il regarda le paysage qui s'assombrissait à chaque minute ne pouvant empêcher un sourire de gagner ses lèvres. « D'accord, dit-il simplement. Et ça disait quoi cette citation ?

— *Axis in medietate signi*, répondit-elle du tac au tac.

— Et il ne t'en a pas dit plus ?

— Quand je lui ai demandé ce que ça voulait dire, il a ri et m'a répondu que, « littéralement, on pouvait traduire ça par "Axe au milieu du signe" » mais que, dans sa famille, la tradition orale donnait une signification un peu différente : « "L'axe tracé au milieu". », m'a-t-il dit avant de rajouter : « En fait, je devrais même dire "L'axe qu'il a tracé au milieu". »

Jérôme réfléchi un instant avant de dire : « Je crois me rappeler que quelquefois les verbes passifs sous-entendent celui qui fait l'action en latin. Mais, c'est censé avoir un rapport avec ce pape, Sixte Quint ?

— Oui, un genre de surnom qu'il aurait. En fait, il a parlé comme si j'étais censée le savoir et que je ne lui demandais la traduction que parce que c'était du latin. Tu sais, un peu comme s'il parlait à quelqu'un de déjà un peu initié et qu'il voulait m'en dire un peu plus. Alors je n'ai rien osé dire, pour entendre la suite, si cela pouvait nous aider. » Elle lui jeta un coup d'œil, vérifiant qu'il était suspendu à ses mots, puis continua. « L'ancêtre de Donato, Cyriaque Matteï, avait fait construire une très grande villa à la Renaissance, la villa Celimontana qui existe encore…

Elle s'arrêta un moment, tant pour que Jérôme puisse assimiler l'information que pour négocier leur entrée sur l'autoroute A1, celle qui reliait le sud au nord de l'Italie. Jérôme avait sorti la tablette et, après avoir tapoté quelques minutes, releva la tête vers Aurore.

— La devise en latin provient des prophéties de Saint Malachie, et elle est traduite généralement par la première définition qu'il t'en a donné, mais l'autre semble tout aussi juste. Il faudrait consulter des latinistes, quand on sera à Paris. » Elle tourna rapidement la tête pour le regarder avec son sourire mutin — celui qui en général le faisait craquer —, puis lui demanda :

— C'est quoi ces prophéties ?

— Elles auraient prévu les papes, avec leurs particularités, depuis presque mille ans.

— Ah oui ? Et Sixte Quint y était ?

— Oui, c'est le soixante-treizième de cette liste. *Axis in medietate signi,* est la devise qu'on lui attribue. Mais enfin, les prophéties sont apparues la première fois en 1590, l'année même de la mort de Sixte Quint.

— La même année ? Et maintenant c'est quelque chose de connu, ces prophéties ?

— Ça en a tout l'air, oui, confirma Jérôme. La villa Celimontana aussi est connue, et on aurait dû la visiter demain, normalement.

Il se tut un moment, imité par la jeune femme à l'évocation de la vie telle qu'elle aurait dû être. Après quelques minutes de ce silence tacite, Aurore lui dit :

— Parce qu'il y a un obélisque dans ses jardins.

— Oui, convint-il.

— Ça a été un des premiers érigés à la Renaissance.

— On avait lu que Sixte Quint avait commencé par celui de la place Saint-Pierre, en 1586, et de trois autres.

— Cinq en fait, reprit Aurore. L'obélisque de Celimontana était dans un domaine privé. Il a été érigé en 1588, un an avant celui de la *piazza del Popolo,* mais en même temps que celui de Latran et un an après celui de l'Esquilin, et enfin celui de la villa Médicis en 1589. Mais, ce qui est étrange, déjà, c'est qu'« on » avait fait cadeau de l'obélisque à Cyriaque Matteï, lui amenant même sur place, dans les jardins de la villa Celimontana, en 1582.

— Mais qui en avait fait cadeau ?

— C'est ce que m'a expliqué le descendant Matteï. Tu as vu, je ne l'ai pas appelé Donato. Enfin, il m'a d'abord fait comprendre que tout Rome, à cette époque, appartenait à l'Église, et comme cet obélisque avait été retrouvé au Capitole devant l'église *Santa Maria d'Aracoeli*... En fait, il servait de marche à l'entrée de l'église.

— Donc il appartenait à l'Église.

— Évidement. Ce que Donato m'a révélé, par contre, et qui ne peut pas se trouver dans les livres d'Histoire, c'est ce que sa famille se racontait de génération en génération.

— Sur l'obélisque ?

— Précisément. En 1582 donc, l'année où les Matteï ont reçu l'obélisque, un certain Felice Peretti est venu rendre visite, en grand secret, à Cyriaque Matteï, pour lui donner des instructions précises de la date à laquelle il faudrait ériger l'obélisque, et surtout le lieu. Donato a même cité la phrase prononcée à l'époque : « Là et pas ailleurs ! ». Le visiteur avait même apporté un plan avec le point géographique précis d'implantation dans les jardins de la propriété que Cyriaque Matteï avait acquise en 1570. Mais aussi, et surtout, l'homme avait amené avec lui, les fonds, en or, pour réaliser cette opération.

Jérôme regarda un long moment Aurore, attendant peut-être qu'elle se rétracte, disant que c'était une blague. Mais elle conduisait, gardant les yeux sur la route et un étonnant sérieux. Il tapota un instant sur la tablette et lui dit.

— Mais, Felice Peretti, c'est le pape Sixte Quint…

— Trois ans avant son élection à l'unanimité, le coupa-t-elle.

SILENTIUM

10

Via della Scrofa – Rome.

Agenouillé au pied de son lit, Silvio priait, avec une ferveur inusitée depuis bien des années, même des décennies, songea-t-il un instant, entre deux reniflements, alors que deux petits ruisseaux inondaient ses joues à partir de ses yeux rougis. Dans son désarroi, il mélangeait l'italien et le latin, comme dans les livres de la Renaissance, en courtes phrases hachées de sanglots. Les coups recommençaient à la porte, comme d'habitude ce ne pouvait être qu'Enzo, arrivant d'aussi bonne heure pour respecter le planning qu'ils avaient établi plusieurs jours auparavant. Il finit sa phrase marmonnant presque en silence : « *Dominus, salve questi due innocenti...* », puis se leva pesamment et se traîna pour aller ouvrir en essuyant son visage avec la manche de sa soutane qu'il avait finalement exhumée du fond de sa valise à roulettes au milieu de la nuit.

Le jeune homme se tenait devant lui, l'air soucieux, l'inquiétude ouvrant plus grand encore ses deux yeux candides. À la vue du jeune homme et de ses yeux innocents, les larmes du savant recommencèrent à rouler sans qu'il puisse les retenir. Il se recula pour faire entrer Enzo, le tirant par la manche, et referma la porte derrière lui. Le jeune homme, par réflexe probablement, avait attrapé la main qui l'avait tiré à l'intérieur. Sans doute influencé par la soutane, il demanda :

— *Padre*, vous pleurez ! Ils vous ont fait du mal ?

Par contamination, les larmes commençaient à embuer le regard du jeune homme. S'en apercevant, Silvio prit Enzo dans ses bras, lui disant tout bas.

— Ça va mon fils, ils ne m'ont rien fait. Ne t'inquiète pas. C'est moi, c'est de ma faute. Maintenant les deux amoureux sont en danger, par ma faute… » Ces mots avaient rappelé les sanglots, coupant la parole à Silvio, comme un coupe-circuit émotionnel lui évitant d'en trop souffrir. Alors que Silvio s'asseyait sur le bord de son lit, Enzo demanda :

— Les amoureux ?

— Les Français, tu sais…

Devant Enzo, il s'essuyait le visage avec un mouchoir en papier tombant en lambeaux. La compréhension sembla se faire chez le plus jeune qui tenta de le rassurer :

— Mais, vous n'y êtes pour rien.

— Et si je n'avais pas sorti ces documents… maintenant ils sont en danger…

Silvio baissait la tête pour cacher ses larmes dans ses mains ouvertes — par un sursaut de pudeur —, les avant-bras posés sur ses genoux.

— En danger ? demanda Enzo, comme un lecteur qui pense avoir sauté quelques chapitres.

Silvio, hocha simplement la tête, sans pouvoir prononcer un mot alors que les yeux d'Enzo s'agrandissaient. La voix tremblante, il demanda :

— Mais, s'ils retournent en France ?

Silvio releva simplement la tête et, avant même qu'il ne secoue celle-ci en signe de dénégation, Enzo lut dans les yeux de son mentor une réponse qu'une partie de lui se refusa à admettre. Il dit :

— Il y a sûrement quelque chose à faire. C'est un malentendu. On n'a qu'à aller voir quelqu'un là-bas, où vous m'avez montré...

Silvio fronça les sourcils, cherchant à comprendre ce que voulait dire le plus jeune. Celui-ci expliqua :

— Où sont les responsables, *piazza della Minerva*...

Silvio releva soudain la tête et posa sa main sur le bras du jeune homme qui se tut instantanément, devant le regard de son aîné.

— Surtout pas, souffla Silvio, avec une urgence dans la voix qui inquiéta le plus jeune. Tout vient de là... Ne les cite même plus. Assieds-toi un moment.

Enzo hocha la tête en s'asseyant. Il imita Silvio, gardant le silence, perdu dans la contemplation de la moquette synthétique. Puis, au bout d'un moment, poussé sans doute à l'action par sa jeunesse, il revint à la charge.

— On ne sait pas qui ils sont ? On pourrait les avertir.

Silvio allait parler, puis se ravisa, semblant écouter une voix intérieure.

— J'ai su son nom, dit-il au bout de deux minutes. Le commandant des carabiniers l'a cité l'autre jour au commissariat.

— Au commissariat ? Mais...

— C'était lui qui avait retrouvé la mallette, et qui l'avait amené à la police.

Il sembla encore chercher dans ses souvenirs, parlant comme s'il pensait tout haut.

— Bucceri semblait être déjà au courant, d'ailleurs, parlant au commandant comme s'ils se connaissaient ou faisaient partie du même... » Silvio chercha un peu ses mots, les yeux fermés. « ...ensemble. », finit-il.

— Et vous vous rappelez de son nom ?

Il regarda le jeune homme dans les yeux, comme si l'information s'y trouvait, puis lui dit.

— Jérôme Solher, il est archéologue.

Enzo le regarda, ses grands yeux presque écarquillés, puis finalement lui demanda, encore :

— On peut faire quelque chose ?

Silvio commença par secouer négativement la tête, ouvrit la bouche pour répondre, puis resta ainsi, la bouche entre-ouverte, les yeux fixés quelque part, plus haut à sa droite. Enzo crut un instant que son aîné avait eu une attaque, mais une lueur s'alluma dans le regard de Silvio et celui-ci se leva d'un bond. Il alla jusqu'à la fenêtre et ouvrit tout grand les volets, inondant de la lumière du levant la pièce qu'Enzo n'avait toujours vu que dans la pénombre.

Le père Ruffrano marchait maintenant depuis cinq bonnes minutes de long en large, arpentant sa chambre le regard au sol à tel point que la crainte d'Enzo ressurgit, pensant de nouveau que Silvio venait d'avoir un genre de commotion cérébrale, à cause de la question qu'il lui avait posée, et n'arrivait plus maintenant à reprendre un comportement normal. Enfin, sans préavis, il s'assit de biais, tourné vers Enzo, sur la petite chaise en bois plantée devant son minuscule bureau.

— Peut-être, dit-il simplement.

— Pardon ?

— Peut-être, on peut peut-être faire quelque chose, précisa Silvio avec un soupçon d'irritation dans la voix.

Sestri Levante – Ligurie – Italie.

Il pleuvait. Et l'eau de l'orage d'été qui dégoulinait sur la carrosserie, après avoir rafraîchit l'air salutairement, refroidissait maintenant l'habitacle, tambourinant sur le toit de la Fiat, finissant par les réveiller. Comme dans un film projeté au ralenti, ils remuèrent leurs membres courbaturés, figés par le sommeil dans les positions crispées imposées par l'exiguïté du véhicule. Se regardant comme deux rescapés, et découvrant autour d'eux le paysage tronqué par la saignée de l'autoroute, ils frottaient en silence leurs muscles refroidis, perdus chacun dans les pensées qu'ils essayaient difficilement de structurer.

— Il y a des toilettes dans la station, invoqua Aurore alors que la pluie cessait.

Jérôme regarda dans la direction du bâtiment, constatant avec soulagement qu'il était déjà ouvert, malgré l'heure matinale.

— D'accord, répondit-il sobrement en ouvrant sa portière et en s'extrayant de derrière le volant.

Les deux pieds sur le sol mouillé, il constata qu'Aurore était déjà dehors — sans qu'il ne l'ait vu sortir —, les deux mains posées sur le rebord du toit du véhicule en train de faire des étirements. Toujours sonné par sa nuit, encore au ralenti, il resta là, debout les bras ballants à la regarder comme une curiosité, comme si elle vivait sur un plan différent, où le temps s'écoulait deux fois plus vite. Au bout de quelques secondes, elle s'arrêta en le regardant aussi.

— Quoi ? dit-elle.

— Ça ne te fait rien à toi ?

Elle haussa les épaules.

— Si, je suis un peu fatiguée, mais tu m'as relayé à Florence, alors ça va.

— Ça va ? demanda-t-il en forçant le trait. Mais, et la nuit qu'on a passée ?

— Ben quoi, on n'a rien fait, non ? rit-elle en recommençant ses mouvements d'échauffement.

Il la regarda, prêt à parler, puis, quand il comprit qu'elle le charriait, il prit son sac et se dirigea vers le bâtiment en claquant la porte.

— Heureusement, ajouta-t-il à voix basse.

— Je t'ai entendu.

Elle s'était matérialisée à côté de lui, comme par enchantement, et comme elle était la seule sur cette planète à pouvoir le faire, pensa-t-il distraitement comme elle lui demandait :

— Alors, c'est où ici ?

— L'aire de service Riviera Sud, à une quarantaine de kilomètre à l'est de Gênes.

— Mais, on est encore loin de la France alors ?

189

— Environ deux cents kilomètres.

— On devait rouler jusqu'en France.

— Tu dormais et moi je m'endormais aussi, mais j'étais au volant...

Elle le regarda, son air frondeur ressuscité alors qu'ils pénétraient dans la station déserte.

— Et c'est important ?

— Pas si ça ne te fait rien de t'encastrer à l'arrière d'un camion comme j'ai failli le faire à une heure du matin.

Elle haussa les épaules, changeant de sujet.

— Comment on va faire ? On n'a même plus nos affaires de toilette...

— D'abord le principal, la coupa-t-il en l'entraînant vers les toilettes en lui montrant un panneau indiquant des douches au passage.

C'était le deuxième voyage qu'il faisait, entre la boutique et les douches. Tout à l'heure, c'était un shampoing démêlant, indispensable, et sans laquelle Aurore aurait fini son existence cloîtrée dans sa cabine de douche. Puis il l'avait entendu râler que cette marque ne valait rien, que dans ses valises, qui étaient « on ne savait où », elle avait pourtant tout ce qu'il fallait... Et maintenant, après avoir fureté partout, n'osant pas demander à l'employée qui le regardait de loin d'un air las, il avait réussi à trouver une crème de corps qui pourtant cette fois ne déclencha pas de réaction. Tout au moins pas de celle s'entendant dans le couloir.

Enfin, le silence s'éternisant, alors qu'il pensait aller voir s'il elle avait glissé sur le sol humide ou si elle s'était faite kidnapper à travers le vasistas par des extraterrestres, elle apparut, si resplendissante qu'il en oublia ses reproches en lui prenant la main.

San Lazzaro degli Armeni – Venise.

Frère Saverio trottina le long du couloir voûté, bordé de colonnes face au cloître. Il salua deux frères jardinant avant les grosses chaleurs et entra dans la salle du chapitre, arrivant juste après le père supérieur qui étalait ses documents devant lui. Celui-ci releva la tête et sourit au nouvel arrivant.

— Mon frère, quel plaisir de vous voir ici ! Votre accélérateur de particules miniature vous laisse donc encore du temps ? Mais, nous commençons dans seulement un quart d'heure.

— Je sais mon père. Et vous avez raison, je devrais venir plus souvent. Mais…

— Ne vous inquiétez pas ! Après tout, vous êtes sur le point de trouver Dieu dans l'infiniment petit non ?

— Enfin, pas vraiment sur le point… » voulut préciser maladroitement frère Saverio, arrachant un sourire au père supérieur. Il continua : « C'est pour frère Silvio mon père, il a appelé tout à l'heure, d'une cabine à Rome… »

La chaleur humide commençait déjà à s'installer dans la lagune, comme une eau que l'on verserait au fond d'une étuve avant de l'y oublier. Au retour ce sera bien pire, se dit-il en lui-même, ne sachant si c'était une consolation pour le moment présent ou une appréhension de la journée à venir. Avec des gestes précis, le père désamarra l'embarcation et mit en route le petit moteur deux temps. Heureusement, à cette heure-ci l'eau était comme un miroir, malgré les dizaines d'embarcations qui sillonnaient déjà la lagune. Il enroula sa soutane entre ses jambes pour qu'elle ne se mouille pas dans la flaque d'eau qui glissait d'une paroi à l'autre au fond du canot en bois, au passage de chaque vague que formaient les autres embarcations. À sa gauche, au loin, un paquebot de croisière de plusieurs dizaines de mètres de haut s'éloignait de Venise, que le père Di Grégorio voyait s'éveiller à travers de légères fumerolles d'évaporation. Un quart d'heure plus tard, il s'amarrait au tout début du *rio Sant'Elena*, sautait sur le quai et trottinait, malgré ses quatre-vingts ans, le long de la *viale IV Novembre*.

Les deux habitués avalant leur café ne firent pas attention à lui, et la patronne — qui ne l'avait pas vu depuis des années — lui demanda simplement : « *Streto ?*[22] » auquel il acquiesça d'un signe de la tête.

---

[22]   Serré ?

— J'attends un coup de fil, dit-il en s'installant à une table donnant sur les immenses jardins s'étendant le long de la lagune entre la *viale IV Novembre* et *la viale Vittorio Veneto*.

— Je sais… Faites comme chez vous mon père.

Elle prit, sur sa base, le téléphone sans fil de l'établissement et le lui porta en même temps que son expresso.

Sestri Levante – Ligurie – Italie.

Ils fixaient l'écran de télé comme si, par la seule force de leurs volontés réunis, ils pouvaient changer le contenu de ce qu'asénait en un flot ininterrompu la volubile blonde déjà liftée à quarante ans. Et, même si dans cette avalanche verbale ils ne comprenaient pas tous les mots, le sens général ne pouvait leur échapper.

L'image de la présentatrice, et surtout la voix, disparurent, remplacé par un homme en uniforme de police sensé informer et rassurer les spectateurs matinaux, expliquant que le calme était revenu à l'aéroport de Fiumicino et que, malgré la fusillade de la veille, on ne déplorait heureusement aucune victime, que les auteurs de ce qui était peut-être un règlement de compte avorté étaient toujours activement recherchés.

Puis un présentateur off expliqua une scène virtuelle — que les deux français reconnurent immédiatement comme la reconstitution de ce qui leur était arrivé la veille — se déroulant au ralenti, avec des personnages à peine finis et sans visages — mais dont l'un portait néanmoins une jupe, malgré les protestations d'Aurore qui secouait l'épaule de Jérôme en lui désignant le pantalon qu'elle portait toujours. Et après, ce fut encore le tour des enregistrements des vidéos de sécurité, passés en vitesse normale, puis au ralenti avec force détails, arrêts sur images et gros plans sur leurs visages ainsi que ceux de leurs agresseurs.

Enfin, alors que déjà la nausée les gagnait et qu'ils se rassuraient de la mauvaise qualité des enregistrements vidéos (ceux-ci ne permettant pas de les identifier à coup sûr), la présentatrice revint, détaillant les cinq visages les uns après les autres, les trois agresseurs étant « en ce moment même en cours d'identification » tandis que le couple « en fuite » et « activement recherché », était « vraisemblablement deux ressortissants français ».

Leurs visages réapparurent, sur des clichés plus nets cette fois et avec leurs noms sous-titrés et méticuleusement épelés par la présentatrice.

Ils avaient baissé la tête espérant n'être pas reconnus, et s'étaient quand même forcés à rapporter leur plateau, évitant l'impolitesse qui les feraient remarquer, puis ils avaient rapidement regagné leur véhicule et Jérôme avait pris le volant, démarrant et laissant au plus vite l'aire de repos derrière eux. Ensuite ils avaient continué à rouler, un silence pesant emplissant la voiture, à peine troublé par le bruit des pneus sur les jointures de béton des ponts autoroutiers, jusqu'à ce que Jérôme dise :

— Ils vont avoir nos photos aux péages aussi.

— S'ils ne les ont pas déjà. En tout cas, soupirant ou pas, Donato avertira la police dès qu'il nous verra aux infos, et son remplaçant fera peut-être le rapprochement s'il remarque mon nom sur le bordereau d'hier.

— Nos noms sont peut-être même déjà sur le réseau informatique de la boîte de location, c'est une question de temps avant que la police ne sache quelle voiture rechercher. Depuis hier, ils ont dû se concentrer sur les aéroports et les gares, mais ça ne va pas durer.

Ils croisaient un énième panneau indicateur de prochaine sortie, le regardant Aurore remarqua :

— Si on sort, ce sera moins facile pour eux.

— Mais un peu plus long, remarqua Jérôme en tournant brièvement la tête vers elle.

Là-bas, la bretelle de sortie apparaissait déjà et se jetait quasiment sur eux, proclamant : Rapallo.

— On sort ? demanda Jérôme.

— On sort. », répondit immédiatement Aurore, permettant à Jérôme de s'engager sur la bretelle juste à temps. « Tu connais ? », lui demanda-t-elle alors qu'ils arrivaient à une cabine de péage automatique.

Vatican – Rome.

Il ne pouvait empêcher ses chaussures de crisser sur le marbre patiné par quatre cents ans de nettoyage forcené. Passant devant le père responsable des entrées, il prit son air le plus dégagé et, bien qu'il fût le seul à travailler dans cette partie des bibliothèques, chuchota :
— Je dois parler à mon assistant.

L'octogénaire, appliqué à fixer un point à la jonction entre le mur et le plafond face à lui, lui fit un geste las de la main, hochant la tête avec bienveillance. Silvio se hâta le long du couloir aux voûtes cintrées et aux murs sobres, en opposition, ne pouvait-il s'empêcher de penser, aux salles magnifiques de la Bibliothèque Apostolique — fermée à cette époque — située de l'autre côté du *Cortile*, aux murs et plafond aussi chargés que ceux des musées situés juste au-dessus — il leva involontairement les yeux — où par contre des milliers de personnes transitaient en ce moment même, parmi lesquelles se trouvait Enzo, qu'il avait envoyé pour la matinée, avec pour mission de relever certaines inscriptions, occupant ainsi les sbires de Bucceri qui ne pouvaient pas pénétrer dans la bibliothèque des Archives Secrètes où Silvio travaillait et où il avait laissé son téléphone portable allumé, affichant l'illusion d'un point fixe pour ses suiveurs. Enfin il arriva au bout du couloir où il montra son badge à un autre planton désœuvré qui lui ouvrit la porte.

Il avait beau s'y attendre, il fut quand même surpris par le choc du plein soleil, déjà cuisant à neuf heures passées. Il traversa en biais le *Cortile del Belvédère,* rentra dans le bâtiment en exhibant encore et encore son badge, grimpa une volée de marches non autorisées au public dont maintenant il entendait le bruissement, fit le tour de la chapelle Sixtine et, passant une ultime porte, se retrouva devant l'ascenseur public entouré d'un groupe d'une vingtaine de touristes le regardant avec respect — c'était l'un des seuls avantages de porter sa soutane pour travailler ici, pensa-t-il distraitement — s'écartant même pour le laisser entrer le premier dans la cabine qui générait certainement à elle seule une partie non-négligeable des devises du Vatican. Encore avec son badge, il s'affranchit du montant de la montée et descendit au premier niveau, sortant sur le toit de la basilique Saint-Pierre qu'il parcourut sous la chaleur naissante jusqu'à la boutique nichée entre deux coupoles mineures.

La cabine téléphonique était un four solaire, mais elle avait le mérite de fonctionner et il savait que personne ne l'utilisait jamais. Il inséra une carte Telecom Italia à cinq euros, puis composa rapidement le numéro qu'il avait mémorisé. De l'autre côté de la ligne, quelqu'un décrocha à la première sonnerie.

— Bonjour, j'ai appelé ce matin. Peut-être que quelqu'un dans la salle…

— Silvio, le coupa son père supérieur, c'est moi.

— *Padre…* » commença Silvio dont la gratitude étreignait la voix. Il fut encore coupé par le père Di Grégorio :

— Tut tut tut, appelez-moi Angelo, vous savez…

Silvio, évidement, venait de comprendre que rien n'empêchait les oreilles indiscrètes d'écouter les lignes et d'en enregistrer les conversations. Il eut la vision de ce qu'il savait déjà exister : une espèce de pieuvre électronique écoutant tout, classant, enregistrant, pour pouvoir réécouter ensuite le tout, indéfiniment, cherchant sans cesse, les états et leurs fonctionnaires s'échangeant interminablement ces bouts de vies. Une version démoniaque de plus du progrès.

— Je suis content de vous avoir, souffla Silvio.

— Nous aussi, votre appel de ce matin nous a inquiété, votre correspondant et moi. Aussi, avec le peu que vous nous en avez dit, nous avons décidé, pour le moment, de préserver la confidentialité de nos échanges, et le reste de notre communauté…

— Je comprends, répondit sobrement Silvio, laissant son supérieur continuer.

— Vous ne devez pas ignorer que nous avons eu des demandes, « très » insistantes, de la part d'un certain service, qui a déjà mis en émoi vos confrères. Je me suis vu obligé de téléphoner au Secrétaire d'État en personne, pour faire valoir nos droits… qui sont aussi les vôtres.

— J'en suis désolé… Angelo, et je vous remercie pour tout.

— D'accord, d'accord, Silvio, n'en parlons plus. Alors, qu'est-ce qui se passe exactement ? Et surtout comment peut-on vous aider ?

— *Peccatorem stultum sum,*[23] souffla Silvio, se faisant violence pour retenir ses larmes.

— *Peccatores omnes sumus fili me.*[24] Trouvez les mots, nous avons le temps. » Le père Di Grégorio, sentant bien l'état d'agitation de Silvio, essayait de le rassurer. L'autre reprenait, hésitant :

— Mon p… Angelo, vous avez vu les informations ?

— Un peu, hier.

— Ces Français… là, à l'aéroport. Ils sont innocents. Ce sont des brebis perdues… par ma faute…

Silvio ne put plus aller plus loin, les mots l'étranglant au lieu de sortir, il s'était remis, comme depuis la veille et malgré ses résolutions, à sangloter comme un enfant, dans sa cabine où il faisait une chaleur d'enfer, la soutane lui collant à la peau par la transpiration. De l'autre côté de la ligne, avec patience, en regardant des enfants se renvoyer un ballon sur les seules pelouses de quelque importance de Venise, le père Angelo Di Grégorio, comme à un enfant qui a chuté et que l'on relève, commença par lui faire dire un mot, puis un autre, soutirant le récit à Silvio comme on dévide une pelote de laine, en faisant attention à ne pas rompre le fil.

Camogli – Région de Gênes — Italie.

La ruelle en lacet qu'ils venaient de descendre remontait un peu plus loin, leur semblait-il, et ils aperçurent un petit port de pêche en contrebas, par une trouée entre deux immeubles. Par bonheur un véhicule — une authentique Fiat 500 des années soixante — libérait sa

---

[23]   Je suis un pêcheur imbécile.
[24]   Nous sommes tous des pêcheurs mon fils.

place qu'ils réquisitionnèrent, après avoir attendu la laborieuse manœuvre du chauffeur probablement nonagénaire.

Ils descendirent un escalier pour aboutir au petit port, lui-même suivi d'un front de mer, bordés de commerces et de cafés. La douceur du lieu les surprit tout d'abord, dans leurs vêtements défraîchis et leur moral en berne. Ils avaient roulé, un peu désespérés, cherchant un lieu au calme, retiré, où se poser et réfléchir, mais ils avaient d'abord échoué dans des embouteillages monstrueux, s'apercevant qu'ils étaient sur la route de Portofino, mêlés sans vraiment le vouloir à la cohorte des touristes s'échouant volontairement là, remontant la vitre en espérant masquer leur visage dans le cortège des escargots désœuvrés. Puis enfin ils avaient trouvé la tangente par laquelle ils avaient pu s'échapper, longeant la mer et traversant des villes déjà écrasées de soleil, voyant des carabiniers partout, pour enfin atterrir là, dans ce havre improbable où ils n'avaient plus la force de baisser la tête.

Ils se prirent la main. Réflexe inconditionnel, dernier refuge de certitude dans le monde de sables mouvants qu'ils arpentaient, cherchant depuis la veille à retrouver la berge supposément plus sûre de leur pays, où ils pourraient, espéraient-ils, s'expliquer, à des fonctionnaires statistiquement et géographiquement impartiaux. Faisant fi des informations et de leur nouvelle notoriété, ils s'installèrent à une terrasse qu'un tau ombrageait, ventilée par une brise de mer inespérée.

Un moment, ils crurent, comme cela leur était arrivé à Rome, que personne ne viendrait prendre leur commande, la serveuse probablement rébarbative à leur accent, mais un jeune homme prenant son service vint à leur secours, battant même un record pour leur apporter leur cappuccino fumant comme Jérôme sortait à peine sa tablette.

— Je crois qu'on a une chance, dit-il.

— Comment ça ?

— On n'est pas loin de la France. Si les autoroutes sont facilement surveillées, par les péages ou les caméras, surveiller les autres routes en temps réel semble plus problématique. Et puis on a toujours une chance qu'ils ne sachent pas encore que l'on est en voiture. Et, s'ils s'en doutent, ils ne savent peut-être pas dans laquelle.

— Je connais un peu la région, derrière la frontière.

— J'avais oublié, la taquina-t-il.

Elle haussa les épaules puis, prenant la tablette, positionna la carte sur la ligne de frontière, près d'une petite ville française nommée Sospel. Elle agrandit un peu la carte et un hameau du nom parfumé d'*Olivetta* apparut sur la frontière, du côté italien, traversé par une route filant vers Sospel. Puis, tout en réduisant l'échelle, elle déplaça un peu la carte pour faire apparaître le sud, jusqu'à la mer, en expliquant qu'ils devraient continuer par la route, jusqu'à Vintimille, et remonter dans la direction de Breil-sur-Roya, en sortant au dernier moment à *San Michele* pour traverser à *Olivetta*.

— On abandonne la voiture en France ? demanda Jérôme.

— On ne peut pas faire autrement, conclut Aurore.

Il réfléchit un moment, regardant la carte.

— Et si on la laissait à l'agence de Vintimille ? demanda-t-il.

— Il y a bien un petit train qui monte à Breil-sur-Roya, réfléchit-elle à haute voix, mais la gare de Vintimille est toujours pleine de carabiniers et de douaniers, même en temps normaux, et puis en ramenant la voiture…

— Ils ont peut-être un mouchard antivol sur la voiture de location, avec une alarme si on s'approche des frontières.

Les yeux d'Aurore s'ouvrirent grand l'espace d'un instant, puis elle dit :

— On n'a plus trop le choix maintenant. Et puis on est si près…

— D'accord, trancha Jérôme qui ramassait déjà ses affaires.

Aurore arrêta Jérôme, le regardant dans les yeux, comme s'il possédait une pensée qu'elle convoitait. Puis elle lui dit :

— Je crois que j'ai une idée…

Elle s'était arrêtée en pleine phrase fixant le ciel derrière lui. Comme il n'entendait plus sa voix, couverte pas un vacarme s'approchant alors qu'une tempête semblait s'être levée dans son dos, il se retourna pour voir un hélicoptère blanc qui semblait piquer droit sur eux, approchant en longeant la plage et soulevant une tempête de sable, semant la panique parmi les centaines de personnes déjà installées.

— Viens ! cria-t-il à l'adresse d'Aurore.

Elle attrapait à peine son sac que déjà il la tirait. La forçant à courir, ils traversèrent l'allée en front de mer et s'engouffrèrent dans une venelle, entre deux immeubles aux nuances d'ocres. À l'abri relatif de l'ombre dense régnant là, ils se retournèrent pour voir l'appareil survoler un instant la terrasse où ils se trouvaient quelques secondes auparavant. Il volait si bas que l'on pouvait même apercevoir le pilote, et les trois passagers — en costumes sombres, remarquèrent-ils — semblant chercher quelque chose, sous eux. L'un d'eux scrutait avec des jumelles tandis qu'un autre regardait alentour, semblant regarder plus précisément les personnes courant sur le front de mer. Le troisième, assis, regardait sur ses genoux ce qui semblait être un ordinateur ou une mallette ouverte. Les deux français le virent distinctement designer un point du bras tendu, dans leur direction, et l'hélicoptère descendit franchement vers la plage cette fois, commençant à atterrir alors que les touristes se sauvaient en courant, abandonnant leurs affaires au milieu de la tourmente créée par le rotor entraînant des dizaines de serviettes dans une ronde dantesque.

Les deux français repartirent en courant, grimpant deux par deux les marches menant à la rue qui passait en surplomb. Juste avant d'y arriver, Jérôme s'arrêta, retenant doucement Aurore, il lui cria : « Ton cellulaire ! ». De son côté, il sortit son téléphone fébrilement, enleva la coque et retira la batterie, jetant le tout dans son sac, il recommença l'opération avec sa tablette numérique. Aurore venait de comprendre et faisait de même avec son propre téléphone alors que des cris retentissaient sur la plage. Ils débouchèrent enfin de l'escalier, tournant directement dans la rue où ils savaient que leur véhicule était garé. Les immeubles les masquant maintenant, ils se mirent à courir, leurs jambes semblant voler toutes seules, voyant leur Fiat se rapprocher à chaque enjambée — comme une promesse — avec la certitude que leurs poursuivants ne les avaient pas encore réellement repérés.

Ils leur restaient une vingtaine de mètres à parcourir quand ils se remirent à marcher, se forçant à la nonchalance pour passer devant une autre trouée entre les immeubles. Tout en marchant, préparant les clefs, ils aperçurent l'hélicoptère posé sur la plage, et, alors que le bruit du rotor s'estompait, au milieu des cris de panique, ils entendirent distinctement :

— *Sono armati !*[25]

---

[25] Ils sont armés !

11

Boulevard Borriglione – Nice – France.

La cloche du tramway semblait résonner dans sa chambre, avec une fréquence d'environ un coup toutes les deux minutes. Se retournant dans son lit avec conviction, elle se força à garder les yeux fermés, avec l'espoir dérisoire qu'elle retrouverait ainsi le sommeil.

« Clong ! »

« Ça n'est rien. Aucune importance. » Son chuchotement mental — inventé pour ces circonstances — était censé la motiver, tout en lui permettant de rester dans cet état de béatitude semi-somnolant estival qu'elle attendait depuis une dizaine de mois maintenant. Cet état qu'elle avait reconnu comme sien aussi dans un livre de Salvador Dali, égaré dans ses mains dans son adolescence.

« Clong ! »

« Oui ! », s'extasia-t-elle avec ravissement, sentant sa conscience sombrer dans le sommeil dilettante de ce premier jour de cette première semaine de congés payés annuels. À la pénultième seconde, alors que sa conscience analytique s'était déjà retirée, laissant enfin la place à cette délicieuse sensation de flottement, quelque chose vint pourtant déranger cet agencement si désiré, préparé depuis des mois jusque devant son écran d'ordinateur, entre les lignes enchevêtrées de la CAO. Comme un filigrane acoustique, une mélodie toquait à la porte de cette conscience que Géraldine flattait, calmait en vain maintenant, réveillée par cet air déjà reconnu, déclenchant un processus irrémédiable, comme une bataille pratiquement gagnée dont les éléments se retournent d'un coup, transformant Grouchy en Blücher.

La main de Géraldine, d'une agilité étonnante compte tenu des circonstances, s'échappa de sous le drap pour exécuter une ellipse parfaite, l'index atterrissant sur l'écran du smartphone avec une précision millimétrique, glissant plus pour rabattre le caquet à Mozart que pour répondre à l'importun.

« Clong ! »

— Ta gueule ! lâcha Géraldine au tramway de soixante-dix tonnes faisant vibrer les vitres.

— Géraldine ?

Elle connaissait cette voix. La tête posée sur l'oreiller, et dirigée vers la table de chevet en pin, comme un jardinier qui voit repousser une mauvaise herbe éradiquée massivement au pesticide, Géraldine regarda son téléphone la narguer à une quarantaine de centimètres. Puis, plus par instinct que par un raisonnement dont les mécanismes n'étaient de toute manière pas encore en place, sa main repartit en direction de l'assemblage de plastique, le ramenant par habitude, presque à contrecœur. Machinalement elle vérifia le correspondant, en vain. C'était un numéro commençant par trente-neuf, enregistra-t-elle en portant l'appareil à son oreille.

— Géraldine !!!

Elle ferma les yeux, éloignant un peu le téléphone crieur, juste avant de reconnaître la voix son amie.

— Aurore ?

— Ça fait trois fois que je t'appelle… Mais… tu dormais ?

— Je suis en vacances, souviens-toi, depuis aujourd'hui exactement. Tu avais oublié…

— J'ai des problèmes, Géraldine.

Les mots réveillèrent tout à fait la jeune femme qui se redressa sur son séant, repoussant le drap qui tomba à moitié au sol.

— Des problèmes ? Explique-moi !

— Je n'ai pas beaucoup de temps, je suis en Italie, et je téléphone d'une cabine, avec une carte dont le crédit s'envole plus vite encore que notre paie.

— Il y a un numéro ?

— Pardon ?

— Sur la cabine, il y a un numéro normalement, comme en France, quand il y avait des cabines.

Aurore chercha un moment au milieu de la pléthore d'informations du panneau autocollant de Telecom Italia, puis finit par le trouver, l'épelant à Géraldine alors que le compteur dévorait l'avant-dernier euro de la carte téléphonique achetée à un distributeur automatique.

— Je te rappelle, avec le fixe.

Lorsque le téléphone de la cabine sonna, cela faisait cinq minutes qu'elle attendait, sous le soleil, avec Jérôme là-bas, près de la Fiat, qui lui faisait comprendre par gestes discrets qu'ils ne pouvaient pas rester là plus longtemps. Elle décrocha à la première sonnerie, sous le regard indifférent des usagers de la station service, sur la *via Aurelia*, apparemment vaguement étonnés de la voir là, sans pour autant en comprendre la raison. Plus personne ne téléphonait d'une cabine, se rappela Aurore en portant le combiné d'un kilo à son oreille.

— Aurore ?

— Oui, c'est moi.

— Désolée, j'avais éteint ma box, pour être tranquille. Elle met un moment à démarrer, et puis aussi j'ai galéré pour téléphoner en Italie.

— Pas grave. J'ai besoin d'aide.

— Qu'est-ce qui se passe ? demanda son amie. Dans ton dernier sms, tu me disais que tu avais rencontré quelqu'un à Rome, et puis le boss m'a dit que tu prolongeais ton séjour, sur tes congés…

— Je sais, la coupa Aurore, j'aurais dû appeler, mais…

Elle avait laissé un tout petit blanc, si plein pourtant que Géraldine conclut pour elle.

— J'ai compris, tout allait bien de ce côté-là.

— Oui, souffla Aurore. Et puis quelque chose a dérapé, c'est incroyable. Au fait, ils n'ont parlé de rien aux infos ?

— Rien qui sorte de l'ordinaire, non.

— Il faudrait que tu regardes les infos italiennes alors, mais d'abord il faut que je t'explique, et je n'ai pas trop de temps. Quand on était à Rome, avec Jérôme…

— Il s'appelle Jérôme ?

— Oui, et je compte bien le garder, l'avertit Aurore.

— D'accord, d'accord, rit Géraldine. Allez ! Continue !

— Tu connais Rome ?

— Un peu.

— Bon, alors tu vas comprendre. Un peu par hasard, on a eu en mains des documents qui appartenaient…

Aurore sortit de la cabine dix minutes après, trempée de sueur et se dirigea vers la Fiat qui était toujours là où ils s'étaient arrêtés, un peu plus tôt, pour vérifier s'ils n'étaient pas suivis. Ils avaient eu un moment de panique en voyant l'hélicoptère les survoler deux minutes après, mais finalement celui-ci avait continué sans s'occuper d'eux, cherchant peut-être une voiture se déplaçant à vive allure. Ils étaient alors sortis du véhicule, gagnant un endroit d'où ils purent le regarder le plus longtemps possible et l'avaient vu tourner vers le nord, quelques centaines de mètres plus loin, dans la direction de l'autoroute.

La Fiat était vide et elle en fit rapidement le tour alors qu'une sensation de froid lui emprisonnait la nuque, comme serrée par une main glacée. Elle commença alors à chercher un peu partout, dans la boutique de la station et les toilettes des hommes, gagnée à chaque seconde par une panique irraisonnée, jusqu'au moment où elle le vit, revenant tranquillement balançant un grand sac de shopping à la main.

Elle courut vers lui, lui envoya un coup de poing dans l'épaule, puis, l'entourant de ses bras, elle l'attira à lui et le serra contre elle avec une force insoupçonnée, l'empêchant presque de respirer. Elle lui parla dans l'oreille presque criant : « Mais où tu étais ? Tu m'as fait peur…

— J'ai acheté des trucs, pour nous changer.

Elle ne répondit pas tout de suite continuant de le serrer, puis enfin lâcha dans un souffle :

— Ne me refais plus ça ! » Elle se recula, un peu, le regarda un peu dans les yeux alors qu'il cherchait ses mots, puis regarda le paquet qu'il tenait.

— Qu'est-ce que tu as pris ?

— Des trucs de plage, expliqua-t-il en tendant le sac. Excuse-moi, j'ai voulu gagner du temps…

— Mais qu'est-ce que c'est ? le coupa-t-elle, apparemment déjà passée à autre chose.

Elle avait sorti deux bermudas colorés de deux tailles différentes, les tenant en l'air comme on le ferait d'un serpent venimeux.

— Et tu veux que je mette « ça » ?

Il serra les lèvres, à la limite légèrement dépassée de l'agacement. Puis, se dirigeant vers la voiture, il laissa tomber, comme on joue à la roulette russe :

— Ben au moins on ne te reconnaîtra pas.

Un peu surprise, elle baissa le bras tenant une preuve irréfutable de mauvais goût, puis, son sourire vengeur gagnant sur sa moue, elle le suivit en fourguant les frusques dans leur sac, ressortant machinalement une antienne éprouvée :

— Mon Dieu ! Jérôme !

Rue de Picardie – Villeparisis.

Il regarda d'un air las l'ordinateur partiellement évidé qui semblait le narguer sur la table de la cuisine. Il enveloppa son outil principal dans une feuille de plomb enduite, comme il le faisait d'habitude. Mais aujourd'hui, le paquet lui sembla incongru dans sa main qui se mit à trembler légèrement. Plus pour en débarrasser sa vue qu'autre chose, il le déposa au cœur de la carcasse informatique, glissant à la suite un chargeur pareillement emmailloté dans le compartiment de la batterie qu'il referma avec la façade d'origine, se lavant les mains immédiatement après, pour évacuer l'odeur du composé chimique sensé masquer les odeurs d'huile et de poudre. Puis il disposa négligemment, presque avec détachement, son faux ordinateur dans le sac de mission qu'auparavant, avant son « passage à vide », il s'astreignait à vérifier tous les jours, contrôlant chaque pièce avec soin.

Un moment, il soupesa la pertinence d'un inventaire, puis il referma le sac de voyage. De toute façon, pensa-t-il pour la première fois de sa carrière, si les pilleurs de bagages des aéroports lui volaient quelque chose, son antique Compac par exemple — dont il doutait qu'il puisse encore intéresser quelqu'un (surtout un voleur) —, tombant du même coup sur son arme, il serait bien obligé d'en compléter le contenu à l'arrivée. Il verrait bien à ce moment-là, songea-t-il avec un pointe d'ennui.

Avec un détachement grandissant, il empocha son passeport, sortit et démarra en moins de deux minutes, cherchant à se convaincre par l'habitude de l'action que ça y était, qu'il était revenu. Il verrouilla sa porte sous le tonnerre d'un 747 à l'assaut des basses couches atmosphériques, appréciant, pour la première fois lui semblait-il, l'avantage qu'avait une maison si près de Roissy. Le vol Air France Paris-Gênes décollait dans vingt minutes, pourtant il serait à la porte d'embarquement dans cinq minutes.

Son téléphone, qu'il prenait bien soin depuis l'épisode Amaury de laisser allumé avec la sonnerie poussée au maximum, sonna alors qu'il s'engageait sur la chaussée serpentant au milieu du dédale des pavillons de banlieue. Répondant d'une main, il conduisait nonchalamment de l'autre, répondant d'un signe de tête aux salutations de ces voisins qu'il ne savait pas connaître.

— Oui, répondit-il prudemment, conduisant de même, grignotant à chaque seconde sur sa marge de temps pour prendre son avion.

— C'est moi, lâcha Amaury, évitant inutilement de se nommer.

— Il y a un problème ?

— Encore un changement, il est préférable que vous alliez à Nice, ma secrétaire s'en est occupé. Passez à Air France.

— Ok, conclut Salvatore avec une économie de paroles certaine, juste avant de raccrocher.

Il jeta son téléphone sur le siège passager en s'engageant sur la Francilienne.

San Lazzaro degli Armeni – Venise.

Les voix ne résonnaient pas ici, et ils pouvaient chuchoter sans crainte d'être entendus. Dehors, un froissement semblait caresser les pierres du monastère, comme un frisson de volupté inconnu, faisant murmurer la quinzaine de résidents. Le père supérieur était déjà parti une grande partie de la matinée, laissant l'assemblée à frère Giovanni. Maintenant, revenu, il s'était enfermé dans la salle du chapitre avec frère Saverio et frère Giovanni.

Le père Di Grégorio murmurait :

— Mais vos travaux…

— Je les reprendrai après, affirma frère Saverio. Frère Silvio m'aidera.

— Il est occupé pour un bon moment à Rome.

Il avait répondu comme la pensée lui venait. Celle-ci en entraînant une autre, il se renfrogna un peu, murmurant encore plus bas :

— Si tout va bien…

Ses frères se signèrent rapidement, récitant une prière aux échos mystérieusement absorbés par l'acoustique calculée de la pièce.

Ils restèrent un moment là, jaugeant chacun la situation, puis le père donna enfin son accord, précisant :

— Nous sommes là, disponibles à chaque instant. » D'un lent balayage de la main, il désignait l'ensemble du monastère qui semblait vibrer au-delà des murs. Puis, comme le frère Saverio acquiesçait en hochant la tête, il referma son registre d'un coup sec pour clore la réunion. Le frère Giovanni prit alors la parole, surprenant les deux autres :

— Moi je vais à Rome.

Le père Di Grégorio, d'abord surpris, faillit refuser, d'entrée. Puis, alors qu'il cherchait ses arguments dans le silence de ce lieu de recueillement, ses yeux rencontrèrent ceux de ses frères, y lisant une détermination qu'il ne se sentait pas le droit de combattre. Sans parler, il s'avança d'un pas et posa chacune de ses mains sur l'épaule de ses deux adjoints.

— *Dominus ducat gressus*[26], récita-t-il.

Cité du Vatican – Rome.

Les feuilles s'étalaient sur son bureau, tellement ciré par tant de mains depuis trois cents ans qu'il renvoyait une partie de son image, comme un miroir en chêne. Il en avait fait trois piles, bien disposées, dont il dérangeait le bel agencement de temps à autre, consultant un feuillet ou le disposant à côté d'un autre, extrait d'un autre tas aux feuilles A4 empilées au millimètre.

Un huissier — semblant glisser sur le parquet en marqueterie, aux motifs géométriques, inscrit au patrimoine de l'Unesco — se matérialisa devant le bureau Renaissance. Monseigneur della Casa, sans relever la tête, consultant toujours les rapports étalés devant lui et provenant de trois sources différentes, demanda :

— Alors ?

— Monsieur le Secrétaire d'État, le cardinal Battisti vous fait savoir qu'il se tient à votre disposition, mais que la teneur du dossier et

---

[26]   Que le Seigneur conduise vos pas.

les obligations de confidentialité qui y sont attachées le mettent dans l'impossibilité de vous en référer par écrit.

La feuille de papier qu'il tenait, servant involontairement d'amplificateur, ondula un peu, seule indication du léger tremblement de la main du cardinal della Casa, traduisant la colère sourde qu'il sentait monter en lui. Non pas pour les faits : Les choses étant toujours ce qu'elles étaient, il n'aurait probablement pas fait mieux. Ce qui le mettait en rogne, c'était que tous s'étaient affranchis de lui. Pas seulement de son aval — qu'il ne donnait de toute façon que rarement, et jamais par écrit —, mais de le tenir informé, pour une raison ou pour une autre, discutable ou même — peut-être — bonne. Il sentait là une atteinte à ses prérogatives, et, pour tout dire, à son pouvoir. Ce qui, même si personne ne l'admettait jamais, était pour tous la pire des atteintes.

— Bien, dit-il en levant la tête, plantant ses yeux dans ceux du fonctionnaire, convoquez-le, officiellement et tout de suite.

Il baissa de nouveau la tête sur un rapport rédigé en anglais, avec une transcription de communication téléphonique, signifiant ainsi à l'huissier qu'il pouvait disposer. Ce dernier glissa en sens inverse vers la porte, rattrapé par la voix du Secrétaire d'État juste avant de l'atteindre.

— Et, remerciez les Américains, aussi.

Langley – Virginie.

La climatisation charriait probablement plus de germes qu'un marché de New Dehli, mais, suite à l'énième restriction budgétaire, des coupes franches du budget avaient atteint l'entretien cette fois-ci, dégraissant dans les rangs des techniciens et autres nettoyeurs techniquement hors de prix du département — même si la plupart ne gagnaient que de quoi survivre. Heureusement, les fenêtres ouvraient encore, malgré les rumeurs persistantes qui voulaient que les ayatollahs de la sécurité les préférassent fermées, définitivement, pour éviter des indiscrétions possibles de la part des passants ne pouvant approcher le bâtiment à moins d'un kilomètre, ou même des visiteurs qui transitaient par le parking situé à trois cents mètres.

John Mac Layne respira encore un peu de l'air illégal, celui qui avait transité par-dessus les arbres isolant le bâtiment et non dans les filtres encrassés mais normalisés par l'administration, jugulant sa quinte de toux allergique. Il retourna s'asseoir, ouvrit le mail qui venait de traverser l'Atlantique et se permit un sourire : Il était rare de recevoir des remerciements maintenant. Surtout pour une intervention destinée à semer la zizanie chez les papistes.

Il répondit une formule de politesse bateau, puis, au dernier moment, y adjoignant, en riant doucement, un bout de rapport signalant deux coups de fils que l'algorithme du logiciel de la NSA avait classés en rapport avec l'affaire. Un de moins d'une minute passé d'un point phone de la *via della Scrofa* à destination d'un monastère de Venise — qui était bizarrement classé comme un monastère de scientifiques —, et un autre plus long, d'une cabine téléphonique du Vatican vers Venise, non loin de la première destination. Ensuite il cocha une case sur son logiciel de productivité et passa au dossier suivant, un peut-être futur dictateur en Angola qui pensait mériter un coup de main informationnel.

Piazza Cristoforo Colombo – San Remo – Italie.

Une légère brise tempérait les arcades. Dans la pénombre relative, avantagés par le contraste avec la luminosité de la place aveuglant les passants qui circulaient là et ne distinguaient d'eux que leur forme indistincte, sirotant un café comme n'importe quel couple de touristes,

Aurore observait Jérôme qui finissait de déballer une tablette qu'il avait achetée en solde, investissant la plus grande partie du liquide qui lui restait. Il y introduisit la puce d'un téléphone prépayé acheté dans un supermarché de l'entrée de la ville et appuya sur le bouton « On ».

Le serveur apporta leur deuxième café, et la Française, les yeux cachés derrière d'immenses lunettes de soleil à cinq euros, se força à regarder dans la direction de la tablette tout en observant le garçon, mais rien dans son attitude n'indiquait qu'il voyait en eux autre chose que deux touristes tuant le temps. Jérôme, souffla un peu, la batterie était déjà chargée et ils pouvaient au moins accéder à ses dossiers. Ils avaient préféré ne pas rallumer leurs appareils depuis l'épisode de Camogli — sauf une fois, profitant de passer dans un tunnel, ils les avaient allumés, puis les avaient passé en mode avion le temps de relever des numéros de téléphone, sauvegardant en même temps leur contact sur la carte mémoire — et, selon toute logique, les autres n'avaient plus aucun moyen de les repérer puisqu'ils ne les avaient plus revus.

Bien sûr, il y avait les caméras de sécurité en ville et dans les magasins, mais ils espéraient que ces données n'étaient exploitées en temps réel que dans les films. Pariant sur une vision plus pragmatique où ils ne seraient reconnus sur des enregistrements qu'après avoir quitté le pays. De plus, ils étaient convaincus que ceux qui avaient atterri en hélicoptère n'étaient pas de la police, même s'ils préféraient ne pas le vérifier.

— Ça marche ? demanda Aurore.

— Oui, on a accès à tous les documents, tout était stocké sur la carte SD.

— Ça va les énerver si on se remet là-dessus…

Il haussa les épaules : « De toute façon, on y est en plein. Alors c'est peut-être mieux de savoir pourquoi ils font ça.

— Mais si on comprend leur truc, on les gênera vraiment cette fois.

— Plus que maintenant ?

Elle haussa les épaules à son tour demandant :

— Et si on arrive à quelque chose, qu'est-ce que tu veux en faire ?

— On balance tout. Comme ça, quand tout le monde saura, ils nous laisseront tranquilles.

Elle resta silencieuse un moment, fascinée semblait-il par le passage des touristes qui arrivaient à l'ombre comme des naufragés sur une île. Puis, elle lui dit :

— De toute façon, ils ne nous ont pas laissé le choix maintenant.

— Pas vraiment », convint-il en lui prenant la main par-dessus la table.

Comme elle le regardait en portant la tasse de café à ses lèvres, avec son sourire en coin renaissant, il ajouta :

— Et après, quand on aura la paix, on vivra ensemble.

Elle manqua s'étouffer avec la gorgée de café, celle-ci refluant en pluie devant elle, constellant la chemise pseudo-hawaïenne de Jérôme de gouttes marron délavées, ajoutant une nuance à la décoration pourtant déjà surchargée, marquant irrémédiablement le peu d'espace blanc restant entre les traces multicolores de ce délire sérigraphique du styliste industriel chinois.

— Aurore ?

Une jeune femme brune, relativement grande, à la peau mate et aux longs cheveux lisses, se tenait là, son regard fixé sur Aurore faisant des rapides aller-retours vers Jérôme — occupé à contempler d'un air navré l'état de son déguisement de touriste récemment acquis — puis revenant sur Aurore, la détaillant des pieds à la tête d'un air dubitatif. Jérôme releva la tête vers la nouvelle venue en même temps qu'Aurore qui se levait d'un bond prenant la jeune femme dans ses bras.

— Géraldine !

C'était sorti spontanément, et Aurore ne comprit que son exclamation était plutôt un cri que quand elle vit — avec agacement — quelques têtes se tourner brièvement dans leur direction. Géraldine s'écarta un peu, détaillant Aurore de bas en haut qui finalement n'y tint plus :

— Quoi ? », demanda-t-elle à Géraldine, puis, remarquant que Jérôme portait une main devant sa bouche pour masquer un sourire. « Et toi aussi ? », lui lança-t-elle avec un regard furibond.

Elle se retourna vers Géraldine, une interrogation dans ses yeux verts qui lançaient des éclairs. Son amie, en signe de reddition, leva les deux bras tout en expliquant :

— Franchement, j'ai cru que ce n'était pas toi.

— À cause des lunettes de soleil ? demanda Aurore, soupçonneuse.

Géraldine secoua la tête et avança la main droite, paume ouverte, de bas en haut et vice-versa, désignant Aurore en bermuda bariolé, tongs, casquette de base-ball, chemise hawaïenne du même créateur que Jérôme et sac de plage.

— Tes vêtements, commença Géraldine. Cette tenue de touriste à la famille Duranton... c'est... ça ne te ressemble pas, c'est tout. Mais enfin, si c'est pour passer incognito, c'est réussi. La preuve, je ne te reconnais toujours pas...

— Je te l'avais dit ! explosa Aurore à l'adresse de Jérôme. C'est de sa faute, continua-t-elle en désignant Jérôme, bras tendu. C'est lui qui a acheté ces... frusques, finit-elle rageusement en s'asseyant avec une moue boudeuse.

Géraldine était restée debout, avec un sourire aux lèvres. Comme Aurore tirait une chaise devant elle, l'air renfrognée, elle s'assit en regardant l'archéologue. Celui-ci lui tendit une main qu'elle attrapa rapidement pour la serrer, comme un chat le ferait d'une souris, en penchant la tête de côté d'un air d'attente. Il se présenta enfin.

— Jérôme Sohler ...

— Il est archéologue, intervint Aurore, sortant de son silence. Et voici Géraldine Mariani, mon amie de Nice. On travaille ensemble.

— On fait la fête ensemble aussi, compléta Géraldine.

Jérôme les regarda plus attentivement, ne pouvant s'empêcher de comparer Aurore, petite aux cheveux blonds et bouclés, nerveuse et rieuse avec son amie, brune aux yeux foncés, plutôt calme et réservée à première vue, si différentes toutes les deux qu'elles semblaient deux inverses morphologiques, mais, paradoxalement, elles lui semblaient si complémentaires qu'il ne comprenait pas bien pourquoi.

Parlant à tour de rôle, ils avaient commencé un résumé de ce qui les avait amenés là, rentrant maintenant dans les détails quand le garçon s'était matérialisé devant la table, les coupant. S'en débarrassant très provisoirement par la commande d'un cappuccino, Jérôme termina en précisant :

— Mais ça peut-être dangereux pour vous.

Géraldine haussa les épaules, écartant l'argument :

— Tu parles ! » Elle regarda Jérôme avec un sourire moqueur et lui dit : « Et on ne me vouvoie pas… les amoureux. »

Jérôme regarda brièvement Aurore qui soutint crânement son regard, affichant même son sourire en coin amusant son amie qui continuait :

— Bon, alors elle est où cette voiture de location ?

Aurore lui donna le ticket du parking où ils avaient laissé la Fiat en lui indiquant l'endroit, puis lui remit les papiers du véhicule en réitérant des consignes de prudence que Géraldine balaya alors que le serveur revenait la servir en lui lançant des regards appuyés. Loin de s'en formaliser, la Niçoise porta ostensiblement son cappuccino à ses lèvres en le regardant par en dessous, puis, une fois le garçon reparti, elle dit.

— Je vais peut-être rester un peu ici finalement, en attendant que vous preniez du champ. Ta voiture est à deux rues d'ici, par-là, une traverse de la *via Mameli. »* Elle pouffa à l'énoncé du nom de la rue, puis reprit. « Ah oui ! Je ne t'ai pas dit. En passant chez toi je t'ai pris quelques affaires, dans une valise que tu trouveras dans le coffre, et puis il y avait encore un jean et des chemises de… Yves…

— Mon ex, se hâta de couper Aurore, devant le regard dubitatif de Jérôme.

— Parce que je pensais que tu avais besoin de te changer, mais enfin je ne savais pas à quel point, finit la Niçoise en riant.

Aurore avait sorti sa carte de crédit, la tendant à Géraldine pour le règlement de la voiture de location que son amie tenait à restituer à l'agence de San Remo, malgré les avertissements appuyés de Jérôme. Elle balaya le tout d'un geste de la main, comme si elle chassait une mouche au-dessus de son épaule.

— Je vais régler en espèces, lui dit-elle. Comme ça, ce sera vite fait. Je gare la caisse, je ne dis même pas mon nom, je règle en espèces et je me tire en train. Vite fait, bien fait.

Elle sortit une enveloppe qu'elle jeta sur la table, devant Aurore.

— Et puis j'en ai pris un peu plus, pour la route. On ne dit rien ! asséna-t-elle alors qu'Aurore ouvrait la bouche pour protester. On verra plus tard, à Nice, parce que votre histoire de fous, là, il ne faut pas qu'elle dure trop longtemps. Allez ! Allez-y maintenant ! On ne va pas pleurer quand même. Je vous laisse une heure avant de ramener la Fiat. Ça devrait aller. En attendant, moi j'ai à faire, finit-elle abruptement en se tournant un peu pour croiser le regard du latin loveur serveur.

Aurore et Jérôme se levèrent, un peu désorientés, prenant leurs affaires en regardant Géraldine. Comme ils faisaient un pas vers la chaussée, celle-ci se leva quand même et prit Aurore dans ses bras, la serrant avec une force insoupçonnée.

— Faites attention à vous deux, lui dit-elle, les yeux embués.

Elle se recula un peu, regardant une dernière fois son amie qui cherchait à contrôler ses émotions, puis lui fit une bise sonore sur la joue, la lâcha et, lui tournant le dos, attrapa Jérôme qui était resté en retrait. Elle l'attira aussi à elle et, quand il fut tout contre, ses lèvres masquées à Aurore, lui dit à l'oreille : « Si tu lui fais du mal, tu auras affaire à moi, et je suis peut-être pire que les autres cons. » Elle le repoussa un peu et finit : « Appelez-moi ! »

Après un dernier geste de la main, ils s'éloignèrent enfin, se retournant une dernière fois au coin de la rue pour voir Géraldine en discussion avec son Italien.

Aéroport de Nice.

Il récupéra son bagage sur le tourniquet et le prit avec lui dans l'habitacle, malgré les protestations du chauffeur, dans le taxi qu'il empruntait trois minutes plus tard. Ouvrant sa valise de manière à faire écran à la vue du chauffeur, il sortit son arme et son chargeur de l'ordinateur bidon et les rassembla avant de les mettre dans sa poche, l'opération avait duré quelques secondes. Puis il alluma son smartphone, se branchant sur internet alors que le taxi parcourait la Promenade des Anglais. Aveugle aux azurs coordonnés de la mer et du ciel, au balancement des palmiers, ainsi qu'aux centaines de touristes déambulant sur le front de mer, aux créatures de rêve grillant en maillot sur les galets en contrebas, insensible aux terrasses de cafés proposant des boissons aussi fraîches que colorées ou des glaces hautes comme des petites tours, Salvatore Ercoli ouvrait un fichier crypté reçu le temps du vol et contenant des noms, des adresses, ainsi que des coordonnées de lieux statistiquement fréquentés par des possesseurs de smartphones inconscients. Inconscients des traces qu'ils avaient laissées dans leur vie d'avant, de qui ou de quoi les avaient récoltées, et surtout de celui qui allait les exploiter.

Dolceacqua – Région de Vintimille –Italie.

— Quoi ? Tu en fais une tête. Qu'est-ce qu'il t'a dit ton copain ?

— On est passé chez moi, dit Jérôme en éteignant son téléphone prépayé.

— On… t'a cambriolé ?

— Non, d'après ce que m'a dit Guy, il ne manque rien. Mais des trucs avaient été dérangés. L'ordinateur de bureau avait été allumé et il était resté en veille. Dans le graveur, il a trouvé un dvd gravé avec toutes mes recherches, comme s'il avait été oublié là. Et puis la porte n'était plus fermée, enfin pas au verrou, juste tirée.

— Et, c'est tout ?

— Non, tout ce qui a été touché, à part les souvenirs et mes carnets de contacts, ce sont mes notes, les dossiers sur lesquels je bossais. Mais il ne manque rien.

— Et ça se serait passé quand ?

Jérôme réfléchit une seconde en fixant un troupeau de vaches qui regardaient passer la Twingo d'Aurore. Il reprit.

— Guy m'a dit que la dernière fois qu'il était passé à mon appartement, c'était mercredi dernier, et tout était en ordre à ce moment-là. Il est même certain d'avoir fermé le verrou à double tour, d'avoir éteint toutes les lumières… Là, il y avait une lampe de bureau allumée.

Gardant le silence, Aurore tourna à gauche, empruntant la route étroite indiquant Olivetta. Enfin elle exprima ce que lui-même pensait :

— Tu crois que c'est… lié ?

Il attendit une minute ou deux et Aurore laissa le temps passer, comprenant ce qu'il faisait. Elle piocha dans le paquet de chips qui traînait là, à côté du levier de vitesse et Jérôme fit de même, pour apaiser la faim qui les taraudait.

Enfin un panneau apparut sur le bord de la route, indiquant : « France » et, quand ils le dépassèrent, Jérôme finit :

— Oui, je le crois. Je crois que c'est eux…

SILENTIUM

12

Gare Centrale – Milan – Italie.

La gare lui faisait froid dans le dos, malgré la chaleur accablante qui baignait Milan. Frère Saverio se sentait un peu décalé, comme dans un rêve, comme s'il était nu devant tout le monde et qu'il était le seul à s'en apercevoir. Pour les besoins de la cause, il avait troqué sa soutane pour un jean et un tee-shirt proclamant « SourceForge.net », vestige de sa vie d'avant, comme le sac à dos râpé qui se balançait négligemment sur son épaule, complétant sa dégaine d'adolescent dégingandé poussé trop vite. Il trouva enfin les guichets, rassemblés, presque cachés dans quelques dizaines de mètres carrés à un angle intérieur de la gare au gigantisme mussolinien.

Ses yeux bleus transparents, dissimulés derrière une paire de lunettes de soleil très à la mode en mille neuf cent quatre-vingt-dix-neuf et ses cheveux longs et noirs retenus en catogan par un large élastique noir, il aborda l'employée de Trenitalia avec l'entrain forcé d'un adolescent provisoirement arraché à ses jeux vidéos, lui montrant un qrcode sur l'écran de son smartphone. Comme à regret, elle dirigea un lecteur laser sur l'écran de plastique et, après avoir contrôlé son écran d'ordinateur, imprima un ticket qu'elle remit au frère momentanément défroqué.

— Voilà, modification de destination de votre ticket. Nice au lieu de Paris. Votre train part dans… vingt minutes, vous changez à Gênes.

Elle avisa le crucifix en or discrètement épinglé sur son tee-shirt, semblant soudain remarquer que ce quadragénaire aux airs gauches d'adolescent attardé ne manquait finalement pas de charme. Souriant un peu, en montrant la croix, elle lui dit :

— C'est mignon… et si discret…

Saverio rougit un peu, surtout à l'ourlet des oreilles qui devinrent écarlates, déclenchant un rire discret de la guichetière.

— Oui, c'est… pour…, tenta-t-il gauchement, abandonnant finalement ce début de communication avec une représentante du sexe qui restait pour lui un mystère plus grand que celui de la foi.

L'employée sembla soudain appréhender quelque chose qui lui avait échappé jusque-là. Fronçant légèrement les sourcils, elle vérifia un code dans la réservation et ses yeux s'écarquillèrent une fraction de seconde, elle le regarda à nouveau, puis fixa le crucifix.

— Mais… vous êtes…, commença-t-elle.

— Oui, la coupa Saverio en ramassant ses affaires et son sac précipitamment.

Il la remercia gauchement puis s'enfuit vers les quais trouvant facilement son train et sa voiture. Soufflant enfin, une fois seul à sa place, il y installa son mètre quatre-vingt-cinq puis, après avoir extrait un micro-ordinateur de son sac, se connecta sur internet et arriva jusqu'à un site sécurisé dont il contourna rapidement les pare-feux pour finalement accéder à une interface presque impersonnelle, ne serait-ce un logo omniprésent, quelles que soient les pages consultées, reproduisant une figure héraldique composée d'une couronne reposant sur deux clés en croix reliées par un ruban.

Il travaillait depuis dix minutes, transférant en bluetooth sur une tablette numérique posée sur ses genoux, les données qu'il collectait indélicatement. Il contrôla sa montre, recopia encore quelques données pas vraiment importantes avant d'éteindre le petit ordinateur et de le fourrer dans son sac à dos. Cinq minutes avant le départ lui semblait un compromis acceptable pour sa sécurité. Si les autres arrivaient à géolocaliser son ordinateur, il serait déjà parti et l'adresse IP ne leur donnerait rien, cet ordinateur ne servant qu'à cet usage sur une carte sim prépayée en espèces.

Il fit un peu le tri sur sa petite base de données, puis se laissa aller avec un sourire aux lèvres. Il avait eu raison de se connecter à Vérone. Ensuite, il lui avait juste suffi d'interpréter — tout en roulant — les événements et données informationnelles brutes qui étaient consignés dans la base des autres pour prendre la bonne décision et bifurquer vers Nice. Il rédigea un mail anodin pour frère Giovanni qui devrait bientôt arriver à Rome, le codant légèrement par une référence à l'épître aux Corinthiens 2 :16.

Enfin, il éteignit sa tablette et goutta voluptueusement à sa solitude comme le train démarrait. Un froissement du côté du couloir le fit se retourner au moment où un relent de Coco Chanel chatouillait ses narines. Une jeune femme à l'allure élancée et au bronzage ambré — belle à mourir, remarqua-t-il avec terreur — se laissa tomber sur le siège à côté de lui en riant :

— Ouf, je l'ai attrapé à temps.

Puis elle se tourna vers lui en lui tendant la main :

— Gina Lamboratta, se présenta-t-elle. Je vais à Gênes, et vous ?

— Moi… au… aussi, bégaya-t-il alors que la sueur commençait à perler de son front malgré la climatisation poussée à fond.

Piazza Colombo – San Remo – Italie.

Par chance, elle n'eut pas à chercher l'agence, qui se trouvait un peu plus loin, à un autre angle de la place. Ayant réussi à extorquer son numéro de cellulaire au serveur qui pensait avoir mené la négociation, elle fila vers le parking que lui avait indiqué Aurore, en sortit le véhicule et le conduisit jusque devant l'agence où elle le laissa en double file puis entra dans le bureau en coup de vent où, prétextant un train pour Venise, elle insista jusqu'à ce que l'employée délaisse ses tâches en cours — non sans rechigner, déversant copieusement un flot de paroles italiennes —, et s'occupe exclusivement de la réception du véhicule.

Bien sûr, la toute jeune femme qui tenait l'agence de location et répondait au nom de Manuella Pedrozzi, avait bien remarqué une incohérence informatique en début de facturation, mais les quelques billets de vingt euros que la Française venait de laisser sur le comptoir en précisant « *y compris le pourboire* » dans sa langue avaient eu raison de sa faconde et de ses scrupules administratifs de principe — après tout, la cliente avait réglé et ramené la Fiat en bon état. Et puis aussi, observa Manuella en abdiquant, elle n'allait pas se priver de quarante euros nets d'impôts, soixante même rectifia-t-elle immédiatement et intérieurement en pensant à mésestimer la consommation d'essence du véhicule restitué.

Géraldine sortit comme elle était entrée, comme une brise de fin de journée diffusant généreusement son parfum vendu au poids de l'or. Elle savait bien qu'elle avait trop laissé, mais d'autre part quelque chose semblait tirailler l'employée qui lui avait répété plusieurs ce « *c'è qualcosa che non va*[27] » en tapotant furieusement sur son ordinateur, alors elle avait joué un peu plus son rôle de la touriste pressée qui ne comprenait pas un mot d'italien, achetant du temps par billets de vingt euros. Elle sauta dans un taxi qui paressait à l'ombre, faisant sursauter le chauffeur qui grillait une Merrit en tapotant son smartphone surdimensionné.

— *Stazionne di Bordighera*, lança-t-elle dans un italien parfait.

---

[27] Il y a quelque chose qui ne va pas.

Via Ostienze – Rome.

— *Certo*[28]*,* convint Donato pour la troisième fois. Mais l'informatique ne marchait pas hier soir, et ce matin j'ai eu un peu de travail, et le bon est resté dans la corbeille d'hier. Enfin, vous savez comment cela se passe… Mais, tenez ! Je le saisis tout de suite, si cela peut vous rassurer mon enfant.

Il avait glissé le dernier qualificatif pour brouiller les pistes, comme un vieux cherchant à masquer ses bourdes en insistant sur le jeune âge de ses collègues. Il sourit en entendant dans l'écouteur l'expiration de soulagement de son homologue de Ligurie. Apparemment, la dénommée Manuella Pedrozzi — qui avait trouvé le moyen de lui asséner trois fois son nom — cherchait seulement à se couvrir en rétablissant la procédure à posteriori, alors qu'elle aurait dû l'appeler tant que la cliente était dans son bureau. Mais après tout, songea-t-il en tapotant sur son clavier, cette Aurore Lapeyre avait de bonnes raisons d'être pressée et elle avait certainement forcé la main à sa collègue pour partir au plus vite.

Il haussa les épaules. Lui n'aurait jamais ramené le véhicule dans la situation des Français, mais apparemment ils en avaient trouvé le temps, et le courage malgré l'épisode de Camogli qu'il avait entendu à la radio. Et puis aussi, bizarrement, sa collègue de San Remo, elle, n'avait même pas fait une allusion aux nouvelles ni au nom de la Française qui pourtant était en passe de devenir une célébrité des infos. Peut-être après tout n'avait-elle pas encore fait le rapprochement.

En riant silencieusement il appuya sur la touche envoi puis, reprenant le combiné, il informa la jeune Manuella.

— *Eco, e fato*[29] !

— *Grazie*, répondit l'autre en écho avant de raccrocher.

Donato se mit à rire doucement, ferma le bureau, puis, les mains dans les poches, déambula un moment le long de la *via Ostienze,* profitant de l'ombre portée des immeubles clones, fonctionnels et dépri-

---

[28]   Bien sûr
[29]   Voilà, c'est fait !

mants, érigés par les bons soins du programme de reconstruction d'après-guerre. Enfin, perdu dans ses pensées, il arriva au « Caffé Matéoni » où il commanda une bière. La télé accrochée au plafond était branchée sur la chaîne d'infos en continu qui débitait ses inepties en boucle. Donato reconnut une vue de Camogli à l'écran, puis l'écran exposa une litanie des touristes rouges comme des écrevisses qui témoignaient à qui mieux mieux, décrivant à force de mains à plat descendant et de tournoiements de bras la descente de l'hélicoptère et du souffle de vent ensuivi.

En arrière plan, Donato reconnut la plage qui n'avait pas changé depuis ses vingt ans, au rivage léché par une eau si bleue qu'il ne se rappelait plus d'en avoir repéré la limite d'avec le ciel. Il se souvenait du petit port, dans les années soixante-dix, quand ils achetaient les poissons et poulpes directement aux pêcheurs pour aller les griller le soir sur la plage, arrosés de chianti, de grappa et de whisky aussi. Il ne put échapper ensuite aux photos de la Française, et de son compagnon qu'il n'avait pas vu la veille, remarquant avec amertume que, si les journalistes étaient renseignés sur les Français poursuivis, à peine aperçus sur les lieux, ils étaient tous, unanimement moins prolixes sur l'identité des passagers armés de l'hélicoptère, comme d'ailleurs de la provenance et des propriétaires de ce dernier.

Évidement, ces Français avaient affaire à forte partie, lui le savait, depuis tant de générations pourtant que cela avait failli s'oublier dans sa famille. Enfin, il avait fait ce qu'il pouvait pour la Française et sa quête dont il ne se doutait pas qu'elle fut si avancée, la veille, et apparemment il avait donné une petite chance à ces deux sympathiques fureteurs. Son téléphone portable sonnait, ce qu'il faisait rarement généralement. Il leur souhaita mentalement bonne chance puis, avant de prendre la communication, vérifia par acquit de conscience que ce n'était pas un numéro enregistré. Non, bien sûr, il savait déjà qui c'était, que les ordinateurs alimentés d'informations avaient déjà cafté, et que, par voie de conséquence son nom serait dans la Stampa le lendemain, et aussi sur cet écran là-haut, où une caméra arrivait devant un bureau de location de voiture, à la même enseigne que celui où il travaillait, mais au nord, à San Remo. Il porta l'appareil à son oreille. En espérant que les autres, là-bas depuis des centaines d'années, ne feraient pas le rapprochement entre son nom et celui de son ancêtre fameux, ne supputerait pas l'hypothèse qu'après quatre siècles, il eut encore quelque chose à dire, et qu'il l'ait fait.

Avenue de la Gare – Menton – France.

Elle porta à peine le diabolo à ses lèvres. De toute façon, elle avait la gorge nouée et ne pouvait probablement rien avaler. Le calme apparent à la torpeur trompeuse des voitures cuisant au soleil sur l'allée bordée d'orangers amers menant à la gare ne l'abusait pas. Il y avait cinq minutes, soit juste après qu'elle se soit assise, trois véhicules de police avaient stoppé devant l'entrée de la gare et une douzaine de fonctionnaires s'étaient éjectés, courant à l'intérieur malgré la chaleur.

Le train par lequel elle était venue et qui l'amenait à Nice était toujours à quai, et elle en voyait le wagon de queue derrière le grillage séparant le gazon pelé de l'intérieur de la gare du trottoir poussiéreux de la rue.

C'était maintenant !

En faisant un signe au patron, Géraldine jeta quatre euros sur la table et se leva avec un flegme composé, évitant de regarder du côté des véhicules de police. Elle descendit sans encombre l'avenue de la Gare et tourna à droite sur l'avenue de Verdun jusqu'à une station de taxi, trente mètres plus loin. Une Mercedes flambant neuve détenait un homme d'une quarantaine d'année qui s'occupait avec le Tetris de son smartphone. Cinq secondes plus tard, elle voyait défiler les marronniers, platanes et palmiers de la plate-bande centrale de l'avenue de Verdun, dont l'ombre ne servait à personne, la totalité du trafic piéton se concentrant sur les trottoirs bordant les immeubles en plein cagnard.

Elle se détendit, en attendant une séance de shopping forcé à Monaco, nécessaire maintenant à modifier son apparence, le temps de rentrer à Nice. Heureusement, pensa-t-elle encore, qu'elle avait mis la télé italienne sur son smartphone, même si ça avait été, à l'origine, pour prendre connaissance de la notoriété de ses amis. Juste avant d'entrer dans le tunnel précédant Menton, elle y avait reconnu l'agence de location de San Remo et elle avait compris que c'était une question de minutes avant que les polices ne se contactent, des deux côtés de la frontière. Et donc, elle était descendue à Menton, juste à temps semblait-il, comme il semblait aussi que les fonctionnaires savaient déjà qu'elle avait acheté un billet pour Nice. Se souvenant de Jérôme, elle éteignit son téléphone, bien qu'elle sût qu'il était trop tard, mais elle savait aussi que, quand ils feraient le rapprochement entre son amie et elle, avec la trace numérique laissée jusqu'en Italie, il serait aussi trop tard pour que cela ne serve vraiment.

Il ne lui restait plus qu'à trouver une explication plausible pour San Remo, et même Menton. Elle avait probablement jusqu'à ce soir, pensa-t-elle, peut-être même demain, avant qu'elle ne soit formellement identifiée. D'ici là elle aurait contacté un avocat.

En regardant la mer bleue, sillonnée de dizaines de yacht à plusieurs millions d'euros, elle marmonna pour elle-même : « Ce qui est sûr, c'est que je ne me déguiserai pas comme eux... »

Avenue Jean Médecin – Sospel – France.

De l'autre côté de la vallée, le soleil avait déjà plongé derrière la ligne de crête habillée de pins de ce versant aux pentes si raides, dissuadant chaque jour les promeneurs estivaux. Ceux qui se serraient maintenant derrière les quelques tables en terrasse, sur la place minuscule. Plus loin, la route unique charriait une bonne partie de la circulation de ce village aux prétentions de ville.

Une robe aux tons orange et crème voletait devant Jérôme, animée par une paire de sandale cuir et beige qui chaussait deux mollets au bronzage parfait. Aurore se retourna encore, faisant voleter son habit, riant de l'effet.

— Alors, tu ne trouves pas que c'est mieux ? demanda-t-elle pour la troisième fois, depuis qu'ils s'étaient arrêtés dans un chemin vicinal, se garant au milieu d'une forêt, pour se changer avec ce qu'avait apporté Géraldine.

— C'est vrai, répondit prudemment Jérôme avec déjà la diplomatie de l'expérience.

Quant à lui, son jean, un peu trop grand, était retenu par une ceinture bloquée au dernier cran, et baillait un peu en corolle autour de ses hanches que ne recouvrait pas tout à fait la chemise en lin qui flottait comme Aurore certifiait que cela se portait maintenant. Heureusement, sa paire de chaussure de yachting ne tranchait pas, lui donnant l'avantage de pouvoir marcher, sans mal aux pieds, la cinquantaine de mètres qui séparait la voiture d'Aurore de la terrasse qu'ils avaient repérée.

Avec sa coutumière dizaine de mètres d'avance sur lui, la jeune femme s'était laissé tomber à une place tout juste libérée par le soleil, le regardant arriver avec un sourire réapparu plus tôt, quand elle avait vu ses affaires, à l'ouverture de la valise.

— Tu en fais une tête ! le charria-t-elle comme il s'installait pesamment.

— C'est que je n'ai pas trop l'habitude d'être en cavale, figure-toi, répondit Jérôme.

Il s'était un peu avancé, parlant doucement pour éviter de se faire entendre par les tablées alentours. Après le soulagement qu'ils avaient éprouvé de se retrouver dans leur pays, ils en avaient les inconvénients, ici tout le monde parlait français et ils devaient en tenir compte. Elle laissa passer une bonne minute, le regardant dans les yeux, comme si elle cherchait une confirmation ou une infirmation de quelque chose, alors que lui, soutenant son regard, sortait la tablette numérique et son smartphone. Finalement elle lui demanda :

— Tu crois qu'on est toujours en cavale ?

Il haussa les épaules.

— Je n'en sais trop rien…

Le sourire qui éclairait la jeune femme s'estompa un peu alors qu'il allumait ses appareils, elle chuchota :

— Mais, on est en France. On n'a qu'à aller voir la police maintenant, ou les gendarmes, ou n'importe qui, et leur expliquer.

— C'est vrai, mais à ce moment-là les autres sauront où on est.

— Et là, ils ne le savent pas ? répondit-elle en désignant le smartphone que Jérôme avait remis en fonction et dont les notifications s'égrenaient l'une après l'autre, comme un déluge de xylophones dans un concert de Xenakis.

Jérôme haussa les épaules.

— Il faut bien voir où on en est... » expliqua-t-il, la tête déjà captée par son écran miniature. Il inventoriait en commentant. « J'ai un numéro qui revient plusieurs fois. Un fixe sur Nice, il a laissé des messages. »

Sans attendre, sous le regard intrigué d'Aurore, il consulta sa messagerie, son sourire se figeant comme il regardait la jeune femme dans les yeux. Il tapota deux fois encore sur son écran, sans plus sourire du tout, jusqu'à ce qu'Aurore intervienne :

— Alors ! C'est qui ? Ça dit quoi ?

Il quitta son écran des yeux, la regardant avec un air inquiet, puis lui dit :

— Le commissaire Jacques Villeneuve, à Nice. Il voudrait nous parler le plus rapidement possible... pour les évènements qui ont eu lieu à Fiumicino, et puis Camogli... en qualité de témoins...

Elle resta sans répondre, tous deux se regardant comme des serre-livres au chômage. Puis Jérôme reprit l'étude de son smartphone : « Des appels de Paris, mes amis, plein d'appels. Trop » Il porta de nouveau l'appareil à son oreille et parla, comme s'il traduisait d'une langue étrangère. « Ça y est ! On est passé aux infos, sur Arte seulement pour l'instant, avec nos noms et tout. La police en France se demande si on fait partie de la maffia ou autre... Les flics ont contacté Guy tout à l'heure, ils ont analysé mes appels par mon opérateur et en ont déduit que c'était un proche. Ils veulent savoir s'il a des nouvelles. Il leur a répondu qu'il n'en avait pas eu depuis Rome. Heureusement, on l'a appelé en prépayé la dernière fois.

— Des flics de Paris ? demanda-t-elle.

— Oui, répondit-il en fronçant les sourcils.

— Le Jacques Quelquechose était de Nice, tu m'as dit.

— C'est vrai. J'ai des messages sur Paris que je n'ai pas consulté, mais les derniers sont de Nice, et Villeneuve a dit qu'on l'avait chargé de cette affaire.

— Ils savent qu'on est dans la région alors.

Jérôme pouffa :

— Il faut dire qu'à Camogli, si on essayait de passer inaperçus, c'est un peu raté…

— Et moi, je regarde ? demanda-t-elle en sortant son téléphone.

Il hocha la tête en haussant les épaules, suscitant sans le dire un : « Au point où l'on en est… ». Elle appuya sur un bouton tapota sur son écran en silence, portant son appareil quelquefois à son oreille, pendant que Jérôme en faisait autant.

Au bout de quelques minutes, Aurore jeta son appareil sur la table, au milieu des verres qu'ils avaient commandés sans encore les toucher. Elle vida son jus d'orange d'un trait et, par habitude ou facilité, commanda deux pizzas. Jérôme lui dit :

— J'ai un sms bizarre là. Au milieu de tout ça.

— Ça dit quoi ?

— Il vient d'un numéro de portable italien, mais c'est écrit en français. Tiens, regarde.

Elle attrapa le smartphone et lu :

" Nous pouvons peut-être vous aider. Nous savons que des personnes sont après vous, mais ce n'est pas nous. Et nous n'avons pour le moment pas le moyen de vous le prouver, sauf peut-être avec un marteau d'argent. Je peux me présenter à vous, seul, dans le lieu de votre choix. Je suis dans la région de Nice. Ce message peut-être lu, et le téléphone que j'utilise est le plus souvent éteint, comme le vôtre. Aussi envoyez-moi un sms avec l'heure précise à laquelle vous m'appellerez, je serai prêt.
Bonne chance à vous deux. "

Elle lui rendit son appareil, le regard perplexe, puis, semblant chercher dans sa mémoire, elle fixa la crête de la montagne qui leur faisait face, là où le bleu incandescent du ciel commençait à foncer. Au bout d'un moment, elle fixa Jérôme avec son sourire en virgule.

— Alors, demanda-t-il. Qu'est-ce que tu en penses ?

— Le marteau d'argent... évoqua-t-elle simplement.

Jérôme commença à ouvrir la bouche, puis la referma sans qu'aucun son n'en soit sorti, comme une vanne ouverte trop tôt. Un sourire se dessina sur ses lèvres et il dit :

— La chanson des Beatles...

— Le type sur la place, il n'est peut-être pas d'accord avec les autres.

— Avec sa hiérarchie alors, peut-être ?

Elle haussa les épaules et formula ce qu'ils ressentaient, sans arriver à y mettre un nom :

— C'est peut-être le bordel au Vatican.

Jérôme pouffa, puis renchérit :

— En tout cas, ils n'ont pas des méthodes très catholiques.

Ils pouffèrent encore, tous les deux, discrètement, puis se mirent à rire franchement, évacuant les heures de stress alors que les pizzas arrivaient.

— Pas les mêmes qu'à Rome...

Elle avait dit ça d'un air sérieux, concentrée sur son assiette comme une critique gastronomique en direct à la télévision. Ils avaient éteint leurs téléphones, mais regardaient souvent autour d'eux comme s'ils s'attendaient à voir surgir quelque chose à chaque seconde.

— Très moyen, confirma Jérôme qui finissait déjà son plat, ayant tout englouti en moins de cinq minutes.

Aurore se plaignit :

— Mais moi je ne peux pas aller aussi vite que toi.

— Prends ton temps, se força-t-il à dire. J'ai un truc à voir.

Il sortit la tablette numérique, tapota un moment, puis râla :

— La puce prépayée italienne est déjà vide, et sans internet je ne peux pas faire grand-chose.

— Ils doivent bien en vendre ici ? dit Aurore, en désignant du menton l'autre côté de la place.

Jérôme regarda dans la direction qu'elle désignait pour y découvrir, stupéfait, un bureau de tabac qu'il n'avait même pas vu, et dont le gérant commençait à ranger les présentoirs.

Quand il revint, Aurore était déjà debout.

— On y va, constata-t-elle.

Dans la forme, cela tenait plus de l'injonction que de l'information, pensa brièvement Jérôme, plutôt d'accord sur le fond. Il ramassa ses affaires en un instant, en constatant qu'Aurore avait déjà demandé et réglé l'addition. Déjà elle marchait.

— Mais... comment tu fais ? ne put-il s'empêcher de demander en la rattrapant

— Quoi ?

— Tu le sais. Comment tu fais ça, aller si vite, demander la note et la payer. Enfin, tout ça... » Il désigna les tables qu'ils laissaient derrière eux. « Je n'ai pas mis plus de trois minutes pour acheter cette puce.

— J'ai dit au garçon que s'il n'amenait pas la note tout de suite, on risquait de rater le dernier train pour Nice, et qu'on allait partir sans payer...

Comme pour souligner ses paroles, une trompe au long écho nostalgique résonna dans la vallée, comme cinq minutes auparavant. Sur le moment, il n'en avait pas tenu compte. Il la regarda interrogativement, déclenchant le rire qui le rendait chèvre.

— Ben oui, c'est l'heure du train quoi.

— Mais...

— Je le savais, je l'ai déjà pris. Figure-toi que j'habite la région.

Il la regarda encore, comme seul un enfant savait le faire, l'air étonné et émerveillé à la fois, lui arrachant un nouveau : « Mais quoi ?

— Rien, dit-il.

— Si, dis maintenant !

— Ils vont croire qu'on a pris le train.

— Ça les occupera, rit-elle encore.

Place du Palais — Nice.

L'horloge indiquait moins cinq, sur le clocher qui avait manifestement quelque chose d'italien, comme une bonne partie de cette ville
où il n'était jamais venu, ni dans sa vie « d'avant », ni dans la présente.
La construction ocre et pierres de taille s'élevait semblait-il depuis
deux cents ans sur cette place dédiée en grande partie à la justice des
hommes, et au tourisme pour le reste constata Frère Saverio en regardant défiler un troupeau de touristes suivant une femme d'âge mûr
arborant un parapluie fermé comme un étendard improbable, rameu-
tant ses troupes, les menant au front de la visite guidée accélérée. Saverio détailla distraitement les grenadiers voltigeurs de cette escar-
mouche, les comparant mentalement à ceux de l'escadron passé cinq
minutes plus tôt et issus sans doute du même super paquebot de débarquement sans y trouver de différence notable.

La soirée était douce pourtant, constata-t-il, si l'on faisait abstraction de cette frénésie de consommation visuelle. Un groupe de jeunes
américaines, peut-être un bus affrété, croisait les retardataires du navire, forçant ceux-ci à accélérer pour serrer les rangs, serrant les
coudes pour empêcher le passage des jeunes filles, à travers l'arrière-
garde. Les Américaines déterminées, elles aussi, à respecter l'horaire
établi dans un bureau climatisé de Minneapolis forcèrent alors le passage. Saverio s'amusa un peu de la quasi-bousculade vite régenté par
le service d'ordre du bus, une solide afro-américaine quadragénaire au
quintal alerte.
Une brise souffla, amenant un air aux relents de sel iodé, ponctué
légèrement de traces d'huiles de bronzage. Saverio ferma les yeux un
moment, puis les rouvrit, souriant à cette masse en mouvement, heureux d'aimer l'humanité à ce moment-là. Une femme s'était arrêtée
plus loin, cherchant des yeux une place dans cette forêt de chaises en
plastique occupées. Elle fixa un moment Saverio qui retint sa respiration, se forçant à regarder plus loin, sur la place au sol pavé de granit

qui restituait doucement la chaleur amassée dans la journée, tout en priant pour qu'elle ne voie pas la chaise et la table vide juste à sa gauche. Puis, abandonnant sa quête, la jeune femme repartit vers un autre havre et Saverio souffla doucement, comme s'il se dégonflait. Son regard glissa encore sur le clocher, il restait une minute avant dix-neuf heures. Il alluma son téléphone confidentiel et le posa devant lui, sur la table un peu bancale.

Alors que les cloches vibraient encore des sept coups qu'elle venait d'égrener, le téléphone sonna, diffusant généreusement un extrait d'un tube italien des années soixante. Saverio décrocha tout de suite, énonçant un neutre « Allo », en français. Tout d'abord il y eu le silence, juste souligné par un bruit de respiration, durant quelques secondes qui firent craindre à Saverio que son correspondant ne parlerait pas, ou que c'était quelqu'un d'autre, pas les correspondants qu'il espérait, quelqu'un de qui il n'attendait pas vraiment d'appel. À cette pensée un froid commença à s'insinuer en lui, diffusant à partir de la colonne vertébrale.

Il répéta : « Allo ? » avec une interrogation dans la voix cette fois. Puis, comme il commençait à désespérer, n'y croyant plus vraiment, une voix traversa la double barrière des distances, physique et humaine, chuchotant avec force :

— Vous nous avez envoyé un sms.

Saverio inspira plus fort, emplissant ses poumons en levant les yeux vers le ciel pour remercier silencieusement. Il répondit.

— C'est vrai. Merci d'avoir appelé. Je vais vous simplifier la tâche. Vous ne savez pas qui je suis, et moi de mon côté je ne sais pas vraiment si c'est vous. Vous comprenez ?

La voix, qui s'exprimait dans un français correct, le faisait avec un incontestable accent italien. Jérôme demanda :

— Mais vous êtes...

— Pas au téléphone, le coupa l'Italien. Vous m'appelez pour la référence.

L'Italien s'était arrêté alors que Jérôme, de son côté, attendait toujours la fin de la phrase. Puis il commença à comprendre la démarche de l'autre, ne donnant pas vraiment d'indication à des tiers potentiels. Suivant le raisonnement de son interlocuteur, il acheva :

— Au marteau, oui.

— Sur une place de Rome, termina Saverio. Je suis à Nice. Il vaut mieux pour nous ne pas s'étendre au téléphone. Voulez-vous que l'on se voie, dans un endroit de votre choix. Normalement vous devez être dans la région, mais il faut que je vous avertisse aussi que si nous l'avons déterminé, les autres l'ont fait aussi, alors il faudra prendre des précautions, et pas seulement de langage.

Jérôme réfléchit un instant, puis dit :

— Je vous demande un instant.

Il coupa le micro de son téléphone et demanda à Aurore :

— Il demande un endroit pour une rencontre. Il n'a pas confiance au téléphone, on dirait. Tu connais quelque chose, un endroit où il serait difficile de nous tendre un piège.

Le regard de la jeune femme se perdit dans la vallée qui s'étendait de l'autre côté du pare-brise. Ils s'étaient garés sur le bord de la route, après avoir escaladé un col par une route de montagne. Derrière eux un panneau indiquait « Col de Brauss », et plus loin un petit restaurant de montagne à terrasse, devant lequel ils étaient passés tantôt, était en train de fermer, laissant les bancs et tables de bois jusqu'au lendemain. Pour atteindre le fond de la vallée, de ce côté, et le village qui y était niché — que l'on apercevait comme un paquet de sucre reversé au fond d'une rigole —, une route descendait par une succession de lacets impressionnants, qu'un groupe des cyclistes descendaient allègrement avant la tombée du jour. Au loin, un coin de mer soulignait de bleu le vert profond des flancs de montagnes alentours. Désignant un point, derrière la crête surmontant le village à leurs pieds, Aurore lui dit :

— Nice est là-bas derrière.

— Il y a l'air d'avoir du monde qui nous attend là-bas, tu n'as pas autre chose.

Son sourire précéda de peu le regard rieur qu'elle lui lança.

— On va éviter, pour le moment, conclut-elle.

234

13

Chemin de Saint-Claude – Antibes.

Le ballet des véhicules entrant et sortant du parking leur donnait le tournis. Un peu gênée par cette noria de phares, Aurore semblait réfléchir à haute voix : « Mais ils vont vraiment tous manger, là ? » demanda-t-elle, parlant sans doute de l'immense fast-food devant lequel ils étaient garés, protégés par la nuit qui s'était installée entre-temps. Par les baies vitrées, ils distinguaient même, sous les lumières halogènes habilement distribuées, les consommateurs insouciants, empilant des plats sur leur plateau, déambulant en cherchant une place ou écarquillant les yeux pour essayer d'apercevoir un dehors qu'ils voyaient à peine lorsqu'ils y étaient.

La sonnerie du téléphone empêcha Jérôme de répondre, privant probablement Aurore et la postérité d'un point de vue original.

— Vous y êtes ? demanda abruptement Jérôme, ne sachant pas de toute façon comment nommer son correspondant.

— Dans le parking du centre commercial, oui, répondit Saverio.

— Très bien, vous sortez par l'entrée sud, celle du chemin de Saint-Claude, et vous prenez à droite. Au prochain rond-point, vous tournerez à droite.

— D'accord, répliqua l'Italien en démarrant, un bluetooth visé dans l'oreille.

Moins de deux minutes après, il signala : « Voilà, je viens de dépasser le rond-point.

— Vous allez jusqu'au prochain rond-point et vous nous dites quand vous y êtes. Après, vous en ferez le tour à très faible allure en allumant la lampe de l'habitacle, et ensuite vous reviendrez à celui-ci.

Moins d'une minute après, l'Italien signalait son arrivée. Aurore avait démarré son véhicule et tous deux, un peu penchés en avant sur leur siège et regardant plus loin sur leur droite la voie de circulation distribuant la zone commerciale, virent une Ford Focus grise faire le tour du terre-plein central à très faible allure, klaxonnée par les autres usagers la dépassant rageusement. L'habitacle éclairé ne leur révéla qu'un homme seul dont les traits restaient indistincts par la distance. Jérôme photographia avec le zoom poussé au maximum au moment où la Focus tournant se présenta de face, puis le véhicule reprit en sens inverse la route suivie précédemment, reprenant de la vitesse.

Aurore se pencha vers Jérôme pour regarder le cliché qu'il faisait apparaître.

— Il ne ressemble pas aux hommes en noir, constata-t-elle.

— En effet.

D'une pichenette, Jérôme agrandit le centre de l'image, leur révélant un homme de quarante ans, assez maigre, qui leur paraissait plus à sa place dans une manifestation alter-mondialiste qu'au volant d'un cabriolet dans une zone de consommation forcenée.

— Je suis revenu au rond point !

La voix, sortant à l'improviste du smartphone en mode main libre, les fit sursauter de surprise. Faisant un signe de la tête à Aurore, Jérôme répondit :

— Très bien, vous revenez et cette fois, au lieu de faire demi-tour, vous prendrez à gauche pendant cent mètres.

— D'accord, acquiesça leur correspondant.

Entre temps, Aurore avait engagé son véhicule sur la chaussée qu'elle traversa alors que Jérôme apercevait le véhicule conduit par Saverio qui arrivait à un peu plus d'une cinquantaine de mètres. Les deux voitures négocièrent le rond point à quelques secondes d'intervalle, Saverio suivant les Français sans le savoir, trois véhicules les séparant. Jérôme guida ensuite l'Italien de rond point en intersection, le faisant ralentir ou accélérer en prenant soin de toujours garder au moins deux voitures entre leurs deux véhicules, jusqu'au port Vauban où les deux véhicules trouvèrent une place le long de la nationale.

— Tu crois que c'est bon ? demanda Aurore.

Elle tenait encore le volant et ils voyaient la Focus stationnée depuis cinq bonnes minutes quatre-vingts mètres devant eux, le conducteur toujours à l'intérieur.

— Il faudra bien, répondit Jérôme en mettant le pied à terre.

Il regarda autour de lui mais ne vit rien de plus que la circulation et les passants d'une douce soirée d'été comme Aurore le rejoignait.

— Pas d'hélicoptère, constata-t-elle comme on parle du temps, arrachant un sourire à Jérôme malgré la tension.

— Pas de snipper non plus, on dirait, dit-il alors qu'ils approchaient de la Ford grise.

Se baissant Jérôme tapa doucement au carreau qui descendit sans bruit. L'homme était là, assis sagement derrière son volant et leur souriait d'un air timide. Il ouvrit les mains, paumes en l'air, puis, les doigts réunis comme dans un film de Fellini, il les secoua à la manière italienne leur dit :

— *Sono qui, e solo...*[30]

Les deux Français se regardèrent puis se mirent à rire, spontanément, se disant qu'un homme capable de jouer cette scène à ce moment-là ne pouvait pas être quelqu'un de foncièrement mauvais. L'autre reprenait.

---

[30] Je suis là, et seul...

— Il vaut mieux que vous éteigniez votre téléphone maintenant, que vous déplaciez votre véhicule vers le centre-ville, et qu'ensuite vous montiez avec moi.

Lui-même leur montra son téléphone mobile qu'il éteignait et auquel il retira la batterie, aussitôt imité par Jérôme qui prenait place à l'arrière alors qu'Aurore regagnait sa Twingo. En silence, l'Italien démarra, suivant Aurore qui prenait la direction du centre. Deux minutes après, elle s'installait à côté du conducteur et la Ford démarra immédiatement, s'insérant dans la circulation fluide, en direction de Villeneuve-Loubet. Dès qu'ils longèrent le fort Vauban qui surplombait le plus grand port de plaisance de la Côte d'Azur, le conducteur, regardant alternativement Jérôme dans le rétroviseur et Aurore à son côté, se présenta :

— Je m'appelle Saverio. Vous, vous êtes célèbres en Italie… Jérôme Sohler et Aurore Lapeyre…

Il sourit, dévoilant une dentition parfaite sur un visage hâlé. Aurore, surprise, reconnaissait à peine celui qu'ils avaient pris en photo plus tôt. Vu de près, il avait plutôt l'allure d'un playboy que d'un geek. Et pourtant se rappela-t-elle… Fronçant les sourcils sur ces informations contradictoires, elle demanda :

— Mais vous êtes ?…

Contre toute attente Saverio se mit à rire. Voyant la perplexité des autres, il expliqua :

— Vous êtes la troisième à formuler la même phrase, depuis midi.

— La troisième ? répéta Aurore, de la manière de quelqu'un qui doute.

— Oui, confirma-t-il. À la gare de Milan, une employée, et une certaine Gina dans le train…

— Dans le train ?

— Oui, je viens de Venise. C'est là qu'est notre monastère.

Aurore se tourna un peu, pour trouver le regard de Jérôme, y décelant le trouble qu'elle ressentait. Elle voulut savoir :

— Alors, vous êtes moine ?

— Oui, comme frère Silvio.

— Frère Silvio ?

Aurore commençait à décrocher. Elle regardait le conducteur qui lui s'appliquait à bien conduire le long de la plage où les véhicules le doublait à une vitesse de rallye. Sur leur droite ils apercevaient, dans le noir du ciel rejoignant celui de la mer, le blanc des écumes des vagues se jetant sur les galets. Saverio lâcha un instant la route, pour fixer Aurore. Il précisa :

— Vous l'avez vu à Rome, sur la place Saint-Jean de Latran.

— Oh !

Aurore avait porté sa main à sa bouche, comprenant d'un coup. Elle dit :

— On croyait que c'était… enfin que vous étiez… des prêtres.

Saverio la regarda brièvement, regardant aussi Jérôme par le rétroviseur.

— C'est étonnant, dit-il. La plupart des laïques ne font pas bien la différence. Les prêtres vivent au milieu des autres humains, les moines se retirent.

— Mais, alors ? insista Aurore.

— Silvio a une mission à Rome. C'est le Saint-Siège qui nous l'a demandé, parce qu'il était le plus qualifié pour ce travail.

— Qualifié ?

— Silvio est un scientifique de grande qualité. Il aurait même pu être prix Nobel, s'il avait suivi un cursus laïque.

Les deux Français se regardèrent, un peu éberlués. Délaissant une seconde la route, Saverio vit leur tête et pouffa :

— Vous en faites une tête… Vous n'avez pas faim ? Et puis, je crois qu'il n'y a plus grand-chose dans cette direction, jusqu'à Nice…

— *San Lazzaro degli Armeni* ?

Presque à chaque phrase, Aurore ne pouvait s'empêcher de questionner Saverio. Celui-ci regarda Jérôme et, y discernant un peu d'empathie leva discrètement les yeux au ciel pendant que Jérôme répondait en haussant très légèrement les épaules. Aurore les regarda rapidement l'un et l'autre. Subodorant l'échange plus que le constatant, elle lança :

— Quoi ? Qu'est-ce j'ai dit ?

N'obtenant aucune réponse, elle recommença à soumettre le moine à la question.

— C'est un monastère, un vrai ?

— Oui, et il existe sur cette île de Venise depuis le douzième siècle.

— Et les moines ont toujours été des scientifiques ?

— Non, expliqua Saverio, seulement depuis le début du dix-huitième siècle, quand Venise a offert le couvent en ruine au père Mékhitar, un Arménien réfugié de Turquie. C'est pour ça que nous sommes des Pères Mékhitaristes, et que la communauté est dite des Arméniens.

— C'est ce que dit le nom ?

— Oui, reprit Saverio avec patience. Saint-Lazare, parce que, à l'époque des maladies contagieuses, l'île était un lazaret, et *degli Armeni*, pour les premiers pensionnaires, Arméniens. Mais il faut être honnête, si le monastère existe toujours, et est doté d'une charte qui lui laisse la totale indépendance qu'il a, c'est aussi grâce à un de vos compatriotes.

— Un Français ? demandèrent ensemble Aurore et Jérôme.

— Oui, confirma Saverio, riant déjà de son effet. Napoléon.

Cette fois les deux Français ne relevèrent pas, probablement trop étonnés ou attendant les précisions de ce moine au look improbable. Une brise souffla dans les platanes qui auraient pu voir passer l'Empereur, après son accostage à Juan les Pins pendant les Cent Jours. La place Nationale à Antibes, où ils avaient atterri finalement, bruissait de dizaines de conversations et de tintements de verres qui faisaient l'ordinaire de ses soirées à rallonges. Saverio les avait invités, tenant absolument à ce qu'ils se restaurent, en les rassurant du peu de chance qu'ils soient importunés ici, pour le moment. Les autorités françaises les attendant à Nice ou, au pire, à Paris. Quand ils lui avaient demandé comment il savait ça, il s'était contenté de rire en leur disant que les explications viendraient, en leur temps, mais que d'abord il devait se restaurer, et eux aussi.

— Et puis, reprit Saverio en sirotant son coca, il est lié à votre problème d'ailleurs.

— Notre problème ? répéta Jérôme à voix basse.

— Enfin, celui qui est à l'origine de vos ennuis.

— Les obélisques ? demanda l'archéologue.

— Chut ! murmura impérativement Saverio cette fois, en portant l'index devant ses lèvres. Il ne faut pas parler de ça.

— Mais, vous deviez nous aider, plaida Jérôme.

— Pas sur ce sujet directement, Silvio a prêté serment et je le trahirais, comme je trahirais mon ordre, si je vous disais quelque chose à ce sujet.

Aurore et Jérôme se regardèrent dubitativement et la jeune femme demanda :

— En quoi vous pouvez nous aider alors ?

— Pour votre sécurité d'abord, c'est la raison de ma présence ici. Et ensuite, essayer de sauver ce que l'on peut de vos vies.

Aurore jeta un bref regard à Jérôme, aussi stupéfait qu'elle. L'autre reprenait.

— Vous avez manqué de chance en tombant sur ces documents, et Silvio se sent responsable de ce qui vous arrive, alors il nous a appelés à l'aide. Ceux qui sont à vos trousses ne plaisantent pas. En fait, ils ont peur.

— Peur de nous ? s'exclama Aurore, un peu trop fort.

Saverio força son sourire pour rassurer les têtes qui s'étaient tournées, puis reprit.

— Ils ignorent l'étendue de votre savoir, ou de votre ignorance, et pour les avides de pouvoir la recette est partout la même, éliminer ce qui peut leur nuire.

— Mais, comment peut-on leur nuire ?

— En comprenant, et surtout en divulguant.

— Mais, on ne sait rien, plaida Jérôme.

— Vous cherchez, et cela leur suffit.

— Mais, intervint Aurore, cela nous force à trouver.

— Comment ça ?

— Nous avons compris ça aujourd'hui, après Camogli. La seule option que l'on nous laisse c'est de tout divulguer, comme ça, quand tout le monde saura, il n'y aura plus de secret à protéger, et peut-être que l'on aura la paix.

Saverio baissa la tête, comme quelqu'un qui voit ses espoirs s'envoler. Il murmura de manière inaudible :

— *Dominus salve nobis peccatoribus[31].*

— Qu'y a-t-il mon père ? demanda Aurore en se rapprochant tout près de Saverio qui ne put s'empêcher de se reculer un peu, emprisonné un instant dans les volutes de parfum.

— Cela peut faire bien du malheur.

— Ce que l'on cherche ?

Saverio hocha la tête, les larmes perlant aux coins de ses yeux.

— Et vous ne pouvez rien nous dire.

Saverio secoua la tête en signe négation, fixant son coca vide. Aurore héla le garçon en lui montrant le coca et continua.

— Mais à Rome, Silvio a pensé qu'il pouvait nous faire passer quelque chose.

— Non ! dit Saverio en relevant la tête. Il n'a rien dévoilé, juste orienté vos recherches.

— Pourquoi ?

— Parce que vous lui étiez sympathiques, et que pour nous, à *San Lazzaro*, les personnes de bonne volonté qui cherchent sont déjà sur la piste de Dieu. » Il se tut quelques secondes, comme si une pensée l'avait rattrapé, puis finit : « Mais la situation a changé… et c'est vrai qu'ils vous ont mis au pied du mur.

Les deux Français se regardèrent un moment, semblant communiquer par télépathie, puis Aurore demanda doucement :

— Mais, si vous ne nous révélez rien, vous pouvez nous orienter comme l'a fait Silvio, et ensuite si l'on trouve par nous-même, ce que nous en ferons sera de notre responsabilité ?

Saverio hocha la tête silencieusement en regardant Aurore d'un air grave. Penchant un peu la tête, elle lui dit :

---

[31] Seigneur, sauve-nous, pécheurs que nous sommes.

— Vous avez donné votre parole, et vous la tiendrez, mais néanmoins quelque chose vous dérange dans tout ça.

Un sourire illumina le visage de Saverio, comme un enfant heureux d'avoir été compris. Aurore finit :

— Surtout la manière dont ceux de Rome ont réagi, quel que soit le fond du problème.

Saverio but au goulot une gorgée de son nouveau coca et constata :

— Assez bien résumé. C'est vrai que je ne peux pas vous aider directement, même si je ne suis pas d'accord avec… leur truc… » Il se mordit les lèvres comme un enfant qui a failli dire une bêtise puis continua : « Si vous désirez vraiment la vérité, elle est certainement à votre portée. Maintenant reste à en savoir le prix que vous êtes disposés à payer. À part la chanson des Beatles, que vous a fait passer Silvio à Latran ?

— Rien d'autre, répondit Aurore.

Saverio secoua la tête d'un air désolé.

— Pas vraiment grand-chose. Vous êtes sûrs qu'il n'y avait rien d'autre ?

— Les Kirlians, intervint Jérôme.

Saverio regarda Jérôme avec intérêt. Il demanda :

— Des photos Kirlians ?

— Enfin ça y ressemblait, répondit l'archéologue en racontant la scène du jeune homme sur l'espèce de pèse-personne et les photos apparues sur l'écran de Silvio.

Saverio sourit et observa simplement :

— Le spectrographe numérique, vous avez encore une piste là. Rien d'autre ?

Les Français cherchaient dans leur mémoire, en vain semblait-il. Au bout d'un moment Jérôme abdiqua :

— Je ne me rappelle pas autre chose.

— Mais si ! lança Aurore en lui donnant un petit coup de coude, comme un détail lui revenait.

Les deux hommes la regardèrent alors qu'elle levait un index en regardant Jérôme, essayant de lui remémorer quelque chose. Un éclair de compréhension s'alluma dans l'œil du Français, alors que, paradoxalement, l'Italien réagissait aussi, comme à quelque chose de connu.

— *Silentium* ! se rappela Jérôme, son regard s'égarant sur Aurore, comme subjugué.

L'Italien, qui d'abord avait tressailli au mot qu'avait prononcé Jérôme, avait le visage qui s'éclairait, comme quelqu'un reconnaissant un ami.

— Silvio a fait ce geste ? demanda-t-il.

— Oui, en nous regardant, et il a dit ça aussi.

— *Silentium* ?

Le regard de Saverio devint plus grave un instant, et il semblait réfléchir profondément comme devant une alternative quand Aurore interrompit sa réflexion en l'interpellant.

— Vous avez déjà vu ce geste, constata-t-elle.

Le moine hésita une seconde, puis, comme abandonnant quelque chose à regret pendant un court instant, il répondit en riant :

— Bien sûr, au moins une fois par semaine.

Les deux Français le regardaient, intrigués et impatients, et Saverio fit durer un peu le suspens, en commandant des coupes de glaces au modèle de celles arrivant à la table voisine, c'est-à-dire de presque trente centimètres de hauteur. Enfin, il s'expliqua :

— C'est une plaisanterie à *San Lazzaro*. On l'évoque quand on se réfère à des travaux sulfureux de l'époque de l'Inquisition, si on en cherche les manuscrits originaux, ou alors quand on pense que le résultat d'une recherche risque de ne pas plaire au Saint-Siège…

Il avait fait une pause, pensant sans doute que les deux autres comprendraient d'eux-mêmes. Puis, quand il vit que ceux-ci ne réagissaient pas, toujours suspendus à ses lèvres, il haussa un peu les épaules et leur dit :

— *Index prohibitorum librorum*…

— Les livres interdits !?

La réponse, en forme d'affirmation interrogative, avait fusée des deux Français, comme s'ils s'étaient entraînés. Le sourire revint chez l'Italien.

— Oui, là où le Vatican cache ce que l'on ne peut pas voir… C'est d'ailleurs de là que venaient les documents que vous avez eus en main. » Il fit une légère pause, puis, accueillant avec plaisir le silence consensuel que faisaient les Français sur le sujet qu'il avait été obligé d'effleurer, il continua. « C'est tout à côté qu'il travaille la plupart du temps à Rome, dans la bibliothèque des Archives Secrètes. Là il a accès aux documents de l'Index pour sa mission.

Aurore leva la main, comme une enfant qui n'ose pas poser une question. Saverio baissa légèrement la tête, avec une légère appréhension qui s'effaça dès qu'Aurore parla.

— Pourquoi est-ce que vous dites que l'on a eu ces documents en mains ?

— Parce qu'ils ont retrouvé vos empreintes.

— Mais…

Aurore s'était tue, tournant son regard vers Jérôme, qui lui regardait le sol. Un instant de gêne s'installa et Jérôme expliqua :

— C'était un accident…

Il expliqua brièvement à Saverio le vol de sa mallette, et puis l'histoire des deux mallettes avec le même code, et enfin la curiosité scientifique qui les avait entraînés. Saverio le coupa, expliquant :

— À *San Lazzaro*, nous sommes parmi les seuls ecclésiastiques qui comprennent ce qu'est la curiosité scientifique… Nous l'avions plus ou moins déjà compris, sans en savoir les détails.

— Mais, comment en êtes-vous certains ? Et pourquoi vous faites ça ? Je veux dire nous aider maintenant, voulut savoir Aurore.

— Parce que nous avons la foi, conclut Saverio en guise d'explication universelle. Silvio vous a jugé, et cela nous suffit. Maintenant, s'il vous plaît, revenons à notre histoire, parce qu'il y encore beaucoup à dire, certainement, et la nuit est déjà bien avancée.

Les coupes babyloniennes de glace arrivaient alors qu'une tablée de dix personnes désertait l'endroit, ne laissant derrière elle que quatre groupes éparpillés sur la terrasse, au milieu d'une esplanade déjà clairsemée. Saverio reprit.

— Vous êtes sûr qu'il a dit ça : « *Silentium* », sans rien ajouter.

— Il parlait à son adjoint, plaida Jérôme.

— Mais juste après, il nous regardait en le disant », affirma Aurore. Elle regarda Saverio et demanda :

— Cela ne vous dit rien ?

— Si, bien sûr, c'est du latin. » Saverio avait l'air embêté, et, pour la première fois, Aurore eu l'impression que la réponse qui vint, n'était peut-être tout à fait complète. Il continuait. « On le retrouve notamment dans les textes de Cicéron et de Tite Live aussi, si ma mémoire est bonne. Et la phrase complète, rapportée par Tite Live, est : *Silentium facere*, soit faire le silence, ou plutôt imposer le silence. Ce que faisaient les empereurs romains, d'un geste de la main, à partir du premier, Auguste, en opposition à la République où les citoyens étaient censés avoir le droit à la parole.

Il fit une pause qui se prolongea un peu en lui donnant certainement le temps de réfléchir. En fait, convinrent-ils plus tard, il semblait parlementer avec sa mémoire. Les deux Français se regardèrent un instant avec perplexité. Il leur paraissait maintenant que Saverio avait récité sa dernière sortie, comme un enfant jouant mal. Déjà, il reprenait.

— Je me souviens qu'il y a en latin une opposition linguistique entre les deux versions de cette phrase : *Silentium facere et silentium agere*. Soit Faire faire le silence et faire le silence, ou aussi, on pourrait le dire comme ça : Faire taire et se taire.

— C'est important ? demanda Jérôme qui semblait boire les paroles du Vénitien.

— Ça pourrait l'être, oui. Dans les écoles de théologie, il se raconte que, quand il a signé la bulle *Coeli et terrae*, en 1586, le pape Sixte V aurait murmuré cette phrase : *Silentium agere et silentium facere*.

— Faire le silence et imposer le silence, répéta Jérôme, en écho.

Le silence, doublement évoqué, essayait de s'insinuer dans le groupe, bien vite repoussé par Aurore :

— Elle traitait de quoi, cette bulle papale ?

— Ha ! *Coeli et terrae creator*. C'est son nom presque complet qui veut dire, comme vous vous en doutez, Créateur du ciel et de la terre. Elle interdisait à peu près tout en matière de magie, divination, cartomancie, magnétisme, tellurisme et même mathématique, et j'en oublie encore, certainement.

— En 1586 ? demanda Jérôme.

Discrètement, Aurore lui envoya un petit coup de poing sur la cuisse et il se mordit les lèvres. Saverio répondit, avec un sourire :

— Oui, juste avant un grand nombre de travaux, à Rome. C'était vraiment un pape bâtisseur…

Les deux Français lui renvoyèrent son sourire, puis Aurore lui demanda d'une voix douce, comme elle pouvait la prendre à l'occasion :

— Excusez-moi de vous avoir coupé tout à l'heure, mais vous aviez commencé à parler de Napoléon…

Elle lui fit son plus beau sourire, laissant la phrase en suspens, en lui laissant le soin de développer ce qu'il voulait, comme il l'entendait. Le Vénitien posa un instant son index sur ses lèvres puis reprit :

— Napoléon, quand il a envahi l'Italie, enfin le nord d'abord, est arrivé sans résistance à Venise et a déposé le dernier des Doges, comme il a dissous à peu près toutes les structures de pouvoir en place pour les remplacer par les siennes, fermant par la même occasion les monastères, couvents, etc. C'était sa période post-révolutionnaire, bien avant qu'il ne signe un concordat avec l'église, et pour lui, à ce moment-là, les instances religieuses et leurs structures étaient une extension des pouvoirs en place. Pour être honnête, en regardant le passé, il faut reconnaître qu'il n'avait pas totalement tort.

Saverio fit une pause, attendant des questions que les autres n'osaient plus poser, ayant compris qu'ils en apprendraient plus en le laissant parler. Enfin, comme à regret, il reprit le cours de son récit :

— Mais, quand ça a été le tour de *San Lazzaro* et que l'on lui eut expliqué que les moines ne s'y occupaient que de science, contre toute attente, et à l'inverse des autres monastères, il décida de ne pas le fermer. Il se revendiquait amoureux de la science, et, à ce titre, il voulut marquer les esprits. Il fit même en sorte, en faisant établir une charte spéciale pour notre monastère, que la communauté jouisse non seulement de la petite île de *San Lazzaro* et de son monastère, mais en plus il lui a créé une entité juridique lui assurant une totale indépendance financière, et même séculaire vis-à-vis des gouvernements, y compris le Saint-Siège. Le document signé de la main de Napoléon est encore visible à *San Lazzaro*. Grâce à lui, encore aujourd'hui, si en tant qu'ecclésiastique, individuellement, nous sommes toujours sous l'autorité du Vatican, notre communauté, elle, bénéficie de plus de latitude.

Le silence qui suivit fit comprendre aux deux fugitifs que Saverio avait fini. Doucement, comme pour ne pas effrayer un enfant trop craintif, Aurore demanda encore :

— Vous aviez dit, tout à l'heure, que c'était lié à… ce qui nous préoccupe.

— Lié ? demanda Saverio comme quelqu'un que se réveille. Ah oui ! Quand il est arrivé à Rome quelques années plus tard, le Vatican a fait tellement de résistance, chicanant tous ses décrets, cherchant le blocage systématique, qu'il s'est un peu mis en colère. En 1810, il a fait déménager toutes les Archives du Vatican, Secrètes ou non, Index y compris, à Paris, où ils sont restés jusqu'à son premier exil à l'île d'Elbe en 1814. Le régime en place à ce moment-là a décidé de les restituer au Vatican, si celui-ci s'occupait du déménagement. Le Saint-Siège a immédiatement organisé une expédition et celle-ci, si elle avait opéré dans des temps moins troublés, aurait rempli correctement sa mission. Mais Napoléon en avait décidé autrement et quand ils apprirent que ce dernier remontait sur Paris pour y reprendre le pouvoir, lors des Cent Jours, le transfert des documents qui avait commencé de manière ordonnée s'est terminé dans une panique monumentale. Une bonne partie des documents a été abandonné sur place tandis que d'autres ont été perdus dans des cours d'eau, les derniers chariots fuyant la France par des cols de montagne ayant dû passer sur des ponts incertains ou des gués franchissant des rivières trop en crue à ce moment-là. Pour la petite histoire, les autorités ne sachant plus trop quoi faire du tas de papier abandonné par le Vatican, une bonne partie de ces documents, certains d'une valeur inestimable, ont fini comme emballage de tranches de jambon ou de paquets de tripes chez les charcutiers de Paris, avant que la seconde Restauration n'en restitue le reliquat au Vatican, après Waterloo, mais sans doute trop pressés, craignant peut-être un second retour de l'Empereur, le déménagement ne s'est pas mieux passé qu'en 1814, et beaucoup de documents ont encore été perdus à jamais.

Il venait de s'arrêter, persuadé d'avoir tout dit, mais, quand son regard, jusqu'alors dans le vide le reliant à deux cents ans dans le passé, revint au présent, il comprit en voyant les deux Français qu'il leur manquait quelque chose. Il se mit à rire et ajouta :

— Dans les documents perdus, il y avait… une sorte de mode d'emploi, ce que vous cherchez en fait, et c'est pour le reconstituer, retrouver les détails du savoir perdu et les appliquer, qu'ils ont fait appel à Silvio.

— Un mode d'emploi ?

Plutôt que de poser réellement une question, Aurore, en regardant Jérôme, venait de répéter machinalement ce que Saverio venait de leur exposer d'une façon étonnamment naturelle, comme s'il avait développé un cours de fac. Celui-ci haussa les épaules de manière lasse.

— Je ne peux pas vous en dire plus, et il n'y en a pas beaucoup non plus.

Il regarda autour d'eux la place qui s'était vidée entre temps, et les employés rangeant ostensiblement autour d'eux. Jérôme posa sa main sur l'avant-bras d'Aurore en s'adressant à Saverio.

— Je suis archéologue, et pourtant, ni dans mes études ni dans mon travail je n'ai lu ne serait-ce qu'une allusion au déménagement à Paris des Archives du Vatican.

— Et pourtant cela fait partie de l'Histoire, et en le cherchant vous le retrouverez facilement, même sur internet. Qu'est-ce que vous allez faire maintenant ?

Les deux fugitifs se regardèrent en silence, comme si la simple question de Saverio venait d'ouvrir un abîme de réflexion qu'ils s'étaient soigneusement dissimulé jusqu'alors. Au bout d'un moment Saverio leur dit :

— Venez, allons jusqu'à mon véhicule, nous ne pouvons pas rester plus longtemps ici.

Saverio regarda la route au trafic clairsemé, devant lui.

— Si vous avez pour projet d'aller à Nice, je vous recommande la plus grande prudence. Il y est arrivé aujourd'hui.

— Quoi ?

Cela avait fusé de deux bouches en même temps, comme une chorale synchronisée. Les deux Français le regardaient comme s'il se payait leur tête. Plus rapide cette fois qu'Aurore, Jérôme demanda :

— Mais, comment vous savez tout ça ? Vous faites partie de leur... organisation ?

— En quelque sorte », essaya de plaisanter le Vénitien, se forçant à sourire alors qu'un véhicule de police longeait la voiture de location dans laquelle ils parlaient depuis une bonne demi-heure, les Français n'arrivant pas à laisser partir frère Saverio.

Les policiers regardèrent les trois fêtards tardifs avec un air plutôt débonnaire, pensant sans doute que ceux-ci attendaient la baisse d'une alcoolémie embarrassante avant de prendre le volant. Le véhicule s'éloigna vers le centre-ville et le gérant du pub anglais à proximité duquel ils s'étaient garés tira son rideau de fer, s'éloignant d'un pas lourd en les laissant tous les trois aussi seuls que sur un îlot désertique. Saverio ouvrit la sacoche qu'il avait portée tout ce temps sur lui, dévoilant une collection d'ordinateurs, de tablettes numériques et de téléphones portables, chacun rangé dans une poche en accordéon.

— J'ai un peu de facilités avec tout ça, expliqua-t-il lapidairement.

— Et vous êtes sûr que c'est... ?

Aurore avait tronqué sa phrase, hésitant semblait-il à la finir.

— Un tueur ? abrégea Saverio. Je ne l'ai jamais vu faire, et ne connaît même pas sa tête, mais c'est la seule solution que je choisirais, si je devais jouer ma vie sur ce coup. En fait, c'est la vôtre que vous jouez.

Il prit soudain un air absent, comme concentré sur des voix intérieures, puis sortit un ordinateur d'un geste sûr, l'installa sur ses genoux et l'alluma. Ses mains volèrent au-dessus du clavier comme deux colibris devant un magnolia, faisant défiler les écrans à une vitesse ahurissante, puis soudain s'arrêtèrent alors que la photo biométrique officielle d'un visage était apparue. Il se tourna vers eux avec un grand sourire et leur dit :

— Voilà, c'est lui. Celui qui est là pour… enfin vous savez. Il s'appelle Salvatore Ercoli de son vrai nom, mais il est ici sous le patronyme de… Gérard Marchand. Voilà pourquoi vous ne pouvez pas rester ici.

— Mais…, commença Aurore, comment peut-il nous repérer ?

— Il a ses propres méthodes, je présume, avec les moyens que les autres mettent à sa disposition cela fait beaucoup, croyez-moi.

Elle ne put s'empêcher de hausser les épaules d'un air de défi. Saverio sourit d'un air triste et expliqua doucement, comme à des enfants :

— Vous avez changé de téléphones, pris des appareils avec des puces prépayées, je suppose.

— Oui, confirma Jérôme avec un soupçon de fierté.

— Pourtant, puisque vous êtes ici, vous avez bien rallumé vos appareils personnels à un moment donné, ne serait-ce que pour lire mon sms.

Les deux fugitifs se regardèrent brièvement, puis Jérôme compléta :

— Oui, à Sospel.

— Et après, vous avez transféré des informations, relevés des numéros, et rallumés vos puces prépayées.

— C'est ce qu'on a fait, continua Jérôme qui, comme Aurore, commençait à être un peu moins sûr de lui.

— Vous l'avez fait au même endroit.

Un silence s'installa quelques secondes, auquel Saverio ne toucha pas, le sachant hautement pédagogique. Finalement, après s'être consultés du regard avec Jérôme, Aurore conclut :

— Il y a des logiciels qui peuvent fouiller dans les archives de connexion et faire des rapprochements, tel appareil prépayé prend virtuellement le relais de tel autre que l'on éteint au même endroit.

Saverio hocha la tête :

— Et en plus vos téléphones prépayés, même si vous avez changé la carte sim, gardent leur propre signature électronique. Alors, même si sur le moment vous avez pu devenir invisible, en Italie par exemple, avec le temps votre trace réapparaît, comme celles révélées par les rayons ultraviolets de la police scientifique.

— Combien de temps, demanda Jérôme ?

— Il est déjà trop tard, conclut Saverio. Votre dernière connexion a eu lieu tout près d'ici, quand l'on s'est contacté tout à l'heure. Vous avez de la chance s'il n'a pas déjà retrouvé votre véhicule.

— Mais, qu'est-ce que l'on peut faire alors ?

La peur recommençait un peu à germer dans la voix d'Aurore.

— J'ai toujours eu envie de visiter Rocamadour…

Les deux Français regardèrent le moine incognito, pensant que la pression l'avait fait dérailler, puis ce dernier se tourna vers eux, avec sur son visage l'air qu'il prenait des fois d'adolescent farceur quadragénaire. Ils s'aperçurent alors qu'entre-temps il avait exhumé une enveloppe kraft de sa sacoche magique. Il en tira deux passeports et expliqua :

— Ils ne sont pas parfaits, mais le temps nous manquait. Vous êtes Italiens, maintenant.

Il leva les mains paumes en l'air en avançant le menton, une attitude signifiant sans doute le mieux-que-rien dans la gestuelle italienne qu'ils savaient à peine décrypter. L'autre reprenait :

— *Signore* Césare Alberti et sa femme, Laura Alberti, *nato Mela*. Vous êtes originaire de Milan, mais vous vivez à Paris, 59, boulevard Saint Marcel, dans le 13e arrondissement. L'adresse existe, et quelqu'un de ce nom y a un appartement, mais, d'après nos renseignements, il n'y vient jamais. » Aurore arrondissait la bouche, une question prête à fuser, et Saverio la devança : « Ce sont des identités de secours, avec des noms passe-partout, qui nous servent lorsque l'on doit se renseigner incognito sur des recherches en cours, ou aller à des conférences mal perçus par la Congrégation pour la Doctrine de la Foi. » Voyant leurs figures s'allonger, il expliqua: « C'est le nouveau nom de l'Inquisition, depuis une bonne centaine d'année. » Devant la tête qu'ils continuaient à faire, sans oser poser de question, il précisa : « Et oui ! Elle existe encore, l'un des derniers papes en était même le préfet, le patron quoi, avant son élection.

SILENTIUM

Il retourna les documents dans ses mains puis les leur tendit :

— De toute façon, c'est une identité provisoire, pour quelques jours. Après… d'une manière ou d'une autre il faudra que votre problème se solutionne. Prévenez vos employeurs demain, dites que vous êtes malade à l'étranger, n'importe quoi pour gagner du temps, on ne sait jamais, pour avoir une chance de reprendre vos vies, après ça…

Il se tut quelques secondes, puis leur donna aussi une enveloppe format lettre commerciale. Aurore l'ouvrit distraitement, dévoilant une liasse de billets violets.

— C'est des billets de cinq cents !

La phrase avait fusée d'elle-même, résonnant dans l'habitacle dont ils avaient entrouvert les fenêtres, profitant de la brise de nuit.

— Il y en a vingt, soit dix mille euros, confirma Saverio. C'est tout ce que nous avons pu faire… et prier aussi.

Il les regarda avec un curieux mélange de tristesse et de malice, et vit encore un millier de questions dans leurs yeux. Il leur dit, comme à regret :

— Il faut vraiment que l'on se quitte maintenant, malgré toutes vos interrogations.

Il se tourna vers Aurore et demanda :

— Pouvez-vous me confier les clés de votre véhicule ?

Machinalement elle les sortit de son sac et les lui donna. Ce dernier les enfourna dans sa poche et ouvrit la portière, côté conducteur. Les Français l'imitèrent, sortant même avant lui dans la douceur du soir. Le moine déploya lentement son corps long et sec, comme une chauve-souris s'éveillant à la nuit. Il s'appuya sur le toit du véhicule et souffla tout bas :

— Pas vous. Vous gardez ce véhicule. Il n'est peut-être pas parfait, mais je l'ai loué pour une semaine et payé d'avance à votre nom. Moi, comme je vous l'ai dit, je vais à Rocamadour avec le vôtre que je laisserai là-bas.

Il haussa les épaules en ajoutant :

— Ça brouillera les pistes un moment avec un peu de chance.

Il les regarda encore, passant de l'un à l'autre comme s'il n'arrivait pas à se décider, puis enfin il mit sa sacoche en bandoulière et s'avan-

253

ça vers Jérôme, présentant sa main à serrer un peu gauchement, comme un ado qui entre dans le monde. Jérôme s'approcha, attrapa la main qui lui était tendue, puis machinalement attira le moine pour le serrer dans ses bras, multipliant les remerciements, finissant par le passer à Aurore qui sentit l'Italien se raidir un peu à son contact puis se détendre en leur prodiguant une avalanche de conseils de prudence en italien. Enfin, un peu gauchement, Saverio fit un pas en arrière, et, après un dernier signe de la main, il leur souffla : « *Sequimini sapientiam…* », puis fit demi-tour, marchant à grandes enjambées dans la direction où se trouvait la voiture d'Aurore.

14

Place du Général de Gaule – Antibes.

Là-bas, le seul autre usager de la place désertée, un fêtard, était en train de régurgiter son trop plein d'alcool et de tapas au-dessus du jet d'eau qui, montant et descendant, le rafraîchissait tout en nettoyant son visage bouffi. Salvatore regardait avec écœurement l'homme qui, les mains sur les genoux, le buste penché en avant, tanguaient les yeux fermés depuis une bonne dizaine de minutes.

Assis sur un banc design en teck et métal, il regarda machinalement l'heure qu'indiquait sa montre sport, sans vraiment enregistrer l'information qui de toute façon, il le savait, ne lui servait plus vraiment. Il était trop tard, bien trop tard au milieu de la nuit et ses proies s'étaient envolées depuis longtemps. Un véhicule — une Ford sans doute, grise, remarqua-t-il automatiquement —, passa derrière lui. Étouffant un bâillement, il ne se retourna même plus pour en vérifier les occupants, persuadé que l'archéologue et sa compagne architecte — si proches cependant à cet instant — étaient soit en train de dormir, soit en train de rouler loin d'ici.

Pourtant, il était venu dès qu'il avait reçu le mail de Calvini (ce jeune prétentieux), mais même après avoir parcouru les zones autour des coordonnées GPS des contacts, il n'avait rien trouvé de probant. Et puis les contacts avaient eu lieu plus de deux heures avant son arrivée, ensuite les appareils avaient été éteints, privant les espions électroniques de tout début de piste.

« Pourquoi ici ? » Il se posa la question encore une fois, la vingtième peut-être depuis qu'il avait atterri là, sur cette place en plein centre, à défaut de mieux, espérant que les autres pourraient encore passer par-là après avoir fait… il-ne-savait-quoi. Espérant aussi un petit coup de pouce de la chance et la possibilité de redevenir celui qu'il était, de retrouver sa place, son envergure professionnelle et la tranquillité d'esprit allant avec.

Un véhicule blanc passait sur sa droite, du modèle de celle de cette Aurore Lapeyre. Mais le conducteur, seul, était du genre baba cool de quarante ans, queue de cheval et barbe d'une semaine. Saverio ne prit même pas la peine de vérifier le numéro sur la plaque d'immatriculation. « Pourquoi à Antibes ? » Il se leva, détournant la tête pour ne plus voir l'ivrogne somnolant au-dessus de son jet d'eau et une réponse lui vint à l'esprit, la seule que son esprit pouvait formuler : « Ils ne savent plus trop où ils en sont. »

Via della Scrofa – Rome.

Frère Giovanni n'était pas à l'aise dans ce rôle, mais il faisait du mieux qu'il pouvait. L'approche de Silvio était beaucoup plus compliquée que ce à quoi il s'était attendu. Heureusement, ce dernier revêtait sa soutane pour aller travailler ce qui lui permettait de pouvoir le repérer de loin. De plus, le seul café où il pouvait l'attendre était quand même à deux cents mètres de la porte de l'immeuble, ce qui l'obligeait à fixer la rue, éveillant à force les soupçons des employés se succédant. L'après-midi de la veille s'était passé comme ça, à attendre que Silvio revienne. Et puis quand celui-ci était finalement arrivé, vers dix-huit heures, il était flanqué d'un suiveur ne se cachant même pas. Ensuite, il était ressorti un peu plus tard, accompagné par son aide semblait-il, et toujours suivi par l'homme transpirant dans son costume bleu foncé.

Il avait bien essayé de filer à son tour tout ce beau monde, mais au premier regard un peu appuyé du costume bleu, il avait préféré prendre la tangente, trouver une chambre d'hôtel et s'y reposer, attendant des conseils de ses pairs.

« Dieu merci ! » s'exclama-t-il en silence, voyant que l'employé du café n'était pas le même que celui qui l'avait supporté six heures durant, la veille. Profitant de cette virginité provisoire, il commanda le petit déjeuner qu'il n'avait pas eu le temps d'ingurgiter, craignant de manquer Silvio à sa sortie. Il venait de finir la confiture et se nettoyait méticuleusement les doigts quand il vit arriver une silhouette en costume, se postant à proximité de l'immeuble où résidait Silvio. Son moral, un moment revigoré par la collation matinale, se retrouva en berne, lui faisant regretter sa décision de venir là, à Rome, et avoir délaissé son travail sur le modèle sémantique global qu'il était sur le point de finaliser.

Et puis, alors qu'il voyait arriver l'assistant de Silvio, très reconnaissable de loin à sa taille et à sa chevelure blonde coupé en brosse, un sms fit vibrer son téléphone. C'était Saverio, bien plus à l'aise qu'eux tous, à *San Lazzaro*, dans les complications de ce monde. Fébrilement, il lut :

```
« Désolé   frère.   J'avais   à   faire.   Confirmation
psaume dernier message. Pour ta question : Contacter
assistant. Bonne chance. »
```

Un peu surpris par la concision du message, il le relut trois fois avant de se rappeler qu'il n'avait pas pris la peine de contrôler le psaume que Saverio avait cité, la veille, ne partageant pas vraiment la quasi-paranoïa informatique de son collègue. À vrai dire, il regardait avec un peu d'ironie les codes que l'autre s'efforçait d'employer. Il sortit la bible de poche qu'il gardait toujours à portée de la main et, après à peine deux minutes, tomba sur l'épître aux Corinthiens 2 :16. Les sourcils se fronçant au fur et à mesure, il déchiffra :

« *À ceux-ci, une odeur mortelle qui les tue ; et à ceux-là une odeur vivifiante qui les conduit à la vie. Mais qui est suffisant pour ces choses ?* »

Les mains un peu tremblantes, il referma sa bible et se signa. L'employé qui le vit faire s'approcha et constatant que son client avait bien une croix à son revers, lui demanda :
— Bénissez-moi mon père.

Encore sous le choc de ce qu'il venait de comprendre, frère Giovanni s'exécuta, traçant de son pouce un signe de croix sur le serveur qui s'était agenouillé, puis comme sonné et sous le regard des clients du café, il sortit à l'air libre.

Là-bas, frère Silvio était sorti, vêtu en civil aujourd'hui, et flanqué de son assistant, ils se dirigeaient vers lui, alors qu'à une vingtaine de mètres derrière eux l'homme en costume sombre s'était mis en route aussi, sur les pas des deux hommes.

Giovanni avança un peu, les précédant jusqu'à l'étal d'un glacier devant lequel il s'arrêta, premier client. Il porta son cône à une boule à ses lèvres, dérisoire justification, à temps pour croiser le regard de Silvio. Celui-ci se raidit un peu, puis voyant les grands yeux que faisait son coreligionnaire, se détendit un peu et lui offrit un sourire avant de passer à sa hauteur alors que Giovanni, d'un geste rapide des yeux, désigna Enzo, tout en montrant discrètement du menton un point situé derrière Silvio. Ce dernier était déjà passé et ne put répondre, mais une vingtaine de mètres plus loin, alors que Giovanni pouvait se retourner après le passage de leur suiveur, il baissa un peu la tête et la releva plusieurs fois, comme quelqu'un pris dans ses pensées, mais surtout mimant un assentiment essentiel.

Frère Giovanni laissa le groupe prendre de l'avance, puis, de loin, se fixant sur la brosse d'un blond éclatant d'Enzo, emboîta le pas de la petite colonne.

Promenade des Anglais – Quartier de l'Arénas – Nice.

La vibration était légère, mais identifiable. Jérôme se leva avec précaution et tenta un coup d'œil à travers les lattes de plastique des volets. Au bout de quelques secondes, il réussit à avoir une vision partielle d'un bout de la piste de décollage de l'aéroport, s'étendant derrière les huit voies que faisait la promenade des Anglais à cet endroit-là. La vibration revint, malgré les doubles vitrages et Jérôme put apercevoir — entre les palmiers plantés sur les bandes de gazons délimitant des territoires formels : complexe de bureaux et d'hôtels, quadruple voie nord, quadruple voie sud et aéroport —, décoller un avion de la compagnie Air France.

— Mais qu'est-ce que tu fais encore ? s'exclama Aurore, la tête encore sous l'oreiller.

Jérôme se retourna, comme un enfant pris en faute, ne comprenant pas comment elle pouvait le voir, puis expliqua maladroitement :

— Je regardais les avions décoller.

Un silence étonnant accueillit son explication, perdurant à tel point qu'il sut qu'elle n'en resterait pas là. Renonçant aux avions, Jérôme tenta la salle de bain, stoppé au seuil :

— Ça va faire du bruit !

Il regarda dans la direction du lit, mais Aurore y était toujours allongée, la tête dirigée vers la fenêtre et sous son oreiller. À cheval entre la chambre et la salle de bain, il hésita un instant puis opta pour l'approche frontale.

— Tu es réveillée de toute façon, constata-t-il en s'installant devant le lavabo.

Un nouveau silence, lui fit croire cette fois-ci qu'il l'avait emporté jusqu'au moment où il appliqua la lame de rasoir sur son visage. Aurore s'assit d'un seul mouvement, emprisonnant ses genoux entre ses bras, tenant l'oreiller dans sa main droite. L'air chiffonné, les cheveux en bataille, elle toisa un moment Jérôme et reprit :

— Dis-moi ce que tu faisais à mater derrière les volets.

— Je te l'ai dit, insista-t-il en commençant à se raser.

Elle le regarda un moment, puis, concluant qu'il disait la vérité, se mit à rire. Elle lui envoya l'oreiller dans les jambes et se prit le visage entre les deux mains ouvertes :

— Mon dieu !… Jérôme !… Derrière les volets !…

Il haussa les épaules et éloigna la lame avant de répondre.

— Ça n'est pourtant pas de ma faute s'il te faut la nuit complète pour dormir. Et puis, je te signale qu'il est déjà huit heures, qu'on est à Nice, qu'on ne sait toujours pas si l'on va faire ce que l'on a décidé hier soir. Et que c'est le dernier endroit où on devrait être, si tu te souviens. Et puis aussi que j'ai failli me couper quand tu m'as envoyé l'oreiller.

Elle continuait à le regarder, souriant de son air moqueur, ses mains entourant son visage. Un peu dérouté par son manque de répartie, Jérôme se retourna. Sans vraiment bouger, la bouche remuant à peine, elle parla enfin :

— Ça y est, tu as fini ? Et moi je te signale que j'avais besoin de dormir, parce qu'on n'en a pas vraiment eu le temps, ces deux derniers jours, que c'est pour ça qu'on a pris une chambre, que de la manière dont tu les organises, tes vacances sont un peu fatigantes et puis que j'ai envie d'aller aux toilettes mais que tu monopolises l'endroit, alors dépêche-toi de finir de te raser…

Il la regarda, l'air dubitatif, jusqu'à ce qu'elle se mette à rire, le mettant encore en boîte tout en désamorçant la crise. Il se retourna, puis tout en finissant lui dit :

— Tu crois vraiment qu'on appelle ce commissaire alors ?

— On essaye, pour lui montrer au moins qu'on y est pour rien.

— Mais on va les avoir sur le dos après. Pour le moment ils ne savent pas trop où on est, on dirait.

Il se rinça le visage alors qu'Aurore s'engouffrait dans la salle de bain, lui passant derrière en trombe. S'essuyant tout en regagnant la chambre, il tira la porte derrière lui, pourtant la voix d'Aurore passa au travers :

— Je crois que j'ai une idée.

Avenue du Maréchal Foch – Nice.

— Jacques ! C'est pour toi !

Machy, de loin, lui montrait le téléphone filaire qu'il tenait au-dessus de sa tête, comme dans les vieux films. Le commissaire Villeneuve pesta intérieurement : Pourquoi, quand on n'avait pas affaire à des salauds, c'était parce on était en présence d'abrutis ? Il haussa les épaules en se rassurant, au moins il n'avait pas les deux à la fois. L'autre ne savait toujours pas passer une communication…

— Je suis occupé, bordel ! lança-t-il en doutant que Machy en reste là.

— Mais patron, insista-t-il. C'est les deux, là. Tu sais, ceux d'Italie…

— Quoi ? rugit Villeneuve en se levant.

— Ben oui, ceux de l'aéroport. Enfin, j'ai pas vérifié, mais c'est eux qui le disent, alors…

Déjà Villeneuve était sur lui, extrayant le téléphone de ses mains comme une relique que l'on voudrait protéger.

— Commissaire Villeneuve, s'annonça-t-il immédiatement.

Il fit dégager l'inspecteur Machy, qui resta là, à côté de son bureau devant lequel le commissaire s'installait. Ce dernier attrapa la souris, ferma Tetris qui continuait d'envoyer ses briques biscornues que personne ne réceptionnait plus, et ouvrit le programme de traçage lié au téléphone que l'inspecteur n'avait pas appris non plus à utiliser. À l'autre bout du fil, une femme parlait.

— Aurore Lapeyre, je suis avec Jérôme Sohler. Vous nous avez contactés, commissaire. Mais on était en Italie jusqu'à hier.

Villeneuve ne put s'empêcher de sourire. Au moins, ces deux-là avait de l'humour, et heureusement, d'après son collègue de Rome, ce n'était pas non plus des bandits armés. Le logiciel avait déjà tracé l'appel, et le plan google avait matérialisé une bulle mauve, centrée sur l'Arénas, une cabine téléphonique d'après le logiciel traqueur.

— Pouvez-vous venir me voir, au commissariat ?

Un silence répondit, ponctué de chuchotements. Pendant ce temps, le commissaire montra l'adresse à l'inspecteur, lui expliquant par signe d'envoyer un véhicule les cueillir à la cabine. La femme reprit la parole.

— Nous avons eu quelques désagréments en Italie, et nous n'avons pas vraiment pu bénéficier du soutien de la police. Nous pensions qu'en rentrant en France tout cela finirait, mais apparemment vous nous traitez déjà comme des délinquants, et aussi comme des acéphales.

— Comment ça ? se défendit Villeneuve.

— Si vous vouliez vraiment nous aider, vous seriez venu. Mais non, vous nous faites le coup du commissariat, et sans doute que vous gagnez du temps en envoyant des véhicules ici.

— Mais non…

— Écoutez, le coupa Aurore. Nous ne sommes pour rien dans ce qui nous arrive. Il semblerait que nous ayons été témoins de choses que certains voudraient garder sous silence. Nous n'avons plus beaucoup de temps, vous le savez. Mais si la vérité vous intéresse, regardez donc du côté du Vatican, ou posez la question à vos collègues italiens, s'ils sont indépendants bien sûr. Et puis, certains faits nous laissent à penser que nous ne seront pas en sécurité non plus dans vos murs.

— Mais qu'est-ce que vous allez faire maintenant ? réussit à placer le commissaire.

— De notre mieux, esquiva Aurore. Nous vous recontacterons.

Elle raccrocha, le laissant un peu abasourdi. « Putain, jura-t-il, cette gonzesse devrait être négociatrice. » Machy avait disparu, mais les bureaux contigus bruissaient d'activité. Il apostropha un policier en uniforme qui était au téléphone.

— Où on en est ?

— Un véhicule arrive dans une minute. Et deux autres dans deux.

— Merde, on va les rater ! Commandez l'hélico !

Le policier raccrocha et appuya sur deux touches comme Villeneuve sortait en trombe.

Ils couraient sur la place minérale brûlée de soleil, la cabine téléphonique derrière eux. En face, quelques consommateurs sirotaient leur café dans l'indifférence, à la terrasse de cafés impersonnels greffés aux pieds de façades vitrées aux fenêtres aveugles.

— On y est ! encouragea Jérôme.

Deux structures ocres émergeaient du béton pavé. Des portes coulissantes s'ouvraient sur une face de l'une d'elles et l'ascenseur camouflé déversa un trop plein de costumes-cravates. Ils s'engouffrèrent avant que l'appareil ne reparte vers les profondeurs des parkings. Comme les portes se refermaient — avec une lenteur exaspérante —, ils entendirent une sirène longer le complexe de bureaux dans la portion de chaussée encaissée entre hôtels et bureaux, suivi d'un freinage strident au niveau de l'accès piéton du côté sud. La porte étouffa le reste et l'ascenseur s'ébroua enfin, dans un silence de tombe.

— On a eu de meilleures idées, remarqua Jérôme, dans une tentative dérisoire de détendre l'atmosphère.

Aurore ne répondit pas immédiatement, les yeux fixés sur les chiffres rouges au-dessus de la plaque de commande. Ceux-ci passèrent de zéro à –1, puis directement à –2, et ils soufflèrent tous les deux, comme s'ils se dégonflaient légèrement. Au moment où les portes s'ouvrirent, elle se tourna vers lui :

— Tu avais mieux toi ?

Il haussa les épaules et sortit rapidement, suivi de la jeune femme, regardant de tous les côtés sans voir autre chose que des véhicules se garant et des cadres dynamisés se hâter vers leur bureau climatisé. Enfin ils arrivèrent devant leur véhicule et Jérôme s'apprêtait à monter quand Aurore le retint par le bras.

« Merci seigneur ! », murmura Salvatore. Ça y était ! Il redevenait lui !

Il n'avait pas fermé l'œil en rentrant à son hôtel en pleine nuit, cherchant le moyen. Et puis l'idée était venue ! Il était d'abord sorti, à quatre heures du matin, puis devant l'ampleur de la tâche et le dérisoire de ses moyens, il avait compris qu'il devait faire appel à la structure.

À quatre heures trente du matin, il avait envoyé un mail, puis un sms à Amaury, sans réponse de celui-ci, il l'avait appelé, directement sur son portable dont il avait conservé le numéro. Celui-ci s'était réveillé, un peu en rogne, et puis s'était calmé quand il lui avait expliqué ce dont il avait besoin. Après, il avait attendu, garant sa voiture de location sur la promenade des Anglais, prêt à partir le plus rapidement possible.

Pourtant, malgré tous les moyens qu'avait Rome, la réponse n'était pas parvenue tout de suite, tributaire d'un nombre de paramètres plus considérable que Salvatore ne pouvait le penser lorsqu'il avait envoyé une demande, somme toute, relativement simple. Considérant que le couple n'avait probablement pas eu le temps avant, il avait forcément dû, dans l'état de fatigue où il devait être, prendre une chambre d'hôtel en pleine nuit, pour une seule nuit, et dans la région proche, avec la particularité aussi de devoir partir d'assez bonne heure.

Il reçut un mail, rédigé en italien, provenant d'une boîte gmail au nom abscons, à neuf heures du matin. C'est le temps, avait-il pensé à ce moment-là, qu'il leur avait fallu pour pénétrer les ordinateurs des chaînes hôtelières, ou d'interroger, indélicatement, les plates-formes de réservation pour vérifier quels hôtels avaient eu un changement d'état en pleine nuit. Quatre couples répondaient à ces critères un à Cannes, un à Saint-Martin-Vésubie et deux à Nice. Seulement, aucun de ceux-là n'avait signalé partir tôt.

Éliminant Saint-Martin-Vésubie d'entrée, en raison du trajet qu'ils n'avaient pas eu le temps de parcourir, il ne lui restait plus que trois options. Mettant malgré lui Cannes de côté — il lui semblait maintenant confusément logique qu'ils aient décidé de s'éloigner d'une ville où ils se sentaient attendus —, il décida de commencer par les plus proches.

La porte s'ouvrit sans bruit. Heureusement, songea-t-il, ces hôtels modernes avaient tous des cartes magnétiques en guise de clefs, et le passe universel qu'on lui renouvelait régulièrement les avait toutes ouvertes jusqu'à maintenant. Une forte odeur de transpiration mêlée d'autres sécrétions corporelles lui donna la nausée, surtout quand il reconnut l'odeur caractéristique du sperme. Dans la pénombre du petit matin, il distinguait sous le drap les deux formes étroitement emmêlées respirer de concert. D'un seul côté, sur la table de chevet, une alliance accrochait la faible lumière diffusée par les interstices du volet roulant en plastique. Sur l'autre chevet, une carte de crédit était abandonnée maculée de poudre blanche.

Il y avait peu de chance que cela soit ses clients, constata-t-il avec amertume et un peu de dégoût. « Encore des pécheurs, des adultères. », murmura-t-il en pointant son arme muni d'un silencieux dans la direction des deux corps. Avec regret, il la baissa, puis, la tenant à bout de bras, le canon vers le sol, il fit le tour du lit, là où il pouvait voir les visages.

Ils étaient jeunes, la trentaine et leur visage inspira à Salvatore un mélange de vulgarité et de fric. Il haussa les épaules et sortit de la pièce en refermant silencieusement la porte derrière lui. Ce n'était pas ses clients. Dehors un vent frais secouait doucement les platanes majestueux du boulevard Victor-Hugo qu'il parcourut rapidement jusqu'à son véhicule, garé devant l'entrée d'une église protestante. Un clergyman en faisait le tour, un téléphone collé à l'oreille. Sans un mot, Salvatore s'installa, ignorant le religieux qui s'adressait à lui. Il fit une marche arrière en faisant crisser les pneus, crachant ostensiblement dans la direction de l'autre et démarra, marmonnant pour lui-même : « J'emmerde ton faux dieu. »

Au premier feu rouge, vingt mètres plus loin, il consulta son téléphone encore en mode silencieux. Un mail venait d'arriver qu'il ouvrit rapidement. La chambre qu'occupait l'autre couple de Nice venait de changer de statut. Il démarra, grillant le feu rouge et obligeant une camionnette de livraison à freiner en catastrophe. Ignorant toute signalisation, il fonça jusqu'au boulevard Gambetta qu'il descendit vers la mer en quatrième. Puis il tourna à droite sur la Promenade des Anglais où il accéléra encore, jusqu'à passer la cinquième, slalomant entre les autres véhicules qui se traînaient, klaxonnant pour se forer un passage aux feux tricolores.

Il arrivait au quartier d'affaires de l'Arenas, cinq minutes plus tard, quand il entendit l'appel de la police à toutes les voitures proches sur son scanner multi-fréquence portable. « Merde ! » rugit-il, tapant du point fermé sur le volant avec une telle violence qu'un filet de sang apparut entre ses doigts, dégoulinant le long de son poignet et de son avant-bras.

Apparemment, il fallait une carte ou un pass pour entrer dans le parking souterrain, commun aux hôtels et aux immeubles de bureaux du complexe. Il se colla au dernier moment contre la voiture qui le précédait et entra avant que la barrière ne redescende. Il tourna un moment, sans succès, cherchant une Twingo blanche dont il avait mémorisé le numéro. Et puis soudain, il les vit marchant vite, presque courant, comme deux animaux traqués. Il arrêta sa voiture où elle était, se faisant insulter au passage par une jeune cadre, ressemblant un peu à Julia Roberts mais déployant un langage ordurier qui l'étonna, même dans le feu de l'action.

Sans se presser, faisant maintenant jouer son expérience il se déplaça entre les véhicules garés pour leur couper la route et arriva à leur hauteur comme ils s'arrêtaient devant une Ford. Une décharge d'endorphine le parcourut comme un courant électrique réchauffant et tonifiant.

Il parla sans vraiment s'en apercevoir, murmurant un « Merci seigneur ! » incongru, puis il sortit son arme la pointant vers les deux fugitifs. La femme avait tiré un peu le bras de l'homme et tous deux le regardaient. Ils n'avaient aucune chance, trop loin pour intervenir et trop prêt pour être manqués, ils savaient qu'ils allaient mourir, cela se voyait dans leurs yeux, et pourtant ils étaient empreints d'une sérénité qui troubla Salvatore un instant, lui faisant perdre sa concentration.

La femme attrapa l'homme par la taille tout en regardant le canon de l'arme et l'homme d'instinct la serra aussi, attendant l'impact qui tardait. Salvatore ne comprenait pas, ne comprenait plus, ces deux-là ne réagissaient pas comme il en avait l'habitude. Mais que se passait-il, bordel ? Il leva son arme un peu plus, crispant son doigt sur la détente sans pour autant tirer. La femme qui avait vu s'était raidi, et au dernier moment, au lieu de crier, s'était tourné vers l'homme, le regardant dans les yeux et disant d'une voix de gorge un : « Je t'aime ! » dont l'onde de choc atteignit Salvatore à la colonne vertébrale, sous la nuque, déclenchant un frisson qui le parcourut tout entier, faisant se dresser les poils de ses avants-bras, le faisant reculer d'un pas sans qu'il ne s'en rende compte, alors que quelque part, dans le sous-sol, quelqu'un hurlait, une femme, et une voix d'homme criait : « Il est armé ! »

Il essaya de parler, pointant encore l'arme, mais rien ne sortit. Rien ne pouvait sortir, il entendait la voix de son père qui lui répétait inlassablement la même phrase, en le fouettant avec sa ceinture à grosse boucle : « Dieu est amour ! Dieu est amour ! Dieu est amour... » Des larmes roulèrent le long de ses joues. Et les deux amoureux, là-devant, n'en profitaient même pas pour s'enfuir, ils le regardaient d'un même air, et puis tout de suite après, ils se regardaient avec un autre air, comme il avait déjà vu les adolescents le faire, de cet air qui semblait dire que rien n'avait d'importance que cet air. Que le monde entier pouvait se résumer, pour eux, à se regarder comme ça...

L'homme avait reculé, les regardant avec des yeux exorbités, voyant des choses qu'il était le seul à voir probablement. Des gens criaient et couraient. Et puis tout d'un coup, l'homme mit le canon de son arme dans sa bouche et tira, éclaboussant de vermillon le véhicule blanc derrière lui. Son corps tomba lentement et resta là alors que les échos de la détonation roulaient encore dans le parking et qu'une odeur de poudre chimique leur arrivait aux narines.

Un cri s'éleva au loin : « La police ! » et les deux amoureux, comme réveillés en sursaut, plongèrent dans leur véhicule et sortirent le plus calmement dont ils étaient capables, s'insérant dans le flot des véhicules qui fuyaient le parking.

Ils tournaient vers la promenade des Anglais suivi de deux autres véhicules fuyards quand un véhicule de police arriva, bouchant la sortie du parking, empêchant ceux qui s'y trouvaient encore de sortir. Jérôme s'inséra dans la circulation qui se densifiait et s'engagea sur la voix du milieu, roulant un peu sous la vitesse limite. Aurore avait ou-vert la vitre et l'air qui s'engouffrait les faisait revenir à la vie, mètre après mètre. Ils entendirent le moteur d'un hélico, derrière eux, mais celui-ci apparemment restait stationnaire, sans doute au-dessus de l'Arenas, où avec un peu de chance il cherchait une Twingo blanche, ou un véhicule se déplaçant rapidement.

Une demi-heure après, Aurore fut la première à parler. Elle de-manda :

— On va où maintenant ?

Villa Médicis – Rome.

L'homme au costume sombre, qu'il voyait de profil, un peu sur sa gauche à l'ombre de l'un des arbres bordant le parc au nord, à l'abri des rayons d'un soleil dans une forme resplendissante, regardait sans voir les allées de haies taillées au cordeau. Plus loin et devant lui, au milieu du jardin à la française, les deux silhouettes évoluaient comme si elles étaient aussi à l'ombre, exécutant une série de tâches énigma-tiques que la distance rendait encore plus mystérieuses.

Depuis presque une heure, frère Giovanni les observait par une fenêtre du rez-de-chaussée de la villa du 16ème siècle, ouverte pour la journée aux touristes. Il n'osait pas sortir dans le jardin où musar-daient les touristes, environnés de parterres émeraudes et de fleurs multicolores aux allées se coupant à angles droits, ponctués de petits rond-points matérialisés par des bordures de pierres taillées et entou-rant de petits monuments semés çà et là pour troubler la monotonie que pouvait faire naître cette régularité géométrique.

Frère Silvio et son assistant, Enzo, étaient justement autour de l'un de ces monuments, un petit obélisque qui semblait incongru dans cet environnement renaissance. Mal à l'aise, Giovanni s'apercevait que quelque chose avait changé dans la chorégraphie des deux hommes. Là-bas, frère Silvio, qui s'était arrêté, comme réfléchissant, venait de se tourner et regardait précisément dans sa direction. Jusqu'alors, Giovanni avait espéré être, sinon invisible, tout au moins incognito et l'attitude de Silvio lui prouvait qu'il n'en était rien. Ce dernier, toujours dans une attitude de réflexion hocha la tête, puis donna ostensiblement des instructions à son assistant, qui se dirigea vers la sortie du jardin, passant au sud des bâtiments. Giovanni jeta un discret coup d'œil au barbouze, à l'opposé, mais apparemment celui-ci ne semblait toujours pas l'avoir repéré se rassura-t-il, en voyant l'autre s'ennuyer ferme sous son peuplier. Le temps de revenir sur Enzo, celui-ci avait disparu derrière l'aile sud de la villa, et là-bas Silvio, qui avait coiffé un bob entre-temps, semblait absorbé par un appareil invisible à cette distance, à tel point que Giovanni doutait maintenant que son coreligionnaire n'ait regardé autre chose que le bâtiment.

Une main se posa sur épaule, le faisant sursauter, son cœur s'emballant. L'assistant de Silvio se tenait derrière lui et, avec un sourire gêné, lui dit :

— Il vaut mieux que vous restiez plus à l'ombre, à un mètre de la fenêtre m'envoie dire Silvio, sinon l'homme de Bucceri va vous repérer à force.

De la main gauche, il désignait un emplacement, tout à côté des lourdes tentures, alors que les touristes passaient autour d'eux, la plupart portant une main à leur oreille, à l'écoute du guide robot, faisant penser à une épidémie d'otite foudroyante. Vers la lourde porte décorée, à l'entrée de la salle, le gardien qui commençait à tenir à l'œil ce touriste bizarre, regardant uniquement par la même fenêtre, détourna les yeux, un peu rassuré par cette connaissance avec ces étranges techniciens que l'évêché avait mandés, bardés de plus d'autorisations qu'il n'en fallait pour vider la villa de ses trésors.

Giovanni se déplaça un peu, puis chuchota :

— Vous êtes Enzo.

Un peu surpris d'être ainsi connu, le sourire du jeune homme s'élargit, puis il répondit, sur le même ton :

— Oui, je travaille avec vôtre… vôtre…

— … collègue, finit Giovanni. Il fallait que je vous voie.

— Moi ? Mais…

— Silvio n'est pas approchable, le coupa Giovanni, et il nous faut communiquer. » Une ombre passa dans le regard du jeune homme.

Puis celui-ci se reprit, hochant la tête, il écarta les mains en geste d'interrogation. Le Vénitien demanda : « Vous êtes au courant, pour les deux Français ?

— Oui, père Silvio a compris que vous êtes venu pour ça. Il m'a dit qu'en fait à *San Lazzaro* vous ne saviez pas grand-chose et que vous aviez probablement besoin d'en savoir un peu plus, pour pouvoir les aider.

— C'est vrai, admit Giovanni, mais pas complètement. » Il regarda par la fenêtre et désigna l'endroit où évoluait son collègue : « Cela en fait partie par exemple ? C'est quoi exactement ?

Enzo hésita un instant, puis répondit.

— Père Silvio dit que c'est le quatorzième. En général, on dit qu'il y a treize obélisques à Rome, mais ici même pourtant Sixte V a fait dresser un des premiers, en 1586. Ensuite il a été déménagé à Florence en 1711, mais celui-ci en est la copie fidèle, à l'endroit précis où était l'original.

— Mais… pourquoi ?

Enzo écarta les bras en geste d'impuissance, désignant Silvio du menton.

Le touriste sortit à pas lents, manipulant avec dextérité son smartphone impersonnel. Il s'arrêta un moment dans la pièce suivante, à un emplacement d'où il pouvait observer les deux sorties de la pièce où se trouvaient Enzo et Giovanni, observant en même temps, par la fenêtre, Silvio évoluant au ralenti sous le soleil. Il découpa un morceau de la conversation qu'il venait d'enregistrer, sélectionna trois photos prises l'heure précédente, et, tout en continuant de surveiller, rédigea brièvement un rapport qu'il ajouta aux pièces précédentes avant de crypter l'ensemble et de l'envoyer par mail.

Là-bas, Enzo sortait à la suite de frère Giovanni. Il laissa passer quelques secondes, vérifia que le téléphone d'Enzo apparaissait sur le traceur GPS intégré au smartphone. Il se vissa une casquette de golf sur la tête, puis, quand il estima la distance de sécurité confortable, emboîta le pas des deux hommes en chaussant une paire de lunettes de soleil.

15

Cité du Vatican – Rome.

Il avait du mal à contenir sa voix, la rage qui le faisait bouillir intérieurement n'étant trahie que par un petit tremblement en début de phrase. Serrant le combiné à s'en faire blanchir les articulations, Monseigneur della Casa reprit :

— Vous êtes en train de me dire que c'est bien l'un de nos hommes ?

— Pas exactement Monseigneur, mais c'est bien nous qui le payons, par l'intermédiaire de notre antenne du SIV de Paris dont il était l'homme de main, répondit Battisti d'un ton neutre.

— Et c'est le commissaire de Nice (une ville française !), qui appelle le secrétariat du Saint-Siège pour le laisser entendre ! Comment le sait-il ? Ou les flics français sont-ils devenus aussi bons qu'ils savent ces choses avant nous maintenant ?

— J'étais en train de m'en informer quand vous m'avez appelé, votre Excellence.

Un silence froid envahit la ligne quelques instants, suffisant pour que Monseigneur Battisti commença à supputer qu'exposer cette vérité n'était pas sa plus belle prestation, dans l'état de colère où était le Secrétaire d'État. Quand il se manifesta à nouveau, la voix de Della Casa avait la profondeur sereine de l'œil d'un cyclone :

— Parce que vous le saviez déjà ?

— Je venais de recevoir un mail en copie de notre antenne de Paris qui nous informait du décès probable de ce Salvatore Ercoli, qui pour l'occasion se servait d'une identité que nous lui avions fournie, Gérard Marchand. Il était précisé toutefois que les premiers éléments faisaient vraisemblablement état d'un suicide.

— Quoi ?

— Selon les témoins, il se serait logé une balle dans le crâne devant ce couple de Français qu'il avait pourtant réussi à retrouver.

De nouveau le silence, seulement ponctué par un bruit mat dont Battisti savait que c'était la manie de Della Casa, de tambouriner des doigts sur son bureau. Mais, remarqua-t-il, le volume que le combiné restituait laissait supposer que l'autre cognait le bureau plutôt que de pianoter. La voix du Secrétaire d'État tremblait quand il demanda :

— Tout ça était dans votre mail ?

— Exact, convint à regret Battisti.

— Et, comment l'antenne de Paris était-elle au courant ? Qui en est le responsable d'ailleurs ?

— Un certain Amaury Calvini, dont la famille est liée au Saint-Siège depuis plusieurs générations, expliqua Battisti.

Nous y sommes, se dit-il, comme il commençait à percevoir le cerveau de Della Casa fonctionner dans les silences qu'il semait. L'autre reposa la question que Battisti avait feint ne pas entendre.

— Comment l'a-t-il su ? Puisque son « employé » était mort.

Il avait prononcé le terme avec le dédain de ceux ne se salissant jamais les mains, même en parole. Devinant ce qui allait suivre, et avec un relatif courage, le cardinal Battisti expliqua :

— Le commissaire niçois, un dénommé Jacques Villeneuve, est arrivé presque tout de suite sur les lieux. Il a récupéré le téléphone d'Ercoli et a recomposé le dernier numéro appelé, comme le font tous les policiers du monde, je suppose. C'était celui d'Amaury Calvini. Il lui a demandé comment il était lié à l'homme qui venait de mourir, s'il travaillait pour le Vatican, etc., en lui donnant les détails que Calvini nous a transmis après.

— Donc vous ne savez pas encore ce qu'a vraiment dit notre homme, à Paris, lors de cet interrogatoire téléphonique.

— Pas encore, non. Je venais d'appeler le signore Bucceri pour qu'il s'en occupe en priorité.

— C'est pour ça qu'il n'était pas joignable, continua Della Casa, plus pour gagner du temps que pour décharger Battisti d'une responsabilité qu'il lui brûlait de trouver un récipiendaire. Mais, maintenant, ôtez-moi d'un doute, est-il concevable qu'un responsable d'antenne ait son numéro affiché sur le téléphone cellulaire d'un « *factotum* » en mission ?

Toujours le même mépris, même pour le mot déguisé en latin. Avec la résignation d'un gladiateur foulant le sable de l'arène, Battisti répondit :

— En fait, Monseigneur, c'est contre les règles élémentaires de diplomatie.

Et, comme il l'attendait, l'autre enfonça son pieu :

— Mais ça, c'est toujours votre partie, Monseigneur Battisti. Vous êtes bien le président de l'Académie Pontificale Ecclésiastique et, à ce titre, vous formez les diplomates du Saint-Siège et avez toujours un œil sur eux, partout dans le monde, n'est-ce pas ?

— Oui, Monseigneur, capitula Battisti, je mènerais cette enquête comme il se doit et, si cela vous agrée, je vous présenterai ma démission.

— Nous n'en sommes heureusement pas là, le coupa Della Casa, déjà plus nettement soulagé d'avoir trouvé son fusible. Évidement les « interventions » de l'aéroport et de Camogli était peut-être un peu trop spectaculaires, mais elles seront bien vite oubliées. Surtout que les enquêteurs, d'après ce que j'en sais, ne chercheront pas d'où a bien pu sortir cet hélico. » Il rit tout seul, l'inexpérience en la matière donnant à son rire un bruit de crécelle, puis reprit. « Quant à vous, Monseigneur, vous êtes, Dieu merci, plus utile à servir le Saint-Siège à votre place. Au fait, toute cette histoire, en commençant par les travaux de ce chercheur, était-ce vraiment nécessaire ?

— Vous n'ignorez pas que c'est le Saint-Père qui l'a voulu, répondit Battisti, heureux de pouvoir botter en touche.

Avenue du Maréchal Foch – Nice.

Le commissaire Villeneuve fit signe à sa secrétaire de sortir en fermant la porte, puis prit la communication.

— Monsieur le Ministre, commença-t-il, c'est un honneur que vous me faites.

— Merci, le coupa Eric Colin, Ministre de l'Intérieur depuis une semaine à peine et le dernier remaniement. Je viens d'avoir le Premier Ministre en ligne.

Villeneuve attendit un instant, voyant que l'autre ménageait probablement son effet, tout nouveau pour lui, il répondit, prudemment :

— Oui ?

— Il a insisté, reprit Colin, pour que nous fassions notre possible pour préserver les excellents rapports que nous avons avec nos voisins d'Italie… et du Vatican.

— D'accord, répondit simplement Villeneuve.

— Cela suppose, insista le ministre, qu'aucun élément ne doit parvenir à la presse les impliquant. » Il marqua un temps d'arrêt, et reprit : « Aussi, si dans votre enquête des éléments suggéraient un lien avec le Saint-Siège, avant toute initiative, j'exige que vous m'en avertissiez, personnellement. »

Il avait appuyé ce dernier mot. Villeneuve garda le silence, réfléchissant à toute vitesse. Le ministre demanda :

— Ai-je été suffisamment clair, commissaire ?

— Suffisamment, convint Villeneuve du bout des lèvres. Et pour les éléments déjà probants en notre possession ?

— Envoyez-moi directement votre rapport. Mais, commissaire, ce déploiement était-il nécessaire ? Nos deux ressortissants ne sont encore accusés de rien, pour le moment ?

— Exact, répondit Villeneuve avec amertume. Mais les consignes de votre administration étaient « on ne peut plus claires », nous devions les interroger, physiquement, et nous assurer de leur disponibilité ultérieure, les retenir quoi, justement dans une politique de bonne « collaboration » avec la police italienne. Le Premier Ministre ne peut pas ignorer que nos deux ressortissants ne sont pas passés inaperçus, de l'autre côté de la frontière, et que ce sont les Italiens eux-mêmes qui sont intervenus, au moins pour comprendre ce qui se passait chez eux.

— Je sais tout ça, répliqua le Ministre de l'Intérieur de manière pincée. Les choses ont évoluées depuis, et s'il y a eu un excès de zèle dans le Ministère qui m'est échu, j'y mettrais bon ordre. En attendant, nous n'allons pas exposer ces touristes de retour au pays au même déchaînement médiatique dont ils ont été l'objet dans la péninsule.

Villeneuve, se mordant les lèvres pour ne pas crier ce qu'il aurait voulu, demanda encore :

— Sont-ils activement recherchés ?

— Pas à ma connaissance, coupa le ministre avant de raccrocher.

Piazza Mignanelli – Rome.

Le jeune homme regardait sa montre toutes les deux minutes maintenant et frère Giovanni comprit qu'il ne pourrait décemment pas le retenir plus longtemps. Il essaya de le rassurer :

— Ne vous inquiétez pas. Vous avez juste à monter l'escalier de la *piazza di Spagna* et vous y êtes.

— Si je reste trop longtemps absent, l'homme de Bucceri va soupçonner quelque chose et nous serons surveillés d'encore plus près.

— C'est vrai, convint Giovanni. Mais j'ai encore quelque chose à vous dire. Je comprends que vous ne puissiez pas m'en dire plus, que seul frère Silvio serait à même de répondre. Et qu'aussi j'ai peu de chance d'arriver à le contacter avec assez de discrétion pour assurer sa sécurité. Mais en fait, on est là au cœur du problème. Et si j'ai fait ce voyage depuis Venise, c'était aussi pour ça, au départ. Et puis c'est devenu, depuis les derniers évènements, la raison principale de ma présence ici.

Enzo fronça les sourcils, n'ayant vraisemblablement pas compris les implications. Il reposa le poignet arborant sa montre à dix euros.

— Pour… sa sécurité ? demanda-t-il.

Giovanni hocha la tête en silence. Puis, devant l'incompréhension manifeste du jeune homme, il précisa :

— Compte tenu des derniers évènements et de l'escalade des moyens mis en œuvre, il apparaît évident maintenant que frère Silvio, qui est, involontairement, à l'origine de cette affaire, sera bientôt tenu pour responsable par ceux qui n'hésitent pas à outrepasser le cinquième commandement.

Un silence stupéfait accueilli la dernière phrase de Giovanni et Enzo le regardait avec de grands yeux, ses mains tremblant légèrement. Il s'avança par-dessus la table, renversant le verre qui avait contenu sa limonade, et chuchota :

— Ils… ils les ont tués ?

— Grand Dieu, non, souffla Giovanni, mais il s'en est fallu de peu à Camogli. » Le jeune homme le regardait avec étonnement. Giovanni précisa : « Tu as suivi les informations ?

— Pas depuis hier matin, avoua Enzo. Après l'aéroport, aux informations, père Silvio était dans un tel état de culpabilité que j'ai préféré le préserver en nous isolant du monde, le temps qu'il redevienne lui-même.

— Regarde les actualités alors, et les archives de ces deux derniers jours, sur internet. C'est pour son bien, et le tien aussi. C'est là que je voulais en venir. Il faudrait envisager de mettre Silvio à l'abri, quelque temps… ou plus longtemps.

Il s'était arrêté et regardait le jeune homme qui manipulait son verre vide, n'osant pas lever la tête semblait-il. Giovanni sourit et reprit :

— Et toi aussi, tu es impliqué maintenant.

Denis, toujours dans son rôle de touriste, rangea son téléphone multi-usage dans la poche puis sortit, évitant toujours de regarder dans la direction des deux hommes qui se préparaient manifestement à quitter les lieux. Il aurait préféré poursuivre, pour au moins connaître le lieu où résidait celui qui se faisait appeler frère Giovanni, mais le boss allait l'appeler d'une minute à l'autre maintenant. Il s'engouffra à l'ombre, dans la *via Borgognona,* puis rangea casquette et lunettes.

Son téléphone sonna cinq minutes après, alors qu'il tournait en rond dans le quartier, choisissant les rues ombragées.

— Alors ? » s'enquit abruptement l'autre, qui, par sa position, se dispensait de politesse.

Comme toujours, il lui fallait deviner à quoi s'appliquait la question. Ne sachant pas si son précédent rapport avait été lu, Denis répondit sans y faire allusion :

— C'est bien ça, mais Silvio Ruffrano semble être le seul à savoir…

— D'accord, le coupa son patron, nous allons prendre la relève pour ça. Quelqu'un arrive dans la journée. Vous ferez ce qu'elle vous demande, vous recevrez son planning de travail.

— Bien, confirma-t-il.

L'expérience avait démontré qu'il ne valait mieux pas contredire son interlocuteur. Celui-ci, après un blanc de quelques secondes, reprenait.

— Vous devrez la protéger aussi… Elle a… une très grande valeur pour moi.

Avenue du Maréchal Foch – Nice.

— Tout est là ?

— Oui c'est tout, répondit l'inspecteur Machy, toujours moins prolixe à l'approche de l'heure du repas.

Villeneuve le retint un peu, juste pour voir comment il s'en sortirait cette fois-ci.

— Et le dossier informatique ?

— Pardon ?

— J'avais demandé qu'il soit effacé.

— À moi ?

— Je ne sais plus. Dis ! Machy ! Il faut que j'envoie un accusé réception nominatif maintenant, quand je donne des instructions.

— Non, non, commissaire, c'est que je ne savais pas, c'est tout. Tu veux que je le fasse ?

— Oui, vérifie si ça a été fait, sinon tu le fais avant midi, et on n'en parlera plus, répondit-il abruptement.

— Ok, acquiesça l'inspecteur en sortant plus précipitamment que son flegme légendaire ne l'aurait laissé supposer.

En souriant sous cape, Villeneuve ouvrit le carton d'archives et en sortit la première chemise, normalement la plus récente dans l'ordre chronologique. Il y avait des notes, sur des feuilles normalisées, qu'il lut d'un œil distrait : [… réponse réceptionniste, Mlle Legrand : Arrivés vers 1 h 30 et enregistrés sous le nom de M. et Mme Alberti (pièces d'identités non vérifiés, confidentiel pas transmettre à l'employeur). M. Barral, déclare leur départ à 9h15 environ, avec un seul bagage…]. Il referma la chemise et la remit dans le carton en pensant distraitement qu'ils l'avaient appelé tout de suite. En fait, songea-t-il, ils étaient venus à Nice pour ça, pour l'appeler. « Quel gâchis », dit-il tout bas en refermant le carton déjà référencé. Il le posa sur la desserte, avec un post-it sur lequel il griffonna « Archives ». Machy venait d'entrer dans la pièce, avec en tête quelque plat du jour.

— Voilà, c'est fait. Tout est effacé, commissaire.

Un moment, Villeneuve eut la tentation de le titiller sur la procédure de sauvegarde informatique avant effacement des données, puis, à treize heures passées, il n'en eut pas le cœur.

— C'est bon, lui dit-il, va manger.

— Tu viens ? proposa Machy. Ils font le tartare aujourd'hui, à la brasserie, tu sais, boulevard Dubouchage.

Cours Mirabeau – Aix-en-Provence.

La chaîne d'infos en continu venait de commencer sa troisième boucle, répétant au mot près ce qui avait été dit un quart d'heure et une demi-heure auparavant. Les menthes à l'eau avaient été lestées avec des jambons beurres, eux-mêmes poussés par des cafés, mais aucune allusion n'était faite des évènements du matin. Ils n'osaient pas demander, de peur de se faire remarquer, de changer de chaîne. Sans compter les chaînes italiennes qu'ils ne pouvaient plus visionner. N'y tenant plus, Jérôme proposa :

— On ne va pas continuer à suivre la Nationale 7 comme ça, sans savoir. On ne sait même plus où on doit aller. Si on prenait une nouvelle puce ?

Aurore haussa les épaules.

— Les téléphones sont déjà repérés de toute façon.

— Pas la tablette.

— D'accord, convint-elle. Mais, il y peut-être du wifi non ?

Il porta les mains à ses lèvres, comme s'il avait commis une erreur fatale. Elle lui posa la main sur l'avant-bras en le rassurant.

— Nous sommes fatigués. Ça n'est pas grave. Allez ! Essaye, maintenant !

Il sourit à cette évocation de leur code verbal, d'avant, du temps des vacances à Rome, puis sortit la tablette, vérifia qu'elle n'avait pas de puce, et la démarra, trouvant immédiatement le wifi du Grand Magasin qui faisait face au café, de l'autre côté du Cours.

Tous deux penchés sur l'appareil, ils passèrent en revue les quelques chaînes italiennes dont ils se rappelaient le nom, mais aucune ne faisait plus référence à eux, comme s'ils avaient disparu des mémoires en une journée. Une seule fois, une chaîne locale de Ligurie retournait sur les lieux où avait atterri l'hélicoptère, à Camogli, mais ils comprirent bien vite que la chaîne semblait minimiser les faits, laissant entendre que cela pouvait avoir été une répétition de film mal annoncé. Après une demi-heure, et quand ils comprirent que le patron commençait à en avoir assez de ces deux-là, qui n'avaient pas autre chose à faire que de passer leurs vacances au café, ils se levèrent et regagnèrent leur véhicule.

Tous deux assis, ils regardaient droit devant eux, une petite place au goudron défoncé, bordée de quelques hauts platanes et d'une église à la fréquentation inexistante, peut-être due à sa porte fermée. Aurore demanda :

— Qu'est-ce qui se passe, d'après toi ?

— On dirait qu'il y a une sorte de black-out.

— C'est bon pour nous ?

Il haussa les épaules :

— Comment savoir ? Mais déjà on n'a plus à craindre que les gens nous reconnaissent.

— Ils nous ont déjà oubliés.

— Toi sûrement pas, la taquina Jérôme.

— Et l'hôtel ?

— J'ai donné notre nom italien, mais comme j'ai payé d'avance, et en espèces, ils ne m'ont pas demandé de pièce d'identité. En fait, on était à Nice, et tout le monde à un nom italien là-bas.

— Pas moi, objecta Aurore avec son sourire en coin.

— Ben si. Tu t'appelles Alberti, et tu es ma femme.

Elle rit franchement, agitant son index sous le nez de Jérôme :

— Non, non, non, non, nous ne sommes pas mariés pour de vrai. Pas encore, Ça n'est pas aussi facile…

Celui-ci lui attrapa l'index en riant, faisant mine de le mordre. Puis se faisant plus sérieux, son regard, un peu hagard, s'arrêta sur Aurore qui, toujours économe de son langage, lui demanda :

— Quoi ?

— L'Index, dit-il.

— Quoi l'index ? répéta Aurore en le lui retirant.

— C'est là qu'il faut chercher.

— Comment ça ?

— Mais c'est là ! s'exclama-t-il sous le regard inquiet d'Aurore. Les renseignements sont là.

— L'Index ? Tu veux dire les livres interdits ?

— Oui, c'est ça. Ça ne peut être que ça ! Si c'était quelque chose qu'ils voulaient cacher, même à la curie, quel pouvait être le meilleur endroit ? Là où est entreposé tout ce que l'église cache, même à ses membres, dans l'*Index Librorum Prohibitorum*[32].

— Oui, mais c'est à Rome, et dans le lieu le plus gardé du Vatican. On ne pourra jamais y accéder. Et puis de toute manière, j'ai lu quelque chose là-dessus l'autre jour à Rome. Il y a des kilomètres d'archives, et pour y avoir accès, même si tu as les autorisations, il faut avoir le nom exact de ce que tu cherches.

— Mais on l'a ! s'exclama Jérôme.

Il avait les yeux qui brillaient et elle crut un instant que la somme des évènements des derniers jours l'avaient fait craquer. Tout doucement, comme à un enfant fragile, elle lui demanda :

— D'accord, et tu chercherais à quelle référence, alors ?

Il lui montra son index, dans un geste qui lui rappelait vaguement quelque chose, mais qui lui faisait surtout de nouveau craindre pour sa santé mentale, jusqu'à ce qu'elle se rende compte qu'il mimait le chercheur, sur la place de Latran, quelques jours auparavant qui semblaient maintenant une éternité. Quand il identifia l'étincelle de reconnaissance dans le regard d'Aurore, il lança :

— *Silentium* !

Piazza della Minerva – Rome.

Battisti, à l'instar de son supérieur quelques heures auparavant, pianotait nerveusement de sa main droite sur le plateau immaculé de son bureau. Aucune feuille de papier, ordinateur ou même stylo ne

---

[32] Index des livres interdits.

troublait l'harmonie de la pièce historique aussi luisante qu'une pierre polie. Seulement le tapotement du Cardinal Battisti qui, les yeux dans le vague, évaluait tous les éléments un par un, recombinant tout, des centaines de fois, à la vitesse de la pensée. Enfin il s'arrêta de pianoter. Une vision plus claire de la situation venait de se former dans son esprit, intégrant tout ce qui s'était dit et qui n'avait pas été énoncé, formellement ou implicitement. Tous les faits, aussi, des jours passés et la manière dont il pensait qu'ils influeraient les événements à venir. Il attrapa son téléphone.

— Appelez le signore Bucceri, et quand vous l'aurez, vous me le passerez. Laissez des messages sur toutes ses boîtes, ses mails, etc. J'attends.

Une demi-heure après, il avait le patron du SIV en ligne. Bucceri, comme à son habitude, faisait dans le concis.

— Monseigneur, j'attendais votre appel.

— Il m'aurait été agréable que vous en preniez l'initiative.

— Je n'estimais pas avoir suffisamment d'éléments pour solliciter de votre temps.

Il laissa passer quelques instants, attendant diplomatiquement les précisions de Battisti qui tardaient, puis, par pragmatisme, il prit l'initiative :

— Ce matin, les services du Secrétaire d'État m'ont longuement entretenu des développements de l'affaire que nous avions évoquée lors de notre dernière rencontre.

— Pour ne rien vous cacher, c'est la raison de mon appel.

— Évidement, constata Bucceri.

— Pour être plus précis, reprit le cardinal Battisti, et pouvoir démêler une partie de cet écheveau surprenant, il me semblait indiqué d'avoir des… « informations » fiables de notre antenne de Paris.

— En fait, j'avais présumé cette réaction bien légitime de notre Secrétaire, au vu des éléments qui me sont parvenus, à moi aussi, et de différentes sources, depuis hier.

— Vous avez des sources sur place ?

— Oui, vous n'ignorez pas que le SIV est une institution ancienne, toute au service du Saint-Siège et de l'Église. Aussi, à ce titre, nous avons des sympathisants dans tous les services de police d'Europe, surtout en France, comme vous en avez, j'en suis persuadé, dans votre domaine.

— Évidement, convint en riant le président de l'Académie Pontificale Ecclésiastique, héritier par cette fonction du plus ancien réseau diplomatique et de renseignement politique de la planète.

— Je viens de m'entretenir, de façon… convaincante, avec Amaury Calvini, le responsable de l'antenne de Paris.

— Mais…

— Je suis à Paris, anticipa Bucceri. J'ai pris l'avion ce matin à dix heures.

— Stupéfiant, souffla Battisti, réellement impressionné. Et vous y avez recueilli des éléments concluants.

— Oui, c'était un déplacement efficace. En résumé, il va falloir que le Secrétaire d'État, pourvoie au renouvellement de l'équipe de Paris. Je me suis permis de dégager ce Calvini de ses responsabilités.

— Vous l'avez… ?

— Grand Dieu, non, rit franchement Bucceri. Juste débarqué, avant qu'il ne commette d'autres bourdes. Ce n'était qu'un incapable, inapte à déceler les carences de ses subordonnés. Je ne vais pas vous imposer ici, par *téléphone* — il avait appuyé le mot, le prononçant avec un accent français —des détails dont vous connaissez déjà certainement la plus grande partie. Je fais mon rapport dans l'avion et vous l'envoie par courrier crypté.

— Ha ! exprima Battisti, avec un désappointement palpable. J'aurais aimé anticiper, aussi, avant votre retour. Mais, il est vrai que par *téléphone* , on ne peut pas toujours se comprendre.

— D'accord, je vous rappelle, coupa Bucceri avant de raccrocher.

Battisti reposa pensivement son combiné, cherchant un sens à la manière dont l'autre venait de raccrocher, quand l'appareil se mit à sonner.

— Oui ?

— C'est le signore Bucceri, Monsignore, il prétend que vous attendez son appel.

— C'est vrai, répondit Battisti, juste avant d'entendre à nouveau le patron du SIV.

— Je suis encore dans les bureaux de l'antenne de Paris. Ils y ont un téléphone relativement sûr.

— Je vous remercie de prendre cette affaire au sérieux, *Signore*, exposa sincèrement Battisti, car les remous pourraient m'en être préjudiciables.

— Je l'imagine, mais à moi aussi Monseigneur.

— Je n'en attendais pas moins de vous. La solidarité pourrait nous être utile prochainement.

— Bien sûr, convint Bucceri. En quoi puis-je vous être utile ?

— Vous êtes un homme occupé, surtout en ce moment, aussi vais-je vous parler succinctement. La situation que m'a décrite le Secrétaire d'État, si elle était préoccupante pour lui dans la forme, n'a par contre fait l'objet d'aucune objection de sa part sur le fond. Qu'un silence assourdissant, je dirais plus explicitement.

— Ce qui veut dire que notre travail n'est pas fini.

— Exact. Je me suis assuré, par mes contacts à Paris et à Rome, que le Secrétaire d'État était intervenu pour que les polices françaises et italiennes enterrent promptement cette affaire sous une chape de silence. En clair, du côté français, ils n'ont rien à reprocher à nos deux… gêneurs, et ici, le Ministère de l'Intérieur a fait parvenir un mémo précisant que les Français étaient de simples témoins, et que, du moment qu'ils avaient quitté le territoire, l'affaire était close, au plus grand bénéfice du contribuable et des services de police pouvant se concentrer sur des problèmes plus immédiats.

— Et les médias ?

— Ils ont été conseillés au plus haut niveaux.

Bucceri réfléchit un instant, puis constata :

— Nous avons les mains libres alors ?

— Tout à fait, *Signore*. Ce matin, à la suite de notre entretien, le Secrétaire d'État m'a fait parvenir des documents, aussi, j'aurais aimé que vous vérifiez certains points qui m'ont été soumis.

— Je vous écoute.

— Echelon nous a fait une confidence.

— Ha ! s'exclama simplement Bucceri, mi-contrarié par cette concurrence déloyale, mi-satisfait d'un éventuel coup de pouce.

— Deux appels téléphonique passés de Rome, pour Venise, le second donné d'ici même, de la cabine sur le toit de Saint-Pierre, alors que Ruffrano travaillait aux archives et que vos hommes probablement l'attendaient dehors.

— On suppose que cela le concerne ?

— Oui, le destinataire de premier appel était *San-Lazzaro degli Armeni.*

— D'accord, souffla Bucceri d'une voix sourde. Je m'en occupe. Autre chose ?

— Oui, encore Echelon. Les Français se sont apparemment servis d'autres appareils de communication, je vous en transmets les signatures par mail.

Saint-Rambert-d'Albon – Isère – France

Sur la passerelle en galerie qui surplombait l'autoroute, une famille en bermudas et tongs supportait la fournaise de la serre surchauffée pour regarder encore un peu les véhicules circuler sous leurs pieds. Ils firent des grands signes de bras, saluant Aurore et Jérôme comme ils passaient, continuant alors à agiter leurs bras pour le véhicule qui suivait immédiatement, une BMW noire, et puis le suivant encore, un 4X4 diesel, et ainsi de suite, probablement jusqu'à déshydratation complète estimèrent les deux fugitifs.

— ECCE CRUX DOMINI, à la ligne, FUGITE, à la ligne, PARTES ADVERSAE, à la ligne VICIT LEO, et encore à la ligne DE TRIBU JUDA, répéta Aurore pour la troisième fois, son sourire accentuant encore la virgule sur le coin droit de ses lèvres.

Jérôme lâcha la route des yeux une seconde, tournant la tête à droite pour la regarder.

— Quand tu souris comme ça, c'est que tu te fous de moi, affirma-t-il.

— Moi ?

— Oui, toi, insista-t-il, gardant le silence un moment.

— Alors ? demanda Aurore.

— C'est la croix du Christ, commença-t-il.

— Ça n'est pas tout à fait ça, estima Aurore en consultant une page enregistrée sur la tablette, mais ça peut aller pour la première ligne. La deuxième ? FUGITE.

— Partez ! Fuyez !

— D'accord, et après ?

— Bof… Parties opposées… ou peut-être mauvais côté ou parties néfastes répondit Jérôme tout en négociant le dépassement d'un convoi d'une dizaine de semi-remorques se suivant sans espace entre-eux.

— J'accepte parties opposés, mais pas les autres. En fait, c'est : puissances ennemies.

Jérôme lui jeta un rapide coup d'œil, pensant qu'elle le faisait marcher, puis se concentra sur la route. Apparemment, Aurore avait sa tête de sérieuse. Il lui demanda :

— Tu es sure ?

— Ben, c'est traduit comme ça tout au moins. Pourquoi, ça n'est pas ça ?

— Puissances ennemies, cela aurait dû être une phrase du genre : *Hostem potestate.*

— Tu crois ? Et : Puissance néfaste ? le charria-t-elle.

Il lui jeta un coup d'œil, pour vérifier qu'elle plaisantait, puis lui dit :

— Sérieusement, je crois que ce serait plus juste.

Elle se mit à rire, mettant ses index en croix devant elle, mimant une voix de basse :

— Vade retro, puissances du mal.

Jérôme sourit, puis son regard se perdit au loin sur l'autoroute, alors qu'Aurore le regardait avec intérêt. Après quelques secondes, elle lui demanda :

— Ça t'a fait penser à quelque chose ?

— Pourquoi tu dis ça ?

— Je te connais. Je sais que c'est comme ça, quand tu as cet air de savant fou.

— C'est vrai, admit-il. Tu arrives à déterminer l'exposition de cette face sur la photo ?

Aurore se concentra sur la tablette, faisant défiler les trois autres faces qu'ils avaient prises en photo, sur la place Saint-Pierre, puis trancha :

— C'est la face est.

— Certaine ? demanda-t-il, alors qu'un sourire de satisfaction apparaissait.

— Est, oui. Là où le soleil se lève. Alors ? Dis !

— Je me suis souvenu d'un détail, dans un cours qui concernait l'Égypte Antique. » Il vérifia qu'elle l'écoutait bien, puis continua : « C'est toi qui m'y a fait penser. Tu étais dans le vrai. Les Égyptiens plaçaient toujours leurs obélisques à l'est, devant leurs temples, et certains spécialistes estiment qu'ils étaient placés là pour protéger le temple contre les forces néfastes. Les inscriptions aussi, du côté est, parlaient de combats. En résumé l'est était dédié à la protection.

— Et l'ouest ?

— Je ne sais plus trop, l'avenir je crois. Ce que l'on désirait peut-être, ou à quoi l'on dédiait le monument dans le futur, peut-être même la pérennité de celui au pouvoir à ce moment-là.

Elle regarda sur sa tablette et lut : « Le Christ a vaincu, le Christ règne, le Christ commande, que le Christ préserve son peuple du mal. » Elle fit une pose, puis conclut :

— Ça colle, c'est un souhait pour le futur ça.

Ils se regardèrent en silence, puis Jérôme dit :

— On fera traduire vraiment bien tout ça, à Paris. C'était la meilleure solution, le temps d'y voir plus clair.

— Et c'est tout, ? demanda-t-elle en le regardant avec insistance.

— D'accord, tu avais raison aussi pour l'autoroute. De toute façon, j'en avais ma claque de la Nationale 7 et de ses ronds-point. Et tant mieux s'ils nous ont oubliés.

— On téléphonera au commissaire, quand même, pour savoir.
Il la regarda un instant, puis conclut :
— Oui… on prendra notre temps quand même.

16

Bassin de la Villette – Paris.

Le soleil couchant caressait les corps enduits d'huile solaire, en dispersant les effluves dans l'air vespéral, entre celles de la baraque à hot-dog implantée plus loin, et les autres plus diffuses des véhicules dont l'on entendait le bruissement omniprésent tout autour. Là-bas des enfants jouaient sur du sable amené par camion en début de saison, tandis que plus près, dans le bassin, un bateau quittait le quai, assénant des anecdotes historiques avec forces décibels à sa dernière cargaison de touristes fluviaux de la journée. L'ancien bassin d'eau potable de Paris, transformé un temps en port fluvial, puis maintenant en base de loisir, reproduisait sur son pourtour un patchwork de plages publiques et privées dont les autres, ceux qui s'étaient échappés de Paris, profitaient pour de vrai ailleurs, de Menton à Arcachon ou La Baule.

Une main s'agita, au milieu de la foule des bronzants, soutenue par un bras outrageusement hâlé pour une captive de la capitale.

— Jérôme !

Celui-ci se fraya un chemin entre les chaises longues, suivi par Aurore qui avançait à contrecœur comme avec des kilos de plomb dans les sandales. La jeune femme qui les avait hélés, releva sur la tête ses lunettes de soleil, découvrant deux yeux noisette rieurs, et s'assit de côté sur le transat, posant ses pieds à terre pour leur faire face. Aurore détailla, le comparant au sien, le corps entretenu de la femme, jaugeant les heures de gym en salle nécessaires pour conserver cette apparence. L'autre l'observait aussi, mais de façon plus dilettante, comme un cycliste du dimanche regarderait un coureur du tour.

— Je m'appelle Amandine Delépine, se présenta-t-elle tout de go.

Éblouie par le soleil qui brillait derrière les deux arrivants, elle tendait la main vers Aurore en clignant des yeux, se tordant le cou vers le haut. Aurore regarda un instant Jérôme, aussi emprunté qu'elle, debout et habillés au-dessus de ces corps bronzés. Enfin, elle finit par saisir la main de l'autre, qui reprenait :

— Je suis sûre qu'il ne vous a pas parlé de moi, ni même dit comment je m'appelle.

La femme la regardait avec un sourire amusé, mais pas moqueur, tout en désignant Jérôme qui commençait à danser d'un pied sur l'autre. Elle tapota la chaise à côté d'elle et continua :

— Asseyez-vous là, je veux tout savoir, comment vous vous êtes rencontrés, et puis cette histoire en Italie. Nous, pauvres Parisiens, on n'a fait que se téléphoner entre-nous, depuis l'autre jour…

Aurore s'assit, regardant plus attentivement la foule estivale concentrée autour du plan d'eau. Plus loin on entendait les éclats de voix provenant d'une partie de pétanque, alors qu'en face, sur le plan d'eau, deux Lasers tiraient des bords dans la brise du soir. Jérôme, qui avait déniché un tabouret en plastique, prenait place en face d'elles. Il expliqua :

— Je te présente ma demi-sœur, elle travaille pour la mairie de Paris, c'est ce qui explique son bronzage.

Aurore se détendit imperceptiblement, puis, devant la grimace que faisait la jeune femme à Jérôme en lui donnant un coup de poing sur l'épaule, un peu comme elle-même le faisait, fut prise d'un fou rire. Elle-même tapa du poing, sur l'autre épaule :

— Salaud ! Tu l'as fait exprès !

— Il ne vous avait vraiment rien dit ? demanda Amandine en regardant Jérôme avec un air amusé.

Celui-ci haussa les épaules :

— Je lui ai dit que je connaissais quelqu'un de sûr qui pouvait nous aider.

— Ça n'est pas faux, convint la demi-sœur en se tournant vers Aurore, il m'en a fait de pires vous savez. Pour lui faire payer ça, ne lui parlez plus pendant deux heures, il ne supporte pas.

— Elle en est incapable, intervint Jérôme, sans réponse de la part des deux femmes.

Amandine poursuivait :

— Et puis, on n'a qu'à se tutoyer, puisque pour le moment vous n'avez personne à qui parler.

Aurore pivota résolument vers Amandine, tournant le dos à Jérôme.

— D'accord, répondit-elle. On pourrait faire les magasins même…

Elles pouffèrent devant la tête de Jérôme, puis redevinrent sérieuses. Les deux arrivants expliquèrent succinctement leurs péripéties depuis Rome, baissant la voix aux passages pour lesquels ils voulaient éviter trop de publicité. Amandine s'adressa à son frère :

— Tu es sûr que tu connais toutes les personnes dont vous aurez besoin pour votre… truc, là, les obélisques et les curés ?

— Je pense, oui.

— En tout cas, dans les affaires culturelles, à la ville de Paris, on devrait pouvoir faire quelque chose si vous avez besoin.

— Merci, mais un hébergement c'est déjà bien, tu sais.

— Tu préfères ne pas passer chez toi.

— Pas pour le moment. On ne sait même pas de quoi il retourne, maintenant.

— J'appellerai demain, déclara-t-elle, votre commissaire à Nice, celui qui m'a contactée, l'autre jour, et puis je téléphonerai en Italie même.

— Qu'est-ce que tu leur diras ? intervint Aurore.

— Que mon frère m'a appelé, et qu'il voudrait bien vivre normalement.

Aurore et Jérôme se consultèrent du regard, puis Aurore hocha légèrement la tête. Jérôme précisa :

— Laisse leur croire qu'on est encore sur la Côte.

— D'accord, convint Amandine.

Elle ramassa ses affaires, passa une paire de nu-pieds, enfila sa robe d'été en se levant et leur dit :

— Venez maintenant, parce que, franchement, vous avez l'air d'avoir besoin de sommeil, ou tout au moins d'un endroit où vous retrouver.

Déjà elle marchait, expliquant à Aurore qui arrivait à sa hauteur.

— Ma mère vit en Polynésie depuis cinq ans, où elle a trouvé son nouveau grand amour. Elle a laissé son appartement comme elle l'a quitté, au cas bien improbable où il lui prendrait l'envie de faire du tourisme à Paris. Je m'en occupe et, si j'en ai besoin, je peux m'en servir, c'est le deal tacite entre nous.

— Mais, elle ne risque pas de revenir en été ?

— Ça fait trois ans qu'elle n'est pas venue, et puis quand elle vient, je le sais trois mois à l'avance, au moins.

Avenue Foch – Paris.

Le soleil s'était couché depuis une bonne demi-heure, mais l'appartement arrivait à être encore lumineux. Aurore se précipita sur le balcon d'où elle appela Jérôme.

— Viens voir ! On voit un bout d'Arc de triomphe !

Plus bas, derrière le rideau que formait l'allée d'arbres qui s'étendait en ruban tout le long de l'avenue, la circulation automobile s'écoulait paresseusement, démentant tous les clichés parisiens sur ce fléau des temps modernes. Aurore revint dans la pièce où Jérôme s'était déjà installé, sur le canapé de cuir blanc, étalant tout son attirail électronique sur une table basse « designée » par Stark tandis qu'Amandine, au fond d'un couloir d'au moins un kilomètre de long, enclenchait le disjoncteur électrique après avoir ouvert les arrivées d'eau. Aurore observa l'archéologue qui semblait tout d'un coup plus à l'aise, comme si, revenu un peu chez lui, il laissait derrière lui les aventures de ces derniers jours. Il leva la tête, l'aperçut, et lui sourit comme le premier jour, devant l'ascenseur de l'hôtel, à Rome. De sa démarche ondoyante, elle vint s'installer à côté de lui alors que le répondeur téléphonique des années quatre-vingt-dix émettait un borborygme significatif de retour à la vie, comme venait de le faire auparavant le robinet de la cuisine et le module du téléphone sans fil. Amandine revenait, allumant les lumières et ouvrant toutes les fenêtres au passage.

— Le frigo est vide, et à part quelques boîtes de conserves menacées de péremption, il n'y a rien à manger. Je n'ai pas eu le temps de faire les courses. » Elle regarda Jérôme qui étalait un sourire énigmatique, puis continua : « De toute façon, j'avais ma séance de bronzage prévue.

— On va y aller, dit Jérôme.

Il se tourna vers Aurore, alors que sa main désignait une direction, vers les fenêtres, il expliqua :

— C'est juste en bas.

— Bon, tu connais la maison, finit Amandine.

Sans autre forme de procès, elle se dirigea vers la porte. Juste avant de sortir, elle lança : « À demain ! », puis s'évapora dans la capitale.

Vatican – Rome.

La salle, bien trop climatisée et brillamment éclairée, était déserte, comme d'habitude. Sur les consoles en bois vernis, les cinq écrans que personne ne regardait clignotaient paresseusement, jaloux du soleil écrasant la cité en dehors de ces murs. Sur l'un des moniteurs, une série de chiffres s'aligna, suivis de caractères abscons indiquant à qui pouvait le comprendre qu'une ligne téléphonique venait d'être activée, quelque part deux mille kilomètres plus au nord. La sous-routine, tirée de sa torpeur de sieste, réagit en envoyant un mail, sur lequel les données étaient traduites en phrases compréhensibles.

Des mains s'activèrent sur un clavier, à peine deux cents mètres plus loin, et le mail, remanié et enrichi de deux noms, d'un lieu à Paris et de probabilités découlant de la filiation des contacts respectifs d'Aurore et de Jérôme dans la région parisienne ainsi que des possibilités ouvertes par ces éléments.

Puis, une fois rédigé, le courrier s'envola à la vitesse électronique vers la boîte mail de Bucceri ainsi que celle du service informatique du SIV, et, en copie, au secrétariat du Président de l'Académie pontificale.

Gare de Santa-Lucia – Venise.

Les façades se coloraient à chaque seconde, tandis que la lumière du levant investissait le ciel d'un bleu délavé. Au pied des marches descendant depuis la gare, frère Saverio s'arrêta, savourant chaque seconde du silence de la folle cité, simplement rythmé pas le clapotis des vaguelettes d'été sur les piliers de bois de ces maisons et palaces défiant les règles de construction qui avaient cours partout ailleurs sur la planète. Un peu plus loin, une mouette se secouait sur un pilier en bois, alors qu'un vaporetto glissait silencieusement vers le quai. Son sac à la main, le moine en civil, seul passager à cette heure matinale, grimpa à bord et le navire redémarra aussitôt, pour le laisser quelques minutes après, sur le quai des *Giardini*.

De la cabine téléphonique, une des dernières de Venise, il appela *San Lazzaro*, puis s'installa sur un banc, au milieu du pépiement de centaines d'oiseaux s'éveillant et se chamaillant, pour attendre le père Di Grégorio, sortant machinalement un de ses ordinateurs.

Il n'avait pas entendu le petit moteur hors-bord, et il sursauta quand le père supérieur s'assit sur le banc, à côté de lui.

— Vous avez l'air soucieux, mon fils.

Saverio leva la tête, le regardant d'un air mitigé, où le père crut discerner une ombre dans le plaisir qu'avait frère Saverio à rentrer chez lui.

— Qu'y a-t-il ? demanda le père Di Grégorio.

— Ça n'est pas fini, expliqua Saverio, en montrant l'ordinateur allumé sur ses genoux.

— Pour les Français ?

Saverio hocha la tête, en faisant défiler des écrans.

— C'est *Silentium* ?

Saverio releva vivement la tête, regardant son père supérieur.

— Vous le saviez…

Le vieil homme sourit.

— Bien obligé, je suis votre père supérieur après tout, et Silvio est des nôtres. Et puis, nous sommes là depuis longtemps mon fils, et même les échos de ce silence sont parvenus jusqu'à nous, à travers les âges.

Voyant que Saverio le regardait encore interrogativement, il reprit :

— Ils ne sont pas les premiers à éprouver le *Silentium agere et silentium facere*. Depuis cinq cents ans, les limiers du Saint-Siège protègent la… folie de leurs dirigeants, ceux en place perpétuant celle de ses prédécesseurs.

— Mais…, commença Saverio, s'arrêtant comme gêné.

— Que veux-tu me demander ?

— Ça n'est pas cinq cents ans, mon père, c'est plutôt quatre cents.

Le père supérieur secoua son crâne, sur lequel les cheveux blancs faisaient une demi-couronne enserrant le sommet dégarni.

— Cela a commencé bien avant, ici même en grande partie, indirectement.

— À Venise ?

— Oui, à Venise, là où s'est réfugié celui qui a écrit ce merveilleux livre, l'œuvre d'une vie.

Saverio réfléchit un moment, puis demanda :

— *Hypnerotomachia Poliphili* ?

— Oui, c'est ça, le Songe de Poliphile. Tu sais que son auteur, Francesco Colonna en a écrit, ou plutôt réécrit la plus grande partie ici, à Venise.

— Et c'est ici que le premier exemplaire a été imprimé, anonymement.

— Oui, ça n'est que plus tard que l'on découvrit les acrostiches chapitraux révélant le nom de l'auteur, mais celui-ci était déjà mort. Ce que l'on sait moins, c'est que son héritage était encombrant pour les Dominicains du monastère *Santi Giovanni e Paolo* où Colonna avait fini ses jours. L'Inquisition était d'autant plus préoccupante pour ceux-ci que c'était leur ordre qui en était chargé…

Un petit rire caustique venait d'interrompre la tirade du père supérieur qui contemplait le lagon sans se lasser, comme il le faisait depuis cinquante ans. Puis, regardant le moine scientifique d'un air entendu, il reprit :

— Aussi, au début du seizième siècle, alors que la Renaissance contaminait l'Europe, y compris avec le livre de Colonna, les abbés de son couvent ne savaient pas quoi faire des effets qu'avait laissés celui-ci, une malle remplie de toutes ses références, ses textes antiques et ses recherches dans des domaines aussi variés que l'architecture, la géologie, l'astronomie, la médecine, etc., enfin tous les sujets qu'aborde son livre, et dont chacun, hormis l'horticulture, pouvait envoyer son homme sur le bûcher à cette époque.

« Donc, les abbés de *Santi Giovanni e Paolo* ne pouvaient plus se permettre de garder ce concentré d'hérésie dans leurs murs, mais hésitaient, par leur amour pour la connaissance, à les jeter ou les brûler. Alors, quelqu'un de cette époque a eu une idée d'une simplicité étonnante. Il y avait alors dans toute l'Europe des épidémies de lèpre à répétition et bien évidement, les malades étaient ostracisés, parqués dans des endroits où personne, autres que nous les moines n'auraient été. Ces endroits se nommaient…

— Les lazarets ! le coupa Saverio. Et… *San Lazzaro* était celui de Venise…

— Et oui ! Plus tard, c'est devenu *San Lazzaro degli Armeni*, mais au début du seizième siècle, c'était tout simplement le lazaret, et personne, surtout pas les inquisiteurs qui n'avaient jamais brillé par leur courage ou leur empathie n'y auraient mis les pieds. L'île était alors, depuis des siècles, gérée par les bénédictins qui peu à peu en transférèrent la responsabilité aux Dominicains de *Santi Giovanni e Paolo*. Les prêtres portèrent une malle contenant les documents de Colonna sur l'île et la laissèrent à l'église de *San Lazzaro* où quelqu'un finit par la murer dans une alcôve. Après, les ordres religieux se sont succédé, et l'île a été régulièrement occupée et désertée jusqu'en 1715…

— … où le père Mékhitar y a implanté son ordre, le nôtre.

— Tout à fait Saverio.

— Mais alors, c'est nous qui avons la malle de Francesco Colonna ?

— Oui et non. Elle fut retrouvée lors de travaux d'agrandissement de l'église, au dix-huitième siècle.

— Alors, on sait ce qu'elle contenait.

— Oui, bien sûr, répondit le père Di Grégorio, et c'est Silvio qui est dépositaire du savoir qu'il nous reste.

— Nous n'avons pas tout ?

Le père secoua la tête.

— Nous en avions copié la plus grande partie, Dieu merci, au dix-huitième siècle. Toute cette somme de savoir dans tellement de domaines ! Les copies étaient réparties selon les spécialités des moines. Maintenant bien sûr, la plupart de ces connaissances ont été redécouvertes par les laïques…

— Pas toutes ?

— Non, pas toutes. La partie dont Silvio s'occupe par exemple, qui touche aussi à la physique quantique en certains points pourtant, est une des dernières non exploitées par le monde extérieur. Colonna l'avait abordée dans son roman, mais de manière cachée, ésotérique. C'est cette manière détournée qui fait encore son succès aujourd'hui, mais c'était, à l'origine, juste pour signaler l'existence de cette connaissance avec assez de tact pour que son livre puisse encore circuler.

— C'est celle qui…

Le père Di Grégorio hocha la tête sombrement.

— *Silentium*, confirma-t-il.

— Mais, on a bien les documents de Colonna ici ?

— Non, ils sont à Vienne.

— Chez…

— Les dissidents, oui. Ceux qui ne voulaient pas avoir affaire à Napoléon et qui sont partis se réfugier dans l'empire austro-hongrois, l'ont fait avec la malle de Colonna.

— Mais, on s'est réconciliés en 2000.

— C'est vrai convint le père supérieur, mais ils nous affirment qu'ils ne l'ont plus.

Une heure de plus avait passé, pendant laquelle le frère Saverio avait raconté son expédition à son père supérieur. Dans le jardin, désert lorsqu'ils étaient arrivés, les habitués commençaient à investir le lieu. La patronne du café venait de passer, s'abstenant de les saluer, par discrétion. Quelques coureurs matinaux avaient parcouru les allées qui maintenant étaient aux mains des balayeurs, en attendant les touristes, un peu plus tard. Dans les arbres, le tapage des oiseaux s'était réduit à un bruissement diffus, ponctué çà et là d'un appel plus sonore, que recouvrait maintenant partiellement le bourdonnement des vaporetti, vedettes et autres navires de transport parcourant la lagune.

— Vous avez laissé leur véhicule dans un parking à Rocamadour ?

— Oui, avec un mois payé d'avance. Les documents sont partis à l'adresse d'une amie de la femme, qui vit à Nice. Après je suis revenu, mais ce matin, en vous attendant, je me suis branché sur… enfin vous savez…

Le père leva les deux mains et regarda le ciel d'un air exagérément excédé, puis posant ses mains sur ses genoux, il se tourna vers Saverio.

— Et alors ? demanda-t-il mi-curieux, mi-soucieux.

— Je pensais que cela s'était tassé. Les messages que j'avais vus passer dans les services de police disaient plus ou moins, avec leur langage bien à eux, d'arrêter les recherches, de clore les dossiers. On y pressentait même, au niveau des ministères, l'influence plus ou moins officielle du Saint-Siège.

Le père supérieur hochait la tête en signe d'approbation, mais continuait pourtant à le regarder sans rien dire, pressentant qu'il y avait une suite. Saverio reprit :

— Mais, eux… » Il désigna un point vague, vers le sud. « … ils ne le pensent pas. En tous cas, ils agissent comme si ça n'était pas fini, bien qu'ils semblent agir avec plus de discrétion maintenant.

— Eux, tu veux dire…

— Le SIV, la Sapinière, ou je ne sais plus comment ils s'appellent eux-mêmes. Mais en plus, ils bénéficient du réseau de l'Académie pontificale.

Le père supérieur réfléchit un instant.

— Ça signifie qu'ils peuvent faire appel à tous les diplomates en poste, officieusement.

— Sans doute, approuva Saverio. Le plus inquiétant, c'est qu'une délégation arrive… » Il jeta un coup d'œil sur sa montre clinquante. «… dans une demi-heure à Nice. Trois hommes, entraînés, des mercenaires sous les ordres directs de Bucceri, avec une valise diplomatique les accompagnant.

— Des armes ?

— Sans doute, et vu le poids de la malle scellée ce serait plutôt une petite armurerie.

— Où sont-ils maintenant ?

Saverio, regardant brièvement le père Di Grégorio, comprit qu'il parlait du couple de Français. Il haussa les épaules.

— Je ne sais pas vraiment. Ils ne devaient déjà pas aller à Nice… et puis… je vous ai déjà raconté.

Il se tut un moment, et, devant le silence recueilli que gardait son père supérieur, il demanda :

— Vous voulez que je leur laisse un message ?

— S'ils ont la bonne idée de consulter leur… courrier… secret, ce pourrait être une bonne chose.

Saverio sourit aux mots dont se servait le père supérieur pour re-transcrire dans sa réalité l'abscondité du monde cybernétique dont il se refusait à employer les termes. Puis, comprenant la sollicitude de son abbé, il lui demanda :

— Vous pensez qu'ils ont encore besoin d'assistance ?

— Je crois que nous sommes responsables.

Il se tourna vers son cadet, comme s'il allait lui dire quelque chose d'important. Puis, voyant l'air soucieux qu'avait Saverio, lui demanda :

— Il y a encore quelque chose que je doive savoir ?

— Oui mon père, je crois qu'ils sont au courant pour les appels de Silvio l'autre jour. Si c'est le cas, nous risquons d'avoir de la visite.

Le père Di Grégorio continua à regarder Saverio, mais sans plus le voir, comme s'il était occupé par un dialogue silencieux, s'absorbant semblait-il dans le ballet des vaporetti sur la lagune. Son regard se porta ensuite vers l'île de *San-Lazzaro*.

— On raconte que le jeune Staline, opposant en fuite, aurait son-né les cloches de notre monastère en 1907.

Saverio connaissait aussi cette histoire, sans que personne ne sache vraiment si elle était exacte. Sans trop savoir, il répondit :

— Personne ne peut réellement dire si c'est vrai.

— Tout à fait. Et peut-être que si c'était exact, et que nos prédé-cesseurs de l'époque avait mieux cerné l'individu, on aurait pu éviter cette publicité néfaste. » Il haussa les épaules comme si cela n'avait, après tout, aucune importance, puis continua. « Mais, si cela a été possible, qu'un jeune opposant en fuite trouve refuge ici, c'est parce que nous avons toujours bénéficié d'une certaine autonomie, au grand dam de Rome quelquefois. Aujourd'hui, si le Saint-Siège re-commence à s'intéresser de trop près à nous, notre responsabilité est de préserver notre ordre, et notre indépendance. J'avais l'intention de te demander de retourner aider ces deux casse-pieds, mais avec ce que tu me dis, là, ta place est ici... » De la main droite, il désigna vague-ment vers le sud, en finissant : « ...si ceux-ci doivent venir.

Saverio hocha affirmativement de la tête, puis resta silencieux, comme si une partie de lui réfutait celle qu'il venait d'approuver. Le

père supérieur, interprétant le silence respectueux du frère, lui demanda finalement :

— C'est pour les deux, là ?

— Oui mon père.

— J'y ai réfléchi, et j'ai peut-être une solution.

— Je suis d'accord, s'empressa de dire Saverio, déclenchant le rire
de son abbé en écho.

— Je n'ai encore rien dit… Vos amoureux, là, il y a une chance
pour qu'ils aillent à Paris ?

— Je le leur ai suggéré, répondit Saverio en haussant les épaules,
mais je ne suis pas sûr qu'ils soient assez avancés pour comprendre.
Mais, c'est possible aussi parce que l'archéologue y vit, et doit y avoir
des soutiens.

— Bien, approuva le père Di Grégorio, contactez Larrieux, c'est
le mieux que nous puissions faire pour eux.

Saverio ouvrit d'abord la bouche pour répondre, la laissant un instant entrouverte, comme un poisson péché sur le pont d'un navire,
regardant l'abbé avec deux yeux grand ouverts de surprise, puis,
voyant le sourire malicieux sur le visage de son supérieur, souffla :

— D'accord.

— Rentrez en contact aussi avec frère Giovanni bien sûr, avertis-
sez-le.

Le père supérieur resta un moment silencieux, puis, se tournant
légèrement vers Saverio.

— Je suppose que vous avez un peu à faire avec vos… » De sa
main droite, il désigna la sacoche de Saverio d'un mouvement tournant. « … appareils, du côté de Mestre, Padoue ou même Vérone. Ta-
chez d'être là pour la sexte, ou la none…

Sans plus de cérémonie, il se leva, fit les quelques pas qui les séparaient du quai, et, avec une agilité étonnante pour son âge, descendit
vers son canot en s'aidant des barreaux scellés. Une minute après, la
petite embarcation fonçait vers *San Lazzaro*.

Station Cipro – Rome.

Le jeune homme sursauta légèrement quand frère Giovanni se laissa tomber à côté de lui, avec la délicatesse, s'aperçut trop tard ce dernier, d'un sac de pomme de terre dont l'on se décharge dans une remise. Enzo, surpris par l'apparition du moine qui apparemment l'attendait, ou l'avait suivi, tourna un peu la tête, le plus discrètement possible, et s'aperçut que l'autre, transpiré, était essoufflé, comme s'il avait couru longtemps, ou moins, mais qu'il en avait perdu l'habitude. Remarquant l'embonpoint du moine vénitien qu'il avait ignoré jusqu'alors, il opta pour la seconde solution. L'autre, à côté, venait de lui faire les gros yeux, le dissuadant de parler.

La rame démarra, et frère Giovanni regarda autour de lui, essayant bien inutilement de repérer d'éventuels suiveurs. Il s'appuya des coudes sur ses genoux et sortit un téléphone portable qu'Enzo n'avait pas entendu sonner, se mettant à parler *sotto voce*. Enzo comprit alors que cela s'adressait à lui.

— Oui, il faut que je lui dise. Je descends un arrêt avant comme ça je marcherai. C'est très important. À tout de suite.

Il rangea son appareil, feignant de s'intéresser au diagramme de la ligne, il lança un regard appuyé à Enzo, hochant imperceptiblement la tête. Le jeune homme, pour sa part, avait changé de couleur, palissant plus encore que d'habitude. Il lui répondit de la même manière puis fixa le sol alors que la rame s'arrêtait à la station suivante.

Giovanni souffla un peu quand la rame repartit, comptant mentalement les secondes, jusqu'à ce qu'ils arrivent à *Flaminio*. Il descendit et s'engouffra dans le couloir. Vérifiant qu'Enzo était bien derrière lui, il parcourut la série de couloir menant à la *piazza del Popolo*, puis sortit à l'air libre et, empruntant l'avenue débouchant sur le Tibre, ne s'arrêta qu'arrivé au bord du fleuve.

Assis sur le muret qui surplombait le Tibre, à l'ombre des platanes et face au chemin par lequel il était parvenu là, il regarda arriver Enzo, lui faisant signe de rester de l'autre côté de la rue. Deux minutes plus tard, certain que le jeune homme n'était pas suivi, il le fit venir près de lui.

— Le père Silvio m'attend, lança le jeune homme en guise de pro-testation, plus effrayé par les changements qu'il redoutait dans sa vie que de son léger retard.

— C'est pour lui que nous sommes là.

— Pour Silvio ? » s'exclama Enzo, appelant le savant absent enfin simplement par son prénom sous le coup de la surprise. « Qu'est ce qui se passe ?

— Je crois qu'ils vont venir le chercher, pour l'interroger. Il faut qu'on se dépêche pour arriver avant eux. On doit le sortir de là.

— Mais, pourquoi ? Et, puis comment vous avez fait pour savoir ça ?

— Je te l'expliquerai, mais plus tard, on n'a pas le temps, là. Est-ce qu'il y a un moyen de le faire sortir par un autre passage que la rue ?

— Oui, par la cour, je suis sorti comme ça une fois.

— Alors on y va !

Enzo, qui l'avait catalogué sédentaire irrécupérable à cause de sa corpulence, eut alors la surprise de le voir détaler, suivant le fleuve en marchant à une allure proche de la petite course. Courant un peu pour rattraper le retard, il revint à sa hauteur. Se calant sur son pas, il lui demanda tout en marchant :

— Mais, pourquoi on ne lui téléphone pas ?

— Parce qu'il est sur écoute, expliqua Giovanni sans s'arrêter.

Avenue Maréchal Foch – Nice.

— C'est eux !

Machy, debout à côté de son bureau, tenait son téléphone bien haut, pour que toute la salle vît que c'était lui qui avait l'appel, qu'il était sur le coup. Incrédule, le commissaire Villeneuve le regarda un moment, pensant qu'il devrait bien faire une enquête ici-même, pour comprendre pourquoi cet incapable réceptionnait toujours les appels les plus importants. Il fit signe à l'inspecteur Hémon, le plus près de Machy, qui se leva, tapa sur le clavier de ce dernier et passa la commu-nication à Villeneuve.

— Commissaire Villeneuve, se présenta-t-il.

— François Klein, sécurité de l'aéroport. Vous aviez raison commissaire, ils sont là en train d'attendre pour les formalités de la valise diplomatique.

— Et… vous avez…

Paradoxalement, le commissaire ne savait pas comment faire passer un message en code, redoutant les conversations téléphoniques.

— Entre-nous, oui, et vous aviez raison là aussi.

— Très bien, merci. N'intervenez surtout pas. On s'occupe du reste. Laissez-les partir normalement. Envoyez-nous les photos par mail, c'est tout.

— D'accord commissaire, bonne chance.

— Merci à vous, répondit Villeneuve avant de raccrocher.

Il reposa le téléphone et resta un moment à réfléchir, sous le regard interrogatif de ses collaborateurs. Là-bas, une imprimante crachait les visages des trois hommes qui avaient débarqué par le vol de Rome. Il avait reçu un mail, en tout début de matinée, sur sa boîte personnelle. Un mail anonyme ! Il ne comprenait toujours pas comment cela pouvait être possible. De plus, il y avait le même sur sa boîte aux lettres numérique du commissariat.

Le message disait, succinctement, que trois hommes allaient débarquer, précisant l'heure du vol et le nom des passagers (dont le mail prétendait qu'ils travaillaient pour le Vatican). Que ces hommes avaient des armes voyageant avec eux, et, pour finir, qu'ils étaient là pour le couple dont il avait classé le dossier !

Le personnel de la sécurité de l'aéroport qu'il avait contacté, d'abord sceptique avait joué le jeu, passant même illégalement la valise diplomatique au scanner, et les informations contenues dans le mail semblaient confirmées. Il leva la tête, s'apercevant qu'un silence inhabituel régnait dans le commissariat. Enfin, sautant sur ses pieds, il dit d'une voix forte :

— On y va ! On va les serrer ! Mettez vos gilets pare-balles.

Place de la Concorde – Paris.

— Il me semble que je ne l'avais jamais vu avant, dit Jérôme les yeux en l'air.

Aurore éclata de rire :

— Peut-être que c'est vrai. Déjà, tu avais dit qu'ils les avaient fait disparaître, à Rome.

Il haussa les épaules et photographia le monument, malgré les centaines de clichés qu'ils avaient pu voir sur le web.

— Il y a un lien, affirma-t-il en passant à la face est de l'obélisque, prenant des notes.

— Tu crois que les hiéroglyphes parlent de protection sur cette face ?

— Je ne pense pas, non. Ils ne l'ont pas implanté de la même manière en 1836. La face est originelle se trouve au nord ici, vers l'Hôtel de la Marine et l'église de la Madeleine. Mais sur la face nord, à l'est à Luxor donc, oui, il est question de combat et de protection contre les puissances hostiles, tandis que de l'autre côté, cela parle plutôt d'avenir radieux, pendant des millions d'années.

— Rien que ça. Et pourquoi ils l'ont mis comme ça, ici.

— Je ne sais pas trop, avoua Jérôme. À partir des années 1830, ils ont commencé à amener des obélisques un peu partout, dans les capitales européennes à Londres, et même en Amérique. Eux d'ailleurs, ils ne s'en sont pas tenus là. Ils en avaient un à New York, pris en Égypte, mais ils devaient penser qu'il n'était pas assez grand, relativement à ceux-ci », Il désigna le monolithe devant lui. « alors ils ont construit celui de Boston, puis celui de Washington qui fait cent soixante-neuf mètres de haut. Le plus haut monument du monde à l'époque…

— Ils étaient jaloux ?

— Sans doute, répondit Jérôme en riant. Il y a mieux, une loi est toujours en vigueur à Washington qui interdit de construire un bâtiment plus haut que leur obélisque en béton. » Il s'arrêta un moment, les yeux fixés sur le monument égyptien, puis reprit : « Mais il y a autre chose quand même. Ça n'est pas normal, on dirait que chacun voulait le sien, comme s'ils ne voulaient pas être en reste. D'ailleurs après les États-Unis, d'autres en ont construit.

— Comment tu sais tout ça toi, aujourd'hui ? Tu es devenu expert en obélisques pendant la nuit ?

— C'est parce que j'ai du temps à perdre, quand tu dors le matin.

— Salaud ! » fit-elle en lui prenant la hanche avec sa main ouverte en forme de pince, serrant très fort. Il se plia en riant, se dégagea en levant les bras en signe de reddition, puis reprit :

— Il semblerait qu'il y ait une constante, on dirait.

Elle le regarda plus attentivement, plus sérieusement aussi quand elle décela que ce n'était pas une plaisanterie.

— Et c'est quoi comme constante, alors ?

— Au moment où ils ont été érigés, les lieux où ils étaient implantés, étaient toujours, d'une manière où d'une autre, des lieux de pouvoir.

17

Place de la Concorde – Paris.

Elle le regarda un bon moment, puis se tourna vers le monolithe, levant un peu la tête pour en discerner le sommet avec son pyramidion rénové qui resplendissait au soleil. À presque midi, celui-ci, même s'il était moins brûlant qu'à Rome, commençait néanmoins à cuire doucement la place, comme à l'étouffée, dans la fumée des automobiles prétendant moins polluer.

— Le pouvoir ? répéta-t-elle.

Elle fit un tour complet, comme pour se repérer, et regarda deux fois alternativement les jardins des Tuileries et ceux des Champs-Élysées — par lesquels ils étaient arrivés à pied un peu plus tôt. Puis, le prenant par la main, elle entraîna Jérôme dans cette direction, lui faisant traverser au pas de course la vingtaine de voies de circulation pour finalement arriver sur un banc, au milieu d'une allée champêtre de laquelle ils pouvaient voir l'obélisque qui les ignorait superbement du haut de ses vingt-trois mètres. Se penchant un peu, elle posa son coude gauche sur son genou gauche, la main correspondant sur la joue tenait sa tête tournée vers lui. Et, avec un sourire indéfinissable, elle lui demanda :

— Tu le sais depuis ce matin, et c'est maintenant que tu me le dis ?

— J'y réfléchissais, expliqua-t-il, soudain mal à l'aise devant cette attitude inédite.

— Tu voulais faire cavalier seul, oui ! explosa-t-elle soudain en se relevant, le bombardant de petits coups de poings sur l'épaule en riant.

Soulagé, il se massa l'épaule pour la forme alors qu'elle reprenait :

— Tu as eu peur, hein ?

Il souriait sans répondre, comme un aveu pudique. Elle s'avança et déposa un baiser sur sa joue.

— Tu croyais que j'étais fâchée, pas vrai ?

— C'est vrai, convint-il.

— Bon, conclut-elle. Ça t'apprendra à garder des informations pour toi. Vraiment, tu y crois, toi, à cette histoire de pouvoir ?

Il haussa les épaules et leva les mains en signe d'impuissance.

— C'est si nouveau… On dirait qu'on entre peu à peu dans un autre monde.

— C'est-à-dire ?

— Ben, ça n'est plus de la foi, comme on pouvait le penser à Rome, avec Saint-Pierre, et toutes les églises, et un obélisque devant chaque basilique majeure…

Il s'arrêta, plus par instinct que par réflexion, et se tourna vers Aurore qui le regardait avec son air narquois, le petit sourire en coin. Sans lui laisser le temps de parler, il enchaîna :

— Oui je sais, Saint Paul Hors les murs qui n'en a pas… Mais, là-bas, à Rome, c'est le siège de la chrétienté quand même, et même si des obélisques fleurissaient ailleurs, ils étaient toujours proches d'un lieu religieux, où les gens prient. Mais là, on dirait qu'on entre dans la protection magique, avec des inscriptions pour matérialiser cette magie comme dans les films. Avec des monuments près des lieux de pouvoir maintenant, qu'ils soient politiques, comme ici — il désigna la direction du nord vers le palais de l'Élysée et son président de la République, puis au sud où se trouvait le Parlement, de l'autre côté de la Seine —, ou Londres, Washington, et même Tel-Aviv, ou économique, comme à New-York par exemple.

— Il y en a beaucoup ?

— Je ne m'en souviens pas de tous, tellement il y en a, entre les antiques, transportés, et les nouveaux, fabriqués, comme à Buenos Aires, Miami et ailleurs…

Jérôme, la voyant le regard dans le vague, s'était tu, regardant son profil encadré par sa chevelure brillant dans les rayons de soleil traversant les feuillages. Elle resta là, à réfléchir, regardant les touristes tentant de s'abreuver à la fontaine Wallace de l'autre côté de l'avenue et les mères de familles promenant leurs enfants dans les allées. Au bout des plusieurs minutes, elle se tourna vers lui :

— Il faudrait que l'on appelle Saverio.

— Mais, il a dit qu'il ne pouvait plus rien pour nous.

— Il faudrait quand même qu'il nous donne des pistes. Pourquoi il nous a parlé de Napoléon, par exemple ? Et puis ce qu'il nous a dit en latin avant de nous quitter.

— *Sequimini sapientiam* ? Ça veut dire : suivez la sagesse, répondit-il.

— Je sais, tu me l'a déjà dit. Mais qu'est-ce que ça veut dire, vraiment ?

— Les téléphones sont marqués de toute façon. C'est ce qu'il nous a dit aussi.

Elle haussa les épaules et lui répondit :

— On n'a qu'à faire comme lui. On en prend des neufs et on recopie les numéros.

Il la regarda un moment, un peu comme on regarde un enfant nous énonçant une évidence oubliée, partagé entre l'admiration du cerveau de la jeune femme fonctionnant à plein régime et la légère

rancœur qu'apporte la constatation de sa propre imperfection. Co-
piant Aurore sans vergogne, il se leva et lança :

— Alors, on y va, qu'est-ce que tu attends ?

Celle-ci, un peu éberluée, le suivit silencieusement pendant
quelques mètres, puis explosa :

— Mais, c'est moi qui dis ça normalement !

Il haussa les épaules et ajouta :

— C'est pour te montrer… aïe, aïe…

Elle lui avait attrapé la peau du biceps entre le pouce et l'index
qu'elle serrait comme une pince, imprimant de plus un mouvement
de torsion.

Piazza di Montecitorio – Rome.

Elle marchait doucement, semblant ne pas voir les groupes de
touristes évoluant autour d'eux, se déplaçant à pas glissés, les bras
raides dirigés vers le sol, insensible aux rayons déjà brûlants du soleil.
Derrière eux venait l'homme qui était arrivé avec elle, dans l'avion.
Toutes les minutes, il consultait un petit appareil qui était relié à son
smartphone.

Denis observa la femme à la dérobée. Il lui donnait soixante-dix
ans, indestructible. Maigre et nerveuse, elle devait mesurer moins
d'un mètre cinquante. Son visage, ridé et tanné aux yeux légèrement
bridés, était encadré par des cheveux gris et raides qui n'avaient certainement pas vu un coiffeur depuis des décennies. En y prêtant attention, on pouvait remarquer que les vêtements qu'elle portait, supportait plutôt, étaient bien trop neufs pour elle. Et, s'ils lui allaient, on
voyait bien qu'elle n'était pas à l'aise, comme quelqu'un de déguisé
provisoirement.

Elle s'arrêta soudain, puis, à grandes enjambées, se dirigea vers
l'obélisque. Elle apposa ses deux mains sur le soubassement, fermant
les yeux un instant, puis se retourna vers Valentin qui releva la tête de
son instrument. Elle pointa sa main droite vers l'ouest en prononçant
quelques mots dans son dialecte incompréhensible.

Valentin se retourna vers Denis, comme à chaque fois que Talya s'exprimait. Il traduisit :

— C'est par là.

— Quoi exactement ?

Valentin se tourna vers Talya et bafouilla la demande de Denis. Autour d'eux les passants se retournaient devant ce trio atypique se traduisant mutuellement dans des langues impénétrables. La vieille femme répondit brièvement et Valentin se tourna vers Denis :

— Elle dit que c'est le même, mais plus… fort.

La femme regardait Denis, suivant l'échange entre les deux hommes. Quand elle comprit que Valentin avait transmis son information, elle fixa Denis dans les yeux en hochant la tête, désignant l'ouest. Il opina du chef puis murmura : « Je vois. » Il revint vers Valentin et lui dit :

— On va prendre un taxi. Elle parle quoi exactement ?

— Un dialecte nenet. C'est une *tadebeya* très connue.

Denis attendit un moment, mais l'autre semblait lui avoir tout dit. Il haussa les épaules, remettant ça à plus tard alors qu'un taxi arrivait.

Via degli Spagnoli – Rome.

Ils débouchèrent au milieu d'un groupe d'Allemands en goguette, qui dépensaient l'énergie absorbée à la *colazione* à chercher un endroit où déjeuner. Abusant de sa corpulence, Giovanni se fraya un passage à travers les mauvaises volontés, tirant Silvio qu'Enzo, en soutien, était là pour pousser le cas échéant. Échappant à la pesanteur teutonne, ils parcoururent une trentaine de mètres vers la *via della Stelletta*, avant que Silvio ne s'arrête net, manquant faire tomber à la renverse Giovanni qui l'agrippait fermement par le bras, il amortit de son bras droit Enzo qui, surpris, n'avait pas eu le temps de s'arrêter.

Poussant un portail en fer forgé, Silvio, ayant de nouveau troqué la soutane pour un habit de ville, les entraîna dans la venelle qui courait entre les deux immeubles, sur leur droite. De courettes qui ne voyaient jamais le jour en allées improbables, ils débouchèrent en courant devant une petite église dont ils firent le tour par des petites rues. Voyant qu'il savait où il allait, les deux hommes laissaient faire Silvio, notant simplement le nom des rues au passage. Ils suivirent un moment la *via del Campo Marzio*, puis débouchèrent soudain derrière le Parlement, calmant l'allure, en sueur, ils se forcèrent à marcher jusqu'à la *via del Corso* où ils sautèrent dans le premier bus qui passait.

La *piazza Venezia*, assaillie de touristes dominés par son cavalier présomptueux, défila devant leurs yeux. Le silence avait fait place au soulagement et, réfugiés à l'angle arrière du bus de la ligne 81, chacun profitait de ce répit pour essayer de s'habituer à cette nouvelle réalité dans laquelle ils venaient de basculer. Giovanni sortit un smartphone éteint d'une des innombrables poches de son pantalon aux nuances kaki et l'alluma. Quelques secondes après, en chuchotant, il demandait à Silvio :

— Tu as téléphoné à Venise, à partir de Saint-Pierre ?

Le savant ouvrit des grands yeux, alors qu'Enzo pâlissait un peu plus, puis il hocha la tête.

— Ils viennent à San Lazzaro, laissa tomber Giovanni dans un murmure alors que le bus contournait le Colisée.

— Ils les ont appelés ? demanda doucement Silvio.

Giovanni secoua la tête pendant qu'Enzo suivait leur échange, regardant alternativement à droite et à gauche comme dans un match de tennis.

— Ils veulent faire une surprise, expliqua Giovanni, en se permettant le premier sourire depuis le matin.

Comme les deux autres le regardaient sans comprendre tout à fait, de son index seul il décrivit un petit cercle vers le bas, puis énonça en guise d'explication :

— Leurs ordinateurs…

Les yeux d'Enzo s'agrandirent encore plus, lui donnant un faux air de hibou alors que Silvio se mettait à rire en silence. Il demanda :

— Et nous ?

L'autre tapota sur son clavier tactile, puis répondit :

— On descend à Prenestina et on prend un billet pour Trieste en changeant à Tiburtina. Ils n'y auront pas d'hommes.

Le bus longeait déjà la gare quand Enzo demanda :

— Pourquoi Trieste ?

Les deux plus anciens se regardèrent et Silvio répondit :

— Parce qu'il passe à Venise.

Aéroport de Nice.

La colonne devait bien faire dans les vingt véhicules, monopolisant la quasi-totalité de la chaussée réservée aux déposes minute, devant le Terminal 1. Le commissaire Villeneuve, téléphone à l'oreille observait d'un œil distrait le début d'émeute organisée par une milice spontanée de chauffeurs de taxis prenant à partie ses collègues des derniers véhicules. L'incontournable Machy le regardait justement, comme si, en plus de ses problèmes, il fallait qu'il rétablisse la paix républicaine que leur intervention avait troublée ici. L'inspecteur marchait dans sa direction et Villeneuve se détourna ostensiblement, regardant vers la tête de colonne tout en écoutant Vivaldi assassiné par au moins une douzaine de copies successives rendant inaudible l'extrait des Quatre Saisons que la planète entière avait appris à redouter.

Là-bas, dans le panier à salade dépourvu de climatisation les trois suspects mouillaient leur chemise stoïquement, avec l'assurance tranquille de ceux qui attendent la fin d'un contre-temps. Contrairement à ce que Villeneuve et son équipe avaient cru, les trois hommes n'avaient fait aucune difficulté lorsqu'ils s'étaient fait appréhender en sortant de l'aérogare. Et lorsque le technicien de la police avait ouvert la malle contenant un petit arsenal, le plus âgé des trois avait simplement indiqué que c'était illégal, que la malle était protégée par le statut de valise diplomatique.

En fait, pesta Villeneuve, il devait y avoir un quatrième homme, car à peine avaient-ils fait monter les suspects dans le véhicule de transport — qui n'avait pas bougé depuis — les coups de téléphone avaient commencé à pleuvoir comme une mousson téléphonique. Et depuis, les véhicules qui représentaient une bonne partie de la flotte de la police banalisée niçoise étaient bloqués là, et de coup de fil en coup de fil le commissaire niçois avait dû subir tous les degrés de la hiérarchie républicaine. Vivaldi laissa enfin place au silence électronique, juste avant qu'une voix onctueuse de plusieurs décennies de servitude annonce :

— Le ministre des Affaires Étrangères vous prend en ligne.

Il patienta encore une dizaine de seconde, puis la voix du ministre, dont il avait déjà dû entendre le timbre au Vingt Heures, résonna profond dans l'écouteur.

— Bonjour commissaire.

— Monsieur le Ministre…

— C'est une affaire bien embarrassante.

— Probablement des terroristes, tenta sans conviction Villeneuve.

— Non, non, non. Je crois que vous avez mis les pieds dans le plat, commissaire, mais enfin… vous ne pouviez pas savoir.

— C'est en relation avec une affaire précédente…

— Il n'y a pas eu d'affaire précédente, le coupa le ministre, d'une voix devenue plus ferme instantanément. Le préfet m'a dit que vous le pensiez, mais le Ministre de l'Intérieur, que je viens d'avoir en ligne, vous l'a pourtant clairement signifié hier.

— C'est vrai, admit Villeneuve, commençant à battre en retraite. Mais c'était… notre source qui l'avait présenté ainsi.

Villeneuve, au dernier moment, avait évité de révéler que l'opération avait été décidée suite à un mail anonyme. Comme prévu, le ministre sauta sur l'occasion :

— Votre contact s'est trompé. Tout simplement. Écoutez commissaire, j'admire le travail de la police, et bien que vous dépendiez plutôt du Ministre de l'Intérieur, cette affaire a mis mon service dans l'embarras. Je vous ai appelé personnellement, mais je peux le faire confirmer par votre ministre de tutelle si vous préférez.

— Ça ira, capitula Villeneuve, que voulez-vous que nous fassions ?

— Libérez-les au plus vite, et qu'on n'en parle plus.

Les véhicules de police démarrèrent, certains faisant crisser de rage les pneus devant les trois hommes impassibles, debout devant l'aérogare avec leurs bagages à leurs pieds. Villeneuve monta en dernier dans sa voiture et celle-ci démarra doucement, passant devant les suspects libérés comme pour une dernière inspection. Avant de s'engager sur la Promenade des Anglais, le chauffeur le regarda par le rétroviseur et demanda :

— On rentre au poulailler patron ?

Villeneuve le regarda un moment sans comprendre, puis regardant sans les voir les avions privés stationnés sur le tarmac, de l'autre côté du grillage de clôture, il répondit :

— Non, on n'est pas si pressé. On va boire une bière plutôt.

Gare de Tiburtina – Rome.

Les trois hommes étaient bien là, à l'emplacement du dernier contact électronique émis par le smartphone d'Enzo. Pour l'heure, ils étaient assis sagement sur un banc, sur le quai 2 qui commençait à se remplir. Le prochain train annoncé sur ce quai allait à Trieste, partant d'ici dans quarante minutes. Ils étaient arrivés à temps, songea Denis. Ceux-là, manifestement en fuite comprenait-il, avaient éteint leurs appareils, les privant de traçage, lui et ses successeurs qui pour le moment étaient restés invisibles.

Heureusement, les hommes envoyés par Lobanov avaient été efficaces. Ils avaient compris la situation et en avaient référés à Oziorsk. C'est comme ça que Talya, son traducteur et lui-même étaient venus là, en urgence. Denis, sans avoir besoin de traduction, désigna le banc à la vieille femme taciturne. Celle-ci partit de son pas nerveux, passa devant les trois hommes assis, en leur jetant à peine un regard, puis marcha encore une trentaine de mètres, avant de s'intéresser aux panneaux indicateurs fixés au-dessus du quai. Elle revint ensuite de son même pas nerveux et s'arrêta à une cinquantaine de centimètre de Denis qui s'était mis en retrait, hors de vue des hommes en fuite.

Elle le fixa un moment au fond des yeux, puis, sans ciller, transmis son message incompréhensible. Derrière lui, Valentin traduit :

— Le plus vieux, celui du milieu, sait des choses. C'est un grand savant.

— Des choses qui nous intéressent ? demanda Denis en continuant à fixer Talya.

Une question-réponse après, Valentin reprit :

— Il sait tout.

Il fit un rapide compte rendu crypté à Oziorsk, suggérant une intervention. Cinq minutes après, la réponse arriva par le même canal, concise :

« Laissez-les partir. »

Avenue Foch – Paris.

— C'est quoi ?

Devant elle, l'écran montrait des dizaines de traits de différentes couleurs qui zébraient le plan de Rome, à tel point que la partie centrale de ces tracés recouvrait la plus grande partie du dessin des rues. Jérôme manipula la souris et une bonne partie des traits disparut. Désignant des parties du plan, sur l'écran, il expliqua :

— C'est un logiciel qui sert à trouver des schémas architecturaux ou logiques, sur des sites de fouilles où les données sont fragmentaires. Tu vois, là, là et là, ce sont les obélisques, à leur emplacement actuel, je viens de retirer les emplacements qu'ils occupaient dans l'Antiquité.

Il manipula sa souris et une fournée de traits disparut encore, ne laissant que quelques tracés. Il appuya sur une combinaison de touches, et les traits s'animèrent se matérialisant et disparaissant d'eux-mêmes. La lumière de l'écran, seule source lumineuse de l'appartement, projetait une pâle clarté sur leurs visages. À neuf heures, la fraîcheur adoucissait la soirée et, par les fenêtres ouvertes, ils entendaient la circulation devenue paresseuse. Depuis qu'ils étaient rentrés, à la mi-journée, Jérôme s'était installé devant son ordinateur, travaillant sans relâche en compulsant des notes qu'il avait commencées à prendre à Rome ou consultant la tablette numérique. D'abord curieuse, Aurore était restée un moment avec lui, le voyant disposer des repères sur les cartes, manipuler des coordonnées GPS et inclure des notes dans des bulles de sous-programmes. Puis, elle s'était mise à travailler de son côté, collectant des données architecturales depuis l'Antiquité jusqu'au 21ème siècle, elle s'était arrêtée pour préparer un repas qu'ils avaient mangé tous-deux sur le pouce, distraits un moment par l'apparition en coup de vent d'Amandine en robe de soirée.

Enfin l'écran se figea. Seul restaient quelques traits dont plusieurs clignotaient.

— Alors, demanda encore Aurore, qu'est que ça veut dire ?

Jérôme, se levant pour lui laisser la place devant l'écran, indiqua les points qui clignotaient.

— Là, il n'y a que les premiers obélisques redressés, à la Renaissance. Le clignotement, signale une correspondance logique.

— Laquelle ?

— Des angles droits.

Elle regarda l'écran, plus attentivement, son doigt courant le long des lignes.

— Ils les ont implantés de telle manière qu'ils fassent des angles droits entre-eux ?

Il hocha la tête.

— Apparemment. Chaque obélisque est le sommet d'un angle droit, au moins.

Elle fixa l'écran, attentivement, ses yeux passant rapidement d'un endroit à un autre. Au bout d'un moment, elle dit :

— Il y en a trop là.

— Des obélisques ?

— Oui, dans la première vague, installée de 1586 à 1589, il n'y en avait que six.

Comme il la regardait en souriant, vaguement condescendant, elle désigna des points, en énumérant :

— Place Saint-Pierre, *Piazza del Popolo*, Sainte-Marie-Majeure, sur l'Esquilin, Saint-Jean-de-Latran, villa Médicis et enfin celui de la villa Celimontana…

Il la regardait toujours de la même manière, dont il savait qu'elle lui portait sur les nerfs, aussi ajouta-t-elle :

— … cher à notre *amico* Mattéï. Cela fait six, pas huit.

À l'évocation du vieux beau, le sourire de Jérôme se crispa un court instant, pas assez court pour qu'elle ne le remarquât pas, l'ombre d'un sourire malicieux éclairant fugacement le visage de la jeune femme. Elle regarda encore la carte et, pointant son doigt sur le sud de la représentation, lui dit :

— Mais, c'est la *Piramide* ! Tu l'as mise aussi ?

— Oui, confirma-t-il, je te montre juste après pourquoi, regarde, voilà les angles droits.

L'écran était revenu à un fouillis de lignes allant d'un monument à l'autre.

— Saint Pierre par exemple, il forme un angle droit avec lesquels ? demanda-t-elle.

— Mauvais exemple, c'est le seul qui ne soit pas le sommet d'un angle droit, enfin, avec la *piazza Navona* aussi, mais nous y reviendrons.

Elle le regarda d'un air moqueur :

— Saint Jean de Latran, alors ?

Il vérifia sur l'écran :

— Entre Celimontana et Sainte-Marie-Majeure.

Elle s'enquit des angles droits pour encore deux monuments, puis, lui prenant l'avant-bras, demanda :

— Alors, explique pour la *Piramide*.

— Regarde !

Il cliqua sur la souris, et plusieurs traits émergèrent, en plus épais de l'ensemble que formaient les autres. Au milieu, on voyait deux traits se croisant horizontalement et verticalement suivant les points cardinaux.

— Le logiciel m'a sorti ça, dès que j'ai mis la Piramide, par curiosité, l'ensemble me semblait manquer de symétrie. Après tout, elle est là depuis deux mille ans.

— Formidable, souffla-t-elle, une croix chrétienne qui couvre tout Rome. Celui-ci — elle désigna un point à l'est du centre de Rome — c'est...

— Dogali, tu te rappelles... c'est le premier que l'on a vu.

Au rappel de ce moment, seulement quelques jours auparavant, mais qui donnait l'impression d'avoir duré des années entières, ils laissèrent le silence durer un peu, seulement troublé par les éclats de voix feutrés provenant de l'avenue, quatre étages plus bas. Jérôme s'assit à côté d'Aurore, passant lui aussi ses doigts sur l'écran, touchant à dessein, de manière fortuite, ceux de la jeune femme. L'index arrêté au sud de la place de la République, il continua :

— Il a été placé là le dernier, mais son emplacement précédent, entre 1887 et 1925, était à peine plus à l'est, sur la même latitude, aussi le schéma général ne changeait pas.

Il manipula la souris pour épaissir encore le trait, matérialisant une croix s'étendant depuis le nord à la colline du Pincio jusqu'au sud la Pyramide de Cestius et de l'est au Dogali à l'ouest, sur la place Saint-Pierre.

— Elle a été construite quand déjà ?

Il sourit, manifestement satisfait qu'elle lui pose une question qu'il attendait. Il montra un point au centre du graphique, à l'endroit où les éléments de la croix se rejoignaient.

— À la mort de ce Cestius, en 12 avant J.-C., au moment où les légions romaines, à Héliopolis, prélevaient le premier obélisque qu'ils ont érigé ensuite là, en l'an -10, sur le Champ de Mars.

— C'est vrai, le premier, dans l'Antiquité, c'était celui de Montecitorio. Elle désigna un point à quelques millimètres de l'intersection qu'avait montré Jérôme, il n'a pas bougé depuis.

— Pas vraiment, peut-être une cinquantaine de mètres depuis l'Antiquité, il est devant le Parlement Italien...

— Un lieu de pouvoir... murmura-t-elle en écho, au centre de la croix...

Puis semblant s'apercevoir de quelque chose, elle se tourna vers lui, montrant les lieux où siégeait le Parlement.

— Tu l'as mis dans les premiers, avec ceux de la Renaissance, mais il n'est pas là depuis si longtemps.

— C'est vrai, il est debout là, devant ce qui était la Curie puis le Palais du Pape, depuis 1789.

— La révolution... » murmura-t-elle pensive, comme si cela éveillait quelque chose dans ses souvenirs, puis elle sembla se réveiller d'un court instant de sommeil. « Mais, c'est deux siècles après les autres.

Elle croisait les bras, comme une première de la classe sûre d'elle-même alors que Jérôme secouait la tête.

— Sixte Quint, encore lui, l'avait fait redresser avec les autres, et cela faisait donc un total de sept obélisques pour la première vague, plus la Pyramide, nous avons donc bien huit points. » Il la regarda avec un sourire satisfait, puis reprit : « Mais c'est vrai que trois ans plus tard, celui de Montecitorio s'est effondré à nouveau, jusqu'à ce qu'ils l'érigent encore... à la veille de la Révolution Française. Ça te disait quelque chose, la Révolution, il y a un instant ?

Elle haussa les épaules, avant de répondre.

— Une double coïncidence qui m'a marqué, c'est tout.

— Allez ! Dis maintenant !

— En 1789, ils ont redressé, au milieu de Rome, ce monument qui avait déjà été volé à une autre religion. Je parle de l'obélisque de Montecitorio, qui était déjà un lieu de pouvoir puisque le Pape dirigeait la moitié de l'Italie depuis ce Palais, alors qu'au même moment commençait la Révolution de l'autre côté des Alpes.

— Oui ?

— Et, à l'endroit où plus tard il y aurait un autre obélisque, sur la place de la Concorde, des centaines de prêtres allaient être décapités...

— Tu penses qu'il y aurait un lien, dans le genre des inscriptions qu'ils gravent ? Ce serait quelque chose qui aurait plus à voir avec la magie qu'avec la religion, alors ?

Elle ne répondit pas, son regard se perdant par la fenêtre ouverte et la douce soirée d'été. Interprétant ce regard, il lui proposa :

— Tu veux qu'on sorte après ?

Elle le regarda avec un éclair de gratitude :

— D'accord ! Quand on aura mangé ! s'exclama-t-elle avec la joie d'une enfant,

Comme il se levait, elle lui mit la main sur le bras et demanda :

— Mais d'abord, tu m'as dit que tu avais placé ceux de l'Antiquité.

— C'est vrai. » Il la regarda qui fixait l'écran, puis reprit : « Tu voudrais les voir ?

— Juste une minute.

Deux clics plus tard, le dessin en superposition avait un peu changé, laissant la place à une symétrie plus oblique. Un graphique en forme de T dont la patte verticale descendait avec un angle qu'elle estima à 160 degrés, et une barre horizontale qui la coiffait à angle droit, dont l'extrémité occidentale provenait aussi, comme pour la Rome Moderne, de la colline du Vatican. Elle examina le graphique pendant deux bonnes minutes, alors que Jérôme la regardait en silence, puis, d'une seconde à l'autre, s'étirant comme un chat, elle énonça, comme un verdict :

— J'ai faim !

Avenue Foch – Paris.

Jérôme était descendu chercher des pizzas et, profitant de son absence, Aurore s'était installée sans vergogne devant son ordinateur, manipulant la souris, évaluant les progrès qu'il avait faits depuis le matin, et contrôlant par là-même il ne savait trop quelle théorie qu'elle avait développée en secret. Elle croisa ostensiblement les bras, fixant l'écran avec un sourire indéfinissable, alors qu'il posait ses cartons chauds à côté des assiettes, verres et couverts.

— Tu veux que je te montre ? lui demanda-t-il pour la cinquième fois de la journée.

— Pas besoin, affirma-t-elle avec un regard de défi, avant de reporter son attention sur l'écran avec une satisfaction évidente.

— Ah oui ? fit-il distrait en disposant leur dîner à l'autre extrémité de la table.

Il revenait avec une bouteille dans chaque main, eau minérale et vin bio, faisant un détour pour passer derrière elle, espionnant désinvoltement l'écran au passage, quand il s'arrêta soudain, comme sidéré. Sur son écran, son programme tournait, comme d'habitude, ou presque. Cette fois-ci les diagrammes qui apparaissaient en superposition du plan de Rome n'étaient plus tout à fait les mêmes. Là où il avait l'habitude de voir des droites simples, se coupant et se recoupant comme un gigantesque jeu de mikado, il voyait maintenant des triangles, parallélogrammes et autres formes géométriques, se coupant et se superposant, créant ainsi des dizaines d'autres figures par le jeu des ensembles d'intersections. Sans se retourner, avec son sourire taquin, Aurore gela le programme quelques secondes, triturant des paramètres, et remit le moteur logique en route. Les formes avaient pris des couleurs ! Les différenciant entre elles : les triangles en rouge, les losanges et parallélogrammes en vert, etc. Puis les formes s'arrêtèrent sur l'écran, présentant maintenant un patchwork de formes imbriquées.

— Je préfère comme ça !

Jérôme s'éveilla de son état second au son de la voix d'Aurore. Celle-ci, toujours les bras croisés, se tourna un peu vers lui avec un grand sourire. Voyant son air ébahi, elle revint d'un coup à son langage restreint :

— Quoi ?

— Mais… c'est formidable, toutes ces formes. Comment tu sais faire ça ?

Elle haussa les épaules en se levant, le délesta de ses bouteilles dont elle commençait sérieusement à craindre la chute et expliqua en les posant sur la table :

— On a presque les mêmes logiciels en architecture, alors une fois que tu sais où sont les boutons…

Il s'était avancé, puis, comme un zombi, s'était assis devant son ordinateur, détaillant les formes inscrites. De son côté, elle le regardait, prête à s'installer pour dîner.

— Alors, tu viens ? lui dit-elle.

— Mais c'est…

Il montrait les formes, comme un enfant émerveillé.

— De la géométrie sacrée, oui…

Elle sursauta, la parole coupée par le téléphone fixe qui sonnait avec une mélodie désuète, incongrue. Retenant leur souffle, ils l'observèrent jusqu'à ce que l'antique répondeur prenne le relais et que là-bas, quelque part de l'autre côté de la ligne, leur correspondant raccroche.

Forum des Halles – Paris.

Le labyrinthe de couloirs souterrains ne semblait pas vouloir finir, lui mettant les nerfs à vifs, elle marchait à pas rapides, faisant claquer les talons vers la sortie qui semblait se dérober à chaque fois devant eux. Faisant de son mieux pour rester à sa hauteur, Jérôme rongeait son frein, retenant depuis trop longtemps la question qu'il voulait poser. Enfin, après un dernier escalator en panne, ils débouchèrent dans l'air nocturne au milieu de groupes bavardant et riant. Il la guida, parcourant en diagonale un square avec une construction ancienne en son centre.

— C'est quoi, demanda-t-elle plus détendue.

— La Fontaine des Innocents, la rue des Lombards est juste là-derrière.

Il désigna vaguement du bras la direction devant eux. Comme elle tournait son visage vers lui, rayonnante, il lui demanda :

— Pourquoi, tu voulais voir les obélisques, dans l'Antiquité ?

— Une idée, comme ça, rien de formel, éluda-t-elle.

— Mais, insista-t-il, tout à l'heure, pour Montecitorio, tu m'as parlé d'une double coïncidence, et finalement tu ne m'en as donné qu'une seule.

Elle s'arrêta, et se tourna vers lui pour le regarder, comme quelqu'un qui n'ose pas franchir un pas. Lui s'était posté devant elle, et l'encourageait du regard. Un sourire éclaira son visage, et elle prit la parole :

— C'est juste que, quand ils ont assassiné Saint-Pierre, c'est au pied d'un obélisque et il y est toujours, c'est celui de Saint-Pierre maintenant.

— Oui ?

— Eh bien dans tes dessins, des rayons semblent partir du Vatican, comme ceux d'une coquille Saint-Jacques, ou encore comme un réseau de lignes électriques ou de routes, ou même des ondes d'émetteurs à émetteurs. Alors il m'a semblé qu'il existait une relation entre la coïncidence de la seconde érection de l'obélisque de l'Horologium volé avec la Révolution, comme une punition ou un retour de bâton, et d'autre part la mort de Saint-Pierre et une information amplifiée qui diffuserait le christianisme dans tout l'Empire Romain, comme un retour de bâton aussi.

Elle le regardait, attendant, sa réaction. Il croisa son regard, comprenant qu'elle en avait fini, un seul mot fusa, d'un souffle :

— Merde !

18

Chapelle Sixtine – Rome.

Monseigneur della Casa, semblait plus petit, assis sur le banc de bois patiné. Tout petit, même sous la voûte aux peintures connues de la planète entière, il semblait presque recroquevillé dans sa soutane rouge, à droite de la cheminée de marbre, sous la fresque du jugement dernier. Monseigneur Battisti, revêtu aussi de sa soutane rouge, ralentit un peu son allure pour s'imprégner du spectacle, pressentant plus que voyant un lien entre l'homme assis frileusement malgré les vingt-cinq degrés affichés à six heures du matin et l'allégorie mise en scène cinq siècles auparavant par Michel-Ange. Oui, le Secrétaire d'État avait manifestement perdu de sa superbe depuis leur dernière rencontre, restait maintenant à savoir pourquoi, et quel bénéfice Battisti pourrait en tirer.

— Asseyez-vous à côté de moi monseigneur.

Battisti ne put s'empêcher de sursauter. Même si l'autre avait murmuré, sa voix amplifiée par l'acoustique de la salle déserte semblait avoir claqué comme un fouet. Il prit place à côté du Secrétaire d'État semblant absorbé par la représentation de Dieu au plafond. À cette heure-ci, l'encaustique du bois vernis se mélangeait aux senteurs synthétisées du désinfectant industriel montant du sol en mosaïque de marbre et aux formes géométriques. Alors que les échos de voix et de pas s'étaient dispersés depuis longtemps, le Secrétaire d'État se pencha en avant, manifestement habitué du lieu, et parla avec le menton rabattu contre la poitrine, son chuchotement ainsi ne quittant pas la sphère immédiate des deux seuls occupants du bâtiment.

— Le soleil se lève maintenant.

— Oui, répondit Battisti dans l'expectative.

Mal préparé, malgré sa tentative d'imiter l'autre, son « Oui » résonna quelques secondes, renvoyé plusieurs fois par les parois classées amplifiant la moindre parole prononcée. Della Casa rit franchement, accompagné aussi par ses échos.

— Vous verrez, on s'y fait, lui chuchota-t-il comme plus tôt. Et puis, il va sans doute falloir que vous y parveniez rapidement, ces jours-ci, mais la nécessité crée la fonction, dit-on.

Battisti, le cerveau en ébullition, comprit immédiatement le sens des paroles du Secrétaire d'État, se tournant pour le regarder gravement. L'autre hocha gravement la tête et reprit :

— Oui, c'est pour cette raison que vous avez foulé la place Saint-Pierre avant le soleil. Merci d'avoir répondu à mon appel.

— Je suis votre obligé, répondit Battisti, rappelant tacitement le choix précédent du Secrétaire, le laissant en place. Vous pensez avoir besoin de moi ?

— Le Saint-Père ne verra probablement pas le mois de septembre. Peut-être même nous aura-t-il quitté demain, il a eu une deuxième attaque cette nuit, après une survenue hier matin, et l'on peut compter sur les doigts d'une main le nombre de personnes au courant ce matin. Mais cela va changer, très vite.

Il se tut et regarda Battisti, vrillant son regard dans celui non moins acéré du Président de l'Académie pontificale.

— Sans doute, répondit celui-ci, mais je saurai me montrer digne de la confidentialité dont vous me faites l'honneur.

Apparemment satisfait de la réponse de Battisti, della Casa reprit :

— Anticipant cette journée, hier j'ai porté votre nom en tête de liste pour la désignation du Doyen du collège des cardinaux.

Battisti se tourna d'un coup, laissant échapper un « Mais ! » sonore dont ils durent attendre la fin des échos une trentaine de secondes.

— Cette charge est traditionnellement dévolue à l'Évêque d'Ostie, je ne peux pas l'ignorer. Mais il se trouve que le cardinal Demarte est mort, il y a trois jours de cela.

— Mais… de quoi ?

Le Secrétaire d'État se tourna vers Battisti avec un franc sourire, puis souffla :

— D'une longue maladie, dira-t-on… » Il fit un léger silence, puis ajouta « Avant qu'elles ne tuent, on les appelait honteuses.

— Excusez-moi, exprima Battisti, c'était maladroit.

L'autre haussa des épaules que Battisti n'avaient pas estimées aussi frêles les rares fois où il l'avait rencontré.

— Vous traitez des dossiers délicats, qui ont tendance, je le sais par expérience, à fausser le jugement des personnes à votre poste. Tenez, par exemple, le dernier, là, *Silentium*, pour lequel nous nous étions rencontrés, avec ses ultimes développements, il en est l'exemple type. À ce propos, vous allez probablement, même si cela ne plaira pas à tout le monde, présider le prochain conclave. Et vous admettrez que ces circonstances particulières nous obligent à des mesures adaptées. Nous ne pouvons plus nous permettre la moindre publicité qui sera exploité par les courants les moins… désirés de notre Sainte Église.

— Je comprends mon père. Il y a des… ordres qui ont été donnés, des… sous-traitants envoyés…

— Je sais tout ça. Payez-les. Qu'ils continuent, mais dans la discrétion, aucune trace. Et surtout, pour l'instant, pas de "préjudice". Nous aurons toujours le temps de voir plus tard, je pense.

— Sans doute, oui, nous avons de la marge.

— Alors, préparez-vous dès aujourd'hui, nous devons nous montrer solidaires dans la tâche qui nous incombe, et vous allez devoir assumer la responsabilité dont je vous ai investi. J'ai toute confiance en vous, Monseigneur, vous aurez la sagesse, demain, de guider vos pairs jusqu'au prochain Saint-Père… celui qui saura porter nos espoirs…

Boulevard Saint-Michel – Paris.

Ça avait été un bureau d'étude, quelques années auparavant, avec le matériel dernier cri pour l'époque. Puis cette dernière s'était tellement usée qu'elle avait changé, remplaçant les clients, les dispersant chez quelque prestataire délocalisé, obligeant les propriétaires, comme le leur adjoignaient les gourous de l'économie, à faire preuve de créativité, à inventer pour survivre, se louant maintenant, en fait, à la prestation. Jérôme sur les talons, Aurore poussa franchement la porte sur laquelle était scotchée une feuille imprimée qui, en grosses lettres, proclamait : Ordication.

Dans les angles, la poussière s'accumulait leur semblait-il, et le type, qui marmonnait un « Bonjour ! » apathique en se levant de derrière sa banque au design des années 2000 avait le look décati de cette période, tee-shirt noir, godillots au pied et, discrètement Aurore donna un coup de coude à Jérôme en lui désignant du menton, posé sur le formica blanc autrefois immaculé, la sempiternelle besace en cuir des branchés de cette époque.

— Bonjour, lança Aurore, sans laisser à l'autre le temps de répondre. Nous sommes de passage à Paris, en panne pour une commande, et nous avons besoin de machines avec des logiciels de calcul vectoriel sur base graphique, dans le type de ceux-ci.

Elle tendit une feuille de papier au quadragénaire qui, avec ses yeux cernés et son teint blanchâtre, n'avait probablement pas émergé de *World of Warcraft* depuis quarante-huit heures, ou alors pigeait-il comme figurant pour une version théâtrale de Twilight. Il prit la feuille avec des ongles en deuil et, après y avoir jeté un rapide coup d'œil, désigna une ligne d'un index jauni par le tabac :

— Nous avons celui-ci.

Aurore jeta un regard à Jérôme ou celui-ci lut le soulagement.

— D'accord, dit-elle à l'ancien jeune homme qui semblait plus perplexe que satisfait de repousser d'une journée l'inévitable dépôt de bilan.

— C'est la version 3.0, précisa-t-il, presque soupçonneux à la perspective de faire du chiffre d'affaires.

Aurore réfléchit un instant, puis demanda :

— La dernière c'est la cinq non ?

— La sept », insista-t-il, arrivant quand même à susciter le doute chez Aurore.

Voyant celle-ci hésiter vraiment maintenant, le gérant parut rassuré, paradoxalement. Il expliqua :

— Les fonctions de bases sont les mêmes, mais la trois est un peu plus lente, c'est tout.

Il montra un ordinateur sur un bureau isolé en lui disant :

— Le soft tourne sur cette bécane, les joueurs n'y vont jamais.

— Les joueurs ? demanda Aurore, comme une étrangère découvrant d'autres coutumes.

— Oui, ils se lèvent plus tard, répondit l'autre en riant. Ils jouent en réseau, d'habitude sur celles-ci. » Il montra une rangée de quatre ordinateurs contigus. « Ils font des scores sur le net, et quand ils gagnent de la tune, ils peuvent me payer. » Il avait énoncé la dernière phrase d'un air gêné, comme on récite une excuse. Il finit : « Ils font un peu de bruit, alors si vous devez vous concentrer…

Aurore consulta Jérôme qui haussa les épaules.

— Ça va aller, conclut-elle. On peut l'avoir ?

— Ça marche, répondit le gérant sur le visage duquel naissait un vrai sourire. Pour combien de temps ?

— Ça dépend du temps de calcul », répondit Aurore en écartant les bras en signe d'ignorance. Elle déposa trois billets jaunes sur la banque, agrandissant d'un coup le sourire du propriétaire. Elle finit : « Et aussi si on peut entrer les données avec une clef USB.

— Par USB, mail, wifi, faites comme chez vous, je m'appelle Christophe », finit le gérant en les laissant à leur sort alors qu'un ado venait d'entrer, marchant tête basse, les cheveux dans les yeux qui de toute façon ne fixaient que le sol. Il serra la main du patron d'un air distrait avant de se diriger vers la rangée des quatre ordinateurs qu'avait désigné le gérant plus tôt.

— Je te les explose à Frisco !

Jérôme regarda Aurore qui leva les yeux au ciel. Là-bas, de l'autre côté de la salle, le tagada des doigts mitraillant les claviers était continu depuis maintenant une bonne heure, ponctué d'exclamations comme celle que venait d'éructer un jeune homme gothique à la timidité maladive lorsqu'il était entré, le dernier d'un groupe de quatre qui se répartissait la plus grande partie du local.

Devant eux, sur l'écran analogique de vingt pouces, les formes commençaient à se fixer, flanquées de post-it numériques par le logiciel, comportant le résumé des informations les plus essentielles pour l'objet donné, clignotant même, si ces valeurs ou rapports s'approchaient de celles qu'avaient défini Aurore en début de journée.

— On ne peut pas bosser comme vous faites sans bière.

Surpris dans leur concentration, ils se retournèrent d'un même mouvement au son de la voix dans leur dos, le gérant se tenait là, deux bières mexicaines décapsulées au verre brouillé de buée prometteuse. Il les leur tendit avec un sourire d'ado égaré dans le monde des grands, alors que sans le vouloir vraiment, son regard glissait sur l'écran. Il s'y arrêta une seconde, fronçant un instant les sourcils alors que ses deux clients le délestaient des bières. La question sembla fuser malgré lui :

— Vous travaillez sur les champs telluriques ?

Il ouvrait des yeux ronds, comme un gosse devant un gâteau au chocolat. Puis, soudain, il sembla se réveiller en voyant leur mine stupéfaite, reculant même d'un pas sous le regard courroucé d'Aurore. Il bredouilla :

— Excusez-moi, ça ne me regarde pas.

Déjà il se tournait, se préparant à apostropher les joueurs dont le niveau de décibel s'approchait de celui du boulevard Périphérique à midi, quand Jérôme l'appela. Le faisant revenir, il lui demanda :

— Vous parlez des lignes virtuelles qui passent sous les cathé-drales ?

— Ben oui, et partout ailleurs, répondit l'autre, semblant peiné de le préciser, commençant à penser, certainement, qu'il les avait suréva-lués pendant un moment.

— Et tout ça », demanda Aurore. Elle désignait l'écran avec ses formes et ses lignes. « pour vous ce sont des champs telluriques ?

Il les regarda tous les deux, et demanda :

— Vous êtes sérieux, vous ne savez vraiment pas ?

Aurore et Jérôme se regardèrent, comme deux invités en costume cravate perdus en plein bal masqué.

— C'est de la géométrie sacrée, expliqua Aurore.

— Oui, c'est vrai, et même si je ne suis pas spécialiste », dit-il en regardant les formes que la jeune femme, par discrétion, avait faites apparaître sans mention de lieux, sur un fond blanc. « Là je reconnais un triangle rectangle au nombre d'or. Un demi-rectangle d'or quoi. » Il désignait le triangle dont l'angle droit était formé de l'obélisque de Latran, avec Celimontana et Sainte-Marie Majeure, sur l'Esquilin, aux autres extrémités. Puis, tout en regardant les chiffres inscrits en mi-nuscule sur les post-it électroniques, il déplaça son index jauni sur les branches de la croix qu'Aurore avait découverte, elle, l'avant-veille, et dont la branche horizontale coupait Rome entre la place Saint-Pierre et Dogali. « Et là, on a des angles droits de rapport un et demi et deux. Et ceux du bas, » Il désignait les hypoténuses, tracées en poin-tillés, qui partaient des pointes est et ouest pour aboutir à la pyramide de Cestius « aussi, mais ils sont inversés par rapport aux deux du haut, deux et un et demi. Tout ça, c'est de la géométrie sacrée, oui, bien qu'à partir d'un certain moment je décroche sur les implications mathématiques, comme le nombre d'or par exemple avec ses un plus racine de cinq sur deux… »

Il s'arrêta un peu, riant doucement, puis, s'apercevant que les autres buvaient ses paroles, désigna l'ensemble de l'écran d'un mou-vement tournant du plat de la main.

— Mais, tout ça, ça sert avant tout à augmenter la puissance des courants telluriques…

Les deux autres le regardaient toujours, comme s'il parlait une langue étrangère. Il leur demanda :

— Vous connaissez non ? Le Reseau Hartmann, le reseau Curry, les lignes de Ley, la grille de Cathie, le Planetary Grid System…

Aurore, faisait non de la tête alors que Jérôme gardait un silence diplomatique. Presque en désespoir de cause, le gérant répondant au non de Christophe s'adressa à Aurore :

— Pourtant, vous travaillez dans l'architecture…

— Qu'est-ce qui vous fait dire ça ? demanda la jeune femme, un peu sur la défensive.

— Vous savez vous servir de ces outils. » Il désigna vaguement l'ordinateur. « Il n'y a qu'eux qui le font, avec les urbanistes. Pourtant les architectes connaissent tout ça, non ?

Il montrait les lignes qui zébraient leur écran. Elle haussa les épaules.

— On nous en a vaguement parlé à la fac. Mais ce que vous dites, là, les lignes machins, ça n'est pas dans le programme officiel. On a vu la cathédrale de Chartres oui, avec l'architecture du bâtiment distribuée selon la géométrie sacrée. Et il y a bien quelqu'un qui nous a parlé du labyrinthe au sol qui était sensé…

Elle faisait un effort de mémoire, encouragée visiblement par le gérant qui semblait revenir à la vie depuis qu'ils avaient abordé le sujet. Elle demanda finalement, comme hésitant à un improbable examen :

— …amplifier ?

— C'est ça ! s'exclama Christophe, ralentissant du même coup le rythme du mitraillage des touches du côté des joueurs en réseau qui n'avaient jamais entendu le patron donner de la voix.

— Mais, intervint Jérôme, pour vous tout ça ce sont des manifestations des champs telluriques ?

— Ben oui, répondit Christophe en se rapprochant de l'écran. Tout d'abord vous avez le plus ancien, l'angle d'Isis qui fait 77°, comme ici.

Il montrait une ligne reliant quatre obélisques dans la Rome Antique, du Vatican aux Jardins de Salluste en passant par le mausolée d'Auguste. Puis il désigna une ligne allant de Saint-Pierre à la villa Celimontana :

— Et vous voyez cette ligne, là, c'est un peu plus moderne, à partir du Moyen-Âge. Si vous mesurez l'angle, il doit faire dans les 120°, comme celle-ci aussi. » Il montrait la ligne qui, dans l'antiquité, partait de l'obélisque où était mort Saint-Pierre et passait par l'alignement de deux obélisques sur le Circus Maximus, parallèle à la ligne qu'il avait désignée plus tôt. « Et cet angle est à soixante degrés environ, l'inverse, quoi, dans l'autre sens. » Il désignait la ligne qui allait de la place Saint-Pierre à la *piazza del Popolo,* et celle qui menait de la pyramide à l'obélisque de la villa Celimontana. Ce sont des constantes, comme à Carnac.

— En Bretagne ?

— Oui, les pierres levées.

— Pourquoi ces angles ?

— D'autres vous en parleraient mieux, je pense. Ce sont des lignes de champs telluriques qui parcourent la planète, connus depuis l'Antiquité. Les temples étaient bâtis sur les nœuds de ces méridiens telluriques, et les églises et cathédrales les ont remplacés depuis, aux mêmes emplacements. Elles résultent d'un cercle divisé par six, et ça forme une espèce d'étoile avec ces angles Nord-sud : 60° et 120°, dans les deux sens et 0 et 180°, nord-sud. Mais cela peut dévier un peu, en fonction des failles dans le sol ou s'il y a de l'eau souterraine, même les lignes de haute tension peuvent les dévier, il parait.

— Mais, où vous avez appris tout ça ? demanda Aurore.

— C'était ma période géobiologie, répondit-il avec un sourire gêné, comme s'il avouait un genre de maladie honteuse.

— Et les autres lignes ? demanda Jérôme.

— Pour l'orientation sur la Planetary Grid, je ne sais pas, avoua Christophe. Mais les formes, elles, sont significatives de la protection géobiologie, et des ondes de formes.

Ils s'échangèrent encore un regard éperdu, comme des élèves de sixième atterri au lycée.

— Les ondes de formes non plus ? Vous ne connaissez vraiment pas ? Les ondes vibratoires générées par les formes en deux ou trois dimensions, les lames de rasoirs qui s'aiguisent toutes seules sous les pyramides aux rapports de celles d'Égypte, le vin ou le whisky que l'on y fait vieillir, ça ne vous dit rien non plus ?

Ils secouèrent la tête, ne sachant pas, à ce stade, s'ils avaient raté quelque chose d'aussi important depuis leur naissance ou si l'autre était un peu mythomane. Christophe avait l'air un peu désorienté, comme un homme se retrouvant soudain en pays étranger. Il désigna l'écran et ses formes anonymes, et demanda d'une petite voix :

— Mais, c'est quel site ?

Aurore et Jérôme s'échangèrent un regard éloquent, et Christophe leva les bras.

— Désolé, je n'aurais pas dû poser la question.

Jérôme le regarda gravement et lui dit :

— Franchement, on ne peut pas vous le dire. C'est pour…

Jérôme s'était tu, déjà persuadé d'en avoir trop dit. En riant, Christophe continua :

— Pour ma sécurité…

Il les regarda, fier de sa répartie de cinéma, puis, ne constatant pas, dans le sérieux du regard de ses deux clients, de démenti à sa boutade, il se ravisa et son sourire s'effaça un peu. Il prit une chaise et, l'installant à côté d'Aurore, s'assit lourdement.

— C'est pas vrai, vous êtes vraiment sérieux…

Sa voix, d'instinct, était passé au murmure, presque entièrement couverte par le raffut des ados qui, ne distinguant plus vraiment d'autorité, s'en donnaient à cœur joie, dépassant les limites des décibels recommandées par l'OMS.

— Je peux faire quelque chose pour vous aider ?

Le ton et l'air de conspirateur fit rire Aurore, froissant un peu Christophe qui prit un air pincé.

— On est sur les nerfs, s'excusa-t-elle. Mais oui, si vous pouvez baisser un peu le volume. » Elle désigna des yeux les ados de l'autre côté de la salle. « On a bientôt fini de toute façon.

Elle posa sa main sur l'avant-bras du gérant qui les regarda tour à tour, puis déclara :

— Je ne sais pas ce que vous faites, mais si vous avez besoin, pensez à moi, vous êtes trop cool tous les deux.

Puis, tel l'Albator de son enfance, il s'envola vers la zone de guerre en réseau pour y rétablir un semblant de civilisation.

Avenue des Champs-Élysées – Paris.

La climatisation frôlait le glacial, mais personne ne semblait s'en soucier, bien qu'ils surprissent des consommateurs à siroter des cafés ou chocolats chauds. Le grand magasin de cette chaîne spécialisée dans le culturel semblait, en cette fin d'été caniculaire, être le dernier refuge des inconditionnels urbains de la capitale, ceux dont la simple allusion à la campagne, la montagne ou la plage provoquait des traumatismes psychologiques aux conséquences certainement mesurables sur le PIB.

Aurore réussit à repérer une place, convoitée par un couple d'ephonistes qui bien heureusement avaient cinq mètres de retard. Se laissant tomber devant les bobos courroucés, elle fusilla Jérôme du regard alors qu'il arrivait les bras chargés. Il s'assit, repoussant les tasses sales des précédents occupants pour faire de la place à ses achats, feignant d'ignorer la jeune femme.

— Tu verras, c'est calme en été, lança-t-elle en l'imitant, forçant le trait. Il n'y aura personne en août.

Il haussa les épaules, habitué à ses critiques, et tenta d'expliquer :

— Je ne pouvais pas savoir qu'ils sortaient leur ephone aujourd'hui.

— Ils l'ont dit aux infos hier soir.

— Ça n'est pas ce qui m'intéressait, répondit-il distraitement, occupé à déballer un smartphone chinois à la marque inconnue.

Le couple, qui s'était fait griller la priorité et qui déambulait autour de leur table avec leur plateau de boisson sur lequel ils avaient exposé leur dernier-né d'Apple, leur jetèrent un regard dédaigneux, imités par d'autres heureux acquéreurs alentour outragés par l'intrusion de ce prolétariat électronique. Aussi, sans doute encouragés autant par ces marques de reconnaissance tribale que par cet aveu d'impuissance sociale, les ephonistes en mal de table se sentirent légitimés dans la revendication que la femme adressa à Aurore, du bout des lèvres, comme les Indiens s'adressent aux représentants d'une caste inférieure, tout en lorgnant Jérôme et son smartphone prolo d'un air entendu :

— Vous n'avez pas pris vos consommations avant d'occuper votre table.

Aurore se tourna d'abord vers la bobo, lui décochant son plus beau sourire, puis elle regarda leur table, à moitié occupée par les paquets qu'ils avaient posés et qu'une employée intérimaire accourrait pour débarrasser de ses anciens reliefs. Portant les mains à son visage, elle s'écria :

— Oh ! C'est vrai ! On a oublié ! » Elle leva des yeux sévères vers Jérôme en disant :« Tu veux bien t'en occuper, pour moi ce sera un double express. » Puis revenant sur les deux geeks qui déjà battaient retraite, elle finit : « Merci encore ! »

Elle attrapa le smartphone neuf qu'avait déballé Jérôme — occupé maintenant à la file d'attente — et y inséra la batterie, heureusement préchargée, constata-t-elle en allumant l'appareil. Elle se connecta sur la wifi du magasin et consulta la boîte mail qu'ils avaient créée en arrivant en France.

Il renversa un peu de café en posant le plateau, s'attirant les sarcasmes machinaux d'Aurore, pourtant absorbée par leur nouvel achat.

— Ils sont partis ?

— Pardon ? répondit Aurore, de manière automatique, sans lever les yeux de l'écran miniature.

— Les casse-pieds, avec leur table, ils sont partis ?

— Ah oui ! fit-elle, en décrivant avec sa main une arabesque approximative dans la direction par où le couple s'était enfui.

Elle leva la tête et Jérôme, voyant son regard, comprit que cela se compliquait. Il s'assit, tendit un café à Aurore et sucra l'autre, tournant pensivement la cuillère en plastique qui ramollissait en scrutant la jeune femme. Celle-ci, finalement, posa l'appareil — Jérôme songea à ce moment-là qu'elle faisait durer le plaisir, prolongeant l'instant pendant lequel elle était la seule à posséder une information. Elle porta doucement le café à ses lèvres, imité par Jérôme. Quand elle fut certaine qu'il buvait son café subtilement mêlé d'œstrogènes sublimés du plastique mou, elle asséna :

— Il y a trois tueurs à gage qui nous cherchent à Nice.

Le liquide, assez chaud, lui sembla tout d'un coup trop brûlant pour qu'il puisse le garder une seconde de plus dans sa bouche. Il essaya désespérément, au dernier instant, de restituer son contenu à la tasse en carton vernis, bien inutilement. Aurore attrapa les appareils électroniques à temps, juste avant que le reste de leur table ne soit irrémédiablement maculé d'une couche de liquide marron. Les têtes se tournèrent un instant, avec des sourires entendus, sous-entendant à le crier silencieusement qu'avec des ploucs comme ça, achetant ce genre de matos aujourd'hui, la fête technologique ne pouvait être que gâchée.

Bien sûr, pour couronner le tout, Aurore se mit à rire aux éclats, masquant sa bouche du poing fermé devant la tête que faisait Jérôme. Celui-ci, en commençant à essuyer la table avec les micros serviettes qu'il débitait du distributeur de table, et bien qu'instinctivement il en connût déjà la réponse, lui demanda, à voix basse :

— Et comment tu le sais ?

— Saverio, souffla-t-elle en faisant signe à l'employée pourtant déjà surchargée de travail. Il nous a envoyé des mails, en code.

— Comment ça ?

Elle sourit espièglement, regarda le plafond, et récita comme une enfant :

— Trois clients, avec la même formation que votre ami de l'Arenas, arrivent à Nice, pour finir la prestation que leur collègue avait commencée.

Elle lui tendit l'appareil pour qu'il lise la fin du message.

`«Nos liens particuliers m'autorisent à vous rappeler que la pérennité tient avant tout à une bonne gestion de l'emploi du temps.`

`«Cordialement`

337

« S

« PS : Appelez-moi, comme la dernière fois. »

Redevenant sérieuse, elle reporta son regard sur Jérôme comme l'employée commençait à essuyer la table.

— Il y a d'autres messages ?

Aurore lui présenta son index et son majeur formant un V.

— Tu les as lus aussi ?

Elle hocha la tête, restant silencieuse pendant que ses yeux suivait la serveuse qui finissait, leur laissant une table humide où trempaient leurs emballages de cartons glacés, inutiles et de toute façon déjà inutilisables.

— Il ne peut pas revenir. Des problèmes, je crois, mais il nous parle de rencontrer quelqu'un d'autre.

— Mais… qui ? Et où ça ? Ici ?

Elle haussa les épaules en signe d'ignorance.

— Il faudrait qu'on l'appelle.

— D'accord, convint-il en farfouillant dans son sac besace.

Pendant les minutes suivantes, il s'absorba dans la manipulation des appareils électroniques qu'ils transportaient et ceux qu'ils venaient d'acquérir, puis enfin releva la tête :

— Ça y est, j'ai tout recopié. Toutes les informations et les contacts, les tiens et les miens.

Elle s'empara du téléphone comme un prestidigitateur escamote un as et vérifia. Elle tapota sur l'écran, s'arrêta un moment en le fixant, puis, comme il hochait la tête, appela d'une pichenette.

— *Le due inamorati*,[33] répondit Saverio à la deuxième sonnerie.

En arrière plan, on entendait des annonces en italien sans bien en distinguer les phrases. Apparemment le Vénitien était dans une gare ou un aéroport. Il reprit.

— Vous appelez à temps.

— Et pourquoi ? demanda Aurore.

— J'étais sans réponse », expliqua Saverio, presque en s'excusant, ce qui soutira un éclat de rire à Aurore, détournant encore quelques

---

[33] Les deux amoureux.

338

têtes de geeks congestionnés. « J'attends depuis ce matin, et comme il faut que je me déplace à chaque fois… Enfin, je dois rentrer… et je ne pourrais pas venir en personne…

— Vous nous avez envoyé le mail, coupa-t-elle pour le sauver de ses explications.

— Oui, répondit-il reconnaissant. Vous êtes en grand-danger.

Aurore réfléchit un instant, se plongeant dans les yeux de Jérôme pour y puiser une inspiration.

— Vous avez quelqu'un qui pourrait nous aider ?

— Oui…

Comme Aurore ne répondait pas, il ajouta :

— Quelqu'un de sûr. Il vous aidera… » Il hésita, puis ajouta, d'une plus petite voix : « … peut-être plus que moi. Peut-être trop même… Enfin, il est déjà au courant, mais il ne se déplace pas…

— Vous pouvez me dire où l'on doit aller ?

— Eh bien ! au téléphone… Vous vous rappelez notre dernière discussion ? demanda-t-il.

Aurore réfléchit un moment, encouragée par le silence de Saverio. Soudain elle prit la tablette sur ses genoux et tapota frénétiquement. Enfin, elle s'arrêta sur une photo et, la présentant à Jérôme, elle lui demanda en épelant silencieusement « À Paris ? », tout en désignant le sol de son index. Il hocha la tête pour confirmer et elle reprit la communication.

— Vous nous avez raconté une histoire sur Napoléon la dernière fois.

— C'est vrai, admit l'Italien, dont manifestement elle sentit le soulagement dans la voix.

— Demain, à neuf heures.

Un silence se fit pendant lequel Aurore était persuadé qu'elle entendait l'Italien réfléchir.

— Ok, répondit-il enfin avec un sourire dans la voix, il y sera. Normalement il porte toujours un chapeau, comme… votre ancien président.

— François Mitterrand ?

— Oui, comme lui, vous verrez.

Elle sentit qu'il souriait, et lui demanda.

— Mais, c'est qui ?

Un rire provint de l'écouteur.

— Votre meilleur atout sans doute, indiqua-t-il.

Le silence gagna la ligne, à tel point qu'elle crut que la communication avait été coupée puis elle entendit la voix de Saverio, réduite à un murmure par l'émotion :

— Bonne chance à tous les deux, et au revoir j'espère.

— Au revoir, souffla Aurore alors que Jérôme fronçait des sourcils.

Gare de Vérone – Italie.

Saverio avait du mal à comprendre ce qu'il voyait. Le temps qu'il parle aux Français, les données avaient complètement changé, et étaient encore en train de le faire, sous ses yeux, s'apercevait-il alors qu'une série de dossiers changeait d'état.

S'il devait en croire ses écrans, il n'y avait plus grand-chose. Plus d'opération, plus de mercenaires, plus d'ordre de mission prioritaire. Il pianota fiévreusement sur son clavier, comme le train démarrait, dédaignant, sous la surprise, ses propres protocoles de sécurité. De toute façon, se rassura-t-il en haussant les épaules, le train allait à Bologne, il aviserait là-bas.

Alors que la campagne harassée de soleil défilait derrière la vitre, il commença à entrevoir ce qu'il s'était passé. Selon toute vraisemblance, rien n'avait transité sur les réseaux, pas de mail ou de sms, rien d'écrit. Quelques coups de fils avaient été passés, au plus haut niveau, et puis… plus rien. Il s'appliqua un moment à tracer les appels et aboutit, sans vraiment en être surpris, à l'Académie pontificale.

Il restait bien encore quelques émissaires, découvrit Saverio à force d'opiniâtreté, mais ceux-ci, normalement disséminés, étaient de l'Académie pontificale, ceux du réseau habituel, affectés plus particulièrement à la collecte d'information concernant principalement les deux Français.

Les rapports, compte-rendus, ordres de missions du SIV, ainsi que tout ce qui y avait trait avaient été archivés pendant l'heure qui venait de passer. Cela avait permis à Saverio de découvrir ce qui sans doute avait été le nom de cette opération : *Agni*. C'est vrai qu'ils ne manquaient pas d'humour, remarqua-t-il : *Silentium* et *Agni*, le silence et les agneaux… Il fouilla encore un peu, la tâche rendue plus facile par l'archivage de la totalité dans un même dossier, jusqu'à tomber sur une série de documents qui lui fit froid dans le dos. Les endroits d'où il avait contacté les deux Français, et même la bande à Silvio passant la frontière à Trieste (orientés au dernier moment sur ses conseils) avait été repérés. Les mercenaires, eux, étaient déjà à Paris et, dans leur ordre de mission, il y avait une note sur un probable contact entre un soutien logistique et le couple de Français.

Finalement, il réussit, grâce aux références, à dénicher la manière dont ils étaient parvenus à ce résultat aussi rapidement, sous la forme d'une demi-douzaine de mails provenant de Langley aux États-Unis. Le système Echelon et leur algorithme de recoupage, comprit-il, sans vraiment comprendre pourquoi les Américains avaient donné ce coup de main.

Avec stupeur, Saverio s'aperçut que les prémices de Bologne défilaient dehors, lui rappelant la relativité du temps. Il lui fallait se déconnecter maintenant, mais dans un recoin de l'écran, son cerveau remarqua un détail qui stoppa ses mains. Il fronça les sourcils et vérifia encore, fixant l'écran comme un chat un trou de souris, comme hypnotisé par une formule d'apparence anodine, administrative et rébarbative, qui disait : Archivage définitif. Le problème, c'était que la case à cocher correspondante n'était pas cochée. Le dossier pouvait être ouvert à nouveau.

Il sortit de cette partie du site, puis parcourut rapidement les arcanes de l'administration vaticane, cherchant il ne savait trop quoi, quelque chose lui indiquant pourquoi l'opération *Agni* avait été ainsi arrêtée. Il fouilla dans les plannings, les agendas et s'arrêta soudain sur l'emploi du temps du Secrétaire d'État. Celui-ci était vide, tout avait été reporté à une quinzaine de jours plus tard. Pris d'une inspiration, il se connecta sur le site de l'Académie pontificale et vérifia l'emploi du temps de Battisti, constatant la même chose.

« Il se passe quelque chose, là », murmura-t-il en éteignant tous ses appareils nomades, sortant la batterie d'un des téléphones. Il fourra le tout, pêle-mêle, dans sa sacoche d'où il exhuma une casquette de base-ball dont il se coiffa.

Il sauta le premier sur le quai. Soufflant un peu, il baissa la tête en passant devant les caméras susceptibles d'être piratés par Echelon. Sans passer par le guichet, il présenta son smartphone de voyage devant le composteur pour valider le billet qu'il avait acheté en route, puis sauta dans le train qui partait pour Mestre cinq minutes plus tard. Alors que celui-ci démarrait, le regard dans le vague, l'esprit du moine-geek commença à faire la synthèse, rassemblant tous les éléments qu'il avait vus… et ceux qui manquaient s'aperçut-il quand il repensa aux agendas vides.

J'en parlerai au père supérieur, se dit-il, lui il saura.

Oziorsk – Oblast de Tcheiliabinsk – Sibérie occidentale – Russie.

Kolya s'arrêta soudain de mitrailler frénétiquement les touches de son ordinateur, caressant la souris d'un air rêveur, un sourire satisfait aux lèvres. Il était presque quatre heures de matin, mais comment faire autrement ? L'alarme, qu'il avait lui-même programmée cinq heures auparavant, l'avait tiré d'un sommeil déjà agité une heure plus tôt. En fait, il ne pourrait tout simplement pas se rendormir, tellement il était surexcité. Il passa le curseur sur le point géographique que le traceur avait affiché : Avenue Foch à Paris. Ils les tenaient !

Il observa un peu les formes géométriques sur l'écran qui affichait la copie des données. Distraitement, il vérifia sur l'un des cinq écrans qui lui faisaient face la progression d'une autre copie. Celle de leur tablette numérique qui était une vraie mine de renseignements, avec ses dix-sept gigaoctets pages web, photos de documents ou de monument, mélangées aux photos souvenirs du couple de Français, à Rome. C'était bien eux.

Il se contenta de regarder les miniatures de documents défiler sans intervenir sur le processus, de peur d'être repérés si l'appareil des Français ralentissait. Il se rassura un peu en contrôlant les paramètres de l'appareil de Jérôme qui s'affichaient dans un coin de son écran. Apparemment, ils ne manipulaient pas la tablette. « Encore trois minutes ! » s'encouragea-t-il. Il se tourna vers un troisième écran, qui lui était branché en mirroring sur leur ordinateur. Celui-là était consulté par contre. Un moment, il regarda défiler des mots en latin sur la page du traducteur google, puis les pages de recherches.

Là, Kolya aurait eu besoin d'Oleg, le linguiste, pour tirer un premier schéma des données reçues. Comme ils l'avaient fait pour déterminer les recherches combinées susceptibles de déclencher l'alerte. Celle qui venait de fonctionner au-delà de ses espérances les plus folles, sourit-il en pensant à son bonus. Son visage habituellement triste s'éclaira un moment, puis un souvenir vint effleurer sa conscience. Légèrement gênant, comme un gravier dans la chaussure qu'on pensait évacué, et qui soudain glisse sous le talon. Lobanov leur avait fourni des indications qui, semblait-il, avaient été déterminantes, constatait-il en regardant défiler les derniers documents, son cerveau triant d'instinct les données pour en évaluer le point commun, véritable fil conducteur.

Finalement, même s'ils avaient réalisé la partie technique avec Oleg, Lobanov avait fourni le principal : les informations. Et il semblait bien que le multimilliardaire en dollars en sache beaucoup plus que ne le supposaient les nouvelles recrues, qui venaient d'intégrer sa structure dans l'effervescence, depuis quelques jours.

Une discrète sonnerie lui annonça la fin de la copie. Il se déconnecta proprement de la tablette, puis, constatant que l'ordinateur du couple ne réagissait plus, reprogramma une alarme de veille sur son logiciel espion. Ensuite, il repéra les trois antennes GRPS les plus proches de l'appartement parisien et installa un logiciel qui allait enregistrer tous les numéros communiquant dans les heures suivantes. Les yeux embués de sommeil, il mit tous ses écrans en veille en pensant que, dès l'aube, Lobanov mettrait toute l'équipe à contribution, même Talya, sourit-il, en pensant à la vieille sibérienne dont personne ne connaissait la fonction exacte, sauf qu'elle semblait bénéficier de la confiance absolue de Lobanov.

19

Avenue Foch – Paris.

— Mon Dieu ! s'exclama l'arrivante.

Amandine s'était arrêtée à l'entrée du salon qui, malgré ses soixante mètres carrés, était devenu un vrai capharnaüm de documents épars, de livres ouverts sur des tables ou même posés à l'envers à même le sol, les pages nourrissant sans doute spirituellement le plancher de chêne. Près de la porte-fenêtre ouverte, une imprimante laser couleur débitait des pages encore chaudes que Jérôme consultait avidement, tellement pris dans sa tâche qu'il n'avait même pas pris conscience de l'entrée de sa demi-sœur dans l'appartement, laissant à penser à cette dernière qu'il était victime d'une espèce d'envoûtement, qui frappait aussi sa potentielle future belle-sœur, consultant de son côté furieusement des pages web qu'elle semblait faire défiler en accéléré, comme nul être humain n'était censé le faire, engrangeant des marques-pages comme en proie à une boulimie maladive de connaissance.

— Installe-toi là, je suis à toi dans une seconde », exprima précipitamment son frère sans lever la tête, en désignant une place minuscule dans l'immense canapé de cuir blanc, démentant ainsi qu'il fut inconscient de sa présence, mais renforçant sa crainte d'une atteinte mentale non répertoriée jusque-là par la science.

Serrant les jambes par manque de place et à cause de sa micro jupe dont le prix de revient au kilo ou au centimètre carré devait être prohibitif, Amandine s'installa contre l'accoudoir, piochant des pièces l'une après l'autre, livre ou page web imprimée, document aux graphiques complexes ou reproduction de gravure antique en couleur.

— Ne mélange pas ! lança Jérôme sans relever la tête, du coin de la pièce où il semblait barricadé derrière des cartons vides qu'il remplissait, en respectant apparemment un ordre mystérieux.

Amandine fronça un peu les sourcils, si silencieusement que Jérôme, son subconscient probablement alerté par une situation atypique, releva enfin la tête.

— On s'en va, mais on voulait finir un maximum avant, expliqua-t-il.

— Comment ? Vous partez, mais où, et pourquoi ?

Jérôme haussa les épaules, puis, s'adressant à Aurore :

— On fait une pause ?

La réponse ne vint pas tout de suite, faisant craindre à Amandine une surdité verbale, en plus de la folie fonctionnelle très nettement diagnostiquée. D'abord le rythme des consultations numériques décrut, le son des touches du clavier devenant supportable, puis, comme un rêveur surpris, elle leva la tête, décochant son plus beau sourire à la cantonade.

— D'accord, dit-elle soudain en se levant, plaquant là tout ce qui la captivait encore une seconde plus tôt.

De son pas nerveux, elle passa près d'Amandine, lui posant au passage une main sur l'épaule et lançant un : « Bonjour ma chérie ! » sonore tout en se précipitant vers les toilettes les plus proches, glissant un dernier : « Je prépare du café ! » avant de refermer la porte sur elle d'un geste brusque.

— On a été repéré, reprit Jérôme, je ne sais pas à quel moment, mais les indices sont là, comme eux d'ailleurs.

Il désigna la fenêtre et Amandine se leva d'un bond se dirigeant vers la fenêtre, intercepté par son frère à mi-parcours.

— Ils ne savent pas qu'on les a repérés, alors il vaut mieux éviter.

— Mais tu es sûr ?

Il hocha la tête :

— Une Clio, stationnée depuis une heure sur la place handicapée. Tu la verras en sortant. Le gars est sorti tout à l'heure… pour se dégourdir les jambes, finit-il en riant.

— On va trouver un moyen de leur fausser compagnie, reprit Aurore qui arrivait avec trois tasses de café sur un plateau. Pour le moment ceux-ci ne font que regarder, mais enfin, il y en a peut-être de plus déplaisants dans leur bande.

Amandine regarda sa belle-sœur putative, évoluant avec grâce, maniant un humour grinçant pour masquer autre chose. Sans doute une fragilité, pensa-t-elle. Aurore posa le plateau sur un coin de table, puis, entassant les uns sur les autres les livres et feuilles se trouvant près d'Amandine, s'assit à ses côtés et demanda à la jeune femme, tout de go :

— Tu dois nous prendre pour des fous, là ?

Amandine déniait mollement de la tête, bredouillant :

— Moi ? Mais, mais… non, je voulais juste, enfin, non… pas du tout…

— Si c'est vrai ! renchérit Jérôme. Tu m'as pris pour un dingue, pour tout ça d'abord. » Il désigna le désordre du salon, puis indiqua la fenêtre de l'index : « Et pour les autres, là en bas aussi…

— Moi aussi, j'y pense », continua Aurore. « Mais enfin, je ne savais pas que ça se voyait autant », finit-elle en éclatant d'un rire tintant, s'échappant par les fenêtres pour ravir peut-être d'autres oreilles, et tellement communicatif que les autres se joignirent à elle.

— J'y ai cru, c'est vrai, avoua Amandine, comme si vous étiez tombés dans un genre de secte.

— En l'état, ce serait plutôt eux qui nous seraient tombés dessus, corrigea Aurore en portant la tasse d'un blanc immaculé à ses lèvres carmin.

— Il tient bien ton rouge à lèvres, remarqua Amandine, c'est quoi ?…

Une demi-heure après, Aurore remplissait les cartons dans un ordre qu'elle avait établi, cherchant sur la table, ou attrapant certains documents que Jérôme lui présentait, alors que celui-ci continuait sa démonstration. Il reprit la parole alors qu'elle cherchait une pièce :

— C'est comme si les implantations en suivants des règles de géométrie sacrée, avaient été faites dans un but bien précis…

— Attends, attends, attends, le coupa encore sa sœur, une chose à la fois. Ces implantations dont tu parles, c'est ces triangles, là, que vous m'avez montrés.

— Oui, c'est ça, ils servent…

— Stop !

Elle avait levé la main droite, comme un policier à un carrefour. Elle se tourna vers Aurore :

— Toi ! Explique-moi avec nos mots, parce que lui, dit-elle en désignant Jérôme d'un revers de la main, depuis l'enfance je crois que je n'ai jamais compris à ce qu'il m'expliquait. C'est sans doute pour ça que je me suis tourné vers le droit plutôt que vers la science. C'est de sa faute ! finit-elle en posant un doigt accusateur en direction de l'archéologue, ressuscitant le rire d'Aurore.

— C'est toujours de sa faute ! » répéta-t-elle en écho. Elle fouilla un instant dans les feuilles éparses qui restaient sur l'immense table en merisier, puis exhuma une feuille A4 imprimée en couleur. Son doigt caressant les formes, elle expliqua : « Ces lignes virtuelles relient les obélisques de l'époque moderne. Tu vois tous ces triangles, là, qui font le tour de Rome, et même plusieurs concentriquement à l'intérieur. Ce sont des triangles rectangles, c'est-à-dire qu'ils ont un angle droit.

L'autre se recula un peu, et la regarda d'un drôle d'air.

— Excuse-moi, reprit Aurore. Tu sais ce qu'est un triangle rectangle, c'est que je suis prise dans ma démonstration, je reprends. Pratiquement chaque obélisque est le sommet d'au moins un angle droit sauf deux, celui de la *piazza Navona* qui lui est le milieu d'un alignement qui va de l'obélisque de la place Saint-Pierre à celui de la place de la Minerve, et continue jusqu'à l'emplacement antique de l'Iseum. Et celui de la place Saint-Pierre, qui est le centre de convergence de toutes ces lignes, comme une coquille Saint-Jacques, figure hautement symbolique.

Elle fit une pause, jusqu'à ce qu'Amandine penche un peu la tête, lui demandant de continuer.

— Cela nous amène à une autre constante, reprit-elle, c'est que les obélisques principaux, partout dans le monde, sont placés dans des lieux de pouvoir. Ici, Saint-Pierre est bien siège de la Chrétienté catholique.

— Attends, l'interrompit Amandine en levant la main. Vous m'avez dit qu'il y en a quatorze à Rome. Il n'y a pas autant de lieux de pouvoir.

— C'est vrai, et c'est là-dessus qu'on sèche. Mais pour le moment on se concentre sur ce qu'on a appelé les principaux. Apparemment celui de Saint Pierre l'est parce que tout converge vers lui, et les autres dans le monde sont relativement seuls en général.

— La Concorde ? demanda laconiquement Amandine.

— Entre le Parlement et le Palais de l'Élysée, ou le Palais Royal quand il a été érigé.

— Et ailleurs ?

— Les Anglais ont les leurs et, entre les antiques importés et ceux construits sur place, ils en ont parsemé leur territoire, de la City, longtemps capitale économique du monde, jusqu'en Écosse, comme c'est le cas en France métropolitaine. Et puis les Américains aussi, enfin, ceux qui trafiquaient dans le commerce international et qui en ont installé un dans Central Park au 19ᵉᵐᵉ siècle, pas loin de leur bourse. Ensuite, pensant certainement que cela ne suffisait pas, leurs hommes politiques ont décidé de construire le plus grand du monde, c'est le Washington Monument qui fait cent-soixante-neuf mètres de haut, il est à la perpendiculaire (encore un angle droit) de la Maison-Blanche et du Capitole.

Amandine la regarda un moment, semblant hésiter, puis, regardant le plan de Rome, demanda :

— Et les formes, là ?

— Ce sont tous des triangles rectangles, donc. On a fait une simulation mathématique, il y en a quatorze au total.

— Comme les demi-mois lunaires, remarqua Amandine.

— Oui, intervint Jérôme, un chiffre très employé en Égypte, pour les marches des temples par exemple, ou la moitié aussi, soit sept marches.

— Donc il y a quatorze obélisques en tout à Rome ? précisa Amandine.

— Oui, en comptant celui de la villa Médicis qui est une copie à l'identique, l'original étant maintenant à Florence.

— Et tous ces angles sont justes ?

— Autant que possible, la Trinité-des-Monts, à une différence de un degré par exemple, sinon ils auraient dû l'ériger au bas des marches, mais avec ses adjacents il compose quand même un triangle particulier avec ses trente, soixante et quatre-vingt-dix degrés, comme celui de Celimontana qui a été déplacé au dix-neuvième siècle après s'être effondré. Enfin, sur les quatorze obélisques, plus la pyramide, que compte Rome, on trouve quatorze angles droits, impossible que cela soit dû au hasard. En architecture, la particularité de l'angle droit est que, d'une part, il s'agit obligatoirement d'intervention humaine, la nature ne le connaît pratiquement pas nativement. Ça c'est son domaine, c'est d'ailleurs son logiciel qui l'a trouvé, fit-elle en désignant Jérôme.

— Attends, coupa Amandine. Ça ne tient pas debout. D'abord la pyramide dont tu parles, c'est quoi ?

— Son nom complet est la *Piramide* de Cestius, qui était un préteur romain, en Égypte, un genre de gouverneur, quoi. Un des premiers après la conquête de l'Égypte par le jeune Auguste. Ce Cestius, qui avait apparemment acquis de grandes connaissances de la civilisation égyptienne pendant son séjour, et accrut aussi considérablement sa fortune, l'a faite construire pour lui servir de tombeau. Elle est tout au sud de Rome, là, tu la vois, construite dans la muraille entourant la ville. Ce qui est étonnant, c'est qu'elle a été finie l'année même où Auguste a envoyé chercher le premier obélisque, celui de Montecitorio, à l'époque il servait de gnomon pour l'*Horologium*, un immense cadran solaire, et que l'alignement originel de cet obélisque avec la Piramide, était un nord-sud parfait, comme les appréciaient les Romains, mais avant eux les Égyptiens.

— Les Égyptiens… répéta Amandine en écho.

— Oui, les Égyptiens, encore. Et tiens, regarde. » Elle se saisit d'une autre feuille où les motifs étaient légèrement différents. « C'est Rome dans l'Antiquité. » Son doigt caressa la feuille à l'endroit où était inscrit *"Tomba di Caius Cestius"*, au milieu des remparts de la ville. « Là c'est la *Piramide*, construite dans les remparts, tu remarques, pour protéger la ville selon la croyance attachée à cette construction. Et là, si on remonte plein nord, on tombe sur l'*Iseum*, construit un peu plus tard.

— L'*Iseum* ?

— C'était le temple d'Isis.

— En plein Rome ?

— Oui, au beau milieu, et là tu vois ces petits traits ? » Amandine hocha la tête « Ce sont les obélisques de l'Iseum, ceux qui ont été dispersés dans la Rome moderne. Ils entouraient le cœur du temple, il y en avait huit, alignés est-ouest deux par deux, et l'alignement dans la longueur était celui du temple, nord-sud, dans la direction de cette pyramide.

Amandine regardait alternativement les deux feuilles représentant les deux époques. Puis elle reprit celle de l'époque moderne et remarqua :

— C'est bien des angles droits, avec tous ces triangles intriqués. Mais cela semble plus moderne que dans l'Antiquité, où ils constituaient un genre d'allée.

— C'est vrai, convint Aurore en rassemblant une pile de feuilles imprimées qu'elle casa dans un carton. D'après tout ce qu'on a ingurgité, il semblerait que les symboles aient évolués depuis l'Antiquité.

Aujourd'hui, l'angle droit désigne symboliquement la Pierre Angulaire d'un bâtiment, quelquefois en architecture pédagogique, mais le plus souvent pour certaines sociétés secrètes, comme les Francs-Maçons ou les Illuminati, qui ont érigé la Pierre Angulaire en rite initiatique. On en retrouve des échos modernes dans la recherche de la Pierre d'Angle sous le Capitole ou la Maison-Blanche que les Francs-Maçons de l'époque auraient enfouie à leur construction…

— Mais pourquoi ? coupa Amandine.

— C'est là toute la question, pour le moment », répondit Aurore en jetant un coup d'œil à Jérôme qui finissait de débarrasser la grande table du séjour, « dans toute la documentation que l'on a », elle désigna la pièce autour d'eux, « cela tient autant du rituel religieux que de l'incantation magique. Apparemment l'angle droit a toujours fasciné les hommes, depuis la préhistoire, qui bien souvent y ont vu la marque des dieux. Et puis c'est aussi la manière dont on reconnaît une structure artificielle d'une formation naturelle.

Elle fit une pause, supposant qu'Amandine voulait intervenir à ce point, comme elle-même l'aurait fait à sa place, mais l'autre, suivant son fil mental, demanda :

— Et les triangles alors ?

— Qu'ils soient disposés là, avec les angles droits et tout, laissent à penser que, comme dans les temples solaires égyptiens qui étaient à ciel ouvert et seulement marqués aux angles, les papes, puisque ce sont eux qui prenaient les décisions, dans les siècles passés, auraient décidé, au minimum… » Elle fit le geste des guillemets avec les index et majeurs de ses deux mains, pour souligner le dernier mot, puis continua : « …de sanctuariser la ville de Rome, la transformant en temple à ciel ouvert.

Un silence commençait à s'insinuer dans le salon, par la fenêtre duquel la lumière de fin d'été entrait à flot. Comprenant qu'Aurore lui laissait le temps d'ingurgiter ce qu'elle venait d'énoncer, Amandine intervint, comme une enfant qui veut tout avoir tout de suite pour choisir ce qui lui plaira plus tard. Elle demanda :

— Mais, pourquoi tu dis : au minimum ?

— Vois-tu, c'est là que cela se complique sérieusement.

Elle jeta encore un regard éloquent à Jérôme qui hocha la tête silencieusement, la laissant continuer sa démonstration.

— Pour en revenir à ces formes, reprit-elle. La plupart des obélisques jouxtent ou rejoignent des lieux, on va dire, primordiaux. Et les formes qu'ils dessinent ont été… tracées, avec des rapports remarquables. Je m'explique. Tu vois ce triangle, en bas à droite, l'angle droit est sur l'obélisque de Saint-Jean de Latran, et les côtés adjacents mènent à celui de Sainte-Marie Majeure au nord et celui de la villa Celimontana à l'ouest. Eh bien ce triangle (que l'on a vu plus haut reliant d'autres obélisque) est répertorié en géométrie sacrée, on l'appelle aussi le triangle des écoliers parce que les équerres ont cette forme, ces angles font trente, soixante et bien sûr quatre-vingt-dix degrés et c'est aussi un demi-triangle équilatéral (le triangle divin en géométrie sacrée).

— C'est un endroit particulier ?

— Saint-Jean de Latran, sûrement, ça a été le siège de la Papauté pendant des siècles, le Palais des Papes, et c'est toujours la cathédrale de Rome, siège de l'évêché, Saint-Pierre est une Basilique.

— Mais, c'est qui l'évêque de Rome ?

— C'est le pape, fit Aurore en haussant les épaules, c'est compliqué leurs trucs, tu ne peux pas savoir.

Amandine éclata de rire, lui faisant signe de continuer.

— Ha ! J'oubliais, concernant les obélisques, et c'est important car, à l'origine, ils font partie intégrante de la religion solaire en Égypte, et tout ce qui concerne le soleil les concernent, car ce sont des rayons de soleil pétrifiés selon les anciens. Donc, Saint-Jean de Latran serait primordial pour un Égyptien, car au sud-est de la ville et son obélisque est de ce fait le premier à recevoir la lumière du soleil. C'est d'ailleurs pour ça qu'ils étaient toujours placés à l'est, devant les temples. » Aurore s'arrêta pour vérifier qu'Amandine suivait, puis reprit : « Bon, celui-ci maintenant. » Elle montra un grand triangle, dessiné avec des traits bleus, qui recouvrait une grande partie de Rome, englobant la cité antique. « Il est important par sa surface, il recouvre presque tout le centre. L'angle droit est sur L'Esquilin, devant la basilique Sainte-Marie Majeure et les côtés adjacents vont à la place Saint-Pierre et à la villa Celimontana (celui qui été déplacé par le baron Godeï je crois, en 1820, ce qui fausse les angles qui y mène de nos jours d'un où plusieurs dixièmes de degrés selon l'alignement). Le rapport entre ses côtés adjacents est exactement deux (comme un deuxième d'ailleurs centré sur l'obélisque du Quirinal) — c'est-à-dire que, si un côté de l'angle droit fait, disons, un kilomètre, l'autre fera exactement deux kilomètres —, ce qui est aussi significatif en géométrie sacrée, parce que là nous avons un demi Carré Long, cher aussi aux Francs-Maçons, etc.

— Un carré long ?

— Oui, une figure importante, un rectangle particulier formé de deux carrés côte à côte, qui sert aussi à tracer le Triangle Sacré ou Triangle d'Isis, et à trouver le nombre d'or ou le rectangle d'or.

— Attends, tu m'embrouilles là. Le nombre d'or, un virgule six cent dix-huit, celui des Grecs ?

— Oui, et des Égyptiens avant eux. Tiens regarde ! » Elle lui montra une autre feuille où l'on voyait des tracés, purement géométriques, qui ressemblaient à ceux dessinés sur le plan de Rome, mais qui servaient à un genre de démonstration pour trouver des formes en partant d'autres formes.

Avec son index, elle guidait les yeux d'Amandine :

— Premièrement, là, on commence un carré long, de côtés un et deux. Puis on prend la diagonale, et on trace un demi-carré long que l'on appelle aussi le Triangle des Bâtisseurs. En faisant le parallèle sur notre plan de Rome, celui-ci va de Saint-Pierre à l'Esquilin (Sainte-Marie-Majeure), sommet de l'angle droit, et l'hypoténuse va de Saint-Pierre à Celimontana.

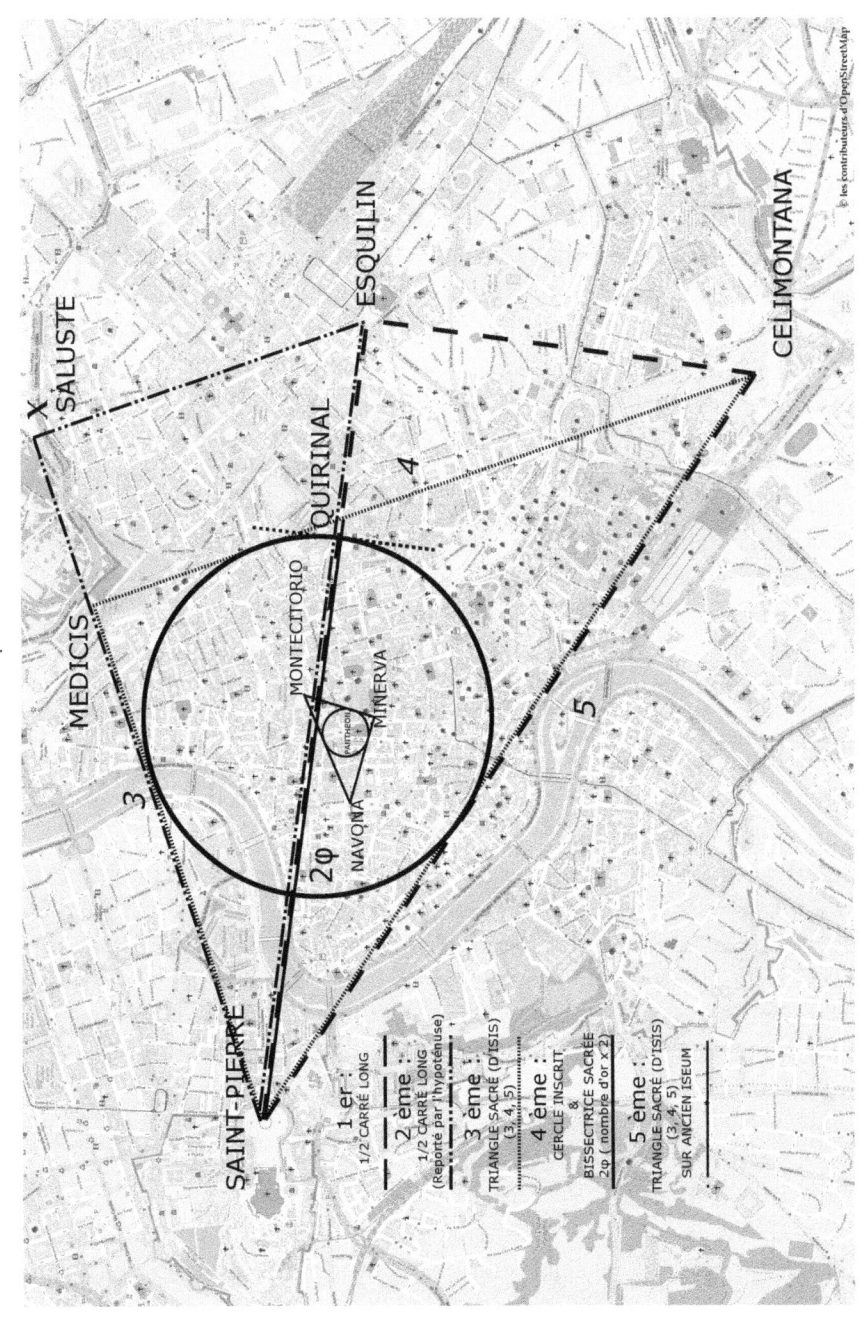

« Deuxièmement, on reporte un autre demi-carré long, (de même forme mais de taille légèrement différente) sur le côté adjacent le plus long du premier. Le grand côté du premier triangle devient donc l'hypoténuse du second. Ensuite, le petit côté de celui-ci mène de l'Esquilin aux Jardins de Salluste — on y a trouvé un obélisque au quinzième siècle, qui devait sans doute être érigé à nouveau à cet endroit, mais finalement il l'a été bien plus tard, déplacé à la Trinité des Monts. Enfin le grand côté va de Saint-Pierre aux Jardins de Salluste.

« Troisièmement, on trace une droite, partant de l'obélisque la villa Médicis, qui passe par l'obélisque du Quirinal et aboutit à celui de Celimontana. Cette droite donc, à l'emplacement de l'obélisque de la villa Médicis forme un angle droit avec le côté adjacent long du deuxième Triangle des Bâtisseurs, sur le plan de Rome. Et on obtient alors un troisième triangle rectangle dans lequel on inscrit un cercle, le Triangle Sacré de côté trois, quatre et cinq, dont les droites sont respectivement Saint-Pierre/Médicis ; Médicis/Celimontana et Saint-Pierre/Celimontana.

« Enfin, la bissectrice partant de Saint-Pierre (jonction du petit côté et de l'hypoténuse) par le centre du cercle inscrit **vaut deux** φ. **Deux fois le nombre d'or donc. On l'appelle aussi ce triangle, le troisième**, le Triangle d'Isis.

« Et puis, après, on peut aller plus loin, sur tout Rome comme tu va voir. Tiens, là, cinquièmement, au centre du grand cercle quatrième, on trouve un autre Triangle d'Isis, plus petit, qui relie Navona à Minerve et Montecitorio (le centre du pouvoir italien, qui se retrouve pile au centre du grand cercle). Ce nouveau petit triangle, en cinq donc, couvre ce qui était l'Iseum dans l'antiquité, le temple d'Isis, et l'on trouve le Panthéon en son exact centre. »

Amandine, qui avait suivi la démonstration avec attention, leva les yeux vers Aurore.

— D'accord, dit-elle, c'est de la géométrie mathématique. Et, c'est ça la géométrie sacrée, celle dont on parle dans les cathédrales aussi ?

— C'est ça, confirma Aurore, pour en revenir au plan, et pour en finir. Tu vois ce Triangle Sacré ?

Elle montrait la figure sur la démonstration géométrique.

— Je le vois, convint Amandine.

— Eh bien c'est l'une des figures majeures de la religion égyptienne, reprit Aurore. On la retrouve dans la construction des pyramides, les temples, les tombeaux et même les gravures qui y sont dessinés. Pour eux, comme pour ceux qui s'en proclament les héritiers spirituels, c'est une figure fondamentale.

— Les héritiers spirituels ?

— Oui, on va y revenir, mais regarde là. Tu as vu comment on l'a construit ? Tu sais donc que le trait de construction arrive là où était l'obélisque de Salluste dans l'antiquité, et je te passe les détails parce qu'un tas d'autres lignes mènent à ce point virtuel. Cette ligne donc passe pile sur l'obélisque de la villa Médicis (implanté à l'origine par Sixte V, encore lui), et la bissectrice qui sert à construire le Triangle Sacré aboutit aussi à l'obélisque de la villa Médicis, impossible que cela soit un hasard. Enfin, le cercle inscrit (on l'appelle intime), contient tous les obélisques du centre de Rome. Et, cerise sur le gâteau, l'emplacement de l'Iseum dans l'Antiquité, tombe en plein centre du cercle inscrit de ce Triangle d'Isis. »

Amandine était captivée maintenant, et Aurore continuait, désignant un autre triangle rectangle sur le plan, dont l'angle droit était centré sur l'obélisque de la *piazza della Minerva*, et les côtés délimités par l'obélisque de Montecitorio au nord et celui de la piazza Navona à l'ouest.

— C'est encore un Triangle Sacré, adossé à l'Iseum, un deuxième, calculé par le Bernin, sur les vœux du pape Innocent X, mais, pourtant terminé, dans sa forme actuelle, seulement cent cinquante ans plus tard. Et tu vois, là ! » Elle désignait au centre du triangle, un motif de trois autres triangles faits de traces convergentes vers le centre où se trouvait l'obélisque du Panthéon. » Ce motif est plus que de la géométrie sacrée, c'est quasiment une figure initiatique, ésotérique même, que l'on retrouve encore dans les sociétés secrètes et autres.

357

— Tu veux dire les Francs-Maçons ?

— Entre autres, oui. Mais n'oublie pas que nous sommes à Rome, là. » Elle désignait le plan de son index à l'ongle à la même nuance que son rouge à lèvre. « Et que ce n'était pas vraiment un champ d'expérience maçonnique, puisqu'elle était dirigée par les papes depuis le haut Moyen Âge jusqu'en 1860, si l'on exclut les invasions, des barbares jusqu'à Napoléon.

— Alors, ça veut dire quoi, en somme ?

— On en est là, figure-toi », répondit Aurore en regardant Jérôme qui confirma encore en hochant la tête, faisant craindre un instant à Amandine que son frère s'était transformé en chien factice hochant la tête sur la plage arrière des voitures des années quatre-vingts.

— C'est-à-dire ? insista Amandine.

Aurore, s'adressant à Jérôme et lui dit :

— Vas-y toi.

— Oui, c'est ça, tu me laisses le plus dur quoi.

— Mais de quoi vous parlez à la fin ? les coupa Amandine.

— La géométrie sacrée sert à autre chose apparemment, qu'à dessiner des formes harmonieuses », lança d'un coup Jérôme, soulageant manifestement Aurore de ne pas avoir à en parler elle-même.

Amandine se tourna pourtant vers elle pour lui demander :

— Et à quoi elle sert alors ?

Aurore la regarda dans les yeux, puis lui dit :

— Selon les textes anciens, certaines formes aussi semblent avoir un sens, générer une force vive que les hommes tentent de s'approprier.

— Les formes ?

— Oui, et les objets aussi, selon leur forme et la matière dont ils sont constitués. Et en alliant les deux, les anciens étaient persuadés que l'on arrivait à une démultiplication de l'effet, comme un amplificateur...

— Comme un amplificateur ? Mais... un amplificateur... comment ça... magique ?

— On ne sait pas encore, répondit Aurore en haussant les épaules. On est dessus, là.

Amandine les regarda tous les deux, tentée de recommencer à croire qu'ils étaient givrés. Puis elle regarda les feuilles qui avait servies à Aurore pour sa démonstration et que déjà Jérôme rangeait dans un sac à part, probablement pour continuer à les avoir sous la main. La sœur de l'archéologue regarda alors autour d'elle, s'apercevant que ses deux interlocuteurs, tout continuant la démonstration destinée à elle seule, avaient déjà quasiment tout rangé dans le salon, réduisant le chaos qu'elle avait trouvé en arrivant à quelques cartons et quelques feuillets rassemblés à côté de l'ordinateur qu'Aurore éteignait. Elle demanda, comme parlant à elle-même, mais en regardant la jeune architecte :

— Vous dites que ses genres… d'amplificateur avaient été créés par les… "anciens" ?

Elle avait souligné le mot en mimant les guillemets avec les index et majeurs de ses deux mains. Aurore la regarda, puis son regard se reporta sur Jérôme qui sembla approuver de la tête. Elle conclut, en montrant les feuilles restantes :

— Pas si anciens que ça…

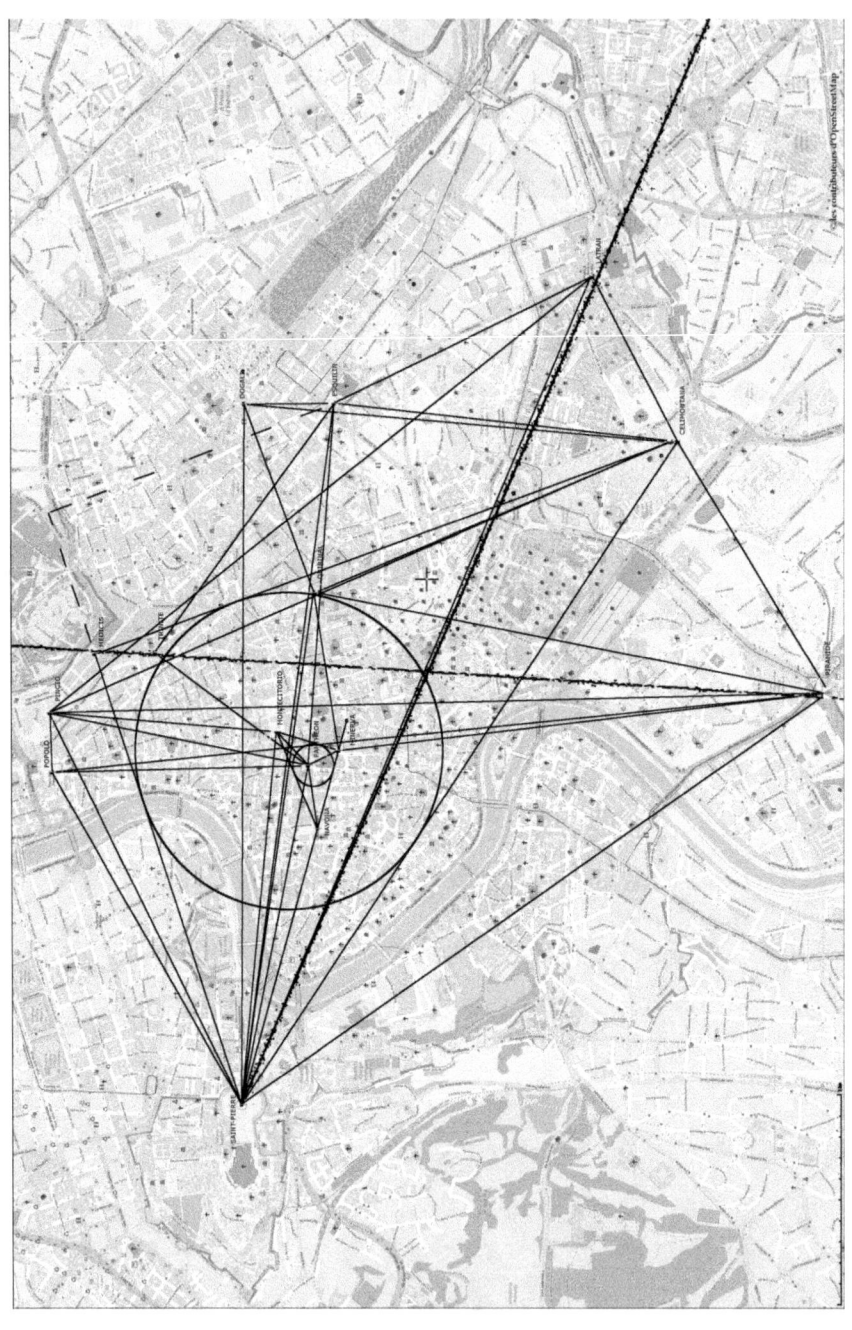

Amandine resta là, sans voix, quelques secondes, à regarder son frère et Aurore rassembler leurs affaires, puis, réalisant sans doute qu'ils quittaient l'appartement pour de vrai, là, maintenant, elle s'adressa à son frère :

— Mais, vous allez où ? Et comment vous allez faire avec l'autre dans sa voiture là en bas ?

Aurore regarda Jérôme de manière appuyée et celui-ci expliqua en haussant les épaules :

— On va passer par l'immeuble qui donne de l'autre côté de la cour intérieure. Tu te rappelles, quand on était plus jeune, en secouant la grille on pouvait l'ouvrir.

— Ça marche toujours ?

Jérôme hocha la tête en empilant les deux cartons qu'Aurore venait de boucler. Amandine les désigna du doigt.

— Et vous allez porter tout ça ?

Comme sonnée, elle s'assit sur le canapé qui s'enfonça légèrement, comme pour la retenir, puis reprit, en s'adressant à son frère de la manière dont l'on formule les reproches.

— Et pour aller où alors ?

— On laisse les cartons à la cave, expliqua Aurore en s'asseyant à son côté, lui mettant une main sur l'avant-bras, parce qu'il faut qu'on soit mobiles. Et non, on ne sait pas où aller, on va prendre une chambre d'hôtel quelque part, provisoirement, avec les papiers que l'on nous a fournis.

— Pas question, trancha Amandine. D'abord, vous allez partir, comme prévu, et moi je vais rester un moment ici, descendre les cartons, passer devant les rideaux pour faire de l'ombre et tout et tout. Dans une demi-heure, je partirai aussi, en laissant tout allumé, et dans deux heures, je laisserai une deux chevaux angle des rues de Thiboumery et d'Alleray, comme si je faisais une course. La clef sera dans ce qui tient lieu de boîte à gant, avec l'adresse d'un point de chute. Il y a un café juste à côté, comme ça vous pourrez me voir partir et vérifier si va tout bien, avec la sécurité et tout ça.

361

Elle avait secoué la main, en soulignant la dernière phrase, comme pour évacuer des détails trop triviaux pour être évoqués. Aurore ouvrait la bouche, comme Amandine reprenait, mettant les mains en défense entre elle et ses interlocuteurs.

— Et oui, je sais, je me suis renseigné depuis votre arrivée. Rien par téléphone et je laisserai le mien chez moi d'ailleurs. » Elle leva les yeux en signe d'exaspération et continua. « Et je ferais en sorte que l'adresse que je vous donnerais ne soit pas facilement trouvable…

Oziorsk – Oblast de Tcheiliabinsk – Sibérie occidentale – Russie.

Koyla s'éveilla dans un sursaut, contrôlant machinalement ses écrans. Apparemment les deux Français avaient éteint tous leurs appareils, et les mouchards de communication ne signalaient rien de notable au niveau de l'immeuble de l'avenue Foch. Là-bas, il devina la ligne d'horizon à la faveur du soleil qui, profitant du décalage horaire avec Moscou, commençait à teinter l'est d'une lueur encore blafarde, insuffisante encore à sortir de l'obscurité le gigantesque chantier qui s'étendait derrière les baies vitrées, réaménagé semblait-il peu auparavant sur les indications de Talya. Et les travaux venaient encore d'être arrêtés, après le retour de cette dernière d'Italie.

L'informaticien s'interrogea un instant sur les raisons de ces changements, puis haussa les épaules. De toute façon, maintenant, lui aurait droit à son bonus de deux cent mille dollars. Pour à peine plus d'une semaine de travail, cela faisait peut-être de lui le hacker le mieux payé de l'histoire. Il vérifierait, demain, enfin tout à l'heure songea-t-il en sombrant dans le sommeil. Il eut juste le temps de hisser ses avant-bras sur le comptoir et d'y poser sa tête.

Rue des Acacias – Cité Rémy – Gaillon.

Quelque part, derrière la fenêtre du salon, on devinait la Seine couler doucement depuis Giverny, en direction de Rouen. Aurore s'était endormie sur le canapé, et les feuilles qu'elle tenait en mains s'étaient éparpillées sur le sol, évoquant un automne de bibliothèque. Jérôme s'oublia un moment, regardant le visage paisible et la poitrine légèrement soulevée par la respiration régulière, admirant la capacité qu'elle avait de décrocher comme ça, d'une seconde à l'autre, la plongeant dans un sommeil réparateur qui ne lui était pas toujours accordé. Et puis, à la fin, l'effet quasi hypnotique le plongea à son tour dans un état méditatif, celui venant juste avant le sommeil, toujours rythmé par le souffle de la jeune femme, l'état un peu onirique où les choses vues et faites au cours de la journée prenaient un autre sens, ou étaient vues d'une autre manière, la barrière de la conscience ne contraignant plus à la logique établie.

Les éléments se recombinaient, appelant des souvenirs un peu plus anciens, ceux des jours précédents qui étaient vus sous cet angle particulier, augmenté de l'expérience acquise plus récemment. Et puis il s'éveilla tout à fait, l'inconscient ayant profité de cet instant pour transférer une partie de son savoir au conscient sans défense, apte à cette seconde de faire sien une nouvelle approche, débouchant sur de nouvelles idées rejetées habituellement par le mécanisme complexe de la personnalité.

Il fut sur pied d'un bond, commençant par ramasser les feuilles entourant la jeune femme comme pour rassembler ses pensées. Puis, en deux pas, il s'assit à l'angle de la table où il savait trouver une série de documents. Il arrangea la petite pile, et, sur la tablette numérique traînant là, il vérifia les photos faites à Rome à partir des documents de Silvio, ceux-là mêmes qui les avaient mis dans ce pétrin. Ils les avaient toutes imprimées, en début de journée mais les avaient à peine consultées.

Mettant de côté les extraits de textes en latin et en hiéroglyphes, il se concentra sur les notes manuscrites du moine scientifique, les passant en revue et soulignant des mots qu'ensuite il saisit sur un traitement de texte, frappant les touches avec énergie, comme si les secondes lui étaient comptées, comme s'il avait peur d'être surpris par le sommeil avant d'avoir pu matérialiser ce qu'il avait en tête. Enfin, il transféra la feuille par Bluetooth sur le téléphone prépayé qui leur servait à surfer depuis qu'ils avaient quitté l'avenue Foch, et copia chacun des mots sur le navigateur, ouvrant autant de fenêtres et attendant la réponse tout en lançant d'autres recherches.

— Qu'est-ce que tu fais ? Tu fais un boucan... Et quelle heure il est, d'abord ?

Jérôme quitta l'écran, comme à regret, se tournant vers Aurore qui venait de marmonner, à la limite du compréhensible, ses yeux s'ouvrant et se fermant par intermittence, comme mus par quelque téléscripteur de morse éloigné.

— Alors... tu réponds ?

C'est ça sa particularité, pensa-t-il, même au limites de la perte de conscience, elle gardait son caractère. En fait, à cet instant il fut persuadé qu'elle le gardait même après, dans ses rêves. Ou même pire, redouta-t-il en plaignant ses ennemis, son fantôme, s'il reste ici, garderait ce caractère, rendant la vie impossible *Ad aeternam* aux malheureux. Il s'empressa de répondre :

— Il est une heure et demie, tu dors depuis plus d'une heure, et je tiens quelque chose.

— Quoiaaaahhh... ?

Elle recommençait à s'assoupir. Il soupesa ses options, et, à la crise du lendemain, s'il la laissait dormir, il préféra la mauvaise humeur du soir, durant en général moins longtemps :

— Le moine, Silvio, il avait noté des mots en majuscule, et c'était des noms propres.

— Ah bon ?

— Oui, c'était des noms de lieux ou de personnes, mais d'aujourd'hui. Des scientifiques ou des chercheurs de nos jours, des...

— Quoi ?

Tout à fait éveillée, elle venait de se redresser comme un roseau à la fin d'une rafale, sautant sur ses pieds nus et s'installant à côté de Jérôme :

— Tu es sûr ?

— Certain, regarde celui-ci. Ley. En fait, il avait écrit : *Leyio lineis*, les lignes de Ley pour nous.

Il installa entre-eux la tablette sur l'écran de laquelle les occurrences google se chiffraient par milliers. Puis il changea de fenêtre, sur une autre page google il y avait inscrit réseau Hartmann qui produisait aussi des milliers de résultats, Jérôme le lui montra en latin : *Hartmano reticulum*, manuscrit encore par Silvio, et puis encore *sacro reticulum* qui devenait réseau sacré sur google avec la même foison de résultats, plongeant Aurore dans la perplexité.

— Et ça traite de quoi, ces lignes et ces réseaux ? demanda-t-elle.

— Ce dont le loueur d'ordinateur nous avait parlé. Les champs telluriques, réseaux d'énergies vitales ou réseaux sacrés. Des fluides courants sous la terre ou canalisés depuis le ciel, ou même les deux avec des mégalithes ou autres constructions, menhirs ou cathédrales du Moyen-Âge dont tout le monde a entendu parler : Chartres, Vézelay, Bourges, etc.

SILENTIUM

20

Rue des Francs-Bourgeois – Paris.

— C'est fermé jusqu'à dix heures, annonça Jérôme, avec une pointe d'ironie dans la voix.

— Je ne pouvais pas le savoir, sur le moment », se défendit-elle, juste avant de se rendre compte qu'il la faisait marcher. Elle haussa les épaules et dit : « Il est huit heures et demie, et on a rendez-vous à neuf heures. On n'a qu'à l'attendre dans les jardins.

Ils passèrent sous la porte cochère et pénétrèrent dans un ensemble de jardins à la française, disséminés autour des différentes ailes et annexes du bâtiment néo-classique. Ils déambulèrent un moment, puis s'assirent sur un muret emprisonnant une pelouse ponctuée de cyprès taillés en cône.

— J'ai pensé à quelque chose, annonça Aurore.

Partagé entre admiration et inquiétude, Jérôme tourna la tête pour regarder le profil souriant de la jeune femme qui se détachait sur le vert du gazon immaculé. Celle-ci, survoltée depuis le matin, n'avait pas arrêté de consulter des sites avec la tablette et de prendre des dizaines de notes sur un petit cahier qu'elle fourrait dans son sac. Il lui répondit par une question :

— À propos de quoi ?

— *Sequimini sapientiam.*

— Et alors ? Ça veut dire quoi ?

Sans répondre, elle sortit la tablette et fit apparaître une des photos qu'ils avaient prises de l'*Elefantino,* sur la *piazza della Minerva.* Jérôme se saisit de l'appareil. Sur le socle du petit éléphant transportant un obélisque sur son dos, il lut, ou plutôt relut, gravé dans le marbre, la phrase qu'il avait oubliée ces derniers jours : « SAPIENTIS AEGYPTI… ». La sagesse égyptienne, se rappela-t-il. Se souvenant du texte, il passa directement à la fin pour lire la partie qu'il avait trouvée étonnante à Rome : « ROBUSTAE MENTIS ESSE SOLIDAM SAPIENTAM SUSTINERE » ou, autrement dit, conclut-il, il fallait avoir un esprit fort pour supporter ces connaissances. Il fallait un support solide, souligna-t-il intérieurement en détaillant l'éléphant porteur, admirant au passage la métaphore statuaire de Bernini. Bien sûr, songea-t-il, ces phrases commençaient à résonner d'une autre manière, aujourd'hui.

Y avait-il vraiment une connaissance cachée ? songeait-il en fixant la tablette sous le regard amusé d'Aurore. Ou tout cela n'était qu'un leurre. Il haussa les épaules en souriant, si c'était un leurre, il était bien défendu.

— *Bene bene, siete sulla via !*[34]

La voix fit sursauter Jérôme qui leva la tête vers la gauche pour trouver une apparition improbable : un homme d'une cinquantaine d'année se tenait là, avec un chapeau à la François Mitterrand, comme l'avait annoncé Saverio, mais aussi l'apparence générale, habillé un peu comme le faisait celui qu'ils avaient appelé « Tonton » dans leur

---

[34] Bien bien, vous êtes sur la voie !

jeunesse. En outre, et c'était le plus extraordinaire, le visage, qui sans être celui d'un sosie, ressemblait tellement à celui de l'ancien président qu'on pensait être en sa présence lorsqu'on le croisait. La ressemblance bien sûr très amplifiée par le look travaillé de l'homme qui, là, riait de leur surprise. Ce dernier lorgnait sur la tablette et la photo de l'*Elefantino*. Il désigna les bâtiments autour d'eux et finit :

— Et doublement, même.

Les deux Français, toujours assis sur leur muret, regardaient sans comprendre l'hôtel particulier transformé en musée et l'inconnu debout devant-eux. Celui-ci, tout sourire, tendit la main vers Jérôme, se présentant :

— Antoine Larrieux. Je suis envoyé par frère Saverio. » Il désigna la tablette et continua : « *Sequimini sapientiam,* c'est bien ce qu'il vous a dit la dernière fois où vous l'avez vu ?

Jérôme saisit la main que l'autre lui tendait et ce dernier la secoua comme s'il actionnait une pompe manuelle. Puis, il se tourna vers Aurore qui, sur la réserve, présenta sa main droite. À l'inverse de celle de Jérôme, il la prit délicatement, la soulevant à l'horizontale et, l'emprisonnant doucement par en dessous avec sa main gauche, exécuta un baisemain digne d'un film historique.

L'homme se recula et, fronçant des sourcils devant leur manifeste incompréhension, demanda :

— Vous savez où l'on est tout de même ? C'est vous qui avez fixé le rendez-vous ici, d'après ce que m'a dit Saverio.

— Vous avez eu Saverio ? demanda Jérôme.

— Plusieurs fois, et de différentes manières depuis hier. » Il les regarda alternativement, puis reprit : « Il m'a tout raconté, et même plus. J'ai visionné ce que l'on trouve encore sur internet de vos aventures. Enfin, je crois que je suis incollable. » Il fit quelque pas, les regardant puis regardant l'Hôtel de Soubise qui bordait les jardins. « Mais vous, par contre, vous semblez ignorer où nous sommes vraiment.

Aurore répondit, comme piquée au vif par le quinquagénaire.

— Ben, on est à l'Hôtel de Soubise. C'est le musée des Archives nationales.

369

— C'est vrai, confirma l'homme. Et pourquoi avoir fixé le rendez-vous ici, alors ?

— Parce que… parce que Napoléon avait amené ici les Archives du Vatican, alors pour le rendez-vous… c'était plus facile…

Elle hésitait, on voyait qu'une partie de son esprit lui disait qu'il y avait quelque chose à comprendre, mais que l'autre partie, prise dans la discussion, n'arrivait pas à lui laisser le temps de se fixer.

— Il est vrai, reprit Larrieux en parlant comme un professeur dans un amphithéâtre, que depuis que Napoléon a réquisitionné cet endroit pour y déposer les Archives du Vatican, c'est devenu le siège des Archives impériales, puis plus tard des Archives nationales…

Il baissa un peu la tête en souriant et en faisant les grands yeux, comme un adulte attendant la réponse d'un enfant, puis continua.

— Elles le sont devenues, depuis…

— Mais, il n'y a plus rien du Vatican ici, intervint Jérôme.

— Ha oui ? Et comment le savez-vous ?

— Parce que… commença Aurore.

Elle s'arrêta au milieu de sa phrase, puis regarda Jérôme qui la regardait en retour, aussi éberlué qu'elle. Elle se retourna vers Larrieux, puis, d'une petite voix, lui demanda :

— Il reste quelque chose ?

Le clone de Mitterrand leva sa main droite devant l'œil du même côté, et fit le geste de saisir quelque chose de tout petit entre son pouce et son index. Jérôme ouvrit la bouche.

— Mais…

— Silvio est venu, le coupa Larrieux pour mettre fin au suspens.

Les deux amoureux, encore une fois, se regardèrent comme deux ronds de flans.

— Comment… commença Jérôme. Et vous connaissez Silvio, aussi ?

L'autre haussa les épaules.

— Bien sûr que je connais Silvio, répondit-il, c'était un collègue. Mais revenons-en à… » Il désigna le bâtiment qui semblait narguer Aurore et Jérôme d'une espèce de mystère. « Vous trouverez, j'en suis persuadé, vous êtes bien archéologue, non ?

Il regardait Jérôme avec un sourire de Sphinx. Ses deux interlocuteurs gardèrent leur souffle, espérant pour la première fois.

— Bon, normalement, reprit Larrieux, je suis là pour autre chose. Enfin… c'est ce qu'ils veulent à *San Lazzaro*.

— Vous êtes moine aussi ? demanda franchement Aurore.

— Non, répondit-il en riant, je suis consultant en art maintenant. Mais je l'ai été.

Il s'assit à côté d'Aurore sur le muret, croisant ses jambes comme s'il était dans quelque salon parisien, révélant des chaussettes Burton.

— J'ai longtemps vécu à *San Lazzaro* moi aussi, mais j'en suis parti. Maintenant, je suis ce que l'on appelle un défroqué. Bon… on y reviendra plus tard. Alors, vous avez eu Saverio hier, qu'est-ce qu'il vous a dit ?

— Oui nous lui avons parlé, répondit sérieusement la jeune femme. Ils nous ont vraiment envoyé des tueurs ?

Larrieux hocha la tête.

— Ils se sont fait arrêter à Nice, avant-hier. Saverio avait prévenu la police

Un sourire s'épanouit sur le visage de la jeune femme, qui se figea quand elle croisa l'air sombre de l'autre. Il reprit :

— Ils ont été relâchés presque immédiatement. Saverio m'a dit qu'il ignore pourquoi, ni comment c'est possible, rien n'a transité par le réseau informatique à partir d'un certain moment. Simplement qu'il y a eu des coups de fils vers le commissaire Villeneuve, jusqu'au dernier, un ministre, celui des Affaires étrangères.

Devant l'air d'Aurore, Larrieux précisa :

— D'après ce qu'il m'a dit, il a tracé les messages de routine sur les ordinateurs des standardistes.

Comme il voyait l'incompréhension dans le regard des deux autres, il expliqua :

— Dans les administrations importantes, les coups de fils sont accompagnés d'informations en numériques, des notes, c'est celles-là qu'il a consultées. » Il jeta un coup d'œil, et, voyant qu'ils suivaient, continua : « Je vais vous faire un résumé. La bonne nouvelle, c'est que vous n'êtes plus recherchés par la police, les polices même, en comptant l'Italie, et toutes les procédures visant à vous retrouver ont été stoppées. Normalement, et paradoxalement, compte tenu du traitement médiatique que vous avez subi, vous pourriez reprendre une vie normale.

— Et la mauvaise… intervint Jérôme. Elle concerne ces types, là.

— Exact. On dirait que les instances officielles se sont retirées, leur laissant une place grande comme un boulevard parisien pour intervenir sans entraves.

— Et on sait où ils sont, aujourd'hui ?

Larrieux haussa les épaules, en signe d'ignorance, avant de conjecturer.

— Saverio a perdu leur trace, à croire qu'ils s'améliorent, ou qu'ils apprennent. Peut-être sont-ils à Paris même ?

— Mais c'est qui alors exactement ? demanda Aurore, les larmes perlant aux yeux.

— Des mercenaires, probablement ceux qui sont déjà intervenus avec l'hélicoptère, à Camogli, ce sont des sous-traitants du SIV.

— Les services secrets du Vatican ?

— Oui, et Saverio pense qu'ils ont l'aide des Américains, avec leurs moyens à la Big Brother. Mais vu l'ampleur qu'avait pris l'affaire, et l'épisode du suicidé de Nice, ils préfèrent rester en dehors. Alors ils ont envoyé des gens pour faire le ménage, essayer de protéger leur… business.

Il avait dit ce dernier mot avec un air de dégoût. Aurore l'observa à la dérobée et décelant un réel désaccord avec ce qu'il était en train d'énoncer.

— Tout le monde n'est peut-être pas d'accord avec les décisions qu'ils prennent.

L'autre détourna la tête, comme s'il se faisait violence pour garder le silence. Aurore lui expliqua brièvement ce qui leur était arrivé de leur côté, le véhicule en planque et leur déménagement à la cloche de bois, et s'arrêta le temps que Larrieux comprenne que, malgré leur apparente désinvolture, ils étaient conscients de la situation, puis reprit :

— On vous remercie d'être venu, pour nous, mais ça n'était peut-être pas nécessaire. » Elle prit le smartphone dans la besace de Jérôme et le lui montra. « Saverio aurait sans doute pu nous dire tout ça en restant là où il est.

Le moine défroqué se tourna pour la regarder avec un œil neuf, comme on le fait de quelque chose ou quelqu'un que l'on a manifestement sous-évalué. Un sourire fugace apparut, le même que celui de Zorro les rares fois où il fut démasqué, puis, baissant la tête comme pour examiner le miroir sans tache du ciré de ses chaussures, il dit :

— Ils se sentent encore responsables de ce qui vous arrive. J'ai été l'un d'eux vous savez, et, même si je n'y suis plus, une partie de moi y est toujours. Ils sont toujours mes frères, et, s'ils m'ont envoyé, c'est que vraiment ils ne pouvaient pas venir. Cette affaire commence à les rattraper aussi, aujourd'hui ils reçoivent des « émissaires » de Rome.

Il vit qu'elle avait réagi à la dernière phrase.

— La preuve que ce n'est pas vraiment fini, reprit-il avec un voile de tristesse. Vous savez, compte tenu de ma vie passée, je crois bien que je peux vous parler comme le ferait n'importe qui à *San Lazzaro*. Cela peut vous paraître puéril, mais quand on se retire du monde, c'est que toutes ces petites choses que le reste du monde oublie, la responsabilité, la loyauté, le respect, enfin toutes ces choses qui pour nous définissaient l'Humanité, toutes ces choses comptent pour nous. Et ceux pour qui il n'est manifestement plus possible de vivre dans ce monde tout en préservant leur Humanité, ont choisi de la préserver en vivant un peu en retrait.

Aurore s'aperçut qu'il avait fini quand elle prit conscience que le silence durait depuis plus d'une minute. D'une voix douce, elle lui demanda :

— Je pensais que c'était la foi qui motivait votre… retrait.

Il haussa les épaules.

— Pour certains, sûrement, et de toute façon ça n'est jamais vraiment exclusif. Disons, pour être plus près de la réalité, que les causes sont entremêlées et bien sûr différentes pour chacun d'entre nous et pour chaque période de la vie aussi. Et je vous épargne les tomes de philosophie théologique traitant de la morale hors et dans la religion, la foi, etc.

— Mais, si vous n'êtes pas d'accord avec... eux, comment pouvez-vous continuer à...

Elle chercha un mot quelques secondes, soucieuse avant tout de ne pas le blesser. En riant, il finit pour elle :

— ...vivre, croire ou même prier ?

— C'est un peu ça.

— Depuis deux mille ans, nous ne sommes pas les premiers. La plupart du temps l'Église s'accommode de ses courants, et tout le monde continue à vivre, chacun avec ses convictions. » Il se tourna vers elle, la regardant dans les yeux, puis regardant Jérôme aussi il constata, comme à contrecœur : « D'autres fois cela se passe plus mal. Mais enfin, on n'en est pas là, leur ordre n'est pas encore dissous ou excommunié.

Il devenait mal à l'aise, comme tiraillé entre son présent et son passé. Aurore demanda :

— Et vous, qui ne faites plus totalement partie de la communauté, c'est pour ça alors que vous êtes venu, pour vos convictions ? Pour que ceux avec qui vous n'êtes pas d'accord ne nous zigouillent pas.

Le dernier terme le fit rire, comme prévu, et les quelques secondes qu'il mit à retrouver son sérieux servirent à la jeune femme à cerner ce qui manquait dans la dernière tirade du moine défroqué.

— C'est ça, oui, confirma-t-il. Et puis n'oubliez pas que j'avais cumulé assez de différents pour m'en être allé.

— Mais, pour vous personnellement, si votre... enfin, si leur ordre n'est pas menacé, ses membres peuvent être... excommuniés ? tenta-t-elle.

Au léger soulagement de l'autre, lorsqu'elle avait prononcé le dernier mot, elle comprit que ça n'était pas vraiment ce qu'il craignait. Elle continua :

— Ou éliminés...

Là, l'homme réagit un peu plus, et il lui sembla même que ses yeux s'embuaient. Jérôme, de son côté suivait l'échange sans intervenir, engrangeant les réponses. Quelque chose ne collait pas, songea-t-elle rapidement. « Mais quoi ? » se demanda-t-elle et la réponse, à une question posée si clairement, lui parvint à la vitesse de la pensée : « Il craint pour quelqu'un. » Elle le regarda avec une compréhension nouvelle et ne put empêcher d'éprouver un élan d'affection pour cet inconnu d'une heure à peine auparavant. D'une voix douce, elle lui demanda :

— Silvio est en danger ?

Le brouillard se transforma en pluie et l'homme se cacha les yeux de ses mains. Il hocha la tête en soufflant :

— Ils l'ont exfiltré en urgence de Rome, hier, avec son assistant.

Jérôme posa la main sur le biceps d'Aurore et ils se regardèrent tous deux un moment dans un silence lourd, puis, après un temps assez long pour que le Musée des Archives ouvrît, vidant les jardins d'une bonne partie des badauds qui de toutes les manières ignorait ce trio atypique. Après un temps assez long aussi pour créer des liens entre ces trois personnes, et assez court pour ne pas le faire dans la gêne, ou pour ne pas laisser un malaise prendre place dans ce vide émotionnel, Jérôme demanda :

— Monsieur Larrieux, vous aviez des suggestions à nous faire, pour notre sécurité ?

— Appelez-moi Antoine, répondit-il, et oui, j'en ai même pas mal.

Il semblait s'animer un peu, probablement en endossant le rôle qui lui avait été attribué. Il se leva, probablement pour dégourdir ses jambes de quinquagénaire, ou pour se donner la contenance de son rôle, fit deux ou trois pas en semblant rassembler ses pensées, comme un orateur montant en scène, puis, à mezza-voce, leur dit :

— Le paradoxe c'est que si vous vous étiez rendu aux autorités alors que vous étiez recherchés, peut-être y aurait-il eu une enquête pour élucider les zones d'ombres, en commençant par qui étaient ces gens qui vous en voulaient, etc., et, étant à la merci de la justice, vous auriez pu espérer bénéficier d'une protection…

Il les regarda avec un sourire bizarre et finit :

— … quoique…

Aurore et Jérôme se regardèrent d'un air entendu, et l'autre, à qui cela n'avait pas échappé, reprit :

— Vous avez peut-être bien fait, ils ont des sympathisants un peu partout. Mais par contre, maintenant, vous êtes un peu hors course. Si vous allez voir les autorités, au mieux les fonctionnaires à qui vous aurez à faire vous assureront poliment qu'ils demanderont l'ouverture d'une enquête.

— Et au pire ? demanda Jérôme.

— Vous signalerez votre présence à ceux qui vous recherchent, et qui ont maintenant, comme je vous l'ai dit, toute latitude pour opérer. Leur seule consigne est d'agir dans la discrétion, et ceux-là savent le faire, si on le leur demande. Comme je vous l'ai dit aussi, une délégation du SIV arrive à *San Lazzaro*, avec leur chef, un certain Bucceri, le patron du SIV qui suit l'affaire depuis que Silvio avait perdu sa mallette, pas vraiment un tendre ce Bucceri. S'ils estiment qu'on leur cache des éléments, ils fouilleront un peu plus et risquent de remonter jusqu'à vous en suivant les traces de Saverio.

À l'évocation de la mallette perdue, Aurore et Jérôme se regardèrent, pensant tous deux à l'homme qu'ils avaient vu au commissariat et plus tard devant leur hôtel de la *Via Amedeo*.

— Mais, intervint Aurore, qu'est-ce que nous pouvons faire alors ?

Il haussa les épaules d'un geste d'impuissance.

— Vous pouvez reprendre votre vie d'avant, mais je ne pense pas que cela soit la solution. Ils ont déjà le même problème à *San Lazzaro*, pour Silvio et son assistant. Pour vous, la solution qui consiste à fabriquer de nouvelles identités, même si elle est réalisable, et *San Lazzaro* a manifestement résolu de vous aider si vous le décidiez, cette solution donc semble provisoire, obligeant à vivre avec la peur d'être découvert, comme ceux qui se cachent de la mafia aux États-Unis. Il ménagea une pause pour leur laisser le temps d'assimiler cette alternative, puis reprit.

— Sinon, peut-être pensez-vous qu'en continuant vos recherches vous aurez une chance de vous aménager une porte de sortie ?

Surpris par la question, les deux amoureux ne purent s'empêcher de se consulter du regard, comme s'ils avaient laissé cet aspect de côté, dans leur fuite en avant de ces derniers jours. Jérôme répondit :

— En fait, il ne nous semble pas vraiment que nous ayons le choix depuis le jour où nous avons décidé de rentrer en France. » Il regarda Aurore, pour chercher une confirmation de ce qu'il disait, puis continua. « Je crois que l'on ne voudrait pas vivre cachés, alors pour le moment on va continuer comme ça.

Aurore hocha la tête pour confirmer qu'il avait exprimé aussi sa pensée, faisant sourire Antoine malgré lui. Il leur sembla même qu'il était soulagé — ayant peut-être secrètement espéré qu'ils poursuivent, et continua à les regarder, semblant hésiter.

— Il y a quelque chose d'autre ? demanda Aurore.

— On ne sait pas trop… commença Larrieux.

— Allez ! le coupa-t-elle en lui secouant doucement l'épaule. Ce qui le fit rire.

— Cela semble avoir encore évolué cette nuit, à Rome, je veux dire. Mais pour le moment, on en est encore qu'aux conjectures.

— Qu'est-ce qui se passe ? insista-t-elle.

— Eh bien, il semblerait qu'il y ait un flottement, des courants contradictoires.

— Comment ça ? Et cela peut nous concerner ?

— Oui, selon Saverio.

Elle le regarda un moment, réfléchissant en même temps. Et, la prenant de vitesse, Jérôme demanda :

— Et à votre connaissance, ce genre de situation s'est déjà produit, là-bas ?

— À la mort du pape, évoqua Larrieux, comme à regret.

Passé le moment de surprise provoqué par cette révélation, Jérôme s'adressa à Larrieux.

— Mais si celui-ci meurt, il y aura bien un autre après ? Et on ne sait pas ce qui va se passer alors.

Larrieux écarta les bras en geste d'impuissance et le couple échangea un regard éloquent.

— On a combien de temps avant que tout redevienne… normal ? demanda Jérôme.

Le clone de Mitterrand haussa les épaules :

— Si c'est le cas, tout dépend du conclave, mais Saverio en est arrivé à la conclusion que votre ami Battisti est impliqué et semble avoir une longueur d'avance, ce qui aurait tendance à raccourcir l'élection, mais on ne sait jamais vraiment.

Il sortit une grande enveloppe assez épaisse de la besace en cuir qu'il serrait contre lui et la tendit à Aurore.

— Tenez, une nouvelle identité, plus aboutie que l'autre. Vous êtes des universitaires, dépendant de la Sorbonne et du Collège de France. Vous faites des recherches qui touchent à la théologie, l'archéologie et l'urbanisme antique et même médiéval, acheva-t-il en riant.

Aurore ouvrit l'enveloppe, étalant le contenu sur le muret entre elle et Jérôme. Celui-ci, voyant des feuillets dépasser d'une chemise souple sembla reconnaître quelque chose. Il prit la feuille et s'exclama :

— Mais…

— Chut !!! le coupa Antoine en murmurant. Oui, c'est une autorisation pour les Archives Secrètes du Vatican, valable un an. Ne me demandez pas comment c'est possible. Regardez ! Il y a des cartes d'accès universitaires d'ordre général, mais aussi des autorisations particulières pour accéder à des fonds plus confidentiels, comme certains documents, par exemple, qui se trouvent ici, fit-il en désignant l'Hôtel de Soubise derrière eux.

Jérôme fronçait les sourcils, à la main il tenait une nouvelle feuille, ne semblant pas en comprendre le sens.

— C'est à Vienne, dit-il comme pour lui-même.

Il leva les yeux vers Antoine.

— Ceux de *San Lazzaro* ne peuvent pas y aller », commenta celui-ci, comme si c'était une réponse que les deux autres pouvaient comprendre. Puis, il expliqua : « Les deux monastères du même ordre sont restés fâchés durant deux siècles, et ceux de Vienne sont partis de Venise en emportant des trucs. Peut-être qu'avec un peu de chance, vous pourrez…

Les deux Français étaient suspendus à ses lèvres, mais apparemment il estimait en avoir dit assez. Marchant les mains dans les poches, comme s'il hésitait sur la conduite à tenir, maintenant qu'il avait fait ce qu'on lui avait demandé. Aurore rassembla les documents étalés sur le muret et fourra le tout dans le sac de Jérôme alors qu'Antoine, qui s'était arrêté un peu plus loin, semblait les attendre. Ils le rejoignirent et se calèrent sur son allure. Tout en marchant dans les allées, celui-ci leur demanda :

— Alors, que pensez-vous de ce que vous étiez en train de regarder, quand je suis arrivé ?

Jérôme consulta Aurore du regard qui répondit :

— La sagesse égyptienne ? Nous n'avons pas vraiment encore creusé le sujet à franchement parler.

— Vous êtes entrés dans la basilique *Santa Maria Sopra Minerva*, quand vous étiez à Rome ?

Ses interlocuteurs se consultèrent du regard.

— Non, nous n'y avons pas pensé, avoua Aurore, ce qui fit rire l'homme.

— Pas grave pour ça, dit-il en haussant les épaules. Là, ce ne sont que des indices au sol, les motifs des dallages, des angles droits…

Il se tut, semblant réfléchir, et, les regardant alternativement, demanda à brûle-pourpoint :

— Vous avez vu ça, non ?

Les deux amoureux se lancèrent un regard éloquent et Jérôme hocha la tête avec un petit sourire. Larrieux eut l'air rassuré, comme s'il avait eu peur d'avoir commis une gaffe. Il reprit :

— Finalement, je devrais peut-être vous dire ce que je sais, confessa-t-il en s'arrêtant, regardant distraitement les passants qui marchaient dans la rue et que l'on apercevait par l'une des entrées des jardins.

Un silence se prolongea, puis finalement Larrieux se retourna et écarta les bras :

— Je ne suis plus tenu par les règles de la communauté, mais je le suis encore par mon éthique. Et sans l'autorisation de Silvio… j'ai des scrupules.

Une vague de déception passa sur les deux autres. Puis, après un moment pendant lequel tous trois marchèrent en silence dans les allées, Jérôme formalisa un constat redouté. Il demanda :

— Vous ne pouvez pas nous en dire plus ?

L'autre secoua la tête en souriant.

— J'aurais aimé demander à Silvio, mais depuis hier, mes anciens confrères n'ont plus aucun signe de vie de lui et de ses deux compagnons, son assistant et un frère de *San Lazzaro*. Il faut dire qu'ils suivent les conseils de Saverio qui les a détournés de Venise au dernier moment, et que pour l'instant on n'est pas trop inquiet.

— Mais, reprit Jérôme, il y a des sujets que vous pouvez aborder.

— Certainement, répondit Antoine en riant, et je vous ai quand même mis quelque chose dans la deuxième enveloppe. Cela vous vous fera gagner un peu de temps, vous en avez besoin, mais vous avez déjà fait le plus gros, même si vous ne le savez pas encore. Sinon, au point où vous en êtes, pour bien comprendre, il faut que vous le fassiez par vous-même, comme je l'ai fait à une époque, et le moment venu, il faudra seulement que vous ayez la lucidité de rassembler toutes les pièces du puzzle, et surtout que vous ayez… » Il chercha ses mots, qui sortirent enfin. « Je dirais la fraîcheur. Oui, c'est ça pour vous. Il faudra que vous ayez la fraîcheur de voir les choses telles qu'elles sont, en faisant abstraction du reste. » Il regarda le bout de ses chaussures et souffla tout bas, leur livrant peut-être une confidence : « Pour moi, c'est du courage que cela m'a demandé…

Aurore fronça les sourcils et, fouillant à l'intérieur de l'enveloppe qui leur avait été donnée, en trouva une deuxième, au format A4. Alors qu'elle commençait à l'ouvrir, Larrieux l'en empêcha, en posant sa main sur celle de la jeune femme. En désignant le bâtiment, il finit.

— Allez ! Vous avez du travail. On verra plus tard.

Il sortit une carte avec son nom et une adresse mail, fit jaillir, comme un prestidigitateur, un stylo Mont-Blanc et griffonna un numéro de téléphone au verso, ainsi qu'une adresse boulevard Montmartre, à Paris.

— Si vous avez besoin, souffla-t-il, c'est juste pour vous. Apprenez tout et brûlez cette carte.

Aurore prit la carte avec précaution et la casa dans l'unique minuscule poche de sa veste d'été.

Larrieux avait déjà fait quelques pas. Il revint vers eux.

— Ah, j'oubliais ! Si l'on ne se revoit pas : n'allez jamais deux fois de suite aux endroits où vous devez faire des recherches. Il faut que vous sachiez ce que vous cherchez. Partez après, parce qu'ils vous y chercheront certainement plusieurs jours de suite. Préférez le train à l'avion. Réglez en espèces et changez souvent de téléphone portable. Saverio a laissé un numéro de téléphone et une liste de mails pour le contacter. Vous allez créer quelques mails aussi et lui en envoyer la liste. Vous pouvez considérer que les numéros que vous avez utilisés pour communiquer avec lui jusqu'à aujourd'hui sont grillés, alors vous ne devez plus les utiliser.

Il fit encore quelques pas en leur compagnie puis s'arrêta

— Méfiez-vous des gens qui posent trop de questions, dit-il

Il réfléchit un instant et ajouta :

— Méfiez-vous de tout le monde.

L'homme, un peu maladroitement, leur donna l'accolade avant de s'éloigner à grands pas, comme prenant la fuite.

Larrieux parti, ils déambulèrent silencieusement dans les allées jusqu'à ce qu'Aurore rompe le silence, en désignant l'entrée de l'hôtel de Soubise.

— Tu crois qu'on devrait y aller ?

— Apparemment, ça n'est pas fini. Selon ce qu'il a dit, le SIV est à Venise aujourd'hui, alors il pourrait bien être ici demain, fit-il en désignant l'Hôtel de Soubise du menton. Mais aussi, on ne pourra pas y revenir sans risque, alors il vaudrait mieux savoir exactement ce que l'on doit demander.

Aurore s'assit encore sur le muret devant lequel leurs pas les avaient reconduits, levant la tête pour regarder Jérôme, clignant un peu des yeux à cause du soleil qui l'énervait, l'aveuglant quand l'archéologue bougeait. Elle tourna la tête vers l'entrée des archives et souffla, comme pour elle-même.

— En même temps, on y est là.

Jérôme s'assit à côté d'elle et, après avoir réfléchit un moment, lui demanda.

— Tu crois que l'on sait déjà ce que l'on doit rechercher ?

San Lazzaro degli Armeni – Venise.

Saverio transpirait à ruisseau, bénissant la sagacité de son abbé. Évidement, avec les trente-cinq degrés à l'ombre affiché dans la lagune, il n'évoluait pas vraiment à l'aise dans son « costume de scène », comme l'avait baptisé le père Di Grégorio, en kevlar, surpiqué en doublure de plomb d'un centimètre d'épaisseur. Bien sûr, quelqu'un qui aurait aperçut son visage à cette seconde, aurait bien compris qu'il était mort de trouille, mais celui-ci était protégé par une cagoule doublée d'alu, elle-même couverte d'un casque en métal à hublot facial teinté qui aurait fait le bonheur de Stanley Kubrick. La transpiration dégoulinait dans son cou, ruisselait sur son tee-shirt et le long des jambes également protégées par le scaphandre anti-radiations, semblant s'accumuler dans ses bottes étanches qui devaient bien peser deux kilos chacune, glougloutant à chaque pas et le faisant légèrement glisser dans cette mélasse stagnante.

Concentré par le protocole d'essai qu'il connaissait par cœur, il n'eut pas conscience que la porte de son laboratoire s'ouvrait, mais il en vit le voyant s'allumer sur son tableau de contrôle et, récitant silencieusement un *Pater Noster*, se retourna. Trois inconnus étaient là, sur le seuil. Deux scrutaient la pièce, méthodiquement, la balayant du regard doucement dans un sens, puis dans l'autre. Le troisième, Saverio le reconnut tout de suite, même s'il ne l'avait jamais vu. Il avait la quarantaine athlétique et, dédaignant les enchevêtrements de câbles et les consoles d'ordinateurs, il regardait Saverio avec deux yeux d'un bleu transparent qui semblait transpercer la visière du scientifique pour se vriller dans ses yeux, augmentant sensiblement le débit de sa transpiration. Ce ne pouvait être que Bucceri, le patron du SIV. Les deux acolytes avançaient déjà, regardant un peu partout, des papiers posés sur les dessertes aux indications qui défilaient sur les écrans, ouvrant les portes des armoires, cherchant apparemment au hasard, tandis que le troisième se dirigeait droit vers lui. D'un geste, Saverio brancha le micro intégré en poussant un bouton au niveau de sa gorge, puis cria aux trois inconnus pour couvrir le bruit d'enfer de la montée en puissance des machineries composant son micro-accélérateur de particules :

— Vous ne pouvez pas rester ici, c'est radioactif !

Pour souligner ses paroles, il montra des cylindres incorporés à la structure centrale en forme d'anneau de son appareillage. On y voyait le sigle universel de la radioactivité, trois cônes opposés par la pointe, connu de tout un chacun sur la planète. Puis, regardant crânement Bucceri, il montra un genre de grosse montre bracelet qu'il portait sur la combinaison et indiquant un série de chiffre dont les valeurs augmentaient, lorsqu'il approchait son bras du centre de la pièce.

Les deux hommes de main s'étaient arrêtés et regardaient leur patron qui continuait, lui, à regarder Saverio, semblant vouloir transpercer le scaphandre de ses yeux. Enfin, il baissa les yeux sur l'appareil de l'autre, fixant les indicateurs en faisant appel à sa mémoire, semblait-il. À un moment, ses yeux s'ouvrirent un peu plus grand, comprenant sans doute que l'environnement était vraiment radioactif. Machinalement, il recula d'un pas. Puis, désignant les appareils, il prononça des mots qui se perdirent dans le vacarme. Saverio montra ses oreilles et mit ses deux mains en croix, signalant qu'il ne comprenait pas. Puis, il montra un microphone sur un socle, de l'autre côté de la pièce, obligeant celui-ci qui voulait s'en servir de passer au plus près de la radioactivité.

Bucceri regarda le microphone, faisant non de la tête, puis il montra les appareils et, comme les joueurs de baskets américains, fit le signe du temps mort, appuyant de son poing droit fermé sur la paume de sa main gauche ouverte. Pendant ce temps, ses deux hommes s'étaient repliés vers la porte et le regardaient de loin. Saverio, lui, engoncé dans son scaphandre, ne bougeait pas, contrôlant seulement ses appareils avant de reporter son attention sur l'intrus qui semblait s'agiter de plus en plus. Bucceri s'approcha alors et lui prenant le bras droit le secoua montrant les appareils, fit mine de tourner des boutons, pour finalement passer un doigt sur sa gorge à la manière sicilienne.

Souriant sous son équipement, Saverio écarta les bras en signe d'impuissance, et montra à l'autre une série de chiffre sur un écran, un genre de compte à rebours. S'approchant finalement de l'ordinateur, Bucceri comprit que le système décomptait les secondes et qu'il ne s'arrêterait pas avant deux bonnes heures. Il regarda une dernière fois autour de lui. Puis, à grands pas, se dirigea vers la sortie par où se précipitaient déjà ses deux hommes.

Tremblant sur ses jambes, Saverio, se retint sur le bord d'un bureau, faisant mine de s'intéresser aux données qui défilaient sur l'écran. Désactivant son micro d'un index hésitant, il récita un *Salve Regina*. Sans l'idée du père supérieur, pensa-t-il, il aurait probablement craqué devant ce Bucceri. En remerciant une nouvelle fois son abbé qui, il le savait maintenant réglerait le problème des émissaires, il fit le tour de ses écrans.

Là, remarqua-t-il, ces chiffres, ils n'étaient pas comme ça normalement. Il fit défiler les résultats précédents, puis ceux du LEP, distribués par le CERN de Genève, n'en croyant pas ses yeux, une jubilation montant en lui.

« J'ai réussi ! » cria-t-il d'une voix étouffée par son scaphandre. Il s'assit contrôlant encore et encore puis s'assit, regardant son laboratoire autour de lui. « Qu'y avait-il de différent ? » proféra-t-il encore à haute voix, pour formaliser sa pensée. « Rien, tout était exactement pareil... » Il se tourna soudain vers la porte que les autres avaient bien vite renfermée. « Non, souffla-t-il, il y avait eux... »

Il s'absorba alors dans la contemplation des graphiques simulant la collision des particules, puis, au bout d'un moment, murmura dans son scaphandre : « Putain de physique quantique ! »

Rue des Francs Bourgeois – Paris.

Dans l'expectative, ils étaient restés assis sur leur muret, perdus dans leurs pensés, chacun essayant de trouver un nouveau bout de fil d'Ariane, pour les amener un peu plus loin. Jérôme entendit un froissement de papier et, avant de tourner la tête, il sût qu'Aurore, ne pouvant y résister, avait ouvert l'enveloppe A4 qu'avait signalée Larrieux avant de partir.

— Tu devrais voir ça, Jérôme, exultait-elle. Tiens, par exemple, là ! Un ancien égyptologue et philosophe français, un certain René Schwaler de Lubicz. Il a dit des obélisques, je cite : « Ils vont chercher, dans le ciel, le feu régénérateur du Temple, le Maître y écrira les lois qui font graviter le monde. »

Jérôme, ne pouvant s'empêcher de sourire attrapa une feuille, la parcourut et mit sa main sur l'avant-bras de la jeune femme.

— Écoute plutôt ça : « La Mission des obélisques, dans l'Égypte Antique est de repousser les forces négatives loin de l'enceinte sacrée. »

— Comme sur l'inscription de la façade est, place Saint-Pierre ?

— Oui, reprit Jérôme en levant enfin la tête pour regarder Aurore, mais, et comme pour ta citation, c'est l'Église qui a fait graver celles-là.

Puis elle lui montra une gravure égyptienne montrant la déesse Isis avec deux sceptres croisés sur la poitrine, puis, l'instant d'après, il montra le pape, avec à la main l'un des deux sceptres, celui dont l'extrémité est recourbée en spirale. Plus bas le sceptre en question était représenté tout seul, avec la seule mention : « Sceptre d'Heka ».

Pendant le quart d'heure qui suivit, ils s'échangèrent des informations, se passant des feuilles, consultant des gravures, comme deux chercheurs d'or tenant enfin un filon. Elle, lui montant Isis avec son hiéroglyphe représentatif en forme d'équerre, lui, l'apostrophant sur une série de noms lus en latin dans les notes de Silvio, et qui devenaient Glastonbury, Stonhenge, Avebury, trois lieux de Grande-Bretagne, assortis d'un triangle rectangle, comme ils en avaient pris l'habitude sur le plan de Rome.

Enfin, comme synchronisés, ils se regardèrent, puis se tournèrent vers l'entrée du bâtiment semblant les narguer. Jérôme, regardant ce qu'ils avaient en main, demanda :

— Ça t'a donné une piste ?

Aurore secoua la tête.

Depuis la question de l'archéologue, la jeune femme était plongée dans ses pensées, immobile, comme statufiée à tel point que Jérôme, après plusieurs regards appuyés de passants, lui toucha doucement l'épaule. Elle baissa un peu la tête, regardant bizarrement la main toujours sur son épaule, puis son regard remonta le long de l'avant-bras, puis du bras pour finalement arriver au visage soucieux de Jérôme. Elle lui fit un sourire radieux, son visage reflétant le soleil matinal, puis répondit à la question qu'il avait posée naguère. Lui-même l'ayant presque déjà oubliée.

— Ça n'est pas vraiment ce que l'on doit chercher qui compte.

— Ah non ? s'étonna l'archéologue.

— Non, pas vraiment, puisque nous-même ne le savons pas, et que l'on vient ici pour ça.

— Alors quoi ? résuma Jérôme.

Le sourire réapparut, souligné là d'un soupçon d'ironie, faisant comprendre à Jérôme qu'elle était bien revenue. Elle haussa les épaules.

— C'est plus où l'on doit le chercher qui compte, reprit-elle.

Jérôme fronça les sourcils, regarda un peu dans la direction où avait disparu Larrieux, comme pour y chercher de l'aide, ce qui fit rire Aurore aux éclats.

— La manière de demander si tu veux, comme dans un moteur de recherche. Il faut avoir les bons mots clés quoi.

Elle s'était arrêté et regardait Jérôme en penchant la tête, ayant ressorti son sourire narquois pour l'occasion.

— La côte tu veux dire ? laissa tomber Jérôme.

— C'est ça ! s'exclama-t-elle. Et alors ?

Un éclair de compréhension passa dans son regard, alors qu'il se rappelait la conclusion à laquelle ils étaient arrivés, quelques jours auparavant, à Aix-en-Provence.

— *Silentium*, souffla-t-il.

Vatican – Rome.

Bucceri raccrocha rageusement le téléphone et se leva pour faire quelques pas. Puis, constatant qu'il tournait comme un fauve en cage depuis qu'il était revenu dans son bureau, il mit son portable dans la poche et ressortit, laissant tout en plan. La chape de chaleur l'enroula dès qu'il sortit de son bureau, mais cette fois-ci il était trop énervé pour s'en réjouir, ou même le remarquer. Pourtant, dans tous les regards qu'il croisait, il ne décelait rien de plus qu'à l'ordinaire, ou du moins le concernant dans les yeux de la population du Saint-Siège. Non, la plupart ne savait rien, mais il se passait quelque chose, de ça il était certain.

Mentalement, il recensa les faits. Le Secrétaire d'État remettait à plus tard les affaires d'importance ; la plupart des fonctionnaires avaient les mêmes rapports avec lui que d'habitude, mais ceux qui devaient approcher les plus hautes sphères, semblaient laissés à eux-mêmes, attendant des instructions ou temporisant les décisions, sauf Battisti qui était devenu intouchable, semblant le fuir ou opposer ses subordonnés comme bouclier. Pourtant, se rassura-t-il alors qu'il traversait la place Saint-Pierre écrasée de soleil, le Président de l'Académie pontificale ne réservait pas ce traitement seulement à Bucceri. À son retour de Venise, plus tôt, le patron du SIV avait fait appeler un cardinal influent qui lui devait un service, et l'autre s'était vu fixer un rendez-vous aux calendes, monseigneur Battisti étant apparemment trop occupé.

Ce dernier, pourtant, sans même appeler Bucceri, avait ajourné la veille l'opération qui avait déjà tourné court à Nice — sous couvert du Secrétariat d'État encore — auquel il avait lui-même donné le nom d'*Agni*, obligeant le patron du SIV à se faire confirmer les instructions par les secrétariats. Pas vraiment grave, pensa Bucceri, ses « émissaires », qui étaient déjà à Paris où la trace des deux Français avait été retrouvée par les gens du SIV, étaient rentrés directement, sans même sortir de l'aéroport. Point.

Par contre, les autres envoyés, ceux dépendant directement de Battisti, et qui jusqu'à présent collaboraient avec ses services, les abreuvant littéralement de renseignements, ceux-là donc étaient encore en place, continuant de transmettre à l'Académie pontificale, savait-il de source sûre. Bucceri l'avait vérifié par ses moyens quand ses différentes sources s'étaient taries. Ces émissaires de l'Académie pontificale avaient, par exemple, retrouvé à Trieste la trace du moine Rufrano et de son assistant, le jeune Santini, accompagnés d'un complice. Mais ils les avaient ensuite perdus à Ljubljana, en Slovénie. « Des amateurs ! » pesta intérieurement Bucceri en commençant à transpirer. Il arrivait en vue du *Ponte San Angelo,* songeant avec rage au scientifique qui leur avait échappé. Il avait été aidé, c'était certain, mais par qui, et dans quel but ?

Même s'il n'avait pas trouvé de piste probante, à San-Lazzaro, il savait d'instinct que le Père supérieur des moines scientifiques lui cachait quelque chose, mais la position de l'autre lui interdisait de lui appliquer les traitements propres à exhumer la vérité. Aussi était-il doublement en rage, de retour, du temps perdu le matin même à Venise, qui lui aurait permis d'en savoir plus, ici.

Officiellement, personne ne l'avait encore dessaisi de l'affaire, songeait-il, et, par voie de conséquence, paradoxalement, elle pouvait le rattraper, si quelqu'un demandait des comptes au Vatican. « Il faut se couvrir, conclut-il intérieurement. » Machinalement, il sortit son cellulaire, parcourut brièvement le répertoire et composa un numéro. Le correspondant décrocha à la cinquième sonnerie, alors que Bucceri s'apprêtait à parler à un répondeur. L'homme était essoufflé, parlant par à-coups.

— *Signore Bucceri, e sempre un piaccere.*[35]

— Partagé, écourta Bucceri. J'ai besoin de vos services, pour une mission confidentielle. Vous ne devrez en référer qu'à moi.

Il s'arrêta un moment, attendant que l'autre en déduise sa position.

— D'accord, souffla son correspondant. *Non esistero*[36].

— Une enveloppe dans une heure, à l'endroit habituel, finit Bucceri en coupant la communication.

Arrêté au milieu du pont, il appela son secrétariat, énonçant rapidement des instructions, alors qu'à deux mètres de lui deux amoureux accrochaient un cadenas parmi les centaines déjà entremêlées là, comme une dentelle de métal folle. Son regard cherchait machinalement un passage entre les amalgames de cadenas, comme dans un labyrinthe non prémédité.

Soudain, il eut une vision plus claire de la situation : « Je ne suis pas en cause ! » murmura-t-il sous le soleil. Des moines scientifiques qui fuient le SIV, normalement le fait est trop important pour ne pas en tenir compte. « Et pourtant, se dit-il en regardant vers Saint-Pierre, ils avaient mis l'opération en sommeil en connaissance de cause. »

« Il se passe quelque chose de plus important ! » Il avait parlé presque normalement cette fois, sous le choc de la compréhension, attirant l'attention fugitive des deux amoureux qui s'éloignèrent en s'enlaçant. Il continua jusqu'à la route où il héla un taxi. Quand il s'y réfugia, il se répéta — silencieusement cette fois — les préceptes sacrés du pouvoir : « Ne jamais s'accrocher à une cause sacrifiée, sous peine de l'être soi-même. » Puis, au chauffeur, il dit :

— Cité du Vatican.

---

[35] M. Bucceri, c'est toujours un plaisir.
[36] Je n'existerai pas.

SILENTIUM

21

Hôtel de Soubise – Rue des Francs Bourgeois – Paris.

La salle, toute de bois habillée, était déserte, à part eux bien sûr. Comme s'il se jouait ici la dernière bataille des vacances refusant de finir à l'extérieur.

Au tout début, ils n'y avaient pas vraiment cru, quand, après être entrés ici comme deux conspirateurs, ils avaient déposé leur demande dans les formes, étalant leurs lettres d'accréditations et fausses identités, comme d'autres le font de leur dernière voiture de sport, devant un président de salle blasé. Puis celui-ci, après avoir enregistré leur demande, était parti à quelque mystérieuse tâche requérant, sans doute, au moins sa présence.

Jérôme consulta encore sa montre, comme si cela allait faire revenir le bibliothécaire plus rapidement, puis se tourna vers Aurore.

— Tout à l'heure, on n'avait pas fini, avec l'*Elefantino*…

Le sourire narquois naquit sur les lèvres d'Aurore, et, sans répondre tout de suite, elle ramena la photo du monument sur la tablette. Puis elle chuchota, comme pour elle-même.

— *Solidam sapientiam sustinere*…

— *Oui,* soutenir une solide connaissance, à peu près.

— On avait expliqué à Amandine où était le temple d'Isis. » Elle le regarda, pour être sûre qu'il suivait, puis continua. « Et puis ce matin, ça m'est revenu, c'était inscrit en dernier, sur l'*Elefantino*. En fait, je crois que c'est un symbole doublement codé. Cela commence par le Savoir Égyptien, non ?

— *Sapientis Aegypti*, oui, c'est ça.

— Eh bien, si l'on fait une relation avec ce dont on parlait hier, la Pierre Angulaire, très importante en symbolique architecturale, et le savoir de l'Égypte, qui est en dessous, puisque la basilique de *Santa-Maria Sopra Minerva* est, comme son nom l'indique, bâtie par-dessus le temple de Minerve, qui était en l'occurrence celui d'Isis, puisque à cet endroit c'est l'emplacement de l'Iseum, et aussi qu'Isis était la plupart du temps confondue avec Minerve à Rome. L'Iseum, donc, sert de fondation, il est ainsi symboliquement et pratiquement la Pierre d'Angle de la basilique. Ça c'est pour la partie matérielle, et maintenant, pour la partie plus intellectuelle, celle du savoir, l'inscription précise bien aussi que le savoir égyptien est à la base, en dessous, et qu'il soutient ce qui est venu après. À la fac, un prof nous a dit, une fois, en aparté, que ce qui était en dessous, avait donné son nom au mot « substance », qui veut donc dire ce qui tient en dessous, littéralement.

Jérôme réfléchit un moment puis tenta :

— Tu penses qu'on devrait s'orienter vers la religion, ou le savoir de l'Égypte antique ?

— On verra bien ce qu'ils vont nous apporter, mais déjà Antoine…

— Antoine ? le coupa-t-il. Tu l'appelles déjà par son prénom ?

Elle lui donna une bourrade sur l'épaule et continua.

— Antoine nous a donné des documents allant dans ce sens, à commencer par le Sceptre d'Heka.

Elle s'était arrêté et l'observait, attendant sans doute qu'il approuve pour qu'elle puisse aller plus loin. Lui avait ouvert l'enveloppe avec les documents et les faisait défiler rapidement, posant devant lui ceux qui avaient trait à l'Égypte.

— C'est vrai, souffla-t-il. Mais dans l'ensemble, pour le moment, il semblerait plutôt que l'on soit dans la religion que dans le savoir.

— Tout à fait, approuva-t-elle, en se rapprochant instinctivement, entendant le bruit d'une porte qui s'ouvrait dans une salle attenante.

Elle lui montra les poils blonds qui se redressaient, alors que la salle n'était pas vraiment climatisée, puis continua à *sotto-voce :*

— Ça n'a pas l'air de tenir debout, mais j'ai comme une intuition. Celle qu'il y a une troisième dimension, plus spirituelle celle-là. » Elle haussa les épaules, comme pour se disculper, et lui montra la tablette, où apparaissait encore la photo de l'*Elefantino* devant la basilique de *Santa-Maria sopra Minerva :* « Après tout, on a affaire au Vatican depuis le début, et là plus particulièrement, on est devant une basilique, lieu d'emplacement de la plupart des obélisques à Rome. » Elle se tut, hésitante à parler alors que le bibliothécaire arrivait poussant un chariot, puis lança : « En fait c'est ça, je crois que ça, la dimension spirituelle, est celle qui compte le plus.

— Comment ça ?

— Comme si c'était le plus important, Isis, les Aiguilles de Rê, le Temple Solaire à ciel ouvert. Comme si...

Elle écarta les bras devant elle, en geste d'impuissance, regardant encore la photo de l'obélisque de la *Piazza della Minerva* sur lequel trônait un crucifix.

— Ils y croyaient ? tenta Jérôme.

Elle hocha la tête en le regardant gravement.

Le président de salle était toujours absent, et l'employé, qui devait s'être échappé d'une maison de retraite, approcha son chariot en inox dernier cri à toucher leur table, puis, doucement, entreprit de transférer sur la table le contenu hétéroclite de son chariot. Sec et décharné, à la peau de parchemin plus tannée que ceux qui étaient roulés dans des cylindres qu'il posait sur la table, le magasinier littéraire n'avait pu s'empêcher de leur faire remarquer, avec pourtant la déférence d'un croque-mort, que depuis deux cents ans, ils n'étaient que les troisièmes à demander ce dossier. Un au début de l'année, et l'autre il y avait une bonne décennie. Puis il s'éloigna, poussant son chariot vers les sous-sols aseptisés, en leur rappelant qu'il leur faudrait lui restituer son bien un quart d'heure avant l'heure de fermeture.

Seuls dans la grande salle, peu à peu, méthodiquement et soigneusement, ils avaient inventorié le contenu des deux caisses de bois blanc à l'aspect cassant répertoriées sous la côte bicentenaire de « *Silentium* ».

Tirant alors à profit la carence du surveillant, Jérôme avait commencé à mitrailler avec sa tablette les pièces qui lui semblaient intéressantes, aidé par Aurore qui tournait les pages avec une régularité d'archiviste stakhanoviste, déballant les parchemins avec soin, les mains gantées de blanc, pour tout ranger en bout de table, avec la même efficacité qu'ils avaient déployés dans leur chambre d'hôtel à Rome, dans ce qui leur semblait maintenant une autre vie. La dernière pièce rejoignit les autres les laissant désœuvrés un instant. C'est alors qu'ils commencèrent à les étudier vraiment, se chuchotant dans l'oreille, tous deux penchés sur le même document, décortiquant ce qu'ils pouvaient avant de le ranger dans son cercueil pour y attendre la nuit des temps.

— Il en manque, remarqua Jérôme en parcourant la feuille d'index, vieille de plus de deux cents ans, égarée à Paris avec une partie du dossier confisqué par Napoléon.

— Beaucoup ?

Il parcourut des yeux la table où il avait tout entreposé, fit défiler les photos du contenu de la mallette prises à Rome et conclut :

— Une autre partie est à Rome, et l'on en a vu une bonne part, mais plus de la moitié est manquante. Regarde. » Il montrait la liste répartie en cinq subdivisions. « Ici on a la partie historique, les bases, dont la plupart est sur cette table. Là, une section que l'on appellerait divers, dont les pièces sont dispersées entre ici et Rome, il y a des pièces comptables, des plans d'architectes, tiens, regarde les noms : Bernini, Fontana, etc., la plupart manquent, et il y a aussi des rapports de chantiers, etc. Le troisième volet s'appelle *Dogma,* le dogme, ça c'est compréhensible même en latin, il y a quelques pièces, presque rien, dont par exemple une copie d'époque de la bulle du pape Sixte V : *Coeli et terrae creator,* incroyable non ? La partie technique, c'est simple, il n'y a rien du tout, ni ici, ni à Rome. Perdue dans une rivière du Piémont probablement ou à emballer des tranches de jambon chez les charcutiers du quartier. Et puis enfin, il y la cinquième et dernière partie, il en manque pratiquement tout aussi. Celle-ci était répertoriée sous le titre *Heka.*

— Comme le bâton du pape.

Jérôme pouffa.

— Mais, pourquoi tu ris ? demanda-t-elle d'un air pincé.

— Parce que Heka était le dieu de la magie, dans l'Égypte Antique. Et son bâton, qu'il refilait souvent à Isis d'après les gravures, est plein de pouvoir magique, un peu comme une super baguette magique. La première de l'Histoire peut-être bien.

Aurore digéra un moment l'information, puis ses yeux devinrent rieurs.

— Et après il l'a refilé au pape, pouffa-t-elle à son tour.

— Ici… »

Aurore montrait les pages d'un codex signalé du 4ème siècle qui avait été marqué d'un signet de papier rêche, de fabrication artisanale. Ils ouvrirent le codex au tout début, pour en déchiffrer le titre : « *Corpus Agrimensorum Romanorum* ».

— Je connais, chuchota Jérôme.

La jeune femme le regarda avec un sourire narquois et, refusant d'insister, il lui fit signe de la tête pour qu'elle revienne au marque-page, qui indiquait le début du fascicule IX.

— Il n'y en a pas autant, souffla Jérôme, il me semble qu'il y a sept ou huit fascicules. C'est formidable, ce doit être un exemplaire original.

— Tu le connais vraiment ? demanda la jeune femme ne prenant pas la peine d'enrober ses soupçons.

Il haussa les épaules.

— Bien sûr, tous les archéologues qui travaillent sur la civilisation romaine le connaissent. C'est le traité des arpenteurs, rédigé du temps de l'Empire, ou même de la République, pour les parties les plus anciennes. Un mode d'emploi de l'arpentage, allant de la technique au juridique, en passant par la géométrie et le calcul. C'était la référence dans la Rome Antique, pour l'attribution des terres, les procès, les héritages, l'implantation des colonies… et mêmes des temples, finit-il en reconnaissant le dessin d'un monument religieux alors qu'Aurore tournait les pages au ralenti.

Par signe, il lui demanda de revenir à la première page du livret et il en photographia les quarante pages en moins de trois minutes. Puis, toujours par signe, il la fit revenir au milieu du livret et entreprit de traduire, d'une voix hésitante, les lignes de texte.

— …l'*agrimensor,* enfin l'arpenteur*,* devra tenir compte des indications… en direction et en force, du… *aestus* …» Il consulta le dictionnaire qu'il avait chargé sur sa tablette. « … courant ou flux ? », puis vérifiant encore sur le Gaffiot[37] numérique, « ou c'est ça flux, *aestus divinis…* Tenir compte des indications en direction et en force du flux divin… non du flux des dieux…

Il regarda interrogativement Aurore, attendant peut-être qu'elle le corrige. Celle-ci, buvant le manuscrit des yeux, lui secoua le coude :

— Allez ! Mais, qu'est-ce que tu attends ? Continue !

— … soit des pierres des anciens, comme il y en a en Gaulle, soit des … *gens,* gens, habitants, même barbares, occupants les lieux et disposant de ce savoir. À défaut, l'*agrimensor*[38] devra consulter un prêtre… qui est… ressentant…

---

[37] Dictionnaire Latin-Français de référence.
[38] Arpenteur

Il s'arrêta encore, regardant la jeune femme qui était aussi perplexe que lui. Il parcourut silencieusement encore quelques lignes, puis lui demanda de tourner les pages avec ses gants de protection jusqu'à ce qu'il la stoppe en lui posant la main sur l'avant-bras. Une série de planches de dessins représentaient des constructions stylisées, des temples, informa-t-il en les désignant du doigt pour les comparer. Selon toute apparence, les graphiques représentaient le même endroit, avec le même temple. D'abord l'endroit sauvage, puis le temple implanté, dans une direction est-ouest sur le premier exemple, une série de bâtons plantés par les arpenteurs projetant l'ombre qui indiquait l'orientation. Ensuite, on distinguait deux autres exemples dans lesquelles était matérialisé comme une rivière traversant le site, au-dessus du sol, avec une flèche d'arc donnant sans conteste une indication du sens, différent à chaque fois, impliquant une orientation différente à chaque fois. L'entrée dessinée par-dessus l'arrivée de la rivière parcourant le bâtiment et sortant à travers les murs, après en avoir traversé le cœur.

— Je n'ai jamais rien vu de semblable, souffla Jérôme. On dirait que ce document donne l'explication des ruines de temples, ou même des églises ou basiliques bâties sur des temples antiques mais qui ne sont pas alignées dans la norme est-ouest.

— Ce serait pour ça que, pour l'orientation de certaines constructions, ils n'avaient pas d'explication à la fac, remarqua Aurore.

Elle continua à tourner les pages et, trois pages plus loin, Jérôme l'arrêta encore. Un dessin représentait encore un lieu d'implantation, et au premier plan, on y voyait un homme, en toge, tenant un bâton au manche recourbé, de la même forme que le Sceptre d'Heka sur les documents de Larrieux, et qui déviait sur la deuxième gravure alors que le même homme passait sur le courant schématisé. Jérôme indiqua du doigt le texte qui venait après les gravures.

— C'est le prêtre ressentant ? demanda Aurore.

Jérôme opina. Ils arrivaient à la fin du livret et un feuillet s'en détacha. Aurore le saisit avec délicatesse et le posa devant eux, sur la table en bois massif. Il était très légèrement différent du reste du volume. Ne comportant que du texte, il avait apparemment été ajouté, comme cousu sur les reliures en place, ultérieurement à la confection du codex, par de fin liens en lin qui s'étaient dissous avec le temps.

Jérôme se pencha un peu pour déchiffrer le texte en latin.

— C'est daté de l'an 320, avec un ajout en 390 confirmant le premier, souffla-t-il. Un *addendum* bien ultérieur au corpus. Apparemment, il en limite l'usage. Attends, c'est écrit là. Ça traite du livret IX, celui-ci... Sur ordre de l'Empereur Constantin... Attends, c'est pas vrai... » Il se pencha pour lire le texte de plus près, son doigt à quelques millimètres du papyrus. « ...*omnes delenda est, nisi unus nam papum... occultus est omnium aliis...*

Il la regarda gravement et lui chuchota.

— C'est le seul exemplaire comportant le livret IX, tous les autres ont été détruits sur ordre de l'Empereur Constantin. Celui-ci est réservé au seul pape, et doit être caché de tous les autres.

— Mais, pourquoi ?

— Constantin a autorisé le christianisme, au début du quatrième siècle, et plus tard, Théodose l'a imposé, à l'exclusion de toutes les autres religions, ou même croyances. » Il montra le haut de la feuille, l'inscription CCCXX. « L'an 320, c'est cette année-là que Constantin a fait fermer les écoles de philosophie, et commencé à réprimer les autres croyances. » Il montra une autre date, 390, presque au bas du feuillet, expliquant : « Là, Théodose a fait paraître une montagne de décrets ordonnant tout ce qui a eut cours après : soit interdire purement et simplement les rites magiques ou l'adoration d'autres dieux que celui de l'Église, interdisant pratiquement tout en fait.

— Mais alors, demanda Aurore, toujours chuchotant dans la salle vide, ce dont traite le livret IX, c'était des pratiques courantes avant ça ?

— À ce qu'il semble, oui, à Rome, et aussi en Égypte d'après ce qu'on a vu des documents de Larrieux.

— Et ils l'ont fait interdire comme si c'était de la magie, mais en conservant néanmoins pour eux la source de savoir.

— C'est à peu près ça, comme le font tous les dictateurs d'ailleurs, pour tous les savoirs. » Il regarda sa montre. « On a encore tellement à voir, et on ne peut pas tout photographier.

— On regarde les documents égyptiens ? proposa-t-elle. Beaucoup sont traduits.

Il les avait oubliés, complètement, depuis qu'il avait envoyé le mail. Au début, la notification l'avait surpris, quand il avait entré leur commande sur la console de la bibliothèque. Et puis il s'était rappelé que la consultation du même dossier, par un envoyé du Vatican, avait déclenché la même alerte informatique, quelques mois plus tôt. Alors il avait vaqué à ses occupations, attendant le même accusé réception que la dernière fois. Mais celui-ci n'était jamais parvenu, et il en avait oublié jusqu'à la présence du couple dans sa salle de lecture.

Aussi, quand il regagna son poste, une demi-heure avant l'heure de fermeture eut-il l'air surpris de les voir, pensant la salle vide. Il s'approcha d'eux, comme cherchant un ouvrage, jetant un œil sur les documents encore sur la table et ceux déjà rangés dans leur caisse. Puis, longeant les boiseries avec une habitude certaine, il regagna son bureau, vérifiant une nouvelle fois sa boîte de courrier électronique désespérément déserte. Il haussa les épaules et commença à ranger les chaises, déjà pourtant impeccablement alignées, les remuant, faisant grincer le hêtre de leurs pieds sur le chêne du sol jusqu'à ce que, enfin, les deux intrus squattant sa bibliothèque réagissent.

Jérôme consulta sa montre et Aurore marmonna :

— Ça fait sept heures entières qu'on est là.

— Je ne sais pas si l'on pourra revenir », souffla Jérôme en lorgnant vers le président de salle qui les fixait sans discontinuer. « De toute façon, l'autre là-bas nous aura sans doute viré dans un quart d'heure.

Elle pouffa, puis rangea les documents en tas bien nets qu'elle empila soigneusement dans les caisses. Jérôme étudiait encore un rapport du dix-huitième siècle décrivant les travaux effectués sur l'obélisque de Montecitorio avant son érection définitive. Elle le lui subtilisa sous le nez, et ils se levèrent tous les deux, au grand soulagement de l'employé qui commençait à développer une névrose.

Le mail avait été relayé, automatiquement et consciencieusement, arrivant en un temps record dans un bureau éclairé au néon dans les sous-sols du Vatican. Là, un employé tout aussi consciencieux, en détermina l'origine et la référence. Évidement, comme les robots d'Asimov, il eut affaire à deux informations contradictoires. La première enjoignant d'alerter la personne désignée au cas — bien improbable, semblait-il — où ces documents seraient consultés dans la lointaine capitale française. La deuxième était que ce responsable en personne était venu le voir la veille, spécifiant que la requête qu'il faisait, concernant justement ce dossier, était essentiellement orale et excluait tout écrit dans les jours à venir, donnant l'instruction expresse d'arrêter toute opération, absolument toute, relative à cette affaire, pourtant très active quelques jours plus tôt. Aussi, peut-être de la même manière que l'aurait défini le cerveau positronique d'un robot, l'employé décida que l'instruction directe d'un être humain prévalait sur une consigne apparemment centenaire et archiva le mail qu'avait expédié avec tant de bonne volonté le président de salle de l'Hôtel de Soubise, évitant avec le même zèle d'envoyer l'accusé de réception prévu par la procédure.

Denis n'y croyait plus. Ils étaient là, sortant de la bibliothèque en se tenant la main, comme deux amoureux insouciants. Il était parti d'Oziorsk le matin même, dans l'urgence après la moisson qu'avait réalisé le jeune hacker. Et il avait travaillé un peu à l'aveuglette, le couple respectant apparemment des procédures de sécurité rigoureuses n'avait pas utilisé de téléphone portable depuis la veille au soir, semblait-il.

Aussi, à défaut de renseignement s'était-il rendu au lieu géolocalisé par Kolya, avenue Foch. En vain. D'abord les lieux ne se prêtant pas à une surveillance à pied, il avait été obligé de louer un véhicule, tournant dans le quartier jusqu'à trouver une place de stationnement de laquelle il pouvait voir les entrées des immeubles en question. Là, il s'était aperçu que l'immeuble était déjà sous surveillance. Pas vraiment une surprise pour lui, Moscou l'avait averti de cette possibilité, avec la consigne omniprésente de ne pas intervenir. Aussi était-il allé un peu plus loin, et, surveillant aussi les autres, ceux de Rome semblait-il, il avait attendu des heures, éveillant la méfiance des policiers municipaux, représentés en surnombre dans ce quartier, qui l'avaient finalement contrôlé, l'obligeant à dévoiler son identité d'emprunt.

Mais le couple n'était toujours pas apparu, sorti pour la journée ou pire commençait à penser Denis lorsqu'il avait enfin reçu des instructions par mail crypté. Par leurs moyens mystérieux, les informaticiens de Lobanov, avaient apparemment intercepté un mail qui ouvrait « une fenêtre statistique ». Il avait relu trois fois le terme, imaginant les données virtuelles d'ordinateurs qui finalement se transformaient en instructions, à lui destinées.

Il avait haussé les épaules et mit en route le GPS de son smartphone qui l'avait guidé jusqu'ici, à l'Hôtel de Soubise, dont il avait reçu d'Oziorsk, entre-temps, une avalanche d'informations en russe. Il avait remisé le véhicule dans un parking et s'était posté dans les jardins, depuis maintenant deux bonnes heures.

Il les laissa passer en envoyant un message à Oziorsk, puis les suivit, de loin et avec précaution. Connaissant leurs antécédents, il ne prendrait pas le risque de se faire repérer. C'était le point sur lequel l'oligarque avait insisté le plus : rester discrets, invisibles. Le seul moment aussi où Denis avait senti pointer la menace. Et, s'il y avait une chose qu'il voulait éviter, c'était de déclencher la colère d'Alexei Sergueïevitch Lobanov.

Boulevard Montmartre – Paris.

Le mail était codé, en latin, comme le précédent, et il signifiait d'aller consulter sa boîte confidentielle, mais, de plus, le préfixe « ex » lui enjoignait de la consulter vraiment autre part que de chez lui, même si cela semblait être un pléonasme en matière de confidentialité. Il prit néanmoins la menace implicitement induite au sérieux, et fut plus attentif aux précautions qu'il prenait, sans toutefois pousser la suspicion jusqu'à rogner sur son apparence.

Antoine Larrieux, coiffa donc son chapeau qui le faisait surnommer « Tonton » dans le quartier puis s'engouffra dans l'ascenseur, dont le modèle avait dû sans doute servir de référence à Émile Zola dans l'un de ses romans. Il passa devant le musée Grévin où il savait retrouver l'original de son modèle vestimentaire, puis fronça le nez en passant devant les cafés branchés, avant de disparaître dans la station Drouot.

Le supermarché n'avait pas changé. Dernier client de la journée, il régla son emplette, puis alla la déballer au milieu d'un groupe de touristes sur la place de la Bastille, avant de remonter la rue de la Roquette jusqu'à un café que lui-même fut étonné de retrouver là, malgré la rapidité des ouvertures et fermetures d'établissement de son époque.

Les chaises en bois étaient telles que dans ses souvenirs, une dizaine d'années plus tôt, à son retour de *San Lazzaro*. Celle qu'il choisit était un peu collante de plusieurs décennies de crasse malgré l'encaustique appliquée avec soin sur cette dernière. Il s'y installa avec la précaution de l'embourgeoisé et consulta sans plus attendre sa boîte mail, y trouvant bien sûr un message de Saverio, assez long pour passer un quart d'heure à en suivre les circonvolutions sémantiques qu'adorait le Vénitien.

En grimaçant, il avala le café refroidi qu'il avait oublié, laissa deux euros sur la table et sortit au soleil déclinant. Il l'avait échappé belle, semblait-il, comme ses anciens collègues. Et il semblait bien, rectifia-t-il, qu'ils n'en aient réchappé que provisoirement, juste le temps d'effacer leurs traces. Il fit encore quelques pas, perdu dans ses pensées, se retrouvant avec surprise dans les jardins du boulevard Lenoir. Peut-être, médita-t-il, peut-être que tous feraient bien mieux d'en finir avec *Silentium*, une bonne fois pour toutes. Prenant sa décision, il s'assit sur un banc et envoya une demande à Saverio. Il fallait qu'il voie Silvio, maintenant, tant qu'ils le pouvaient. Tant que ces deux amoureux étaient lancés aussi, tant qu'ils avaient assez de bravoure pour affronter le dragon. En souriant de la proximité de la métaphore, il enleva la puce de la tablette neuve et la fourra dans sa poche, se retrouvant avec le même élan, aux mêmes endroits que dix ans plus tôt.

Gorizia – Italie.

Enzo ouvrait de grands yeux, regardant tout autour de lui, semblant découvrir des cadeaux aux pieds d'un sapin de Noël. Là-bas, tout au bout de l'immense dortoir, on entendit la clé tourner dans la serrure, les enfermant ici, et déclenchant un regard inquiet du jeune homme, cherchant à se rassurer en se tournant vers ses deux compagnons qui eux s'efforçaient de ne pas rire.

Silvio s'assit sur un lit dont le grincement sinistre résonna dans la salle, rebondissant plusieurs fois contre les murs. Un nuage de poussière voleta un moment autour de lui, tournoyant dans la lumière d'un rayon oblique de soleil couchant, faisant et défaisant en quelques instant tout un univers de galaxies tournoyantes gagnée peu à peu par l'entropie, le mouvement ralentissant et s'arrêtant finalement, alors que frère Giovanni essuyait méticuleusement, avec un mouchoir en papier, une table de bois massif trônant au milieu de la travée, et dont le vernis cent fois renouvelé en couches successives en avait assombri le bois jusqu'au brou de noix et colmaté les fentes, arrondissant les angles. Il y posa ensuite un petit sac à dos duquel il sortit un smartphone neuf, encore dans son emballage, qu'il commença à ouvrir.

— Il vaudrait mieux attendre, suggéra Silvio qui le regardait d'un air distrait.

— Pour le mettre en service ? demanda Giovanni qui avait posé l'appareil et son chargeur devant lui.

— Oui, c'est une petite ville ici, et avec les traceurs robots, l'activation d'une nouvelle ligne…

Il n'avait pas fini sa phrase et Giovanni, comme interdit, se tourna vers Enzo qui approuva, l'air toujours aussi inquiet.

— Demain ? proposa Giovanni.

— D'accord, admit Silvio qui se tourna vers Enzo avec un sourire que l'autre connaissait déjà.

Il lui désigna l'angle de la pièce, de l'autre côté de la salle, celui par lequel ils étaient entrés. Il n'y avait là qu'une armoire de service presque bicentenaire en bois décoloré par les ans, rêvant doucement d'une retraite dans un musée. Le jeune homme fronça un peu les sourcils et commença machinalement à se diriger vers l'armoire.

— Prends-nous des balais, dit-il enfin alors qu'Enzo ouvrait prudemment les portes en bois.

D'abord dérouté par l'assemblage hétéroclite s'entassant là, il réussit à y repérer ce que Silvio lui demandait, et, faisant preuve d'initiative, ramena en plus de deux balais et une pelle en zinc, un sceau en fer blanc dans lequel se languissait une serpillière fossilisée. Il posa le tout devant la table et se tourna vers Silvio.

— Mais, comment…

— Je savais que c'était là ? le coupa Silvio. Parce que je suis déjà venu.

Vatican – Rome.

Il épluchait des rapports anodins, des copies de factures de prestataires que ses contacts à la comptabilité lui envoyaient par mail. Toutes ces petites choses dont le bel agencement habituel pouvait être rompu, laissant des traces en pointillé de ce qui aurait dû être, comme un membre coupé chatouille quelquefois dans son absence. Il parcourait distrait les émoluments d'un cabinet médical associé au Vatican quand la sonnerie le tira de sa concentration. Étonné, il jeta un coup d'œil à l'appareil qui n'était censé sonner que pour une poignée de personnes. C'était Battisti. Il attrapa son téléphone comme un braconnier cueille une truite à main nue.

— *Monsignore*…

— Je peux compter sur vous, *signore* Bucceri ? attaqua d'entrée le cardinal Battisti qui avait l'air surexcité.

— Bien sûr… si vous pouvez me dire pourquoi ?

— Le temps presse, mais pas au téléphone. Vous connaissez mon bureau ?

— Évidement... commença Bucceri, encore coupé par Battisti.

— C'est plus... confidentiel que la Cité. Venez tout de suite, ne le dites à personne, la nuit risque d'être longue.

Avant de quitter son bureau, debout, il jeta un coup d'œil machinal à ses mails. Là, quelque chose clignotait. Une routine de sécurité, en l'absence de réponse dans un temps donné à un mail défini par un protocole comme prioritaire, venait de lui en envoyer copie. Par réflexe, il l'ouvrit. Deux chercheurs venaient de consulter une partie du dossier *Silentium*, à Paris.

La décharge quasi électrique le fit se rasseoir sur le bord de son fauteuil. D'abord, il ignorait tout de cette archive secrète délocalisée, ensuite... Il consulta machinalement sa montre. De toute façon, et sur bien des plans, il était déjà trop tard.

Langley – Virginie.

Toujours aucune réponse. Depuis la veille, il les avait inondés d'informations, recoupant même leur maigre réseau, constatant que celui-ci avait fonctionné quand les deux cibles avaient consulté des vieilleries du temps de Napoléon, pourtant apparemment toujours assez sensibles pour ces fichus papistes, pesta John Mac Layne en pianotant bien inutilement de ses doigts sur le bureau en laminé à cinq dollars le mètre carré. « Shit ! » jura-t-il à haute voix. Juste quand cela commençait à devenir intéressant.

L'avant-veille, les huiles avaient débarqué dans son bureau, intéressées, les dents rayant le parquet en plastique imitation bois. Là-bas, les grosses têtes de la NSA avaient discerné un début de situation avantageuse, avaient-ils claironné comme on parle à un attardé. L'algorithme de traitement, programmé par leur sous-traitant de Seattle, avait entrevu — personne ne savait exactement avec quelle boule de cristal — que le besoin d'information des calotins (comme ils les appelaient à Seattle) amènerait ceux-ci, à brève échéance à une dépendance envers l'agence qui, selon les termes officiels, les prédisposerait à une collaboration guidée. En gros, on allait pouvoir les manipuler.

Et puis cela s'était arrêté, d'un coup, alors que le quatrième étage — insensible à l'argument de l'état de santé du pape — demandait des résultats, maintenant, les mots appuyés cachant de moins en moins une réelle menace.

— Putain de papistes ! se lâcha-t-il en balayant son bureau du revers de la main, envoyant tout son pourtant maigre contenu au sol avec un fracas insoupçonnable pour un tel assortiment de toc, alors que son directeur entrait dans la pièce.

Avenue du Maréchal Foch – Nice.

Le commissaire Villeneuve signa le document et le jeta dans la corbeille des départs. Une espèce d'organisation catholique, à Paris, qui nonobstant le fait que cet Ercoli ce soit suicidé malgré l'interdiction absolue dans cette religion, en demandait le corps pour l'enterrer en « Terre chrétienne » avait-il lu dans la lettre que le parquet de Nice avait reçue, par voie d'huissier. Apparemment ces gens étaient pressés, voulant éviter la complication d'une inhumation sur place, impliquant une exhumation et sans doute un nouveau sacrilège.

Dans la salle des inspecteurs, le calme lui sembla incongru. Il passa la tête hors de son bureau et vit tous ses adjoints, les mains dans les poches, clignant des yeux sur le samsumg de Machy, pourtant aussi large qu'un livre de poche.

— Qu'est-ce qui se passe, demanda le commissaire en se rapprochant du groupe compact.

— C'est le pape, répondit Machy en lui mettant sous les yeux l'écran qui retransmettait les informations du soir, il est mort.

22

Boulevard Montmartre – Paris.

La sonnette déchira le silence de la nuit, le propulsant hors du lit avant même qu'il ne fut vraiment réveillé, le mettant hors de lui, avant même d'en avoir conscience. Tout en entendant des frôlements dans les appartements adjacents — aussi révélateurs sur l'épaisseur des cloisons installées lors de la rénovation dans les années quatre-vingts que du nombre de personnes de l'immeuble réveillées par son carillon —, il se traîna vers le parlophone et le décrocha rageusement, en jetant un coup d'œil à la montre molle accrochée au mur de l'entrée et dont les aiguilles radioactives indiquaient minuit et demi. Du fond de sa gorge encore ensommeillée monta le son le plus guttural qu'il n'y avait jamais été entendu, et passait déjà le bord de ses lèvres alors qu'une autre partie de son cerveau, bizarrement indépendante, comprenait qui était dans la rue.

— Koouuuaaaaa !!!!...

Tout d'abord le silence lui répondit, lui faisant craindre un instant l'irruption d'un pan onirique dans sa vie éveillée, le qualifiant à court terme pour le premier hôpital psychiatrique, puis une petite voix, si ténue qu'elle semblait provenir d'une autre source que l'écouteur, chuchota, rendue presque inaudible par le vrombissement d'un moteur de voiture circulant sur le boulevard :

— Monsieur Larrieux... excusez-nous, il est très tard... mais... enfin...

D'un geste encore rageur, il appuya sur le mécanisme d'ouverture de la porte de l'immeuble qui envoya sournoisement un crachin inaudible dans les haut-parleurs coupant les élans explicatifs d'Aurore.

Il n'avait plus du tout l'air de François Mitterrand. Une mèche, d'habitude bien policée vers le devant du crâne dans une tentative dérisoire de masquage de sa calvitie post-frontale, était relevée, rebellée, désignant le plafond comme une mèche de cheveux de cartoon traversée par un courant de cent mille volts. Les yeux pochés du quinquagénaire, probablement dégonflés artificiellement la journée par une pommade miracle, étaient, pour l'heure, soulignés perfidement par deux cernes d'un violet foncé laissant supposer au minimum des problèmes cardiaques au profane. La robe de chambre, qui avait connu des jours meilleurs à la seconde guerre du Golfe, pendait autour de lui comme la Bannière Étoilée après la prise de Fort Alamo.

Sa colère aussi était retombée, comme le reste, il s'effaça vers le mur, leur faisant signe d'entrer et refermant derrière-eux la porte avec un luxe de précaution, craignant à tort qu'il y eut encore quelqu'un à réveiller dans l'immeuble bourgeois.

— Vous n'avez pas été suivis ? grommela-t-il. Puis, sans attendre la réponse, il désigna le fond du couloir en grognant : « À gauche », alors que le couple hésitait devant les portes ouvrants sur des pièces non éclairées.

Ils pénétrèrent prudemment dans la pièce sombre alors que Larrieux, sur leurs talons, envoyait sa main sans regarder pour illuminer un salon aux murs recouverts de plusieurs dizaines de tableaux, met-

tant le papier peint en minorité sous le regard ébahi des visiteurs arrêtés à l'orée d'un labyrinthe de meubles surchargés d'objets de toutes
les époques, exposés dans une proximité évoquant l'entassement, disposés avec un savoir-faire certain, dénotant une bonne connaissance
de l'équilibre ainsi qu'une grande habileté manuelle.

Un champion de mikado, pensa Aurore à part elle, cherchant
comme Jérôme un chemin dégagé pour accéder au canapé en cuir
tentateur placé sans doute au bout d'un chemin initiatique.

— Par-là, indiqua leur cicérone d'une voix neutre, indiquant le
chemin de ronde invisible, rasant les deux murs non encombrés de
meubles de la pièce et permettant d'accéder aux canapés et fauteuils
en contournant le centre de l'exposition.

Ils restèrent silencieux, laissant d'instinct retomber le reste de colère de leur hôte, jusqu'à ce que celui-ci soit assis, estimant peut-être
optimiser ainsi leur sécurité en cas de parole mal perçue. Larrieux,
quand à lui, mettait à profit ce laps de temps pour émerger du coma
profond qu'était son sommeil, comme un ours cherchant ses repères
lors d'un éveil en hibernation.

— On s'excuse, si on vous a réveillé », tenta Aurore qui reçu un
regard noir furtif pour toute réponse. « Mais, on va partir demain, enfin, tout à l'heure, rectifia-t-elle, et on estimait que c'était assez important pour venir vous…

— Partir… tout à l'heure ? la coupa Larrieux en dissipant le nuage
noir embrumant son cerveau. Mais pour où ? Et puis, c'est nécessaire ?

— Eh bien, intervint Jérôme, Paris ne nous paraît plus trop sûr.
Ma sœur nous a fait savoir cette nuit qu'on l'avait suivi dans la soirée,
ainsi que deux amis proches qu'elle avait contactés. Et puis aussi, on
doit y aller, pour… notre recherche…, nous voulions être certains.
S'il y avait un moyen de trouver des explications… » Il sembla chercher ses mots un instant, alors que Larrieux était suspendu à ses
lèvres, tout à fait réveillé maintenant. Jérôme finit sa phrase : «…
plus formelles. Pour le moment, les morceaux que nous avons collec-

tés ne forment pas un tout, peut-être la base de plusieurs théories, mais le lien sensé les relier n'est pas établi...

— Il ne le sera pas, le coupa Larrieux. C'est trop tard, depuis au moins deux cents ans.

Il émit ce qui ressemblait à un ricanement et continua.

— Ils avaient déjà fait le vide avant, mais Napoléon les a aidés à le faire même chez eux. Ils ne savent même plus comment faire, c'est pour ça qu'ils ont fait appel à Silvio.

— Mais qui, enfin ? demanda Aurore.

— Le pape, bien sûr, celui qui vient de mourir.

Un silence pesant suivit, confirmant ce qu'il leur avait semblé percevoir ces dernières heures, depuis la sortie de l'Hôtel de Soubise. Larrieux reprit.

— Ça a toujours été le privilège des papes. Ils sont les seuls à avoir accès à ça. Les seuls à pouvoir... faire quelque chose. Mais ça, vous devez le savoir maintenant.

— Depuis Constantin, intervint Jérôme, extirpant un sourire à Larrieux.

— Oui, c'est bien lui qui a commencé. Garder le savoir, et le faire disparaître pour le commun des mortels. En tant qu'archéologue, vous avez déjà consulté la *Res Gestae* ?

Aurore secoua la tête pendant que Jérôme fronçait les sourcils. Il demanda :

— Un texte du quatrième siècle, par... par...

— Ammien Marcelin, abrégea l'ancien moine. C'est vrai que les archéologues de l'Antiquité le connaissent, enfin, les versions altérées qui nous sont parvenues. Cela retrace la vie telle qu'elle était en ces temps troubles. Pour les historiens modernes, le personnage de Constantin commence à être controversé et n'a que très peu à voir avec l'Empereur débonnaire de nos livres de classe. Enfin, ce qui est à peu près certain pour nous, au vingt-et-unième siècle, c'est que c'était un malade du pouvoir, tuant tout ce qu'il pensait être un danger pour lui et son pouvoir, jusqu'à ses fils. Alors que lui-même vénérait le *Sol Invictus*, un dieu soleil avec lequel il frappait ses monnaies, il a autorisé le christianisme que Théodose, un successeur, a imposé comme religion d'État aux quatre cinquièmes des citoyens romains — les chrétiens ne représentaient qu'un cinquième de la population. À partir de là, ils ont commencé à détruire ou faire brûler les temples, les édifices religieux qui n'étaient pas transformés en églises, et des bibliothèques entières, vidant leur époque de tout son savoir. Traquant les livres, interdisant tous les cultes, toutes les pratiques de ce que la curie de l'époque a commencé à appeler la magie, mélangeant un peu tout dans un pêle-mêle d'ignorance inconcevable quelques décennies plus tôt. Constantin avait déjà fait fermer les écoles de philosophie fonctionnant depuis plus de mille ans, et les autres ont fini par interdire même la science et sa transmission. En fait, si Rome n'a jamais été aussi glorieuse que du temps de Constantin, c'est parce qu'elle n'a jamais cessé de décliner après.

Il s'arrêta un moment, puis finit, en guise d'explication.

— Mais Constantin a pris soin de tout garder, en remettant tout entre les mains de ceux par qui il asseyait son pouvoir d'une manière exclusive, imité en cela par ses successeurs, tout au long des siècles suivants.

— Les prêtres, souffla Aurore en écho, l'Église.

— C'est ce que j'ai compris, il y a dix ans, quand j'ai consulté les mêmes documents que vous aujourd'hui.

— C'était vous le troisième ? Le premier à les consulter depuis Napoléon ?

Il haussa les épaules.

— C'est moi qui les ai retrouvés en fait, en découvrant par hasard dans le dossier, celui des Archives Secrètes à Rome, une note égarée probablement au début du vingtième siècle.

— Vous êtes sûr de la période ? demanda Jérôme.

— Par déduction, si l'on se rappelle qu'en 1820, ils ont fait un peu n'importe quoi en déplaçant l'obélisque de Celimontana. C'est-à-dire qu'au Vatican, ils ont mis plusieurs décennies à tout remettre en ordre après la tempête napoléonienne. Aussi, à cette époque-là ils n'avaient plus rien pour les guider, et après, cela nous reporte à 1883 et la mise en place de l'obélisque Dogali qui lui a été disposé à peu près correctement, dans le sens de ce qui avait été fait précédemment, mais avec un schéma général, je dirais plus… conventionnel…

— La croix, suggéra Aurore.

— Oui, la croix qui couvre tout Rome confirma-t-il, schéma qui a d'ailleurs été préservé en 1920 lors de son déplacement pour les travaux de la gare Termini. Avec, malgré tout, la collaboration étroite, qui a dû exister à cette époque, entre le Vatican et la ville de Rome, qui ne lui appartenait plus. Des fuites ont dû exister à ces niveaux, expliquant la fringale d'obélisques dans les pays Anglo-Saxons, à la fin du dix-neuvième siècle, comme à son début d'ailleurs à Paris avec l'obélisque de la Concorde, mais le passage des Archives Secrètes du Vatican à Paris n'y a sans doute pas été étranger, et même dans le reste de l'Italie avec Trieste, Milan, Vérone, Reggio Emilia et même Sassuolo…

— Mais vous… tenta Aurore.

— Mais vous… m'appelez Antoine, maintenant, la coupa-t-il avec espièglerie. Et puis, si je peux espérer l'honneur d'un tutoiement.

— D'accord, reprit Aurore dont les yeux pétillaient, Antoine, peux-tu me dire ce qui t'a amené à l'Hôtel de Soubise.

— Tous les papes sont officiellement mis au courant de *Silentium* le jour de leur intronisation. La plupart sont déjà au courant, mais parmi les autres, certains le prennent bien, et d'autres très mal. Enfin, il n'y a pas de norme. La majorité d'entre eux met ça de côté, surtout depuis le début du 20ème siècle, mais d'autres sont intéressés, ou interpellés. Cela a été le cas de l'éphémère Jean-Paul 1er qui a fait faire par ses services un résumé exhaustif de l'état des connaissances que le Vatican avait, ainsi que parallèlement les avancées de la science laïque qui pouvait s'en approcher. Ce document était en cours de finalisation lors de son décès, un mois et demi après son intronisation. Ses successeurs, par respect pour lui, se sont transmis le document, le faisant compléter à mesure des recherches scientifiques. C'est là qu'ils ont recommencé à consulter notre monastère, nous déléguant la tâche qui brûlait les doigts de trop de monde à Rome. Il y a dix ans, le père supérieur actuel, qui venait de prendre ses fonctions comme abbé, me l'a transmis, car ses nouvelles fonctions ne lui laissaient plus le temps de s'en occuper…

L'évocation de ce passé semblait l'avoir troublé, et son histoire s'était arrêtée en pleine phrase, le plongeant dans un mutisme qui durait depuis cinq bonnes minutes maintenant, les yeux passant d'un tableau à l'autre sur le mur, parcourant les objets de la pièce qui étaient autant d'œuvres d'art, comme s'il était un étranger perdu dans un musée.

— Antoine, murmura Aurore.

L'homme sembla s'éveiller, regardant autour de lui maintenant comme un naufragé cherchant à se rassurer de la terre ferme sous ses pieds.

— Excusez-moi, souffla-t-il. Comme vous l'avez peut-être compris, cette époque, et les révélations qu'elle a apportées ont été douloureuses pour moi, c'est ce qui m'a décidé à quitter les ordres.

Les deux amoureux qui, perdus dans leurs recherches, n'avaient pas pensé à faire le rapprochement, se regardèrent éberlués, ce qui fit rire Antoine.

— Vous n'y aviez pas pensé ! » Il haussa les épaules. « C'est vrai, après tout, je suis d'un égocentrisme incorrigible, et je ramène tout à moi, comme si cela allait de soi. Quoi qu'il en soit, j'ai quitté *San Lazzaro* et Silvio m'a succédé, avec brio je dois dire, mais sa foi a toujours été plus grande. Et puis dernièrement, contre toute attente, et après presque un siècle de sommeil, le pape a décidé de réactiver *Silentium* pour une raison que l'on ignore. Silvio était tout indiqué, bien meilleur scientifique que moi pour réaliser ce projet.

— Mais, qu'est-ce que cela veut dire : réactiver *Silentium* ? demanda Aurore.

— Je crois qu'ils voulaient…

Il s'arrêta, et les vit tous deux qui le regardaient avec des yeux comme des soucoupes. Il se mit à rire d'un rire franc et généreux, dissipant le nuage que ses souvenirs avaient formé, entraînant les deux jeunes gens à sa suite dans un fou rire leur tirant les larmes des yeux.

Quand il eut repris son souffle, suffisamment pour laisser passer une phrase, il chuchota :

— Vous ne savez pas vraiment, et vous vouliez que je vous le dise…

Antoine revint avec un plateau sur lequel trois tasses tenaient compagnie à une cafetière italienne en inox. Il le déposa sur un guéridon qu'il fit apparaître de sous l'une des tables de salon surchargées, s'assit et entreprit de remplir les tasses, cérémonieusement, s'enquérant préalablement chez ses convives, et très sérieusement, de la quantité et qualité du sucre accompagnant le breuvage. Quand ce fut fait, et que ses hôtes l'eurent goûté et apprécié, il commença :

— *Silentium*, dans sa partie répressive, a été formalisé par Sixte V, quand il a programmé la mise en place des premiers obélisques à Rome. Mais, comme vous l'avez compris, cela ne faisait que reprendre ce qui se pratiquait depuis l'Antiquité, mais en créant un cadre légal dans la Rome de la fin du 16ème siècle.

— Dans l'Antiquité c'était bien depuis Constantin, que tu as cité tout à l'heure ?

— Exact, c'est là que tout a commencé.

— Mais, Constantin n'avait pas créé une grande bibliothèque à Constantinople, sauvegardant tout ce qui pouvait l'être de cette époque ?

— C'est incomplet, répondit Larrieux en secouant la tête. Il a fait réécrire tous ces livres, ce qui fait que tout le savoir original peut raisonnablement être considéré comme perdu. Il n'a d'ailleurs été que l'initiateur, les autres ont poursuivi si bien sa tâche, chacun rivalisant de zèle, que de nos jours il n'y a pratiquement plus d'ouvrages originaux, si ce n'est ce qui est resté gravé dans la pierre, dans des langues qu'heureusement la plupart des gens de ces époques ne connaissaient plus.

« La bibliothèque dont vous parlez, celle de Byzance, aux manuscrits déjà expurgés, a d'ailleurs elle-même été incendiée en 475, puis par les croisés d'Innocent III, lors de la quatrième croisade en 1204, comme l'a été aussi, en 639, ce qui restait de la bibliothèque d'Alexandrie, par les troupes du Calife Omar. Bibliothèque qui avait déjà été brûlée en même temps que le temple de Sérapis par Théodose le Chrétien, en 391, mais aussi, auparavant, par Jules César, lors de sa conquête en – 47. Ensuite, pendant tout le Moyen-Âge le savoir a été ainsi battu en brèche, les derniers vestiges perdurant dans les traditions transmises oralement depuis la nuit des temps. Et puis l'église a éradiqué cela aussi, brûlant les gens après l'avoir fait des livres, les épidémies de pestes parachevant ce travail d'extermination jusqu'à la Renaissance.

« Et pendant tout ce temps, et sur l'impulsion initiale de Constantin, l'Église conservait pour elle le savoir qu'elle s'ingéniait à faire disparaître pour ses contemporains, engrangeant dans ce qui plus tard a été officialisé par la création d'un enfer livresque…

— L'Index, chuchota Aurore.

— C'est ça, oui, *Index Librorum Prohibitorum,* lui-même mis à contribution vingt ans après sa création pour héberger *Silentium*, par le pape Sixte V. C'est à cet époque que celui-ci s'est rendu compte qu'il était peut-être le seul à posséder un savoir… particulier, et qu'il a voulu en faire profiter l'Église, transmettant le bébé à ses successeurs.

« Enfin, quand je dis seul, ce n'est à pas tout à fait exact, parce que, malgré tout, il restait des bribes du savoir antique, qui s'agglutinaient dans le foisonnement de la Renaissance, aidés pour leur diffusion par les débuts de l'imprimerie. Et puis, même ces bribes ont été captées, bien souvent par les premières sociétés secrètes structurés de l'après Moyen-Âge qui les ont bien vite codées — comme l'avaient fait certaines religions avant eux —, pour les cacher dans des rituels initiatiques sensés apporter le savoir aux seuls adeptes.

« Mais juste avant, certains esprits de cette époque avaient donc commencé à diffuser ces connaissances. C'est probablement ce qui a donné l'idée aux papes de se servir d'un savoir qu'ils pensaient être les seuls à posséder dans sa totalité. En même temps, pour pérenniser cet état de fait, l'Église devait s'assurer de rester l'unique dépositaire, c'est sans doute ce qui a poussé Sixte V, parallèlement à la mise en chantier de l'érection des obélisques de Rome, à donner un cadre légal à la répression de ceux qui auraient voulu suivre ses traces. Il émit une bulle interdisant tout ce qui le permettrait et qui ainsi contiendrait les profanes dans leur ignorance, les empêchant de réinventer ces savoirs que l'Église avait rendus occultes, dans le sens premier du terme, c'est-à-dire cachés.

Antoine, se leva, remonta une horloge du dix-huitième siècle qui indiquait trois heures, et s'échappa un moment dans les parties obscures de son appartement, revenant un moment après avec une tarte aux pommes, un couteau, et trois assiettes à dessert.

— C'est du congelé, s'excusa-t-il, mais à cette heure-ci… » Il partagea la tarte, leur attribuant des parts généreuses, s'en réservant une plus petite, puis demanda : « Vous ne m'avez pas dit ce que vous comptez faire, et où vous voulez aller si vite.

— À Vienne, plaça Aurore entre deux énormes bouchées. Merci, j'avais faim… Elle est délicieuse.

Jérôme approuva, engloutissant en un temps record sa portion pour trois personnes. Devant le regard étonné d'Antoine, il expliqua :

— On a oublié de manger. » Il s'essuya les lèvres, puis reprit : « On a repensé à ce que vous… enfin tu nous as dit, quand on a appris la mort du pape, aux infos. Et puis, quand ils ont annoncé que le conclave allait commencer, nous avons compris qu'ils voulaient aller très vite à Rome, et donc que, si vraiment il y a un répit en ce moment, notre temps était peu compté.

— C'est pour ça que vous voulez aller à Vienne ?

— Ben oui, intervint Aurore, c'est le dernier endroit où l'on est censé pouvoir trouver des explications. Enfin, à part Rome…

Elle regarda Jérôme qui ajouta :

— Mais nous n'en sommes pas vraiment partis en bons termes, déclenchant un éclat de rire cristallin de la jeune femme.

Antoine réfléchit un moment, puis demanda :

— Mais, vous savez ce que vous devez chercher à Vienne ?

Jérôme et Aurore se regardèrent, et cette dernière avoua :

— Pas vraiment. Des trucs vieux de deux siècles, c'est la seule piste que nous ayons et nous n'avons plus le temps de développer des théories, alors il ne nous reste plus qu'à aller voir les moines mekhita-ristes de Vienne, puisque tu ne peux pas nous en dire plus.

Antoine les regarda tour à tour, puis sourit d'un air compatissant. Il disparut encore dans les parties non éclairées, puis en revint avec une carte de crédit et une tablette sur laquelle il se pencha. Quelques minutes après, il demanda.
— Vous prenez le vol de sept heures ?
Ses deux invités se regardèrent et hochèrent la tête.
— Bon, il reste une place, et elle n'est pas trop chère.
Il tapota son écran avec des gestes théâtraux, puis s'exclama :
— Voilà ! Je viens avec vous ! Au fait, tout à l'heure, quand je vous parlais des livres qui avaient donné des idées aux papes, il y en avait un plus particulier…

Vol Paris-Vienne, au-dessus de Salzbourg – Autriche.

Antoine dormait, essayant de récupérer une partie de la nuit dont ils l'avaient amputé. Au-dessous d'eux, les montagnes du Tyrol s'apla-nissaient, cédant déjà la place à la plaine du Danube. Jérôme disposa la tablette entre-eux et, de son index, désigna une ligne en latin :
NUDUSESSEM.BESTIANIME TEXISSET. QUAERE ET IN-VENIS.MESINITO.
Aurore regarda les gravures correspondantes. Il y avait l'*Elefantino*, enfin celui qui avait servi de modèle, probablement celui de Catane en Sicile. Et puis, censément à l'intérieur, une statue de femme perchée sur un coffre sur les flans duquel était gravée l'inscription sibylline.
— D'après toi, ça veut dire quoi, ça ? » Elle fit défiler les pages sur la tablette. « Tout le livre est comme ça, conclut-elle, découragée.
— La traduction, dans la première version française, n'est pas fiable. Elle dit : « Cherche et tu trouveras. Laisse mon ombre en paix. »
— Et alors ? demanda Aurore.

— Même si je ne suis pas un grand latiniste, l'inscription en question dirait plutôt :

« Que je fusse nu, s'il ne m'eût pas couvert d'une bête,

Cherche ! et tu trouveras. Tu me laisseras ! »

« Et c'est à peu près comme l'a traduit Popelin, dans une édition du 19ème siècle. Versions vraiment très différentes l'une de l'autre en somme. Dans la plus récente, cela redevient une quête de savoir, dans le genre initiatique. Et ne me demande pas pourquoi au 16ème siècle ils ont transformé de la sorte un texte déjà bien suffisamment codé. Voilà, tu en sais autant que moi.

— Pourtant, c'est bien ce que les autres avaient déjà fait.

— Comment ça ? demanda Jérôme dont l'intérêt s'éveillait.

— Eh bien ce que l'on a déjà vu, concernant Constantin, ses successeurs et l'Église après. Ils ont bien fait comme ça non ? Réécrire les choses en les changeant juste assez pour en brouiller le sens, perdant ainsi le message originel.

Jérôme la regarda dans les yeux, puis un sourire éclaira son visage.

— Tu as raison, murmura-t-il en se penchant vers elle. Mais là, nous avons la version originale, et nous pouvons contrôler. D'après ce que j'en ai lu, le Songe de Poliphile est connu pour son hermétisme qui aurait suscité plus tard l'éclosion de sociétés secrètes conservant le même canevas. Certains soutiennent même que la Franc-Maçonnerie moderne est née du Songe de Poliphile.

« Si l'on prend comme exemple la phrase que l'on a vu, il est évident que cela ressemble à une démarche initiatique de ce genre. Dans un monde comme l'était le Moyen-Âge et juste après, les connaissances étaient dangereuses, alors il valait mieux les coder pour les transmettre. C'est bien ce que voulaient faire les sociétés secrètes, à leur début, tout en s'assurant, en plus, que celui à qui l'on transmettait l'enseignement n'était pas un être borné, un envoyé des intégristes de l'époque.

« Et pourtant, pour revenir à ce livre, certains passages ne sont pas du tout codés, comme les passages destinés aux architectes, avec les calculs et la géométrie associée, sous tendu des rapports connus maintenant de tous, dont le nombre d'or.

Aurore leva les yeux au ciel, surjouant l'exaspération de l'architecte prenant une leçon d'un néophyte. Jérôme, faisant mine de n'avoir rien remarqué, continua.

— Comme d'autres parties encore, avec la constante d'exclure totalement le christianisme, n'y faisant aucune allusion, comme s'il n'avait jamais existé. Ce qui était relativement osé, à fortiori pour un moine, pendant la pré-renaissance.

Aurore le regarda, l'air étonné, et lui demanda :

— Il a été écrit quand ?

— En 1467, imprimé en 1499. En fait, il a dû peaufiner son livre plus de vingt ans, c'est l'œuvre d'une vie.

— Il a écrit tout ça à cette époque ?

Sans répondre, il lui passa la tablette ouverte sur un ouvrage qu'elle consulta un moment et, sans lever la tête souffla :

— C'est formidable, souffla-t-elle en compulsant les marques pages qu'avait disposés Jérôme.

— Étonnant, répondit celui-ci au bout de quelques minutes, tout ce savoir codé, caché… cela cadre bien avec ce qu'il nous a dit.

Du menton, il désigna Antoine qui ronflait discrètement dans l'allée d'en face, où il s'était installé quand il avait échangé sa place après de longues négociations avec une jeune Autrichienne qui avait finalement capitulé.

— Et tu crois que cela nous concerne ?

— Peut-être, répondit Jérôme, dans la manière dont ils ont disposés les obélisques dans Rome, selon des schémas précis, cela présuppose une initiation, et aussi les moyens de comprendre des bases géométriques ainsi que la mathématique qui les sous-tend. C'était, au moment où ils l'ont commencé, en 1586, bien largement au-delà de la compréhension de la plupart de leurs contemporains qui ne savaient même pas lire. Et les autres ne pouvaient pas faire ce genre de recherches, ils n'avaient pas les outils, et de toute façon elles étaient interdites.

— Par la bulle du pape, tu veux dire ?

— Oui. Formidable non ? Il publie cette bulle en même temps qu'il réalise les travaux.

Elle regarda les dessins sur la tablette, toujours ceux décrits comme à l'intérieur de la statue de l'éléphant. Une statue de femme désignait un point, derrière elle. Jérôme lui prenant doucement des mains, ouvrit le dossier des photos et fit apparaître celle prise devant la basilique *Santa Maria Sopro Minerva*. À la différence de la statue décrite par Colonna, sur celle dessiné par Bernini l'éléphant tournait la tête et montrait derrière lui avec sa trompe.

— Et alors ? demanda-t-elle.

— Je crois que c'est encore une référence à la sagesse égyptienne, qui était située dans le passé, donc derrière eux.

Elle regarda la photo d'un air dubitatif, et dit :

— Ah bon ? Moi je voyais autre chose.

Jérôme fronça les sourcils et l'interrogea :

— Tu as une hypothèse ?

— Oui, pour moi l'Elefantino désigne la coquille Saint-Jacques sculptée sur son flanc.

— La coquille Saint-Jacques ?

— Oui, c'est un grand symbole ésotérique, tout rayonne vers le même point central, comme une concentration d'énergie. Tiens ! Comme les rayons convergent vers Saint-Pierre, sur notre plan de Rome.

Il la regarda, un peu éberlué, puis un sourire plissa ses lèvres et il tourna la tête en murmurant un petit « C'est pas vrai ! », avant de se pencher vers le hublot, cherchant à repérer des villages dans les replis du paysage pour fixer sa concentration, contraignant Aurore à se replonger seule dans le Songe de Poliphile.

Après avoir un peu musardé dans le livre de Colonna, la jeune femme avait fini par revenir sur la même page et déchiffrait laborieusement une inscription qui suivait celle qu'ils avaient analysée plus tôt, et dont Jérôme, en commentaire numérique, avait recopié la traduction en français : « Qui que tu sois, prends de ce trésor autant qu'il te plaira ; mais en prenant la tête, garde-toi de toucher au corps. » Elle secoua l'épaule de Jérôme en demandant :

— Et ça, ça veut dire quoi ?

Il haussa les épaules.

— Ça parle du savoir sans doute, avec la métaphore évidente : Prends la tête, donc le savoir, et le corps reste, lui, soumis aux bas instincts. Mais moi je dirais plutôt qu'il parle de quelque chose de plus spirituel qu'une représentation matérielle. Par exemple ne pas prendre la représentation, la statue, pour le dieu, ou confondre la fonction d'un objet et celui-ci, et adorer cet objet, comme les idolâtres, un peu comme ce que l'on appelle la Société du Spectacle, de nos jours.

Elle revint une page en arrière et apparut l'obélisque porté par une statue d'éléphant, dans lequel était inscrit la phrase qu'ils venaient de voir. Ils se regardèrent un instant en silence, puis Jérôme s'exclama :

— Tiens ! Justement !

Il prit la tablette sur ses genoux et fit défiler les pages, expliquant :

— Il y plusieurs fois des obélisques dans ce livre, et à chaque fois il y a une énigme de ce genre. Tiens, ici ! Tout d'abord, il traduit une inscription gravée sous un obélisque par "Incompréhensible", puis, plus loin, il précise.

Il posa la tablette sur les genoux d'Aurore. Une page s'affichait, montrant une nouvelle gravure d'obélisque. L'index de la jeune femme survola trois lettres grecques qui apparaissaient, chacune au-dessus d'un cercle, sur trois faces différentes :

OΩN

Elle regarda Jérôme interrogativement et ce dernier lui dit tout bas :

— Ce sont des initiales, elles étaient déjà utilisées plusieurs siècles avant le christianisme. Ça veut dire : « Celui qui est. »

— Comme un dieu unique, demanda-t-elle ?

— Oui, la notion était plus ancienne que l'on ne l'admet généralement, même dans l'Égypte Antique. Tiens regarde la suite.

Il désigna, à côté de la même gravure, une inscription en latin :

DIVINAE INFINITAE QUE TRINITATI UNIUS ESSAN-
TIAE

Elle le regarda interrogativement, économe de ses mots et il traduit :

— « À l'infinie divinité et à la trinité d'une essence. »

Comme elle le regardait toujours avec le même air, il se mit à rire.

— D'accord, dit-il, cela à trait à l'hypostase, c'est un terme de philosophie qui désigne un principe divin qui en contient d'autres,
comme les fractales de la Théorie du Chaos. Les Grecs, bien avant Jé-
sus-Christ avaient défini une trinité : L'hypostase ou principe divin ; la
nature de l'être et l'existence. C'était la trinité de l'être, de tous les
êtres, ils appelaient ça un transcendantal.

« Je crois que là, sur cette gravure, on a une représentation de
cette manière de voir les choses. Une divinité universelle et une trinité
dans la composition des choses.

Il haussa les épaules, comme s'il refusait de se prendre au sérieux,
et ajouta.

— Néanmoins, c'est sur un obélisque égyptien qu'il a placé ça,
comme pour donner une réalité matérielle à un concept. À la manière
des incantations que les Égyptiens gravaient. Et juste après, il précise : "Le Soleil, par sa joyeuse lumière, peut tout et s'attribue à la Divinité ", avant de parler de gouvernement de l'Univers, rien que ça, et
de qualifier ensuite cet obélisque de mystérieux.

Un discret signal sonore, qui leur avait échappé, venait de tirer
Antoine de sa torpeur qui verrouillait sa ceinture à tâtons, les yeux encore embués de sommeil. En regardant à l'extérieur par le hublot gros
comme une assiette, ils s'aperçurent que l'appareil était en phase de
descente. Ils commencèrent à apercevoir des détails du paysage, des
hameaux exsudant la propreté à outrance, des châteaux au milieu de
propriétés verdoyantes elles-mêmes entourées de maisons semblant
se coller fébrilement à la demeure du maître. Et puis cela changea, insensiblement au début, les prairies immaculées concédant ici et là un
entrepôt, puis un groupe de hangars, enfin de timides zones indus-
trielles qui se densifièrent au rythme de la descente de l'appareil pour

enfin former un gigantesque cordon d'industries fumantes et laborieuses ceinturant la Vienne historique qu'ils apercevaient au loin.

Déjà l'avion vibrait et le paysage défilait à une vitesse inconvenante sur les côtés de l'appareil qui toucha la piste dans un crissement de pneus et finit, après un court intermède roulant, par s'amarrer à un cordon ombilical qui en avala le contenu.

— Venez ! Ici c'est pour les touristes.

Antoine, tenant son sac microscopique à la main, les entraîna vers l'extrémité nord du terminal, dédaignant l'arrêt de navettes directes vers lequel ils s'étaient dirigés. Le quinquagénaire les fit parcourir encore un couloir, suivi d'un escalator qui les mena à la station de train de l'aéroport, puis il prit les tickets en un temps record, sur l'écran en allemand.

— Vous êtes déjà venu ? demanda Aurore.

En souriant bizarrement, Antoine hocha la tête silencieusement en les entraînant vers les quais. Ils grimpèrent dans l'express un peu avant que celui-ci ne démarre et s'installèrent dans la rame quasiment déserte, Aurore laissant sa valise cabine à ses pieds, imité par Jérôme alors qu'Antoine déposait son bagage à côté de lui, à même le siège.

— J'ai déjà essayé, souffla-t-il alors que les autres n'attendaient plus.

Ils se regardèrent, un peu étonnés, puis Jérôme demanda.

— De retrouver ces documents ?

— Oui, plusieurs fois. La première, quand les deux monastères ont décidé de normaliser leurs rapports, en 2000. Mais apparemment c'était prématuré. Après, la deuxième et troisième fois, c'était il y a dix ans. J'ai essayé au bagout, presque de force, nouvel échec », raconta-t-il le regard cherchant des yeux des éléments du paysage urbain alors que l'express sortait du tunnel qu'il venait de parcourir depuis l'aéroport. Il reprit : « Alors j'ai tenté de m'introduire… sans autorisation, mais, comme j'avais trop insisté pendant les deux jours précédents, ils s'y attendaient. Ils m'ont attendu, maîtrisé, et fait expulser d'Autriche par les autorités.

— Mais, s'ils vous reconnaissent ?

Antoine haussa les épaules.

— Je fais comme vous, je ne voyage pas sous mon nom. Et puis cette fois-ci, on a un avantage.

— Ha oui ? fit Aurore.

— Oui, confirma-t-il. Ils ne nous attendent pas.

— Mais… » commença Jérôme avant de s'arrêter avec des yeux ronds alors qu'Aurore le regardait en fronçant les sourcils, cherchant à comprendre ce qui l'étonnait.

Antoine les regarda tous les deux, étouffant un rire discret. Il regarda autour de lui, d'un air circonspect puis, se penchant en avant en leur faisant signe de faire de même, il leur dit :

— On va rentrer par effraction. Cela fait dix ans que j'en rêve et je crois que je connais chaque geste à accomplir. » Il s'absorba quelques instants dans la contemplation des immeubles ceinturant la gare de *Mitte-Landerstraße* alors que l'on entendait les crissements du métal des freins du train. Et puis, alors qu'ils pensaient qu'il avait fini, il ajouta : « Si les lieux n'ont pas trop changé. »

Aéroport de Roissy-Charles-de-Gaulle – Paris.

Denis attendait toujours la réponse, et l'odeur du café commençait à lui donner la nausée. Depuis qu'il était arrivé, plus de deux heures auparavant, il avait ingurgité trois expressos, quelques viennoiseries, passant d'un café à une brasserie, puis s'installant dans une pâtisserie. Lobanov était probablement occupé, le mettant sur la touche provisoirement, en instance d'affectation.

Il devait convenir que le couple avait pris l'équipe de Lobanov par surprise, commandant probablement leurs billets d'avion sur un téléphone non repéré par les hackers au service du milliardaire. De plus, ils s'étaient volatilisés de leur appartement de l'avenue Foch, prouvant que ces deux-là apprenaient vite. Heureusement, à défaut de piste, il avait planqué devant une adresse possible, dans le quartier de Montmartre, qui lui avait été indiquée par l'équipe de Lobanov. Ils étaient arrivés en pleine nuit, avec une mine de conspirateurs, avaient probablement réveillé tout l'immeuble en s'acharnant sur le parlophone, et puis étaient ressortis vers cinq heures du matin, accompagnés d'un quinquagénaire, et s'étaient tous rendus ici, pour embarquer à destination de Vienne.

Le vol était complet, et de toute manière, en le prenant, il aurait contrevenu aux consignes de discrétion. L'équipe de soutien qui devait le relayer n'était pas arrivé non plus, peut-être déroutée au dernier moment. Enfin son smartphone sonna. Il ouvrit le mail, succinct, qui lui expliquait qu'il pouvait rentrer, que l'équipe détournée sur Vienne avait perdu la trace des trois Français, et que, de toute manière, le centre explorait « d'autres options » et qu'il y serait plus utile. Un billet d'avion électronique était joint, pour un vol partant dans deux heures.

Denis se dirigea vers la sortie en traînant des pieds. Il aurait bien aimé disposer d'une journée entière à Paris…

Stephansplatz – Vienne.

Le Stephansdom, comme une vieille dame ayant gardé l'arrogance de ses années de jeunesse, quand elle dominait la ville de sa hauteur à la beauté suffisante, supportait ses encorbellements aux cavités noircies par un siècle de circulation, trônant maintenant au beau milieu de la zone piétonne. Antoine qui, concédant à la discrétion, avait troqué son chapeau pour une casquette en lin assortie à son costume d'été couleur crème, les entraîna en riant. Il avait tenu à émerger ici, du métro, prétextant avoir à faire avant la préparation, après avoir déposé les bagages dans un hôtel près de la gare où ils avaient pris deux chambres, sur les instructions d'Antoine, lui-même ne se présentant tout seul qu'une bonne heure après eux à la réception.

En arrivant de la place ensoleillée, la nef était sombre comme un caveau. Antoine attendit un moment, à la hauteur des premiers piliers et, comme leur vision s'adaptait, ils commencèrent à distinguer les détails. À ce moment-là il leur montra une ancienne pancarte de bois peint, là depuis des décennies, qui intimait en latin : « *Silentium* ! »

Riant comme un enfant, il les entraîna en revenant vers la *Stephansplatz*, dédaignant la visite de la cathédrale, et prit la *Kärntner Straße* piétonne inondée du soleil de la mi-journée, en direction de *Karlplatz*, jusqu'à ce qu'une odeur de saucisse grillée le fasse obliquer, leur imposant un déjeuner hot-dog, à la manière d'un adolescent en vacances, dépensant son argent de poche à sa guise.

Ils étaient assis sur des banquettes posées sur le muret encerclant un arbre rescapé, survivant de ce désert minéral urbain surfréquenté, mastiquant consciemment, essayant, au moyen d'une saucisse délicieuse, de faire passer son habillage de pain très moyen. Antoine, qui avait manifestement plus de pratique et une bonne longueur d'avance, déglutit ce qu'il mâchait et s'arrêta pour leur demander :

— Alors, d'après vous, pourquoi ils sont tous à proximité d'une basilique ou d'une église ?

Ils le regardèrent un instant, continuant à mastiquer, puis Aurore tenta :

— À Rome, ce n'est pas vraiment difficile, il doit bien avoir une église par immeuble.

Jérôme pouffa et, négociant mal le pain étouffe-chrétien, partit dans une quinte de toux qui dérida Antoine. Au bout d'un moment, celui-ci revint à la charge :

— Alors, pas de réponse ?

Les deux amoureux se consultèrent, et Jérôme apostropha Aurore :

— Tu vois, je te l'avais bien dit que c'était lié.

Elle haussa les épaules et le chambra :

— Ha ! Oui ! Attends… la Basilique Saint-Paul-Hors-les-Murs et son obélisque caché. C'est bien ça, non ? » Elle le regardait en riant, portant la main à sa bouche pour en masquer aux regards la moindre trace d'aliment. Comme il mordait une nouvelle bouchée de biais, pour prendre plus de saucisse que de pain, feignant de l'ignorer, elle enfonça le clou. « C'est vrai… dans le clocher, il était caché…

Jérôme, levant les yeux au ciel, se tourna vers Antoine qui leva les avant-bras discrètement, en signe de reddition, laissant l'archéologue régler ses problèmes. Antoine pivota alors vers Aurore et lui dit :

— Et pourtant… c'est vrai que c'est la seule basilique majeure sans obélisque… » Il mordit dans son hot-dog, en arrachant un morceau considérable, puis le mâcha consciencieusement, sous le regard impatient de ses deux interlocuteurs. Il reprit juste avant la mutinerie : « …mais c'est la seule aussi qui soit dans un alignement de plusieurs centaines de kilomètres. Je veux dire l'alignement des obélisques d'Urbino, de la Villa Médicis, la Trinité des Monts, la Piramide, et qui aboutit à la Basilique *San Paolo Fuori le Mura*.

— Un autre alignement ?

Ils avaient presque crié ensemble, faisant tourner la tête des Autrichiens passant là, avec la condescendance concédée aux touristes en général, et aux Français en particulier. Jérôme, la bouche pleine, s'insurgea :

— Il n'y en a qu'un, celui de Saint-Pierre, Navona, Minerva, qui va jusqu'à l'Iseum Et puis… Urbino ?

— Ben oui Urbino, vous êtes restés le nez collé sur Rome… Et puis, vous avez travaillé avec vos logiciels… imaginez au dix-huitième siècle, l'épaisseur d'un trait du plus fin crayon sur une carte représentant deux cents kilomètres, même si elle tient sur une très grande table…

L'air satisfait, il extirpa le morceau restant de la saucisse énorme et l'engouffra, la mâchant avec délectation, dédaignant le reste de pain qu'il chiffonna dans le sac en papier de l'emballage, jetant celui-ci comme un ballon de basket dans la corbeille située plus loin, fier de son panier à trois points. Aurore et Jérôme se consultèrent en silence, et la jeune femme demanda :

— C'est le seul alignement ?

— Oui, bien sûr… » Antoine s'essuyait les mains consciencieusement. « … avec celui qui va de Florence à Catane, en passant tangentiellement à Rome, dessinant ainsi le haut du nœud d'Isis.

Pour leur montrer la figure, il mit l'index sous le pouce et l'index gauche replié en rond, dessinant un « a » minuscule renversé à droite, ou plus simplement un cercle posé sur une droite.

En les regardant du coin de l'œil, il put constater que sa déclaration avait fait son petit effet, aussi, satisfait, il termina :

— Et puis enfin, formant avec les deux autres un immense "K" sur l'Italie papale du dix-huitième siècle, il y a celui qui va de l'obélisque de Benevento à celui de le place Saint-Pierre, en passant exactement par celui de Latran, le centre du Colisée et l'*Umbilicus Romae*, où il croise l'alignement d'Urbino.

— Le nombril de Rome ? » voulu préciser Jérôme qui connaissait déjà l'endroit, matérialisé sur le Forum, et que les Romains avait désignés comme le centre de leur cité et de leur Empire plus tard.

— En effet, répondit Antoine qui ne se départait plus de son sourire de satisfaction.

— Alors… c'est plus grand que Rome ? » insista Jérôme.

Sans vraiment répondre, Antoine leva la main, paume, vers le haut.

— L'Italie ? reprit l'archéologue.

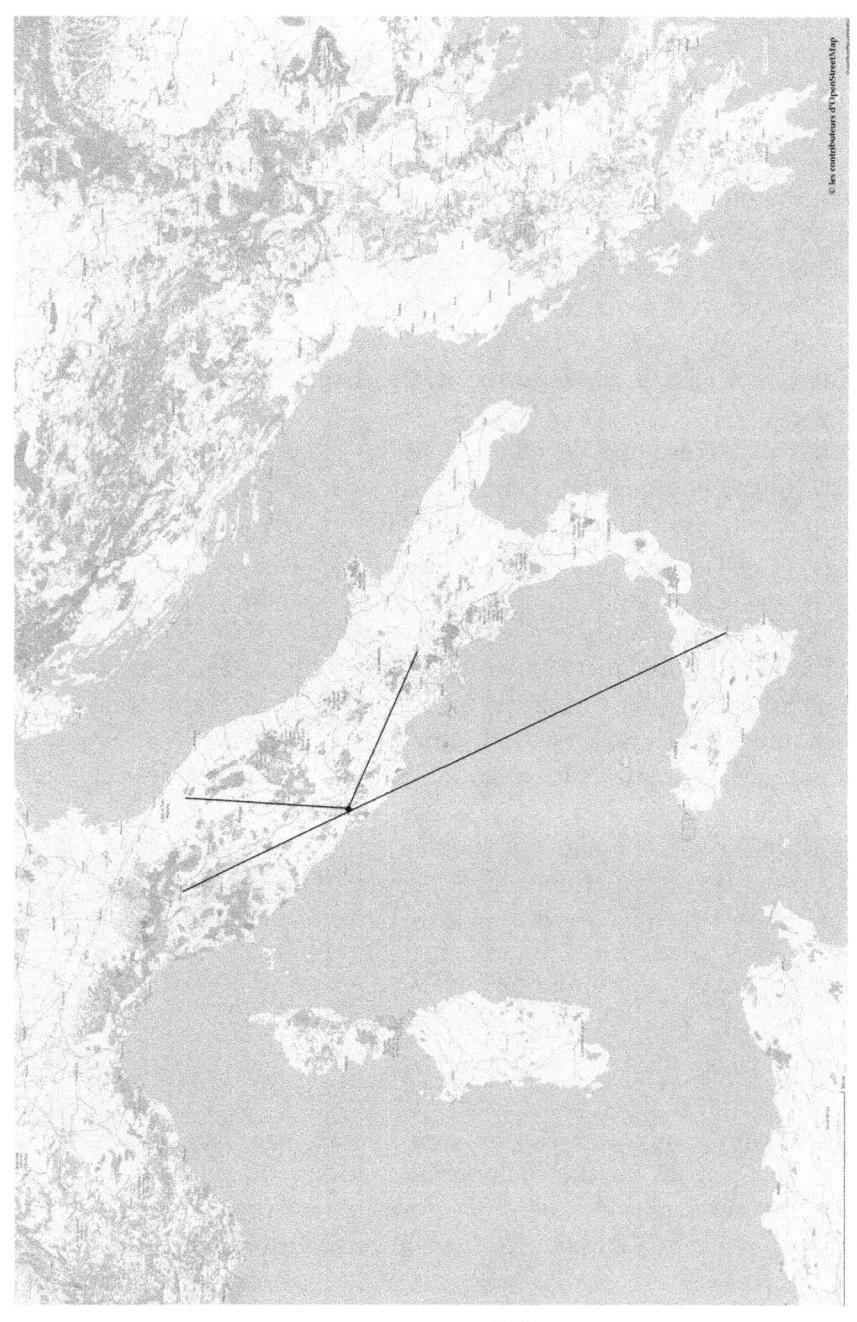

Avec un sourire indéfinissable, Antoine leva encore la main encore plus haut, puis, sans laisser le temps de poser de nouvelles questions, il se leva en consultant sa montre mécanique qu'il remonta l'air absorbé alors que ses deux compagnons, l'imitant, mangeait le restant de saucisse. Antoine, l'air sérieux, se mit alors en route les contraignant à se précipiter vers la corbeille pour se débarrasser de leurs restes. Puis ils le rattrapèrent alors qu'il tournait à gauche sur la Kärntner Straβe, et Aurore remarqua la virgule à la commissure des lèvres du quinquagénaire.

— Merci, lui glissa-t-elle en arrivant à sa hauteur, devançant un peu Jérôme.

— C'est nécessaire pour la suite », souffla-t-il, comme Jérôme les rattrapait. Puis il ajouta évasivement, pour tous les deux : « Plus vite cette histoire sera finie, mieux l'on se portera. Bon, vous êtes prêt ?

— On ne sait pas encore à quoi, répliqua Aurore, tout au moins pour les détails.

— On va faire quelques emplettes dans une supérette de bricolage, puis ailleurs, puis louer une voiture, manger chez Salzamt, retourner à l'hôtel. Ensuite, ce soir, on sortira, j'ai vu qu'ils donnent un Don Giovanni confidentiel à Schonbrunn. Vous aimez l'opéra ?

— Ben oui », répondit Aurore alors que Jérôme la regardait avec son air stupéfait.

— Mais, pour… commença-t-il.

— Demain, le coupa laconiquement Antoine. Demain après-midi. Entre-temps, on va se reposer, dormir tard, parce que demain la journée sera longue.

Trieste – Italie.

Gino transpirait. Même si la pièce était relativement bien climatisée, même si les rayons du soleil ne pourraient jamais atteindre cet entresol où il passait le plus clair de ses journées. Il transpirait, exsudant son surpoids chronique en liquide. Sa main droite tritura encore un peu la souris et une autre image apparut sur l'écran principal. On y distinguait le parvis de la gare, de biais, la vue étant prise d'une caméra se situant à l'est de la *piazza della Liberta*, probablement sur la continuation de la *via Benvenuto Celini*.

Gino zooma d'un clic et l'image d'un homme apparut. La quarantaine bien tassée, il traversa la rue au milieu de la circulation, puis s'arrêta à la lisière des jardins et se retourna, cherchant manifestement quelque chose dans la foule des visiteurs qui émergeait de la gare. Gino accéléra l'image et deux nouveaux venus traversèrent aussi, pour rejoindre le premier.

L'homme, qui se faisait appeler Armando — Gino doutait que ce fût son nom, mais en l'occurrence il n'était pas vraiment en position de contester son identité — le stoppa d'un touché sur l'avant-bras de Gino, exécuté délicatement du silencieux prolongeant un automatique très impressionnant et à l'aspect très réel.

— Leurs visages, dit-il simplement.

Gino s'exécuta, comme il le faisait depuis cinq bonnes minutes que l'autre était entré comme par magie dans son centre de contrôle sensé être sécurisé. Sur l'écran principal, de plus d'un mètre de large, l'image était maintenant centrée sur les passants filmés la veille. Apparemment en plein conciliabule, ils semblaient d'avis partagés, gesticulant des bras ou se retournant en parlant soit vers l'entrée de la gare, soit vers l'ouest, tournant le dos à la caméra. Finalement, ils partirent à pied dans cette direction. D'une légère pression de son silencieux sur l'épaule de Gino, Armando se fit comprendre avec une économie certaine de mots, rentrant en quasi-symbiote avec son otage. Celui-ci accéléra encore le mouvement, pour suivre le plus longtemps possible la direction du trio, puis il passa directement sur une caméra située sur la place qui tenait lieu de gare routière, un peu plus loin.

Apparemment, songea Gino, l'autre savait qu'ils étaient dans un train qui arrivait à Trieste, mais pas plus, et il était ici pour pister ces trois-là, qui faisaient plus penser à une version étendue de Laurel et Hardy qu'à de dangereux fugitifs. Finalement, quelques minutes et manipulations plus tard, les trois voyageurs indécis finirent par grimper dans un bus à destination de Ljubjana. L'homme nota soigneuse-

ment l'heure et le numéro du véhicule sur un calepin, tapota cinq minutes sur son smartphone, puis sortit du poste de sécurité sans plus
de cérémonie.

Sous le choc, Gino le suivit un moment sur ses écrans de
contrôle, jusqu'à une zone non couverte où il le perdit définitivement.
Il resta là, simplement à regarder ses écrans, puis se décida à téléphoner aux carabiniers.

23

Mechitarstengasse – Vienne.

Antoine étouffa le troisième éternuement et regarda avec envie ses deux compagnons assis à côté de lui, insensibles à la vieille encre dissoute. Glissant ses fesses serrées dans son jean sur le support de maçonnerie poussiéreux, Aurore se rapprocha, et versa quelques gouttes d'une fiole sur un mouchoir en papier.

— C'est quoi ? demanda Antoine mi-soupçonneux.

— De l'huile essentielle d'eucalyptus, j'avais pris ça pour l'avion, mais ça marche aussi pour la poussière, affirma-t-elle.

— Et ça enlève aussi les tâches ? ironisa-t-il en se comprimant le mouchoir sur la bouche et le nez.

Aurore promena pour la centième fois sa mini lampe led, à la recherche d'elle-ne-savait-trop-quoi, dans le fatras poussiéreux qui les environnait, au milieu de machines empêtrées dans les toiles d'araignées qui jetaient des ombres folles à chaque balayage lumineux. Elle fronça les sourcils et se pencha pour attraper un genre de brique en métal encastrée dans une espèce de goulotte qui avait dû être mobile. Ramenant sa prise devant ses yeux, de ses mains gantées de blancs comme celles de ses compagnons, elle ouvrit de grands yeux et se tourna vers Jérôme assis, le lui montrant en le balayant du faisceau lumineux. L'archéologue, sans doute blasé de découvertes, haussa un peu les épaules, l'amenant à se tourner vers Antoine qui respirait déjà mieux, sans pour autant lui savoir gré de sa médication.

— Tu as dit que c'était une imprimerie au dix-neuvième siècle, chuchota-t-elle d'une voix courroucée.

— Ben oui, confirma-t-il, ils imprimaient aussi les billets de banque hongrois, pour l'Empereur, c'est tout.

Il était presque une heure du matin, et ils étaient là depuis une demi-heure avant la fermeture du musée, soit neuf bonnes heures maintenant, pendant lesquels ils avaient survécu de barres de céréales. Dans l'après-midi, Antoine, essayant de se faire petit, chaussant de grandes lunettes qui lui mangeaient le visage et portant un sac à dos qui semblait minuscule sur lui, avait acheté une place au musée du couvent des frères mekhitaristes, suivi et imité d'Aurore et Jérôme, avec aussi leurs petits sacs à dos — gardant leurs lunettes de soleil et casquettes de base-ball à l'intérieur —, comme des touristes lambda. Baissant la tête quand Antoine secouait la main gauche pour signaler une caméra, ils avaient parcouru les salles, faisant mine de s'intéresser, jusqu'au moment où Antoine s'était arrêté devant une porte de service, hors champ des caméras. Après s'être signé brièvement, il avait sorti une clé de sa poche et l'avait ouverte, après un instant d'hésitation. Puis il avait attrapé les deux autres et les avait entraînés avec une rapidité stupéfiante dans le couloir de service, tout en refermant la porte derrière eux. Ensuite, de couloirs en escaliers, s'arrêtant à des angles et devant les portes pour écouter, il les avait traînés à sa suite, jusqu'à cet ancien et gigantesque atelier d'impression du dix-neuvième siècle.

Avec des gestes un peu trop brusques, Aurore reposa la matrice de métal ayant probablement fait rêver des générations de faussaires autrichiens. Un claquement métallique résonna longuement dans la salle déserte, renvoyant ses échos bien trop longtemps à leur goût.

— Chut ! souffla Antoine. De toute façon, on doit y aller maintenant.

À la suite d'Antoine, ils longèrent les murs dans le silence de cette partie déserte du monastère et arrivèrent très vite à une porte anonyme. Des toilettes ! Aurore se rua la première, les deux autres sur les talons. Puis ils reprirent leur progression, jusqu'à ce que le moine défroqué s'arrêtât enfin. Du menton, il désigna la porte qui terminait le couloir devant eux et souffla :

— C'est la bibliothèque, et normalement elle n'est pas sous alarme, comme le musée ou les portes d'entrée.

— C'est là, alors ? chuchota Jérôme.

— Je ne suis pas sûr, mais c'est la conclusion à laquelle j'étais parvenu.

— Comment ça ?

— C'est une longue histoire, et nous n'avons pas le temps. Mais en résumé, le père supérieur a jeté un drôle de regard sur une partie de la pièce, un jour que j'évoquais à l'improviste les documents perdus de Colonna.

— Et c'est tout ?

— Non, j'ai recommencé le lendemain, et cela a déclenché le même regard. Ensuite, le soir même, je suis venu, mais c'est là qu'ils m'attendaient.

De son index, il désigna la porte devant laquelle ils s'étaient massés comme des marines devant le haillon d'une chaloupe de débarquement. Il actionna la poignée, puis, avec délicatesse, il poussa le battant qui s'ouvrit sans bruit, retenant sa respiration en fermant les yeux, les deux autres le regardant, légèrement horrifiés, remuer les lèvres pour compter silencieusement. Arrivé à treize, il ouvrit ses yeux, un sourire éclairant soudain son visage, alors qu'un long souffle s'échappait de ses poumons, donnant l'impression qu'il se dégonflait.

— Mais, c'est pas vrai ! s'exclama Aurore en chuchotant. Je rêve ! Tu ne savais pas s'il y avait une alarme, et tu attendais pour voir si ça sonnait.

— Ben oui, répondit Antoine en rentrant à pas feutrés dans la salle de lecture. Comment j'aurais pu savoir s'il y en avait une ?

— Et les films alors ? Tous ces types qui court-circuitent les alarmes avec de l'électronique ou des tournevis.

— Je ne sais pas faire ça moi », conclut-il en haussant les épaules. « C'est par-là.

Il trottina en tête de leur file indienne, traversant, malgré les grincements du parquet de chêne massif, deux salles aux boiseries lustrées qui renvoyaient des éclats mats de la lumière de leurs lampes torches. Enfin, il s'arrêta devant une construction extravagante. De forme carrée de plus de deux mètres de côté, et surmontée d'un mini campanile qui culminait à quatre mètres du sol, elle était bâtie au milieu de la bibliothèque principale, toute de boiserie habillée et autour de laquelle courait une étroite mezzanine supportée par des colonnades en bois. Celle-ci permettait d'accéder aux livres classés à plus de cinq mètres de hauteur.

Les petites parois supérieures de la construction centrale, en retrait du corps, étaient aménagées en bibliothèque, tandis qu'à un mètre de hauteur, une vitrine en biais présentait des ouvrages anciens. Enfin la partie inférieure imitait un temple à colonnades antique, et en retrait des colonnes on apercevait une chasse de reliquaire. Pour compléter le tout, à un mètre d'une des façades de l'ouvrage, un globe terrestre ancien d'un diamètre de cinquante centimètres environ et protégé par une bulle en plexiglas s'élevait à un mètre de hauteur sur un axe ouvragé. Sur ce côté de la structure, aux deux angles de la vitrine, on trouvait également deux répliques du globe. Plus petites, de la taille de boules de bowling, elles étaient fixées sur des poignées ouvragées comme l'axe du globe original.

— C'est là, chuchota Antoine en s'agenouillant pour palper les boiseries, les colonnes, remuant ces dernières à la recherche d'un jeu.

Aurore jeta un coup d'œil à Jérôme, entre dubitatif et interrogatif. Celui-ci haussa les épaules et la jeune femme, levant les yeux au ciel, se mit à quatre pattes, regardant la chasse derrière les colonnes, faisant le tour de la construction en la balayant de sa lampe torche. Jérôme, toujours debout, après avoir observé le manège des deux autres un moment, se mit à tourner dans le sens inverse. Ils revinrent ensemble à leur point de départ où Antoine remuait toujours ses colonnes.

— Il n'y a rien là-derrière, il n'y a pas la place, signala Aurore à Antoine.

Assise sur ses talons, elle désignait la partie basse, celle où il y avait la chasse de reliquaire à laquelle s'intéressait Antoine, tandis que Jérôme s'éclipsait diplomatiquement.

— C'est vrai », convint Antoine en s'asseyant, l'air las, le dos appuyé au meuble géant. Il les regarda avec un air chagriné, puis baissa la tête : « J'aurais juré que c'était là.

Le silence gagna peu à peu la salle déserte, troublé seulement par la respiration des trois cambrioleurs amateurs. Au bout de quelques secondes, Aurore, à l'aide de ses mains, se fit glisser jusqu'à Antoine qu'elle secoua comme un prunier, lui murmurant à l'oreille, comme un cri assourdi :

— Quoi ? Vous abandonnez déjà, alors qu'on arrive à peine ? Moi je continue, je ne suis pas venue jusqu'ici pour rien.

L'air buté, serrant les dents pour ne pas en dire plus, elle repartit à quatre pattes, passant devant le quinquagénaire qui avait l'air plus vieux, d'un coup. Il resta un moment prostré, puis, levant la tête, il rencontra le regard d'Aurore qui lançait des éclairs. Il sembla vaciller un instant puis se releva péniblement, rejoint bien vite par Aurore qui l'aida, se redressant aussi. Alors, côte à côte, ils entreprirent de refaire le tour, debout puis s'accroupissant, palpant les parties pleines et cherchant le jeu dans les jointures. Ils arrivèrent ainsi jusqu'au plus important des globes, devant lequel se trouvait déjà Jérôme qui l'observait pensivement.

Celui-ci défit la protection de plastique et fit tourner la sphère en l'éclairant de sa lampe, cherchant manifestement un point particulier.

Antoine se posta d'un côté, derrière l'archéologue, tandis qu'Aurore faisant pendant de l'autre.

— Tu cherches quoi ?

Elle lui soufflait dans l'oreille, le chatouillant un peu de ses cheveux bouclés.

— Il m'a semblé… commença-t-il. Vous pouvez m'éclairer ?

Ils croisèrent leurs faisceaux à l'endroit approximatif qu'il éclairait. Jérôme rangea sa propre lampe dans la poche de son jean et se pencha plus près du globe, le regardant tangentiellement alors qu'il le faisait tourner centimètre par centimètre.

— Éclairez, plutôt comme ça », fit-il au bout d'un moment, orientant le faisceau d'Antoine perpendiculaire au bord à la sphère. Aurore fit de même, rapprochant son faisceau de celui d'Antoine. « Oui, c'est mieux. C'était par-là.

Les deux autres se regardèrent par-dessus son dos, souriant déjà, quand Jérôme s'exclama :

— Là !

— Chut ! renvoyèrent en échos Antoine et Aurore qui en plus secoua l'épaule de l'archéologue.

Celui-ci leva le bras en signe de reddition, la tête toujours penchée sur le globe.

— C'est Venise, souffla-t-il, on aurait dû s'en douter. Regardez !

Il se recula un peu, et tour à tour ses compagnons se penchèrent, constatant une légère dépression à l'endroit de la cité lacustre, ainsi qu'un trait si fin, se confondant si bien au dessin de la géographie qu'il avait fallu un miracle et l'éclairage bien particulier d'une lampe torche en lumière rasante dans la pièce sombre pour que Jérôme ne le décèle. Il ôta son sac à dos, l'ouvrit et extrait un paquet brillant sous les lampes. Les outils, comme les avait fait préparer Antoine, étaient enroulés au milieu de deux couvertures de survie et saucissonnés entre plusieurs spires de fils électriques reliés à un pile et une résistance. Une cage de Faraday leur avait assuré Antoine, pour éviter que les détecteurs ne les repèrent. Ils ne savaient pas si cela avait vraiment servi, pensa Jérôme, mais le fait était qu'ils étaient passés sans encombre. Il déroula le paquet et choisi un petit tournevis multi-usages auquel il fixa un embout en pointe.

Avec délicatesse, il poussa sur la dépression avec la pointe. Venise s'enfonça légèrement sous les eaux, puis il y eut un déclic, puis plus rien. Ils se regardèrent tous trois, le souffle coupé.

— Ça ne marche plus ? proposa Antoine.

Jérôme, maintenant toujours Venise dans la lagune, secoua la tête.

— Il doit y avoir autre chose.

Du coin de l'œil, il aperçut un mouvement derrière lui alors que la luminosité baissait sur l'Adriatique. Aurore se déplaçait en silence vers l'un des petits globes. Elle le scruta attentivement, passa son index sur la jointure du support en forme d'équerre massive et l'angle du meuble, jaugeant l'épaisseur du joint. Puis, elle passa à l'autre, refaisant les même geste, évaluant encore les joints, pour finalement se saisir du support, et, le tenant fermement comme une manette de jeux, elle le tira doucement à elle. Au début, il ne se passa rien, puis, sur les bords du support en bois faisant angle, des fissures apparurent, accompagnées de légers craquements alors que les dizaines de couches de vernis de plus d'un siècle et demi cédaient. Le support cylindrique s'enfonça soudain dans l'angle de l'ouvrage et une fissure apparut sur l'encadrement supérieur de la vitrine du côté du petit globe, faisant doucement, avec un grincement de protestation, le tour de la vitrine ouvrant un joint jusque-là invisible.

Cela s'arrêta d'un coup alors que la fissure n'avait fait le tour que des parties supérieures. Antoine s'approcha, éclaira la jonction inférieure de la vitrine, et dit dans un souffle : « Il y a plus de vernis en bas, c'est pour ça que ça coince. Ils n'ont jamais préservé le joint et le vernis a tout colmaté. » Puis les jambes bien campées, et les bras écartés, agrippant le meuble par ses parties saillantes il poussa un peu la vitrine vers l'intérieur et la tira d'un coup sec vers l'extérieur. Un claquement sonore se fit entendre, suivi d'un bruit plus strident de vieux bois se fendant, et la façade de la vitrine sortit, pivotant sur un de ses angles dans un nuage de poussière.

Ils attendirent un moment, le temps que les échos des craquements se calment, craignant de voir arriver une armée de moines soldats. Enfin, la légère poussière retombée, ils avancèrent précautionneusement, Jérôme abandonnant Venise à son sort. La partie inférieure de l'encadrement de la vitrine était fendu, des morceaux de bois ancien tombés à terre, d'autres étaient pendant autour de l'orifice béant devant eux.

— Si on voulait passer inaperçus, c'est raté, observa Aurore.

Antoine penché dans l'ouverture, en balayait la partie inférieure de sa main gantée. Il l'éclaira avec sa lampe alors qu'Aurore en faisait autant. Au milieu de l'ouvrage, une malle en bois massif cerclée de fer, d'environ trente centimètres sur quarante et épaisse de vingt-cinq, était insérée avec une telle précision que l'on n'aurait pu y glisser une feuille de papier. On en voyait le côté, sur lequel une poignée était fixée au moyen de gros rivets martelés. Antoine l'agrippa et tira, la malle glissant sans effort au grand jour, sortant de son logement de bois séculaire. Jérôme la soutint, puis attrapa la poignée de l'autre face, quand elle apparut.

Elle devait faire dans les trente kilos, mais ils la déposèrent doucement au sol, avec les mêmes précautions que pour un nouveau-né, retenant leur souffle. Elle était noircie sur un côté et le bois y était friable.

— C'est l'incendie de la moitié du dix-neuvième siècle, expliqua Antoine. Ils ont tout reconstruit après. » Il désignait le bâtiment autour d'eux.

— Ils s'en sont bien sortis, vos collègues, ne put s'empêcher de commenter Aurore.

— Oui, ils avaient l'appui d'un Empire de ce côté-ci, répondit l'ancien moine.

Il manipula un instant le loquet de fermeture non verrouillé, puis ouvrit la malle. Le contenu semblait rangé depuis la veille. Tout était enveloppé d'une grande feuille de papier paraffiné, et chaque espace était employé, au millimètre, pour caser autant de livres, de gravures et de feuilles de papiers rêches, ficelées en tas et remplis d'une écriture fine et serrée dans ce qui semblait être de l'italien.

— C'est du toscan, souffla Antoine.

Une larme roulait le long de sa joue et un tremblement secouait un peu sa lèvre inférieure.

— On a réussi, murmura-t-il.

Aurore passa son bras par-dessus ses larges épaules et posa sa tête dans son cou.

— Tu es le meilleur Antoine, dit-elle alors qu'il essuyait les larmes qui commençaient à lui brouiller la vue.

Il la regarda, les yeux dans le vide, puis, semblant se souvenir de quelque chose, il demanda à la jeune femme :

— Mais, comment tu savais, que c'était une manette ?

Elle haussa les épaules :

— C'est toujours comme ça dans les films. C'est pareil pour lui, là, avec son globe trafiqué.

Du pouce, elle désigna Jérôme qui leva les yeux au ciel, faisant rire Antoine. Celui-ci, soudain, consulta sa montre.

— Il faut qu'on y aille maintenant, déclara-t-il.

De son petit sac à dos, il sortit un autre sac à dos pliable, plus gros et étanche, servant aux expéditions de canyoning. Avec l'aide de ses deux compagnons, ils réussirent à y glisser la malle en entier, puis il endossa le fardeau, comme si c'était la chose la plus naturelle, tout en refermant la cache secrète, ajustant grossièrement les baguettes arrachées, alors que Jérôme, le voyant faire, remettait le plastique de protection sur le globe terrestre et qu'Aurore poussait les débris du pied contre le meuble central.

— Allez, allez, on y va ! » les pressa soudain Larrieux en détalant, parcourant les couloirs en courant presque, ses deux compagnons derrière lui. Ils cavalèrent ainsi quelques minutes, parcourant apparemment le monastère sur toute sa longueur, empruntant une autre voie qu'à leur entrée. Puis, arrivant devant une porte, Antoine s'arrêta, reprenant un peu son souffle en attendant qu'ils arrivent à son niveau. En posant sa main sur la poignée, il leur intima : « Il y a des caméras de l'autre côté, remettez vos casquettes et vos lunettes. » Il attendit encore un peu, prêtant l'oreille, essayant de traquer le moindre bruit, puis leur souffla : « Quand on ouvrira la porte, l'autre, en face, » De l'index, il montra la direction du couloir. « l'alarme, se mettra à sonner. On va passer devant l'entrée de l'église, et la voiture est garée trente mètres plus loin, devant le Ministère de la Justice. On devrait y être en vingt secondes. » Il fouilla dans sa poche et en sortit une clef de voiture qu'il mit dans la main d'Aurore. « Tu démarres tout de suite le véhicule, pendant qu'il m'aide à ranger ça. » De l'index, il avait désigné Jérôme, puis du pouce il désigna le gros sac à dos qu'il portait. « D'accord ?

Les deux autres le regardaient, éberlués. Aurore chuchota sèchement :

— Encore ? C'est ça tes plans ? On pousse les portes sans savoir s'il y a une alarme. Ou alors on pousse une porte qui fait sonner une alarme qui sonne en pleine nuit, dans la ville la plus policée d'Europe, pour cavaler comme des voleurs ?

— Ben c'est ce qu'on est, non ? répliqua Antoine, se dandinant comme un gros ours en forçant la candeur.

Aurore regarda Jérôme qui leva les mains au ciel. Serrant ses lèvres toujours maquillées, elle fit un geste de la main, en direction de la porte :

— Puisqu'on ne peut plus faire autrement.

Respirant fort pour s'oxygéner, Antoine baissa la tête, poussa le battant et parcourut les trois pas jusqu'à la porte donnant à l'extérieur, suivi de près par le couple qui gardait le regard au ras du sol. Le quinquagénaire appuya de tout son poids sur la barre d'ouverture incendie de la porte qui s'ouvrit sans encombre sur l'extérieur. Ils dévalèrent les deux marches en volant, glissant sans bruit dans la rue silencieuse. Se déplaçant en éventail, chacun gardant un œil sur l'autre, ils arrivèrent à la voiture et Aurore avait déjà introduit la clef quand l'alarme se mit à résonner dans la nuit, réveillant un bon million d'habitants.

La jeune femme jeta son sac à dos sur la banquette arrière et s'assit comme Jérôme ouvrait la porte arrière gauche et aidait Antoine à finir d'ôter son sac à dos. Elle démarra dans la seconde, passant la première alors qu'Antoine poussait son sac à l'arrière, s'installant à côté en fermant la portière. Jérôme avait encore un pied sur le trottoir quand la voiture démarra. L'archéologue claqua sa portière, regardant les fenêtres pour vérifier s'il y avait des spectateurs, se tortillant pour retirer son petit sac à dos.

— À gauche, lança Antoine depuis l'arrière.

Aurore tourna juste à temps, engageant le véhicule dans une rue qui plus loin revenait sur elle-même et avant de se fondre dans une voie revenant vers le monastère.

— À droite, fit la voix derrière elle.

— Mais c'est en sens interdit !

— À droite !

Elle vira dans la rue en sens interdit, débouchant sur une avenue quelques mètres plus loin.

— À gauche ! Moins vite.

Leur voiture descendit l'avenue, à faible allure, se dirigeant vers le centre-ville, puis, toujours guidée par Antoine, tourna encore à droite, passant devant le *Museumsquartier* où ils se mêlèrent à deux véhicules de fêtards, alors qu'une voiture de police, loin derrière eux, approchait le monastère toutes sirènes hurlantes. Enfin ils arrivèrent à un périphérique fréquenté remontant vers le nord, longeant le centre-ville, et trois minutes après se garèrent entre deux véhicules devant la gare de *Mitte-Landerstraße*. Antoine sortit prestement, retourna le blouson réversible acheté la veille, bientôt imité par les deux autres, puis sortit du coffre une immense valise à roulette et dans laquelle, aidé de Jérôme, il enfourna son sac de canyoning.

— Dans la boîte à gant, il y a une enveloppe avec les papiers, commença-t-il en fermant sa valise.

Déjà Aurore, plongeait sa main sous le tableau de bord. Puis, comprenant ce que voulait faire l'ancien moine, elle ferma les portes du véhicule, sortant toutes leurs affaires qu'ils se répartirent. Ensuite, elle montra la clé du véhicule à Antoine qui hocha la tête avec un sourire, et elle la glissa dans l'enveloppe.

— Je vous rejoins, dit-elle.

Elle traversa la place et glissa l'enveloppe dans la boîte aux lettres du bureau où ils avaient loué le véhicule la veille, réglant d'avance. Pendant ce temps-là, Antoine entraînait Jérôme vers l'entrée de la gare, puis jusqu'aux consignes où ils avaient laissé leurs bagages en début d'après-midi. Aurore les rejoignit là, puis se planta devant Antoine, vrillant ses yeux dans ceux du quinquagénaire.

— Et maintenant ? demanda-t-elle.

— Eh bien, on prend le train.

— Mais… les billets ?

— Je les ai achetés cet après-midi. Enfin, hier après-midi, rectifia-t-il, pendant que vous… étiez occupés.

Aurore rougit légèrement, se tourna vers le tableau des départs et, certainement à défaut de mieux, admit :

— Bon, ça va ! Mais, où on va ?

— Dans la salle d'attente, répondit-il. Il y en a pour un peu plus d'une heure. Et puis, on ne se connaît plus jusque dans le train où j'ai pris des billets séparés, voici les vôtres. Ils vont chercher trois personnes.

Heureux d'échapper à la tempête blonde, il se dirigea d'un pas léger vers le bocal où sommeillait déjà deux voyageurs. Les deux autres, soucieux de donner le change et d'arriver séparés, attendirent un moment dans la salle des pas perdus en le voyant s'installer, déballer un téléphone prépayé qu'il avait acheté en arrivant à Vienne, bidouiller un moment puis, finalement en retirer la batterie pour ranger le tout dans l'emballage qu'il fourra dans son sac.

Enfin, alors qu'ils s'installaient à leur tour, pensant qu'il ne les voyait même plus, il se tourna vers eux en leur dédiant son sourire angélique, celui du garnement qui venait de réussir un bon coup.

Oziorsk – Oblast de Tcheiliabinsk – Sibérie occidentale – Russie.

Kolya héla le nouveau venu, Igor, un grand maigre au visage osseux qu'il avait connu sous le pseudo de *bugbad* sur la toile.

— Il se passe quelque chose, là !

L'autre le regarda une pleine seconde avant de comprendre. Là, c'était Venise que Kolya avait décidé de surveiller plus particulièrement, depuis que les trois Français leur avaient échappé à Vienne. Ne découvrant leur but dans cette ville que par les informations télévisées dans un premier temps, et par leurs intrusions informatiques ensuite. Mais personne ici n'avait vraiment compris ce qu'ils étaient allé chercher, dans ce monastère de Vienne.

Et puis Kolya avait deviné, avec cet instinct particulier à leur communauté de hackers, qu'il devait y avoir un passif entre le monastère de Venise et celui de Vienne, qui faisaient partie, à l'origine, de la même congrégation. Igor, qui venait de débarquer dans cet environnement extravagant et n'avait pas encore trouvé ses marques, s'était contenté de suivre, veillant ce qu'on lui avait attribué. Trois appartements à Paris et un à Nice, un musée des Archives, à Paris aussi, ainsi que des communications, pour lesquels il devait plier ses investigations à un nombre ahurissant de probabilités combinées.

Les deux hackers, travaillant de concert selon les instructions précises de Lobanov, ouvrirent chacun une fenêtre sur les résultats l'un de l'autre et commencèrent un marathon cybernétique. Pourtant, dans cette débauche apparente de recherches tous azimuts, l'un d'eux menait la traque : Kolya, qui avait les faveurs de Lobanov depuis les résultats qu'il avait obtenus avant l'arrivée d'Igor.

Les deux hommes commencèrent par se concentrer sur les lieux qui avaient alerté les logiciels. Le monastère tout d'abord, sur l'îlot de San Lazzaro, où avait été repéré un appareil « vierge », presque jamais utilisé ni connecté ailleurs — ceux sur lesquels s'était focalisé Kolya dont les routines tournaient jours et nuits, engrangeant et éliminant constamment. Puis, remontant un peu dans le temps, le programme du hacker repéra un autre appareil vierge, près du Grand Canal cette fois. Kolya délégua sur Igor — qui lui devait son poste — les recherches dans les hôtels alentours, en cercles concentriques. Ce dernier, passant avec aisance les pare-feu des établissements, repéra la réservation d'un hébergement répondant aux critères : Trois personnes, deux hommes et une femme, âge probable et nationalité supposée. Il déclencha alors la requête prévue depuis l'avant-veille et un ordre de mission partit pour Venise où un homme avait déjà été disposé par Lobanov.

Le milliardaire déboula cinq minutes après, les mains dans les poches de son costume Armani. Il se plaça derrière Kolya, attendant que celui-ci lève les yeux sur lui. Le jeune homme sursauta légèrement, puis continua à malmener ses claviers. Lobanov, qui avait sans doute été alerté par l'ordre de mission qu'avait envoyé Kolya, lui demanda :

— Qu'est-ce qu'on a ?

— Des contacts. Le monastère d'abord, quelque chose à Mestre et enfin à Venise. Je crois que ce sont nos amis qui sont en route pour Venise après leur escapade à Vienne.

— Sûr ?

Kolya s'arrêta un moment de marteler les touches en plastique et se retourna pour le regarder.

— Quatre-vingt-quinze pourcents, évalua-t-il.

— Et ils ont quelque chose avec eux ?

— Sans doute, estima Kolya. Ils s'échangent des mails codés avec des numéros. J'ai envoyé tout ça à Oleg. Il arrive.

Le linguiste, comme s'il attendait dans les coulisses, entra en coup de vent, posant une pile de documents sur la banque, à côté de Kolya. Il marmonna un bonjour bougon qui fit sourire l'oligarque aux traits fins. Ensuite, il fouilla un peu dans ses papiers pour en extraire deux feuilles imprimées en italien, et leur traduction qu'il venait sans doute de griffonner au crayon, en caractères cyrilliques. Tout en relisant ses notes, et comme s'il soliloquait, il annonça :

— L'un des leurs est revenu, et apparemment il a retrouvé quelqu'un d'autre, deux personnes je pense. Ceux-là ont quelque chose qui semble avoir une très grande valeur pour les moines. Le plus important : je crois qu'ils ont rendez-vous, tout à l'heure.

Les têtes se tournèrent vers lui et Lobanov se déplaça un peu. Debout, les mains toujours dans les poches, il se plaça à côté d'Oleg et examina ses documents incompréhensibles.

— Quand ça ? demanda-t-il.

— À seize heures.

— Et où ?

— J'étais dessus. Pas encore trouvé l'endroit.

446

— Et c'est quoi l'indice ? demanda le multimilliardaire de sa voix égale, repositionnant délicatement de son index ses lunettes ultra-légères.

Oleg tourna brièvement la tête vers Lobanov et, comme à contre-cœur indiqua :

— Dans la lumière.

— La gare, souffla Lobanov.

Il se tourna vers Kolya et lança :

— Prévenez Evgeny ! Qu'il y soit, avec le matériel d'écoute à distance. Vous lui renvoyez les photos des Français et des autres, ceux de Rome. Envoyez une autre équipe, même si elle arrive trop tard.

Oleg le fixait, manifestement étonné.

— Vous voulez me demander quelque chose ? lui proposa Lobanov.

— Pourquoi la gare ?

Lobanov haussa les épaules :

— Elle s'appelle Santa-Lucia. Ils viennent en train.

Il désigna les notes en cyrillique de l'autre, éparpillé sur la banque :

— Vous avez traduit tout ça comment ?

Oleg regarda celui qui les rétribuait royalement, un peu étonné qu'il s'intéresse à ses méthodes. Il lui montra une feuille de papier sur laquelle on pouvait lire :

```
«   L. 15.32 Ω

    L. 15.6  Ω     X2
    M. 7.8 A  QUAERE...
M. 2.11 A(Ω)
Os. 4.6      A(Ω)
M. 6.21

Deu. 25:5 A
In lumen, XVI »
```

— C'était le mail parti de Venise même, commença Oleg.

— Je l'ai lu, le coupa Lobanov.

Oleg, déstabilisé quelques secondes, gratta de la main gauche sa tignasse à la hippie des années soixante et qui tranchait avec les dégaines respectives du reste de l'équipe. Puis, il lissa sa barbe châtaine et posa une feuille, probablement un résumé de ses notes. Sa main droite désignait successivement une ligne sur chaque feuille pendant qu'il expliquait :

— Là, la lettre L et les chiffres désignent l'évangile selon Saint Luc, chapitre 15 verset 32.

Il s'arrêta, semblant gêné par quelque chose, puis se retourna vers ses camarades qui le regardaient d'un air stupéfait. Tous étaient nés dans un pays communiste et en avait gardé l'éducation athée, se rappela-t-il alors. Il reprit :

— Le signe Ω, grec, indique, lui, qu'il faut regarder à la fin. C'est une parabole, celle de l'enfant prodigue, et à la fin il y est écrit : il était perdu et il est retrouvé. Pour moi, en tenant compte du contexte de la parabole et de la situation, cela veut dire que l'un des leurs revient à la maison, après longtemps.

— Antoine Larrieux, souffla Lobanov. Et après, juste les traductions originales.

Oleg reprit :

— La fin de Luc 15.6, deux fois, pour deux donc : j'ai retrouvé ma brebis qui était perdue. Pour Mathieu 7.8, on a : Celui qui demande reçoit ; celui qui cherche trouve. Les deux précédents ont donc trouvé. Quoi ? » Il fit un geste d'ignorance des mains. « Et ça, là, c'est un autre indice le mot en latin, mais je ne sais pas encore.

— Ça veut dire ?

— Cherche, à l'impératif.

Lobanov regarda quelques secondes la feuille puis demanda :

— Et trouve, en latin, on le dit comment ?

— *Inveni*, répondit machinalement Oleg.

Lobanov fit signe d'attendre à Oleg de la main. Il se tourna vers Kolya :

— *Quaere inveni.*

Le hacker malmena son clavier un moment, puis lança :

— Je l'ai presque comme ça : *Quaere et Invenies.*

— Dans quoi ?

— Un vieux livre, écrit à Venise, ça s'appelle le Songe de Poliphile…

Lobanov leva la main, réduisant l'autre au silence, puis ajouta :

— Je veux tout sur ça. Continuez, ajouta-t-il à l'attention d'Oleg, comme Kolya donnait ses instructions à Igor.

— Après, reprit Oleg, on a Mathieu 2.11. Les signes, là. » D'un doigt jauni par le tabac, il désigna les deux lettres A (Ω). « Alpha, et oméga entre parenthèse, signifient à la fin du début. On a donc : ayant ouverts leurs trésors …

— Juste les traductions maintenant, coupa encore Lobanov.

— Un manque de connaissance ; Car là où est ton trésor, là aussi sera ton cœur. Et enfin le rendez-vous, au Deutéronome 25:5 Alpha : lorsque des frères demeureront ensemble. » Avec le lieu et l'heure : Dans la lumière, 16.

Lobanov le coupa d'un geste de la main et resta là, à déchiffrer les caractères anarchiques du sémanticien avec toujours son mystérieux sourire aux lèvres, puis, sans un regard aux documents étalés sur la table et à Oleg qui attendait, tourna le dos en soufflant.

— Dites à Evgeny que je compte sur lui.

Budapest – Hongrie.

Antoine apparut à la porte du wagon, traînant sa valise avec un sourire jusqu'aux oreilles. Jérôme la lui attrapa alors qu'il descendait royalement, coiffé à nouveau de son chapeau fétiche.

— Je vous avais dit que tout allait bien se passer.

— Ben non, tu ne nous l'as pas dit, explosa Aurore. Et puis, tu étais là toi aussi, à regarder la porte de la voiture à chaque arrivée de voyageur, sans compter le contrôleur. Tu avais la trouille comme nous, non ? Jusqu'à Bratislava, et même après.

Sa voix était montée d'un cran et quelques passagers tournèrent la tête, lorgnant sur ces fous qui s'engueulaient en français. Sans se démonter, Antoine tout en marchant, tirant sa valise XXL, lança avec un grand sourire :

— Eh bien, c'est fini, non ? On va louer une voiture, on ne risque plus rien maintenant.

— Et où va-t-on comme ça ? On n'a même pas encore ouvert la malle, se plaignit-elle.

Il ne répondit pas tout de suite, prenant de l'avance sur le quai qui lui rappelait celui de la gare de l'Est, dans les années soixante-dix. Quand, à sa suite, ils émergèrent au soleil, il était arrêté, regardant avec satisfaction, semblait-il, l'unique véhicule garé le long du trottoir, à côté duquel quelqu'un, en uniforme de loueur de voiture, semblait attendre avec une infinie, patience. Dès qu'il les aperçut l'homme fit un signe en désignant la voiture et Antoine opina du chef. Il se tourna vers Aurore et lui dit :

— Pour le moment on va en Croatie, mais le loueur ne le sait pas.

D'un pas allègre, il conduisit son énorme valise vers la berline.

24

Zagreb – Croatie

— C'est gras ! se plaignit encore Aurore, qui pourtant était en train de se resservir en *struckli*[39].

Antoine, lui, mangeait consciencieusement. Ayant déjà appris à éviter ce piège, il jeta un coup d'œil à Jérôme qui consultait son smartphone en faisant semblant de n'avoir rien entendu. Soudain, ce dernier leva la tête, fixant plus particulièrement Antoine, annonçant :

— Il y a du nouveau !

Les deux autres, figeant leur mouvement de fourchette, le regardèrent jusqu'à ce qu'il continue.

— On doit éviter Venise, finit-il.

---

[39] Spécialité croate. Pâte fourrée de fromage ou autre passée au four.

Un sourire indéfinissable apparut sur les lèvres de Larrieux, qu'il effaça en s'essuyant consciencieusement, avant de reposer sa serviette.

Il se leva, allumant un smartphone qu'il venait d'extraire de l'une de ses poches, puis s'éloigna en désignant sa valise à Aurore. Ils le virent de loin manipuler son appareil un moment puis le porter à son oreille. Soudain il se retourna d'un coup en fourrant l'appareil dans sa poche et se dirigea vers leur table à grandes enjambées.

— On doit y aller tout de suite, en train, énonça-t-il en tirant sa valise, se dirigeant déjà vers la gare.

Le tortillard cahotait doucement, rappelant à Aurore celui de son enfance, quand elle se rendait chez sa grand-mère, dans les Cévennes. Un moment elle se demanda s'il existait encore. De l'autre côté de l'allée, Antoine, après avoir manipulé un moment le smartphone qui lui avait servi plus tôt, dormait comme un loir, assis, la tête sur ses avant-bras posés sur la tablette de lecture qu'il avait déployée à cet effet, tandis que Jérôme, à côté d'elle, consultait furieusement son ordinateur, prenant des notes sur un calepin.

— Qu'est-ce que tu fais ? chuchota Aurore.

— Les fichiers de Silvio, ils citaient Rocard, répondit Jérôme sur le même ton.

— Le politique ?

— Le politique… j'y crois pas. Ils ont déjà Berlusconi en Italie, tu crois que cela ne leur suffit pas ?

Aurore pouffa, et Jérôme reprit :

— Son père, Yves, celui qui a mis au point la bombe atomique française dans les années cinquante. Il est mort maintenant, mais à la fin de sa carrière il s'occupait des radiesthésistes, avec une approche scientifique. Silvio y fait référence, mais c'est en latin. Heureusement que je peux comparer sur le net, ça permet de remplir les blancs.

— Et… c'est lié ?

— Avec les champs ou les réseaux telluriques, oui, et Silvio en parle aussi. Tu sais les lignes de Ley, les réseaux sacrés, les réseaux Hartmann ou Curry que le type d'Ordication avait cité. Sur internet, il y a des tas de sites qui en parlent. Apparemment pour eux c'est monnaie courante que les radiesthésistes puissent déterminer les champs d'énergie tellurique ou les ondes vibratoires dégagées par les ondes de formes, telles que celles issues de la géométrie sacrée par exemple.

— Oui, on a un peu vu ça quand j'étudiais l'architecture. Un peu, surtout le Moyen-Âge avec ses cathédrales où il y a tellement de formes symboliques et sacrées qu'on se demande comment il reste de la place pour accrocher une croix. Une fois, dans une sortie d'étude, j'ai même vu des groupes, avec des pendules, repérant ces lignes de forces. Mais enfin, ça reste des pendules et personne n'a jamais pu rien prouver.

— Eh bien, c'est faux. Rocard a même mesuré tout ça, mais il a été tellement ostracisé par ses collègues contemporains qu'il a arrêté ses recherches, du moins officiellement, publiant la totalité à titre posthume. L'être humain, comme certains animaux, stocke des petits cristaux dans ses articulations, ses arcades sourcilières ou sa nuque, des magnétites auxquelles certaines personnes sont plus sensibles que d'autres. Les pigeons voyageurs par exemple se dirigent de cette manière, les cristaux de magnétites leur permettant de ressentir les courants de ce flux magnétique parcourant la surface de la terre et de se repérer de la sorte dans l'espace. Ces champs magnétiques terrestres se mesurent, avec des géomagnétomètres, c'est sans doute ce qu'utilisait Silvio, travaillant dans un ordre de grandeur de 50 microtesla, tandis que les cristaux de magnétites ont une sensibilité énormément plus grande de l'ordre du femtotesla, 10^{-15} Tesla, des milliers de fois plus. Pour en revenir aux êtres humains, donc, c'est comme ça que les radiesthésistes détectent les sources par exemple, grâce aux variations infimes de ces champs magnétiques terrestres. Les sources génèrent ce genre de variations, comme les grottes, les veines de certains métaux, le pétrole, etc. Quelquefois, selon certains, ils seraient à la limite de la physique quantique. Par exemple quand ils retrouvent quelqu'un sur une carte, avec une simple photo. Mais sinon, la plupart du temps, cela ressemble à une détection électromagnétique classique, mais avec un détecteur particulier, humain.

— Donc, ils détectaient ces champs d'énergies ?

— Oui, et depuis des millénaires. Tiens, par exemple, une note de Silvio , la traduction donne : « Quand ils sont en présence du souffle du Ka qui passe sous la terre, les prêtres Heka ont les mains qui piquent. » Aujourd'hui, nous n'avons que ce qui a survécu aux purges, mais apparemment ils savaient procéder bien avant que l'homme ne sache écrire.

— Et on ne saurait rien ?

— On peut en voir les effets les plus anciens, avec les alignements de Bretagne et des Îles Britanniques. Mais pour le présent, et c'est ce qui est bizarre, dans les notes de Silvio, un terme revient souvent, c'est : *Silentium adigere*, ce qui signifie : contraindre au silence. Dans le cas de Rocard. La phrase exacte qu'il a employée est : *Per doctorum silentium adigebatur.*

— Et ça veut dire ?

— Si j'ai bien traduit : A été contraint au silence par les savants. C'est ce que nous expliquait Antoine, en parlant de Constantin et Sixte V. C'est ça je crois Silentium. Déjà Saverio avait placé, dans la bouche de Sixte V : *Silentium agere et silentium facere*. Faire le silence, et l'imposer. Pour en arriver finalement à contraindre au silence, par tous les moyens. C'est vieux de mille sept cents ans. Et si c'est vraiment ça, ils ont été obligés de noyauter toutes les strates de la société, jusqu'à aujourd'hui, pour continuer à maintenir le silence. Les journalistes, les scientifiques, chaque fois que quelqu'un aborde le sujet, il est ridiculisé, ostracisé. Après avoir brûlé les livres, les gens ou les réputations, traqué pendant des siècles la moindre parcelle de savoir rémanente, traquant les sourciers, les brûlant comme sorciers, mélangeant tout, condamnant et exécutant à tour de bras, après avoir vidé le monde du savoir ancestral, même de nos jours, ils continuent, bien que ce soit devenu plus discret, et même malgré internet. Ils réussissent encore à maintenir une chape de silence, pour neutraliser, socialement maintenant, tous ceux qui voudraient recréer un savoir là-dessus.

— Là-dessus… » répéta pensivement Aurore. Elle se tourna vers l'allée, mais Antoine dormait toujours, ou, s'il faisait semblant, concourait pour un Oscar. « Elle reprit : c'est quoi exactement, "Là-dessus" ? Ça parle de quoi à la fin ?

— Je crois que je connais le début, déjà, estima Jérôme. Dans l'Égypte Antique…

— Vous y arrivez les jeunes, je suis impressionné, vraiment, le coupa une voix bourrue.

« Il devrait être nominé, au moins », pensa Aurore en se tournant vers Antoine.

— Mais, continua ce dernier, si vous voulez vraiment développer le sujet maintenant, il faut commencer par le début.

Il se leva et se dirigea vers les toilettes.

— Et c'est quoi, le début ? lança Aurore.

— Le café, bien sûr. On arrive bientôt.

Trg Osvobodilne fronte – Ljubljana – Slovénie

Pour la première fois, Antoine avait l'air désorienté. Les deux autres sur les talons, il traversa l'esplanade où chauffaient des bus interurbains, semblant chercher quelque chose, regardant avec insistance droit devant eux. Finalement, n'y tenant plus, Aurore le rattrapa et le retint un peu par la manche.

— C'est un jardin là, Antoine.

Il se retourna vers Aurore, le regard voilé, puis s'arrêta complètement, se reposant sur la poignée avec laquelle il tirait son énorme valise.

— Il y avait un grand café par-ici, bredouilla-t-il.

— Quand ?

Sans répondre, il haussa les épaules, et, toujours tirant sa valise, traversa au milieu de la circulation, ignorant les klaxons rageurs, puis, une fois sur le trottoir réaménagé à l'Européenne vingt-et-unième siècle, se dirigea sur la droite vers la rangée de bâtiment post moderne bordant la rue. Jérôme entraîna Aurore vers le passage piéton et ils le rejoignirent alors qu'il s'installait à une terrasse, sous un panneau multicolore proclamant que l'endroit était ouvert vingt-quatre heures par jour.

Elle n'attendit même pas le café pour lancer son offensive.
— C'est quoi le début alors ?
Un peu agacé, Antoine tourna la tête vers le bar, puis, voyant le serveur arriver dans leur direction avec son plateau, adressa son sourire enjôleur à Aurore. Celle-ci leva les yeux ciel.
— Il fallait vraiment que tu boives le café avant ?
— À moins de me supporter d'humeur exécrable, confirma Antoine en jetant un regard dérobé à Jérôme qui se retenait de pouffer.
La jeune femme s'en était aperçu et les regardait l'un après l'autre, tournant la tête rapidement.
— Quoi ? finit-elle par dire.
Ni l'un ni l'autre ne répondaient, absorbés tous deux à sucrer leur café. Elle envoya une avalanche de petits coup de poings sur l'épaule de Jérôme, assis à côté d'elle.
— Je sais ce que ça veut dire.
— Quoi ? imita mollement Jérôme.
— C'est moi, hein ? C'est ça ? C'est moi qui suis de mauvaise humeur d'habitude ?
Elle les regarda, silencieux et concentrés sur leur breuvage, puis haussa les épaules en concluant :
— Eh bien c'est comme ça !

Un silence se fit dans la salle, laissant un moment croire que ses occupants n'étaient pas insensibles, même ceux en transit d'un bout du pays à l'autre, à l'argumentaire d'Aurore. Puis un murmure courut, émaillé de mots indéchiffrables pour les trois français. D'instinct ils se tournèrent, cherchant sinon la raison, du moins l'origine du flottement. Là-bas, dans l'ombre dense de l'intérieur, un écran accroché au mur et diffusant les informations en continu semblait le point de mire de la plupart des consommateurs. Contournant le comptoir, celui qui semblait être le propriétaire s'approcha de l'écran avec une télécommande et augmenta le son pour que tous puissent entendre. Une blonde platine, au rouge à lèvre aveuglant, débitait une suite de phrases en slovène, puis le plan changea et à l'écran apparut une colonne de cardinaux qui marchait dans les couloirs du Vatican, arrivant devant une lourde porte en bois.

— C'est le conclave, souffla Antoine, ils ne perdent pas de temps…

Puis, dédaignant finalement l'écran de télévision qui de toutes manières débitait ses suites de phrases dans un langage incompréhensible, il regarda ses deux compagnons, pour attirer leur attention, puis se tourna vers Jérôme.

— On était en Égypte si je me rappelle bien.

Jérôme, qui lorgnait son café d'un air dubitatif après l'avoir copieusement sucré, se décida à l'avaler d'un coup, redoutant que la proximité avec l'Italie ne fût pas suffisante pour espérer un breuvage acceptable, tandis qu'Aurore l'ingurgitait à la manière d'Antoine, comme s'il était sur la *piazza Navona* à Rome, regardant l'archéologue avec un soupçon de commisération. Celui-ci fixa la table, comme y trouvant son inspiration ou le support de sa concentration, retrouvant le cours de ses pensées.

— Dans l'Égypte Antique, dit-il, le pharaon tenait son pouvoir du Ka, la force vitale. Et le dieu… enfin, ce serait plutôt la force, mais on verra plus tard…

Antoine fit un sourire entendu qui n'échappa pas à Aurore. Elle le coupa :

— Pourquoi pas maintenant ?

— Parce qu'on n'y comprendra plus rien, sinon. Je ne suis pas encore vraiment sûr de cette théorie. J'ai regardé tout ça dans le train, en suivant le raisonnement que tu as développé à Paris.

— Lequel déjà ?

En réprimant un sourire, Jérôme expliqua :

— Rome dans l'Antiquité avec ses obélisques disposés en réseau, de la forme d'une coquille Saint-Jacques, et l'information qui aurait parcouru ce réseau à la mort de Saint Pierre, se diffusant dans tout l'Empire. Puis la même chose au dix-huitième siècle et la prise de conscience de cette époque où des voix s'élevaient contre l'Inquisition. La troisième série d'obélisques, qui a été érigée à ce moment-là, a correspondu avec la Révolution en France…

— Ha oui ! le coupa-t-elle de nouveau. D'accord, ça va. C'est bon, tu peux continuer. On en était au dieu, ce doit être Heka.

Antoine pouffa, s'attirant un regard noir d'Aurore et Jérôme enchaîna vite :

— C'est vrai, le dieu Heka, qui veut dire « stimule (ou modifie) le Ka », la force vitale. Certains disent aussi le souffle du Ka, soit le souffle de la force vitale. Enfin, Heka, on le sait, était le dieu de la magie. On a déjà parlé de son bâton, qu'on appelle un héka, sorte de super baguette magique, que le pape a récupéré. Mais aussi, il était toujours représenté avec un ou des serpents, les serpents héka, ceux de la guérison aussi, le sigle des médecins aujourd'hui, le caducée.

Il fit une pause pour reprendre son souffle, mais aussi levant la tête pour s'assurer du sérieux de ses interlocuteurs.

— En fait, le magicien, puisque c'est ce qu'il était, dans les représentations qui nous sont parvenues tenait souvent un serpent qu'il maîtrisait, comme s'il le domptait, domptant une force naturelle, et on retrouve ce serpent dans d'autres cultures de cette époque, en Chine déjà où c'est aussi un dragon, dragon que maîtrise aussi l'archange Saint-Michel, ce qui nous permet de le retrouver dans des lieux déjà sacrés antérieurement, comme le mont Saint-Michel par exemple. On retrouve d'ailleurs ce dragon dans le Songe de Poliphile, dans les entrailles de la terre, sous la pyramide qui est elle-même surmontée d'un obélisque, ou serpent plus loin dans l'ouvrage. Et enfin il apparaît chez les celtes (qui ont érigé les dolmens), qui l'appelaient la vouivre et il signifiait toujours la même chose.

— Les courants telluriques ! s'exclama Aurore.

— C'est ça, continuait Jérôme. Silvio cite un texte que les Romains tenaient des derniers prêtres Rê d'Héliopolis. Heka était le complément de Rê, parce que le serpent, « qui passe sous terre, traverse les rivières, apporte le souffle divin aux humains », ce serpent « tire sa substance du soleil. » C'est comme si les courants telluriques devaient être alimentés, « vivifiées » disaient les Égyptiens et le gravaient aussi dans la pierre. Et il l'était, tous les matins au lever du soleil, comme une batterie que l'on rechargerait à l'énergie solaire. Et c'est pour ça qu'ils ont décidé d'aider Heka et Rê, comme l'avaient fait à leur manière les Celtes ou leurs prédécesseurs en Bretagne et à Stonehenge, ils ont décidé d'aider le soleil à donner des forces au serpent, aux réseaux telluriques, ils ont érigé des pierres pour capter ce fluide que leurs prêtres ressentaient.

« Ils ont érigé les obélisques et les ont placés aux endroits où ils étaient les plus efficaces, ces lieux chargés qui bien souvent étaient sacrés dans l'antiquité et le sont restés avec le christianisme. Ils ont planté des obélisques près de leurs temples pour que la magie aide leurs dieux. Ils ont planté des obélisques, qui étaient pour eux des rayons de soleil pétrifiés, pour canaliser cette force divine aussi importante que la chaleur du soleil. Ils les ont disposés aux angles droits, comme était représentée Isis sur les cercueils, protégeant les morts à partir des angles droits, une base de la géométrie sacrée. Isis dont le symbole est un angle droit, et qui tient aussi le sceptre d'Heka, dieu de la magie, celui qui donne du pouvoir à leurs dieux.

« Ils les ont plantés, enfin, leurs obélisques, comme les médecins chinois plantent les aiguilles dans le corps de leur malade, pour rééquilibrer, stimuler ou modifier les flux de l'énergie vitale, et dans ce langage d'acupuncture on retrouve ainsi la signification du nom du dieu Heka, qui devient le garant de cette acupuncture terrestre destinée à drainer les flux vitaux vers les temples, pour drainer vers eux les forces divines. »

Il s'arrêta, un peu essoufflé par la tirade qu'il avait récité d'une seule traite, comme si l'idée demandait à être extirpée le plus rapidement possible, pour ne pas retomber dans l'oubli. Aurore le fixait, en attendant peut-être plus, et Antoine claqua des mains, discrètement, comme pour un concert de chambre privé.

— Tu as bien parlé de leurs dieux, au pluriel ? demanda-t-il.

Jérôme sourit, semblant se rappeler quelque chose, et reprit :

— J'allais oublier Akhenaton …

— Oui, le coupa Aurore, le pharaon qui a voulu imposer un seul dieu, j'ai vu ça aussi…

— Le dieu soleil, reprit l'archéologue. En fait, c'est un peu plus compliqué. Les dieux animaux, ceux que l'on voit, étaient réservés au bas peuple. Les autres, nobles ou prêtres étaient initiés, et pour faire court, plus ils avançaient vers la connaissance, plus les dieux ne leur apparaissaient que ce pour quoi ils avaient été formalisés. Les dieux de la mythologie, en fait, étaient des symboles. Les symboles des forces régissant la vie, comme on a vu Heka, par exemple, pour la magie.

— On le sait aussi, l'interrompit Aurore, agacée, Isis qui a vu son culte débarquer à Rome, sous le nom de Minerve au début.

Jérôme sourit, attendit un moment, puis, comme Aurore ne continuait pas, reprit.

— Mais ce n'était que le support initiatique, le même qui existe encore aujourd'hui dans des tas de sociétés secrètes. En fait l'élite égyptienne ne croyait qu'en un seul Dieu, un architecte universel, organisateur de toutes les forces qu'ils devaient maîtriser. Et pour ce faire, ils avaient besoin de formaliser des concepts, ne serait-ce que pour adresser des prières ciblées. Ils savaient déjà, puisqu'ils en voyaient la réalité tous les jours, que le soleil apportait son énergie à la terre, ils savaient aussi qu'il régénérait ce fluide vital, celui qu'ils invoquaient dans leur rituel magique, ce soleil donc était le premier support, le plus vital pourrait-on dire pour communiquer avec la divinité universelle des élites, et, pour la *gens vulgus*[40], le soleil représentait déjà la vie des récoltes et la chaleur de la vie. En fait, c'était un support tout trouvé, puisqu'il était déjà, pour nous humains, le support de la vie.

— En fait, exprimé aujourd'hui, ce serait plutôt Dieu, dont on voit la manifestation en la grandeur du soleil.

Jérôme regarda Aurore avec un sourire d'enfant, remerciant presque d'avoir été interrompu alors qu'une étincelle passait dans ses yeux dont le regard se voilait, déjà ailleurs en pensée.

— Et la suite alors ? intervint Antoine en les regardant tous deux tour à tour.

---

[40] Le bas peuple.

— Eh bien, commença Jérôme, c'est vrai que vu comme ça, avec la vision déiste moderne, cela aurait pu justifier Silentium… Mais Akhenaton, lui, qui peut-être rêvait de simplification ou d'éducation de ce peuple sans la foi duquel il ne pouvait être un demi-dieu, ou qui rêvait d'une concentration des pouvoirs, d'une puissance démultipliée, car comme pour les Grecs, les Égyptiens professaient que la puissance des dieux était proportionnelle au nombre de fidèles croyant en eux. En réduisant le nombre de dieux, on augmentait ainsi, inversement proportionnellement, la puissance de ceux restant. La conclusion logique à laquelle on pouvait arriver, et à laquelle ont adhéré, d'une certaine façon les monothéismes, était qu'avec un seul dieu, les pouvoirs de celui-ci devenaient illimités. Et, comme le pharaon était le représentant divin, celui-ci devait logiquement se retrouver avec une puissance vitale considérablement accrue du fait de la puissance spirituelle conjuguée de la totalité des croyants.

— Tu veux dire qu'il a imposé un dieu unique dans le seul but de récupérer la puissance… « quantique » de la prière des croyants ?

— C'est ça. Le raisonnement a sans doute semblé d'une logique imparable à un pharaon en quête d'immortalité, ce qui l'a décidé à dévoiler l'initiation séculaire au peuple pour convaincre celui-ci de la justesse de cette nouvelle approche de la foi, donnant alors le nom de Rê à ce nouveau dieu unique que les prêtres et autres initiés connaissaient déjà. Bien sûr, c'était sans compter sur la résistance des prêtres, qui voyaient leur pouvoir et leur statut s'envoler, n'ayant plus d'initiation à transmettre pour justifier leur poste. Enfin, après qu'Akhenaton, le pharaon proprement iconoclaste soit mort, et l'on peut supposer qu'il ne devait pas manquer de bonnes volontés pour l'y aider, tout a été fait pour effacer la trace de ce roi sacrilège, jusqu'à son nom sur les monuments que l'on a mis des centaines d'années à retrouver.

Aurore mit un moment à comprendre qu'il avait terminé. Elle lui demanda :

— Mais c'est quoi le rapport ?

— Eh bien, répondit-il, ils adoraient déjà un dieu unique, Akhenaton n'a fait que le révéler brièvement, pendant dix-huit ans sur des

461

milliers d'années, et puis les chrétiens ont recommencé plus tard, sous l'impulsion de Constantin, encore lui, imposant lui aussi un dieu unique dont il était le représentant, concentrant la foi des croyants. Mais le principe était le même, avec ou sans monothéisme, le dieu Heka, qui n'était que la représentation d'une force primaire, agissait de la même manière pour Akhenaton qui voulait s'en approprier la puissance et les bienfaits, les sortilèges et le moyen de vaincre ses ennemis, car il servait à ça, aussi, à cette époque, et les rôles des prêtres étaient aussi de mettre en déroute les armées ennemies par leur magie et leurs incantations. En fait, cela n'avait jamais été incompatible et les obélisques étaient là. Peut-être même en a-t-il fait ériger dont les inscriptions ont été effacées par la suite ? Mais le fait de croire en plusieurs, ou un seul dieu n'empêche pas de croire à l'efficacité des obélisques, des forces qu'ils mettent en jeu, que l'on nomme cela comme on veut. Pour les Égyptiens c'était le dieu de la magie, et il était officiel, même pendant la courte période monothéiste d'Akhenaton.

— Et ils font de même à Rome ? ajouta Aurore.

— Je le crois, oui. Ils en ont même adopté les principes : *Ad perpandiculum rectis lineis*, était-il écrit, concernant l'implantation des obélisques, sur les documents dans les archives de *Silentium* de l'Hôtel de Soubise : en ligne droite perpendiculairement, qu'ils ont adaptés à leur époque. Et puis, plus tard, cela ne leur a sans doute pas paru suffisant, et ils ont visé plus grand, comme ils l'ont fait aussi sur l'Italie Papale du 18ème siècle, dessinant un "K" gigantesque sur le pays, pour signifier, comme une invocation magique, qu'ils sont là pour capter le souffle du Ka.

Aurore tourna la tête vers Antoine, interrogativement. Celui-ci applaudit encore, comme il l'avait fait plus tôt, et, désignant Jérôme de l'index, dit à Aurore.

— Il a bien bossé dans le train, et il était aidé par sa formation. Mais, à la vérité, c'est vous qui lui avez donné l'idée.

Elle se tourna vers l'archéologue et, avec la plus mauvaise foi, lui lança :

— Salaud !

Ce qui fit rire Antoine d'un rire gargantuesque. Il ajouta :

— C'était bien, pas de doute, mais incomplet. Il en manque juste un tout petit bout.

Il fit un rond avec son pouce et son index qui ne se rejoignaient pas ; le signe du petit peu, déclenchant encore une fois le rire cristallin d'Aurore, qui déjà se tournait pour narguer Jérôme. Mais celui-ci semblait absent, le regard perdu au loin, il n'avait manifestement pas entendu la dernière phrase, ou était absorbé par quelque chose de plus important.

Elle lui secoua un peu l'épaule, sans que celui-ci ne réagisse vraiment. Puis cela lui revint : Elle l'avait déjà vu comme ça. Sous le choc de cette découverte, le sang se retira de son visage et elle se retourna vers Antoine, comme on cherche une prise pour ne pas tomber d'un à-pic. Celui-ci, se forçant à ne pas regarder de l'autre côté de la rue, là où se perdait le regard de Jérôme, se pencha vers lui et murmura :

— Il y a quelque chose, là-bas ?

L'archéologue hocha la tête, et les yeux d'Aurore s'agrandirent un peu en s'embuant. Peut-être alerté du coin de l'œil par la réaction de la jeune femme, comme il l'avait été sans doute un peu plus tôt par un détail à l'extérieur, il mit sa main sur celle d'Aurore sans détourner pourtant son regard.

— C'est sans doute rien, tempéra-t-il.

— Ça n'est jamais rien quand tu fais cette tête, s'irrita-t-elle en retirant sa main.

Il la regarda brièvement et, la voyant au bord des larmes, l'attira contre lui.

— Il avait un homme là-bas, expliqua-t-il en désignant du menton l'autre côté de la rue ensoleillée. Il nous regardait, et puis il est parti sans se retourner.

De la main gauche, il désigna la place qui s'étendait au pied de la gare ferroviaire, celle qu'ils avaient traversée en venant ici et qui servait de gare routière. Antoine qui scrutait le trottoir d'en face se retourna machinalement, comme Aurore qui regardait vers la place scrutant au loin.

— Il était comment ? demanda Antoine.

— Habillé en noir… avec des lunettes de soleil…

La télévision blablatait toujours, avec en toile de fond la place Saint-Pierre à Rome, mais la plupart des consommateurs ne la regardaient plus. Certains avaient déjà rejoint leur destination, d'autres se levaient remplacés par d'autres encore.

— De toute façon, il faut qu'on y aille laissa tomber Antoine.

— Mais on va où enfin ? explosa Aurore.

Antoine, qui n'avait plus le cœur à ménager la surprise dans l'ambiance plombée, expliqua un peu en se levant.

— On va à un endroit d'où l'on pourra passer la frontière à pied, en sécurité.

— On rentre en Italie ? demanda Jérôme.

— Ben oui, confirma l'ancien moine. On n'est plus très loin. Et puis, ajouta-t-il en saisissant d'une main sa valise qu'il désignait de l'autre, on a quelque chose à faire qui ne peut plus attendre.

— Mais… commença Aurore, aussitôt coupé par Antoine.

— On verra bien, il faut en finir maintenant.

Le bus démarra, et s'engagea dans la circulation, presque trop normalement songeait Aurore en regardant Antoine, réfugié au fond du véhicule presque vide. Devant lui, bloquant le bout de l'allée et coincée entre ses jambes, trônait sa valise qu'il avait refusée de mettre en soute, graissant sans vergogne la patte du chauffeur. À côté d'elle, Jérôme, discrètement, scrutait les passants et même les véhicules, à la recherche probablement d'un homme en noir. Elle ferma les yeux, cherchant dans sa mémoire une prière qu'elle pourrait adresser à ce dieu au nom duquel on avait déjà essayé de les immoler. Puis, insensiblement, elle sombra dans le sommeil pendant que, à l'arrière, Antoine s'était retourné, cherchant du regard le véhicule qu'il avait aperçut au loin, à deux reprises.

Ne le repérant plus, il n'y pensa plus et l'oublia.

SILENTIUM

Piazzale Medaglie d'Oro – Gorizia – Italie.

Le soleil de fin de journée était encore chaud. Trop pour le temps depuis lequel ils attendaient là, à se dessécher sur pied. Abandonnant sa valise à ses deux compagnons, Antoine fit encore les quelques pas qui lui permettait de voir, sur la Via Palladio, jusqu'à l'entrée de l'école, là-bas, où les parents retardataires s'attroupaient encore pour récupérer leurs rejetons. Quelques véhicules, qui avaient emprunté la rue tantôt, repassèrent, en sens inverse, lestés de fillettes, les conducteurs les moins blasés regardant curieusement le trio hétéroclite arrêté là, sous un portique à colonnades du siècle dernier, surmonté d'un petit toit abritant aussi un bandeau de maçonnerie, surmontant le portail, et sur lequel on pouvait lire l'inscription sibylline : "ISTITU-TO MM. OROSOLINE". Entrée principale d'une époque plus pro-pice, délaissée au cours des décennies passées, de ce lieu lui-même en voie de désamour et transformé partiellement et par nécessité en école pour jeune fille, dont l'accès se faisait plus loin, sur la via Palla-dio, dont Antoine guettait avec irritation la fréquentation, inverse-ment proportionnelle sans doute à la probabilité d'ouverture du por-tail dont ils faisaient le siège depuis une bonne demi-heure, moment où Antoine avait envoyé un sms avec son téléphone à carte prépayée.

Aurore fit aussi quelques pas, trompant son désœuvrement en tentant d'évaluer la taille de l'aire close par le mur d'enceinte qui s'éloignait d'ici vers le nord-est et le nord-ouest, enserrant un triangle ou plutôt un trapèze dont elle estima la surface à plus de dix hectares, parsemés de bâtiments énormes dont l'entretien devait être prohibitif. Les derniers parents étaient partis maintenant, les laissant seuls être humains visibles dans les quatre directions qu'ils pouvaient embrasser du regard. N'y tenant plus elle apostropha Antoine duquel elle s'était rapprochée.

— Tu es déjà venu ? Tu es sûr que c'est là ?

— Non, convint-il, je ne suis jamais venu.

— Et alors, comment tu peux être sûr, insista-t-elle alors que Jé-rôme s'était avancé pour entendre. Qu'est-ce qu'il y avait sur le mes-sage de Saverio ?

465

Antoine haussa les épaules.

— *Monumentum postremus S-OR. ursis completorium*, récita-t-il de tête en fixant encore une fois le portail.

— Et c'est tout ?

La voix d'Aurore venait de monter d'un cran, et Antoine jeta un regard presque désespéré vers Jérôme. Celui-ci le regarda un instant, s'attendant sans doute à ce qu'il lui donne des indications, puis, ne voyant rien arriver, et comme Antoine s'éloignait diplomatiquement vers les portails regardant à travers les barreaux, les engins de chantiers et outils entreposés devant le petit bâtiment d'accueil, Jérôme vint vers Aurore et traduit de tête.

— Le monument à l'extrême…Sud-Ouest et… R ?

— *Ab Septemtrione – Orienti*, au Nord-Est, reprit Antoine, avec un sourire naissant. Le monument, c'est un petit obélisque, ici à Gorizia. C'est celui qui est le plus au Nord-Est de l'Italie.

Jérôme jeta un coup d'œil à Aurore qui haussa les épaules, puis continua.

— Et, la clôture de l'ours ?

— Non non, répliqua Antoine en riant franchement. À complies chez les ours. » Il désigna le bandeau au-dessus du portail. » Les Ursulines quoi.

— Des sœurs, le coupa Aurore. Et complies c'est des prières.

— Oui, la prière du soir.

— Mais, c'est pas les vêpres le soir ?

— Normalement oui, admit Antoine en casant ses mains dans les poches de son costume d'été. Mais après il y a les complies, la dernière du soir, au coucher du soleil.

Aurore, de sa main ouverte, désigna le soleil comme s'il était un acteur entrant en scène.

— Mais là, il n'est pas encore couché.

— C'est vrai, admit-il encore, en regardant ses souliers comme un gosse pris en faute, alors que Jérôme essayait de retenir un sourire en poussant sur l'intérieur de la joue avec sa langue.

Aurore, qui s'était rapprochée d'Antoine, lui-même réfugié à côté de sa grosse valise, reprit, avec le sourire ravageur que Jérôme ne connaissait déjà que trop.

— À San-Lazzaro vous… disiez les complies au coucher du soleil, soit vers dix-neuf ou vingt heures en été ?

— Non, on avait établi des horaires, les vêpres à dix-sept heures et les complies à dix-huit. C'était plus facile pour nous, avec les expériences en cours et tout ça…

Antoine, qui avait relevé la tête, tomba sur le regarda d'Aurore qui flamboyait, alors qu'un sourire narquois pliait ses commissures. L'ancien moine, qui sentait venir la suite, ne put s'empêcher de jeter un regard à Jérôme mélangeant résignation et compassion. Déjà la jeune femme reprenait.

— Mais les… Ursulines, là-bas,» Elle désignait l'endroit par où les élèves étaient sorties. « ont d'autres contraintes, comme, donner des cours, par exemple, jusqu'à dix-sept heures et attendre les parents après, pour leur remettre leurs rejetons.

— C'est vrai, convint Antoine en riant. Elles doivent à peine finir les vêpres maintenant. Et leurs complies seront plus tard.

— On est arrivés avec une heure d'avance oui, explosa Aurore, alors que les deux autres se regardaient comme deux gaulois résignés à la chute du ciel.

Un grattement se fit entendre et le portail s'entrouvrit doucement, faisant tourner les trois têtes. Par l'ouverture, passa une tête coiffée d'un voile.

— *Perché gridate cosi forte ?*[41]

— *Scusi*, s'empressa Antoine en tirant déjà son bagage.

La sœur ursuline ouvrit un peu plus le portail et il s'engouffra à l'intérieur suivi de Jérôme. Aurore, redevenue silencieuse, passa la dernière rapidement devant la sœur, ignorant son regard légèrement réprobateur, avant qu'elle ne referme le lourd portail sur ses talons.

Ils se retrouvèrent accueillis par une ombre apaisante, aux milieux de matériaux de construction et d'engins de travaux, devant un bâti-

---

[41]   Pourquoi criez-vous fort comme ça ?

ment désert, qui avait dû être un commun contrôlant l'accès au convent, dans une vie antérieure.

— *Ci sono lavori… Svelto !*[42], coupa court la religieuse en trottinant déjà dans une allée qui paressait sous des frondaisons.

Ils parcoururent ainsi une centaine de mètres, la religieuse en tête, murée dans son silence, accélérant le pas dès que l'un d'eux faisait mine de la rattraper. Enfin ils débouchèrent sur une place, entourée d'un très grand bâtiment en forme de U, avec d'autres plus petits qui semblaient avoir été ajoutés avec le temps et s'égrainant vers l'est. Sans leur laisser une seconde de répit, la sœur ursuline entrait déjà dans l'aile droite, ouvrant la porte en bois à la volée, et grimpant les marches comme si elle s'entraînait pour un running sur la tour Eiffel.

Aurore arriva en premier, essoufflée, derrière la sœur qui attendait le dos tourné, à l'entrée d'un couloir qui donnait sur la partie droite de ce dernier étage. Par la cage d'escalier, elle voyait, un étage plus bas, Antoine qui portait sa valise par la poignée, assisté de Jérôme qui avait attrapé une roulette. L'Ursuline, à l'aide certainement d'une ouïe surdéveloppée, comprit que les deux hommes étaient enfin parvenus sur le palier, elle reprit sa course en tête, parcourut encore une vingtaine de mètres, et s'arrêta enfin devant une porte, saisissant la poignée, la tête basse, le regard sur la pointe de ses chausses, priant certainement pour qu'aucun de ces intrus ne lui adresse la parole.

Les trois voyageurs arrivèrent groupés, Antoine ouvrant la marche maintenant, plus proche dans l'esprit des autres des coutumes de ces lieux. La sœur, sembla guetter un instant si des bruits provenaient de l'intérieur puis toqua trois coups discrets et ouvrit la porte doucement.

Via Anonio Mighetti – Gorizia

La climatisation ronronnait toujours, moteur tournant, depuis qu'il s'était garé là, tirant avantage du désert qu'était ce bout de pro-

---

[42]   Il y a des travaux… Vite !

vince, Maximo, alias Armando pour cette mission, vérifia, dans son rétroviseur, si les *carabinieri,* ne revenaient pas. Ils étaient passés à sa hauteur, une demi-heure auparavant, le scrutant sans vergogne, alors qui feignait de lire un carte à l'ancienne, déployée sur son volant comme dans un film. Il l'avait repliée, posée sur le siège à côté de lui. Le même stratagème ne fonctionnait jamais deux fois, et même s'il était stationné sur un emplacement libre et autorisé, il savait que, quand ils repasseraient, parce qu'ils repasseraient par là, il aurait droit à une vérification d'identité, entamant inutilement sa couverture.

De toutes manières, se dit-il avec pragmatisme, les trois autres étaient rentrés chez les Ursulines, et allaient probablement y rester. C'était donc là la planque qu'ils avaient prévue, ou vers laquelle ils s'étaient rabattus, après avoir cambriolé le monastère de Vienne, d'après ses renseignements. Monastère qui était du même ordre que celui dont l'un d'eux était défroqué, ajouta-t-il en secouant la tête, comme s'il en discutait dans une soirée ou au café du Commerce.

Logiquement, la conclusion entraîna l'action. Il enclencha la vitesse et s'engagea sur la chaussée, trouva les petites rues qui lui permirent de faire le tour du domaine du couvent, cherchant des lieux d'observation ou de planque permettant éventuellement de contrôler les entrées et sorties, avant d'en arriver à la déduction que c'était impossible pour un seul, ou même deux agents. En fait, comprit-il en sifflant doucement, il fallait au moins une équipe de six hommes en permanence pour boucler le périmètre, soit une douzaine au total. Ce qui l'amena, en professionnel, à réviser son jugement sur les trois hôtes des religieuses. Finalement, avec le peu de moyens qu'ils avaient, ils avaient trouvé un refuge idéal.

Même si la solution ne lui plaisait pas, il allait devoir en référer à Rome. Heureusement, un protocole avait été prévu. Puis, en souriant, il s'engagea sur la via Trieste, en direction de l'A34, songeant à la chance dont il avait bénéficié à Ljubljana, d'avoir trouvé ces trois-là, alors qu'il avait perdu la trace des autres…

Piazzale Medaglie d'Oro – Gorizia – Italie.

La sœur, avec un geste presque éloquent, les avait fait pénétrer dans un grand dortoir, en voie de réaménagement semblait-il, en vue de recevoir des élèves dont le couvent semblait avoir besoin pour survivre en cette période de crise économico-religieuse. Antoine, qui fermait la marche, s'était tourné vers l'Ursuline en tentant son plus beau sourire.

— C'est San Lazzaro ? commença-t-il, bien vite arrêté par la sœur qui se retrancha derrière ses vœux de silence, en posant l'index de sa main libre sur ses lèvres.

Ensuite elle désigna instamment la pièce, paume ouverte, l'autre main commençant à refermer la porte. Avec résignation, Antoine fit rouler son bagage alors que la sœur lui faisait des signes inintelligibles, désignant la poignée. Larrieux, déjà à l'intérieur fronça les sourcils et haussa les épaules en signe d'incompréhension. La sœur sembla hésiter un instant, soupesant apparemment et très sérieusement plusieurs options, puis laissa tomber finalement.

— *Non chiudo, ma non dovano uschire, loro. Et puoi, faciamo silencio qui. La madre superiora passera tra un tempo*[43].

Elle avait alors poussé la porte sans autre forme de procès, et ils avaient entendu ses talons résonner en s'éloignant dans le couloir, les laissant là, un peu sous le choc les premières secondes, puis Jérôme réagit en premier, investissant une table au fond de la salle, contre un mur doté de prises, il avait commencé à sortir et brancher ses appareils. Aurore le regarda faire quelques secondes, puis piquée à vif, elle ramena en la tirant une table pour l'accoler à celle qu'installait l'archéologue alors qu'Antoine, qui s'était assis sur un lit à côté de la porte, les regardait faire de loin, les avant-bras sur les genoux. Très ra-

---

[43] Je ne ferme pas, mais vous ne devez pas sortir. Et puis non pratiquons le silence ici. La mère supérieure passera dans un moment.

pidement, ils eurent tout installé, et la jeune femme s'était retourné vers Antoine, l'apostrophant en approchant à grands pas.

— Et alors ? On a fait tout ça pour quoi ?

Il la regarda sans comprendre alors qu'elle se plantait devant lui, les mains sur les hanches. Enfin, un éclair de compréhension passa dans le regard de Larrieux qui désigna l'énorme valise.

— Ben oui, il est temps, fit Aurore en se saisissant de la poignée.

Elle redressa la valise sur ses roulettes, mitraillant Antoine du regard, dissuadant toute velléité d'opposition, puis la tira derrière elle jusqu'à leur plan de travail improvisé, Antoine retrouvant l'usage de ses jambes se mit à suivre la valise comme un enfant son cadeau de Noël confisqué.

Avec un luxe de précautions, les mains habillées de gants blancs en coton achetés en route, ils sortirent la malle de *Frater Fransesco Colonna* et la déposèrent doucement sur la table qu'avait installée Aurore. Dans une ambiance un peu irréelle, comme après avoir couru si longtemps après quelque chose l'on en arrive à penser, une fois atteint, que ce ne peut être qu'un miracle, ils l'ouvrirent doucement, redécouvrant vraiment le contenu à peine dévoilé à Vienne. Puis ils commencèrent à en extraire les éléments ouvrant des carnets de croquis rédigés en florentin, commentant brièvement un dessin ou déchiffrant sommairement une note d'accompagnement. Peu à peu, le dortoir s'était ainsi transformé en exposition sauvage, les pièces de musée qu'étaient les documents extraits de la malle se retrouvant partout, sur les tables, mangeant la place des ordinateurs et tablettes, débordant sur les lits mis à contribution, de place en place et de chaque côté des tables, jusqu'à la cinquième travée, dans une vaine tentative de donner immédiatement un sens à cette débauche de documents inestimables.

Antoine, par sécurité, avait coincé une chaise en biais pour bloquer l'unique porte d'accès, redoutant l'intrusion d'une sœur et les questions qui s'ensuivraient, alors qu'Aurore et Jérôme avaient repris leur ballet maintenant bien rodé, numérisant méthodiquement, gardant l'intérieur de certains codex pour plus tard, et suscitant de la part

d'Antoine un : « C'est comme ça que vous avez fait alors à Rome ? »,
les faisant rire, assurant qu'ils s'étaient améliorés entre-temps.

Et puis ils avaient commencé, étudiant ce qu'ils pouvaient comprendre, s'échangeant les informations ou explications. Antoine prit
une nouvelle feuille qu'il commença à lire, posant sa main gauche sur
la tête, comme un enfant devant un arbre de Noël.

— Écoutez ! leur dit-il. C'est du florentin et je traduis au fur et à
mesure. Ce doit être Colonna qui écrit : « Les forces du flux, qui
étaient repérées par les prêtres antiques, servaient à transporter la
prière par cette magie divine des temps anciens. Les lieux devaient
être disposés selon les formes sacrées, qui servaient à amplifier la
puissance des dieux anciens. »

— Les ondes de formes, dit Aurore en écho. C'est pour ça qu'il
donne toutes ces mesures dans son livre, pour recréer les rapports, à
défaut de langage mathématique.

— Exact, jugea Antoine, regardant Jérôme, comme pour l'encou-
rager.

Celui-ci leva un instant la tête, puis replongea dans la montagne
de documents en marmonnant :

— Mais on va en avoir pour des jours à voir tout ça, et il faut traduire du latin, voire de l'égyptien…

Il tenait un papyrus, les deux mains passées en dessous, le levant
pour que tous puissent le voir. Sur la pièce qui devait bien avoir trois
mille ans, on distinguait un serpent semblant sortir par le pied d'un
obélisque et ramper sous le sol sur lequel évoluaient des personnages.
Du soleil tombaient des rayons qui gagnaient le sol, ou étaient arrêtés,
comme captés par l'obélisque.

— On n'a pas l'équivalent sur les autres gravures qui nous sont
parvenues, constata-t-il, comme désespéré.

Antoine s'approcha et regarda le dessin sans oser le toucher, des
larmes perlant à ses yeux. Il sourit comme un enfant.

— Une vraie merveille, dit-il. Vous avez réussi…

— Mais tu as dit qu'il manquait quelque chose, insista Aurore.

— Et, vous avez tout ici pour finir, assura-t-il en montrant les documents étalés…

Trois légers coups donnés à la porte l'interrompirent, machinalement il lança un « *Si* » bourru permettant à deux sœurs, aussi loquaces que leur cicérone de naguère, d'entrer, portant chacun un plateau où des faitouts couverts dégageant un fumet irrésistible côtoyaient des assiettes empilées.

Elles déposèrent les plateaux sur la table la plus proche de l'entrée et s'échappèrent en silence. Antoine s'approcha mine de rien, souleva un couvercle et attrapa une cuisse de poulet qu'il dévora sur place. Puis s'essuyant les lèvres, il déclara, comme à regret :

— Vous m'en laissez un peu. Moi, j'ai à faire. Il y a des personnes que je dois absolument contacter.

— À *San Lazzaro* ? demanda ingénument Aurore.

Antoine hocha la tête, puis les regarda avec un air un peu triste. Aurore fronça les sourcils, demandant :

— Vous voulez-les-leur rendre ? » Elle désignait les biens de Colonna. « C'était ça notre destination en partant de Vienne, avant d'être… aiguillés ici ?

Antoine désigna les documents éparpillés de sa main droite, en penchant un peu la tête.

— C'est là-bas qu'ils seront le plus en sécurité. Et puis les choses ont évolué. Saverio m'a envoyé un message un peu vague alors qu'on était en route. Il semblerait que malgré certaines consignes, une faction, dont on ne connaît pas réellement l'ampleur, aurait décidé de continuer à nous pister.

— Le type qu'on a vu Ljubljana ? proposa Jérôme.

— Je crois oui, même si je n'arrive pas à comprendre comment il a pu nous retrouver. Et, même si on n'a revu personne depuis, ça ne veut pas dire qu'ils ne sont pas derrière nous. Peut-être même sont-ils déjà là, dehors ? » Il s'était approché de la fenêtre et il désignait l'extérieur. « Alors il faut que j'en sache plus. De toute façon on a probablement laissé un tas d'indices. Si les mekhitaristes de Vienne ont des soupçons, et vu mon passé ce serait somme toute logique, ils en feront appel à Rome, qui va commencer à normaliser ses positions, dès qu'il y aura un nouveau pape. En bref, nous devons agir maintenant, sinon ils risquent de nous pêcher ici-même.

— Et nous ? demanda Jérôme.

— Ça aussi il le faut savoir. » Il les regarda gravement puis finit : « Je reviens plus tard. D'ici là, vous aurez fait des progrès.

Il troqua son chapeau contre une casquette américaine, empocha deux smartphones, une tablette et, malgré l'interdiction de la sœur ursuline, sortit.

25

Piazzale Medaglie d'Oro – Gorizia.

Un trille lancinant se répétait en boucle perpétuant son état stuporeux. Au moment où elle en prit conscience, elle s'éveilla, ouvrit les yeux découvrant un plafond à la peinture s'écaillant alors que plus loin une sarabande de grains lumineux dansait dans un rayon de soleil. Puis cela revint, ces derniers jours, Vienne... Elle se redressa, s'asseyant d'un coup sur le rebord du petit lit métallique, redécouvrant en réel la pièce dont elle avait douté de l'existence pendant un court moment.

Là-bas, Antoine ronflait doucement, ses téléphones et tablette au pied de son lit, tandis que des reliefs du repas, qu'il avait dû consommer froid en rentrant, trônaient sur la table jouxtant son lit. Tout à côté d'elle, Jérôme marmonnait des mots incompréhensibles dans son sommeil. Ses pieds étaient nus, déchaussés probablement par Jérôme alors qu'elle avait dû s'écrouler sur les documents encore étalés sur la table. Elle posa le premier bien à plat, puis le deuxième, appréciant un moment la fraîcheur des tommettes à cette heure, puis trottina jusqu'à la bouteille d'eau.

Elle avait encore le verre en main quand trois coups résonnèrent à la porte. Machinalement, elle toqua sur l'écran de la tablette qui traînait là, et dont l'horloge numérique indiquait un vaillant six heures trente-cinq alors que Jérôme se levait d'un bond et lui lançait un regard où perçait l'inquiétude. Antoine, plus pragmatique, se retourna dans son lit, beuglant un « Quoi ? » inaudible.

Les coups reprirent, plus pressants semblait-il. Puis une voix de femme demanda :

— *Siete vestite* ?[44]

— *Si*, ronchonna Antoine en s'asseyant sur le bord de son lit alors que Jérôme bouclait sa ceinture.

La porte s'entrebâilla juste l'espace nécessaire pour qu'une tête voilée apparaisse, les joues rosies et yeux écarquillés fixant le plafond. La religieuse s'exclama, presque en chantonnant :

—Habemus papam ! [45]

Puis elle referma précipitamment la porte et l'on entendit son trottinement dans le couloir.

San Lazzaro degli Armeni – Venise.

Le père Di Grégorio raccrocha le téléphone pensivement et resta un moment à contempler le bout de lagune qu'il voyait dans l'échappée que lui permettait la fenêtre à ogive. Un vaporetto au loin glissait en direction du Lido. Plus près, une mouette rasait l'eau, cherchant de quoi subsister. Finalement il se leva et, de son pas trottinant, sortit, parcourut rapidement la galerie à colonnade et entra en coup de vent dans la salle du chapitre, éteignant d'un coup le brouhaha dont les

---

[44] Vous êtes vêtus ?
[45] Nous avons un pape !

échos moururent doucement en caressant les vieilles pierres déjà muettes.

Le père supérieur, pensivement, grimpa sur la minuscule estrade, et parcourut son auditoire du regard, s'arrêtant un moment sur Saverio, réprimant un sourire, et finissant sur les deux novices, les plus jeunes éléments de sa communauté dont il avait réuni tous les frères dans cette salle. Tous, sauf les trois qui manquaient bien sûr… Il leva la main, demandant l'attention qu'il avait déjà, et commença.

— Chers frères, j'ai des nouvelles…

Piazzale Medaglie d'Oro – Gorizia.

— Et alors ? demanda Jérôme.

Il prenait des notes directement sur son ordinateur, tandis qu'elle alignait un mot après l'autre, ligne sur ligne, de sa belle écriture. Pardessus son écran, il pouvait voir les feuillets de la jeune femme s'étaler, annotés de renvois clairs, le tout formant un ensemble harmonieux que lui n'avait jamais approché, même de loin. Elle leva les yeux, un sourire illuminant son visage, comme le premier jour à Rome, devant l'ascenseur.

— Je crois que j'ai quelque chose, mais il faut encore je revois les documents. Et toi ?

— J'ai formalisé tout ce que j'avais déjà vu, en corroborant avec ce que l'on a maintenant, » Il désigna du menton les pièces du frère Colonna. « mais pas plus. Tu as vraiment quelque chose, insista-t-il. Déjà ?

Elle haussa les épaules.

— C'est un peu tiré par les cheveux, mais c'est tout ce que j'ai, avec l'estomac sur les talons aussi.

Machinalement, il consulta sa montre qui indiquait presque dix-neuf heures.

— Mais qu'est-ce qu'il fait ? répéta-t-il pour la dixième fois.

Antoine était encore parti, après le déjeuner que leur avait apporté un peu tardivement les sœurs. Ils avaient passé la journée entière à travailler, cherchant sans relâche, et il leur semblait que plus ils fouillaient, plus il y avait à découvrir. Un peu découragé, il se leva et contourna la lourde table pour s'asseoir à côté de la jeune femme, regardant ses documents qu'elle faisait mine de cacher en riant. Elle prit la tablette à côté d'elle et fit défiler les photos des pièces de Colonna jusqu'à arriver à un document manuscrit, peut-être de la main même du moine. Elle grandit la partie centrale du document où l'on pouvait voir, tracée à la main, une spirale qui finissait en droite, comme le bâton d'Heka, et, au-dessus du centre de la spirale, un obélisque stylisé. À gauche de la spirale, Jérôme pouvait lire : AXIS, et à droite de l'obélisque : IN MEDIATATE SIGNI.

— Mais, c'est la devise de Sixte V, dans les prophéties de Saint Malachie ?

— Apparues un siècle plus tard, oui. Mais le plus important est là, regarde, il a traduit.

Elle fit apparaître la partie basse du document, où la même phrase était retranscrite en latin, avec, sur la ligne suivante, la traduction en italien de l'époque :

L'asso dello votice (serpantine) attraverso dello idolo.

Elle prit la feuille de notes qu'elle avait exhumée plus tôt et lui dit :

— Comme c'est quasiment identique à l'italien moderne, j'ai traduit sur le net. Ça donne : « L'axe du vortex, » Elle fit un geste de son index tourbillonnant vers le sol. « tu remarqueras qu'il a ajouté une autre traduction du mot : *"serpentine"*, le serpent, encore lui. Bon, on en était à : "L'axe du vortex, par l'entremise de l'idole." Ou plus simplement : "L'axe du vortex par l'idole". » Avec son index, elle désigna l'obélisque en précisant : « C'est ça l'idole, on pourrait dire aussi : la représentation. Et j'ai vérifié aussi, c'est bien une traduction possible de "SIGNI".

Jérôme resta un moment à regarder le document sur la tablette. Il souffla :

— Ça m'avait échappé… » Il leva la tête, regardant Aurore avec un nouvel air, comme un enfant devant le père Noël.

Elle haussa les épaules puis lui présenta d'autres documents, sur la tablette, ainsi que les feuilles sur lesquelles elle avait pris des notes. Il lut un moment et résuma :

— C'est ce que j'ai dit, ça : "Les obélisques plantés pour faire le lien entre les hommes et les dieux, captant les énergies universelles transitant dans les réseaux telluriques pour les concentrer vers les hommes et surtout leurs dirigeants, pour éloigner les forces néfastes aussi, comme cela est gravé sur les supports, comme cela est fait en magie, ou les incantations écrites transmettent la puissance du verbe."

— C'est vrai, et ça m'a amené aux réseaux telluriques et leur manière de fonctionner. Tiens regarde ! La résonance Schumann, que l'on a trouvé après notre passage à Ordication, dont les anciens ne pouvaient connaître la fréquence à 7.8 hertz mais qui en connaissaient les effets. C'est la fréquence de vibration de la terre, la fréquence que celle-ci émet et que l'on peut capter partout, ralentie ou accélérée en fonction du sous-sol, c'est la fréquence que toute vie sur Terre est obligé de connaître, parce que c'est la respiration de notre planète, qui donne le ton comme un diapason universel.

— Attends ! Attends ! la coupa-t-il.

Il se leva pour prendre son ordinateur avec lequel il ouvrit un logiciel qui lui servait à gérer ses notes. Il tapa un mot sur un index et une synthèse de document apparut dont il ouvrit la première occurrence.

— 7.8 hertz ! s'exclama-t-il. C'est la fréquence du cerveau humain conscient au repos. » Il cliqua plus bas. « Normalement, c'est la fréquence de l'être humain qui adresse des prières.

Aurore sourit.

— C'est la base, mais pas la panacée, parce tout est fréquence. Celle des réseaux et des courants telluriques tout d'abord, qui avaient certainement leurs propres noms dans l'antiquité.

— Aujourd'hui ils s'appellent entre autres réseau Hartmann, réseau Curry, réseau Sacrée ou lignes de Ley, enchaîna Jérôme. Et puis, il y a… » Il chercha un moment et un sourire apparut : « Voilà, dit-il, le granit rose — les obélisques antiques en sont faits — a une fréquence vibratoire de 5 hertz. Ce qui le qualifie, en science, comme matériau neutre. Aussi, les bancs de laboratoire, qui permettent certaines expériences, en isolant au mieux des vibrations sont fabriqués, depuis une bonne cinquantaine d'année, en granit rose.

Il releva la tête, la regardant avec un drôle d'air.

— Quoi ? demanda-t-elle.

— Rien.

— Tu te fous de moi…

— Pas du tout. Bien au contraire.

— Parce que j'ai compris tout ça ?

— Oui, convint-il, avec un sourire ravi.

— Tu me prenais pour une godiche alors…

— Mais…, commença-t-il, avant de voir le sourire dans les yeux d'Aurore. Mais, tu n'en sais pas plus, la taquina-t-il.

Elle haussa les épaules en masquant un rire de sa main, avant de reprendre.

— En tout cas, les champs telluriques ont été étudiés, et leur fréquence varie entre 140 et 440 hertz. Et il y a aussi les champs magnétiques, les courants électromagnétiques, etc.

— À chaque fois on en revient à une fréquence, donc.

— Oui, résuma-t-elle.

Elle jeta un bref coup d'œil aux affaires d'Antoine, puis à l'heure sur son ordinateur, se leva et fouilla un peu dans son sac, sortant un genre de pain d'épices acheté la veille à Zagreb, le déballa et commença à ingurgiter goulûment tranche après tranche, en proposant à Jérôme.

Elle se préparait à ajouter quelque chose quand la porte de la chambre s'entrebâilla doucement, laissant la place à la tête d'Antoine, un sourire jusqu'aux oreilles.

— Tout va bien ? demanda-t-il. Vous êtes présentables ?

— Par sûr, répondit Jérôme, en désignant Aurore du menton.

Pour toute réponse, il reçut une boulette de papier.

— On a faim ! cria Aurore déclenchant le rire d'Antoine.

— Vous n'avez pas mangé ?

Il feignait l'étonnement, comme un carabin fourbit sa blague. Pour toute réponse, Aurore lui envoya aussi une boulette de papier, qu'il reçut sur la tête.

— On doit ranger tout ça d'abord, leur dit-il.

— On s'en va déjà ? s'étonna Aurore. Et où va-t-on à cette heure-ci ?

— Pas loin, promit Antoine en regardant la nuit tomber derrière les fenêtres. On mangera là-bas.

Maximo enleva ses écouteurs et débrancha ses appareils, laissant seulement le rayon laser invisible pointé sur un carreau de la fenêtre où les trois autres s'activaient. Il contrôla la qualité en écoutant sans hâte quelques secondes de l'enregistrement. Apparemment les Français se préparaient à partir, et il espérait que, comme tout fugitif, ils le feraient à la nuit tombée, le rendant un peu plus invisible pour évacuer cet endroit où c'était un miracle qu'il n'ait pas été repéré, malgré le filet de camouflage qui avait déployé. Machinalement, il jeta un coup d'œil au mur d'enceinte, mitoyen avec la caserne des carabiniers, réprima un sourire par superstition, et envoya sa collecte à Rome par le net sécurisé de Bucceri.

La boîte mail de la mission était aussi vide que le matin même, lui faisant un moment douter que le patron du SIV s'intéressât vraiment à son intervention, puis il haussa les épaules. L'autre lui avait souligné plusieurs fois le côté confidentiel de la mission, et Bucceri n'était pas vraiment du genre à parler dans le vide, et puis Rome était en ébullition ces jours-ci. Aussi ne se formalisa-t-il pas davantage de l'absence de réponse à sa demande de renfort. De toute manière, l'enregistrement était déjà transféré.

Un bruit lui fit comprendre qu'il s'était assoupi, l'écouteur sur les oreilles. Là-haut, les autres fermaient la porte. Il plia tout en un temps record, enveloppa le laser et le matériel électronique dans la bâche, fourra le tout dans son sac à dos qu'il jeta sur l'épaule et regagna la route en quelques bonds. Sans réponse de Rome, il continuerait tout seul.

Piazza San Franscesco d'Assisi – Gorizia.

Avant de tourner dans la *via Silvio Pellico,* Jérôme regarda une dernière fois derrière eux et déjà enveloppé par la nuit, le couvent des Ursulines où ils avaient séjourné, tributaires des obscures tractations qui se faisaient sans eux, quelque-part entre San Lazzaro et Dieu savait où. Ils continuèrent ainsi, sur la même voie qui changea plusieurs fois de nom, avant de tourner sur la *via Vittorio Veneto,* pour finalement arriver, affamés, tirant leurs bagages dans une débauche de bruit de roulettes, sur une petite place, dédiée à saint François d'Assise semblait-il. Antoine s'approcha d'une lourde porte, flanquée d'un pilier sur lequel était fixé une plaque à l'inscription minimaliste de : *Convente di Santa Maria Assunta,* puis il actionna un antique heurtoir dont le bruit résonna un moment sur la placette, bientôt remplacé par un bruit de semelle heurtant le sol d'un pas nerveux. Jérôme regarda instinctivement les pieds chaussés d'Aurore qui lui envoya un petit coup de poing sur l'épaule alors que la porte s'ouvrait silencieusement, laissant apparaître un frère, vêtu d'une épaisse robe de bure marron, qui leur fit signe de le suivre, comme l'avait fait la veille la sœur ursuline.

— Ce sont des Capucins, chuchota Antoine à l'intention du couple, s'attirant un regard noir du religieux dont le nœud de la corde qu'il portait en guise de ceinture lui battait la jambe droite tous les deux pas.

Dans une impression de déjà-vu, ils arpentèrent un autre parvis suivi d'autres volées d'escaliers et d'autres couloirs pour finalement arriver devant une porte pas trop différente de celle de leur dernier refuge, si ce n'est qu'ici il n'y avait aucune trace de rénovation, la décoration n'ayant sans doute pas changé depuis l'époque où le couvent faisait partie de l'empire austro-hongrois. Le religieux toqua discrètement deux fois puis l'ouvrit presque immédiatement après, les invitant à entrer.

Aurore porta la main à sa bouche, pour étouffer un cri. Là, dans la pièce où ne brillait qu'une lampe murale au-dessus d'une table en bois, du même fabriquant probablement que celle qu'ils avaient quittée dans l'autre couvent, et qui avait peut-être même équipé chaque foyer de cette petite ville, trois hommes se tenaient debout, semblant s'être levés précipitamment, quelques papiers dispersés sur le plateau de bois ciré à en être lustré. Médusés aussi, et avec une lueur de crainte dans le regard, ils levaient la tête vers les nouveaux arrivants.

Les deux groupes restèrent ainsi interdits un moment, puis Antoine, s'avançant sans un mot, étreignit Silvio dans ses bras, comme un ours de cirque son dompteur, qui en l'occurrence fermait les yeux, semblant retenir quelque chose par pudeur. Enfin Antoine le libéra et, doucement, il s'approcha du couple qui se tenait toujours sur le pas de la porte, toisés par le frère capucin mutique qui semblait gêné par ces débordements. Dès que le couple eut passé le seuil, entraîné par Antoine, il referma la porte derrière eux, pressé, semblait-il, de se débarrasser de la plus désagréable corvée de la décennie.

Silvio, alors que ses lèvres tremblaient légèrement, comme agitées de tics nerveux, saisit les mains d'Aurore, constatant.
— *Siete vivi...*[46]
Puis, les tremblements augmentèrent un peu et gagnèrent ses yeux en lutte depuis un moment, les humidifiant. Aurore le prit dans ses bras, ajoutant.
— Nous aussi, nous nous sommes fait du souci pour vous.
Il se recula un peu pour la regarder, ses yeux séchant, puis se tourna vers Jérôme, lui mettant une main sur l'épaule.
— *Ma che fastidi che ci a dato quello-là.*[47]
Jérôme se raidit un peu, puis, sentant le rire de l'autre arriver, se détendit, riant lui aussi, alors que Silvio, entre deux hoquets, poussait du coude Enzo qui s'était approché, comme le feraient deux collégiens.
— Et les combinaisons des mallettes, vous ne savez pas les changer en France ?

---

[46]   Vous êtes vivants...
[47]   Mais quel souci il nous a donné celui-là.

De sa main droite, il prit celle de Jérôme puis de la gauche saisit celle d'Aurore, avant qu'elle n'ait eu le temps de l'escamoter.

— Mes deux chercheurs, souffla-t-il dans un français parfait.

— Vous !… commença Aurore.

Silvio rit, alors que Jérôme demandait :

— Pourquoi est-ce que vous nous avez tout de suite pris en sympathie ?

— Ceux qui cherchent avec le cœur pur sont déjà sur la voie de Dieu », répondit Silvio, serrant toujours la main de l'archéologue et le regardant dans les yeux, comme s'il retrouvait un proche perdu de vue ou égaré. « Et c'est ma mission première sur Terre, aider les chercheurs… car pour moi, ils cherchent Dieu.

Enzo ouvrit ses grands yeux candides en regardant son mentor, découvrant sans doute à cet instant encore une facette de sa personnalité qui lui avait échappé jusque-là. Silvio entraîna Aurore vers la malle d'Antoine et lui demanda.

— Alors vous avez réussi ?

Elle répondit par un éclat de rire, regardant Jérôme, puis Antoine qu'elle désigna du pouce, comme si elle faisait du stop.

— C'est grâce à son plan, pouffa-t-elle, imitée par Jérôme, alors qu'Antoine mimait la moue.

N'y tenant plus, il se baissa pour attraper les poignées, devancé par Enzo qui posa la malle comme une plume sur la table de bois.

Ils s'affairèrent tous, sortant les pièces inestimables dans l'ordre où elles étaient et les étalant sur les lits inoccupés à proximité immédiate de la table. Puis quand ils eurent fini, un silence s'abattit sur le petit groupe, le genre de silence sans doute qui succède à une bataille décisive, quand les survivants se comptent. Silvio comme un vieux général qui n'osait plus croire en la victoire, passait dans les travées commençant à prendre un document après l'autre, puis tomba à genoux, des larmes coulant sur ses joues.

— Quelle merveille ! Quelle merveille ! » répétait-il en passant d'une feuille à l'autre, d'un rouleau à l'autre, entrouvrant les codex avec les prévenances d'un jeune marié.

Il se tourna vers le couple et leur demanda :

— Comment vous remercier ?

Les deux amoureux se regardèrent un instant, puis Aurore répondit, avec l'air sérieux qu'elle savait prendre :

— On trouvera bien…

Cité du Vatican – Rome.

Le Saint-Père consulta avec un sourire les derniers rapports qu'il avait demandés, dont l'un provenait du Secrétaire d'État qu'il avait nommé le matin même. Rompant quelque peu avec le protocole, il décrocha son téléphone et l'appela lui-même.

— Bureau du Secrétaire d'État, commença le correspondant.

— Je sais, je sais, le coupa le Saint-Père. Passez-moi Battisti.

— Saint-Père ! s'étouffa l'autre au bout du fil. Je vous passe le Secrétaire d'État.

Il n'y eut même pas la distraction du déclic comme cela se passait avant, remarqua le Saint-Père, juste avant d'entendre le Cardinal Battisti.

— Sa Sainteté, que me vaut l'honneur ?

— Votre rapport, sur l'affaire, là, vous savez. C'est bien, vous avez compris ma manière de voir. On va continuer dans ce sens, je vous fais confiance.

Il raccrocha et Battisti resta un moment songeur. De toute évidence, constata-t-il, il lui fallait tenir compte de l'évolution de la situation, et il n'y avait plus de place pour ça. Il sortit son smartphone, composa un numéro dont il savait que personne ne décrocherait et laissa un message d'apparence anodine.

Langley – Virginie.

De : Secrétariat d'État
À : Section 4 Div. Europe Occidentale

Objet : Remerciements
Le nouveau Secrétaire d'État tient à remercier votre département pour l'aide qu'il a pu apporter dernièrement à nos services, dans un dossier heureusement clos maintenant.

Pour le Secrétaire d'État, son chargé de communication, le cardinal Pedrozzi.

Le mail était concis, clair comme une fin de non-recevoir, d'un style presque télégraphique. Un mail de remerciement, tout au moins c'est comme ça qu'il se présentait. En fait, enragea John Mac Layne, ils me disent qu'ils ont compris mon jeu, et ils se foutent encore de ma gueule, avec la politique du nouveau pape. À la seconde où son téléphone de bureau sonna, il se rappela que son directeur, depuis leur dernière entrevue, recevait une copie des mails provenant du Vatican. Il décrocha avec un sombre pressentiment.
— John, susurrait son directeur. Pouvez-vous passer dans mon bureau ? Ah oui ! Laissez le vôtre tel qu'il est…

Oziorsk – Oblast de Tcheiliabinsk – Sibérie occidentale – Russie.

— Tu crois que je peux ?
Kolya haussa les épaules.
— Si tu ne le fais pas et qu'il s'avère plus tard que ce pouvait être crucial, je ne crois pas qu'il appréciera.
À la fin de sa phrase, il avait levé les yeux vers le plafond, comme le faisaient les prêtres catholiques qu'ils étudiaient par cybernétique interposée, déstabilisant un peu plus Igor, pour qui les arcanes des sphères où ils évoluaient lui semblait par trop invraisemblables. Déjà qu'il ne comprenait rien aux popes, et encore moins à tout ce renouveau de la religion en Russie, depuis quelque temps, là les dogmes et coutumes des hautes sphères du catholicisme le laissaient le plus souvent pantois, comme immergé sur une planète de la galaxie Star Wars. Puis il comprit que l'autre, le charriant, venait de désigner ainsi Loba-

486

nov, qui à leur niveau avait sans doute autant de pouvoir que le Créateur pour les cathos.

Ses doigts coururent quelques secondes sur le clavier, puis il attendit, un peu anxieux, fixant son écran dans l'espoir et la crainte d'une réponse. Après cinq minutes de ce régime, pour s'occuper, il reprit les fichiers s'essayant à plusieurs genres de traitements, tentant de les scinder, compte tenu de leurs tailles, pour faciliter le décryptage en isolant les éventuels fichiers vidéo ou audio du reste.

Une main se posa sur le dossier, le faisant sursauter en se retournant.

Lobanov était là, son sourire entendu collé aux lèvres qui s'entrouvrirent à peine.

— Expliquez-moi pourquoi vous avez besoin de l'Oméga ?

Igor ne put s'empêcher de jeter un bref regard de naufragé à Kolya qui se concentrait sur ses écrans avant de revenir sur Lobanov. Pour lui parler en le fixant, il était obligé de se tordre le cou derrière et vers le haut, n'osant reculer sa chaise pour prendre du champ, la main de l'autre toujours posé sur le dossier. Il bredouilla.

— Ce sont des fichiers cryptés du SIV.

Puis, pour revenir sur son terrain, il pianota un peu et désigna des lignes sélectionnées sur son écran. Probablement compatissant aux gouttes de sueur perlant sur le front du hacker, et allant au plus efficace, Lobanov tira un fauteuil de bureau devant le pupitre d'Igor, tout en interrogeant Kolya du regard. Celui-ci fit un signe d'assentiment, hochant la tête en baissant les yeux, pour lui indiquer qu'il ne perdait peut-être pas de ce temps qui semblait si précieux.

Igor, comprenant que l'autre lui en demandait vraiment d'avantage, cliqua sur un des fichiers, inondant l'écran de signes cabalistiques, incompréhensibles.

— Ils utilisent des clés à 4096 bits sur un corps mathématique ressemblant à du Diffie-Hellmann…

Lobanov avait levé la main pour l'interrompre, l'autre reprit.

— Ce sont les dernières techniques de cryptage, et avec ce matériel », Il désignait la salle autour de lui. « même s'il est à la pointe pour le reste, cela prendrait beaucoup, beaucoup, beaucoup de temps.

L'oligarque le fixa un moment, puis demanda.

— Ces sources, qu'est-ce que c'est d'après vous ?

L'autre fit apparaître une carte du nord-est de l'Italie, centrée sur la Vénitie, où des points rouges apparaissaient.

— Après que le groupe des moines ait été éloigné de Venise, et lorsque l'on s'est aperçu que les trois français ne seraient pas au rendez-vous de la gare Santa-Lucia, on a scanné les environs en se disant que peut-être ils n'étaient pas loin quand ils ont été déroutés.

Il se détourna un instant de son écran pour jeter un coup d'œil sur Lobanov. Celui-ci fit de même le regardant avec un air indéfinissable. Alors que de l'autre côté de la travée, Kolya s'était arrêté de tapoter son clavier, évaluant les explications de son collègue. Igor reprit.

— Des échos d'appareils ont été repérés, qui donnait un schéma directionnel.

Il avança la main désignant vaguement une ellipse au-dessus de Trieste.

— Des possibilités ? avança Lobanov.

— Des probabilités plus qu'avancées pour les pistes que nous avons suivies. Un schéma certain même, entrant dans un modèle de base de repli, répertorié dans les logiciels des services de renseignements.

Lobanov laissa échapper un fin sourire, faisant comprendre à Igor que ce dernier savait précisément avec quel matériel ils travaillaient.

— On est alors parti de l'hypothèse que, malgré les apparences, quelque chose, ou plutôt quelqu'un leur avait fait peur, avait dérangé les deux groupes en route vers Venise suffisamment pour qu'ils cherchent refuge ailleurs. Sans doute provisoirement.

Il se tourna vers Kolya, probablement pour lui rendre justice. Celui-ci intervint brièvement.

— On a trouvé, un candidat.

Igor s'activait déjà sur son écran. Une photo apparut. Une vue aérienne dont Lobanov savait qu'elle provenait d'un satellite piraté. On voyait une construction importante, probablement du dix-neuvième siècle, en forme de U. Sur le coin droit supérieur des clichés s'étalaient des suites de chiffres, suivie d'une date et d'une heure GMT indiquant que la prise de vue avait moins de deux heures. Igor agrandit encore un secteur et l'on vit apparaître, masquée du voisinage par un filet de camouflage tendu à la verticale, une forme humaine à genoux devant un ordinateur posé sur une mallette, à même le sol, alors que sur le côté un appareillage était planté en terre.

L'image, dont l'angle avait varié, s'agrandit encore et l'on pouvait distinguer les trait de l'homme qui avait levé la tête en direction des fenêtres du bâtiment.

— On sait qui c'est ? demanda le milliardaire ?

— Maximo Albenga de son vrai nom., intervint Kolya en lisant sur son écran. Un mercenaire qui travaille souvent pour le SIV, avec un casier judiciaire long comme un jour sans pain.

— Et c'est lui qui a envoyé… ça ?

Il désignait vaguement l'écran d'Igor.

— Sur un serveur installé directement au Vatican, répondit celui-ci.

— Le SIV ?

Les deux hackers hochèrent la tête de concert.

— Et là cela vient de reprendre, un peu plus loin, compléta Kolya en désignant une photo satellite de Gorizia où deux point avaient été matérialisés à quelques centaines de mètres l'un de l'autre. Apparemment, ils se sont déplacés.

— Une autre transmission ?

— Pas encore, il s'est juste connecté. S'il procède comme la première fois, il transmettra quand il aura de la matière.

Lobanov sourit légèrement, laissant son regard errer sur les baies vitrées, jusqu'à ce que Kolya, apparemment très agité, l'appelle :

— Monsieur Lobanov, s'il vous plaît…

L'homme qui avait le quasi-monopole de l'énergie sur cette partie du continent leva la tête en fronçant les sourcils, plus trop habitué, depuis une dizaine d'année, qu'on l'interrompe. Kolya désigna son écran, l'air presque contrit :

— Un appel, pour San Lazzaro, à votre niveau de sécurité.

Le milliardaire fixa Kolya deux secondes entières, jouissant semblait-il du moment. Lui seul pouvait écouter l'appel que le hacker venait d'intercepter. Il se tourna un instant vers Oleg, toujours avec son petit sourire aux lèvres, laissa tomber l'un de ses rares « Bon boulot » puis fit deux pas jusqu'à l'écran de Kolya. Ses yeux brillèrent un instant alors que l'index de Kolya lui désignait le nom de l'appelant sur l'écran. Sans un mot, Lobanov chaussa ses oreilles d'un casque audio. Il parlait couramment l'italien, ainsi que cinq autres langues. Debout devant la banque en formica, entre Kolya et Igor, il écouta l'échange qui avait lieu entre Rome et Venise en regardant à travers l'immense baie vitrée qui lui faisait face.

Là-bas, à un kilomètre environ, les points aussi minuscules que des fourmis étaient rentrées à la tombée de la nuit. Les géomètres, seuls dans l'immense chantier provisoirement interrompu, prenaient inlassablement leurs mesures lasers. Même à cette distance, Lobanov pouvait les voir cheminer maladroitement toute la journée, glissant quelquefois dans la débauche de terre retournée s'étendant presque à perte de vue. Et, lorsqu'ils se déplaçaient d'un point de relèvement à un autre, la jeep militaire peinait lamentablement, charriant des kilos de boue collante enrobant ses roues d'une gangue implacable. Collante et tenace, la bourbe arrivait même quelquefois à emprisonner les essieux, obligeant les équipes techniques à intervenir pour dégager ces naufragés terrestres.

Tout en écoutant le père Di Grégorio converser avec son interlocuteur prestigieux, Lobanov revint sur les derniers jours, depuis que son équipe à Rome avait remarqué ce drôle de bonhomme, passant son temps entre les obélisques et la bibliothèque des Archives Secrètes. Il avait donné des instructions en conséquence et ses hommes avaient découvert que ce Silvio Ruffrano, moine scientifique, disposait d'un laissez-passer privilégié, lui donnant les même accès aux informations que le pape lui-même. La priorité avait alors changé et Silvio avait été l'objet d'une attention particulière, jusqu'à l'arrivée de l'archéologue français après laquelle les choses avaient encore évolué, donnant un coup d'accélérateur inespéré à son projet, lui-même étant obligé d'en redéfinir les priorités chaque jour.

Le projet... Quand avait-il commencé ? En fait, rectifia-t-il, quand en avait-il eu l'idée ? Il avait probablement eu le déclic après avoir vu, dans la banlieue de Moscou, une pyramide, haute d'une quarantaine de mètres, plus pointue que celle d'Égypte. En réalité, la forme se situait entre la pyramide et l'obélisque. Par curiosité, il avait demandé de se renseigner là-dessus. Et puis il avait oublié, jusqu'à ce qu'il reçoive le dossier complet que lui avait préparé son bureau. Plus d'une vingtaine de pyramides en Russie, formant des alignements. Et, quand il avait essayé d'en savoir plus auprès de ces constructeurs, on lui avait fait des réponses évasives : recherches scientifiques, médicales, allant même jusqu'à évoquer la fabrication d'antibiotiques...

Au tout début, quelqu'un avait émis l'hypothèse que l'on avait peut-être affaire à une nouvelle source d'énergie, son domaine. Et puis, avec son instinct inné, il avait compris qu'il s'agissait de tout autre chose.

Alors il avait commencé à constituer sa propre équipe, qui elle, avait très vite fait le rapprochement avec les obélisques qui couvraient la planète, jusqu'aux centres de pouvoir des Américains. Ensuite, tout naturellement, cette équipe s'était intéressée à l'Égypte, et puis à Rome, par voie de conséquence, qui avait procédé dans son histoire aux deux plus grandes concentrations d'obélisques depuis Héliopolis. Rome qui avait commencé à en ériger dans l'antiquité, et qui avait repris à l'époque moderne, depuis plus de quatre cents ans maintenant.

Il avait donc organisé ses opérations, à Rome tout d'abord, pour comprendre ce qui pouvait l'être. Comprendre en premier que ce qui caractérisait ça — sans pouvoir encore le nommer —, c'était la chape de silence qui pesait dessus. Et puis, plus tard, quand il commença à comprendre ce qui était en cause, il avait alors fait entrer le projet dans sa phase actuelle, proprement pharaonique. C'est à ce moment-là qu'il avait installé son centre ici, à Oziorsk, ville fermée depuis la guerre froide.

Pour pouvoir s'établir ici, dans cette zone protégée par l'armée, il avait bien évidement bénéficié des appuis que procure l'argent, dont il pouvait ouvrir les vannes à flot quand c'était nécessaire. Il avait dû arroser Moscou tout d'abord, et leur faire croire qu'il s'occupait d'énergies nouvelles, dont les recherches nécessitaient un endroit tel que ce-lui-ci, dans la zone protégée de la ville fermée et à une trentaine de ki-lomètre à l'ouest de celle-ci, en plein désert sylvestre. Ensuite...

La conversation touchait à sa fin, sur un accord de principe entre les deux hommes. Lobanov rit intérieurement en pensant à la tête qu'aurait fait l'interlocuteur de Rome, en voyant le paysage qui s'éta-lait dehors, avant l'intervention de Talya Valééva, trois mois aupara-vant. En à peine quelques mois, après son installation ici, ses engins de chantier avaient reconstitué la topographie de Rome, sans les bâti-ments bien sûr. Juste les reliefs... et les obélisques, qu'ils avaient taillés ici, faisant venir les blocs bruts de granit rose de la carrière de Soloshinskoye, en Ukraine, par convois spéciaux.

Et puis il y avait eu Talya, qu'il avait découverte dans la péninsule du Yamal, à l'extrême nord sibérien, qui signifiait « bout du monde » dans le dialecte nenets, parmi lesquels la vieille femme était la plus grande *tadebeya*. Contre toute attente, cette femme qui vivait dans le dénuement le plus total, complètement réfractaire à toute collabora-tion basée sur l'argent, cette femme donc avait décidé de le suivre quand il était venu le lui demander en personne. Il lui avait proposé sa collaboration, lui exposant son projet, traduit mot à mot par ce Va-lentin qui accompagnait toujours Talya depuis lors.

Elle avait seulement imposé son rythme de travail, refusant quel-quefois ce qui ne lui convenait pas, tout simplement, toujours soute-nue par Lobanov que le caractère trempé de la *babouchka*[48] amusait. Trois mois auparavant, elle avait bien convenu qu'il y avait quelque chose, mais lui avait conseillé de faire autrement, pour que cela soit « plus fort ». Il avait alors fait déplacer les obélisques aux endroits qu'elle lui indiquait tandis que son équipe scientifique bataillait avec les capteurs, engrangeant leurs résultats dans leurs bases de données.

Et puis, à son retour de Rome, elle lui avait simplement dit que là-bas, c'était fort, aussi. Fort de la manière qu'elle désirait quand elle lui avait conseillé les premières modifications, mais que c'était aussi « dé-licat » comme ça l'avait été aussi ici, à Oziorsk, auparavant, avec la

---

[48] Vieille femme russe.

première implantation des obélisques. Enfin, et c'était ce pourquoi il avait décidé d'arrêter les déplacements des derniers obélisques, elle lui avait expliqué, avec ses mots, qu'il y avait encore autre chose, de beaucoup plus important. Elle avait dit ça avec des yeux qui brillaient.

Et puis, quand il lui avait demandé à quel point c'était important, elle avait levé les bras au ciel, en regardant un pied qu'elle levait au-dessus du sol d'une vingtaine de centimètres — pour indiquer où en était leur projet ici, avait compris Lobanov. Enfin, quand il avait voulu savoir ce que c'était, elle avait parue un peu perdue, levant les paumes des mains. Elle avait seulement fait répéter à son traducteur un mot, qu'elle répétait toujours dans son dialecte. « Ailleurs, ailleurs, ailleurs… »

Il revint à la salle de contrôle en s'apercevant que là-bas, en Italie, la conversation était terminée depuis une bonne minute. Il ôta son casque devenu inutile, le posa à côté de Kolya et fit apparaître un portable, comme un magicien sur scène, tapota deux fois dessus, parlant presque immédiatement.

— Donnez l'accès à l'Oméga pour… » Il consulta du regard les deux hackers. « … deux heures ? » Les hackers, n'en revenant toujours pas hochèrent la tête vigoureusement, alors que Lobanov mettait fin à la communication.

Il se dirigeait vers l'ascenseur quand il leur précisa, sans se retourner.

— Cet ordinateur quantique est un prototype unique au monde, alors prenez en soin.

Les deux autres mitraillaient déjà leurs claviers à la vitesse de la pensée.

Vatican – Rome.

Depuis la veille, il n'avait pas eu un instant à lui, entre le conclave, la sécurité du nouveau Saint Père à assurer et les préparatifs de son apparition, il semblait évoluer dans un tourbillon qui l'avait rassuré, après le doute qui l'avait assailli auparavant. Enfin, il s'assit à son bureau, les dernières consignes apparemment en application par tous les intervenants à qui il avait affaire, des Gardes Suisses à la police vaticane en passant par les représentants de la police italienne.

Il commença à vérifier ses boîtes mails courantes, méthodiquement, annotant pour le lendemain. Puis il passa aux boîtes éphémères s'arrêtant sur celle de Maximo, qui demandait du renfort à Gorizia (Gorizia !...). Il répondit, demandant de temporiser, quand il repensa à la boîte vocale "confidentielle" de Battisti. Sans trop y croire, Bucceri composa le numéro en se déconnectant du net.

Quelques secondes après, alors qu'il écoutait la voix du nouveau Secrétaire d'État, un mail arrivait sur une des boîtes qu'il venait de consulter, lui annonçant l'arrivé de fichiers sur son serveur.

Piazza San Franscesco d'Assisi – Gorizia.

La nuit, dehors, avait dévoilé un ciel piqueté de milliards d'étoiles qui semblaient captiver Enzo, assis sur le rebord de la fenêtre grande ouverte, avec en point de mire, à l'intérieur, ses trois compagnons, et, plus loin, le couple de français qui finissaient d'engloutir une demi-tonne de nourriture.

— Mais quoi ? réitéra Aurore, en s'essuyant les lèvres, fusillant Jérôme du regard.

— Tu avais faim, répondit-il prudemment en feignant de s'intéresser à sa tablette, alors qu'Antoine faisait un clin d'œil à l'adresse de Silvio.

N'entendant pas vraiment de réponse, Jérôme risqua un regard du côté d'Aurore, qui, les bras croisés, le fixait avec deux rayons lasers réglés sur désintégration. Le rouge lui vint aux joues, tentant d'éluder.

— Ben, tu n'as pas perdu l'appétit.

Il montrait les reliefs du repas sur lequel ils s'étaient littéralement jetés tous deux quand on le leur avait apporté un peu après être arrivés, Aurore faisant la course en tête, reprenant deux fois de chaque plat, poussant les lasagnes au four avec une salade variée, faisant elle-même place à un rôti d'agneau entraînant un baba au rhum maison à sa suite.

Les autres se reposaient ou discutaient allongés sur les lits en fer qui grinçaient quand l'un ou l'autre se retournait pour faire face à un interlocuteur. Mais, pour l'instant, les grincements s'étaient tus, ainsi que les conversations *sotto voce*. Les quatre hommes, discrètement, s'étaient tournés vers le couple, comme les supporters le sont par une action en cours. La jeune femme tourna aussi vers eux un regard d'abord courroucé, suivi d'une percée timide d'un sourire en coin, gagnant en force, et, finalement, comme Jérôme lui avait souvent vu le faire, Aurore porta la main droite devant la bouche tentant dérisoirement d'arrêter un fou-rire qui ne tarda pas à lui brouiller la vue de larmes. Elle se tourna vers l'archéologue, et, entre deux hoquets, plaça :

— Mon Dieu, Jérôme ! C'est de ta faute.

— Comment ça ?

— Tu n'avais qu'à te débrouiller pour nous trouver à manger…

— Mais… » commença-t-il à protester avant de s'arrêter. Elle le charriait encore, le sourire mutin, entraînant celui de Jérôme qui avait déjà capitulé, commençant à débarrasser, bientôt suivi d'Antoine et d'Enzo qui avait insisté pour se charger de la vaisselle, la lavant précautionneusement dans le petit évier, alors qu'ils sortaient leurs documents de travail. Puis ils allumèrent leurs appareils, s'étalant bientôt sur toute la table.

— Ça, là ?

Avec la gomme d'extrémité d'un crayon, Jérôme désignait quelque chose sur l'écran de l'ordinateur que manipulait Aurore. Elle acquiesça d'un léger hochement de tête et fit défiler quelques pages, obligeant les gisants à se lever pour regarder eux aussi, s'asseyant de biais sur les pieds de lits alignés derrière les deux Français, afin de voir les images qu'ils avaient récupérés après leur séjour dans les locaux d'Ordication, à Paris. Des pans de géographie, sur lesquels avaient été matérialisés des flux parcourant les cartes où même les paysages, suivis de séries de tableaux alignant des chiffres et de graphiques divers.

— Les champs magnétiques, les courants électromagnétiques, etc. À chaque fois on en revient à une fréquence, qui est le dénominateur commun de tous ces champs mesurables, même de ceux que la science réfute.

— Mais la fréquence n'est qu'une vibration, coupa Jérôme.

— Oui, appliquée à un support, elle devient ainsi le seul phénomène compris et admis universellement, à tel point que même sur Mariner, la sonde envoyée comme une bouteille à la mer, le seul moyen de nous repérer est un ensemble de fréquences stellaires graphiquement reproduites.

Elle fit apparaître l'image connue de l'humanité entière, avec le couple nu dont l'homme lève la main devant la parabole du vaisseau, avec des séries de traits et points partant d'un même centre et allant dans plusieurs directions.

— Ah oui ! s'exclama l'archéologue tout en pianotant sur son ordinateur. Mais, les anciens avaient du mal à connaître ou à mesurer des fréquences autres que celle d'un caillou jeté dans l'eau — ce qui nous a donné d'ailleurs le mot onde : vague, flot en latin.

— Oui, reprit-elle un peu agacée de se faire couper, s'ils ne pouvaient les mesurer comme nous le faisons, ils pouvaient, ou certains d'entre eux plutôt, les ressentir.

— Ils y étaient arrivés, confirma-t-il, par entraînement et probablement sélection génétique naturelle.

Il exhiba la page du *Corpus Agrimensorum Romanorum* qu'ils avaient déjà évoqué, ainsi que des gravures égyptiennes, montant des prêtres tenant des bâtons recourbés, puis se tourna vers Silvio en tournant les mains en l'air, soulevant un peu les épaules.

— Eh oui ! Les prêtres de cette époque pouvaient enfanter.

— Ils en étaient arrivés donc à une sensibilité que nous avons perdue, enchaîna Aurore. Et ressusciter celle-ci serait peut-être une impossibilité de nos jours, avec la pléthore d'ondes de toutes sortes nous traversant, brouillant probablement ces sens qui devaient être délicats.

Jérôme la regarda gravement et ajouta :

— Ce doit être le cas pour les abeilles qui disparaissent ou les cétacés qui s'échouent sur les plages.

— En somme, reprit la jeune femme en se tournant tout à fait vers les quatre hommes assis derrière eux et buvant leurs paroles, les anciens qui en faisaient leur métier devaient être des champions de la détection de vibrations. Toutes les vibrations, même celle que nous ne savons pas encore détecter, déterminant ainsi les meilleurs endroits pour implanter les temples.

Silvio avait les yeux pétillants d'un jeune garnement, démentant formellement les cheveux gris dont il avait abandonné de masquer le clairsemé. Aurore croisa son regard, et, posant le stylo qu'elle tenait et lui servant à ponctuer son discours ou à désigner des images sur l'écran d'ordinateur, elle lui sourit puis, la seconde d'après, à brûle-pourpoint, elle demanda :

— Pourquoi ? Pourquoi vous nous avez aidés, puisque vous ne pouviez rien nous révéler ? Ceci dit, nous apprécions et vous en remercions. Mais, et je parle pour nous deux », Elle jeta un coup d'œil à Jérôme, qui approuva du chef. « cela fait partie de ce que vous appelez notre quête. Autant que ça !

Elle avait désigné les documents éparpillés dans la pièce, répandant une légère odeur de très vieilles choses. Silvio hocha la tête, regarda ses coreligionnaires, son regard s'arrêtant un instant sur Antoine, qu'il semblait encore considérer comme l'un des leur, et questionna :

— Antoine ne vous pas expliqué la manière dont nous voyons les choses, à San Lazzaro ?

Le parisien fit les gros yeux, l'air outré, pendant que Silvio continuait avec son sourire taquin.

— Si vous cherchez, vous êtes déjà un peu des nôtres, avant même de faire une distinction entre religieux et profanes. Mais c'est vrai qu'il y a autre chose. D'une part, nous ne sommes plus tenus, comme cela fut le cas pour nos lointains prédécesseurs, de faire appliquer les bulles des papes du temps de l'Inquisition, dont la plupart sont d'ailleurs tombées en désuétude. Lors de vos recherches vous avez dû croiser la route de l'une des plus importantes d'entre elles, la bulle *Coelli et terra creator*, du pape Sixte V. Pour nous une triple abomination, parce que d'une part, elle interdisait les recherches, qui représentent notre vie. » Les autres hochèrent la tête en silence, et Antoine baissa la tête, le regard humide. « D'autre part, le pape se réservait l'exclusivité de ce savoir qu'il interdisait aux autres. Et enfin, ce qu'ils appliquaient sans vergogne, représentait l'inverse de leur dogme. Lorsqu'ils érigeaient des obélisques à Rome pour éloigner les puissances obscures, le faisant graver sur le monument lui-même, comme les incantations magiques que gravaient les Égyptiens antiques, lorsqu'ils faisaient appels aux flux vitaux ou aux puissances des anciens dieux, comme vous en avez sûrement vu la trace là-dedans, » Il désigna à son tour les documents de Colonna, « sans en comprendre la vraie nature, mais en l'interdisant par-ailleurs, ils se parjuraient eux même, alors qu'ils faisaient brûler les vrais scientifiques de l'époque, comme le moine Bruno. Rien ne pouvait les excuser de transformer une religion, qui à l'origine était amour, en une machine à interdire, par soif du pouvoir. Même s'ils n'étaient pas les premiers, parce qu'ils n'ont fait que reproduire ce qu'a initié Constantin qui lui-même, en toute connaissance, a fait ériger des obélisques à Constantinople, alors qu'il faisait fermer les temples d'Isis à Rome et ailleurs, se réservant l'exclusivité de ce pouvoir, aussi. Voilà pourquoi nous vous avons apporté notre aide, parce que l'on nous impose un serment de silence qui choque notre éthique, ainsi que le sens religieux de la plupart d'entre nous. » Son regard balaya encore ses compagnons. Antoine ne le regardait pas, mais fixait les tomettes au sol comme y voyant le film de son passé. « Alors oui, rien ne pouvait nous empêcher de vous faire comprendre par vous-même, c'est après tout ce que tous les scientifiques font, et peut-être peut-il en sortir quelque chose de bon, qui sait ? Puisque de toute manière vous étiez impliqué dans… ça. Voilà qui répond à votre question ? »

Les deux français hochèrent la tête en silence, trouvant beaucoup plus qu'ils ne s'y étaient attendus dans les quelques phrases de Silvio. Ce dernier reprit.

— Avec ce que j'ai entendu, tout à l'heure, je pense que vous êtes presque au bout de votre quête.

Enzo tourna vivement la tête, l'air réellement surpris, alors qu'Antoine, faisant les quelques pas qui le séparait de la table, s'assit à côté d'Aurore.

— Vous en étiez aux fréquences, il me semble.

Les deux amoureux sourirent d'un air entendu, et Jérôme précisa.

— Les vibrations oui, mais ce n'est pas vraiment original non plus.

Les autres froncèrent les sourcils pendant que Jérôme fit apparaître des images sur sa tablette. On y voyait défiler des reproductions de tarots.

— Tous les écrits ésotériques en reviennent à ça finalement, aux niveaux de vibrations, ou fréquences vibratoires, ou d'autres appellations encore, selon le sujet traité. Cela apparaît là, quand on se penche sur le tarot et ses origines. On y traite des différents stades de conscience, et aussi des fréquences vibratoires sous-tendant les états de la matière jusqu'au spirituel. Tenez, d'ailleurs. »

Il fit apparaître une étoile stylisée extraite d'une lame de tarot, puis fit une manipulation, et d'autres gravures apparurent, et la même étoile réapparaissait.

« Vous voyez cette étoile, elle apparaît pour la première fois ici. Dans le livre de Colonna. »

Il montra l'exemplaire original extrait de la malle d'Antoine, et les têtes firent un allez-retour entre l'image apparaissant sur l'écran, et le livre fermé, trônant seul sur un lit nu.

« On parle des vibrations en médecine parallèle, en occultisme bien sûr, en radiesthésie, comme on l'a vu. Mais aussi, en peinture, en musique, sans oublier les Grecs, qui voulaient relier toutes ces vibrations, avec la création universelle, quand ils parlaient de la Musique des Sphères. Alors non, ça n'est pas nouveau. Par contre ce qui semble l'être, c'est ce mélange d'occultisme, de géométrie sacrée, de savoir antique caché, et…

Il fit une pause, se tourna vers Aurore, comme cherchant un appui, et celle-ci finit.

— De pouvoir…

Enzo ouvrit de grands yeux, alors que les autres ne cillèrent pas, attendant la suite semblait-il d'un film inédit dont ils connaissaient pourtant la fin du scénario. Aurore, après un bref coup d'œil à Jérôme, réfléchit un instant, rassembla quelques feuillets qu'elle classa avec un sourire émerveillé sembla-t-il à l'archéologue perplexe.

— Ces phénomènes, enchaîna-t-elle, dont les siècles ont permis de valider les causes à effets, dans une statistique d'abord empirique, puis référencée, dans les temples où ce savoir se transmettait dans le plus grand des secrets. Parce que bien évidement, les secrets qui entourent le pouvoir sont les mieux gardés, et les plus dangereux à manipuler.

« Alors bien sûr, ceux qui en avaient la possibilité s'en sont servis pour assujettir ces phénomènes à leur profit, n'ayant pas, dans ces temps anciens, de morale imposée pour juger que tel phénomène relevait de la prière ou tel autre de la magie. En fait, et comme cela se passe encore de nos jours, leur seul credo était le pouvoir, et la question que se pose tout aspirant ou détenteur de pouvoir est celle-ci : Que faire pour en acquérir plus ou pour le conserver le plus longtemps ? Que ce soit le sénateur d'une démocratie établie ou le dictateur d'une république bananière, un homme du 21ème siècle ou préhistorique, un singe même pourrait vous dire les spécialistes, le verdict est toujours le même, quelque en soient les moyens : avoir du pouvoir et empêcher les autres d'en avoir.

« Tout le reste découle de ce constat universel. Les dictateurs éliminent leurs opposants et même ceux qui l'ont fait accéder à son niveau, comme Staline par exemple, les prêtres conservent jalousement leur savoir s'ils pensent qu'il donne un avantage, les magiciens leurs formules, etc. Pharaon, deux mille ans avant notre ère, se retirait dans un temple pour évoquer le dieu Heka, défaisant les armées ennemies par des invocations reprises depuis, modifiées ou pas, partout sur la planète, des sorciers grecs aux vaudous les recettes n'ont pas changées. Les instruments aussi, passant des mains du Pharaon, le sceptre d'Heka est devenu bâton de berger tenu par le pape, seule la séman-tique a changé, pas l'objet. »

Elle s'était arrêté et regardait Jérôme qui, comme d'habitude, était en admiration. Le montrant du doigt, comme une gamine malpolie, elle dit.

— Les archéologues en savent bien plus long que le commun des mortels, même si pour eux, la plupart du temps, cela reste un savoir statique, sans rapport avec le monde réel.

Puis elle croisa les bras, lui ayant passé le relais, sans qu'il sans rende vraiment compte. Il haussa les épaules, la regarda dans les yeux, semblant y lire son texte.

— En effet l'Histoire est pleine de ces soubresauts. Ils avaient, ou pensaient avoir une recette pour avoir du pouvoir, alors logiquement ils ont appliqué leurs croyances dans ce but, ces croyances et rites dont les anciens corroboraient les résultats à travers les siècles, de l'Égypte à la Grèce, jusqu'en Amérique précolombienne. La plupart étaient persuadés que plus de personnes priaient ou croyaient en un dieu, plus celui-ci avait de la puissance, et conséquemment plus la puissance de son représentant en était forte. Ils se transmettaient aus-si la croyance, qui n'était que la foi de cette époque, dit avec nos mots actuels, ils se transmettaient donc la croyance que les anciennes divi-nités gardaient de la force, revenant à elles en cas de besoin. Et ils pouvaient aussi intégrer d'autres divinités, s'ils pensaient que cela pouvait leur être bénéfique, rebaptisant au besoin les leurs, Minerve devenant Isis et vice-versa. C'est ainsi que Rome s'est pourvue, avant Constantin, d'un temple d'Isis, l'Iseum, en plein centre de la cité.

« Enfin, ils ont fait intervenir toutes ces connaissances accumulées depuis l'aube des temps, de millénaires en millénaires, comme nous le faisons aujourd'hui avec la science, se servant des capacités de leurs prêtres ou autres "ressentants". Ils ont construit des temples pour prier, concentrer les vibrations des prières de centaines d'individus, mais cela ne suffisait pas, ils voulaient encore plus de pouvoir. Alors, ils ont découvert, par tâtonnement sans doute, une chose qui nous semble évidente aujourd'hui. Ils ont découvert ce que Maxwell a for-malisé en électromagnétique des millénaires plus tard avec ses équations. Ils ont compris que l'on pouvait amplifier un signal. Ils ont donc planté des obélisques à coté de ces temples, pour amplifier les effets de cette foi, grâce à ce flux énergétique universel qu'ils ressentaient, le Ka. Ils ont amplifié le signal par la géométrie sacrée, faisant intervenir ce qui est encore décrié aujourd'hui, mais a pourtant présidé depuis à la construction des cathédrales. Ils ont découvert et poussé la science des ondes de formes en construisant des Pyramides, découvrant le nombre d'or et les rapports des formes entre elles, et les fréquences que ces formes génèrent, augmentant l'énergie d'un lieu. Eux pouvaient encore le ressentir, comme l'on peut ressentir l'atmosphère chargée d'une cathédrale de nos jours. C'était déjà bien. L'Égypte ainsi a brillé des milliers d'années, mais cela ne suffisait pas aux Pharaons avides de pouvoir, rêvant de conquête du Monde. »

Le téléphone d'Antoine sonna dans la pénombre où étaient plongés les lits, les seules lumières allumées l'étaient au-dessus de la table et aux chevets des lits vides où étaient étalés les effets du moine Colonna. Le parisien colla l'appareil à son oreille en se dirigeant vers la porte à grande enjambées. Il sortit dans le couloir, d'où ne parvint plus qu'un léger bruit de voix, quand il répondait par de brèves onomatopées. Les deux conférenciers improvisés en profitèrent pour se concerter, s'échangeant des informations dans une fièvre partagée, comme si l'instant d'après devait venir trop tard, le temps assassin évaporant le savoir, tarissant les idées.

Ils étaient en train de murmurer ainsi depuis plusieurs minutes, quand un léger changement dans la teneur du silence leur fit lever la tête, découvrant Antoine qui les regardait, comme les autres d'ailleurs, tendant l'oreille sur les bribes de conversation qu'ils pouvaient capter.

— Vous gardez tout ça pour vous maintenant ? demanda le nounours parisien en s'asseyant lourdement sur son lit, jetant un regard appuyé sur Aurore dont la phrase avait été coupée. Elle interrogea Jérôme du regard, qui approuva d'un clignement de paupière, et reprit plus fort.

— Il leur fallait augmenter le flux, le drainer de tous les recoins du royaume pour augmenter encore la puissance de Pharaon. Ils ont alors décidé d'augmenter la puissance de ces amplificateurs, assemblant des obélisques autour de temples dans un même lieu, drainant depuis les confins du royaume le flux vital des croyants, transporté, se sont-ils rendu compte, magiquement, créditant Heka et son serpent de ce miracle informationnel, qui aujourd'hui porterait le nom de physique quantique. Ils ont compris, par empirisme, que l'on pouvait transporter une fréquence dans une autre fréquence, la prière par les champs telluriques, comme nous transportons aujourd'hui des données informatiques sur le réseau électrique, ou des fréquences numériques portées par des fréquences analogiques.

Elle s'était arrêté, quelque chose semblant la gêner. Elle se leva et se posta devant Antoine.

— Le coup de fil, c'était important ?

— Assez oui, en convint l'autre, s'attirant du même coup les regards choqués de ses camarades.

À regret, comme un adolescent privé de sa série, il expliqua :

— Les choses ont encore évolué.

— Comment ça encore ?

— En ce qui nous concerne, *San Lazzaro* a reçu une note très officielle du nouveau Secrétaire d'État. Au fait, vous savez son nom ?

Ils secouèrent la tête et Antoine finit :

— Un certain cardinal Battisti, cela vous dit quelque chose ?

Ils le regardèrent un peu effarés, et il rit de bon cœur.

— Le nouveau pape semble avoir une autre vision. Il l'a impliqué pour pouvoir le neutraliser, sur ce point dit-il en désignant les pièces étalées sur les lits, et sur d'autres je pense. Battisti était devenu un peu trop autonome. Enfin, il a envoyé sa note, disant officiellement que le travail de Silvio » Il s'était tourné vers son ancien camarade, puis se tourna vers Enzo. « Ainsi que celui de son assistant, par décision du Saint-Père, ne faisait plus partie des priorités du Saint-Siège et que celui-ci pouvait s'en retourner à ses occupations dans sa congrégation, en le remerciant pour le travail exceptionnel effectué, et patati et patata…

Aurore éclata de rire, alors que l'atmosphère semblait s'être allégée, malgré la chaleur estivale régnant sur la nuit à l'extérieur. Antoine reprit.

— Et puis ce n'est pas fini, mais vous étiez en train de parler, alors personnellement le reste peut attendre, moi j'aimerais bien savoir la suite.

Il se tourna vers Silvio qui sembla prêt à parler, s'avisa, et consulta Giovanni du regard. Ce dernier fit un geste d'invite, du plat de la main droite, alors qu'Enzo hochait consciencieusement la tête. En désignant les documents épars, Silvio résuma :

— Concernant le sujet qui nous occupe…

Jérôme et Aurore s'interrogèrent silencieusement et celle-ci haussa les épaules, en présentant les deux mains en avant, pour qu'il prenne le relais.

— Ils ont alors, enchaîna-t-il, rassemblé les obélisques autour des temples d'un même lieu. Ainsi ils ont réalisé un gigantesque récepteur de foi, drainant la puissance dont avait besoin le roi-dieu, en faisant aussi un gigantesque émetteur de ses volontés, destiné à préparer ses conquêtes. Ils ont fait d'Héliopolis un centre de commandement destiné à imposer Pharaon au monde entier.

« Ce n'était pas suffisant bien sûr, mais ça l'a été pour endormir l'Égypte sur ses lauriers. L'Histoire raconte ensuite le reste, l'invasion éclair d'un ennemi qui abattit la moitié des obélisques d'Héliopolis, suivie quelques siècles plus tard par Alexandre le Grand, et ensuite les Romains. Ceux-ci commencèrent à prélever les obélisques par vanité, pour établir leur puissance devant le monde et les citoyens de Rome. Et puis ils comprirent peu à peu leur usage. Le premier obélisque, celui de l'Horologium actuellement devant le palais du Parlement, à Montecitorio a été transporté alors que Cestius — qui lui semblait avoir compris un peu de la civilisation égyptienne — construisait sa pyramide qui existe toujours. Et ensuite, très vite, ils ont semblé éprouver un intérêt disproportionné au coût du transport de tels objets.

« Pragmatiques comme ils l'étaient, dès que les bribes de ce savoir ont pénétré les couches de leur société, ils ont couvert Rome d'obélisques, la plupart concentré sur l'Iseum, mais aussi répartis sur le pourtour, avec pour base sud la Piramide, entourant Rome de la protection de ces forces qui avaient si bien réussi à l'Égypte pendant des millénaires. Il faut se rappeler que Rome avait été fondée pour durer mille ans, alors s'ils pouvaient faire plus, eux non plus n'avaient pas de morale religieuse pour le leur interdire. Ils ont appliqué les implantations de la géométrie sacrée de cette époque, avec un alignement allant du Vatican aux Jardins de Salluste (peu après la villa Médicis s'élèverait sur la même ligne, avec son obélisque), en passant par le mausolée d'Auguste qui était entouré de deux monuments dans cet alignement implanté selon l'angle d'Isis soit 77°. Ensuite, perpendiculairement, un autre alignement partait du mausolée vers le Circus Maximus en passant par l'Iseum, et un autre alignement descendait vers la Piramide. Et enfin, à l'extrême sud-est — un peu plus extérieur que Saint-Jean de Latran — un obélisque veillait, recueillant les premiers rayons du soleil matinal, et formait le dernier point du quadrilatère entourant la Rome Antique.

Il fit une pause, se tournant vers Aurore qui elle continuait à écrire en consultant des notes, l'écoutant d'une oreille distraite. Enzo en profita pour lever la main, demandant d'une voix timide :

— Mais, ils ont perdu quand même, non ? L'Empire romain s'est effondré aussi.

— C'est vrai », confirma Aurore avec un petit sourire en direction de Jérôme, qui avait du mal à dissimuler son soulagement, pendant que, un peu plus loin, Antoine, lui, essayait de garder son sérieux. Elle continua : « Les romains ne se sont probablement pas douté — qui l'aurait pu ? — que ce qu'ils avaient réalisé, cet émetteur-récepteur, à peine terminé, transmettrait plus d'information qu'ils en avaient décidé. Quoi qu'il en soit, Saint-Pierre martyrisé au pied de l'obélisque du Mont Vatican, était à la place qu'il fallait pour émettre la substance de ce qui allait devenir l'une des plus importantes religions du Monde. Le reste aussi est de l'Histoire, jusqu'à Constantin et sa paupérisation de l'Empire, qui ne lui survécut qu'à peine plus d'un siècle, suivi de la descente dans les âges des ténèbres comme on le sait.

Les autres attendaient qu'elle continue, mais elle s'était tue, semblant s'être souvenue d'un détail d'importance, et regardait en direction d'Antoine. Au bout d'un moment celui-ci se manifesta.

— C'est quoi le problème ?

— Et nous alors ?

— Quoi vous ? renvoya Antoine en fronçant les sourcils.

— Ben, qu'est-ce qu'on devient ? On avait déjà la moitié des polices d'Europe aux fesses, en plus on a cambriolé un musée autrichien... » Elle désignait les pièces étalées sur les lits. « et on a pris la fuite en traversant trois pays.

— Oh... ça...

Assis sur le bord de son lit, il haussait les épaules, ayant complètement retrouvé son air jovial. Aurore, à grandes enjambées furax, fit les quelques pas qui les séparaient pour se poster devant lui, le toisant de quelques centimètres.

— Une voiture est en route, capitula-t-il en levant les yeux vers elle.

— Comment ça ?

— Un certain Saverio. Il semblerait qu'il vous connaisse.

— Il vient ici ?

Elle désignait le sol de son index.

— Il va se garer en bas, plaisanta-t-il en faisant un geste vers le bas des fenêtres.

Elle lui envoya une tape sur l'épaule et il se protégea la tête, exagérant le geste.

— Mais... il arrivera quand ?

— Il sera là, dans un peu plus d'une heure, je pense.

— Mais il fait nuit... et où on va d'abord ?

— Il a des phares.

Elle lui cogna encore l'épaule, avec le poing fermé cette fois-ci, suscitant une grimace chez le moine défroqué qui se massa ostensiblement l'épaule, une bonne minute, avant de répondre, comme elle mettait les mains sur les hanches.

— À San Lazzaro…

Une pluie d'exclamation, mi-joyeuse, mi-outrée accueillit sa phase tronquée. Silvio résuma.

— Et tu ne nous as pas dit qu'on rentrait chez nous ?

Enzo, dont le regard passait de l'un à l'autre, ouvrait ses grand yeux d'enfant poussé trop vite.

— Et lui ? résuma Silvio. Et eux ? continua-t-il en désignant les deux français.

— Je ne peux pas en dire plus, annonça Antoine en croisant les bras.

Aurore, toujours plantée devant lui, l'imita en croisant les siens ostensiblement.

— Et on doit demander à qui alors ?

— Le père Di Grégorio, tout à l'heure.

— C'est… le père supérieur ? » Elle s'était tourné vers Silvio qui opina du chef. « Mais il sera…

— Sûrement plus d'une heure du matin. On devrait faire du café, dit-il en se tournant vers Enzo qui se leva d'un bond, car je crois que la nuit sera longue, très longue.

— Comment ça ? continua Aurore.

Antoine fit le geste de fermer sa bouche à clef, avec un sourire malicieux, puis finalement parla.

— Surtout pour vous deux, il la désigna puis Jérôme, sans en dire plus. Alors comme de toute façon, nous n'avons plus le temps de dormir, au moins finissez…

— *Si, certo*[49], intervint Giovanni pour la première fois de la soirée.

Aurore s'était reculé d'un pas, bredouillant.

— Mais…

Se tournant vers les autres occupant, elle constata qu'ils approuvaient les dernières déclarations d'Antoine, jusqu'à Jérôme, qui faisait signe qu'ils ne pouvaient faire autrement, écartant les paumes ouvertes et haussant un peu les épaules, comme en extase mystique.

---

[49] Oui, bien sûr.

Vexée, elle se dirigea vers son bagage, qu'elle commença à remplir alors que tous la regardaient, l'odeur du café qui passait commençant à titiller les narines. Elle se redressa, les regarda tous d'un air de défi, avant d'énoncer sa locution préférée.

— Quoi ?

— On veut la suite avant de faire nos bagages, précisa Silvio en se déplaçant ostensiblement vers Antoine, pour s'asseoir finalement à côté de lui, sur le même lit, alors que le gros nounours parisien le prenait par l'épaule. On en était à la fin de l'Empire romain, en plein Moyen Âge même.

— Boooonnn…

Elle reposa les affaires qu'elle tenait en main et vint s'asseoir à côté de Jérôme, saisissant ses notes rassemblées en une pile bien ordonnée, et, les glissant devant l'archéologue avec un sourire taquin. Il les consulta un instant avant de les comparer brièvement aux siennes, puis commença :

— Le Moyen-Âge… Bien sûr, on ne parla plus des obélisques, ni de grand-chose d'autre d'ailleurs, jusqu'à la Renaissance, tous ayant été abattus pendant ces mille ans d'obscurantisme, excepté celui du Vatican par quelque instinct chrétien sûrement. Enfin, ils ont été oubliés jusqu'à peu avant la Renaissance semble-t-il, car après une énième épidémie de peste, le peuple de Rome, orphelin du pape réfugié en Avignon, a érigé à nouveau le premier obélisque, vers 1373, sur la Piazza San Macuto, décidant par instinct d'en référer aux anciennes divinités pour sa protection devant l'impuissance des prêtres du nouveau dieu. Peut-être est-ce une des raisons qui décida Grégoire XI à réinstaller la papauté à Rome en 1378 ? Seul détenteur du savoir, il ne pouvait pas en ignorer l'importance. La suite est connue, sa mort à l'arrivée à Rome et le schisme de 1378.

« Mais entre temps, des parcelles du savoir qui avait été traqué pendant des siècles avaient survécu, et les bâtisseurs de cette époque s'en servaient sans vergogne, au bénéfice de ceux qui étaient sensés les en empêcher, construisant maintenant des cathédrales sur les nœuds telluriques, à des emplacements souvent déjà occupés par des temples, bâtissant sur les bases de la géométrie sacrée ayant traversée les mers et les siècles, portant celle-ci à son paroxysme, faisant de la génération des ondes de formes une science à part entière, transmise oralement, de maçon à maçon, et plus tard de Franc-Maçon à Franc-Maçon. Ils ont couvert l'Europe de constructions dont l'on pouvait constater les effets, les ressentir, les faisant passer pour ceux de la foi. Ils ont intriqué tant de formes sacrées, généré tant de vibrations de formes qu'ils ont transformé les cathédrales en générateurs quantiques, amplifiant l'information de la foi jusqu'à en faire vibrer l'air. À la fin du Moyen-Âge, donc, l'Europe ressemblait à un patchwork de comtés, chacun luttant contre son voisin, chacun voulant rivaliser et construisant un générateur dont aucun ne connaissait vraiment l'usage.

Comme à une conférence d'universitaires, il avait pris son rythme. De plus, parlant d'époque archéologiquement notoire, il était en terrain connu. Non sans chercher l'approbation tacite d'Aurore, il continua :

— Comme on le sait, les bribes de savoir ont commencé à refaire surface, véhiculé par les médiums de l'époque, comme l'a été par exemple le livre de Colonna, le Songe de Poliphile, où l'auteur essayait de faire passer des messages, malgré l'Inquisition, parlant des anciens dieux, essayant d'en faire comprendre la force et le mode d'emploi en donnant des dimensions de temples et constructions, reconstituant les amplificateurs de puissance spirituelle antique, maquillant son récit en rite initiatique, donnant l'idée à ses successeurs d'en faire des sociétés secrètes, pour récupérer et transmettre un savoir commun à l'Humanité, et combattu depuis mille ans.

« Alors les papes ont dû se retrouver devant un dilemme à cette époque : Soit continuer à combattre ce savoir qui réapparaissait uniquement avec le dogme qu'ils professaient, soit utiliser ce savoir dans l'intérêt de l'église tout en interdisant à tout autre qu'eux d'y avoir recours. Peut-être quelqu'un, à ce moment-là, a-t-il fait un rapprochement entre la destruction de l'Iseum païen, et de ses obélisques encore debout, par Alaric le Wisigoth en l'an 410 lors du sac de Rome et le déclin de Rome jusqu'à la fin, six décennies plus tard, de l'Empire dont l'Église venait tout juste de prendre les commandes ?

D'autres ont sans doute soutenu que ce n'était qu'une coïncidence, comme l'était le martyre de Saint-Pierre sur l'obélisque du Vatican. Peut-être. Peut-être y a-t-il eu des tractations à n'en plus finir ? Des pour et des contre ? En tout cas, il s'est passé plus de cent ans encore, après la réapparition de ce savoir, pour que le pape Sixte V réponde positivement à la deuxième option, engageant ses successeurs dans Silentium tout en éditant sa fameuse bulle *Coeli et terrae*. À partir de là, les choses ont été très vite, et ils se sont aperçus qu'en transformant à nouveau Rome en émetteur-récepteur, comme elle l'avait été dans l'Antiquité, ils drainaient vers la Ville Sainte toutes les parcelles d'information inutilisées jusque-là, provenant de toutes les cathédrales quantiques de l'Europe et du reste du Monde même, en construisant même de nouvelles à tour de bras dans les Amériques.

Il repassa le tas à Aurore, avec un sourire entendu. Celle-ci, commença par consulter ses notes puis celles de Jérôme, puis les repoussa au centre de la table, en se retournant vers ses hôtes avec un sourire satisfait. Elle savait, et son savoir, avant même qu'elle ne le formula, imprégnait l'atmosphère, faisant vibrer les lieux, inondant l'esprit de ses auditeurs, les prédisposant à la compréhension qui l'avait déjà touchée.

— Bien évidement commença-t-elle, une fois que les papes avaient goûté à cette ivresse, plus rien ne pouvait les en dégriser et ils ont ensuite tout fait pour amplifier encore et encore ce phénomène dont l'acte fondateur n'était pas la foi, mais le pouvoir.

« À partir de la première vague, celle initié par Sixte V, il y en a eu trois autres d'importance pendant lesquelles ils ont investi des sommes faramineuses dans ce projet réalisé sur plusieurs siècles. Ils ont intriqué les triangles rectangles, symboles de l'homme et les triangles sacrés, symboles d'Isis, transformant à leur tour Rome en générateur d'ondes de forme, stimulant les informations quantiques de la planète et les drainant vers la ville Sainte. Ils ont réparti des obélisques sur l'Italie papale, dessinant un immense "K", le nom du souffle de vie égyptien stimulé par le dieu Heka, le magicien. Ils ont ainsi drainé à plus grande échelle, comme une antenne planétaire.

Amplifier. Disposant systématiquement ces amplificateurs que sont les obélisques à côté de basiliques ou, à défaut, d'églises, pour affilier la proximité quantique, drainer les lieux de culte du monde chrétien. Amplifier encore. Les papes se sont transformés en patron de radio FM : Amplifier pour émettre et recevoir plus fort. Canaliser pour matérialiser. Optimisant, réajustant constamment ou réparant leur réseau. Amplifier même si c'était de la magie au niveau de leurs connaissances. Et puis ils ont recommencé à Rome. Ils ont strié la ville de lignes virtuelles, drainant tout vers Saint-Pierre comme une immense coquille Saint-Jacques, amplifiant le phénomène jusqu'à un niveau que le commun des mortels pouvait ressentir. Pour amplifier encore, autour de l'obélisque de la place Saint-Pierre, le récepteur final, ils ont choisi les plus ésotériques des architectes pour arriver à leurs fins, et Bernini y a dessiné une Vesica Pisci, la plus importante figure de la géométrie sacrée, de laquelle découlent toutes les autres et que les sociétés occultes ont prise pour symbole. Ils ont transformé cette place en un gigantesque œil d'Horus, concentrant les vibrations. Rome est alors devenue ce que tout le monde peu ressentir aujourd'hui sur la place Saint-Pierre.

« Rome est devenue le centre du monde. »

Enzo pleurait.

Silvio vint s'asseoir à côté de lui, lui passant un bras autour du cou comme l'aurait fait un père au premier grand coup dur de son fils. Antoine avait un sourire jusqu'aux oreilles et leva son pouce en direction d'Aurore, qui elle regardait Jérôme avec une interrogation dans les yeux. Celui-ci la regardait d'un drôle d'air, un peu comme devant l'ascenseur de l'hôtel, à Rome.

Frère Giovanni commença à servir le café et Antoine en profita pour venir s'asseoir à côté d'Aurore.

— Vous avez reconstitué ce puzzle millénaire en un temps record. Et, même si l'on vous a donné un coup de main, je sais que personne n'a soufflé.

Elle regarda Enzo et, sans qu'elle ne lui demande, il lui expliqua :

— Cela donne un tout autre sens à *Omnibus viis Romam pervenitur*[50]. Cette révélation, pour quelqu'un qui a décidé de consacrer sa vie à la foi, est une vraie catastrophe. Enzo vient de perdre la confiance pourtant nécessaire en ses dirigeants. Il la retrouvera. » Il haussa les épaules. « Ou il quittera les ordres comme je l'ai fait. Pour nous tous la question s'est posée un jour, et seuls ceux qui ont une foi absolue surpassent cette crise.

Il regarda Silvio avec insistance. Celui-ci, qui s'était joint à eux, bientôt rejoint par tous, prit la parole.

— Il faut avouer que maintenant, depuis quelques décennies, nous avons un avantage à San Lazzaro, si je puis encore m'exprimer ainsi. » Il se tut un instant, mais, voyant qu'elle-même ne proposait rien, il continua : « Nous sommes des scientifiques, et la science — la vraie, pas toujours l'officielle — propose une amorce de réponse. La physique quantique d'abord, que vous avez citée. Son mode de fonctionnement lui-même est quasiment magique. Et puis le reste, tout le reste, de la Théorie du Chaos aux équations inventées partout, tout concourt à repousser l'ignorance, celle qui voyait de la magie partout. Je ne dis pas que celle-ci n'existe pas, mais on n'a plus besoin d'y croire pour expliquer le monde. Seul les scientifiques ouverts, aujour-

---

[50] Tous les chemins mènent à Rome.

d'hui, plus que les religieux dogmatiques, peuvent vivre leur foi sans contradiction. Bien sûr, cela n'excuse pas les aberrations comme Silentium. Ils n'avaient pas d'explication à cette époque, ils ne pouvaient invoquer les travaux du professeur Rocard ou la physique quantique quand un médium retrouvait quelqu'un avec un objet, ou une photo plus tard, juste des croyances à l'opposé des dogmes qu'ils professaient. Et ce qu'il faisait n'était plus religieux, c'était ésotérique.

Il fit une pause, regardant Enzo qui arrivait à sourire, puis finit :

— Pour eux c'était de la magie. Et les croyants ne s'y trompent pas. Ce qui était grave, ce n'était pas que cela fonctionne ou pas. Ce qui était grave, c'était qu'ils y croyaient, eux.

— Et ils y croient encore, intervint Jérôme.

— Pas tous, heureusement, ou pas complètement. Au dix-neuvième siècle, ils ont essayé de maquiller, en réalisant la croix qui couvre Rome, celle qui va de Saint-Pierre à Dogali et de Pincio à la Piramide. Pas très convaincant, et cela ne vous a d'ailleurs pas trompé longtemps. Ensuite, pendant plus d'un siècle, ils se sont contentés de faire de la maintenance de savoir, actualisant les connaissances, appliquant ce qu'avait voulu faire passer un de nos confrères, qui fut moine à Venise, dans le Songe de Poliphile, à savoir que c'est la connaissance qui enrichit l'homme, et il ne faut pas la laisser perdre. Ils nous avaient choisis parce que nous sommes extérieurs, un peu comme si toucher ça de trop près les aurait impliqués. Et puis, subitement, le pape qui nous a quitté a voulu réactiver complètement Silentium, s'entourant d'une équipe favorable au projet. Mais, après tout ce temps, il fallait faire un état des lieux, voir ce qu'il y avait à réajuster ou même à réparer, les courants se déplaçant avec le temps, ou les aménagements urbains pouvant modifier cette alchimie étrange. C'est pour ça qu'ils m'ont fait venir, et le hasard a voulu que vous soyez là, pourrait-on dire. Mais les croyants, eux, savent qu'il n'y a jamais de hasard…

« Enfin, ils ont voulu réactiver, et quelles que soient les raisons qui l'ont motivé, baisse du nombre de croyants, perte d'influence de l'Église, etc., le remède est pire que le mal, et le préjudice pouvant en résulter pour l'Église et surtout pour les croyants n'en vaut certainement pas le gain qu'ils peuvent en escompter.

Il s'arrêta et les regarda alternativement avec insistance jusqu'à ce que Jérôme lui demande :

— Si nous diffusons ce que nous avons découvert vous voulez dire ?

Silvio sourit sans répondre. Un silence venait de se faire autour de la table et tous regardaient le couple, comme attendant un verdict.

— Que comptez-vous en faire ? précisa alors Silvio.

Les deux amoureux se regardèrent, semblant se concerter par télépathie, et Jérôme leva sa main droite, paume vers le haut, invitant Aurore à parler pour lui. Elle haussa les épaules et commença :

— Tout dépend d'eux…

La porte s'était ouverte à la volée, laissant la place à un frère capucin roulant des yeux effarés. Il attendit d'arrêter de haleter pour dire :

— Un confrère à vous, avec une camionnette, il dit que c'est urgent, il insiste.

— Frère Saverio ? demanda Antoine en riant.

— C'est bien lui ! confirma le moine. Mais, c'est la nuit, nous avons même fini complies.

Ignorant la dernière tirade, Antoine constata :

— Eh bien ! Il a été vite frère Saverio, plus que les limitations…

Tous partirent d'un éclat de rire effarant un peu plus leur pauvre confrère, qui s'accrochait au montant de la porte, les fixant en silence, sa main levée comme pour désigner un point invisible, là-bas dehors. Aurore fronça les sourcils, intriguée par une lueur dans le regard du capucin qui titillait son subconscient. Elle leva la main droite, intimant le silence au groupe, s'avançant vers le moine toujours debout sous les regards interrogatifs de ses compagnons dont les gestes, ralentis dans un premier temps, s'arrêtèrent tout à fait.

— Il y a autre chose ? demanda-t-elle d'une voix douce, trop douce au goût de Jérôme qui jeta soudain un regard alarmé à Antoine.

Le frère capucin hochait doucement la tête et Aurore, agacée par la barrière de la langue, s'était tournée vers Jérôme, qui demanda :

— *Che cosa ?*[51]

— *Un uomo, imboscato li sotto, con un sacco di materiale. Penso che non mi ha visto*[52]

— *Dove, esattamente ?*[53]

— *Vicine al parcheggio, tra gli alberi.*[54]

— Bon Dieu, jura Jérôme comme le Capucin se signait, Saverio !

Il sortit en trombe, dévalant l'escalier, Enzo à sa suite. Plus loin venait Antoine, qui s'efforçait en vain de descendre avec légèreté les volées de marches. Silvio avait essayé de retenir Aurore par le bras, alors que le moine capucin gardait une main devant la bouche pour s'empêcher de crier, tandis que Frère Giovanni s'était posté discrètement derrière le mur jouxtant la fenêtre, essayant de distinguer quelque chose dans le noir de la nuit.

Jérôme débarqua de l'escalier directement dans l'allée de terre battue qui accédait à l'arrière du monastère, faiblement éclairée, dont le portail avait été ouvert exceptionnellement par les moines. La première chose qu'il vit fut Saverio, debout près d'un monospace, le seul véhicule garé de ce côté-ci du bâtiment, dont le visage s'illumina à sa vue, écartant déjà les bras pour une embrassade virtuelle. Puis, regardant un peu au-delà, dans le sombre d'une haie de hauts cyprès accolée au mur d'enceinte de plus de deux mètres cinquante de haut, une ombre d'une autre nature attira son attention. Mouvante, elle fut accompagnée un bref instant d'un pâle reflet, comme peut le produire un objet en verre ou métallique ayant capté une once de photons étant parvenus jusque-là. Sans vraiment réfléchir, comme il l'avait fait presque dans une autre vie, archéologue à Rome, il fonça en courant vers le renfoncement sombre, des images s'imposant néanmoins à son esprit, celles d'hommes armés et de tirs d'armes à feu ayant

---

[51] Quoi ?
[52] Un homme, caché là-dessous, avec un paquet de matériel. Je pense qu'il ne m'a pas vu.
[53] Où exactement ?
[54] À côté du parking, au milieu des arbres.

émaillé les dernières semaines, alors que Saverio, surpris un instant, sembla comprendre la situation à la vitesse de la pensée, lançant un « *Stai attento* [55] » alors qu'il arrivait à l'orée de la zone obscure.

Entre-temps, le mouvement avait pris vie semblait-il, de nuances foncées sur fond noir à mouvements de branches secouant les arbres accompagnés de bruissements, frottements et enfin chocs sourds de pas lourds sur les herbes sèches et la terre durcie par un été de chaleur.

Sans plus de précautions, Jérôme arriva dans ce qu'il découvrit vaguement comme un dégagement de un mètre carré, aménagé en piétinant des buissons épineux entre le mur et deux cyprès. Mais déjà il n'y avait plus personne à cet endroit, juste un trépied abandonné là, surmonté d'un appareil dont Jérôme distinguait à peine les contours. Plus avant, le long d'une sente aux pieds des cyprès, Jérôme voyait les branches de ceux-ci secouées, matérialisant la course de l'ombre mouvante par les traces qu'elle laissait sur son passage.

Jérôme à la poursuite de l'autre longeant par l'intérieur la via Dei Frati, obliquant à droite ensuite, vers l'ultime renfoncement de cette avancée du domaine, aperçut à sa droite ses compagnons qui débouchaient eux aussi, Enzo en tête suivi d'Antoine, qui, après un bref échange de regards avec Saverio, qui lui sautait dans sa voiture, foncèrent tout droit à travers la pelouse sur une trajectoire qui devait les amener à se rencontrer avec Jérôme à l'angle où venait de disparaître l'ombre qu'ils poursuivaient.

Là-bas, haletant, arrivait Silvio alors que Saverio déjà démarrait fonçant vers l'entrée restée ouverte en même temps que Jérôme contournait un bosquet serré d'arbres, débouchant sur un passage étroit entre le mur d'enceinte rehaussé ici d'un mur de béton formant l'arrière d'une résidence. Une quinzaine de mètres plus loin, une silhouette lançait un paquet par-dessus le mur d'enceinte, moins haut à l'extrémité sud du trapèze délimitant le jardin du monastère. L'homme avait sans doute aperçu Jérôme aussi s'était-il plaqué à l'ombre du mur juste avant que ne résonne une détonation déchirant la nuit.

---

[55] « Fais attention ! »

Antoine, comme dans un mauvais rêve, vit disparaître Jérôme, comme happé par le sol alors que Enzo fonçait déjà entre les arbres, apercevant une seconde le tireur se hissant avec facilité par-dessus le mur avant de basculer de l'autre côté. Il entendit derrière lui un cri de femme alors que de l'autre côté du mur une voiture freinait dans un crissement de pneu finissant de réveiller le quartier. Rentrant la tête dans les épaules en redoutant un second coup de feu, Enzo entendit le véhicule faire crisser une nouvelle fois ses pneus en une marche arrière, constata-t-il avec soulagement, au bruit du régime du moteur. Puis un deuxième véhicule démarra et s'éloigna rapidement alors qu'un bruit de voix l'attira sur sa droite.

Aurore pleurait, en serrant Jérôme qui souriait maladroitement, essayant de rassurer Antoine qui se tenait en retrait et Silvio qui arrivait en claudicant. La jeune femme se dégagea un peu pour regarder Jérôme sous toutes les coutures, faisant pleuvoir une nuée de questions :

— Tu n'as vraiment rien ? Mais comment c'est possible ? Et derrière ?

— J'ai vu que sa main prenait quelque chose à sa ceinture alors j'ai plongé avant, réussit-il à placer.

— Mais, pourquoi tu as couru comme ça ? Ça ne t'a pas suffi à l'aéroport, et à Nice ?

Elle se remit à pleurer en lui labourant l'épaule de petits coups de poings, jusqu'à ce que Silvio la prenne par les épaules, lui murmurant une série de mots en italien, l'entraînant vers le bâtiment. Au passage, elle attrapa la main de Jérôme qui baissait la tête sous le regard amusé d'Antoine.

Ils se regroupèrent sur le parking. Enzo amena le matériel que l'homme avait abandonné dans sa fuite alors que Saverio, revenu aussi, expliquait que l'autre avait pointé son arme vers lui, l'incitant fortement à reculer, ce qu'il avait fait sans se faire prier, avoua-t-il. Puis l'homme avait sauté dans son véhicule garé là et s'était éclipsé.

Déjà les moines réveillés par le raffut arrivaient, leur robe de bure passée à la diable et le visage chiffonné de chrétiens réveillés en pleine nuit, tandis qu'aux alentours, dans les immeubles les lumières s'allumaient. Antoine dépêcha Enzo dans leur chambre gardée par frère Giovanni, accompagné de trois jeunes moines. En tripotant le matériel, Saverio parlait rapidement :

— C'est un pointeur laser couplé à un récepteur sonore. » Silvio hochait la tête pour approuver. Comme le vénitien ne percevait pas l'étincelle de compréhension chez les deux français, il traduisit : « Le laser caresse la vitre, là-haut. » Ils se tordirent le cou pour voir qu'il désignait la fenêtre de leur chambre, deux étages plus haut. « Les ondes sonores font vibrer la vitre. Cette vibration est décodée par ça. » Il désignait l'appareil qu'il avait en main. « Qui coûte une petite fortune d'ailleurs… Puis retranscrites par un ordinateur, qui n'est pas là lui, où les conversations sont ensuite stockées sous forme numérique.

Il leva la tête, constatant, à leur attitude, premièrement qu'ils avaient compris, deuxièmement qu'ils avaient la tête de quelqu'un qui venait de faire une bourde.

— Vous disiez quelque chose d'important ? demanda-t-il, tout en s'apercevant, comme il énonçait la question, qu'il avait déjà une idée de la réponse.

Il se tourna vers Silvio qui haussa les épaules, puis vers Antoine qui résuma :

— Je crois qu'ils expliquaient, assez précisément,… le silence.

Après un instant de flottement, les yeux de Saverio s'agrandirent un peu puis, aussi rapidement, cela s'effaça comme un sourire d'enfant gagnait son visage. Il leva le pouce en direction du couple, puis, en un tournemain, désolidarisa l'appareil électronique de son support et rangea tout dans le coffre de son monospace, laissant ce dernier ouvert alors qu'arrivaient les moines capucins et Enzo les bras chargés de bagages. Giovanni fermait la marche portant la précieuse malle d'Antoine, dont ce dernier le soulagea à la vitesse de la lumière.

— On y va, décréta Saverio.

Un peu déroutés, les deux français regardaient leurs bagages déjà chargés dans le véhicule du vénitien, alors que celui-ci s'installait au volant.

— Mais... et c'était qui d'abord ?... commença Aurore, coupé par Silvio.

— On vous expliquera le reste en route, mais faut y aller, maintenant, avant que la police n'arrive ici... sinon on perdra la journée, et nous sommes... vous êtes attendus...

— Nous ?

— Allez, allez...

Place Josipa Jelacica – Zagreb – Croatie.

Les cafés ouvraient à peine, alors que sur l'immense place, une armada de balayeurs s'activait, faisant crisser les brins de plastique de leurs balais. Maximo s'installa au bar et réduit au silence, d'un regard, l'employé s'apprêtant à lui dire que l'établissement n'était pas encore ouvert, que la machine n'était pas allumée, etc. D'un coup de menton, Maximo lui désigna la machine à café et l'autre, laissant en plan les verres qu'il était en train de ranger, fit descendre une double dose de café moulu dans le bec amovible du percolateur, disposant dessous deux tasses, une pour lui et l'autre bien sûr pour cet Italien qui avait quelque chose de menaçant et qu'il n'avait pas vraiment envie de contredire. Ce dernier, sans plus un regard pour le Croate de service, jeta deux euros sur le comptoir et attrapa son café à peine posé, l'avalant d'un trait avant de ressortir, encore plus furax qu'en entrant.

Il avait tout expédié à Rome, passant sous silence sa mésaventure du français téméraire le coursant comme un délinquant dans les jardins du monastère, l'obligeant à tirer en l'air pour l'arrêter. Autant pour la discrétion qu'avait exigé Bucceri.

— Et merde ! jura-t-il tout haut, donnant un coup de pied dans un gobelet en carton qu'un employé municipal tentait de balayer, effrayant ce dernier.

Il avait été obligé de laisser son matériel, se sauvant comme un voleur, traversant la frontière par une ruelle de Nova Gorizia pour finir à deux pas d'ici, dans un parking souterrain, à envoyer par mail son rapport édulcoré au patron du SIV, qui ne lui répondait plus.

Soudain, il s'arrêta, regardant la place comme s'il ne l'avait pas encore vu. Il savait ce qui lui restait à faire, et ce le plus vite possible. Après tout, il était un professionnel. Il repartit en sens inverse, vers son véhicule.

Il allait disparaître.

Vatican – Rome.

Le Secrétaire d'État était ennuyé, *enquiquiné* aurait été le terme plus exact songeait-il inconsciemment en français. Il venait de faire défiler le rapport Top Secret que Bucceri lui avait transmis par mail crypté, contenant une masse d'informations collectée dans le nord-est du pays, avec un seul commentaire laconique, indiquant qu'il considérait que la mission de son "émissaire" était vraisemblablement terminée et que ce dernier s'était apparemment "retiré", bien que le cardinal Battisti ne comprenne pas vraiment, là, comment le prénommé Maximo avait pu, selon toute vraisemblance continuer sa mission comme un missile hors de portée.

D'un côté, remarqua-t-il avec un soupçon de satisfaction, la démarche de Bucceri, devançant par-là un peu ses attentes, qui avait fait envoyer son limier sur les traces de ces casse-pieds français était judicieuse, parce que, après tout, ceux-ci avaient quand même réussi à percer à jour Silentium, ralliant au passage et incompréhensiblement, une partie des moines de San-Lazzaro à leur quête.

D'un autre côté constatait-il avec amertume, l'intervention de cet électron libre à Gorizia avait un peu dérapé… Le deuxième rapport que lui avait envoyé Bucceri, officiel celui-ci et avec une discrétion quasi ironique, par un mail d'apparence anodine, était rien moins que complet. Y étaient joints les rapports confidentiels des *Carabinieri* que le SIV avait collecté, ainsi qu'une transcription d'un appel téléphonique que ce même SIV avait passé en pleine nuit, contactant le supérieur encore à moitié endormi des moines capucins de Gorizia.

Et, comme un ennui n'arrivait jamais seul, apparemment, les services du SIV, agissant de manière autonome, dans le cadre de leur attribution officielle et n'en référant à Bucceri qu'au petit matin, avaient ensuite concentré leurs moyens à cet endroit, avec une moisson des plus surprenantes. Après avoir, dans les grandes lignes, reconstitué les faits déjà connus du Secrétaire d'État, le SIV avait déterminé que l'intrus de Santa Maria Assunta à Gorizia était probablement un dénommé Maximo Albenga — là le cardinal Battisti ne put qu'être sincèrement impressionné de l'efficacité du SIV, arrivant seul et en pleine nuit à démasquer un émissaire secret de leur patron —, que celui-ci avait expédié des informations par satellite, à l'aide d'un matériel perfectionné, mais que ses informations avaient elle-même probablement été piratées par une organisation semblablement inconnue, et, précisait le rapport, qui n'était certainement pas un service de renseignement occidental.

Le Secrétaire d'État médita un moment sur ce dernier point, cherchant plus de précisions concernant cette mystérieuse organisation avec une impression de malaise grandissant, comme un vide au bas du ventre ou un caillou dans la chaussure. Une simple ligne, à la terminologie absconse, indiquait qu'en l'absence de moyen adéquat, l'on pouvait seulement envisager un créneau de possibles dans un secteur géographique situé en Sibérie occidentale.

Le Secrétaire d'État relut trois fois la phrase, puis fermant légèrement les yeux se permit un léger haussement d'épaule. Il classa tout dans une boîte virtuelle sensément sécurisée, puis décrocha enfin son téléphone de bureau qui vibrait sans discontinuer depuis trois bonnes minutes.

Lagune de Venise.

Le ciel rosissait si légèrement l'horizon, derrière le Lido, que l'on pouvait croire à une illusion d'optique, un reflet rémanent sur la rétine, ou une lumière oubliée sur la plage, de l'autre côté de l'île. Le vaporetto tanguait à peine, bercé semblait-il par la vague qu'il ouvrait lui-même à la surface lisse comme un miroir. Une mouette curieuse passa au-dessus d'eux, puis, sans doute dépitée, s'éloigna avec un cri vengeur. Peut-être une insulte en langage mouette pensa distraitement Jérôme, alors qu'ils approchaient du quai de *San Lazzaro* en forme de brèche aiguë, taillée dans un angle du quadrilatère de l'île. Sur le quai, une bonne quinzaine de personnes attendait, toutes vêtues d'une robe de moine, et dès que le navire toucha le quai, une demi-douzaine de mains se tendirent pour saisir les amarres. Deux moines sautèrent à bord murmurant un *buongiorno* discret avant de se saisir des bagages pour les passer à leurs frères restés à terre, excepté la valise d'Antoine dont il ne voulait que personne ne s'approche.

Des mains saisirent les poignets d'Aurore qui se retrouva la première à terre, suivie de Jérôme puis des autres, Antoine ne quittant le navire qu'en dernier. Serrant dans ses bras son gros bagage, il posa le pied sur l'îlot qu'il avait quitté dix ans auparavant, s'avança d'un pas décidé vers le plus âgé des moines, puis posa la valise devant lui, alors qu'une larme perlait au coin de son œil.

— Mon père, dit-il avec une voix blanche. Je vous ramène le bien de la communauté.

Renonçant aux quelques paroles qu'il avait prévu de prononcer, soudain gagné par une émotion incontrôlable, le père Di Grégorio mit la poignée télescopique de la valise dans les mains de frère Saverio et s'avança vers Antoine, le prenant dans ses bras, comme un père avec un fils retrouvé.

— Tu nous as manqué frère Antoine, souffla-t-il.

Autour du groupe des arrivants, les moines chuchotaient, attendant sans doute les instructions du chef de la communauté. Ils regardaient d'abord Aurore, évitant souvent de la fixer dans les yeux, puis Jérôme, avec des sourires, comme s'ils avaient affaire à des représentants d'une civilisation lointaine, ou des extra-terrestres. Certains faisaient des petits signes à Silvio et à frère Giovanni. D'autres, les plus jeunes, observaient Enzo, comme des sélectionneurs de football du Café du Commerce. Enfin, le père supérieur se sépara du gros nounours parisien, le laissant mouiller son mouchoir, pour prendre les mains de Silvio. « Bon retour… » lui dit-il simplement en italien avant de se tourner vers les trois personnes qu'il ne connaissait pas, le couple de Français et Enzo.

— Cet endroit à une tradition d'accueil et de refuge depuis des siècles, vous êtes ici comme chez vous. Allez ! Rentrons !

Les moines, libérés par les paroles de leur abbé, entourèrent les nouveaux venus, les bombardant de questions les plus diverses, leur demandant s'ils avaient faim ou s'ils avaient eu peur ces derniers jours, apparemment tous plus ou moins au courant de leurs tribulations, même si la plupart en ignoraient la cause, les interrogeant plus précisément sur des points que leur abbé avait sans doute éludés, celui-ci se retournant dans ces moments, pour dériver le flux de leur curiosité. En groupe compact, la totalité des personnes présentes sur l'îlot arriva jusqu'aux bâtiments, parcourut un couloir jusqu'à un coude puis arriva jusqu'à une porte donnant sur un minuscule cloître bien entretenu. Toujours discutant ou plaisantant, le groupe arriva ensuite dans la partie de vie du bâtiment où, après un nouveau long couloir, ils pénétrèrent dans une salle commune, occupée de longues tables et de bancs en bois massif.

Aurore sentit l'odeur du café dès qu'elle pénétra dans le réfectoire. Elle accéléra le pas, suivie par Jérôme et plus timidement par Enzo, alors que là-bas, bon premier, Silvio s'asseyait déjà devant un bol fumant. Saverio et Giovanni s'assirent à la même table, où trônaient des viennoiseries qu'ils commencèrent à engloutir, puis, après avoir longuement parlementé pour congédier une bonne partie du monastère, le père Di Grégorio vint enfin s'asseoir, accompagné d'une poignée de frères, parmi les plus âgés.

Silvio, semblant se rappeler un indice capital reposa le croissant qu'il avait en main, imité par Enzo puis par Antoine, et enfin les autres, par contamination. Le supérieur récita alors rapidement les grâces, puis attrapa un pain au chocolat, libérant du même coup ses hôtes.

Les bols étaient vides et ils grappillaient des mirabelles. Après une pause, Silvio, qui avait fait son compte rendu au père supérieur pendant le petit déjeuner amélioré, lui demanda.

— Vous ne l'ouvrez pas ?

Il avait désigné la valise bleue azur, toujours debout à côté du père Di Grégorio.

— J'attendais que vous me le demandiez, répondit celui-ci.

Il avait ensuite esquissé un geste vers le bagage, mais fut pris de vitesse par Saverio qui, avec l'aide de Giovanni, hissa la valise sur une table inoccupée pour l'ouvrir, extrayant avec précaution la malle, vieille d'un demi-millénaire. Ils ouvrirent celle-ci, puis, prenant les gants que leur tendirent les Français, entreprirent de sortir délicatement les reliques en les montrant l'une après l'autre à l'assemblée. Le père Di Grégorio se tourna alors vers les Français.

— C'est bien dommage pour nos confrères de Vienne », déplora-t-il, déclenchant des rires du côté d'Antoine et de Silvio auxquels il se joignit, bientôt suivi du reste des convives. Il reprit : « C'est bien dommage donc, mais grâce à vous ce bien inestimable revient à son propriétaire après plusieurs siècles. » Il désigna les murs autours d'eux, précisant : « Cette communauté. Mais, je devrais plutôt dire grâce à vous, et à votre curiosité…

Aurore devint rouge comme une pivoine tandis que Jérôme posa sa fourchette, pinçant les lèvres sous le regard stupéfait d'Enzo dont les grands yeux étaient presque exorbités. Puis, ils virent le sourire illuminer le visage du vieil homme facétieux, remarquant que Silvio et Antoine, eux, papotaient toujours, habitués de ces boutades. L'abbé se tourna vers Jérôme, et, le regardant droit dans les yeux, lui dit :

— Tous les deux, vous avez progressé à une vitesse ahurissante… Étonnant ce que vous avez réalisé, et dans les conditions où vous l'avez fait. Mais, tous comptes faits, et à juste raison, je crois que vous vous en moquez…

— Mais… pourquoi ? demanda Jérôme, un peu interloqué.

Le vieil homme haussa les épaules.

— Parce que vous êtes amoureux.

Ce fut au tour de l'archéologue de rougir. Il allait répondre quand l'abbé reprit.

— Et c'est réciproque bien sûr…

Aurore le fusilla du regard, mais il ne sembla pas s'en apercevoir, reprenant.

— Aimer et aimé… Après tout, c'était bien le propos premier du livre de notre ami Colonna. » Il désignait les documents épars autour d'eux. « La trame qui a servi de support au reste. Au travers de laquelle il a codé ce qu'il a pu. » Il fit une pause, le temps de s'assurer qu'il était entendu. « Mais après tout, c'était sûrement le plus important pour lui aussi, et ce qu'il voulait faire passer, en première lecture, est quand même une vérité qui touche l'Humanité entière, et même nous ici, à notre manière. Une vérité toute simple, à savoir : Une vie sans amour vaut-elle d'être vécue ?

Jérôme pris la main d'Aurore qui ne retira pas la sienne, soutirant un sourire au père Di Grégorio. Il croisa les bras sur la poitrine et finit.

— À ce que m'a dit Silvio, à Gorizia, vous vous apprêtiez à lui faire une nouvelle révélation.

Les deux amoureux se consultèrent du regard, et Aurore résuma leur perplexité.

— Une révélation ? Une autre ?

Le père Di Grégorio rit franchement.

— Enfin, oui. Maintenant, comment vous voyez la suite ?

Aurore dont les yeux s'embuèrent, prit la parole.

— On voudrait vivre en paix, si l'on peut. On ne sait toujours pas s'ils vont nous laisser tranquilles ou pas. Et l'homme qui nous espionnait à Gorizia, pour qui travaillait-il ? Cela fait encore beaucoup de questions », expliqua-t-elle, son regard balayant les convives, s'attardant un instant de plus sur Antoine, puis s'arrêtant sur Saverio. « Mais nous, nous n'avons pas le cœur à provoquer un séisme dans la chrétienté.

Jérôme approuva sobrement, en hochant légèrement la tête.

Antoine, manifestement étonné, demanda :

— Vous n'allez rien faire ? Laisser continuer *Silentium* et son cortège de contraintes ?

Aurore sourit et haussa les épaules.

— Tu en avais l'occasion, mais tu ne l'as pas fait ?

— Ben, commença Antoine, regardant ses anciens confrères. Je n'en ai pas eu le courage, finit-il. Détruire tout ça, même si je n'y suis plus, c'était au-dessus de mes forces.

Il désigna, d'un balayage de la main, les frères assis autour de la table et le reste de la pièce, la main semblant montrer encore plus loin, tout autour d'eux.

— Eh bien nous non plus, conclut Aurore. De toutes les façons, les États le savent déjà, non ? Il y a eu des fuites dans le passé, et ils ont déjà importé, pour la plupart, ou fabriqué des obélisques. La France a même fait un alignement avec des obélisques antiques de Arles à Boulogne-sur-Mer en passant par Paris, imitant ce qui avait été fait en Italie, qui elle, dans un quatrième temps, à couvert l'ensemble de son territoire d'obélisques à angle droit de Lecce à Trieste et Palerme, de Palerme à Turin et Lecce, et encore de Turin à Cagliari et Trieste, et enfin de Trieste à Catane et Turin, comme pour mieux protéger la botte.

Elle regarda l'abbé qui hocha la tête, puis reprit :

— Les États-Unis, Israël, l'Allemagne, etc. Tous s'y sont mis, et s'ils n'avaient qu'une vague idée au début, je suppose qu'aujourd'hui, ceux qui n'ont qu'une connaissance parcellaire, n'auraient pas beaucoup d'effort à faire pour reconstituer ce que nous avons découvert. On peut donc, en toute logique, admettre qu'il y a un consensus général sur *Silentium*, même si ceux qui détiennent la totalité du savoir sont peu nombreux, et il y a gros à parier que ceux-ci nous considéreraient comme des importuns le cas échéant. Pour notre part, nous ne savons toujours pas comment va réagir le nouveau pape maintenant, mais ce qui est certain, c'est que nous n'avons pas besoin d'adversaire, et si nous avons la possibilité de tirer notre révérence, alors nous la saisirons.

L'abbé applaudit, discrètement, imité bientôt par le petit groupe. Enfin le père Di Grégorio fit tinter sa tasse avec une cuillère à café pour attirer l'attention. Il s'adressa au couple :

— J'aurais parié que vous choisiriez cette option. Et, pour vous dire la vérité, je ne suis pas le seul. Avant d'envoyer Saverio vous chercher, j'ai reçu un appel très confidentiel de quelqu'un de très important, qui connaissait votre existence ainsi que les péripéties de ces dernières semaines, et qui envisageait, comme une hypothèse de travail, la possibilité de votre venue ici, anticipant même votre décision, dans un dialogue un peu surréaliste de conditionnels, je dois dire. Il tenait à ce que vous choisissiez par vous-même, comme vous venez de le faire, et m'enjoignant de le rappeler le cas échéant.

Il se tut quelques secondes, écartant les mains avec un grand sourire indéfinissable. Il reprit :

— Et si l'on vous donnait la possibilité de repartir à zéro, d'effacer tout ça et de renter ensemble en France, pour vous marier par exemple, que choisiriez-vous ?

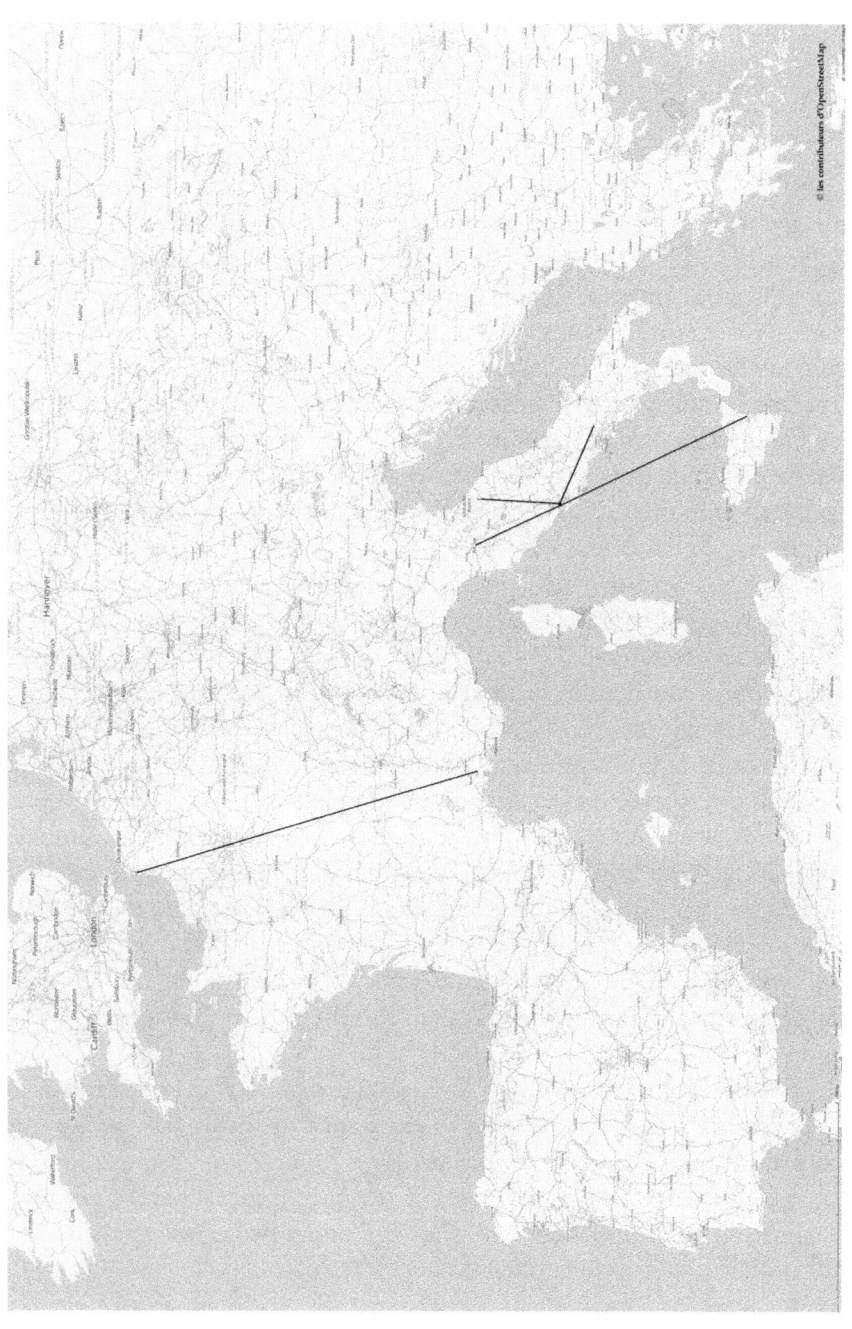

Vatican – Rome.

La soutane rouge était impeccablement repassée et le cardinal, qui marchait devant eux, se déplaçait dans un silence rituel, les bruits bannis depuis longtemps entre ces murs parés de dorures et de gravures à couper le souffle. Rythmés par les froissements du tissu de leur cicérone, ils empruntèrent encore un escalier, croisant des prélats, la plupart vêtus de rouge, plus ou moins pressés et ne leur accordant aucune attention, passant devant des fenêtres par lesquelles on apercevait une foule gigantesque dont les bruissements étaient contenus par les vitres et les vieilles moulures.

Le cardinal trouva une porte dont les bords étaient confondus dans les moulures et ils le virent disparaître, comme escamoté dans un décor à la Houdini. « Fermez la porte derrière vous », souffla-t-il avec un fort accent italien quand ils s'engagèrent à sa suite dans un couloir de service qui les emmena plus profondément à l'intérieur, dans le cœur même du bâtiment, devinant les salles immenses contournées aux coudes du corridor, sentant la présence d'assemblées aux vibrations des murs. Depuis l'aéroport, ils n'avaient parlé qu'au chauffeur de la limousine aux vitres teintées qui les avait conduits devant la porte privée où le cardinal les attendait.

Enfin, il s'arrêta devant une porte barrant le couloir, sortit une clé magnétique qu'il introduit dans un boîtier et les entraîna dans une antichambre probablement classée à elle seule au patrimoine de l'Humanité. « Il n'a pas beaucoup de temps », murmura le prélat en poussant une porte lourde de plus de deux cents kilos d'œuvres d'art qui tourna sans bruit. Le cardinal s'effaça, en refermant la porte derrière lui.

Le Saint-Père leur tournait le dos, regardant la foule massée sur la place à travers les rideaux, et ils attendirent sans bruit une bonne minute avant que le pape, ne se retourne.

— Asseyez-vous, leur enjoignit-il dans un français parfait en désignant deux fauteuils d'un demi-million d'euros pièce.

Aurore et Jérôme s'assirent du bout des fesses, craignant d'entacher de miasmes de l'avion et de l'aéroport les broderies classées, doutant que leur assurance personnelle ne couvre ce genre de dommage. L'ancien Secrétaire d'État — monseigneur della Casa quelques jours auparavant —, s'assit en lissant sa chasuble des deux mains. Il s'excusa :

— Les fidèles m'attendent pour la messe d'intronisation, je n'ai malheureusement pas le temps que j'aurais voulu vous consacrer. Vous avez fait bon voyage ?

Ils bredouillèrent un mélange d'assentiment et de remerciement, tentant même d'y caser un bonjour étouffé, ignorant les formes protocolaires, ce qui fit rire le Saint-Père. Il les observa alternativement, les détaillant comme on le fait d'un spécimen étonnant, puis sourit franchement.

— J'en étais sûr, reprit-il. IL ne se trompe pas. » Il désigna le plafond avec son index. « C'est avant tout ce que je voulais vérifier. Vous n'aviez pas beaucoup de chances pour vous, et pourtant vous êtes là. Vous voyez, ce que mon prédécesseur avait oublié, c'est ça. » Il les désigna des deux mains ouvertes. « S'il avait pris conscience de ça, sa foi ne se serait pas égarée, à reprendre Silentium, réactiver tout ça. Remuer… » Il fit une grimace, comme si de mauvaises odeurs sortaient d'un récipient imaginaire dans lequel il tournait un bâton invisible.

Aurore éclata de rire et le sourire du pape s'étendit, lui éclairant tout le visage.

— C'est pour ça, expliqua-t-il en désignant Aurore, les deux mains jointes. La foi sert à ça, à la vie, et ils l'ont oublié. » Il haussa les épaules. « D'autres recommenceront, mais pas tout de suite, je vais m'y employer, c'est la promesse que je vous fais, puisque manifestement, aujourd'hui, vous êtes les envoyés de Dieu.

Le téléphone vibra, sur le bureau, et il le regarda comme un serpent lui proposant une pomme. Sans y toucher, il leur dit :

— Je vous ai établi un sauf conduit interne. Plus jamais vous n'aurez à avoir peur de… » Il désigna la pièce autour de lui, et sa main dérapa un peu vers la fenêtre qui maintenant laissait entrer des bribes d'un cantique que la foule entonnait en l'attendant. Il finit. « Plus jamais, vous n'aurez à nous craindre. Qu'allez-vous faire ?

— On n'avait déjà décidé de ne rien faire de… commença Aurore.

— Ça je le savais, la coupa le Saint-Père en riant. Non, vous qu'allez vous faire ? Tous les deux.

— Nous marier.

Aurore se retourna vers Jérôme à qui ces paroles venaient d'échapper, dans l'émotion. Elle allait dire quelque chose quand le pape la devança en riant :

— Eh bien vous avez ma bénédiction. Quant à moi, je fais faire par mon secrétariat des lettres de recommandation pour votre vie professionnelle. Vous bénéficierez aussi d'une bourse, dans l'université de votre choix, puisque manifestement vous êtes doués pour les recherches. Vous recevrez tout ça…

Des coups discrets provenaient de la porte.

— D'accordo ! » cria le Saint-Père vers la porte. Il se leva comme deux cardinaux entraient dans la pièce, leur accompagnateur et Battisti qui eut un léger tressaillement de surprise en les voyant qui n'échappa pas au Saint-Père.

— Des chercheurs français, les présenta-t-il. Notre Secrétaire d'État, le cardinal Battisti.

Aurore hocha la tête en direction du cardinal, tout en prenant la main de Jérôme qui le saluait aussi. Le Saint-Père leur fit un dernier geste de la main, murmurant un : « *Vade pacem* » puis disparut, entraîné par Battisti.

Leur guide commença à leur faire parcourir le chemin en sens inverse, jusqu'au moment où, ressortant du couloir secret, Aurore lui demanda :

— On pourrait ressortir par la place ?

Le cardinal se gratta la calotte, se dandinant un moment sur ses deux pieds, puis, haussant les épaules, les guida à travers couloirs et escaliers, pour finalement arriver dans un local où deux carabiniers faisaient une pause et à qui le cardinal fit un simple signe de tête. Il ouvrit une dernière porte et ils se retrouvèrent au grand soleil, la porte se refermant derrière eux.

La place était noire d'une foule canalisée par des barrières derrière lesquelles des carabiniers patrouillaient, accompagnés d'agents en civil. Aurore et Jérôme venaient d'émerger dans cette zone tampon, au pied des escaliers monumentaux de la Basilique Saint-Pierre. La jeune femme prit la main de Jérôme alors que les échos du cantique que scandait la foule s'éteignaient. Les regards de milliers de personnes se portaient quelque part sur la façade, hors de vue des deux Français. Ils redescendirent vers le centre de la place, longeant les colonnades de Bernini jusqu'au moment où un murmure parcourut la foule. Ils se retournèrent et virent le balcon sur lequel venait de prendre place le Saint-Père qu'ils avaient quitté quelques minutes plus tôt. Celui-ci leva les deux bras et la vibration s'amplifia dans la foule, faisant trembler l'intérieur de leurs corps.

— Tu la sens ? demanda Aurore.

Jérôme hocha la tête et leurs regards se tournèrent vers l'obélisque qui dominait la foule.

— Partons ! » souffla-t-il. Et il l'entraîna vers Rome.

SILENTIUM

Épilogue

San Lazzaro degli Armeni – Venise.

Ils serraient les pans de leur soutane, frissonnant en longeant le cloître chichement éclairé, subissant le février glacial de la lagune. Frère Saverio reprit :

— Si tu sais qu'il y a une expérience en cours, tu es un observateur, et cela fausse le résultat, de toutes les façons. Et cela fausse aussi les résultats, si tu regardes sans même savoir s'il y a une expérience.

Enzo gratta sa tignasse blonde, fronçant les sourcils en poussant la lourde porte en chêne.

— Mais alors, on ne peut jamais faire d'expérience avec la physique quantique. Pourtant ils disaient l'inverse à l'université.

La chaleur les enveloppa et ils se détendirent. Saverio expliqua :

— C'est pour ça qu'on programme des ordinateurs qui font les expériences de manière aléatoire. Je ne sais pas si on va trouver à manger.

Il poussa la porte du réfectoire. Au bout de la salle, au bord de la table, deux couverts étaient disposés et des plats de charcuteries et de crudités les attendaient. À côté, Silvio dormait, la tête sur ses avant-bras posés sur la table. Ils tentèrent de s'asseoir sans le réveiller, mais le bois des bancs grinça, crissant une plainte qui se répercuta sous les voûtes. Se redressant avec lenteur, il leur sourit, puis soulevant le couvercle d'une marmite thermos, il laissa s'échapper le fumet d'un goulasch.

— Recette de Vienne, pouffa-t-il, comme à chaque fois qu'ils faisaient référence à leurs collègues autrichiens depuis six mois.

— Vous nous avez attendu ?

Enzo n'était jamais arrivé à adopter le tutoiement avec son mentor.

— Je savais que vous faisiez vos expériences, et avec lui... » Il montra Saverio du menton. « Il est quand même neuf heures.

— Dix, corrigea Saverio.

Silvio regarda sa montre :

— J'ai dormi une heure ! constata-t-il. Et vous avez commencé à huit heures ce matin... Bon...

Il sortit de sa soutane un papier plié en quatre et le posa à côté de l'assiette d'Enzo.

— Voilà, lui dit-il. Tu es officiellement des nôtres maintenant.

Enzo fit les yeux ronds, ceux d'enfant qui faisaient toujours sourire ses confrères. Il déplia la feuille avec précaution et rougit jusqu'aux oreilles en lisant le contenu, une larme perlant au coin de l'œil. Il leva les yeux vers les deux hommes.

— Merci, dit-il. Je voulais vous dire...

Il regardait son assiette, comme s'il était en panne de mots. Silvio lui mit la main sur l'épaule.

— Oui ?

Le jeune homme releva la tête avec un sourire timide.

— Je me sens chez moi ici, grâce à vous.

Silvio pressa un peu le bras d'Enzo, et lui dit :

— On s'y sent chez nous aussi, grâce à toi.

— On sait ce qu'ils sont devenus ? demanda soudain le jeune homme, à brûle-pourpoint.

Saverio et Silvio se regardèrent interrogativement, et sur un signe invisible du plus jeune Silvio prit la parole que l'autre avait déclinée :

— Ils vivent à Nice, quand ils ne sont pas sur des fouilles ou à la Sorbonne où ils sont étudiants à temps très partiel.

— Et, ils…

Enzo n'osait pas poser la question, mais Silvio lui évita la peine.

— Non, ils ont gommé ça. Ils revoient Antoine de temps à autre, mais n'abordent plus jamais le sujet selon lui.

— Ah ! fit le jeune moine. Mais… voulut-il reprendre.

Silvio remit la main sur son bras et lui dit :

— Ça passera, on s'y fait.

Enzo releva la tête, puis, balayant le tout de son sourire d'ange, se resservit du goulasch.

Piazza della Minerva – Rome.

Le mois de mai ramenait le flot de touristes qui encombrait les rues, se photographiant encore et toujours. Un groupe de jeunes femmes, vêtues de longs tee-shirts ou de très mini jupes prenaient des poses devant l'*Elefantino* impassible, comme l'était Battisti qui passa devant sans un regard. Le planton qui le reconnut immédiatement lui lança du « *Monsignor il Segretario di Stato* » encore plus roucoulant que lorsqu'il était à la tête de l'Académie Pontificale.

Il grimpa les marches comme un jeune homme, arrivant sur le palier en même temps que le président nommé par lui, venu à sa rencontre. Les deux hommes se serrèrent brièvement la main et Battisti suivit le cardinal Montonegro qui referma la porte derrière eux. Dédaignant les fauteuils, Battisti resta debout, prenant la place qu'il occupait jadis devant la fenêtre, la vue des badauds tournant autour de l'obélisque l'aidant à réfléchir. Le Président de l'Académie Pontificale se posta près de lui.

— Je ne vous ai jamais vraiment remercié de la confiance que vous m'avez accordé en me désignant à ce poste.

— Vous avez les qualités pour, trancha Battisti. Mais, puisqu'il est question de confiance, je suis venu pour aborder un sujet délicat.

— Je suis votre obligé, *Monsignor*, et vous pouvez compter sur votre serviteur.

Battisti regarda le cardinal Montonegro au fond des yeux, cherchant une faille chez l'autre. Apparemment rassuré, il dit :

— Vous connaissez *Silentium*.

C'était une affirmation plus qu'une question.

— Sujet épineux depuis quelque temps, répondit Montonegro, se mettant tout de suite au diapason de son interlocuteur.

— Vous me faites gagner un temps précieux, je savais que vous étiez fait pour ce poste.

— J'espère m'y montrer aussi déterminé que vous. Y compris sur le dossier que vous avez évoqué.

— Le Saint-Père est un homme bon, qui m'a fait la grâce du poste que j'occupe, et je ne peux faire autrement que relayer la marque de fabrique de son pontificat.

— Tout à fait, approuva Montonegro. Mais vous êtes obligé, par votre fonction, de réfléchir à long terme.

— Oui, confirma Battisti. Concernant *Silentium*, il est un fait certain que, cette fois-ci, nous avons eu de la chance, et je partage l'avis du Saint-Père sur l'innocuité du couple de Français qui ne posera aucun problème à notre institution. Mais, on ne sait pas ce que les lendemains nous réservent. Et puis, peut-être qu'un jour, ce Saint-Père ou un autre, dans un avenir lointain, verra *Silentium* d'un oeil plus favorable.

Il se tut un instant, et Montonegro enchaîna.

— Et cela vous rassurerait si *Silentium* était sous surveillance, ou partiellement réactivé.

— Je ne peux pas vous le demander.

— Je m'en occupe, assura le Président de l'Académie Pontificale.

Boulevard Saint-Michel – Paris.

La feuille qui s'était décollée, tombée plus d'un mois auparavant, avait été posée sur le comptoir où une couche de poussière commençait à couvrir son étrange consonance : Ordication. Christophe Boulay, ancien créateur de startup, propriétaire du fonds de commerce qui abritait cette dernière et qui était reconverti depuis plusieurs mois en salle de location d'ordinateurs, Christophe donc déambula un moment devant les ordinateurs éteints dont les claviers se couvraient d'une couche de poussière uniforme, dernier dénominateur commun de sa dernière activité. Dernière justicière, égalisant finalement tout, du papier au clavier, du sol aux bureaux, les couleurs se diluant dans une nuance de gris sale, éteignant les reflets, matant le brillant, enterrant le passé dans le présent, uniformisant vers l'indistinct.

« Dans le grand tout », dit Christophe à voix haute.

— Tu deviens mystique ou quoi ?

Christophe fit volte-face vers la voix inattendue. Kevin, qui était entré sans qu'il ne l'entende, se tenait devant lui, un peu confus de sa sortie, vêtu de noir, comme toujours, d'un mélange entre Gothique et Heavy Metal, dont Christophe doutait qu'il ne connaisse un seul titre.

— T'es entré en *loucede*[56] ? remarqua Christophe.

— Ouais, je suis là depuis cinq minutes déjà, mais t'avais l'air trop concentré, ou triste, ou je sais pas, alors…

Kevin se dandinait en lorgnant les ordinateurs réduits au silence, ce qui dérida un peu Christophe. Il expliqua :

— Le liquidateur vient cet après-midi, alors je viens voir un peu.

— Le liquidateur, s'esclaffa Kevin, comme Schwarzy.

Christophe haussa les épaules :

— Oui », sourit-il tristement. « Mais c'est pas vraiment Schwarznegger, là. Celui-là de liquidateur, vient pour évaluer tout ça. » Il montra les ordinateurs inconscients de leur valeur. « Je n'ai plus de fonds. J'ai déposé le bilan tu sais.

---

[56] En douce (verlan).

— C'est pour ça que t'es fermé depuis un mois ?

— Oui, c'est fini tout ça.

— Merde ! comprit l'ado. Mais on n'a plus d'endroit pour jouer, nous.

— Et sur internet ?

— Nos vieux nous tannent. C'est pas marrant quoi : Tu joues trop, tu fais trop d'ordi, sors un peu ! À la fin ça gave.

Christophe compatit quelques secondes, puis lui dit :

— Il ne vient pas avant cet après-midi, tu veux faire une dernière partie ?

— Je peux appeler les autres ?

Un portable était apparu comme par magie dans sa main, et il regardait Christophe comme un Jack Russel à qui l'on vient de proposer une ballade. Christophe hocha la tête et s'éloigna vers le tableau électrique.

— Putain, on est plus au top ! Ils sont en train de nous atomiser !

Kevin ne répondit pas, ses majeurs mitraillant frénétiquement les touches tab et back space, dans un staccato de plastique torturé.

— Merde, je suis mort ! lança Jeremy, repoussant son clavier.

Les trois autres décrochèrent l'un après l'autre, Kevin n'abandonnant qu'à regret, après un solo de cinq bonnes minutes à martyriser le clavier déjà nostalgique.

— Ils nous ont mis la pâtée, conclut Alexandre en haussant les épaules.

— Tu parles ! lâcha Kevin en repoussant sa chaise. Un mois sans vrai entraînement, on n'avait aucune chance.

— On recommence ? demanda Jeremy.

Ils se regardèrent l'un l'autre, secouant la tête dubitativement.

— Pas envie de passer encore pour un con, jugea Alexandre.

— Pareil pour moi, suivit Kevin, rallié par les deux autres.

Il se leva, fit quelques pas, passant derrière ses camarades de jeux, Napoléon devant ses troupes après Waterloo, puis poussa jusqu'à l'autre côté de la pièce, la petite travée qui ne comportait qu'un ordinateur, jamais utilisé et encore éteint.

— C'était celui de Max, remarqua-t-il.

— Ouais, qu'est-ce qu'il devient ? demanda Alexandre.

Kevin haussa les épaules.

— Ses vieux ont ouvert un centre équestre en Camargue, il fait du cheval. C'est son truc maintenant.

— Ouais », approuva Jeremy en hochant la tête d'un air connaisseur, imité par le quatrième du groupe, Guillaume.

— Les derniers à s'en être servi, c'est les vieux de trente balais, observa Guillaume, peu loquace d'habitude.

— Les vieux ?

Alexandre faisait un effort de mémoire manifeste.

— Ouais, l'an dernier, reprit Kevin. Le type avec la fille canon, une blonde frisée.

— Ha oui ! se rappela Alex. Ils parlaient beaucoup avec Chris, c'est la seule fois où je l'ai vu aussi intéressé par quelque chose.

— Qu'est-ce qu'ils pouvaient bien fabriquer là-dessus, vous croyez ? lança Jeremy, dont les autres croyaient qu'il dormait d'un côté du cerveau depuis sa défection inexplicable en pleine cyber-bataille.

Ils se regardèrent un instant, hésitants, puis Kevin demanda :

— Vous voulez que je regarde ?

— Il doit rien rester, Christophe efface tout d'habitude, jugea Alex.

— Pas pour moi », estima Kevin en haussant les épaules. Il alluma l'ordinateur et demanda : « Il est où ?

— Il doit bouffer chez sa meuf, supputa Guillaume. Il lui a téléphoné et il est parti juste après. Il m'a dit de l'appeler s'il arrivait quelque chose. D'après moi, il en a au moins pour deux heures…

Les trois autres pouffèrent, s'imaginant le quarantenaire occupé sérieusement avec la boulotte qui passait quelquefois l'aguicher. Kevin fouillait déjà le disque dur, et Alexandre, tirant une chaise, s'était assis à côté de lui. Il lui passa une clé USB, ce qui fit rire l'autre.

— Ne pas sortir sans rien, lâcha-t-il sentencieusement en enfilant la clé.

— Alors ? demanda Jeremy au bout d'un moment.

Kevin triturait la souris d'un air concentré, tandis qu'Alex scrutait l'écran comme s'il projetait un film porno.

— Il a trouvé quelque chose, dit-il. Des fichiers effacés mais récupérables.

— Ouais, c'est parce qu'y a personne qui s'en sert, expliqua Guillaume. Vous avez du bol.

— C'est quoi ces fichiers ? demandait Kevin, pensant à haute voix.

— Dis-moi l'extension, l'interpella Guillaume en s'installant devant son écran qui affichait google.

Kevin lui épela trois lettres et Guillaume fit cliqueter les touches, clignant des yeux sur les occurrences apparues à l'écran. Trois clics de souris plus tard, il scandait un nom de logiciel.

— Il fait quoi ? demanda Alex pendant que Kevin fouillait dans le dossier programmes.

— Reconnaissance des formes, un truc mathématique et géométrique, ils s'en servent en architecture principalement.

C'était Jeremy qui venait de répondre, se connectant à l'unisson, démontrant aux autres que son cerveau était pleinement opérationnel.

— Ça y est ! cria presque Kevin, alors que son écran affichait un patchwork de formes intriquées sur un fond blanc.

— Putain, mais qu'est-ce que c'est ? demandait Alex, alors que Jeremy et Guillaume avaient reculé leur chaise et se tordaient le cou pour essayer de voir de loin.

— J'ouvre le worksgroup, annonça Kevin en mitraillant le clavier. C'est bon !

L'écran se dupliqua sur les deux autres ordinateurs et Alex empochant sa clé USB, regagna son poste, affichant un nouveau clone de l'écran de Kevin.

— Alors, quelqu'un a une idée ? demanda Kevin pour la troisième fois.

Ils planchaient depuis dix minutes déjà, une éternité pour eux, explorant brièvement une piste, elle-même découlée d'un début d'idée, ou une autre.

— Y a une croix, remarqua Guillaume.

— C'est vrai, convint Alex, mais ça ne nous dit pas à quoi ça sert.

— Il manque quelque chose, estima Kevin.

Les trois autres, de loin, le regardèrent interrogativement.

— Et c'est quoi d'après toi qui manque ? questionna Guillaume.

Kevin garda le silence un moment.

— Le fond, dit Jeremy, il manque le fond.

Les têtes se tournèrent dans l'autre sens.

— Comme un jeu, ou la météo à la télé ? demanda Alex

— Oui, confirma Jeremy. On ne comprend que si on a le fond.

— Ils ont fait ça exprès ?

Guillaume regardait intensément son écran, comme pour le faire parler.

— Pour ne pas dire de quoi ça parlait, pour garder le secret, proposa Kevin qui manipulait le programme.

— J'ai cru qu'ils faisaient un site internet, dit pensivement Guillaume.

— Pourquoi ? demanda Jeremy en tournant vers lui.

— Ben à un moment, on faisait pas trop de bruit, et j'ai entendu Christophe leur demander : « C'est quel site ? » ou un truc comme ça.

Ils gardèrent le silence un moment, regardant leur écran, Kevin manipulant furieusement sa souris.

— Un site, tu dis ? Bizarre, pas une ligne de html, d'asp, ou de php, pas de java, ni de javascipt[57], rien qui fasse penser à internet. Mais j'ai des séries de chiffres là, par contre. Et si je bouge les points, ces chiffres changent.

— Fais voir !

Alexandre rafraîchit son clone d'écran et sourit :

— Ha ! Je sais ce que c'est !

Les trois têtes se tournèrent vers lui.

— Mon père m'emmène en rando, expliqua-t-il. Et il m'a appris à me servir d'un GPS. Ce sont des coordonnées GPS.

Il regarda son écran un peu plus attentivement et dit :

— Et elles sont précises, moins d'un mètre peut-être.

---

[57] Langages de programmation pour les sites internet.

— C'est un site réel, comprit Kevin. Le fond, c'est une carte géographique !

Guillaume s'activa sur son clavier, imité bientôt par les deux autres tandis que Kevin ouvrait un programme de cartographie présent sur son ordinateur.

— C'est à Rome ! cria Guillaume en premier. Attends, je tombe sur une place. Je regarde avec Streetview. C'est une statue d'éléphant, il porte un truc sur le dos.

Alexandre lorgna sur l'écran de Guillaume et lâcha :

— C'est un obélisque, moi aussi j'en ai un, je suis sur la place Saint-Pierre. J'y suis déjà allé avec mes vieux.

— Pas mieux, lança Jeremy. Un obélisque aussi, un endroit qui s'appelle Saint-Jean-de-Latran.

Ils tournèrent la tête vers Kevin, qui finissait de batailler avec son programme, glissant une carte comme fond sous les points GPS servant de base aux formes bizarres. Enfin, il vérifia les coordonnées, fit quelques zooms, et se tourna vers eux en constatant :

— Mais ça sert à quoi ce bazar ? À part une petite pyramide au sud de la croix, c'en sont tous. Il y en a quatorze, et se sont tous des obélisques.

— On a qu'à regarder sur le net, on trouvera bien.

Il y eut un instant de silence, puis ses compagnons les plus proches approuvèrent :

— Ouais, on n'est pas plus bêtes que les trentenaires.

— On trouvera bien.

Les trois têtes se tournèrent vers Kevin, qui affectaient de contempler son écran, puis, finalement en riant, il se tourna vers eux et lança :

— On va les exploser ! Même si ça doit durer des mois. Et comment qu'on va piger !

Oziorsk – Oblast de Tcheiliabinsk – Sibérie occidentale – Russie.

Un léger bip résonna de façon lancinante. Avec Lobanov qui était campé devant la baie vitrée, Kolya était seul dans l'immense salle. D'une poussée du pied, il propulsa son fauteuil de bureau jusqu'à un écran, à l'extrémité de sa collection de console. Il manipula une souris avec un froncement de sourcils et le silence revint, seulement troublé par le bruit des touches de son clavier qu'il martelait furieusement. Enfin il s'arrêta, contemplant dubitativement son écran. Lobanov, entre-temps, s'était déplacé derrière lui.

— Un problème ? demanda-t-il doucement.

— On vient de demander les quatorze coordonnées des obélisques de Rome, et celle de la pyramide de Cestius.

— Où ça ?

— À Paris, chez un loueur d'ordinateurs. Mais il y a mieux.

Sur son écran, il fit apparaître les motifs de géométrie sacrée que les joueurs avaient exhumés un peu plus tôt. Lobanov eut un petit rire discret. Il demanda :

— Nos amis reprennent du service ?

Kolya secoua la tête et fit apparaître une image vidéo sur l'écran juste à sa gauche. C'était une webcam et on pouvait voir un ado vêtu de noir, concentré sur son écran, ainsi que l'épaule et quelquefois la tête d'un autre à sa gauche.

— Ils sont quatre, et je crois qu'ils ont trouvé ça dans un ordinateur.

Lobanov haussa les épaules :

— Les amoureux ont laissé des traces ?

— Ça m'en a tout l'air, approuva Kolya en fermant les fenêtre informatiques.

— Surveillez-les aussi, on ne sait jamais, termina Lobanov, avant de retourner devant sa baie vitrée.

Le gazon, dont Lobanov avait fait épandre les graines par avion, recouvrait le site de vert tendre, rendant la vue moins déprimante et les déplacements plus faciles après les pluies. Tout avait été encore remodelé, juste après le dégel, quand la terre était juste encore assez dure pour rendre le travail plus facile. Le milliardaire avait finalement reconstitué, une nouvelle fois, la topographie de Rome, mais en changeant d'emplacement, tenant compte des avis de Talya. Et cela avait plutôt bien fonctionné. Ça et le reste, toutes les informations qu'ils avaient glanés depuis cet endroit. Il se tourna un peu pour avoir le hacker dans son champ de vision.

Lobanov se rappela cette journée, depuis laquelle le projet avait pris un essor sans précédent. Evgeny d'abord, qui avait eu la prescience d'envoyer des agents installer des capteurs dans la région de Gorizia et rendant compte en temps réel, permettant au groupe d'informaticiens forcenés de dérouter le flux d'information, que l'ordinateur quantique avait décrypté relativement facilement. Finalement pensa-t-il, c'était assez simple, mais encore avait-il fallu le regard sans à priori des deux français, stimulés qu'ils étaient par la pression qu'ils avaient subie. Lobanov haussa les épaules, l'essentiel était que cela lui ait été profitable.

Plus loin, Kolya était penché sur ses écrans. Maintenant, au stade où en était le projet, il se retrouvait le seul hacker de l'équipe et ne travaillait plus qu'à une surveillance passive de la toile et des différentes cibles qui avaient été les leurs pendant des mois. Ceux-ci savaient, et pour ça devaient être surveillés, comme ils l'étaient aussi par le SIV. Avec moins de discrétion que ne le faisaient ses propres hommes convenait Lobanov.

Ils devaient être surveillés aussi, même ces jeunes, là, pensa Lobanov, parce que maintenant le projet entrait dans une phase active, et, qu'en matière de pouvoir, personne n'aime partager. Ils savaient, c'était déjà beaucoup, probablement trop.

Il avait investi des sommes colossales dans ce projet, auquel il ne croyait pas vraiment lui-même, au début. Et plus tard aussi, alors que le projet stagnait, où lorsque Talya, après lui avoir fait réaliser les modifications sur le site, l'avait fait douter dans l'incertitude où elle était en rentrant de Rome, laissant en plan son chantier à plusieurs millions de pétrodollars.

Et puis ils avaient compris. Des bribes de phrases avaient manqué au début, perdues pendant leur pêche aux informations. Mais, à part le mot clé de : « pouvoir » que Lobanov avait de toute façon pressenti depuis longtemps, d'autres groupes de mots leur avaient ouvert la voie de la compréhension : « cathédrales quantiques ; prêtres ressentants ; Heka et son serpent ; transporter une fréquence dans une autre fréquence ». Lobanov sourit tout seul en pensant à ces derniers mots. Ils avaient éveillé son intérêt, par leur consonance moderne. Et puis ils avaient ouvert la voie, le préparant sans s'en douter à un dernier groupe de trois mots, décrypté plus tard, dans les parties du discours vraiment incompréhensibles, et qui avaient eu besoin d'un traitement informatique plus conséquent.

Ces trois mots étaient : « Amplifier le signal. » Partant de là, Lobanov entrait en terrain connu et savait que ce n'était plus qu'une question de temps.

Amplifier le signal.

Ces mots allaient resurgir, plus tard, après qu'il eut demandé à Talya, la chamane sibérienne, de visiter les plus grandes basiliques et cathédrales d'Europe. Celles dont la géométrie sacrée était incontestable, de Bourges à Chartres, en commençant par Vézelay où il avait tenu à accompagner en personne la *tadebeya,* la chamane nenets. Et là, en pleine basilique déserte — par les bons soins des dons aux œuvres de Lobanov — la chamane était entrée dans une transe telle qu'il ne l'avait jamais vue. Déjà, dans le narthex, elle avait commencé à marcher comme quand elle ressentait quelque chose. À glisser plutôt, les bras raidis le long du corps, les mains relevées à l'horizontale et qui tremblaient un peu. Suivant le centre de la nef, elle s'était dirigée vers l'autel sans hésiter, s'arrêtant soudain au milieu du chœur. Elle était restée un moment là, comme gelée, et puis, tout doucement d'abord, elle avait commencé à tourner sur elle-même. Elle avait ensuite levé les bras en l'air, tremblant comme une feuille, alors qu'un son sortait de sa gorge, comme une mélopée ancestrale.

Il s'était rapproché, sans faire de bruit pour ne pas la sortir de cette espèce de torpeur, et, comme en tournant sur elle-même elle lui faisait face, il avait vu ses yeux révulsés, dont l'on ne distinguait plus que le blanc. Soudain, elle avait stoppé net, alors qu'elle faisait face au sud-est. Ses bras étaient redescendus un peu, jusqu'à l'horizontale, et elle était restée là, à bouger les lèvres sans n'émettre plus aucun son. Elle était restée deux longues minutes comme ça, les yeux fermés, semblant écouter une mélodie jouée pour elle seule, et puis tout s'était arrêté.

Elle avait ouvert les yeux, cherché un peu du regard autour d'elle et s'était dirigée droit vers Lobanov. Elle avait montré le sud-est, en le regardant dans les yeux, et prononcé une longue tirade dans son dialecte, relayée par Valentin.

— C'est par là que ça va. Et de là que ça vient aussi. Tout y part, de tout autour. Des autres lieux comme celui-ci. » Elle avait fait une pause, balayant de son bras autour d'elle, à trois cent soixante degrés. « Il y en a beaucoup, depuis longtemps.

Elle s'était tue un instant, semblant chercher ses mots, et avait repris abruptement.

— Ça vient des gens. De là.

Tout en regardant Alexei Lobanov, elle avait fait un geste du plat de la main, partant de sa poitrine et allant vers l'extérieur. Le milliardaire, qui en savait déjà beaucoup à ce moment-là, demanda tout bas.

— La foi ? Ça vient de la prière ?

Elle avait simplement hoché la tête, et puis de ses mains elle avait montré autour d'eux, les murs de la basilique, faisant le geste de monter, signifiant dans son langage que ces lieux amplifiaient ce dont elle venait de parler.

Lobanov était rentré par son avion privé une heure plus tard, laissant les consignes à Denis — le protecteur attitré de Talya — qui attendait dehors. La chamane avait ainsi fait la tournée des principales églises et cathédrales médiévales, confirmant toujours son diagnostic de Vézelay.

Là-bas, les obélisques de granit, tout brillant de l'averse qui avait cessé, luisaient au soleil. Tous avaient été gravés, en cyrillique, indiquant au dieu Heka le but de leur érection. Cela fit rire intérieurement Lobanov, lui qui était athée de naissance. Là-bas, les bus qu'il avait affrétés amenaient gratuitement, comme tous les jours, sa cargaison de croyants, venant de la ville d'Oziorsk prier dans la basilique qu'il avait faite construire en un temps record, à l'emplacement supposé de Saint-Pierre, sur sa reproduction de Rome. Derrière l'église, son nouveau centre de commandement était en cours de finition et les équipes de scientifiques n'en finissaient pas de prendre leurs mesures. Avant les messes, après celles-ci, et aléatoirement pour leurrer la physique quantique.

Amplifier le signal.

Son avantage, né dans un pays communiste, était qu'il n'était pas tenu par les traditions. Et lui ne voyait dans la prière qu'une tradition, dont il espérait pouvoir se passer avec une physique et une électronique appropriées. Ou, à défaut, en amplifiant les signaux provenant des lieux de culte qu'il contrôlait de manière suffisante. Certains des scientifiques qu'il employait lui avait fait remarquer que, selon eux, les Américains faisaient quelque chose d'assez semblable, bien qu'avec une finalité différente, avec leur projet Harp et les milliers d'antennes dont ils avaient parsemés la planète.

Son équipe avait bien progressé, aussi, après avoir mis la main sur les données du couple de Français. Ceux-ci, tout à la joie de leur vie retrouvée, s'étaient très vite appliqués à oublier toute cette histoire, relâchant une surveillance devenue inutile. Les hommes de Lobanov qui s'étaient introduit dans leur appartement, alors qu'ils étaient en voyage, avaient très facilement retrouvé la carte SD sur laquelle ils avaient stocké toutes les informations qu'ils avaient glanées.

Le reste avait été facile, du décodage des documents qu'ils avaient cumulés à la poursuite des pistes qu'ils avaient ouvertes. Les hackers de Lobanov avaient aussi investi l'ordinateur de la bibliothèque de l'hôtel de Soubise, à Paris, retrouvant le mail expédié au Vatican, découvrant le nom du dossier consulté par le couple : *Silentium*. Terme qui était déjà apparu plusieurs fois auparavant. Les hommes de main avaient alors soudoyé le bibliothécaire, qui avait des petits enfants à faire étudier. Ils avaient recopié ainsi tous les documents du dossier.

Ses hommes s'étaient alors intéressés aux documents de Colonna, dont ils avaient déjà la plus grande partie dans la carte SD des Français. Evgeny avait emménagé sur l'île du Lido, puis s'était fait embaucher comme intervenant ponctuel, par la compagnie d'électricité, profitant du CV concocté par le centre de contrôle du milliardaire. Une nuit, il avait saboté l'installation électrique de l'îlot de *San-Lazzaro*, devenant ainsi leur réparateur exclusif. Passant des jours sur l'îlot, se liant avec les moines, il avait réussi à en savoir un peu plus sur leurs activités, photographiant ce qu'il pouvait. Mais jamais il n'avait pu repérer la malle du frère Francesco Colonna, pour peu qu'elle se soit toujours trouvée dans le monastère. Alors il était rentré, avant d'éveiller les soupçons des moines.

Mais à ce moment-là, Lobanov n'avait déjà plus besoin des effets de l'auteur du Songe de Poliphile. Il savait ce qu'il y avait à savoir, son équipe ayant déjà rempli les blancs. Alors qu'Evgeny prenait l'avion pour Moscou, une entreprise appartenant à Lobanov y implantait un obélisque, cadeau d'un croyant anonyme, devant une des basiliques les plus fréquentées, à mille quatre cent vingt-sept kilomètres au plein ouest du centre de commandement de Lobanov. Alors qu'un autre obélisque s'élevait déjà dans la ville de Kazan, située entre les deux, réalisant ainsi un alignement de près de mille cinq cents kilomètres.

Et puis il en avait implanté d'autres, ressentis à chaque fois par Talya, et commençant même à faire réagir les instruments des scientifiques. Ceux-ci modélisaient chaque jour le spectre de fréquences en cause, faisant fabriquer des instruments de plus en plus précis, de plus en plus puissants.

Bientôt.

Lobanov enfonça les mains dans ses poches, campant ses deux pieds en contemplant les collines verdoyantes qu'il avait créées.

Bientôt ses appareils pourraient recevoir, amplifiant les ondes parvenant de la planète entière.

Bientôt ses appareils pourraient émettre, amplifiant les ondes partant d'ici, asseyant un pouvoir qu'il rêvait illimité, même s'il ne saisissait pas encore totalement de quelle manière cela fonctionnait.

Bientôt.

Table des matières

Prologue...1
01...15
02...35
03...55
04...75
05...93
06...111
07...131
08...149
09...165
10...185
11...201
12...219
13...235
14...255
15...271
16...289
17...307
18...325
19...345
20...367
21...391
22...407
23...433
24...451
25...475
Épilogue...535

Éditions Cestius – 67 boulevard de Cessole Nice

Dépôt légal : Février 2019

www.ingramcontent.com/pod-product-compliance
Lightning Source LLC
Chambersburg PA
CBHW052345020726
47503CB00001B/120